タゴールの世界

Rabindranath Tagore

我妻和男 著作集

第三文明社

ロビンドロナト・タゴール（日印協会蔵）

タゴールと荒井寛方（左）。その間の帽子の男性は原三渓と思われる。1916年9月、米国へ向かうタゴールを横浜港で見送る

1929年、横浜三渓園臨春閣前にて。左から野村洋三、原三渓、タゴール、荒井寛方、アプルバ・クマル・チャンダ（野村弘光氏蔵）

編者まえがき

本書は、日本におけるタゴール研究、ベンガル語とベンガル文化・文学研究の碩学として知られ、日印文化交流の発展に尽力した我妻和男（一九三二〜二〇一一）の著作集である。

アジア人初のノーベル賞受賞者でもあるインドの詩聖タゴール（一八六一〜一九四一）の膨大な業績や、日本とタゴールの深い関わりを中心としつつ、インド文明・ベンガル文化圏についての論考も交え、著者が多くの新聞・雑誌・文集へ寄稿した随筆・論文、講演記録やインタビュー記事などを収めた。また、ベンガル語で著述した原稿も翻訳し、できるかぎり収録した。

日本語による著述では、著者は主にタゴールについて述べ、その関連としてタゴールを軸にした日本との国際交流に言及したケースが多い。一方ベンガル語では、タゴールやシャンティニケトン、あるいはベンガルと縁のあった日本人たちの話が中心となっている。翻訳によって、日本人読者が知る機会のなかった著者の業績の一面を伝えるとともに、さらに著者自身の人となりをしのばせるような文章の紹介も行うことができた。この稀代のタゴール学者を理解するのに、それは欠かせないものと考えたからである。

ベンガルとは、インド亜大陸東部のインド西ベンガル州とバングラデシュを併せた地域の総称である。この地域に昔から住み暮らしていた主要民族がベンガル人であり、その言語をベンガル語と呼ぶ。ベンガル地方はタゴールが生きた英領インド時代は一つの地域だったが、一九四七年のインド・パキスタン分離独立の際に、インドと東パキスタンに分かれてしまった。その後、東パキスタンは七一年にパキスタンから独立して現在のバングラデシュとなった。

タゴールとか、タゴールが創設した大学のあるシャンティニケトンとか、ベンガルという言葉を聞くたびに、著者の表情は緩んだ。生まれ変わったらベンガル人になりたいと言うほど、著者はベンガルを愛していた。

インドそしてバングラデシュと日本との多面的な関係がますます深まる現在、著者が日印文化友好発展の功労者の一人として果たした役割は、いっそう光り輝くに違いない。本書が、その役割を次代の人々に託す呼びかけの一助となれば幸いである。

二〇一七年九月

『タゴールの世界』編纂委員会

タゴールの世界

目次

I　飛翔するタゴール

II タゴールと日本

III

インドの心

Ⅳ インドの言語

Ⅴ 私自身のこと

〈付〉

我妻夫妻のこと

資料

装幀／志摩祐子（有限会社レゾナ）
本文レイアウト・組版／有限会社レゾナ

凡例

一、本書は、著者の論文、随筆、講演記録、インタビュー記事などを、編纂委員が一冊にまとめたものである。所収書誌紙等は各原稿末尾の（　）内に記載した。

二、編集に際しては、五章に分け、関連する内容をまとめた。〈付〉の「デーミアン」はタゴールとは直接関係しないが、著者の業績として加え、第二章の最後に関連原稿として我妻絅子「シャンティニケトンのタゴールと日本の女性たち」を収めた。巻末には、著者の人柄に言及した原稿を収録した。

三、本文および引用文の表記について

イ　原則として原文のとおりに表記した。詩聖の名は英語読みでラビンドラナート・タゴール、ベンガル語読みでロビンドロナト・タクルとされるが、本書中はロビンドロナト・タゴールとすることが多い。

ロ　旧漢字を常用漢字に、旧仮名遣いを現代仮名遣いに改めたところがある。

ハ　一部の漢字については、振り仮名を付けるなど読みやすくした。

ニ　明らかな誤記・誤字・脱字等は修正した。

ホ　必要な場合には、編集注・訳注として〔　〕内に語句を挿入した。

ヘ　所蔵が明示されていない写真は、編纂委員提供のものである。

四、著者の「著作一覧」「略歴」を作成し、巻末に付した。

なお、編集上の責任は、すべて編纂委員が負うものとする。

I

飛翔するタゴール

詩聖タゴールの世界——生誕125周年をむかえて

世界詩人

タゴールは、インド史三千年の中で、三大詩人の一人として名声を博している。即ち、サンスクリット語抒情詩人カーリダーサと近世初期の神秘詩人カビールとタゴールである。タゴール自身、他の両詩人を愛読し、ベンガル語に翻訳し讃歌を書いている。今では、タゴール詩はインドの数十という言語に、また世界の多くの言語に、ベンガル語から翻訳され、タゴールは世界詩人の名を冠せられている。彼は根っからの詩人で、幼い時、字を習い始めて間もなく「雨降り(ジョルポレ)、葉揺れ(パタノレ)」と言う文句を口ずさんでいるうちに、その韻律が彼の心を揺り動かし、詩体験の原点になったと言う。それから八十歳で亡くなる前の意識のなくなる寸前まで、詩を書き続けた。ポッダ河〔ガンジス川〕上の舟の中、タゴール学園で、南インドで、ヒマラヤ山麓で、横浜三渓園(さんけいえん)で、世界遍歴途上で、また、人生の節目・哀歓に、瞑想中に、ある時は奔り出、ある時は推敲を重ねているうちに、筆が抽象画を描くまでになった。内面の衝動と生のリズムに従って、また、思想表現としてもあらゆる型の詩形を駆使して、詩を創造した。
彼は『ギーターンジャリ詩集』で、アジア最初のノーベル文学賞を受賞して、ある評価を得てすぐ、それを打ち破るかのように、五十半ばに達しながら、青春のように激しく、破壊し、新生する生の潮流と戦き(おのの)を歌った「渡り飛ぶ白鳥」を書いた。

「おお　新しきものよ
おお　わが、まだ熟さぬものよ
おお　あおきものよ
おお　分別(わけ)しらずのものよ
お前は　半ば死んでしまったものたちに一撃を加えて生き返らせてくれ。……
おお　すべてを滅ぼすものがやって来る」

大地の歌、草の繊細な戦き、神と人間との間の愛、文明の行く末への想いなど、数千の詩がある。

生の多様な発展

第一義的には詩人であるタゴールは、また、現代のルネッサンス人とも言うべき生の全人的発展を目指し、実現した。

文学のあらゆるジャンル、即ち、長編小説、中編小説、物語、随筆、戯曲、何れをとっても、ベンガル文学史上記念碑的位置を占めている。また、言語学的論文も秀れている。

音楽に関しては、一千曲を越す歌を自分の歌詩に作曲し舞踊劇の歌曲も創作している。また、晩年、絵画を描きその数は数千枚にのぼっている。タゴールの歌は、インド及びバングラデシュでは、歌の新しいジャンルとして音楽学部、音楽学校で専門的に学習され、村々で愛唱されている。インド及びバングラデシュの国歌もタゴール作詞、作曲のものである。

絵画に関しても、フランスなどで、タゴール絵画の象徴性が高く評価され注目を浴びている。タゴールの文体及び運筆が、二十世紀のベンガル文書体及び書体に影響を与えている。発音にまでも影響があったことが証明されてきている。

更に、タゴールの学園を創立しタゴール大学にまで発展させた、全人的人格教育を理念とした教育家でもあった。学校内には農村再建部を設け、インドの農村再建を願う民族主義者であった。それらが、インド解放の原点となる実践的活動として、タゴールの生活の中で欠くべからざるものとなった。これが、独立後のインド、バングラデシュの農村の一模範として注目を浴びた。

「文明の危機」を書いた文明批評家として、近代文明、超軍事主義、自然破壊などを批判した。

父祖伝来の宗教改革家の継承者であったが、更に意識の拡大を行って、諸宗教の調和を願った。このような多様な分野において、それぞれ超一流の天才的な資質を発揮しているが、それらは、互いに独立したものでなく、タゴールは何より全人的統一を目指して、彼のいう生命神の促しに応じて、創造的作用を行った。

愛と調和の哲学

近代世界における人間と自然の間の相剋、社会の中での個の疎外化の中で、タゴールは、宇宙の最高存在と人間との間は愛の関係にあり、また、宇宙の最高存在と自然との間は愛の関係にあることを実感し、従って、人間と自然とは同胞的血縁関係にあるとした。これらの思想は分析的思索の結果生まれたのではなく、生の神秘主義の立場から生まれたものである。宇宙の最高存在と人間と自然とは、相互にとって必要なものである。

また、美に関しても、独自な考えを持っていた。即ち、調和こそが美であり、西洋における芸術のための芸術という芸術至上主義を排した倫理思想も、善とは調和と完成であり、悪は絶対的なものでなく、不完全を意味しているに過ぎないとする。固定的な有限性にのみ意識を限定せず、無限へ向かって意識の拡大を図るべきだと言う。専門的哲学者ではないが、彼の思想の内容は多くの哲学者たちの研究の対象となり、また、現代という時代にも意味のあるものとして受けとられている。

東西の邂逅

英国植民地からの解放を求める民族主義運動に、タゴール自身参加したり、英国によるアムリッツァルにおける大虐殺に抗議して、英国から授与されたナイトの称号を返還したり、多くの民族詩を作ったり、英国への民族抵抗に備えて、柔道・棒術を学園内で積極的に習得させたりした。しかし、英国文化、西洋芸術、西洋の学問などを排斥しようとする傾向には批判的で、人類の共通の文化として受容し、タゴール国際大学には積極的に西洋のインド学者を招き、講義を聞き、西洋文化との交流を行い、西欧諸国に何度も遍歴し、彼らの文化と民族性を称讃した。ガンジーの英国商品の政治的排斥、焼却運動には批判的で、ガンジーと対立した。もちろん、西欧文明における、商業主義に基づいた物質偏重や植民地主義的な国家主義には批判的であった。

それと同時に、中国、日本、インドネシア、イランなどアジア諸国を歴訪し、それらの文化の優秀性を認識し、タゴール国際大学にアジア研究センターを創設しようと努力を重ねた。ここでも日本の超軍事主義的な傾向には批判の言を述べた。二十世紀初頭の岡倉天心の唱導になる日印美術交流が、タゴール生家の諸天才を中心になされ、アジアの覚醒と「アジアは一つ」という理念のもとに運動が展開され、タゴールもその中にあった。しかし、タゴールは「世界は一つ」という理想に向かって、地道に進んでいこうとした。

『ギタンジョリ』の中の最も有名な詩は、全人類的な理念に基づいて、

「来たれ　アーリア人よ　来たれ　非アーリア人よ
　ヒンドゥー教徒よ　イスラム教徒よ！
来たれ　来たれ　今は英国人よ！
　来たれ　来たれ　キリスト教徒よ！
来たれ　バラモンよ！　心を清くして
　すべての人の手を取れ
来たれ　虐げられた人よ！
　すべての侮辱のかせは　とりはずされよ！
母の祭りに　急ぎ来たれ

すべての人に触れられ　浄められた
　岸辺の水で
吉祥の水瓶が　まだ満たされていないのだ。
今　インドの人類の　海の岸辺に！」

彼のいう「人間の宗教」「人類の宗教」「ヒューマニズムの声」が、人類の危機の認識を強めるに従って、彼の心の中にますます大きくなっていった。そして、人類の究極的勝利への予感と人類の未来に対する信頼が、嵐の中に屹立するようになった。

タゴール生誕百二十五年祭

タゴールの文学、芸術、思想に対する理解と評価が高まるなかで、タゴール生誕百年祭が、世界の多くの国で盛大に行われた。今年〔一九八六年〕は生誕百二十五年祭で、インドの各地で様々な行事がタゴールを偲び、タゴールの文化を顕彰して行われている。タゴール国際大学の音楽学部の前学部長、シャンティ・デブ・ゴーシュは、英国の招聘（しょうへい）でタゴールの音楽、舞踊の公演を行った。

また、欧米各国にそれらの文化使節団が歴訪している。日本でも、カルカッタ・タゴール大学〔ロビンドロ・バロティ大学〕の副学長夫妻一行がこの生誕祭記念に招聘され、タゴール学について講演の旅を行った。

（一九八六年七月『ユネスコ・アジア文化ニュース』ユネスコ・アジア文化センター）

タゴールの世界

タゴール（一八六一～一九四一）

タゴールは詩集『ギタンジョリ』（ギーターンジャリ）によりアジアで初めてノーベル文学賞を受賞したベンガルの詩人です。サンスクリット詩人カーリダーサ、中世の詩人カビールと並んでインドの三大詩人と言われ、ゲーテと並び称される世界詩人です。しかしタゴールは、多彩な全人的活動をした現代のルネッサンス人です。タゴールの世界は愛と調和の普遍的ヒューマニズムに基づいて、思想と芸術と人格が一体化しています。宇宙の最高存在を尊敬しながらも、自然と人間をこの上なく愛し、それが彼の厖大な数の詩の中に反映されています。そのベンガル語で書かれた詩は、ベンガル人の人生の折り折りの苦楽哀歓に触れて、魂を揺さぶり、勇気と慰めを与えると同時に、正義と平等の想いを、深い祈りを、自然讃歌を詠い上げ、更に晩年の思想詩、象徴詩となってあらわれています。韻律にも新しい工夫を重ねて、韻律の魔術師と言われる程です。

長編小説『ゴーラ』は、イギリスのインド直接統治開始前後の思想的、社会的、宗教的背景の中

での主人公の大河小説的内的発展を扱った問題作で、その他にも数多くの小説の名作を残していま
す。戯曲も、人間の平等を扱った仏教譚に基づく三大舞踊劇もあれば、人間の番号化、符号的機械
化を諷刺した『カードの国』や近代的象徴劇など、今日でもなお上演されています。
タゴールはまた多彩な音の世界にも創造力を働かせ、多様なテーマで千五百曲以上の歌の作詞作
曲をし、今でもインド西ベンガル州やバングラデシュの都市や村々で愛唱されています。インド、
バングラデシュ二国の国歌はタゴールの作詞作曲によるものです。独立戦争の時には、独立の志士
たちがタゴールの歌を歌い、自ら従容として絞首台の露と消えたといいます。
タゴールは晩年詩の原稿を推敲しているうちに絵に発展し、七十歳から亡くなるまでにスケッチ
を含めて数千枚を描き、その表現主義的な絵画は生前からヨーロッパで注目を浴び、各所でタゴー
ルの絵の展覧会が開催されました。またそこでは、庶民や女性たちを透徹した凝視を通して描いて
います。
こうしたタゴールの各分野にわたる多彩な才能の開花は、ベンガル・ルネッサンスの多数の天才
を輩出したタゴール家の土壌と背景に依る所が大きいのです。
タゴールは、愛と美を信じる理想主義者ですが、それを具体的に表す努力を続けました。辺鄙な
シャンティニケトンの地に、自分の教育理念を実現するための学園を作り、インドの貧困に悩む農

民のために、農村再建や手工業の育成などに努め、大学では芸術と学問の融合を図りました。また世界精神の尊重のために、東洋と西洋の邂逅（かいこう）、アジア文化センターなどの構想を実現しようとしました。

彼は世界と人生を肯定する生の神秘主義者とも言えますが、現代的な厳しい批判精神によって文明の危機の予言と戦争否定に徹していました。

訪日五回を数え、大学に日本人教授、学生を多く迎え、日本の美意識など日本文化を賞揚しました。しかし世界遍歴と世界精神、世界文学といい、あらゆる狭隘さを排した点が特筆されます。

著作概観

我妻和男著『タゴール』（『人類の知的遺産』講談社）より

全人的活躍をし、文学のあらゆるジャンルにわたる創作に打ち込み、また、作曲や絵画の制作にも創造的精神を発揮したタゴールの著作は、厖大な量にのぼっている。

言語の点から言えば、母国語のベンガル語の作品がほとんどであるが、その他に、英語の著作も数多くある。英語の著作のほとんどが外国での講演によるものであるが、タゴール自身がベンガル語の作品の中から選んで英語に翻訳したものもある。

たとえば、ノーベル文学賞受賞対象作品、英語本『ギーターンジャリ』は、『ギタンジョリ』をはじめとする九つのベンガル語詩集から五十三篇を選んで、タゴール自身が英訳したものである。また、古典語の深い素養のあったタゴールは、著作の中にふんだんにサンスクリット語やパーリ語の章句を引用したり使ったりしている。

ベンガル語の著作の大部分は、タゴール生存中から連続的に発刊され続けたタゴール国際大学(Viśva-Bhāratī)版のタゴール全集(Rabīndra-Racanābalī 略語R.R.)に収録されている。それは菊判相当の大きさで、合計一万七千頁弱に及んでいる。活字も小さめなので、実質的に非常に厖大なものである。この全集の構成は、著作をほぼ発表年代順に掲載している一巻から二十七巻までと、後からつけ加えられた未発表集二巻および総合索引一巻から成っている。

最初の二十七巻については、次のジャンルを各巻とも含んでいる。(イ)詩と歌、(ロ)戯曲とコメディ、(ハ)小説と物語、(ニ)論文である。各巻巻末には、解説および註解が詳細にわたってついている。

この全集にも載っていないベンガル語の著作が単行本として別にタゴール国際大学から発刊されている。十数冊に及ぶ書簡集も同様である。

また音楽に関しても、千曲を越す作詞作曲をした。その作詞所収の『歌詞集』(Gītabitān)一冊と、その音符所収の数冊の『音譜集』(Svarabitān)が大学から発刊されている。

数千枚と言われるタゴールの絵画については、二冊の画集が発刊されているに過ぎない。

タゴール自身が書いた英語の著作は、様々な出版社から刊行されている。

なお、書簡、絵画については、未刊行のものが多数残っている。

全集は、タゴール国際大学から出版されたものの他に、西ベンガル州政府から出版されたものがあるが、久しく絶版のままである。

インドの国民詩人であり、またバングラデシュにとっても、誇るべきベンガル詩人であるため、本来の芸術の分野で関心を持たれるだけでなく、学校教育の場で、教科書にも広く著作が掲載されている。また、タゴール作詞・作曲の歌は、村々で愛唱され、戯曲も上演されている。

したがって、タゴールの著作個々に関する論文、評論の数はすでに厖大な量に達し、単行本としても、枚挙にいとまのないほど多数に上っている。また、個々の作品論だけでなく、タゴールの思想、芸術などに関しても、多くの書物が出されている。

タゴール詩集

『ギタンジョリ』(ベンガル語から) 我妻和男訳
(人類の知的遺産『タゴール』所収)

106

ああ私の心よ　幸う聖なる岸辺で
　静かに　目覚めよ――
この　インドの　人類の
　海の岸辺に
ここに立ち　両手を拡げ
　人なる神を　私は拝む
私は　寛容な調べにあわせ　この上もない歓びにみちて
　この神を　歌う
深く瞑想に耽るこの山々!

川なる数珠を持った　大平原！
ここに見よ　とこしえに　清らかな
大地を！
このインドの　人類の
海の岸辺を！

誰の呼声にこたえて
　いかに多くの人々の流れが
せきとめがたい　大流となって
どこから来て　海の中へ消えたのか
誰も知らない
ここにはアーリヤ人　ここには非アーリヤ人
　ここでは　ドラヴィダ人　中国人——
サカ族　フン族の群　パターン人に蒙古人が、
　一つの体に　溶け合った

今　西方の門が開いた
　そこから　すべてのものは　贈り物をもたらす
与え　また受け
出あい　交りあい　帰っていかない――
このインドの　人類の
　海の岸辺に、

戦いの流れをあやつり　勝利の歌を歌い
狂おしいほどに　夢中になりながら
砂漠の道を　山々を越え
やって来たものたち　すべてが
私のうちに　現存し
誰も　遠くにはいないのだ
私の血管の中には　かれらの　とりどりの調べが
　鳴り響いているのだ、

おお　おそろしいルドラ神のヴィーナよ、
　鳴り響け、鳴り響け
今もなお　憎しみながら　遠くにあるものたちも
きずなを断ち切り来たり
このインドの　人類の
海の岸辺に　立ち並ぶだろう。

このインドの地に、昔
大きな唵（オーム）〔梵語の音写。インドで古来、聖音とされた〕の声が　休むことなく
一（いっ）なるものの　のり言として　心の絃に
どよめき　響いた
人々は　苦行の力で　一（いっ）なるものの　炎の中に、
多を犠牲として捧げ　差異を忘れ
一つの大いなる心を　喚び起した
その修行の　その勤行の

　犠牲の堂の扉が
今日　開かれている。
ここですべてのものが　頭を垂れ
　相会すべきだ。
このインドの　人類の
　海の岸辺に。

見よ！　その護摩の火に　苦難の血の炎が　今燃えている
それを耐えていかねばならぬ　骨の髄まで焼かれるべきだ——
そう　運命に書かれている。
　私の心よ　苦しみを担え
一（いっ）なるものの　呼声を聞け
あらゆる恥と恐れに　打ち克て
　侮りは　遠ざかれ！
耐え難い苦しみは終りになり

この上ない　大いなる生命が　誕生するだろう。
夜が終りになり　母は目覚めた
　大いなる巣の中で
このインドの人類の
　海の岸辺に。

来たれ　アーリヤ人よ　来たれ　非アーリヤ人よ
ヒンドゥー教徒よ　イスラム教徒よ！
来たれ　来たれ　今は英国人よ！
　来たれ　来たれ　キリスト教徒よ！
来たれ　バラモンよ！　心を清くして
　すべての人の手を取れ
来たれ　虐げられた人よ！
すべての侮辱のかせは　とりはずされよ！
母の祭りに　急ぎ来たれ

すべての人に触れられ　浄められた
　岸辺の水で
吉祥の水瓶が　まだ満たされていないのだ。
今　インドの人類の　海の岸辺に！

（R.R. vol.11. P.81～84）
ビッショ・バロティ
タゴール国際大学版タゴール全集第十一巻

南アジア各国の国歌

〈インドの国歌〉
もろ人の心を動かしたまう方よ、勝利あれ、
インドの運命の創造者よ！
パンジャーブ、シンド、グジャラート、マラーター、

（我妻和男訳）

『南アジアを知る事典』（平凡社）より

ドラヴィダ、オリッサ、ベンガル、
ヴィンディヤ山脈、ヒマラヤ山脈、
ヤムナー河、ガンジス河、
たぎり立つ海の波濤。
すべては御身の吉祥なる名前により
喚び覚まされ、御身の吉祥なる祝福を請い願い、
御身の勝利の歌をうたう。
もろ人に幸いを与えたまう方よ、
勝利あれ、インドの運命の創造者よ！
勝利あれ、勝利あれ、勝利あれ、
勝利、勝利、勝利、勝利あれ！

（我妻和男訳）

〈バングラデシュ人民共和国国歌〉

我が黄金のベンガルよ！　我、御身を愛す。
汝が空、汝が風とこしえに

我が心のうちにて笛吹き鳴らす。
ああ、母なるベンガルよ、ファルグン月に
汝がマンゴーの森にて芳しき香、我を酔わす。
ああ、えも言えず素晴らしきかな。
ああ、母なるベンガルよ、オグラン月に
汝が実り満つる稲田に
我、御身がなんと美しき微笑を見しか!

（一九九五年八月「東方学院香川地区公開講座」資料　東方学院）

「飛翔するタゴール」

―『ギタンジョリ』を経て―

平成八年度　東方学院香川地区教室―公開講座資料―

午前の部（午前十時〜）第一講

於　香川県文化会館　芸能ホール

七月十二日（金）

主催／東方学院香川地区教室

協賛／公益社・岩佐佛喜堂

『捧げ物』　70

主よ、あなたは　自ら正義の杖を

われわれ一人一人に　授けて下さった。

ああ　最高の統治者よ

あなたは　統治の責任を　われわれ一人一人に与えて下さった。
あなたに授かった　その大いなる名誉と
　その困難な仕事を私が果していけますように、
謙譲の気持をもって、あなたに　深く頭を下げながら。
あなたのその仕事を行うのに、私が決して
　恐れを抱くようになりませんように！

許しが　単なる弱さの別名であるところで、
おお、恐しいルドラ神よ！　あなたの指令のもと、
　私が、残酷なほど厳しくなれますように！
あなたの暗示で、鋭い刀のように、
　私の口から真実の言葉が迸り出るように！
あなたの裁きの座に　私が自分の座を占め、
あなたの名誉を恥ずかしめることのないように！

おお、主よ！
　不正を行う者　不正に耐える者
　すべてを　あなたの憎悪が
　草燃やすごとく　焼き尽くさんことを。

『ギタンジョリ』

5

私の内面を顕して下さい
　ああ　内の内なるものを。
汚れないものに、照り輝くものに
　ああ　美しいものにして下さい。
目覚めさせ、高揚させて下さい、

ああ　怖れのないものにして下さい
ああ、幸なるものに　活動的なものに、
　疑いのないものにして下さい。
私の内面を顕して下さい。
　ああ、内の内なるものを。

ああ、すべてのものと結んで下さい。
　かせから　解き放して下さい。
すべての行為に　勤（いそ）しませて下さい。
　あなたの静かな調べよ！
蓮の花にも似た　あなたの足に、
　私の心を　憩わせて下さい。
歓喜に溢れさせて下さい、
　歓びに　ああ、歓びに
私の内面を顕して下さい

『渡り翔ぶ白鳥』

2

おお、見よ、今やすべてを滅ぼす者がやって来た。
苦しみに、洪水が轟々と音をたて
ああ、悲しみに満たされて、すべてが流されて行く。
空では、紅にそまった雲に稲妻が煌めき、
いずこの空の彼方にか
雷(いかずち)が轟き渡る時、
いずれの狂者か、
おお、高らかに哄笑をくり返している。
おお、見よ、今やすべてを滅ぼす者がやって来た。

飛翔するタゴール

タゴールは、多様な分野における天才で、現代のルネッサンス人であると云えよう。また、彼は、結局のところ、世界精神をもった普遍的ヒューマニズムの唱導者であった。

今回は、彼の五十五歳の時までの生き方と思想を述べる。五十五歳の時は、一九一六年で、詩集『渡り翔ぶ白鳥』を発表し、第一回の訪日を行った年である。

タゴールは、全人的発展を常に心掛けていた。自分の敬愛するドイツの詩人ゲーテと同じく、常に変容し続けた。この五十五歳の時も、新しく飛翔する転換点でもあった。

誕生から、この時までのタゴールを語る場合、インド、ベンガル地方、及びタゴール家の文化的、社会的背景を述べる必要がある。

一七五七年に、インドを廻る植民地宗主国の最終戦争であるベンガルのプラッシーの戦いでイギリスが、フランスに勝ち、インドの植民地化を進め、一八五八年には、カルカッタ〔現コルカタ〕を首都として英国のインド直接支配が始まった。タゴール家は、そのカルカッタの知的、文化的、経済的中心的存在であった。

タゴール家は東ベンガルのジョショル県より大都会カルカッタに出て来て、英国との貿易を初めとしたビジネスで財をなした。十八世紀の迷信と因襲に覆われた停滞社会を打破し、近代化を図ると共に、インド民族文化の再評価と社会改革運動が、始まった。その本格的運動の創始者がラム・モホン・ライ（一七七二～一八三三）で、彼は「近代インドの父」と呼ばれ、宗教改革・社会改革を初めて具体的に実現した。宗教の方は、梵協会（ブランモ　ショマジュ）を創立、形なき最高唯一神思想のヒンドゥー教改革派の流れを作った。詩人タゴールの祖父、ダルカナト・タゴール（一七九四～一八四六）は、協会に深くかかわりを持ち、また父のデベンドロナト・タゴール（一八一七～一九〇五）は原梵協会（アディ　ブランモ　ショマジュ）の会長になって、主として宗教的瞑想に力点を置いた。ロビンドロナト・タゴールは、基本的にこの流れの中にあったが、彼の宗教思想は、次第に、より自由で、より普遍的な色彩を帯びるようになった。彼の前半生は、そのような宗教意識拡大の歴史でもあった。

タゴールの祖父は、ベンガルのプリンスといわれたほど富裕で、新設の公共施設に惜し気もなく寄附し続けた。父は、捨離の気持が深く、かなりの財産を失った。しかし、依然として、東ベンガルの地に多くの土地を有していたタゴール家は、カルカッタの富裕な家族に属していた。従ってタゴールの幼年時は普通に考えると恵まれた環境であった。しかし、十五人兄弟の第十四番目であったタゴールは、毎日の生活では、専ら瞑想に耽る父との接触は少なく、教育は、年上の兄たちの指示のもと、イギリス貴族なみの早朝からと夕方からの息つく間もない家庭教師による教育とその間は、英語による西洋式詰め込み式学校教育であった。また、生活そのものも大部分の時は召使いに任せられていた。召使いは、忠実過ぎて、タゴールを常に監視・束縛していた。兄たちは、このような教育ジャングルを通り抜けることができたが、タゴールは、このような教育の車輪の重荷の下と下僕による生活束縛に耐えられず、初等教育四年で学校を断念した。その低学年の時から、羽ばたこうとしている雛鳥のように、窓外の自然に憧れ、自由な想いと感情を表現したい気持にかられていた。歌の韻律と詩の韻律ととりどりの色彩とがタゴールの幼い魂の中に響き、また彩られた。韻律の魔術師タゴールは、授業の最中、こっそり紙の上に

雨　降り（ジョル　ポレ）
葉　揺れ（パタ　ノレ）

を書き記した。

有名な戯曲『郵便局』の少年主人公オモルは、自分の家の死を待つような病室に閉じ込められているが、感受性の強いオモルは、外なる世界への深い憧れを抱き、窓外の通行人の世界へ、生への

参加を期待する。養父と医者は、そんな憧れ自体が、致命的病気であると断ずる。そんな時、村の郵便配達人が、冗談に少年の解放をもたらす王の手紙を届けると約束する。オモルはそれの期待と憧れのうちに息をひきとる。その時、王の使者が王の到来を告げる。この象徴劇には、前述の幼少時の原体験が存在している。

他の面では、むしろ、タゴールの家はベンガル地方の中で、大都会の最も自由で、先進的な家族に属し、兄や姉、親族も、文学に、音楽に、絵画に、宗教にそれぞれ卓越した才能を示し、カルカッタのジョラシャンコのタゴール家には、ベンガルの文学者、音楽家、画家たちが、自由に出入りし、自分たちの作った戯曲を邸内で上演し、作曲した歌が歌われた。タゴールのすぐ上の兄、五兄ジョティリンドロナトは、文学でも、肖像画でも、ピアノ演奏、作曲でも、一流で、タゴールを深く愛し、タゴールに最も影響を与えた。この兄のおかげで、タゴールは、祈りの歌を、自然の歌を、愛の歌を作詞、作曲しはじめた。

十二歳の時、処女詩「憧れ」が雑誌に発表された後、一八八〇年代には『夕べの歌』『朝の歌』『絵と歌』『長調と短調』という詩集を次々と発表するが、その中でも『朝の歌』の中の「滝の目覚め」という詩は、カルカッタという都会の一隅で、生の神秘的体験をしたことを基として、タゴールの芸術的独自性のある重要な詩である。それまでの、やや、インドの伝統及びイギリス詩の模倣気味から脱したものである。

一八八〇年代はまた、自然への開眼のはじまりの旅へ父に連れられて行った。後に居住した東ベンガル〔現バングラデシュ〕の河畔の村、シライドホ、曠野のシャンティニケトン、更にヒマラヤ山麓及びダージリンといった広大な地に触れ、次の発展への心の準備をした。

一八九〇年以来、父に依頼されて、東ベンガルの父祖の土地・財産の管理を任せられた。今のバングラデシュである。麗しの、水豊(ゆた)けき、実り豊かなベンガル大平原で、大河ポッダ河畔のシライドホ村を、大都会カルカッタから頻繁に訪れる。洗練され、高度に文化的なタゴール家を離れて片田舎に来たが、タゴールにとっては、ここも人生の転機となる。一八九九年には、遂に家族全体で、そこに移り住む。

第一に、今まで憧れていた自然に本当に触れることができた。彼の自然観に深い影響を与えた。即ち人間の生と自然との調和、最高存在と人間と自然との関係に愛の関係の予感を持つようになる。

第二に、小学生年代の自分の子供たちの教育のことを考えて、シライドホに家庭学校をつくった。自分の少年時代、教育の車輪の下に挫折し、英国式の教育もすぐ放棄したタゴールは、このシライドホで、自然の中での人格教育を目指し、子供たちをカルカッタにおかず、自分の教育理想に基づいて教育しようとした。

第三に、生まれて初めて、現実の農村生活と農民そのものに接し、かれらの素朴さをしみじみ感じとった。しかし、麗しのベンガルの農民の極端な貧困を直視した。農民の生活の哀歓を見た。彼らの苦難の中に、ある瘋癲（ふうてん）のような明るさを見た。農民の生活を向上させるため、協同組合や無利子銀行などを創立した。タゴールの心底に、インドの農村再建の必要性の認識とそれへの彼なりの実現への決意が深まった。

第四に、いわば農民の実存的な顔形やものを凝視した。七十歳代に四千枚の表現主義的な絵を描き、今一層世界的な絵として注目を浴びるようになった原点は、この凝視である。

第五には、この時期に大河ポッダ河に、舟を浮かべ詩を書いた。またその多くにメロディーを附した。ここにシライドホでの詩と歌が生まれた。

このようにして、シライドホ生活は、自然と民衆への想いを観念的ではなく、次の実体的思想的発展に導くための萌芽の段階として位置付けられる。

この一八九〇年代には、詩集『心の女（ひと）』『黄金の小舟』『絵のような女（チットラ）』『寸詩』、一九〇〇年には、『寸話詩』『想像』『束の間のもの』を発表。詩の特徴としては、自然―人間―美と愛の甘露―芸術を主題としていることである。

愛と芸術の象徴としての理想的女性をテーマとした詩集の背後には、実在の人物の影があるといわれる。それは五兄ジョティリンドロナトの妻カドンボリ・デビである。この兄嫁はタゴールの二歳年上で、九歳の時嫁に来て、文学を解し、タゴールの文学的才能の深い理解者で、タゴールを励まし、インスピレーションを与え続けた。タゴールは、自分の書いた詩を、物語をカドンボリ・デビに朗読して聞かせた。しかし、タゴールが二十一歳の時結婚してすぐ、この兄嫁が自殺した。タゴールの苦悩は深く、永遠の女性像が形成された。

また、アーメダバード滞在中には、滞在している家の令嬢が、タゴールの歌の才能を買いタゴール作詞・作曲の歌の最善の聞き手であった。彼女も間もなく結婚し、それから直ぐ亡くなった。彼女のイメージもタゴールの女性像に影響を与えている。

また、三姉ショルノクマリ・デビは、ベンガルの最初の閨秀（けいしゅう）作家で、五兄ジョティリンドロナトのもとで競って、ピアノに合せて作曲をし、タゴールの文学の共鳴者であった。このように、この三人の女性は、タゴール文学の真の助力者であった。

次の段階は、シャンティニケトンの地に五人の生徒と六人の先生で「私の学校」を創設した、一九〇一年十二月二十二日のことであった。このシャンティニケトン（平和の棲家）がタゴールの終の棲家となった。その地は、父デベンドロナトが、原梵協会の瞑想の地として選んだところであった。そこは木のない不毛の曠野であった。タゴールがシライドホから移った時もまわりは赤土色の広野であった。緑なす学園というのは、ずっと後のことであった。この場を教育の場と決めたのには、タゴールの教育への確固とした意志を感じざるを得ない。まずカルカッタの教育のアンティテーゼの自然の中での人格教育をシライドホの家庭学校から引き継いだ。未だ何の職業もない、未だ文学、音楽では食べられないタゴール、世間で夢想家とみられていたタゴール、そのタゴールが、四十歳になって曠野に学校を創立することは信じられないことであった。精神的・財政的協力の少ない中、土を盛り、植樹をし、理想を掲げて、苦難を乗り越えていった。妻ムリナリニ・デビは自分の宝石などすべて売って、夫を助けた。最初はウパニシャッド的精神による教育を根底としていた。しかし、妻は過労のため一年以内にこの世を去った。こんな状況の中でも、タゴールは、一九〇二年草創間もない学園に、最初の外国人学生として、天心と共にインドに来た堀至徳を迎え、一九〇五年～八年には、美術交流のため日本美術院の勝田蕉琴を、また柔道と日本語教授のため佐野甚之助を迎えた。

　一方、インドの政治情勢は緊迫し、英国によるベンガル分割が一九〇五年突如行われ、全ベンガルが、反対運動を展開する。タゴールも先頭に立って、自作の愛国歌を唱いながら行進し、民族主義運動に参加する。ここで、タゴールは、真の独立は、身体と精神の自立的育成と全人的教育の普及と農民の生活自立が、先ず何より肝要であることを実感した。従って、速やかにシャンティニケトンに帰って、その方向で、教育し、教育理念をふくらませて行った。

だが、父デベンドロナトが、一九〇五年に、妻の死の三年後に、亡くなり、更に一九〇七年には末息子ショミンドロナトが、突如十一歳の若さで亡くなる。次々に亡くなる肉親の人々との別れにタゴールは、深い悲しみに襲われる。しかし、兄嫁の死以来、死に対する深い考察の結果、生との関連の中での死の意味の独特な死哲学を生むきっかけとなった。

この時期には、外的な様々な事件が起り、タゴールもその都度、対応した。また不正に対する激しい内面的抗議も詩にあらわれている。しかし全体としてこの時期は『ギタンジョリ』に代表される、最高存在、または神への想いに溢れている。この時期にも、英国・米国、また英国を訪れている最中に『ギタンジョリ』の英語版の編集出版を行う。イェーツの推薦文を添えて。これが、ノーベル文学賞受賞作品となる。一九一三年のことである。この時以来、ベンガルの人々の眼ががらりと変ったため、タゴールは、それらの人々を諷刺する。世界のタゴールとなり、内外の各地から招聘され、世界遍歴の詩人の面が次第にクローズアップされる。

この時期の最も重要な論文『生の実現(サーダナ)』(一九一三年)に「認識の領域と同様に、意識の領域においても、人間は考えられる最も広い分野に、視野を開く根本的な真理を明瞭に実感しなければならない」といっているように、意識の拡大と生の神秘主義について深い考察をした。

詩集『捧げ物』『追憶』『幼な児』『献納』『渡し舟』『ギタンジョリ』『歌の花環』『音詩』が発刊され、その多くの詩が作曲された。

それらの少し前に発表された、タゴール唯一の長篇小説『ゴラ』(一九一〇年)は、宗教的、思想的、社会的、政治的激動のシパーヒー〔セポイ〕の叛乱の時代に生きた青年ゴラが、多くの体験を経て、インド史の正しい流れに身を投ずるというストーリーである。

ここでタゴールが、再び決定的に飛翔するのは詩集『渡り翔ぶ白鳥』を著した時である。その背景には、二つのことがある。

一つは、『ギタンジョリ』でノーベル文学賞を受賞して以来、周囲も騒がしく、内的安住に堕する危険を感じて、それを打ち破るような衝動に駆られたこと、飛躍的意識の拡大を図らねば生きられないと思ったこと。

第二に、第一次大戦の嵐を身をもって感じ、外的破壊の嵐とうらはらに、束縛を破って、五十五歳の齢でありながら青春の新生の奔流に加わり、飛翔しようとした。内容的には全宇宙の絶え間のない動きの速さを感得すること、人間の生の絶え間のない変化、変容の動きの象徴としての青春の勝利の歌、更に神の絶え間のない創造の世界の表現を、ヒマラヤの高峰に渡り翔ぶ白鳥の群れに託している。

この詩集以後、タゴールがあらゆる意味で拡がることになり、この詩集から自由韻律の萌(きざ)しが見てとれる。

この詩集は一九一六年五月、タゴールの第一回訪日の船上で完成された。従ってタゴールの訪日は、彼にとって大きな期待をもってなされた。従って、タゴールは大変率直に感想を述べている。

即ち、日本の芸術作品と伝統芸術及び現実の生活の中に、タゴールは日本の美意識を発見し、この上ない高い調子で賞讃した。その他、日本の女性、日本の霊性などを高く評価した。しかし一方、西洋模倣による極端な軍事中心の国家主義を鋭く批判した。

このようなことは、その後の歴史の流れをみて肯けるものがある。

タゴールの予見者としての面が窺われる。

（一九九六年七月「東方学院香川地区公開講座」資料　東方学院）

シンポジウム「タゴールとガンディー再発見」

パネリスト

国際日本文化研究センター所長　山折哲雄（司会）
麗澤大学教授　我妻和男
龍谷大学教授　長崎暢子
名城大学名誉教授　森本達雄

二〇〇一年五月十二日／於上智大学

第一部　いま、なぜタゴールとガンディーか

二十一世紀はインドから学ぶ時代

山折（司会）本日は、タゴールとガンディーという二人の人物について、その方面の専門家の三人の先生を迎えて、お話を伺うことになりました。（中略）

死は隠蔽するものではない

我妻　タゴールは亡くなる四か月前、太平洋戦争の始まる八か月前、「文明の危機」という注目すべき予言的論文を発表しました。それはもちろん現在問題になっている、「自然との共生」とか「生の疎外」などの問題について論じたものです。タゴールは早くから、「生の発展」とか「生の多様な実現」といったことを意識していたようです。それは生を自然に育成・発展させること、葬送のときだけ自然に行うというのではなくて、生きているときも、結婚式のときも、それからその果ての葬送のときも自然にということをいっているわけです。生老病死すべて自然ということです。

インドに長く行っていると、結婚式をよく見かけます。インドでは、どこかの村で結婚式があると、だれだれを招いたとか招かなかったということに関係なく、自然に皆が参加して、千人くらいの人が祝福してくださるのですね。それと同じように亡くなったときも、荼毘(だび)に付しにいくと、あとからあとから悲しむ人が来ます。

インドの葬送には、多様な形があります。鳥葬もあれば水の中に入れるものもありますが、大部分はヒンドゥー教のそれのように、散骨か水に入れて流します。まず人が亡くなると、その人を亡くなる前と同じようにそのままベッドに横たえます。そこに大人も子どもも次々に花を捧げにいき、それから担架のようなものに乗せて何人かが担ぎます。足は見えていて、姿もわかるまま、亡くなった人が生前よく行ったあたりを行列して回り、最後に火葬をする場所に運んでいってその人の周りに薪を置いて荼毘に付します。死を人の目から覆い隠すことをせず、子どもも死を身近に実感することができるのです。荼毘に付すときは、近くにいられるのは男性だけですが、その人たちは荼毘の様子を目のあたりに見ます。そのことで死も、生と同じく至って身近なものとして幼いときから認識され、そうした生死観が自然に身についたものとなります。

インドにおいては何か規制を設けた上で制度やしきたりとして発展させるのではなくて、生の場合も死の場合も自然に行うという考え方が基本にあります。いろいろな哲学観、宗教観があるにもかかわらず、結局、生老病死すべてが自然と密接な関係をもっています。ガンディーもタゴールもその延長の中にいるわけです。

タゴールの戯曲『郵便局』

タゴールはとくに生ということに対して、生がいろいろなバリアによって制限されて自由にならないとか、差別によって自由にならないということに対して非常に反発して、そういうことを戯曲とか、詩に書いて表しております。

具体的に申しますと、例えば『郵便局』という戯曲があります。タゴールがノーベル文学賞をもらう少し前に書いた戯曲ですが、小さな病気の子どもが家の中に閉じ込められて悩み、おびえている。一方、あこがれの気持ちをもって何かを待っているというのが主題ですけれど、今でも世界各地で上演されていて、日本では大正の終わりから昭和のはじめにかけて小山内薫が築地小劇場で上演しているのですね。現在でもタゴールの戯曲といいますと、カルカッタ〔現コルカタ〕でもカルカッタ以外の地域でも、本来はベンガル語ですが、ヒンディー語でも上演されています。また、タゴールがノーベル文学賞をもらってすぐにソ連の近くのラトビアで翻訳されたのをはじめ、世界各地で翻訳されています。ドイツでも翻訳されて上演されていました。

ご承知のようにナチスによってユダヤ人の大量虐殺が行われたのですが、その時にポーランドでは、ユダヤ人のコルチャック先生（彼は医師でもありました）が、ユダヤ人の子どもたちに自治を重んじる理想的な教育をしていました。でも、だんだんナチスの魔の手が差し迫ってきて、ついに二百人ぐらいの子どもたちが列車で処刑の地に連行されることになったのですね。その時に、先生は子どもたちと『郵便局』を上演しました。「タゴールの『郵便局』を上演しますので見に来てください」という招待状を皆に送り、まるでピクニックに行く前のように皆で力を合わせて、楽しく張り切って『郵便局』を上演したのです。それが終わってから彼らは列車で死にに行くことになりますが、死の直前に『郵便局』を上演したわけです。子どもたちの繊細な気持ちに対して、何か圧迫するような心理状態をこの戯曲は表しております。コルチャック先生は彼らが連れていかれるのを見送るときに、ドイツ人から先生だけはここにとどまってくださいといわれたのですが、少年たちといっしょに行くといって、亡くなったのですね。

インドの独立のとき、またのちのバングラデシュの独立のとき、独立運動のベンガルの志士たちが逮捕され、死刑になるときに、タゴール作詞作曲の歌を歌いながら絞首台の露と消えたことをつけ加えます。

そういうふうに『郵便局』は上演され、今でも世界で普遍的に評価されている戯曲です。

この『郵便局』の主人公オモルの心情はタゴール自身の少年時代の体験にも基づいているものです。タゴール家は当時のカルカッタの上流家庭には珍しく、ベンガル・ルネッサンスの中心として自由な雰囲気の家庭でしたが、繊細で感受性の強いタゴール自身にとっては、それでもその閉ざされたような生活が耐えがたく、窓から現実の人生と自然をかいま見、開かれた世界への内的憧れをもっていました。

タゴールは少年時代に受けた教育についても同じ思いをもっていました。そもそもカルカッタのエリートたちの教育は英国式の学校教育とヨーロッパ式の貴族家庭教師教育を併用したものでした。朝早く学校に行く前から、インド相撲の先生が、次に骨格を教える医学生、数学、自然科学、ベンガル語、サンスクリット語の各先生がみっちりと教えこみ、そのあと十時から四時半までは学校に、帰宅後はまた体操、絵、英語の専門の家庭教師が次から次へと訪れ、終わった時には幼いタゴールはぐったりする毎日だったようです。タゴールは、学校での教育の非人格主義、画一主義、懲罰主義に耐えられず、四年でやめてしまいました。

壁に囲まれた教室のなかで勉強に身が入らず、外を眺めていると、木の葉に雨が落ち、葉が揺れて、初めてベンガル語の有名なドルブリットという韻律で「雨降り(ジョルポレ)葉揺れ(パタノレ)」という詩が浮かんできました。生の自由な発展に即して、彼は常に内面のバリアフリー、外面のバリアフリーということを考えて作品を残しています。彼は詩人ですので、そういったことを音楽や戯曲や、とくに詩によって表しています。

絵も有名で、来年はタゴールの絵が百点くらいこちらに来ると思いますけれど、タゴール家では、ベンガル美術ルネッサンスの有名な画家たちとの美術交流が行われていました。タゴール自身はまだそのときは絵を描いていませんでしたが、文学と音楽によってベンガル・ルネッサンスの指導的役割を果たし、そのときから日印の美術交流に関して深い理解を示したばかりでなく、積極的にその交流促進の役割を果たしていました。

タゴールが絵を描き始めたのは一九一〇年代の終わりごろですが、一九三〇年代、七十歳ころから本格的に始めたようです。スケッチなど、その数は二、三千枚にも及んでいます。

タゴールは、一八九〇年代にいまのバングラデシュのシライドホにある父祖伝来の土地の管理のために赴き数年間滞在することになりますが、そこでガンジス川の本流であるポッダ河畔で生活し、貧しい農民の実情を見て無利子銀行や農民の協同組合をつくったり、家庭学校をつくったりします。その際、厳しいベンガルの農村で働く老若男女の表情や身振り、鳥や獣の生態を目のあたりにして深く内面に刻みつけたようです。それはベンガル・ルネッサンスの画家たちとも全く違ったもので、つまり彼自身の体験と思索によって表現されたものでした。

一九三〇年代のタゴール生存中からロンドン、パリ、ベルリンなどで彼の絵の展覧会が開かれ、ヨーロッパの人々に深い感銘を与えました。この十五年の間にもロシア、日本、エジプト、中国、カタールなどで盛況のうちに展覧会が開かれ、中国では一か月に十万人がそれを見に来たということです。

そこで最初のところに戻りますが、死の数か月前に書かれた「文明の危機」には、戦争がもう間近に迫っているということ、さらに、生が圧迫されることへの強い危機意識（そのころはグローバリゼーションに対する意識は低かったと思うのですが）が表現されています。その中で一番中心となっているのは「自然との共生」ということで、いろいろな問題が起きているのは「自然との共生」が壊れているからだと述べています。

植物・動物・鉱物、そして人間との共生

タゴールは「共生」ということを、単に自然、植物や動物だけでなく鉱物に対してもいっています。そういう点では宮澤賢治に似ているところがあります。その他もちろん人間同士の「共生」ということもありますし、死んでしまった人との「共生」も考えて、全宇宙的な「共生」ということも考えています。すべてのものに価値と権利を与える、というのがタゴールの中心的な考えだったのです。

タゴールは『自伝的エッセイ』の「創造的生命神」の中でこのように書いています。すなわち、「……私は知っている。太古以来今では忘れられた様々な状態を通して生命神は私を発展させ今のこの現れの状態に到らせた……宇宙の只中を流れている存在の大いなる記憶が秘かに私の中に存在している。そのために私はこの世界の植物、動物、鳥とのこのような一つの古えからの統一感を持つことができる。またそのためにかくも深い神秘に満ちた巨大な世界を敵意がある恐ろしいものとは思わない……」。

卒業証書は七葉樹の葉

タゴールは一九〇一年に、大学をつくりました。それがいまのタゴール国際大学です。私もかつて滞在し、いまも年々訪れています。ここは、もともと砂漠のような地域だったのを、タゴールが他の地方から土を持ってきて、木を植えていったことで次第次第に木がふえて、いまは森になっています。

子どものころは校舎の壁に囲まれた中で勉強していた彼は、壁に囲まれた中での勉強ではだめだ、木や花や草などの生命力を内的なエネルギーとして取り入れて、植物や動物、日月星辰の輝きとも一緒になって、少年はそういうところで勉強しなければ発展はないという考え方で学校をつくったのですね。学園では裸足になって大地のエネルギーを受け取り、風のエネルギーにも触れるようにということで、全部戸外で、樹間で、森のメッセージを聞きながら勉強する、小学校から大学までそういうシステムです。「自然との共生」という考え方でやっているのです。

大学には沙羅やボクルの並木道もあり、マンゴーの森もあります。大学の卒業式のときには、七葉樹という樹の葉を卒業証書のかわりにしてそれを、一人ひとりの手に渡します。

タゴールの詩を読むとわかりますが、詩の中にはいろいろな植物の名前が出てきます。名もない道端の花もあれば、堂々とした木のこともありますが、タゴールの詩の中には本当に植物の名前が多いのですね。

その中にはチャンパの花とかジュンイの花とかありますけれど、現在ではそういう花の名前がベンガル人の娘さんたちの名前になっています。昔はインドの人は自分を表現するのにあまり恥ずかしがらずにほとんどが神様の名前だったのですが、タゴールの出現以来、植物の名前が多くなりました。一つひとつについていえばきりがありませんけれど、一つだけ例を挙げますと、沙羅の木、沙羅双樹がありますね。沙羅の木についてタゴールが詩を書いているんですが、その最初のところだけ訳をちょっと読んでみます。

外では心をかき乱し　酔わせる風が吹き／森ではせわしさが広がり　キンシュクの森が／狂おしい真紅の高慢さで舞い上がり、四方八方／至る所にシムルの木が赤い粉をまき散らす／コキル鳥の歌が昼となく　夜となく／抑えることができずに響きわたる。ボクルの花が／森の小径に数限りなくやたらに落ち踏まれている時／ああ　苦行する沙羅の木よ　私はおんみのそばにやってくる／そびえたつ　おんみが限りなき栄光を埋ませるところに／水平線のかなたまで　おごそかな平和があらわれている／おんみは頂で　内なるひそやかな深みで／花を咲かせんと　一心不乱につとめているる／そこには　あたり四方の落着きのない慌しさが／入り込んではこない／暗闇で声なき創造の真言が鼓動の如く／枝に伝わる　（我妻和男訳）

というようなものです。

親日家タゴール

タゴール国際大学の構内には、当大学の日本人卒業生及びタゴール愛好者によって一九九四年に日印学術文化交流のセンターとして日本学院が寄贈されました。タゴールが一九三四年に中国学院（当時ちょうど建設中）のようなものを設立するように日本人の留学生に要望したことが、ちょうど六十年後に実現したわけです。

そもそもタゴールは一九〇二年から岡倉天心との関わりで日本との文化交流にたいへん熱心だったのですね。五回来日していますが、第一回訪日の一九一六年、横浜の三溪園に三か月ほど滞在しています。その際日本美術院の荒井寛方画伯がタゴールに見込まれ、懇望されて、横山大観と下村観山の絵を模写したこともありました。タゴールはその模写のうまさと寛方の寛やかであたたかい人格に日々接して感激し、のちにインドの画家たちと美術交流をするために、寛方をインドへ招聘しています。寛方はインドにその模写の絵をもっていき、二年ほど滞在しました。一九〇二年の天心、一九〇三年の大観、〔菱田〕春草の訪印以来、寛方の訪印は日印美術交流史上大きな足跡を残しました。現在インドでも高い評価を得ています。

また、日本でも寛方その人を顕彰しようと、寛方・タゴール会が生誕の地・栃木県氏家町〔現さくら市〕と東京につくられました。ここにもお見えの荒井寛方の次男の奥様、荒井なみ子さんは「葬送の自由をすすめる会」の会員で八十歳を超えた方ですが、常日ごろ「私にもしものことがあったときには、遺骨の一部をタゴール・寛方記念碑の周りに埋めてください。そうすれば、私の尊敬するタゴールと寛方を慕って、私の魂が蛍のように平和の里シャンティニケタンのその碑の周りをいつまでもいつまでも回り続けているでしょう」とくり返しくり返し私におっしゃいます。私は、「私の方が先ですよ」というのですが（笑）。

そういうことで少しずつ葬送の自由ということが日本でもすすみ、実際にガンジス川での散骨もされています。

何度もいうようですが、死も自由に生も自由に、というのがタゴールの基本的な考え方なのです。

第二部　東西文明の共存、そして共生共死の思想へ

山折　第一部に引き続きお話を伺いたいと思いますが、どういうところからお話を展開していただきましょうか？　我妻先生からでよろしいですか。（中略）

人間がいなければ、宇宙も真理も存在しない

我妻　補足をちょっと申し上げます。タゴールに関してよく質問されるのは、タゴールと科学とい

うことです。タゴールが生とか自然とかいいますので、タゴールが科学を否定しているのじゃないかと。それについてどういうふうに考えますかときかれます。

まずひとつは、タゴールはドイツの物理学者のアルバート・アインシュタインとかヴェルナー・ハイゼンベルクとかとたいへん仲が良くて、このアインシュタインとタゴールには宇宙についての有名な議論があります。かいつまんでいいますと、アインシュタインは地球や人間が滅びても宇宙は存在する。宇宙の真理は認識する主体の人間が存在しなくても現存するといい、タゴールは宇宙と人間とは内的統一があり、それは美的統一意識であり、人間が存在しなくなれば宇宙の真理なるものは存在しない。認識されないからであるといいます。この議論が有名な議論なのです。また『宇宙紹介』という科学に関する本を書き、その点、ドイツのゲーテと共通しています。

タゴールとガンディーはお互いに一生にわたって友情と尊敬の気持ちをもち続けましたが、いくつかの点で衝突をしたこともあります。その最大の原因はタゴールが芸術家であって、詩人であるということに尽きると思います。

タゴールは常に普遍的ヒューマニズム、平和と愛、東西文化の融合、宇宙の最高原理と個我の統一などを主張していますが、それは単に抽象的、断片的な観念ではなく、生の実現のなかで創造的に実現していくことです。東西文化の融合に関しても、例えばイギリスとの関係において、イギリスの植民地支配や帝国主義にタゴールは反対していましたが、反対の態度を表すのに、まず第一に自分の作品を通して表しました。

第二に教育によって。独立をして単に権力を奪取するだけではだめで、それは真の独立とはいえず、永遠革命のようなもののために教育が非常に大切だということをよくいっています。

農民についても、ベンガル地方やビハール地方では伝統的な手工業が盛んだったのですが、イギリス支配のときにはイギリスが藍の生産とかアヘンの生産とか、お茶の生産とかをさせて、そうした伝統産業を絶滅させるような運動をしたので、タゴールはタゴール国際大学の中に農村再建部というものをつくって、いまでいえば成人教育みたいに農村の人たちをタゴール国際大学まで来させて、技術を保存して農民が疲弊しないように、機織りとか、日本人の庭師とか大工さんまで呼んできて、技術を学ばせました。ある地域を実験的にブロックの中に入れて、先ほどのガンディーではありませんが、そこのコミュニティーを復活させようとしたのです。そういう点は、独立してからも、タゴールの農村再建を学ぼうとバングラデシュからも現在でもなお学びにやって来るほどです。

東西文化の融合

タゴールのこうした農村再建運動はインド全体に広まっているわけではないのですが、地域のコミュニティーについてインドが疲弊しないように、足腰をきちっとするように、教育と農村再建を企図したわけです。

タゴールのイギリスの抵抗運動としてひとつ有名なのは、ガンディーがイギリスの衣服を焼くということがありましたが、それに対してタゴールとガンディーの間に大きな論争がありました。

タゴールは、ガンディーよりもう少しはっきりしていて「ボロインレジ」と「チョトインレジ」という言葉を使います。「ボロインレジ」というのは偉大なイギリス人、「チョトインレジ」は心の狭いイギリス人という意味です。心の広いイギリス人からは学ぶことが多いし、心の狭いイギリス人からは学ぶことがない、むしろ排斥すべきだということをいっています。

タゴールはドイツ語を習ってゲーテを学び、ロマン・ロランとも仲良くしたりして、世界の思想家とたいへん仲良くしています。ですから彼が七十歳になったときに世界の有名な人たちがタゴールに賛歌を捧げて、日本では片山敏彦とか、尾崎喜八とか姉崎正治とか井上哲次郎の諸氏が、タゴール賛美の言葉を捧げています。フランスではアンドレ・ジイドとか、ドイツではヘルマン・ヘッセとかトーマス・マンとか。タゴールはもちろんイギリスの植民地主義には反対なのですが、そのようにして東西文化の融合ということを説いていました。

外国にも招かれて十一回にもわたって世界を遍歴しました。ヨーロッパの大部分の国々、イラン、イラクを含めたアジアの大部分の国々、アメリカ、カナダ、ペルー、さらにエジプトなどで自分の普遍的ヒューマニズムの思想を率直に語り、各国の核心的思想を内面に受容しました。

それから日本については、一九一六年に初めて来られましたが、日本滞在中に、日本の美意識や女性、絵画の余白観、瞑想的な日本とか、日本人の勤勉さとか、きれい好きなところなどをたいへん称賛しています。

またアメリカに行ったときに批判していることは、西洋の過度な商業主義、過度な資本主義、過度な軍事主義に対してです。ですから、タゴールの場合は称賛もしますけれども批判もしています。詩人としての批判的予言的精神をもっています。これからの世界では、タゴールのような国際的な批判精神が必要だと思います。

（二〇〇一年六月『再生』第41号　葬送の自由をすすめる会／二〇〇一年十月『シンポジウム「タゴールとガンディー再発見」』法藏館　我妻和男の発言を抜粋）

タゴールとバングラデシュ

詩人タゴールとバングラデシュとの関係は、多様で非常に深いものがある。

先ず、タゴールの祖先の地は、バングラデシュのジョショル県であり、タゴールの妻のムリナリニの出身地はクルナ県である。

タゴールとシライドホ及びポティショルとの関係は多重的である。すなわち、両地の土地管理の問題、農民と社会への意識の問題、多様なジャンルの芸術的創造、教育の問題、更に民族的意識、大地と大河、自然との触れあいなどである。

タゴールは祖先伝来の領地を父のデベンドロナトから管理・監督を依頼され、一時期それにたずさわり、農民との交流が行われた。その村々で、かれらの真の姿を自分の目で見た。金貸しからの借金に苦しみ、頼るものもなく、貧しく、力なく、健康に秀れず、しかも素朴で、純粋な人々、――未だ自分たち自身の苦境を乗り越える対策を知らずにいた。自分たちのために何かしようとする熱意が乏しかった。その状態を見て、タゴールは全力をふるって、農村再建の仕事にたずさわった。クリグラムに農村銀行を設立、後にノーベル賞受賞金をここに入れた。土地の測量をきちんとして、肥料を用い、クリグラムにはトラクターを導入。農閑期には、織物・陶工器、傘を作る教育をした。農民から僅かな寄附を受け、自らの資金を注いで小さな病院や学校をつくり、また飲水のために池を堀り、淀んで汚い池をきれいにし、道を開き、民事、刑事事件で村民が窮地に陥らないように相談、援助会を組織した。これらの体験は、後のスリニケトンの農村再建部設立に連なっている。

基本的には、タゴールが農民と哀歓を共にし続け、地主という存在そのものの反省もした。シライドホとポッダ河の自然をこの上なく愛した。「少し遅く起きてみると、素晴らしい陽が昇っていて、秋の満ちた河の水がゆったりと漲っていました。河の水面と岸とがほとんど同じ高さで、稲田はきれいな緑で、村の木々は雨期の終りで生き生きと繁っていました。この上もなく素晴らしく思われました。これ以上何を言いましょうか。午後、激しい驟雨が一降り過ぎていきました。それから夕方、ポッダ河畔のわが椰子の林の中に陽が落ちました。私は河岸に立って、ゆっくりと散策していました。私の前面遠く、マンゴーの園に夕べの影が落ちました。私が帰途につこうとしたとき、椰子の木々の後の空が黄金色に染まりました。地上は何と不思議なほど美しいことか、また、なんと広大な生命と深い想いに満ちているかは、ここにきてみなければ思い浮かびません。夕方、私は小舟に黙って坐っていると、水が静まり返り、岸辺がかすかになり、空の果の夕陽の輝きが次第に薄れていくとき、物も言わず、眼を半ば閉じた自然は、私の身体と心全体に、おおらかに広やかに、そっとふれているのを私は感じました。何という平安、何という愛情、何という大いさ、何という限りない憐れみに満ちた悲しみ。この人里のからし畠からあの人なき星の世界に至る空間のすみずみまで、無数の驚嘆した心に満ちていました。私はそこに、果てしない心の世界に一人坐っていました。」（『つれづれの手紙』*Chinnapatra, 1912. P.35.* 一八九一年十月一日付）

ショメンドロナイト・ボンドパッダエは言っている。「このシライドホの時期がどんなに今までにないほど豊饒であったかということは誰もがよく知っていることである。詩人の人生の守護神は、詩集『黄金の小舟』で無数の黄金の収穫物を運んで来た。詩に歌に、物語に、ベンガル文学の倉庫が突如満たされた。しかし、絵の精神の方面でも、この時期の価値が測り知れないということは、多くの人たちは知っていない。

西ベンガルの吝嗇（りんしょく）な自然に囲まれた、人の少ない自己中心的な孤独な居から、タゴールが、東ベンガルの水豊かな緑豊かな環境にやって来た時、その心と生活に広汎な変化が現れた。……東ベンガルのあれほど豊かな緑の溢れ滴る甘露、あれほどに地平線の果まで拡がった、紺青の空に、とりどりの色の片雲の絶え間ない行き来。濃く厚い緑の隙間、隙間に列をなした人里。そこには、日々の泣き笑い、苦楽の中に死すべき人間の生命の間断なき律動及び何にもまして広漠とした大河の幅広い、波立つ流れ。ポッダ河は『深く、波音の厳かな、奔流』である」

ポッダ河に小舟を浮かべて、どれほどの多くの詩を書いたかわからない。シライドホでは戯曲も書いた。タゴールの詩は、晩年を除いては、音の世界であり、自らの詩に作曲している。

しかし、タゴールの絵に関しても、シライドホの役割は非常に重要である。七十歳になって堰を切ったように千枚を越える絵を描き、現在、国際的に高い評価を博しているが、それ以前では、三段階にわたる予備段階があり、極く僅かながら、タゴールは絵の試作を行った。中でも、シライドホの段階は重要である。タゴールは、律動的な音の世界と並行して、シライドホでは、目の世界への開眼を行った。このシライドホで、周りの普通の人、村の男、女、樹、家などの具象的な世界に視線を向け、絵を描いた。何十年後の晩年の世界への予感でもあった。

次にタゴールのシライドホ訪問、滞在の大体の年代記を記述すると、先ず、一八七六年に五兄のジョティリンドロナトに連れられて来る。一八八九年には家族と共に小舟で行き、一八九〇年にも一月と六月に訪れ、六月には戯曲『チットランゴダ』の構想を練る。一八九一年には舟旅で十月に、また一八九二年には正月から八月まで何度も、また十二月にもシライドホ及びポッダ河を訪れる。一八九七年六月にもシライドホを訪れ、また一八九八年にも二度訪れ、一八九九年にはついに決意して家族と共にシライドホに移住する。また開学早々の西ベンガルのシャンティニケトンのタゴール学校が天然痘の猖獗（しょうけつ）のため、一九〇四年数ヶ月間、学校をシライドホに移転した。一九〇七年暮から四ヶ月間娘たちと、また一九〇九年には長男と共にシライドホに滞在する。一九〇九年には、シライドホで、戯曲『王』を執筆。実に一九一二年三月から四月に滞在中、詩集『歌の花環』を執筆。『ギタンジョリ』を含む複数の自作のベンガル詩集から、自ら英文『ギーターンジャリ』の訳業に努めたのも正にその時であった。

また、妻ムリナリニと子供たちとシライドホに来た一八九九年は、カルカッタ〔現コルカタ〕のタゴール家という百人を超す大家族主義と文化集中的な雰囲気の中に、田舎の出身の余り教育を受けていないムリナリニは、さまざまな困難に遭遇し、子供の教育に関しても、タゴール自身が挫折した貴族的エリート教育にも子供を預けきれないため、大地と大河のシライドホで、妻も伸び伸びと生き、自ら教養も育み、子供たちも、理想的人格教育を受けることができるようにと、一家でシライドホに移住した。子供たち及び周辺の子供たちのために家庭学校を設立する。それらが、二年後のシャンティニケトンのタゴールの学校に直接連なる。

タゴールの生涯にとって、それほど大切なシライドホは、バングラデシュ独立後は、記念すべきものとして、国民から注目され、タゴールのゆかりのものは、保存されていることは、よろこばしいことである。

ダッカには一八九八年に州大会に参加するために訪れる。一九二六年二月ダッカ大学から招待され、講演をする。ダッカのさまざまの会で演説。また、バングラデシュ内のマイメンシン〔モエモンシンホ〕、クミッラ、ナラヨンゴンジュなどを歴訪、大歓迎をどこでも受け、講演をする。

一九三六年七月にダッカ大学から名誉文学博士号を受ける。健康上の都合でダッカには行けなかった。


（一九八八年三月『バングラデシュ・ポートレート』バングラデシュ・ソサエティ・ジャパン）

独印文化交流——ロビンドロナト・タゴールの場合（第一回訪独まで）

タゴールの場合について述べる前に、関連する次の二点を概述する。

（a）タゴールが、生まれ、育ち、活躍したベンガル地方は、近代インドにおける、文芸復興、宗教改革、社会改革の中心地であった。マドラス〔現チェンナイ〕とボンベイ〔現ムンバイ〕も一端を担ったが、何といっても、このベンガルを窓口として、インドの西洋文化との接触、受容が行われ、西洋のインド文化の研究・紹介が行われた。それは、また、イギリスによるインドの植民地化とそれからの独立の歴史でもあった。一七五七年ベンガルのプラッシーの戦いの後、イギリスの覇権が確立した。それを機縁として、東インド会社の官吏、および宣教師が主流となって、インド文化との接触を始めた。ベンガル初代総督Warren Hastings（就任期間一七四四〜一七八五）は、積極的に文化面に力を入れた。即ちNathaniel Brassey Halhed（一七五一〜一八三〇、『ベンガル語文法』を英文にて発刊一七七八）、William Jones（一七四六〜一七九四、Abhijñānaśakuntālam 一七八九などの訳）、Charles Wilkins（一七五〇〜一八三六、Bhagavadgītā 一七八五などの訳）などが輩出し、一七八四年には、Asiatic Society が創立され、本格的なインド学が始まった。それと同時にHindu College（一七八一）、

Calcutta Madrassa（一七八一）、Fort William College（一八〇〇）、Serampore Mission（一八〇〇）が次々と創立され、東西文化交流の場となった。

（b）このベンガルとイギリスとの関係が発端となり、ヨーロッパ全体に、インド古典学の研究が十八世紀末葉から広まっていく。ドイツにおいては、イギリス、ついでフランスにおける古代インドへの感激を受け継いで、インド文化への共鳴が始まった。それから、ドイツとインドとの文化交流が始まり、長い実質に富んだ歴史を持つわけだが、全体を通じての第一の特色は、英仏のように、インドに対して植民地的なかかわりあいをもたなかったことである。インド思想が、内面的に、ドイツ思想とかかわりあいをもつにいたり、また様々な外的事情に比較的影響されることが少なく、インド研究が純粋に持続されたのも、それが大きな原因であろう。

ドイツ文化のインド文化とのかかわりあいは多様であった。まず一つの流れとして、Johann Gottfried Herder（一七四四～一八〇三）、Johann Wolfgang Goethe（一七四九～一八三二）が、世界文学、または東西文学という新しい観念によりインド文学に触れた。彼ら自身の中で、インドの比重はそれほど大きくなかったとしても、単に好奇的な眼ではなく、新しい考えのもとに、また、ドイツ伝統の内面的教養形成の重要な部分として取り扱い、これは正にタゴールの理念と相い連なり、〔Hermann〕Keyserling〔一八八〇～一九四六〕との出会いとなる。

第二に主役を演じたのは、浪漫派の人々であり、ほとんどすべての同派の人々が、インド文化とかかわりあいをもつにいたる。即ちAugust Wilhelm Schlegel（一七六七〜一八四五）、Friedrich Schlegel（一七七二〜一八二九）、Novalis（一七七二〜一八〇一）、Jacob Grimm（一七八五〜一八六三）、Friedrich Rückert（一七八八〜一八六六）など前期及び後期ドイツ浪漫派の主要人物の大部分である。

特徴として、思想的には、インド古代を、中世ヨーロッパに次ぐ理想的な憬れの根源とみなし、そこから作品創造の原動力が生まれた。また、サンスクリット語を媒介に、インド・アーリアンという共通同胞意識がめばえ、はじめサンスクリット語は、ヨーロッパ諸語の共通祖語と思われたほどであったので、なおのこと感激のもととなった。彼らは単に根拠のない夢のみを語っていたわけではない。即ち、英仏からはじめて、ドイツに、インド学・サンスクリット学の講座を開いたのが彼らであり、実際のサンスクリットの知識に基づいて、翻訳をしたのも彼らである。このサンスクリット語が基となって、比較言語学、近代言語学、更にドイツ語学が、本格的に創始されたのも、浪漫主義作家たちの力が与って大きかった。

第三にArthur Schopenhauer（一七八八〜一八六〇）を代表とする、生の哲学に、ウパニシャッドと仏教とのかかわりあいがある。詳述は省略するが、それは、今世紀の作家たちまで続いている関心と問題である。

Heinrich Heine（一七九七〜一八五六）も独自に、インド文学から、創造的情熱を得た一人である。

このように、ドイツでは、英仏の刺戟を受け、十九世紀初葉すでに、インド文化への関心は、多層的・多角的であった。まだ当時は、判断の基になる資料が十分なかったので、インド文化に対する正当な見解を持つのに誤りもあったが、その影響力は多大なものがあったといえよう。後半に至って、ドイツ特有の徹底性によって、言語的・文献的研究の成果が、正確に巨大になり、ヨーロッパにおけるインド学研究の一大拠点となり得た。二十世紀も正にこの延長上にある。この間のインド学研究史はLeopold von Schröderの*Reden und Aufsätze über Indiens Literatur und Kultur 1913*にみられる通りである。

このようなドイツ側からのインド文化への関心という背景の中で、タゴール（一八六一〜一九四一）に対する関心も当然のこと大きいといえよう。

それに対して、インド側のドイツ文化研究及び関心は十九世紀においてそれほど大きいとはいえなかった。関心はあるにしても、それが組織的・持続的な研究・紹介にはいかなかった。

ここでタゴール自身のことに入っていくが、タゴールの場合、単にドイツ文化とのみ関係があったわけでなく、ほとんど全世界と文化的関係があったといっても過言ではない。中国、インドネシア、日本などアジア諸国、ヨーロッパのほとんどすべての国、アメリカ、更に南米にも実際の足跡を伸ばしているが、単なる旅行でなかったことは、個々の場合を詳細に検討してみるとよく判る。基本的には、世界に向かって開かれた心、世界文化への信念に裏付けられているといえよう。

しかしそれらの中でもドイツに対する関心は非常に大きかったといって誤りではない。前述のごとく、インド側からのドイツ研究は、それほどはかばかしくなかったにもかかわらず、タゴールは、ドイツ語を学びたい意思を早くから表している。二十九歳のときの手紙に「ドイツ語のファウストを少しずつ読む努力をしている。君がいれば、君を僕の読書の友にすることができたろうに。このような勉強は、二人一緒にすれば、先に進むものだ。勉強している最中に、回教伝統学者の演説や小作料徴収官の説明や、小作人たちの陳情が間にさしはさまれると、ドイツ語を理解するとはどんなものか、君は簡単に想像できるだろう[1]」(一八九〇)。更に後には、「ドイツ語を習うは易しい[2]」という発言に変わり、有名な小説『四章[3]』(一九三四)の主人公の一人は、ドイツ語とフランス語の私的な学校を開いた。このようなドイツ語に対するタゴールの関心は、彼のドイツ文学に対する畏敬の念と共感の予感に基づいている。詩人である彼は、詩を理解するには、できるだけ原語の味わいをという基本的態度をいつも押しすすめている。彼の『日本紀行[4]』の中で、「枯枝に烏のとまりけり秋の暮」(芭蕉)などの日本の俳句のベンガル語訳は、ほんとうに日本語の味わいがでているが、それは、いわゆる意訳というものではなく、逐語訳に近い形で訳している。それは、日本人から徹底的に、個々の単語、全体の意味を繰り返して聞いているのである。ドイツ語の場合は、自身ドイツ語を習得しようと努めたので、なおさらのことである。例えば、ハイネの詩、[5]

ハインリッヒ　ハイネ

Anfangs wollt ich fast verzagen,
Und ich glaube, ich trüg es nie,
Und ich hab es doch getragen-
Aber fragt mich nur nicht, wie?

ベンガル語訳　タゴール

prathame āśāhata hayechinu
bhebechinu sabe nā bedanā!
tabu to kon mate sayechinu,
ki ka're j'e se kathā sudhāo nā!

「はじめ私はほとんどあきらめようとした
だがそれに自分で耐えられないと思った
でもどうにか　耐えたのだ
どうしてなのか聞かないでくれ」

ドイツ文化に対しての評価は次の文に端的にあらわれている。「ドイツでLessing, Goethe, Schiller, Heine, Hegel, Kant, Humboldt が文学の天国を創造した[6]」（一九〇六）。このように個々の例を挙げていくと非常に多数にのぼるが、ゲーテの場合だけでも様々のことを述べているが、例えば、ドイツ語を混えて書いている。「Goetheのある一つの言葉を私は心に留めている。それは聞いてみれば、何の変哲もないが、非常に深い意味がある。Entbehren sollst du, sollst entbehren. 単に心の過度の享受ばかりではなく、外面の幸福、平安や物も私たちを麻痺させる。[7]」このように深く内面的に理解している。また他のところでは、「ゲーテは臨終の時言った。もっと光を！　私はその時、もしなにか願いを表すことがあれば、もっと光を、もっと空間をという。[8]」即ち、ドイツの文学における思想性を機縁として自分自身の思想を深め、表現している。従ってドイツへタゴールが行きたいという気持は、相当前からあって、第一回訪独の一九二一年の前から、その機会を探していた。即ち、一九一三年ノーベル文学賞受賞の翌年に手紙の中で「一つ知らせを受けた。私はベルリンに行く。私の講演のために、とてつもなく大きなホールが決まった。向こうのある女性が、このために私に招待状を送ってくれた」[9]といっている。実際には行くことができなかったが。

タゴールは、ノーベル文学賞を受ける前までは、ベンガル地方ですら、超一流とは思われていなかった。従って世界に知られた詩人ではなかった。しかし、ドイツにおいて、いくらかは、新聞・雑誌に紹介されていた。それにはHermann Keyserlingの力が大きいと言えよう。それは後述する。

タゴールの訪独などを含めて、ドイツの新聞・雑誌に書かれたタゴール関係の切り抜きが、Visva-Bharati（タゴール国際大学）のタゴール博物館に、集められていて、その数は四百七十件にのぼっている。それは、タゴールの長男で後にこの大学のVice-ChancellorになったRathindranath Tagoreが、訪欧のとき持ち帰ったものだけでなく、かなり組織的に、関係書類を蒐集していたものである。

ノーベル文学賞受賞後、第一回訪独の間に第一次世界大戦があり、それが、第一回訪独を特徴づけている。

さて、タゴールの訪独は一九二一、一九二六、一九三〇年の三回にわたっているが、本論文は第一回のみを扱う。これは、ヨーロッパ旅行の一環としての訪独であるが、タゴールとしては、第五回目の外国旅行、第四回目のヨーロッパ旅行である。一九二〇年五月十一日、長男Rathindranath夫妻をつれて、タゴールは、カルカッタ〔現コルカタ〕を出発、ヨーロッパ・アメリカを経、またヨーロッパに帰り、一九二一年五月十二日ドイツに入る。以下簡単な日程を書くと、

○五月十二日 Darmstadtの Keyserlingの家。

○五月十三日〜二十日 Hamburg, 二十日にHamburg大学でドイツでの最初の講演。

（五月二十一日〜二十八日 デンマーク、スウェーデン訪問）

○五月二十九日〜六月四日 Berlinの実業家Hugo Stinnes（一八七〇〜一九二四）宅に客となる。六月二日には、Berlin大学にて講演、その夜、同大学教授Karl Heinrich Becher（一八七六〜一九三三）が、ベルリンの著名な人々および教授たちを招いて宴会。六月三日同大学にて講演。午後、インド人学生によるパーティー。夜、実業家Walter Rathenau（一八六七〜一九二二）に招かれる。

○六月五日〜八日 Münchenで、タゴールの本の翻訳の出版者Kurt Wolff宅に留まる。五日、作家Thomas Mann（一八七五〜一九五五）などの著名作家と出版者宅にてあう。七日München大学にて講演。

○六月九日〜十二日　元Hessen州大公の招待で、Darmstadtに行く。Keyserlingの「英知の学校」

で講演。
○六月十三日 Frankfurt訪問。Frankfurt大学にて講演「ベンガル吟遊歌人バウルについて」。
○六月十四日 Darmstadtの労働者クラブに行き、雑談。その後、オーストリア、チェコスロバキア、フランス各地訪問、フランスを七月一日出発、インドに七月十六日着、一年二ヶ月間にわたる外国旅行を終える。

タゴールは、その人生観・世界観・教育観と密接に関連したタゴールの大学の建設を願っていた。この旅行の最大の目的は正にそれであった。それはドイツにおける理想主義的な考え方と一致するところがあると、タゴール自身、自覚していた。

一九〇一年、ベンガル州のSantiniketanの地に五人の生徒と六人の教師を伴って、タゴールは学校を開いたが、それが次第に大きくなり、遂にタゴールのこの外国旅行からの帰国後、一九二一年の暮Viśva-Bhāratī（タゴール国際大学）に発展した。

創立の理念は、インド古代の教育にならったといっているように、自然との疎外のない、自然の中での教育、人格的全人教育、学問と芸術の一体性、農村再建教育であり、そのような個の拡大を、全インドに、そして全世界に拡げていこうとした。この国際性、東西文化の融合を現実に実現しようとしたのが、この時期における大学の創立であり、人物交流・文化交流の開始である。創立はすでに、一九一九年からタゴールの頭にあり、二年半にわたる歳月が創立への準備に費やされた。それは、彼自身の生の実現の哲学と長年にわたった第一次世界大戦の外的・内面的破壊と悲惨に対する内省的体験からである。従って単なる批判ではなく、創造的実現を期したのである。

ここでHermann Keyserling（一八八〇～一九四六）のことを述べなければならない。彼の思想は、生の哲学と文化哲学の流れを汲んでいると考えられる。一九一一年インドに旅行し、カルカッタのタゴール一家をも訪問し、タゴール自身とも知己になる。ここで注目すべきは、タゴールが未だノーベル文学賞を受賞していないで、世界には無名に近い時期であったことで、その旅行の感激を、Keyserlingは*Das Reisetagebuch eines Philosophen*（『哲学者の旅日記』）の中で一九一八年に述べている。

同じ一九一一年にHermann Hesse（一八七七～一九六二）はインド旅行をしている。Hesseは、祖父および父ともどもインド学およびインドに密接な関係をもっていたし、彼自身、インド文化・インド精神に対して深い共感を覚え、*Siddhartha*〔『シッダルタ』〕などの名作を残しているが、実際のインド旅行についてはAus *Indien*（『インドから』）などにみられるように、あこがれのインドからある距離を感じている。後には、インドを内面化している。

しかしKeyserlingの場合は、インド文化の賞讃のみならず、現実のインド旅行に精神の高揚を感じている。彼も哲学を媒介として、芸術と科学を結ぼうとし、生の実践を期そうとした。そして古代インドをそのような自我実現の理想と考えた。そしてヨーロッパの行為と東洋の行為と存在への深い意味づけ、この二つを、総合しようとして、一九二〇年「英知の学校」を創立した。

タゴール訪独後数日たってKeyserlingは*Der Tag*紙に「タゴールとドイツ[10]」という文をよせ、「西洋と東洋の間に人間性の橋をかけるために、今から、タゴールの大学と私の英知の学校とが、一致協力して仕事をするだろう」と言っている。彼にとっては十年前からタゴールとの絆が結ばれていた。

タゴールは、大学設立の理念を説きつづけた。それは、ドイツへの訪問の前から、すでに知られていた。従って、訪独六日前の五月六日、タゴールの誕生日に、スイスのタゴールのところに、ドイツの文学者、哲学者からなる委員会から、誕生を祝う手紙と、タゴール国際大学のためにとのドイツ語の本多数を送って来た。その中にHauptmann, Keyserling, Eucken, Harnack等がいた。五月十日の彼の手紙で「外からみれば、私たちと異なっている人々が、私たちと、どんなに近しいか。そのことは、この贈物によって感じとることができる[11]」といっている。

ドイツに期待と感謝の気持を表して、「ドイツは、西洋とインドとの知的、精神的コミュニケーションの通路を開き、また、拡げるために、世界中で一番貢献した[12]」と述べている。

ハンブルク大学での講演で、「ゲーテの中でこそ人間と自然とが、一致することができた[13]」と述べ、タゴール大学での自然との調和の理念を掲げた。これに続いて、一九一九年五月に*Modern Review*誌に発表された*Message of the Forest*という論文をベルリンでタゴールは朗読、それはレコードに入れられ、プロイセン科学アカデミーに保存された。また同じ論文がタゴールによってダルムシュタットでも朗読された。この論文こそが、タゴール国際大学の最初の萌しであったのであるから、ドイツにおけるタゴールの意気込みが窺われる。

第一次世界大戦で敗戦国となったドイツは社会・経済的混乱に苦しめられ、食糧難にうちひしがれ、精神的に虚脱した状態であった。まして子供たちは非常につらい思いをした。その点に関してタゴールの訪独中、二件のエピソードがある。第一に、六月七日のミュンヘン大学でのタゴールの講演の際、満員の聴衆の切符の売り上げ分、即ち約一万マルクを、戦争後の飢えに苦しむドイツの子供たちのために、タゴールは全部寄附した。また第二に、Santiniketanで生徒たちの前でタゴールが語った色々の話を集めたものの訳本の題が*Flüstern der Seele*（魂のささやき）というが、それがミュンヘンのKurt Wolff社から出版になった。その印税のすべて、即ち二万六千マルクを子供たちに寄附した。そのことに関連して、ミュンヘン市長は、詩人に次のように書いている。「あなたが、Kurt Wolff社を通して、あなたのFlüstern der Seeleの印税の半分を私たちに送って下さいましたが、それは、あなたの大きな慈悲の暖い思いやりのあらわれです。上記の社より一万三千二十七・九五マルク送って来ました。私たちはこのお金を貧窮している子供たちの家計を助けるために、また子供たちを保育園に保護するために使うでしょう。[14]」

タゴールのこのような人道主義的な行為は、大学設立のため、資金を集めに、世界を廻っているともいえる時期だけに、本物であったといえよう。

またドイツ各所における講演会は、どこでも満員で、いや、混乱にいたるまでの盛況であった。その一例としてベルリン大学での講演会は語り草になっている。詩人を見んと約一万五千人の人が道路でごったがえし、この会場では、それまで、これ程の大衆をみたこともない。当時の新聞に「タゴールの講演を聞こうと興奮した大衆による英雄崇拝の前代未聞の光景が現出した。座席を確保するために殺到する人の圧迫によって、多くの女性が気を失う。最後には、警察官が来て鎮め、整理した[15]」と書かれている。従って翌日また大学で講演をしなければならなかった。というのは第一日目に、多数の人が、第一にタゴールを見ることができず、第二に講演を聞くことができなかったからである。

このような異常な興奮まで伴った歓迎が、一流の文化人のみならず、大衆にまで及び、場所を問わず行われたのは何故であろう。それは、土壌には、百年以上にわたるドイツのインド文化に対する関心の歴史があり、何よりも大切なことは、インドがドイツとは英・仏・葡・蘭とのような植民地・被植民地の関係になかったことで、理想主義的伝言が、屈折されずに取られ易かったことである。また、もう一つは、第一次世界大戦にドイツと交戦国となったヨーロッパの諸国の言葉がどんなに高い調子を帯びようと、ドイツ人の心には、勝利者の言と受け取られる時期であり、インドは、イギリス植民地でドイツの交戦国とはいえ、ドイツ人にとっては、闘争の相手ではなかった。このことも、タゴールの言葉が素直に受け入れられる理由でもあった。二元の中に一元的統一を見ようということに基づいた東西文化の融合とその人格的・教育的実現を説いたタゴールの森の伝言によって、虚脱状態のドイツが少しでも、その再建の勇気を鼓舞されたように感じたのであった。同行した長男のRathindranathの同行記で「父が受けた歓迎は、特にドイツでは驚異的なものであった[16]」と客観的に書いている。タゴール自身も、イギリス内とは違ってドイツにおいて一番緊張感が少なく、自由にものを言っている。

更に、ドイツでのタゴールの体験の特徴的なこととして、内面的にも、外面的にも音楽的なドイツに触れたことである。タゴールの長男の同行記の中に次のような一節がある。「ある日、大公とカイザーリング伯とが、私たちをドライブに連れていって下さった。ある公園で、私たちは車から下り、そこに集まっていた休日の群衆と一緒になった。そこに小山があった。父は一番上まで導かれ、石のベンチに坐った。まもなくすべての人々が集まって、スロープに輪になって立った。誰にいわれるともなく一斉に歌いはじめた。歌が次から次へと約一時間続いた。そこには約二千人の人々がいたに違いない。誰もその人々をリードしたわけでもなかったが、二千人の声のコーラスが、ためらいもなく、完全な調和のうちに歌われた。このような余興はドイツ以外では考えられないことであった。民衆のこの自発的な歓迎が大変美しく行われたので、父を深く感動させた。[17]」そのことは*Newstageblatt*紙にも載っていて、最初の歌は、Ich weiss nicht, was soll es bedeuten（なじかは知らねど）であったという。

タゴールは、詩人・劇作家・小説家・批評家・思想家であると同時に、画家・音楽家であった。彼は自詩に千曲以上の作曲をし、それらが、今なお、ベンガルの村々で愛唱され続けている。従ってドイツにおける音楽的感動は、一入（ひとしお）のものがあったといえよう。大学で、パーティーで、いたるところで、ドイツ音楽に触れることができた。またタゴールの方も、英語で、ベンガル語で、自分の詩・随筆などを朗読した。

このような雰囲気であったので、*Münchner Zeitung*では、タゴールの講演について、「タゴールの言葉は、平和の言葉であり、愛の言葉である」といっている。

第二回、第三回訪独、アインシュタインとの宇宙論談議などはこの論文外のことであるが、第一回訪独のときと異なった、社会・世界状況の変化と相俟った問題がでて来た。

さて、訪独を含めた旅行の結果、タゴール国際大学に、フランスからSylvain Lévi、チェコからWinternitzなどとインド学者が続々とVisiting Professor〔客員教授〕として来る。

偏狭な国家主義を排して、人類という理想を掲げて、ヨーロッパを旅し、大学設立を果たしたので、その旅は成果があったといえよう。その中でドイツが一番内面的な親近感をもって詩人に受け取られた。

（一九七三年十一月『インド思想と仏教：中村元博士還暦記念論集』春秋社）

参考文献（カッコ内略号）

On the Edges of Time: Rathindranath Tagore, 1958, Orient Longmans, Calcutta.（O.E.T）
ドイツ文学と東洋――上村清延、一九五一、郁文堂、東京。
Das Reisebuch eines Philosophen: Hermann Keyserling, 1918.
Reden und Aufsätze über Indiens Literatur und Kultur: Leopold von Schröder, 1913.

ājker jārmānī, Vol.2, Special Number, Feb. 1972: Consulate General of Federal Republic of Germany. (A.J)

Über die Weisheit und Sprache der Inder: Friedrich Schlegel, 1908.

rabīndrajībanī, Vol.3: Prabhāt Kumār Mukhopādhyāy, 1952, (R.J) Viśva-Bhāratī.

rabīndra racanābalī: Viśva-Bhāratī, Rabīndranāth Tagore. (R.R)

ciṭhipatra: Viśva-Bhāratī, Rabīndranāth Tagore. (C.P)

chinnapatra: Viśva-Bhāratī, Rabīndranāth Tagore. (Ch.P)

rabīndrabarṣapañjī: Prabhāt Kumār Mukhopādhyāy, 1952, Jijñāsā.

Deutsche Literatur Geschichte: Fritz Martini, 1954, Alfred Kröner Verlag, Stuttgart.

rabīndra racanākoṣ: Cittarañjan Deb, Viśva-Bhāratī.

jāpānjātrī: Rabīndranāth Tagore, Viśva-Bhāratī. (J.J)

注

（1）C.P, Vol.5, p.135.

（2）C.P, Vol.4, p.173.

（3）R.R, Vol.13, p.273.

（4）J.J, p.75.

（5）A.J, p.3.

（6）R.R, Vol.8, p.499.

（7）Ch.P, p.280.

（8）Ch.P, p.243.

（9）C.P, Vol.5, p.173.

（10）"Der Tag" 22 Mai, 1921, 'Tagore und Deutschland' von Keyserling.

（11）Letters, 10 May, 1921, to Andrews.

（12）"Modern Review," September, 1921. p.376

（13）Fraenkischer Kurier, Nürnberg, 24, Mai, 1921, 'Rabindranaths erster Vortrag in Deutschland'.

（14）Brief Von Mayor, München zu Tagore, 8, Feb. 1922.

（15）R.J, p.73.

（16）O.E.T, p.150.

（17）O.E.T, p.151.

タゴールの近代インド倫理思想

ロビンドロナト・タゴール（Rabīndranāth Ṭhākur 1861-1941）は、詩人であり、小説家、戯曲家、随筆家、批評家、更に作曲家、画家である。多くの人は、彼を哲学者ともいうが、少なくとも真の思想家であると云えよう。このような各分野にわたる全人的発展の基盤には、批判的精神をもった深い思索があると考えられよう。

彼の生存した時代は、まさに、インドのルネッサンス、宗教改革、独立運動が、特にベンガルの地において、覚め、動き、それが全インドへ広まっていった時代なのである。彼の巨人的な歩みは、インド古来の思想と先進性のあるベンガルの自由思想との交錯軌道上を辿っている。そして近代文明を予言的に批評している点からも、国際的な近代人といえよう。

タゴールの思想を形成している緯（よこいと）となっているものに、ウパニシャッド（Upaniṣad）、ヴァイシュナヴァ（Vaiṣṇava）、彼の父、デベンドロナト（Debendranāth Ṭhākur）が唱導者の一人であった、ブラーフマ・サマージュ（Brāhma Samāj）、カビール（Kabīr）、仏教思想、それに西洋思想がある。一方、彼の文学制作上影響を与えたものは、サンスクリット文学及び英文学である。その思想的影響も随所にみられる。

また、タゴールは、日本を含めて北半球のほとんどすべての国を訪れている。この、世界を遍歴する詩人は、それによって意識を拡げ、思想を拡げていった。

このようにして、タゴールは、独自な自己の思想を全人的にかつ流動的に形成していった。一面、哲学者であるといっても、何といっても、彼は芸術家であることが、倫理の問題にせよ、他の問題にせよ、彼の自由で独自な思索と予言とを生み出していることは否めない。

さて、先に述べた過去の思想とのかかわりあいについて、即ち、タゴールが、それらの諸思想をどんなところに重点をおいて、自分の内面的問題として受け取ったのか。

まず、ウパニシャッドの思想より、根源への信頼感、普遍的な真理を極限的に予感することを学んだ。たびたび訪れた家庭の不幸、インド独立獲得のための苦悩、戦争に対する反対など、危機と絶望の際にも、生涯を通して、詩の中で叫び続けた対象は、常により大きな存在である。それは、いつも固定的なイメージではなく、あるときは、抽象的真理として、またある時は、人格神としてとらえられる。そして、苦しみ、痛みを含んだ存在感を、方向としての真理の予感のうちにとらえる。これは彼なりの、ブラフマンとアートマンの一致の問題である。

また、デベンドロナトからは、瞑想的沈潜により、生の混乱より統一にもどることを学び、タゴールは、更にそれを生の前進力とした。

次にヴァイシュナヴァ思想であるが、クリシュナ神に対してラーダの献身的思慕の愛の関係と、神とそれを信ずる人間との関係が、相互に相なぞらえて、北インド一帯、特にベンガルの地では、民衆の信仰として、また詩歌として表されている。タゴールは、この愛の関係としてとらえることを、生の中で、また詩作の中で実施した。即ちギタンジョリの中でしばしばテーマとなっているものに、戸口の中で、女性が、胸をときめかせながら、真理である君を待っている。したう君が、嵐と共に足音として来り、戸口の前を去っていく。このような献愛を人格的関係として表し、自然という仮象を用いて表す。それは、人類と個人という事においても、後期の詩においては特に著しくあらわれている。

またカビールについては、外的な制約や空虚な言葉にではなく、生の神秘に、愛に尊いものを見出す自然なナイーブさに惹かれた。即ち、そのようなものの中にこそ、諸宗教の相剋と区別が消えていく。しかも、それは現実的生活から離れたものでない。タゴールは、このような生の中を通しての統一というものを強調した。

仏教からは、真理に対する自覚史とそれに基づいた平等観を、重点的に考えた。即ちそれは、様々な現実の条件下、誰にでも、生の自覚を持つ権利があり、それこそは他の何にもまして重要であるということである。

西洋思想と西洋文明に対して、否定的態度をとったわけではなかった。賞讃と批判とをもって迎えた。

以上、彼と縁深い、諸々の思想に対する彼のとらえ方を述べたが、様々な様相を有し相互に矛盾する思想が、彼の中に混在しているのだろうか。これら、すべては理論的に統一または整理ができたのであろうか。即ち一元論と二元論、人格神と、ブラフマ・サマージュの、心の中のイメージさえ許さぬ非偶像化などが、両立できるであろうか。存在と存在感、有と無についてどうなのであろうか。この事について、タゴール自身が自叙伝（Ātmaparicay）の中で「存在学については、私はどんな知識もない。二元論、一元論のどんな論争が起きても私は答えるすべはないだろう」といっている。タゴールは、分析を好む哲学者でなく、つねにいっているのは、分析と解釈と論議では、生の問題の核心に触れるのは難しいという。彼にとっては、一元論も二元論も、両者とも真実であった。その決着について深く詮索しない。ちょうど民衆の生活の中で、同じような流れがあるということ、証明不可能なことの中にも、真理を謙虚に認めることをタゴールは、百にも達する短篇物語の中に、表している。何ということのない普通の少女が、若い新妻が、その主人公になって、生と時の流れの中で自己実現の一こまを演じている。タゴール自身が、西洋ルネッサンス期の多方面に互(わた)る多才の巨人と同様な、様々なものを耐えた天才であるにもかかわらず、特に極限的な虚構のみを用いて創作をしていったとは云えない。

一言にして彼の生命感を云うならば、生の神秘主義（Lebens-mystik）である。今までいろいろ述べたが、すべて総括していうと、生命と生命の間における統一、すべての生物の一体をタゴールは信じていた。そして、それらの根底にある普遍的真理を生き生きとした形でとらえようとした。この生き生きとしたということのためには、人格的関係が、万象の間に、必要だという。従って事実と真理とを厳重に区別し、世界を事実の集積体、あるいは統計的数量化としてとらえることに反対した。神秘的な統一を信じたが故に、理論的矛盾、事実的相剋というものによって、全体をマイナスにとることはなかったのである。事実を単に事実として受け取った場合、無意味であるというけれども、現象世界の様々の発展というものを無視することには反対であり、現象世界の展開の中を通してのみ、宇宙原理の具体的発現がある。

×　×　×

ここにおいて正に倫理的問題が、世界観とのかかわりあいにおいて出て来る。

ドイツの、「アフリカの聖者」といわれる哲人アルベルト・シュバイツァー（Albert Schweizer）は、インド思想の大部分を世界人生否定とみなし、タゴールを世界人生肯定思想の唱導者として高く評価している。インド思想全般に対するシュバイツァーの考え方に、キリスト教的な見方による著しいかたよりがみられるが、タゴールに関して正鵠を射ているといえよう。彼の著Die Weltanschauung der Indischen Denker—Mystik und Ethik（1935）『シュバイツァー著作集』第九巻「インド思想家の世界観——神秘主義と倫理」（白水社）の二六一頁に「タゴールの場合には、倫理的な世界人生肯定に、多かれ少なかれ譲歩をなす世界人生否定は、もはや問題にはならない。倫理的な世界人生肯定は十分に貫徹されている。それは世界観を支配しており、世界人生否定が並立することを許さない」。

ここにおいて、悪という問題が、タゴールの世界観、生命観、人生観、社会観において非常に特徴的なつかみ方をしていることを述べたい。

まず、第一に、シュバイツァーがいっているような、「世界は悪か、存在は悪かという根源的問題」、第二に「世界内における悪の存在の問題」、第三に「その悪とはどんなものか」ということである。

第一の問題について、彼の論文Sādhanā（生の実現）の悪の問題の部で、次のように述べている。「存在が絶対的な悪であると主張した人たちが確かにいたが、人々はかれらのことを真面目に受取ることはできない。……存在はそれ自身、悪ではあり得ないことを証明するために現存する」

(Sādhanā, Macmillan and co. p.52～53)。このような結論に達するのは、学問的、分析的方法によってではない。解釈家としての解釈や知識によってではないことは、随所に自ら述べている。即ち生の中において証明され、それを自覚するのである。

この世界内的態度は、展開される現象が幻ではないことを示しているのであるが、時間と空間の交点である事実を単に事実としてみないことが特質である。それは無限との関連において、また全体との関連において意味をもつ。そして可能性においてプラスの符号を与える。「私たちは、心を無限の方向に向ける時、真理を見る。真理の理想は狭い現在の中にあるのでもなく、われわれの直接的な感覚の中にあるのでもなく、全なるものへの意識の中にある。それはわれわれに対して、現にわれわれがもっているものの中に、われわれのもつべきものがあることを予感させるような全なるものへの意識である。意識するにせよ、意識しないにせよ、みかけよりも常に大きい真理についてのこの感情を、われわれは常に抱くのである」(Sādhanā p.51～52)。タゴールが厭世思想を迷言として斥けたのも現象世界の中の個意識と宇宙意識とが個々の事実を通して統一されているという確信のためである。従って世界はとどのつまり、悪そのものである、または虚無そのものであるという考えを否定するのである。

それならば、世界、宇宙、全なるもの、現象世界全体は、すべて善、プラス、という楽観的世界論であろうか。

タゴールにとって、それは第二の「世界内における悪の存在」の問題である。タゴールは言う。「悪が存在するのは何故かという問題は、不完全は何故存在するのかと同じ問題である。あるいは、そもそも創造ということが存在するかということと同じ問題である」(Sādhanā p.23)。即ち、他のすべてのものと同様に、悪の存在は自然で、自明のことなのである。それは、世の対立概念、矛盾背反のもの、正・邪、有・無、大・小、善・悪といったものは、何時の世になっても存在し、その中での悪は、堂々と存在する。しかし、このいつまでも存在する、善・悪の悪は最終的な事実であるのか、タゴールはそうではないというのである。それは善悪の斗争、二律背反の力によって克服されるべき対象としての悪なのであろうか。それは西洋思想の伝統的な特徴である。善悪両者とも実体的に捉えて離さずにいる。それは、歴史実証主義的楽観主義においても、またすさまじき虚無主義についても同じように、善悪を固定的に考えている——西洋思想では。このように二者択一を倫理的に強く迫り、それに絶対的な価値を与えて、回復し難い符号をつけてしまうのが、西洋の主流である。それは世界内的の場合も、世界外的な場合もそうなのである。

タゴールの場合、現象を無視しない立場であるのだから、悪が悪としての様相を現に表している場合、それを悪でないといっているのでもなければ、無視、軽視しているわけでもなく、ありのままをみているのだが、ここに、先にのべた「悪の存在」を認めるのなら、「その悪とはタゴールにとってどんなものか」という第三の点にやって来る。ここにおいて、タゴールの思想の特質が表れて来る。

一口にいうと、悪を固定的、実体的にとらえないのであり、生を静止的にとらえないのである。先に引用した文章で、悪の存在と不完全なものの存在とは同一であるといっていた、タゴールにとって、悪とは、不完全であるという状態を指しているのであり、それはちょうど誤謬と同じものであり、常に修正可能なものである、そして、誤謬、不完全とは限界づけられたことによって起る状態である。従って苦悩とは、この限界づけられているという感情そのものである。人間存在、あるいは、宇宙の万物はみな、限界の中にあるのだから、不完全であり、また、その点で悪である。もし、それで固定しているのなら、「世界は悪ではない」という大前提も崩れてしまう。機械的断面図では、むしろそんな風にみるのである。即ち「われわれが、この地上で各瞬間に起っている死や腐敗の巨大な量の統計を集め得たら、それらが、われわれを驚愕させるであろう。しかし悪は常に流動している。」(Sādhanā p.49) といっているのは、正にそのことである。世界内的に善と悪とが存在するといっているのは、その意味であり、完全と不完全といっているのも、究極的な意味ではない。外見的二律背反を最終的には実体的にとっていないのである。即ち否定を通しての対比ではない。次の言葉が核心を言っている。「限界付けられているものは、限界の内部に囚われているわけではない。それは常に流動している。そのことによって、瞬間毎にその有限性を放出している。実際、不完全とは、完全性の否定ではない。有限性は無限の反対ではなくて、部分として表された完全さであり、限界内にあらわれた無限である」。不完全性と有限とは完全性と無限の一部であり、つまり通過的な様々な様相に意味付けがなされる。その意味では万象すべて限定という障害によって悪となり、無限性、完全性の一部ということでプラスとなる。この二重性も流動という観念とプラスへの方向の必然性ということによって、全体的にみると、理想主義的楽観ともいえる。普通の意味の道徳的善悪を一定の規範を設けて差別し、裁くことはしない。盗賊にさえも現在性のみを意識しないということで意味を与えている。それでは何でも善とするのであろうか。

善とは何かの問題の答として、「人が真の自分自身についての拡大されたヴィジョンを持ちはじめる時、また人は現在自分でみかけの上で思われる以上の存在であることを悟りはじめる時、人は自分の道徳的本性を意識し始めるのである。その時、人は以後あらなければならない姿を意識するようになり、またまだ体験されない状態の方が、直接体験下の状態よりさらに真実である」(Sādhanā)。

単なる現在、単なる事実から、それを未来への、即ち究極の完全性への、無限への意識の拡大を強調する。

即ち生の拡がり、生の実現、意識の拡大こそが、最大の課題であり、その点に立脚して現在の諸相を認めるのである。常に現象世界の置かれた時点の上に立って意識の拡大をし続けなければならない。そのことから、すべての人間は、同一であり、究極的な善人・悪人ということはない。意識の拡大によって悪そのものも変り、運動する。非常に理想主義的な肯定的人生観である。それは生そのものが運動し、流動し、前進するからであり、前進することによって、真理を予感するのである。そして真理とは、宇宙意識とかかわっている。

西洋における自我の拡大と同じであろうか。タゴールとニーチェとの類似をいう論がある。しかしタゴールの場合は、生の拡大は、常に宇宙意識と結びあっている。近代西洋の思想の多くが、自我の拡大の場合、一切を捨象した原点を考え、その自我の充実も、空虚も、宇宙意識とか、他の観念と結びつけずに考えられる。そして格闘する。すべての権威のない裸の状態――その中に実体的な善も悪をも含みながら――を想定し、あるときは、符号を考えず前進し、あるときは、他の個との連関を孤独を媒介として実体化しようとし、また、ある場合は、社会化の方向に向かう。タゴールの場合には、個のそもそものはじめから、宇宙意識というものを無条件に考えるが、それはヴァイシュナヴァ派のような人格関係の愛のつながりである。悪が消滅性、瞬間性をもっているとするのは、意識の拡大が絶えずなされているという前提があるのである。

ここで、最後に二つの問題を述べよう。第一に、悪を消えゆく様相とみ、全体をプラスとみる場合、現実のマイナス面に対する批判はないのであろうか。それはどんなことであろうか。

第二に理想主義に基づいて、それを積極的に人間社会の中に、倫理的に実現していくために、タゴールは、何を考え、何を実行しようとしたのか。

第二の問題からはじめると、宇宙意識とか、根本原理とか、真理とか、神のイデーとか、それに流動性とかは、単なる観念論ではないかという論もあるが、生の拡大とは人間社会の中では、個人から人類ということなのである。絶対的真理との愛との関係は、個人と人類全体との愛の関係の中に具現される。人間同士の中では、人類ということが最大のものであり、そこの中での愛と調和である。宇宙意識と人類意識をもった点で平等という人間の多様的な展開とその多様性の承認ということが、人間を観念から解放し、生き生きとした人間を賞讃するようにさせるのである。人類性の尊重は、個人の全人的発展の重視と並んで、民族主義と国際主義の尊重となる。このような人類の中に入っての理想をタゴールは具体的にどう実現しようとしたのか。即ち理想の人倫的実現をどう実行しようとし、どう奨めたのか。

タゴールは、詩人、芸術家としての活動の他に、ベンガルのシャンティニケトンに、前記の理想を少しでも実現しようと、一九〇一年に「私の学校」をつくり、一九二一年には、タゴール国際大学とした。タゴールは「人格論」(Personality) という論文を著したが、そこにこの学校の特色として人格ということをいっている。それは、性格の均衡とか、陶冶とかという意味ではない。人格とは可能性の全人的発展である。芸術と学問と労働、この三点を学校の三大部門とした。そこに学ぶ個人はそれらを綜合的に学びうるのである。内発性を尊重した。従って、過程としての誤り、欠陥など、悪の要素は、全人的努力の連続の中に消え去るという。そして学校の環境が、自然との調和という観点から、誠に素晴らしい。人格の形成、民族の伸長、人類の発展への努力が、自然の調和を乱してはならないのだ。西洋においては、自然との闘争という基本理念があり、自然を克服、更に征服しようとする。あらゆる発展と自然とが対立関係にある。しかしタゴールにおいては、倫理的実現は、自然との調和の中で行われるべきだと説いた。

次に国際主義は、実際、タゴール大学においては、具体的な顕著な特徴となっていた。諸外国の学者、学生、芸術家、更に庶民が、心から迎えられ、文化、学問、芸術、教育の交流を図った。何万、何十万の図書が、外国から寄贈された。資金が理想に応えて送られて来た。彼自身、および大学の教授、子弟が、外国に散った。当時、シャンチニケトンでは、全インド中で、最大の規模で、文化に携っている人々の外国との交流が行われた。これは、民族主義と裏あわせのことである。タゴールは、ベンガルを愛し、ベンガル人を愛し、ベンガル語を愛した。タゴールにとっては、「おお黄金なるベンガルよ」というのが本音であろう。それから、個人の生の自覚があるように、民族全体の生の実現が自覚されねばならない。国際主義も民族主義も人類性という共通地盤に立っている。個人、ベンガル民族、全インド性、世界人類は、また正により大きなものへの意識の拡大の過程のようでもあるが、お互いに前段階のものを抹殺したり、捨象したりするのではない。つまり常により大きなものへの自覚と愛の関係をもつようにタゴールは述べているのである。ガンジーとこの点異なるのは、人間であるという理由で、同じ西洋人に対しても、かれらの全人格を否定せず、マイナスは堂々と指摘するのが、タゴールの態度である。西洋人も人類の一員として、生の実現を行おうとしているのだから、西洋人の中でも、生の実現の進んでいる人を積極的にタゴールは賞讃した。手段としての全面否定をも彼は認めない。その点もガンジーと論争になる。タゴールが「人間の宗教」といっているのは、他民族、また他民族の個々人の生の拡大を認めるべきだとする大前提があるのである。英国排斥運動の全インドに広まっていく最中にも、英国民の美点を人々の非難を恐れずどうどうと述べるのである。その点は非常に厳しいのである。また反対に、英国からの独立運動に携わって官憲に追われている者たちが、タゴール大学の周囲にひそむと、タゴールの無言の圧力で、追跡をあきらめるということが起るのも、原則をゆずらない、国際主義の威厳である。

それは政治的な実現ではない。倫理的な実現の一様相に過ぎない。

ガンジーが、外国品排斥、機械化・近代化反対運動を起したのにタゴールは反対した。近代化・機械化をみとめ、文明化をみとめ、それを庶民の間にひろめねばならないとした。タゴール大学で農村再建部をもうけて、農民の副業として、蠟纈染（ろうけつぞめ）、木工、造園、更に農業一般を指導した。そして、外国の民芸の技術、農工の技術を外国の学者から、庶民から受入れている。英国が、インド在来の中小企業、家内工業を壊滅させ、農村を疲弊させた。その現状をみて、タゴールは、大多数の民衆の生活に適応するものを導入した。即ち機械的排斥や機械的導入をしないで、民衆の生活向上のためと同時に生の芸術化を期したのでもあった。民衆は、ここにおいて共同体をつくるために来るのではなく、やはり自分の村落に帰って、より拡大された生を送るために来るのである。

即ちあらゆる場合において、生―歓び―愛ということを実感としてもちうるような、自覚をうながすことが、タゴールの教育であった。タゴールにおいては、自己の倫理理想を説き、実現するものは、文学、音楽、絵画、舞踏劇での創作であり、シャンティニケトンでの教育であり、次に、国内を国外をくまなく旅するその旅であった。即ち旅は、正に流動と絶え間のない意識の変革と拡大をする生の象徴として、タゴールにとっては、人生の必須な要素であった。旅の中での彼の態度と講演とが、共鳴者を生む。

以上が自己の倫理思想の現実の生の中への発現化であるが、先に述べた第一の点、即ちタゴールの倫理思想が全肯定の立場に立ってしまって、批判とか、否定とかはないのであろうか。

まず他に対する批判と自分自身に対する疑問が考えられるが、タゴール自身に関していえば、宇宙、全的なものへの人格的関係、無限への意識の拡大といっても、そんなに簡単ではない。本論文のはじめに、タゴールが絶望を通して梵我一如の実現への方向で努めていたところがあると述べたが、それは、詩の中で、いつもモティーフのようになっているのは、嵐の海に小舟に揺られて遥かなる岸に向かって進んでいく、困難と絶望の中、心中に「あなた様」（真理・宇宙）ととなえながら行く、そのような苦楽そのものを生の歓びと自覚することが大切だとすることであり、そして自己反省は、いつも、意識が人類という最大のものに向けられているかどうかということである。

さて、社会に対してのタゴールの批判についてであるが、小さな善悪というのではなく、主に次の理由に基づいている。即ち、個人の生の拡大、民族全体の意識の拡大に対して積極的に障害となる行為に対して、非常に烈しい警告を発している。例えば環境破壊の組織的継続的行為について、機械文明の容赦ない残酷な破壊について、今世紀の初頭より、予言的に批判している。意味のない、調和のない機械の自律化が、またそれに伴う人間の心の機械化、官僚化が、全的破壊をもたらす寸前にあるということを警告している。タゴールの思想は、一見、悪に対する、更に生全体に対する楽観主義のようにみえるが、このような文明批評をふまえているのである。それは今日的な問題を何十年前に予告したのである。つまり近代文明の成果を否定しなかったタゴールも、自然との調和を考えぬ機械万能、人間の生の拡大の障害そのものである超機構化をテーマとして、『自由の流れ』(Muktadhārā) という戯曲を創作している。

それに民族主義運動という形をとってあらわれる民族の意識の拡大、民族としての生の実現に対して障害となること、及び行為に対して強い批判を行った。たとえば、日本の朝鮮に対して、後に中国に対して行った、それぞれの民衆の意識の拡大への障害行為を強く戒めている。日本民族の個々人の生の発展があるのと全く同じ理由で、他国民も生を発展させる権利がある。第一回訪日の時すでに、日本の軍事優先の国家官僚主義の将来の危険性を予言している。日本に対してあれだけ親日的であった一方、批判は批判として率直に述べている。結局、人為的な限界をもうけることは悪の最たるものである。

第二次世界大戦の起る少し前に亡くなったタゴールは、その予感にふるえていた。そして文明の危機を訴え続けていた。

しかし近代西洋と異なり、いまだ、「神は死んだ」と時代を規定せず、暗黒の中にも、民衆の生の意識の拡大が宇宙との愛の関係によって実現されると信じていた。この晩年の心の相剋と克服には我々をうつものがある。

（初出不詳／一九七三年前後）

タゴールのDharma観をめぐって

Rabīndranāth Ṭhākur（一八六一～一九四一）がDharmaということをどのように考えているかを考察する前に、このDharmaという言葉が、現代ベンガル語でどのような意味を持っているかを先ず第一に考察する。ベンガル語の正書法でDharmaの他にDharmamaが使われる。後者はプラークリット、アパブランシャの影響の残ったものである。発音は〔dʰɔrmɔ〕である。

Bāṅglā Bhāṣār Abhidhān及びBaṅgīya Śabdakoṣの二大ベンガル語辞典によると、Dharmaの意味は（1）生物、物質、事柄それ自体の本質的に欠く可からざる属性。それがなければ、それぞれの生物、事物の存在がなくなるもの。（2）正・不正の判定者、神。（3）魂、生物。（4）賞罰の授与者、ヤマ。（5）それをしなければ、苦・不名誉・罪になるような行為。（6）必然的な義務。（7）力、美徳。（8）性質。（9）非殺生。（10）経典に規定されている行為。（11）規定。（12）シバ神の雄牛。（13）自然の状態。（14）思惟。（15）犠牲。（16）ウパニシャッド。（17）正義。（18）弓。（19）仏教における仏法僧の一。（20）ダルマという名の神。（21）他人への奉仕。（22）幸運。（23）阿羅漢。（24）真の友。（25）宗派特有の経典、儀軌。（26）類似性。（27）言及された事柄。

（28）用意などである。これらは、古代インド諸語、中世インド諸語におけるDharmaの意味の累積したものが、現代においても使われていることが判る。しかし、現代では、その中のいくつかが重点的に用いられ、西洋との交流にともなって宗教という意味が多く用いられるようになった。現在では、普通Dharmaとベンガル語で用いられた場合は、宗教（宗派の意味をも含めて）の意味が大部分である。

タゴールの場合も、Dharmaのことを直接述べたり、また他との関連において言及する時、以上挙げた辞書に出ている様々な意味及び宗教の意味に用いている。しかし、いずれの場合も通常の意味の範疇より広い意味に使っている。どんな形にせよ、狭い意味の規範や因襲的外面的な規定の意味に使わなかった。また、善悪を安易に判断する倫理的基準として用いることを排除している。それから、特定宗教や特定宗派のみを意味する宗教ということ、及びその固定的ドグマをDharmaであると解するのを排そうとした。

一方では、森羅万象の存在の条件を統一的に考え、また他方、その多様性のあり方を考える時、タゴールはDharmaという言葉を用いる。その場合、生物、事物のあり方の特質ということが問題となる。したがってその場合、最初に述べた辞典内のDharmaの意味の①「生物、物質、事柄それ自体の本質的に欠く可からざる属性。それがなければ、それぞれの生物、事物の存在がなくなるもの」が意味の重点となる。

そのような意味の延長として宗教という意味も考えている。

「この生命の内部の創造的な力こそ、人間の宗教Dharmaである。このために、私たちの言語でDharmaという語は意味内容の豊かな語である。水の水たるゆえんが水のDharmaであり、火の火たるゆえんが火のDharmaである。全く同様に、人間の最も深い真理が人間の宗教である。[1]」

水の水性を成立させるもの、火の火性を成立させるもの、それと同時に、人間の人間性を成立させるもの、それがDharmaである。共通性と個別性を同時に成立させているものであって、この意味においては特に人間の場合、特殊化されているわけではない。それが犯されれば、また欠如すれば、水は水でなくなり、火は火でなくなり、人間は人間でなくなるというのがタゴールの説である。存在を成立させているものが、単なる法則または、分析の結果得られたものではない。固定した一断面を表すDharmaではない。生成の過程に実現されていく内在的目的及び可能性であるとタゴールは云っている。Dharmaの観念についての伝統的解釈に、タゴール流の説明の仕方をしている。「通常、religionと訳されているDharmaというサンスクリット語は、インドの言語においては、もっと深い意味を持っている。Dharmaとは、万物の最奥の本性、本質、潜在的に含まれた真理である。Dharmaは、われわれの自我のうちに働いている究極の目的である。何か害がなされるとき、われわれはDharmaが犯されると云う。われわれの真の本性に対して、虚偽が働かれたという意味である。

しかし、われわれの内部の真理であるこのDharmaは表面に表れていない。というのはDharmaは潜在しているからである。[2]」

タゴールによれば、潜在しているDharmaは、生の実現と共に成就されるものである。それは、すべての物に潜在している。そこで、

「罪あることが、人間の本性であり、また神の特別な恩寵によってのみ、特別の人のみが救われ得るということが、主張されるほどである。こんなことはまるで、種の本性は、その殻の内部に包まれたままでいて、ただ、何か特別な奇蹟によってのみ、木に成長し得るということを云っているかのようなものである。しかし、われわれは、種の外観が、種の真の本性と矛盾していることを知らないであろうか。種を科学的分析に委ねるとき、種の中に、炭素や蛋白質や其他多くのものを見出すであろうが、枝の伸びた樹木のイメージではない。木がその形を取り始めるとき、はじめて、木のDharmaをあなた方はみるようになる。また、そのとき、廃物となって、地中で腐敗するがままになった種は、自らのDharma、即ち自らの真の本性の成就が妨げられていたのだということを、あなた方は疑わずに肯定することができるのである。人類の歴史において、われわれは、われわれ

の内部に生きた種が萌え出ようとするのを知った。われわれの内部の大目的が、われわれの偉大な人々の生涯において形をとるのを見て来た。非常に多くの個人の一生が無益のように思われるけれども、不毛のままでいることが、かれらのDharmaではないことをわれわれは感じた。そして、かれらは、自らの覆いを破り、自ら変身して、力強い精神的な芽となり、大気と光の中で成長し、四方八方に枝を伸ばしていくだろう。

種子の自由は、自らのDharmaの達成の中にある。即ち木になるという自らの本性と運命の中にある。……一人の人間が持っている自由の最高の理想を知るとき、われわれは、その人のDharma、彼の本性の本質、彼の自我の真の意味を知る。[3]」

タゴールの場合、西洋とのつながりが、生涯を通じて、彼の活動及び精神的関心の相当の部分を占めていたので、西洋文明の方からのインド思想・文化批判、特に現代インド文化批判を受けとめて、それに対する反論を行い、また一方インド文化への自己批判を行った。特に欧米で行った演説の中には、意識・無意識にかかわらず、その点があらわれている。それは、根本的問題のいくつかに関している。

Dharmaに関連した自由の問題もその中の一つである。それにいたる筋道をもう一度辿ると、まず、すべてのものの存在の条件として潜在的に内在するDharmaがある。それは普遍的でありながら、個別的可能性を持っている。しかし内在しているものは、覆われている。この内在するDharmaを認識すること、同時に、目的としてのDharmaの意味を自覚することが、人間の場合の務めであり、それはDharmaの達成への過程の中に最終的意味を持つ。この自覚と達成への努力ということに自由の問題がある。鉱植動物には、この自覚の意識における自由の問題はないが、達成における自由の問題がある。人間の場合、種から芽が出る状態にあたるときが、ちょうど第二の誕生といわれるDharmaの自覚ということになる。雛が卵からかえると同じことであると云う。西洋における自我の確立と西洋文化・文明の発展は切り離せないという啓蒙を西洋から近代インドも受け、その際、西洋側から、インド思想の現実的展開は此岸内での自我確立と自由の点で欠けているという主張を述べた。それに対して、Rām Mohan Rāy（一七七二〜一八三三）をはじめとする近代インド思想家たちが、伝統的なインド思想に脈々と流れる宇宙意識と個人意識の問題を近代的な自分自身の問題として考え、西洋からの批判にも対決した。その潮流の一つの考えとして、ヴェーダーンタ思想を中心とした、宇宙と個の同一性を説くことによって、インド・ヒューマニズムを唱導して来たことがある。タゴールの場合もこの潮流の中にあったことは認められるが、非常に特有な、独自な立場であった。十九世紀インドにおいては、インド思想再評価と欧米の啓蒙運動とが交錯して、いわば、芽生えとしての新しき思想運動が開始されたが、現実と理論との差異がみられた。多様性の承認をウパニシャッドに帰る立場に立ちながら、強調しているにもかかわらず、それぞれの寺に籠った閉鎖性が依然として残り、個の問題も現実に激動する局面に直面して困難な事態に立ちいたった。十九世紀の最末葉から二十世紀になってからは、即ちタゴールが活躍した時期は、そのような思想上の諸問題に現実に対処していかなければならなかったのである。ここにおいて、タゴールにおいて個の確立とDharmaの実現が現実の中で考えられるのである。

中村元(はじめ)博士は、「さて今までに考察した種々なる意義は、いづれも『たもつもの』、『規範』といふ原義から導き出されて来るものである。学者はこれらをダルマの語義の第一類とし、これに対して第二類として、『本質』『本性』『属性』『性質』『特質』『特性』等を掲げてゐる。[4]」と紹介され、更に「元来主体的であるはずの行為の規範が客体的に考え直されて、対象的なるものをそれとして成立せしめる『規範』或ひは、『かた』として見なされるとき、ダルマが『本質』、『特性』の意味を有するに至るのである、と考えられる」、そして「……たもつものとしてのダルマは普遍者であり、それにあづかるものは個物或ひは特殊者である[5]」。

以上のインドの伝統的Dharma観は、今までタゴールのDharma観について述べて来たことと同じであることが判るが、タゴールについて内容的に立ち入って考える必要がある。まず、タゴールの説には、個々の存在には、普遍者と特殊を意味するDharmaが二重にかかわり合っている。個物の存在がなければ、普遍がないということが強く打ち出されている。このタゴールにおける普遍としてのDharmaは規範とはいえ、前にも述べたように固定的な規範といえない面が多い。彼自身、哲学を体系的に立てたわけではなく、相互矛盾することを語っている場合も多い。それを結びつける糸をさぐり、大筋としての方向があればそれを見きわめる必要がある。Benoy Gopāl Rāyはタゴール哲学という本の中で次のように述べている。「タゴールは、いくつかの教説の中では、徹底的な、Śaṃkara派であり、絶対一元論の信者である。しかし、彼の他の講演や抒情詩の中では、制限一元に従っているように思われる。ロビンドロナトはこの二つの要素のどちらかに決定することができていないことは確かである。彼の哲学はAdvaitavāda不二一元論とVisistādvaitavāda制限不二論、即ちŚaṃkara-VedantaとVaisnavismの二教の間を揺れている。ロビンドロナトに関する批評は、彼をこのうちのどちらかの信念の方に規定しているが、我々は、そんなどんな試みも失敗に終るだろうということを示そう[6]」。この両者は理論的には二者択一的なものである。またウパニシャッドの絶対者の性格に二つの流れがあるというが、即ち非人格的で不可触、不可聞の中性的性質と親しい人格的性質とであり、タゴールの場合は、全作品の細かいところまでみると、この両者が併在しているといえる。それはタゴールのみでなく、インドの民衆の多くはそのような傾向がある。

しかし、タゴールの場合、全体的にみて強いて云うならば、人格的な面を強調したということができる。そうは云ってもヴァイシュナヴァ派の唱導者というわけではない。仏教、キリスト教など多くの思想のプラスと自分が思う点においてかかわりをタゴールが持っていたからといって、特定の哲学のみに結びつけて考えることはできない。

矛盾する現象世界の中に統一原理を信ずるという事はタゴールの場合、顕著であるが、様々な世界観を包摂した中では、矛盾が起る。理論的にそのような矛盾を無理に解決しようとはしなかった。それ全体を生の統一体として考えた。Dharmaの意味の多様性が重層性を帯びるのもその理由からである。

存在の条件として万物に普遍的でありながら、個体的なDharmaが内在することを認めることによって万物一体観の基盤ができる。個物とはタゴールの場合、生命であり、その生命には、脱皮、成長がある。万物一体観もその深さを増していく。そこに神の創造作用が、具体的な個の創造作用を通して美と調和の方向に向かう予感を持つ。即ちタゴールのDharmaの規範的意味の内容は、世界の美と調和という面に重きがあるとみなされる。

この個体におけるDharma実現の過程そのものをまたDharmaという。この意味のDharmaがいわゆる宗教といわれ、いくつかの道筋がある。それが一般に各宗教差、宗派差となるが、タゴールは個人個人の立場に立って考えていた。

このタゴールの宗教（Dharma）に関する考え方について、インドの同時代の人々から批判がでた。それはタゴールの宗教観は高慢であるという批判である。その理由は、職業的宗教人の指導から離れて個人で万物一体観を説くということである。また、神の創造作用のために個人の創造作用の自由が必要であるということ。即ち既成の修業方法の型にのみ盲従することを避け、詩人は詩人として、労働者は労働者として、世界の創造作用の調和の方向に、自分自身の天職を通しての道を宗教とみなすことも高慢と思われた。インド植民地、第一次大戦、第二次大戦という人類の嵐に毅然として立ち、扉を開くことを多くの詩で説いたことに対して伝統的宗教家からたしなめられたりした。（一方、特に過激な革命活動家や、テロリストからは、反対に生ぬるいとして、非難されたが。）

また人間の宗教ということをタゴールが主張しているのに対しても、絶対者の力を過小評価し、人間中心の自己中心主義であるという非難があった。

もう一つは悪の問題である。Dharma実現の道として善悪の掟を守るということ、即ち戒律先行ということがあるのに対して、タゴールは悪とは欠如に過ぎないとして、人のプラスの面を強調した。そのことについても、伝統的倫理を守る人々からの反撥があった。

このような彼の宗教観に対する様々な批判があったが、人間の宗教Manuser Dharmaということを最後までとなえた。他の人々が人間の宗教が自己中心的であるという批判には、

「私たちの啓示的な人々は自己犠牲の生を生き抜いて来た人々であった。人間の中の高次の性質は、自ら自身を超え、しかも自己のもっとも深い真理である何ものかをつねに探し求める。即ち、あらゆる犠牲を要求し、この犠牲を自身の償いとするような何ものかを求める。これこそが人間のDharma、人間の宗教である。そして人間の自我は、この犠牲を祭壇に運ぶべき容器である。[7]」

そして更に、

「われわれはわれわれの自我を二つの異なった様相のもとにみることができる。自己を表す自我と自己を越え、それによって自身の意味を表す自我とである。[8]」

即ち、自我拡大と自己捨離、両者の意味を持っている。この自己拡大のみみてタゴールの宗教観を自己中心的高慢の宗教観とみなすものに対して、自己捨離を述べる二重性を説いている。タゴールのいう宗教には外形的徳目がないという非難に対しては、全人的な犠牲を通してのDharmaの実現を説く。

人間のDharmaと云っているのは、単なる妥協の調和ではなく、脱皮を重ねる円現への方向へ、どこまでも進み、渋滞が起ると、シバ神の踊りと共に、また、すべてを破壊する嵐が訪れ、新生のみずみずしさをもたらす。その嵐は、より拡がるための嵐で、内発的に起る。Balākā詩集は正にそのテーマで書かれ、五十五歳のタゴールが、青年のような気持で、すべてを壊す嵐を呼んでいる。したがってこれが、宗教を固定的に考えていたものにとっては、反宗教的に映ったのである。タゴールは云っている――

「私の宗教Dharmaは私の生の根元にある。その生は、今でも動き続けている――しかし途中で、ある時、生の宗教Dharmaがすっかり停滞してしまって生の宗教の上にラベルが貼られ、生が博物館の好奇心でいっぱいの見物人の眼の前に曝して置かれたなどというこのニュースは信じ難い。(9)」

また次の様にも云っている。

「私の宗教Dharmaは何かという点で、今日でも完全にそして明瞭に自分で知っているなど私は云うことはできない。――それは教条の形で、教学の形で何かある原本に書かれた宗教Dharmaではない。その宗教を生の中心点から切り離して、ヴェールを剝ぎ、固定化し、一人立ちさせてから、見たり知ったりすることは私には不可能である。(10)」

タゴールの宗教を捉えていくのが困難であることは、彼自身が云っている通りである。

「宗教Dharmaの真理に関して私が表したものが少しでもあるとすれば、それは、道を行く旅人のメモ帳に書きつけられたようなものだと確かに私は認めざるを得ない。(11)」

タゴールは詩、物語、随筆、小説、戯曲、批評と文学の各ジャンルにわたり作品を書き、千曲以上の作曲をし、数千枚の絵を描き、教育家であった。文明批評家、思想家であったが、自分では哲学者及び宗教家といわれることを嫌った。確かにタゴールは抒情詩人であるが、どの詩も、哲学的あるいは宗教的意味を持っている。インドの場合、全体としてそんな傾向があるとしても、タゴールの場合、特に、文学、哲学、宗教が一つ糸になっている。したがって文学の中に宗教表現がある。「このようにして宗教意識の最初の興起は、文学の装飾的な形の中に表された[12]」。

以上でも判る如く、宗教Dharmaに関するタゴールの考え方の特徴として、排他性を排することである。その点、むしろ謙虚である。

「すべての人は、『私の宗教Dharma』というある特別なものを持っている。だが、その中味をはっきりと知っているわけではない。『私はキリスト教徒、私は回教徒、私はヴァイシュナヴァ派、私はシャクティ派』などと知っている。しかし、彼自身、宗教の信仰者として、生まれてから死ぬまで安心立命しているなどということは恐らく真実ではない。——まさにこれこそが人間の人間たるゆえんである。[13]」

この宗教はいわば人間学である。個々人の人間性発展の人間学である。人間性の全的解放である。

それは世界肯定的世界観、人生観を基調としていて、世界とのかかわり合いの中にいる自分を意識して、隠遁主義、苦行主義、快楽主義のことを、世界をまた真理（普遍的Dharma）を全的に受けとらないものとして批判している。

「世界から、生命から、かくかくの部分を取り去れば、行為の責任がなくなるというような部分があるが、宗教Dharmaの名のもとに、これらすべての部分を取り去って安堵の溜息を洩らすことのできる場所を手に入れることを、宗教の目的であると考えている人々がある。――これらの人々は苦行者である。また快楽者たちもいる。……即ちある人々は世界を捨象する平安を望み、他の人々は、世界を忘れてしまうような天国を望む、この両方の側とも、逃れ行くべき道を宗教Dharmaの道と考える。[14]」

釈迦の時代のみならず、インドに連綿と続いて来たこの二つの極端が十九世紀、二十世紀前半の時代においてもなおかつ主張されていた。特にインドの苦悩の時代、世界の危機の時代に、このような世界への非参加は、Dharma実現を世界の只中を通してなさんとしたタゴールにとっては否むべきものであった。

「すべての幸、不幸、すべての疑い、相剋を伴ったこの世界を、真理の中に認識してから、至高の目的を達成することを宗教Dharmaと考える人々もいる。……どの部分の真理も放棄せずに、あらゆる部分にあの真理の最高の意義を悟ることを宗教と考えている。[15]」

矛盾、相剋の世界そのものの各部分に真理（タゴールの言によれば前述の如くDharma）が宿っている。前述のブラフマンには、不可視的絶対性と差別相としてのあらわれの面があるとし、それに価値観を与えて、最高ブラフマンと低きブラフマンと呼称する考えが従来からあったが、タゴールの場合、そのような価値の上下を置かず、世界の差別相の各部分、即ち無数に散在する時間・空間の交点に最高ブラフマンと同じ価値を与える。タゴールは論理的にはブラフマンには両面の考え方があることは認めたが、その場合差別相の意味合いにも最高の価値を与えた。この考えから個人と宇宙の流動の価値を認めた。世界の展開の方向を美と調和とし、流動している現時点をも美と調和的統一ありとみる。その一部分でも欠くことはできない。そこに真理ありとする。

世界に対する受けとり方に、世界に対する深い信頼という一面があるのも右の理由からである。

「おお、私はすべてを受け容れたい――おお、兄弟よ、私は自分の外で自分にであうだろう。[16]」

といい、また
「私たちは真理を尊敬して世界の真実あるがままに、すなわち、世界が多様な異なった部分に展開されているがままに、この世界を知る勇気を持つべきである。[17]」

このあるがままの世界を受け入れるということは、また一面それを固定させないことである。あるがままとは問題がないということではない。問題をそのままの形で避けずに取り組むことである。様々な二元的対立のある世界をまず受け入れることである。

「この二元――死と生、力と愛、自己中心と愛他主義――この相対抗する対立の真の解決は、人間のDharma意識によってこそできる。[18]」

最初に山川草木、動物、すべてにDharmaがあるというタゴールの言を挙げておいたが、タゴールは人間にも人間性というDharmaがあることも云っていた。ここで、人間の場合は、それに対して意識することによって主体的に、現実世界の全体とかかわり、問題解決への道に入ることができる。人間として普遍的真理を意識することと、それを実現することと、その目標への道筋を目標のために否定しないことによる世界肯定――これに対して、自然の場合は、自然のDharmaは、自然が、意識する可能性なしに実現される。自然は変化・拡大が、意識の問題とは別になされるが、人間の場合、意識の拡大が、必要である。

「宇宙の自然と人の自然との一体性を感得するのは易しい。というのは宇宙の自然の側から、どんな心も私たちの心をどこでも妨げたりしないからである。しかし、この一体性の中では、私たちの満足感が、決して完璧な段階まで到り得ない。なぜなら、私たちには心があり、その心も、自己のある大いなる調和を望んでいるからである。この調和は、宇宙の自然という分野において可能なのではない。人類全体という分野においてこそ可能なのである。そこにおいて私たちは、自己を拡大し、自己が、『より大いなる自己』と一致することを望むのである。[19]」

タゴールの場合、Dharmaが普遍的真理の意味のときも、特殊的意味の際も、更に、実現の道としての宗教的意味のときも、拡大ということであり、生の拡大、意識の拡大である。それは、万物一体観というものに支えられながら、個人から人類全体に意識を拡げていく。人類個々人の価値の同一性を、意識を人類全体に拡げることによって確信していく。インド国内での古いヒンドゥーの社会習慣、差別に対する近代インド思想家たちの批判とタゴールの考えは同一の考えであるが、国内での宗教対立、更に、二十世紀の大規模な民族対立、植民地主義の背景に立って、人類という意識が目覚め、それによってのみ、同じ人間としての問題が意識され、あらゆる狭小さを排することになる。差別感はすべて狭小さから生まれ、弾圧は差別感より生まれる。人間という同一意識と、人類全体への意識の拡大とは、相補関係である。

「ここには、アーリア人、ここには非アーリア人、
ここではドラヴィダ人、中国人、
サカ族、フン族、パターン人に蒙古人が一つの体に融け合った。

今、西方の門が開いた、そこからすべてのものは贈物をもたらす。
与え、また受け、出会い、交り合い、帰っていかない。
このバラタ〔インド〕の人類の海の岸辺に。
来たれ、アーリア人よ、来たれ非アーリア人よ、ヒンドゥー教徒、回教徒よ、
来たれ、来たれ、今は英国人よ、
来たれ、来たれ、キリスト教徒よ！
来たれ、バラモンよ！　心を清くして、すべての人の手を取れ、
来たれ、虐げられた人よ！　すべての侮辱のかせはとりはずされよ！
母の祭りに急ぎ来たれ。
すべての人に触れられ、浄められた岸辺の水で
吉祥の水瓶がまだ満たされていないのだ。
今、バラタの人類の海の岸辺に[20]」

タゴールは、宗教間、民族間、国家間のみの相剋・差別を云っているのではない。虐げられているすべての人々に対して、人類の海辺への参加を呼びかけている。社会的、経済的に苦しめられて

いる人々に対して、人間が人間としてその人間性のおおらかな主張を求めている。つまり人類という最大のDharma意識へ自己意識を拡大することが、すべての人間への呼びかけである。したがって、それを遮げている人々に対しては強い言葉で云っている。晩年の「アフリカ」という詩では、アフリカを支配している人々に対して、

「今日、西の地平線に、黄昏時、嵐の風に息、とまる時、
隠れた洞穴から動物たちが現れ出た時、
不吉な声で、日の最後の時を宣言した。来たれ新しき時代の詩人よ。
近づく夕闇の最後の光の中
あの名誉を失った女の戸口に立て！
云うのだ『許してくれ』と——
恐しいうわごとの中で
これこそが、お前の文明の最後の聖なる言葉だ(21)」

動物のようになった先進文明と称するものが、苦しみながら伸び行くアフリカに先ず許しを乞う

べきという人類の観点に立って、タゴールは物を云った。これに基づいてVisva-Bharati大学（タゴール国際大学）が設立された。

タゴールの人間の宗教とはこのようなものであるので、タゴール自身、自分の思想、文学、哲学、宗教が、特定の範疇のみに限定されることを嫌った。

「……そのものを特別な一つの系列に閉じ込めるとするならば、慄然とせざるを得ない。私の状態はそんな風になった。今日、どの新聞だったか、ある批評が出た。その批評の中で私は知ったが、私の中にある宗教哲学があって、その哲学はある特別な範疇に属すると。[22]」

この人間の宗教は、神に対して人間中心主義を固執しているわけではない。神は人間なしには存在せず、人間は神なしには存在せず、その神とは、前述の絶対者の二面性を持ち、人間は、全人類的な人間であるということを云っている。この神は、真理と愛である、愛といっても人間の側から と相互的である。この真理の点でDharmaとかかわりをもっている。

タゴールの思想が悪を根本的には認めないからといって、また、全人類に信頼があるからといって、楽観的ユートピア論または静止的な現実天国論を云っているわけではない。

第一次世界大戦がヨーロッパで行われているとき、ヨーロッパに内在していた諸渋滞、人間性無視という諸問題からみて必然的要素を持っていたという。

「今日、ヨーロッパで戦争が勃発したのは、あの師が、やっていらしたからと私は思っている。師が長い間の金銭の塀、威信の塀、高慢の塀を壊さなければならない。師が現実に来られると は誰も思ってもいなかった。しかし、師が絢爛豪華にやって来られるだろうということで長い間、用意がなされていた。ヨーロッパのシュドルショナは、偽の王『金』の美を見て、王と誤った。——それだからこそ、突然、戦火が燃えた。それだからこそ、七人の王の間で戦争が起った。それ故にこそ、王妃はその乗物をなくし、財産をなくし、塵埃(じんあい)の上を通って歩き、今や呼び掛けに応じて真の逢瀬に出かけなければならない。[22]」

世界が争乱になるのも、反人間性的蓄積をルドラ神が打ち破る。むしろ渋滞的固定的世界は存在しない。

「それだからこそ、人間はルドラ神〔ヴェーダ神話のあらしの神でシバ神の前身〕を喚んでいるのだ。『恐ろしきルドラ神よ、あなたの麗しき面ばせによって私をお守り下さい』。この真理こそは、すべての恐ろしさを超えている。しかしこの真理に到着するためには、恐ろしきシバ神の感触を受け続けていかねばならない。恐ろしきシバ神を除外しての麗しさ、騒擾(そうじょう)を否定しての平和——それは夢である。それは真理ではない。[23]」

現実認識について、生の実感から感じとるのである。そこに真理に向かうということが大前提ではあるが、既知の軌道を歩んだりするのではなく、世界そのものも、個人個人も、創造作用を通していくべきとする。それは、内的衝動の必然があるとする。

「この創造の中に一人の狂気の人がいらっしゃる。その人は考えられないことをなんでもわけもなく現出させる。規則の神はこの世界のすべての道を完全な輪の道につくりあげようと努力されている。一方この狂気の方は、すべての道を曲げながらコイルの形をつくりあげる。一方、この狂気の方は自分の気紛れで爬虫類の種に鳥を、そして猿の種に人間を発明した。すでに起ってしまったもの、現にあるものを、永遠なものとして守るために、世界には大変な努力がなされている――この狂気の人は、それを破壊してしまって今までに存在しなかったもののために道を造り続けている。(24)」

また他のところでは、

「すべての障害を押し退けて歩み難いでこぼこ道を通って全人類史を進めていらっしゃる魂を持ったお方がいらっしゃる。(25)」

と云っている。

維持する神に対して、ルドラの破壊する面を云っているわけであるが、これは、宇宙がこのようにただ循環しているということを云っているのではなく、世界の絶え間のない創造、人間の絶え間のない創造作用ということにこそ、それらの存在意義があって、そのための破壊であるということを意味している。したがって世界の中に、個人の中に内在するその神は、並の姿と性質を持っているのではない。それは常に新しい姿を持つ。

「おお、制御され難いものよ！　おお確固としたものよ！　おお新しい、残酷なまでに新しいものよ！　本来力溢れるものよ！」[26]

これらは、現実の戦争讃美などの暴力主義を云っているわけではない。内面を自然との調和や多様性の承認に向け、意識を常に平和に向けて指向させることと矛盾しているわけではない。第一次世界大戦のことは前述した通り、欧州の内面的狭隘さの現れであり、この教訓を他山の石とすべきであることを云っている。更に迫り来る第二次大戦の予言をし、その予感に基づいて警告を発し続けた。楽観主義者と思われていたタゴールが、晩年悲痛な声で、人類という名を呼び続けた。人類を信頼していたが、痛烈な文明の危機を訴え、機械による人間性圧迫を批判し続けた。シバ神の踊りは、現実に起っている、または起り来る全体破壊への記述及び予言であると同時に、それを起させないために、人間の内面障害の自己除去、改革へのエネルギーの湧出を示している。

個人の場合、タゴールは嵐の中、大海を小舟が渡っていくという言葉を詩の中に繰り返している。

したがって苦しみを自己化して内発的にすべてを考え、行うべきであるとする。

「自分自身の中に宗教を湧き出させることが、人間の一生の精進である。これは最高の苦しみの中に生まれ出て来なければならない。血管の血によって、それに生命を与えなければならない。[27]」

観念、理窟、議論、固定的教義を嫌ったのは、それらは、人間を抽象的人間にしてしまうからであった。そこで、

「存在学については私はどんな知識もない。二元論、一元論のどんな論争が起きても私は答えるすべはないだろう。[28]」

このようなタゴールの態度は哲学的観念の多くにわたって示されている。現実世界の矛盾のみでなく、自分内の哲学的にみた矛盾はどのようにして、彼の肯定的生感情になっているのかというと、宗教に生命を与えた後は、

「生に幸福を得ようが、得まいが、私は歓喜に充足して死ぬことができる。[29]」また「私の中に、私の内在神の唯一の現われの歓喜が留まっていた。その歓喜が、その愛が……[30]」

また他の所では、

「愛の中で存在のすべての矛盾が、統合され、解消される。愛においてのみ、一元論と二元論

が対立しない。愛は一であり、同時に、二である。愛のみが運動であり、一における休息である。われわれの心は愛を見出すまで常にその場所を変えていく。しかし休息そのものは、行動のはげしい形であり、そこでは、真の静寂と不断のエネルギーが、愛の中で、同地点で出合う[31]。」

そして最後に、前述した、

「この二元……この相対抗する対立の真の解決は、人間のDharma意識によってこそできる[18]。」

歓喜ということばもインドで伝統的に重要であるが、タゴールは特に、歓喜——愛ということが生の中で全的に実感されることは、つまり矛盾の間の統一感を持つときであり、世界の創造作用の中にもその愛と調和が存するとする。しかしそれは静と流動を包んだ統一である。したがって常に新しい創造が可能なのである。そこに二元対立解消にはDharma意識のことがでて来たが、この場合、前述の重複した意味を持っている。愛においてもDharmaにおいても、求めるために放棄することを基本姿勢としていると考えている。

しかし、厖大な作品と多様な活動の跡を辿ってみると、タゴール自身の云うように、一つの観念のみを取り出して論ずることは甚だ困難である。多くの観念が多様の意味を持ち、またより広い意味を持たせようとするので、重なりあう部分が多いからである。文学者としての比喩的表現もある。

しかしDharmaが、タゴールの場合、愛と重なりあっているのが特徴的である。

（一九七五年十月『仏教における法の研究：平川彰博士還暦記念論集』春秋社）

引用文献

（A）“Sādhanā” Rabindranath Tagore, Macmillan, London, 1964（第1版 1913）
（B）“The Philosophy of Rabindranath Tagore” Benoy Gopal Ray, Progressive Publishers, Calcutta, 1970
（C）“Gītāñjali” Rabindranath Tagore, Visva-Bharati, Calcutta, 1964（第1版 1910）
（D）“Ātmaparicay” Rabindranath Tagore, Visva-Bharati, Calcutta, 1957
（E）“Patrapuṭ” Rabindranath Tagore, Visva-Bharati, Calcutta, 1967（第1版 1936）
（F）“Bāṅgalā Bhāṣār Abhidhān” Indian Publishing House, Calcutta, 第2版 1937
（G）“Baṅgīya Sabdakoṣ” Sahitya Academi, New Delhi, 1966
（H）『哲学的思索の印度的展開』中村元、玄理社、一九四九

注（アルファベットは引用文献の略号）

(1) (D) p.39
(2) (A) p.74
(3) (A) p.74~75
(4) (H) p.100~101
(5) (H) p.102
(6) (B) p.4
(7) (A) p.75~76
(8) (A) p.76
(9) (D) p.40
(10) (D) p.68
(11) (D) p.42
(12) (D) p.55
(13) (D) p.39
(14) (D) p.43
(15) (D) p.43
(16) (D) p.45
(17) (D) p.45
(18) (D) p.65
(19) (D) p.46
(20) (C) p.134
(21) (E) p.65
(22) (D) p.64
(23) (D) p.60~61
(24) (D) p.56
(25) (D) p.48
(26) (D) p.53
(27) (D) p.53
(28) (D) p.14
(29) (D) p.53
(30) (D) p.14
(31) (A) p.114

II

タゴールと日本

タゴールと日印の文化交流

（原文＝ベンガル語／渡辺一弘訳）

日印文化交流の歴史において、タゴールが果たした重要な役割については、これまではしっかりと検証されてきたわけではなかった。しかし、タゴールを核としてできたインドと日本の文化交流の道筋は、徐々に広がりを見せている。小論ではそれについて簡潔に述べることにする。

一九一六年のタゴール初来日にあたっては、当時の大隈重信首相など第一線の政治家、仏教各派の指導者、各大学のインド哲学科の教授連、宗教家、大学学長、芸術界の有名人たちとともに一般の人々ももろ手を挙げて詩人を歓迎した。このときの滞在では、タゴールはかなりの数の大学や女子大を訪ねて講演を行っている。講演を聞いた大学生たちはタゴールの人格、その言葉、話しぶりに大いに魅せられた。タゴールが自ら朗唱して聞かせたベンガル語や英語の詩、自作の歌は聴衆皆に感動を与えた。このときタゴールは何度も、日本人の持つ特質を称賛している。その美意識、精神性、平和を愛する気持ち、手工芸の見事さ、伝統教育、潔癖さ、柔和さ、辛抱強さ、奥ゆかしさ――こうしたものを日本人のなかに見出だせたことを大いに喜んだ。しかし一方で日本に潜む暗い面も詩人は見逃さなかった。日本の過激な民族主義、好戦的態度、そして機械化する文明をタゴールは批判した。その後には中国の人たちへの日本の非人道的振る舞いも、タゴールを深く悲しませることとなった。

そもそもタゴールが日本行きの意思を表したのは一九〇一年のことだった。その翌年には岡倉天心がコルカタを訪れている。天心はこのときインド各地をくまなく旅して回っている。天心のインド訪問のもともとの目的は、ビベカノンド（スワミ・ヴィヴェーカナンダ）(1)を東洋宗教者会議に招待することだった。このとき、天心はコルカタ・ジョラシャンコのタゴール家を訪れ、タゴール一族の知己を得ている。コルカタではシュレンドロナト・タゴールの家に滞在したおりには、天心はアジアの政治的統一を訴えている。岡倉と同様タゴールもアジアがひとつにまとまることを願ってはいたが、同時に心のなかでは東洋と西洋の文化交流を希求していた。岡倉とタゴールは互いを理解し、尊敬した。その後タゴールは、岡倉の日本美術院に所属していた勝田蕉琴と横山大観を、最大の敬意をもって、美術の指導者としてシャンティニケトンの自らの学園に迎えている。大観、それに菱田春草とも親しく交わった。天心が死去した三年後にタゴールの日本訪問は実現した。日本に向かう船のなかで、タゴールは

岡倉天心
（茨城県天心記念五浦美術館蔵）

岡倉の有名な作品『茶の本』を読んで過ごしたという。この来日の際には、東京からかなり離れた五浦（いづら）の海の側に立つ、天心ゆかりの建物を訪れ、何日か滞在している。

タゴールは日本を訪れるたびに、ムクル・デー、ノンドラル・ボシュ、キティモホン・シェン、カリダス・ナーグ(2)といった人たちを同行させている。みな一線の学者や画家である。さらにタゴールは、ビッショバロティ大学の教員やスタッフを折りにふれて日本に派遣し、手工芸など日本の伝統工芸を習得させた。

一九一四年〔訳者注＝タゴールのノーベル賞受賞の翌年〕からは、タゴールのさまざまな作品が英語版から日本語に翻訳、発表された。それらの中には『ギータンジャリ』の一部、『郵便局』『新月』『人格論』『有閑哲学』などがある。一九二四年には長編小説『ゴーラ』が、佐野甚之助によって初めて直接ベンガル語から翻訳された。佐野はタゴールに招かれ、一九〇五年に柔術〔当時〕の師範としてシャンティニケトンに赴いた人物である。

タゴールとその文学は、その頃の日本の知識人たちを魅了した。第二次世界大戦も後半にはいった一九四三年には〔訳者注＝山室静訳による〕『タゴール詩集』が出版され、大きな話題となった。戦後はタゴールの多くの作品が、ベンガル語原文から日本語に訳されるようになった。

タゴールの生存中には、日本から多くの学生や教授たちがこぞってシャンティニケトンを訪れた。

この人たちについては前に少し述べたこともあったが、今回はさらに詳しく記そうと思う。

　タゴールは日本訪問以前から、日本の木工技術の素晴らしさについて知っていた。シャンティニケトンにサンスクリット語の勉強のため留学中だった堀至徳にタゴールは、一九〇二年に織物機を作るように指示している。一九〇五年には、コルカタにいたクスモトという日本人の大工をシャンティニケトンに招聘し、手工芸を指導させた。自身の日本訪問中は日本の木工芸の虜になった。

　シャンティニケトンに隣接するスリニケトンでは、タゴールが思い描いていた村落組織の実現化が行なわれた。これに際してタゴールはコルカタから日本人の大工、笠原金太郎を招き、スリニケトンの木工部門の部長とした。笠原はそこで生涯を過ごした。タゴールの住居であったウットラヨンという建物には、笠原の施した木工細工が今も残っている。笠原はスリニケトンではタゴールのために、木の上に小さな住まいをこしらえた。タゴールはスリニケトンにいくたびに、この木上の小屋に上って休息を取ったという。一九三二年から翌年にかけてはコウノという別の大工がシャンティニケトンで暮らし、さまざまなものを作っていった。

　タゴールの呼びかけに応じて、岡倉天心の日本美術院からは勝田蕉琴が一九〇五年から〇八年にかけてシャンティニケトンに美術指導のために赴き、一九一七年から一八年には荒井寛方が滞在してノンドラル・ボシュらと美術交流を行った。さらにもうひとりの日本人画家野生司（のうす）香雪（こうせつ）が、〔訳者注＝仏跡として有名な〕サルナートにあるムールガンダクティ寺院の壁に仏陀の生涯を示すフレスコ画を描くためにインドを訪れたのだが、壁画を描く技法を知らなかったため、まずコルカタでムクル・デーに教えを乞い、さらにシャンティニケトンを訪れてかなりの日数にわたって滞在し、フラスコ画を勉強した。野生司の描いた壁画は、今日も輝きを失うことなくそこにある。

タゴールは自身の日本訪問のはるか以前、佐野甚之助を柔術の師としてシャンティニケトンに招請している。これに応え、佐野は一九〇五年から〇八年までシャンティニケトンに滞在した。その後五回目の訪日の際、タゴールは再び柔道の教師派遣を要請し、その結果高垣信造が一九二九年から三一年まで指導にあたることになった。高垣は当時の日本で第一線の柔道家であった。シャンティニケトンには今も、高垣に柔道を教わったという人が何人かいて[3]、そのときの思い出を懐かしそうに語ってくれる。高垣はコルカタで、ネタジ・シュバシュチョンドロ・ボシュの前で柔道の技を披露したこともある。この催しでは、タゴールが自ら観客に高垣を紹介したという話が残っている。

タゴールは天心の『茶の本』に強く惹かれたり、五度にわたる訪日の際には何度も茶会に出席したり生け花の展示を見に行くなどしており、これらを日本の美意識や精神性の表象として捉えていた。

最後の日本訪問の折には、タゴールはラシュビハリ・ボシュと相談し、ラシュビハリの妻の従妹にあたる星マキ（橋本眞機子）を茶道と華道の教師として一九三〇年から三一年にわたってシャンティニケトンに招いた。

サンスクリットやパーリ語の学習のためにシャンティニケトンを訪れた日本人も多い。一九〇一年から〇三年までを過ごした堀至徳はタゴールの学園最初の外国人留学生だった。その後一九一九年にはアワギ、一九二一年にトミモトなどが留学しているが、中でも一九三三年から三四年にかけて滞在した平等通昭は特筆に値する。平等はビドゥシェコル・シャストリ[4]のもとで、サンスクリット詩文の修辞法について学んだ。タゴールはこれら日本人学生たちを大いに励まし、平等には日本に帰国後、シャンティニケトンにニッポン・ボボン〔日本学院〕創設に尽力するよう求めた。タゴールのこの夢は、一九九一年、日本学院建設によって実現した[5]。

桝源次郎[6]は一九三五年から三七年にかけてシャンティニケトンの音楽学部の学生として、インド音楽を学んだ。桝は中国や南アジア各国をめぐり、さまざまな民族の音楽の研究にあたった。帰国後はアジア民族音楽協会を設立し、自らその会長となった。桝はシャンティニケトンでの楽しい思い出を生涯忘れることはなかったという。

西洋舞踊家として知られていたマキ某[7]〔訳者注＝牧幹夫。バレリーナ牧阿佐美の父〕は一九三一年から四一年まで音楽学部でタゴールダンスを学んだ。その上達ぶりは早く、タゴールの歌舞劇上演では何度も重要な役を任されたという。その後マキは生涯をインドで過ごすことになった。

長谷川傳次郎の実家は、家具製造で日本中に知られていた。代々皇室に収める家具を作って来た由緒ある家柄だが、一九二三年の関東大震災のとき、伝統あるこの一族の家も大きな被害を受けた。長谷川は自分の未来について、さまざまな計画をあたためていた。しかし最終的にはすべてを擲って、シャンティニケトンの芸術学部に留学した。長谷川はその並みならぬ美意識と有能さ、それに意欲の高さもあって、芸術の分野で優れた業績と名声を確立することに成功した。またカメラの腕も大変優れていた。インド国内の名所旧跡を巡り、自然の情景や寺院に施された彫刻などを写真に記録した。こうした作品のなかにはカイラス山[8]を撮影した有名な写真もある。長谷川のインド旅行をまとめた写真集は、歴史の記録として今も貴重なものである。シャンティニケトンではみなと親しかった。晩年になってもシャンティニケトンの思い出を忘れることなく、玄関のわきに座ってシタールを奏でていたという。

一九三五年には、詩人サロージニー・ナイドゥー[9]に勧められ、イリエ・シズヨ（入江静代）という若い女性が音楽学部に留学生としてやって来た。タゴールはこの女学生をことのほかかわいがった。イリエは日本のある新聞に次のように書いている。「私はビッショバロティにいる間ずっと、着物を着て過ごしていました。タゴール翁は日本の古都京都の、着物をまとった女性がたいそうお気に入りだったため、私はビッショバロティに到着して間もなくのころ、翁の前で京都の女たちに人気のある『祇園小唄』を唄いながら日本舞踊を披露したことがありました。タゴール翁はそれをことのほか喜ばれ、すぐに他の学生たちを呼び寄せました。私はみんなの前でもう一度踊る羽目になりました」。

タゴールはシャンティニケトン在住の外国人たちの健康を常に気遣っていた。一九〇二年、堀至徳が病に冒されたときにはタゴールは妻とともに手厚い看護を行った。堀は八月三日の日記に「体調がすぐれない。日本とは全く違う気候と降り続く雨のせいでひどい腹痛がする。……気分は全くすぐれない。タゴール翁は朝となく夕方となく、見舞いに来てくれる」と記している。

一九二九年には、ハラという名の日本人女学生の病状について、タゴールはこんな手紙を書いている。「ハラサンの具合はずいぶんよくなりました。今日は熱は出ていません。ニルロトンさんがキニーネをきちんと処方しています」。

多くの日本人留学生が、シャンティニケトン滞在中に日記を記している。こうした日記には、タゴールの気遣いと愛情あふれた思いやりのことが随所に登場する。例えば堀至徳は一九〇三年一月十三日付でこんな詩を書き残している。

「これほど遠く離れていても／同じ空の下、同じ月／心に浮かぶ／国の言葉／語るものは誰もいない」

こうした寂しさは、タゴールと接することで癒されたに違いない。

（一九九八年『タゴールと日本について』所収。『日本とタゴール——百年の交流』〈二〇〇四〉にも収められている）

（1）インドの宗教者。西欧にヴェーダーンタ哲学とヨーガを中心としたインド思想を紹介した。コルカタに本拠を置く宗教団体ラーマクリシュナミッションの創設者としても知られる。

（2）ムクル・デー（一八九五〜一九八九）画家。ノンドラル・ボシュ（一八八二〜一九六六）画家。シャンティニケトンの初代芸術学部長を務めた。キティモホン・シェン（一八八〇〜一九六〇）教育者、著述家。ノーベル経済学賞を受賞したアマルティア・セン（ベンガル語ではオモルト・シェン）は孫にあたる。カリダス・ナーグ（一八九二〜一九六六）歴史家、東洋美術史家。コルカタ大学教授などを歴任。

（3）映画監督のサタジット・レイ（ショットジット・ラエ）も高垣から柔道の指導を受けたひとり。

（4）サンスクリット学者（一八七八〜一九五七）。シャンティニケトン以外にコルカタ大学でも教鞭をとった。

（5）一九九一年は日本学院の定礎式が行われた年。正式発足は一九九四年。

(6) 民族音楽研究者(一九〇四〜九五)。著書に『印度音楽から見た世界の音楽』など。

(7) バラタナティヤム、マニプリなどインド各地の舞踊の要素を取り入れ、タゴールが創造したダンス。タゴールの歌舞劇に含まれるほか、独立した形でも上演される。

(8) チベット高原にある山。チベット仏教徒たちの聖地となっている。

(9) 詩人、独立運動家(一八七九〜一九四九)。インド独立後、初の女性として国会の議長を務めるなど、政治の分野でも活躍した。

日印美術交流の先駆者

日印関係史の始まりは六世紀の仏教伝来である。それ以来各時代毎に、仏教の各段階が日本に伝わって来た。それに伴って仏教思想、文学、美術、音楽など各文化も伝わり、日本の思想、文化に影響を与え続けて来た。中国文化と並んでインド文化が、日本文化を構成する根幹的要素となった。奈良時代、東大寺大仏開眼の導師を勤めたのは、遙かインドからの来日僧菩提僊那（ボーディ・セーナ 七〇四～七六〇）であった。明治までに唯一人の来日インド人であった。日本では、仏教の源、天竺への憧れの気持は募るばかりであったが、遂に果せなかった。例外として十六世紀、キリスト教少年使節団が、西洋人に連れられて、ローマに行く途次ゴアに立ち寄った。

このようにして、明治以前は一方的にインド文化が伝わり、影響を与え続けて来た。

明治に入って、晴れて、現実のインドの地を踏む。島地黙雷（一八三八～一九一一）が欧米視察の帰途、インドの仏跡を巡礼する。一八七二年（明治五）のことであった。以後日本人の仏教僧、仏教学者、インド学者、研究者が仏教とヒンドゥー教の寺院、遺跡、壁画、彫像を巡礼、視察、鑑賞した。それらの文化の優秀性と同時に仏教遺跡の荒廃をつぶさに見た。ヨーロッパ人もまた新たにアメリカ人からも、そのようなインドの宗教的・文化的情況の情報が、日本に到着し始めた。また一方、英国植民地インドは独立国、新生日本に憧憬を持ち始めた。千三百五十年程経って初めて日印両国の相互文化交流が本格化した。

それはまさに岡倉天心（一八六二〜一九一三）の訪印を機としている。天心の訪印の目的及び結果は、多様であるが、第一義的には、日中印の美術的統一を実感することであり、実際に実感したことであった。天心がフェノロサ（Earnest Francisco Fenollosa 一八五三〜一九〇八）などの励ましもあって、法隆寺などの日本古代美術の高い芸術性の再評価をし、中国での調査でも、同じ評価を持ち、それらの評価の上に立って、源泉であるインド仏教美術の偉大さへの予感を持って、訪印した。仏教の衰微と仏跡の荒廃にもかかわらず、残っている仏教美術の卓越さ及びヒンドゥー教美術の豊饒さをつまびらかに洞察した。

この古代文化の統一性の目覚めの他に、天心は近代日印文化運動の共通性を認識するに到った。天心の日本美術院運動は、維新以来急速に欧化し、日本の伝統を排する美術界に対して、古代以来の日本美術の高度な伝統を保ちながら、他方で保守的形式的伝統主義に革新的新風を送る運動であった。

また他方、十九世紀後半以来、インドではベンガル・ルネッサンス運動が展開されていた。ちょうどそれは、英国のインド直接統治が始まった頃であった。インドで文化的先進性を誇り、植民地インドの首都カルカッタ〔現コルカタ〕のあるベンガルでこの運動が始まった。美術ルネッサンスはやや遅れ、十九世紀末葉のことであった。絵画界は英国式技法、発想が風靡していた。日本におけるフェノロサに当るのは、ベンガルではE・B・ハヴェル（E.B.Havell）であった。彼は英植民地政府のカルカッタの政府美術学校の校長であった。彼は、時代の風潮に逆らって、インドの伝統絵画の再評価を高らかに謳歌した。これがベンガル美術ルネッサンスの始まりである。伝統墨守というのではなく、伝統を尊重しながら、新機軸を出すべく努力が重ねられ、広く運動が胎動していた。天心は一九〇二年（明治三十五）、まさにこの運動の只中に飛び込み、自分の運動との共通性を認識し、ベンガル美術ルネッサンスに影響を与え、本格的日印美術交流の端緒をつくった。これは近代日印美術交流史上、偉大な金字塔である。

カルカッタのタゴール家が、文学、演劇、音楽、宗教、絵画のルネッサンスの中心であった。絵画では、オボニンドロナト・タゴール（Abanindranāth Ṭhākur 一八七一～一九五一）、ゴゴネンドロナト・タゴール（Gaganendranāth Ṭhākur 一八六七～一九三八）がタゴール家の美術改革の担い手であった。一九〇二年、天心はサンスクリット語学習及び真教探求の目的を持った堀至徳（一八七六～一九〇三）を同行させた。そのような背景の中に、詩聖ロビンドロナト・タゴール（Rabīndranāth

Ṭhākur 一八六一～一九四一）及びシュレンドロナト・タゴール（Surendranāth Ṭhākur 一八七二～一九四〇）が登場する。ロビンドロナトの五兄ジョティリンドロナト（Jyotirindranāth 一八四九～一九二五）という肖像画の達人も登場する。

天心のオボニンドロナトらへの約束によって、高弟〔横山〕大観（一八六八～一九五八）や〔菱田〕春草（一八七四～一九一一）が一九〇三年訪印する。

カルカッタでは堀至徳の他に、後に東大教授になった建築学者伊東忠太（一八六七～一九五四）が大観、春草と邂逅（かいこう）する。伊東忠太は堀至徳と一緒にヒンドゥー教寺院、仏教寺院建築を西インド、北インド、南インド隈なく観察し、専門家としてインド建築研究を深める。堀至徳が天心のインド巡礼の情報を伝えた。

横山大観
（横山大観記念館蔵）

大観はシュレンドロナト・タゴールの家に滞在しながら、オボニンドロナト、ゴゴネンドロナトのタゴール家に通った。大観、春草は⑴インドの人々の生活、動作及び自然を観察する。ものの核心に到るまで観察する。⑵仏跡など巡行。⑶以上のテーマで絵を描く。⑷オボニンドロナトらに日本画の運筆技法を教える。⑸ベンガル派の画家たちの絵から学び取ることは学ぶ。

オボニンドロナトやゴゴネンドロナトは大観などの絵画について、自然や生活の観察力の素晴らしさ、その精神性、空間の把握と表現力、朦朧体（もうろうたい）、水彩筆=水墨筆の運筆など賞讃した。実際、ベンガル派には朦朧体の影響が見られ、日本式落款（らっかん）の考案、縦書きのベンガル語標記、更には墨書きも広く試みられた。大観、春草の数百という作品が展覧され、贈呈され買上げられた。非常に評価が高く、刺激と影響をベンガル画家に与えた。

天心が十年後第二回目に渡印したとき、ベンガル画家たちの間に、大観などの影響が著しいのを認めることができたし、オボニンドロナト自身もそのことを認めた。これは日印美術交流の真の先駆的歴史的役割であった。現在大いに謳われている地球規模の異文化交流、共存の思想を先取りした行動であった。

アジア植民地化の時代に、アジアの文化的価値を内外に認識させ、文化的一体感を高揚させた。そしてインドの人たちに独立不羈（ふき）の気迫を養うべくインスピレーションを与えた。河口慧海（かわぐちえかい）（一八六八〜一九四五）、大谷光瑞（一八七六〜一九四八）などの気宇壮大な探検もこの時代のことであった。

大観、春草の、インドで描かれ、ベンガル人の家々に保存されていた多数の絵は、当時カルカッタ在住の千田商会がその大部分を買い戻し、東京に保存していたが、関東大震災で灰燼に帰してしまったのは誠に残念の極みである。また僅かにベンガルに残っていた大観、春草の作品も、特にこの十年の間に全く散逸してしまった。

天心は、大観、春草をインドに派遣したばかりではない。〔東京〕美術学校（現東京芸術大学美術学部）を出て間もない日本美術院の勝田蕉琴（一八七九～一九六三）もインドに送った。

ここで、詩聖ロビンドロナト・タゴールのことに触れないわけにはいかない。ロビンドロナトは、天心が訪印した一九〇二年には、ベンガル一の詩人と自他、内外に認められているわけでもなかったが、天心とロビンドロナトは、お互いの資質を認め、共鳴し合った。当時ロビンドロナトは絵を描いていなかった。彼はオボニンドロナト、ゴゴネンドロナトを理解し、励まし、ベンガル・ルネッサンスを形成する一員であった。何よりも彼は、天心の理想に共鳴し、一生涯天心の友であり、同世代であった。天心の死後第一回訪日の際、先ず、天心ゆかりの地、五浦（いづら）を訪れたいと申し出たほどであった。

ロビンドロナトを信頼し、天心は同行の堀至徳を、数ヶ月前に荒野のシャンティニケトンに開いた、ロビンドロナトの数人の生徒の小さな学校に預けた。

ロビンドロナト・タゴールはそれから四十年間、日印美術交流の目撃証人であり、鼓吹者、助力者、また実行者であった。彼は詩をはじめ演劇、長編、短編小説、物語、随筆、論文など文学のあらゆる分野で珠玉の傑作を書き、教育者であり、千五百曲もの歌の作詞、作曲をし、農村再建や手工芸の育成に全力を注ぎ、更に思想家、予言者としても理念の追求に努めた。七十歳になって絵を描き始め、何千枚もの絵画を残し、その象徴主義的、表現主義的絵画は内外に声名を博めた。五人の生徒と六人の先生で始めたロビンドロナトの学校は、一九二一年ビッショ・バロティ大学となった。現在国立タゴール国際大学となっている。ロビンドロナトはほんの草創期から、すべての人、国内外の人々に来訪を呼び掛けた。外国人第一号が日本人堀至徳である。従ってそこには、日本人が柔道、日本語、生け花、茶の湯、日本画、木工技術、農工技術を教えに来、一方日本人学生は、サンスクリット語、タゴール音楽、インド音楽、ベンガル文化、仏教、インド絵画を学習しに行った。

全体として、要するにロビンドロナトの思想、全人的人格教育理念、国際理解の理想に触れたことになる。

その中でも、美術は大きな部分を占める。その第一号が勝田蕉琴である。蕉琴はベンガルの二ヵ所で美術交流を行った。一つはカルカッタのジョラシャンコのタゴール家である。そこは、カルカッタのベンガル・ルネッサンスの一流の文学者、音楽家、画家、思想家、演劇人がきら星の如く集う絢爛豪華な文化交流の場であった。父デベンドロナト、詩聖ロビンドロナト及びその兄弟が育ち、住んでいた場所である。タゴール兄弟姉妹すべて芸術家として有名であった。他方画家オボニンドロナト・タゴール、ゴゴネンドロナト・タゴールの家系も別棟に住んでいた。

　天心も大観も春草も蕉琴も、シュレンドロナト・タゴールの家に住まいながらここに通っていた。蕉琴も、大観、春草と同じく、オボニンドロナト、ゴゴネンドロナトとインド画と日本画の交換学習もしたが、若い蕉琴が学ぼうとする姿勢が強く、インドの古譚（こたん）、生活のテーマを多く取り入れ絵を描いた。それらは大変注目を浴び、当時のベンガル誌に挿絵として掲載されたり、求められたりした。現に二年前私がタゴール家の一族の家を訪れたとき、背丈より遙かに大きい勝田蕉琴の傑作を発見した。また蕉琴は、タゴールの大学でも、一九〇五年から一九〇八年の間インドの学生たちに日本画を教えていた。学生たちもタゴールも大いに喜んだ。若き画家は十分に日印文化交流の役割を果した。

　次はロビンドロナトの第一回訪日である。一九一三年ノーベル文学賞をアジアで初めて受賞したロビンドロナトの訪日は、日印文化交流史上の大きな意義をもたらすものとなった。それは多岐に亘るが、ここでは美術に限って述べることにする。タゴールは訪日の連絡は大観とであった。神戸港での出迎えは大観、蕉琴がいた。東京で先ず、大観邸に入った。数日もてなしを得、その間にも大観の筆致、空間観などをつぶさに見て、口を極めて賞讃した。次に日本画家、特に日本美術院の画家たちの理解者、美術の後援者、横浜の原三渓の宏壮な庭園邸宅に、以後三ヶ月間滞在することになる。彼は日本人画家たちの絵画の内面性と自然性に感嘆し、大観の画風の新たな面を再発見した。彼の日本紀行（ジャパン・ジャットリ）の中でも日本人の美的感覚の素晴らしさを激賞している。それは単に美術界のことを言っているのではない。広大な三渓園の中を歩き、仕事をしている人々の姿、町の一般大衆の生活と行動を洞察して、日本人のあらゆるところに美意識が充満していると言っている。

タゴールは上野でベンガル・ルネッサンスの画家オボニンドロナト、ゴゴネンドロナトの絵画の展覧会を催している。ちょうどカルカッタで大観の展覧会が開かれたように催された。

タゴールは谷中の天心の霊廟を拝した。岡倉夫人、岡倉由三郎にも会った。五浦にも赴いた。日本へ来る船中、天心の『茶の本』を読んだ。

三渓園で日本画家の往来、その制作の有様をよく観察していた。タゴール自身の所望により、大観の〈游刃有余地〉、観山の〈弱法師〉（盲人の日の出）の摸写をタゴールに贈ることになった。タゴールは荒井寛方の摸写を連日見に来た。摸写技術のレベルの高さ及び芸術性に感嘆した。若き画家ムクル・デ（一八九五～一九八九）もそれに圧倒された。結局それを完成して寛方がタゴールの招聘を受けてインドに持って行くことになった。寛方の人柄もタゴールは気に入っていた。

若き画家ムクル・デを連れて来たこと自体、日本美術から刺激を受け学ぶためであった。ムクル・デは日本画に心から感激した。自分でもスケッチや絵を連日描いていた。大観、三渓始め日本側のすべての人はムクル・デの画才を認め大いに励ました。大観が三渓から長年の奨学金を出して上げるから日本で絵を学ぶようにとまで提案され、ムクル・デは喜んで受け入れようとしたが、タゴールがムクル・デの父親との約束を重んじて、ムクル・デをアメリカからインドに連れ帰った。九十四歳で亡くなるまで日本で更に絵を学べなかったことを悔んでいた。しかしムクル・デは日本画、日本画家、日本人に対して深い親近感と尊敬の念を持ち続けた。日印文化交流上多大の貢献をした。ムクル・デは後にイギリスで絵を学び、カルカッタの政府美術学校の校長になり、ベンガル絵画の重鎮の一人になった。

荒井寛方
（さくら市ミュージアム荒井寛方記念館蔵）

さて、荒井寛方は一九一六年十二月渡印する。摸写した大作二点を手にして。寛方はいたる所で歓迎を受けた。寛方もジョラシャンコのタゴール家とシャンティニケトンのタゴールの学校で美術交流を行った。大観、春草、蕉琴と異なるところは、彼らと違って宿泊する所はジョラサンコの中そのものであった。即ちオボニンドロナト、ゴゴネンドロナトの住んでいる建物でもなく、またロビンドロナト父祖伝来の建物（モホルシ・ボボン）でもなく、絵画の制作、展覧などのために新しく建てられた「ビチットラ・ボボン」の一室に宿泊した。オボニンドロナト、ゴゴネンドロナトに毎日のように日本画の運筆を、色彩の塗り方を、日本画の特質を教えた。大観らが教えた水墨画の描き方も教えた。それはビチットラで、またオボニンドロナトの住居で。天心に鼓舞されたベンガル派は大きく成長していた。ノンドラル・ボシュ（一八八二～一九六六）、オシトクマル・ハルダル、シュレンドロナト・コル、ジャミニ・ライなど多くの逸材が育った。寛方はそれらの画家たちと交わった。彼らに教え、自分も学習した。寛方の「印度日誌」に登場する画家の名前を見ればそのことを首肯できるが、何よりも現在残っている寛方宛のベンガル画家たちの自筆の絵を描き、友情の詩を書いた多数の葉書である。差出人の名前を見れば驚くばかりである。錚々（そうそう）たる画家が多数どんなに寛方と人格的及び芸術的文化交流を図ったかが明らかである。カルカッタではインドの古譚や仏教譚に基づく画題で多くの画を描いた。確かに神々や仏たちは女性の姿がふくよかにインド風の影響を受けている。一方寛方はシャンティニケトンの学校でもノンドラル・ボシュと絵の教授交換をした。ノンドラルはオボニンドロナトの高弟の一人でカルカッタにいたが、詩聖ロビンドロナトに特に信頼されて、シャンティニケトンにしばしば招かれていた。後に美術部ができたとき学部長となり、日本派の画家たちを多く養成した。寛方はタゴールの招きでシャンティニケトンに行き、学生たちは最寄り駅ボルプルに松明を灯して迎えに来てくれた。寛方は毎日スケッチをした。ベンガル大平原を牛車でまわり、一日中歩き、ベンガルの農民やサンタル族と交わり、シャンティニケトンの自然を楽しみ、インドの大都会カルカッタとは対照的な地でノンドラル・ボシュや村民と内面的な交わりを持った。ノンドラル・ボシュはタゴールの学問と芸術の統合という理想の実現のため貢献した。寛方はノンドラル・ボシュ一家とコナラクを旅した。タゴールの第三回訪日（一九二四年）にはタゴールはボシュを連れて行った。ノンドラルは寛方の家に泊った。旧交を暖めた。タゴールはノンドラル・ボシュの息子ビッショルプ・ボシュを日本で版画の習得のため四年間滞日生活を送らせた。また寛方は仏跡、ヒンドゥー教寺院、インドの庶民、自然をスケッチし、絵を描くためインドを巡った。特にアジャンタの壁画の摸写は腰を落着けて一心不乱に行い、名作を残している。その時そこで偶然ムクル・デと奇遇し、互に喜び合い、ムクル・デは三渓園での寛方の摸写をつぶさに見ていた関係上、ここで寛方の摸写の技術と精神を学んだ。ムクル・デは九十四歳に至るまでいつも大観さん、寛方さんと口ぐせのように言っていた。寛方は天心と大観の日印美術交流の努力の延長上にありながら、ベンガル美術界の泰斗オボニンドロナト、ゴゴネンドロナト、ノンドラル・ボシュ、ムクル・デと稀有の親交を得、ロビンドロナト・タゴールの暖かい視線を浴びていた。

タゴールは訪日の際、親しい日本人にいくつかの書を贈った。
大観には第一回訪日の際大観邸に滞在して僅か数日のうちに大観の画家としての偉大さを讃えて次の書を贈った。

おお　偉大なる　碩学よ
　宇宙の　内奥に
　　おんみの座
おんみの画布に
　宇宙の魂の　ことのはひろがる
　　　　一九一六年六月八日
　　　　ロビンドロナト・タクル
　　　　　（タゴール）

また寛方には寛方が一年半ばかりのインド滞在を終えて帰国する寸前、次の書を贈った。

荒井寛方氏へ
　愛する
　　友よ
ある日　君は客人のように
　私の部屋に来たった
今日　君は　別れのときに
　私の心の内奥に来た
　　　　ベンガル暦一三二五年
　　　ボイシャク月二十五日
　　　　ロビンドロナト・タクル
　　　　　（タゴール）

このベンガル語原文、日本語訳、英訳は氏家（うじいえ）の「寛方・タゴール平和公園」に記念碑として建てられ、またタゴール国際大学日本学院の敷地内にはベンガル語原文、日本語訳、及び塩出英雄画伯の寛方・タゴールを讃える和歌が刻まれた碑が建てられている。この実現は多くの方々の共鳴の上に立っているが、荒井なみ子さんの貢献が非常に大きい。

タゴールの肖像画は世界の著名な画家たちが描いているが、村上華岳のそれは、それらの画家たちの中でも最も秀れたものである。

次に野生司香雪（のうすこうせつ）のことを取り上げよう。インドは十三世紀に仏教が全く衰微してしまった。仏跡は荒れるに任せ、放置されていた。西洋人が地中の仏跡を発見した。少しずつ東洋人にもその実態が分って来た。スリランカのダルマパーラが仏跡の復興運動を始めた。釈興然（一八四九〜一九二四）もそれに加わった。天心もブッダガヤの復興に努力した。ダルマパーラはインドの各地に大菩提会（マハーボディ・ソサイティ）を作った。釈迦牟尼の解脱後の初転法輪の地である鹿野苑（ろくやおん）（サルナート）にも大菩提会と仏教寺院をつくった。後にその仏寺の壁に仏生譚の画を描くことが決まり、日本に依頼して来る。結局野生司画伯に白羽の矢が立ち、画伯は仏生譚の壁画の構想を練りに練り渡印する。またその寺院に大きな鐘も贈ることになる。先ず鐘の件であるが、その当時のカルカッタの政府美術学校校長ムクル・デやカルカッタ日本総領事の計らいで贈呈式がカルカッタで行われる。ムクル・デは前述の如く親日家のため、日本人を心からもてなし、香雪を心から受け入れ、色々な助言も与えた。サルナートの壁に絵を描くのは日本の寺院に壁画を描くのとは趣が異なり、色ののりもうまくいかず、技術的困難に直面した。鐘の贈呈式にはロビンドロナト・タゴールも出席していた。結局香雪はムクル・デの助言のみでなく、シャンティニケトンの美術学部附属のいくつかの土壁のアトリエや部屋のフレスコの作り方を学ぶためにシャンティニケトンに赴く。タゴールは親切に迎えてくれ、ノンドラル・ボシュら美術学部の先生方も色々な技術を教えてくれる。そのような様々な困難と苦労を重ねた結果、遂に香雪は歴史に残るサルナートの壁画を完成する。この経緯を見るとインド側の登場人物はインド一流の人で、また日印文化交流に積極的である。その他〔堅山〕南風、〔今村〕紫紅など多くの日本人画家が訪印し、創作活動を行っているが、現

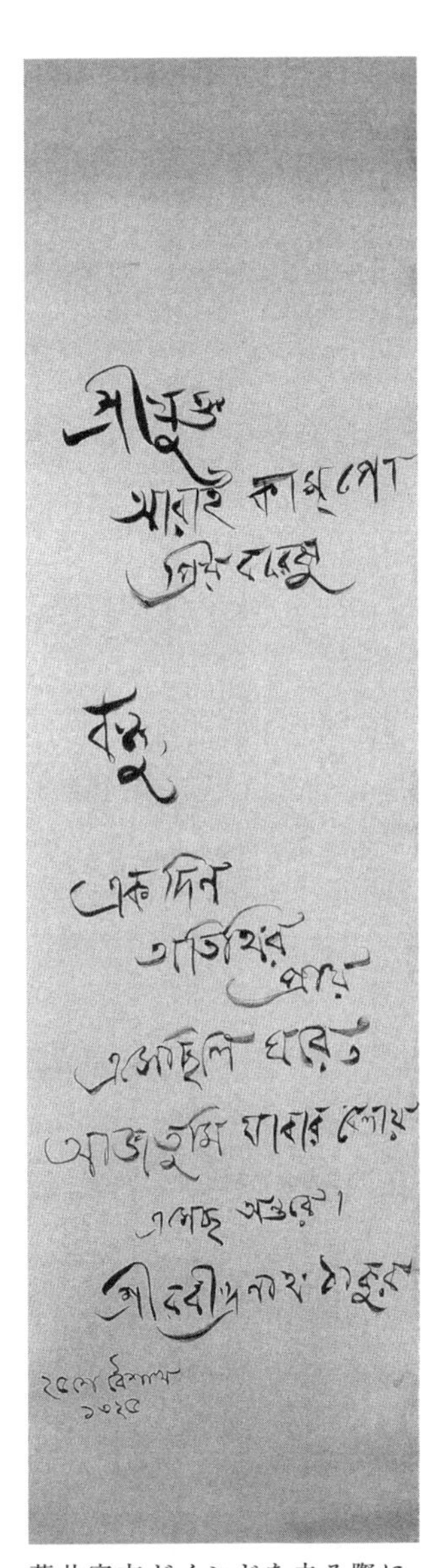

荒井寛方がインドを去る際に、タゴールが自ら贈ったベンガル語の毛筆の書。「愛する友よ……」とある（161頁参照。さくら市ミュージアム荒井寛方記念館蔵）

地の人々との交流の具体的なことがつまびらかでないので割愛する。

タゴールはタゴール国際大学の美術学部の教授、学生、更に農村再建部の職員などを日本画、版画、木工など絵画美術と手工芸美術を習うために次々と日本に送った。これらの先駆者たちの開拓した道を辿って、インド独立後美術の学生たちが踵(きびす)を接して訪印している。美術及び音楽の学生たちが一番内発的にインドを訪れる。今や、シャンティニケトンだけでなく、ヴァロダやデリー、ボンベイに学びに行き、またどこにも所属せず、創作し続けている。また日本一流の画伯が訪印され、創作活動をしておられる。天心、大観、寛方という日本美術院の流れの正統的後継者平山郁夫画伯は世界またシルクロード全体の中のインドの価値を評価し、何回も渡印され、作品も残されている。タゴール国際大学日本学院内のタゴール・寛方石碑の除幕式に日本代表として、また日本美術院理事長として出席されたことは誠に喜ばしいことであり、日本学院設立委員会、寛方・タゴール会、氏家町の人々も列席された。また九十歳の齢になんなんとする閨秀画家秋野不矩(ふく)氏は四十年程前にシャンティニケトンのタゴール国際大学美術学部の教授として過された後も何度となく庶民の中に入って村々を歩かれ、実り豊かな作品を残され、極く最近もシャンティニケトンの大学を訪れられた。このようにインドは若い人から年配の人まで芸術家を呼んでいる。マンダラ画伯前田常作氏も何年も前からタゴールの絵の精神の共鳴者で、国際交流基金の派遣で、念願のタゴール国際大学訪問を果し、日本学院で講演をされた。このように次第に内面の呼び掛けによって、呼べば応えるという日印美術交流の流れが流れているのも、先駆者たちの努力の賜である。

（一九九八年九月『インドと荒井寛方』ミュージアム氏家）

タゴールと日本

ベンガルと日本との文化的関係は、この九十年間、想像以上に深いものがある。ベンガルの生んだ詩人、バングラデシュの河に舟を浮べて、今なお愛唱される歌と詩を作ったロビンドロナト・タゴール（一八六一〜一九四一）は、自己の生の拡大と実現のためと愛による結合をめざして、世界という大洋上を何度となく逍遙したが、日本には五度も訪れている。それはあくまで、自己の意識を人類という拡がりに高めていく一里程としてであるが、タゴールは、日本とベンガルとの文化交流史上、最大の功績を残している。

タゴールの第一回目の訪日は一九一六年であるが、すでに十九世紀の終り頃からタゴールが日本に深い関心を持つに至ったあとを克明に辿っていくと、驚くべき様々な事実を発見するのである。

岡倉天心が一九〇一年の暮から約十ケ月間、横山大観、菱田春草が芸術交流のため、一九〇三年相次いでタゴール家を訪れるのである。

タゴールは、天心の訪れる前から、日本についての知識と関心を持っていた。従って天心の滞印中すでに、外国にいた著名なベンガルの科学者、ジョゲシュ・チョンドロ・ボシュ夫妻宛に

（一九〇二年四月に）、「あなた方が、日本を通っていらっしゃるなら日本で会いましょう。」と書き送って、具体的に日本へ行きたい意思と計画をもっていたことを示している。そしてタゴールは、新しい理想に燃えて、自然と調和した人格教育を目指して、一九〇一年、シャンティニケトンの地に「私の学校」を、僅か五人の生徒をもってはじめたが、翌二年には、すでに天心と共に来印した青年堀至徳がこゝに学び、そのことがベンガルの雑誌の各所にあらわれている。一九〇五年には、日本語と柔道を教えるために佐野甚之助が、更に日本画を教えに勝田蕉琴がこのタゴールの学校におもむいた。一九二一年にこの学校が国際大学に発展し、それ以後は続々と外国人が訪れているが、この日本人学生と教授が、それぞれ外国人学生、教授の中で最初の外国人なのである。更に一九〇八年には、有名な最初の日本人チベット探検家の河口慧海がシャンティニケトンを訪れている。

一方またタゴールは、長男のロティンドロナトを、農業を学びに米国につかわしているが、途上日本により、日露戦争戦勝の行列式に参加したりしている。

これらのことは、まだタゴールが国際的に有名にならないノーベル文学賞受賞以前のことであるから、真に日本との文化交流と好意がうかがわれるのである。

これを原点として、この七十年間に、タゴールの学校で学び教えた日本人学生、教授の数が、七、八十人に上っている。そしてタゴールは、ベンガルの若者に、日本に様々な分野で学ぶよう常に語っていたという。従ってタゴールの大学からも、教授だけで何十人という人々が日本に、芸術交流のため滞在した。このようにタゴールの先見の明と具体的な鼓吹によって、ベンガルと日本との呼び掛けとこだまが、いつまでも続いているのである。

以上のことで判るように、一九一六年の第一回訪日のとき、タゴールはすでに、日本についての知識をもち、人物交流の実績をもち、日本への意欲を十分にもちあわせていた。第二回の訪日は一九二四年、第三回目は一九二九年であるが、第一回目、土佐丸に乗って神戸についた時、インド以来の旧友たちの迎えがあり、更に、東京では大観の家に、次に横浜三溪園の原邸に寄寓する。様々の大学で講演した。また初代日印協会々長、大隅重信は早稲田大学内の私邸にタゴールを招き、スピーチが行われる。

また、タゴールは天心、大観らと交流したベンガル・ルネッサンスの画家たちの多くの作品をもってきて、上野で展覧会を開いた。それは大観らが一九〇三年カルカッタ〔現コルカタ〕に行った時、日本美術院派の展覧会を開いたのに呼応している。第一回訪日の際連れて来たムクル・デは、後日カルカッタ美術学校長にまでなった。

それでは、詩人の目に、心に日本はどう映ったであろうか。訪日前より彼の日本に対する評価は高かったが、帰国後、日記風に書いた有名な『日本紀行』および日本での講演集、またその後に書かれた日本に関する多くの記述よりみると、日本に関して感動したプラスの面は、日本人の美感覚である。ベンガルでよく読まれていた天心の茶の本に基づいて、前からタゴールのそれに対するアイディアがあったにはあったが、実際に茶の席に呼ばれたときの日本庭園、床の間、其の他についての彼の賞讃は、それらが生の実現、国民的生の実現と精進の表れであること、即ち単なる美が美ではなく、日本人の生と結びついていること、そして生の中に美を実現するためには空間と静寂が、日本人にとって必然であり、美意識とは贅沢な物質主義を意味するのではなく、それは万端準備がと〻のった、しかし生命の入った律動的な簡素さの中にみられると考えた。俳句、和歌、生け花についても同様な評価をしている。即ち、趣味とか余分なものとしてでなく、日本人の民族的実現の一つとして受取ったのである。

それは柔道についても云えることで、柔道は、身体の美学の極致であり、インドの民族独立運動の身体的訓練に有用であると考えた。柔道や生け花を単なる文化政策とは考えなかった。従ってタゴールは、農村再建と日常品製造をも、民族の再興の基と考え、そのことについて、日本から学び取るように奨めていた。

生の全人的発展の一環としてすべて有機的にまた流動的にとっていた。

このような理想的アイディアを実現にうつしたいと考えていたタゴールは、生け花と茶の湯をベンガルの地で教える人を探し、新宿中村屋のラシュビハリ・ボースの義理の従妹、橋本真機氏が、三年間、生け花と茶を紹介して来たし、当時カルカッタ市長であった、シュバス・チョンドロ・ボースと相提携して、一流の柔道家、高垣信造氏（講道館九段）をシャンティニケトンに招き、男女学生に柔道教授が行われ、ベナレスなどに演技をみせにいったりした。

それだけではない、庭園、農作、家具、家造りを教える日本の無名の庭園師、大工を招き、タゴール大学の農村再建部の枢要な地位を与え、学生、庶民に教授する責任を負わせた。これら日本人は一生をここに捧げた。これら日本人の作品及び教え子の跡を辿ってみると、その影響力が今なお残っているのをみて日本、ベンガルの庶民文化交流に驚かざるをえない。

またタゴール大学三本柱の二人、近代ベンガル最大の画家ノンドラル・ボースとサンスクリット学者、キティモホン・シェンは第二回タゴール訪日に従って来て其の後の親日派及び芸術、文化交流の源を築いた。

また、タゴールは女性の本質を高く評価しているが、日本女性の非事務的な自然でつゝましやかな勤勉さを絶賛している。

これらすべての日本人及び日本文化に対する賞賛にもかかわらずタゴールは、率直に日本に警告を予言的に発した。一つは、日本の朝鮮及び中国に対する態度と行動の中に、それぞれの国の民族としての生実現の自発性を積極的に尊重すべきだという基本に、矛盾していることがみられると警告を発し、曾我兄弟のような復讐という観念は、人間性の拡がりの障害だと率直に述べた。

更に神戸についた時、鉄と金属でできた日本に対して、近代化の歪みに対して、自然環境との不調和、血と魂のない疎外に対して、タゴールは苦しみ、その延長のもたらす人間性喪失への危険を日本に対して予言的に警告した。

一方では、アジアに対するヨーロッパの枠からの脱却への覚醒における日本人の役割及び日本の近代化の生き生きとした速さを賞めている。

そして日本もベンガルも混血民族としての可能性に共通なものがあるという。

以上タゴールの日本に対する限りない愛による賞讃と批判は彼自身の生の発展、民族主義と国際主義の問題と深く結びあっている。

われらのシャンティニケトン

われらのシャンティニケトン
　われらにはすべてにまして親しいもの
その空いっぱいに拡がる懐ろに
　われらの心は躍りに躍る。

見るたびにいつも新しい
　われらのシャンティニケトン。

林のもとわれらの市たち
　広やかな野にわれらは遊び
紺碧の空の慈愛に満ちたわれらの朝夕。

われらのシャルの木の並木道は

（タゴール国際大学校歌、一九〇一年タゴール作）

杯の甘い葉ずれ歌を奏でる
たえまなくアムロキの木の園が
夢中に葉を揺らせている。

われらがいずこにさすらい死ぬとも
シャンティニケトンは身近にある。

われらの心のなかで愛のシタールが
シャンティニケトンの調べに音を合わす。

われらの命と命の調べを
一つにするシャンティニケトン
われらの同胞みな心を一つにする
シャンティニケトン。

（一九七一年『バングラデシュNews』日本バングラデシュ協会）

近代日印文化交流――岡倉天心とタゴール家を中心として

一　序

近代日印文化交流が、本格的に始まったのは、十九世紀から二十世紀への転換期からである。岡倉天心（一八六二～一九一三）の訪印（一九〇一年十二月三十一日～一九〇二年十月六日）とロビンドロナト・タゴールRabīndranāth Ṭhākur（一八六一～一九四一）を中心としたタゴール家との交流がまさに近代日印文化交流史上重要で、象徴的で、多岐に及ぶ事件として位置付けられる。本稿は、そこに焦点を当てて、多角的に、また歴史的に考察する。

インドと日本との関係の始まりは、朝鮮からの、六世紀の仏法公伝である。それ以来、仏教は朝鮮から、また中国から、伝来し続けた。印度より、西域、中国を通ってか、東南アジア、中国を通って、様々な段階の印度起源の仏教が、通過地域で、多かれ、少なかれ変容しながら渡来した。その際朝鮮半島が媒介になるか否かも問題である。これと同時にヒンドゥー教文化も渡来した。このようにして、中国文化と並んで、インドの宗教、思想、文化が、日本の宗教、思想、文化の根幹を形成することになった。インドでは十三世紀頃仏教が衰微したが[1]、それ以後も、中国仏教が入って来た。

六世紀以降、印度の文物が、一方的に日本に入って来て、影響を与え続けたが、日本からは、印度への道は、実際上、閉ざされていた。すなわち文化の交流は行われなかった。

日印の人物交流は、明治以前にはインド僧ただ一人、即ち奈良時代七三六年〔天平八年〕、中国滞在中の僧菩提僊那Bodhisenaが日本に招聘され、七五二年には東大寺大仏開眼供養の導師となったことと、日本からもキリシタン大名が、一五八二年少年使節団をローマに派遣し、その途次インドのゴアに立ち寄ったこととがあるだけである。西洋人の先導で、キリシタンの少年たちの訪印を除いて、仏教伝来以降の日本人は、印度を理想の国、天竺として、渡印したいという夢を抱き、計画をたてたり、実行に移したりしたが、中国に行くのにも、大いに危険を伴なう時代のため、実現ができなかった。それ故、印度は現実の国というよりも、精神的、宗教的憧憬の対象として存在していたが、西洋人の渡来以来、鎖国中も、現実の印度の情報が入って来て、一般民衆には、まだ理想の国のままである印度も識者には、西洋の歯牙にかかっていることが、次第に判って来た。幕末の阿片戦争などとの関連で、一層、印度の実態が判って来た。

一方インドは、古来、日本文化の影響も受けなかったし、日本の実像の知識を持っていなかったが、明治維新以降少しずつ、日本の新生の報せが、印度にも到達し始めた。しかし、近代インドで最も先進性があり、英国植民地印度の首都のあるベンガルにおいても、日本について、十九世紀末の四半世紀の前までは、不鮮明な印象があった。

ベンガル地方で、本格的な現代口語文学が始まったのは、十九世紀半ばであったが、その代表者の一人ヘムチョンドロ・ボンドパッダエ（Hemcandra Bandyopādhyāy）（一八三八〜一九〇三）[2]のインド民族主義の詩「インドの歌」Bhārat Saṅgītの中に、

中国・ビルマ・未開な日本。
かれらも独立、かれらも自主
奴隷状態など　いさぎよしとしない。
ただ、インドだけが眠り込んでいる。

という章句があるが、このうち「未開な日本」asabhya jāpānという言葉が、現在でも覚えられている位に有名であった。この詩の刊行は一八七〇年である。

それから、三十年後天心の訪印までに、次第に両国の関係が深くなり始めた。

二　天心とベンガル

天心を迎えるベンガルの状況は次の通り――バスコ・ダ・ガマVasco da Gama（一四六九頃～一五二四）のインド到着（一四九八）以来、インド亜大陸に、ポルトガル、オランダ、フランス、イギリスの勢力の角逐の後、最後に、ベンガルのプラシPrāsīにおいて、英仏最後の戦争（一七五七）の後、英国が最終的な勝利を収め、着々と印度を支配し、遂に一八五八年英国は全印度を直接統治下に収め、カルカッタ〔現コルカタ〕を首都とする。十八世紀末葉より、カルカッタに英国総督府が置かれ、また、インドの社会と文化の研究・調査の中心的存在となったアジア協会[3]が設立され、それがヨーロッパのインド学発展の窓口となった。ベンガル地方は、植民地化の嵐の最前線に晒されながら、他方で十八世紀の停滞、因襲、迷信的社会を打破し、宗教改革、社会改革、文化ルネッサンスの中心となった、その指導的役割を果したのが、タゴール家であった。

三　天心をめぐる当時の日本の状況

一方、日本は、アジアでは例外的に欧米の植民地化を免れ、近代化、西洋化と民族主義とが、葛藤しながら発展していった。

その際、音楽と絵画についても、伝統と西洋化の両潮流の間を揺れたが、音楽の方は、文部省を初め、教育の分野で専ら西洋音楽が主流となり、邦楽は民間において継続して行った。絵画の方は、更に複雑で、両潮流が激しく、拮抗して進んで行ったが、天心は、その只中に位置していた。

天心の第一回訪印の動機と目的は、直接の動機と天心の長年抱いていた夢と理想と更に実際に滞印中の活動とが、混同されているところがある。結局は、訪印後の活動とその意義と影響の方が歴史的に重要である。しかし、訪印に到る過程も、先ず考察する。

天心の思想と行動に、影響を与えた最初の要因は、彼の横浜誕生と東大学生時代に米国人の東洋美術研究者であるアーネスト・フランシスコ・フェノロサ Earnest Francisco Fenollosa（一八五三〜

一九〇八）に邂逅したことである。横浜は明治初期から国際的であったため、天心にとって、英語習得や西洋認識は基本的に可能であった。従って西洋に対する卑屈な劣等感もなければ、西洋文化を無視した偏狭な民族主義にも陥らなかった。当時の東京大学法理文学部で政治学と理財学を修め一八八〇年卒業した。東大で一八七八年から、お雇い外国人教師フェノロサに政治学、理財学、哲学を学ぶ。フェノロサから、ドイツ観念論哲学を学び、日本の古美術への高評価に共鳴する。これは、一生を通じての路線であった。また東大法理文学部の一握りの卒業生の一人として、高級官僚の道を歩む。その道と自由闊達、奔放磊落の性格及び理想主義とは、結局は相容れず、後に野に下ることになる。文部省の官吏として、大学卒業後さまざまな役を勤めた後、日本の古美術調査掛として、京都奈良の古寺、秘仏などを何度となく調査し、フェノロサ、ウィリアム・スタージス・ビゲロウWilliam Sturgis Bigelow[4]（一八五〇～一九二五）とも同行、伝統日本美術の専門家として精査をし続けた。一八八六～八七年文部省の美術調査委員として、フェノロサと共に、往復の経由地アメリカを経て欧州を八ヶ月調査視察する。天心は、欧州の各美術館の名画や現代画も見たが、それほど感銘を覚えず、東洋美術の美を再認識した。帰日の際、天心の官吏としての後見人の米国全権大使九鬼隆一（一八五二～一九三一）の夫人、病身の波津を預かり、附添って帰国する。これも印度行きの遠因となる。帰国後も、日本美術調査研究及び講演をし、その際、フェノロサ、ビゲロウの同行が続いていた。

一八八九年に国立の東京美術学校開校時から、天心はかかわり、はじめから自分の理念を実現しようと試み、音楽では、政府と教育界で全面的に洋楽が中心になったのに抗して、この美術学校では、洋画科を排除することに努め、不遇の日本画家を発掘し、〔橋本〕雅邦（一八三五～一九〇九）を教授に推薦し、一八九〇年には、校長になり、〔横山〕大観（一八六八～一九五八）、〔下村〕観山（一八七三～一九三〇）、〔菱田〕春草（一八七四～一九一一）等を育て、暫くは、フェノロサも加わっていた。彼独自の美術運動を展開しようとし、「日本美術史」を学校内、慶應義塾、早稲田大学で講義、美術誌『国華』を刊行、内外に活躍した。

一八九三年には、宮内省の命で、七月から十二月まで、中国各地の古蹟、寺院、文化財、美術品を調査。中国の西部、奥地まで足を伸ばす。日本美術を通して予感して来た、中国文化、美術の高度な技術、偉大さを実感し、益々自己の道に自信を持った。

しかし、一八九八年、天心は美術学校校長非職を命じられ、また、帝国博物館理事長及び美術部長を依願免職となる。そして、次々に政府職や委員をやめることになる。天心の同僚、弟子、雅邦、〔西郷〕孤月（一八七三～一九一二）、大観、観山、〔六角〕紫水（一八六七～一九五〇）、春草等十七名が天心の理念に共鳴し、連袂（れんべい）懲戒辞職する。このような状況に陥った原因は、主として次の二つである。第一は、天心と、その後見人である政府高官の夫人波津との不倫の愛慾関係が続いたことに対する四面楚歌の非難、第二は、美術学校内の内紛であるが、洋画科を排除しようとまでした天心の意図も、日本政府全体の音楽、絵画の西洋化グループ支援政策の大きな流れに抗しきれず、また天心の日本画の改革派形成に伝統的保守派の反撥も強く、それらすべてが、美校内に反映し、天心の理念がこの校内で窒息してしまう状況になっていた。

その年のうちに、日本の古代美術を高く評価し、伝統美術をも尊重しながらも、日本画の革新的改革派の理念を掲げ、天心は、日本美術院を創立することになる。美術学校を去った日本画家兼教官たちが、この旗のもとに糾合し、日本美術院に参加する。

この日本美術院の潮流こそが、天心を先駆者として、ベンガル美術ルネッサンスの潮流と相い合し、近代日印文化交流の端緒になった。

美術院では、制作、研究、古美術調査、保存、模写など多方面な活動が展開され、気概に燃えた画家の傑作が生まれた。天心の友人ビゲロウが莫大な寄附金も出し、最初は燃え熾る運動となったが、二、三年のうちに残念ながら、主として経済的困難に次第に直面して行った。

四　天心の訪印の動機、目的と実際のインドでの活動

それから、すぐ忽然とインドの旅に出かける。前述のように、インド行きの動機、目的、実際のインドでの活動が、重複、混合されることが多いが、ここでは、差し当り、全項目を羅列的に列挙する。

（1）不倫による家庭的、社会的苦境からの脱出。

（2）日本美術院の経営的失速から、責任者として、一時的逃避。

（3）内務省古社寺保存会よりインド美術調査の命を受ける。

（4）インド各地の仏跡、ヒンドゥー教遺跡、寺院を巡り東洋美術の一体性、殊に仏教文化の一体性を感得。「アジアは一つ感」。

（5）『東洋の理想』（The Ideals of the East）[5]出版に当り、具体的にインドでその内容を確認、これもアジア文化統一感。『東洋の覚醒』（The Awakening of the East）についても原稿をインド滞在中に執筆。

（6）織田得能と共に、日本で東洋宗教会議を行うことを企画、ヒンドゥー教改革者の参加を交渉。

マクラウドの仲介による。
(7) インド仏教の復活運動に加わる。釈迦成道の地ブッダガヤに巡礼宿舎をつくろうとした。
(8) ベンガル・美術ルネッサンスと日本美術院の日本美術ルネッサンスの交流をタゴール家を中心に図ろうとした。翌年、大観、春草を派遣する。
(9) ベンガルの植民地解放運動の急進派と接触し、かれらを鼓舞し、政治的活動をしていた。
(1) と (2) が消極的理由、(3) が稍形式的理由である。(6) は、日本滞在中からの事の推移による。あとは、インド来訪後、実体化したか、天心の内的情熱と理念が触発されたものである。

五　日印交流の中心—タゴール家

交流の中心となったのは、ベンガルのタゴール家である。十九世紀のインドの英国植民権力の中心、宗教改革と文化ルネッサンスの中心カルカッタにタゴール家が存在した。タゴール家の祖先は、東ベンガル（現バングラデシュ）のジョショルJessore〔ジェソール〕県に住んでいて、バラモンの地主であったが、イスラム教徒との接触のため、ピラリ・バラモン（低いバラモン）とみなされていた。

一方、イギリスは、一六九〇年に、ガンジス河の一大支流フグリHoogly川がベンガル湾に流れ込むところの一漁村シュタノティStanotiに商館を置いた。一六九八年には、その隣の二漁村ゴビンドプルGobindapurとカルカタKalkātāを併せ買いとり、また権益を守るためウィリアム要塞Fort Williamを構築した。ちょうどその頃、詩人ロビンドロナト・タゴールの六代前の先祖のポンチョノン・クシャリPañcanan Kuśārīが、蔑視の眼で見られる故郷から、自由な新天地を求め、この漁村地帯に住み込む。そこから、カルカッタは発展し、拡がり始める。タゴール家も、カルカッタの中心街の方に移り住む。次第にタゴール家も英国との貿易などで富裕になりはじめ、十九世紀の初頭には、カルカッタ屈指の大金持になり、詩人ロビンドロナトの祖父ダルカナトDwārkānāth（一七九四〜一八四六）は、社会改革家、宗教改革家、近代インドの父ラム・モホン・ライRām Mohan Rāy（一七七二〜一八三三）の無二の友であり、文化事業、文化施設に惜し気もなく金銭を寄附した。ラム・モホン・ライの設立したブランモ協会Brāhma Samāj（非偶像非属性の唯一最高存在ブラフマンbrahmaṇの子を信ずるヒンドゥー改革派）の有力メンバーになったのが、このダルカナトである。その子デベンドロナトDebendranāth（一八一七〜一九〇五）即ち詩人ロビンドロナトの父は、このブランモ協会の三分裂した中の原（アディ）ブランモ協会の会長として瞑想を重んじ、ヒマラヤの瞑想旅行に行ったり、ベンガル平原の中央にある荒地の曠野に瞑想の場を決め、一八九一年には、ガラスの祈り堂を建て、カルカッタから、ブランモ協会の人士が訪れた。更にデベンドロナトの子供は十五人いて、ほとんどすべての子供が、ベンガルで一流の才能を持った人たちであった。長男ディジェンドロナトDwijendranāth（一八四〇～一九二六）は、数学と哲学に秀れ、また一切の欲望のないアッシジのフランシスと呼ばれた。次男ショッテンドロナトSatyendranāth（一八四一～一九二三）は、インドで最初の上級公務員試験合格者で、政府の高官になりながら、文化的著作活動やインドの自立のために努力した。五男のジョティリンドロナトJyotirīndranāth（一八四九～一九二五）は、政治的、文化的民族主義運動に重要な役割を果し、文学に傑作を残し、ピアノを演奏し作曲し、肖像画の巨匠であった。タゴールはこの兄と近しく、多才な兄の影響を深く受けた。五歳年上の姉ショルノクマリ・デビSwarṇa Kumārī Debī（一八五六～一九三二）はベンガル最初の閨秀作家で、タゴール家の文芸雑誌『バロティ』Bharātīの編集を数年行い、有名な作品を残し、また作曲もした。その他の兄姉もそれぞれ優秀で、タゴールは、デベンドロナトの第十四子〔第八男〕であった。

一方、ベンガル美術ルネッサンスの中心は、ロビンドロナト・タゴールの従兄の子であり甥〔次姉の子〕でもあるオボニンドロナト・タゴールAbanindranāth Ṭhākur（一八七一～一九五一）であった。

この厖大なタゴール家は、カルカッタのチトプルCitpurのダルカナトDwārkānāth通りに住んでいた。五番地にオボニンドロナト、ゴゴネンドロナトの家系が、六番地にロビンドロナトの家系が住み、六番地の方は、モホルシ・ボボンMaharṣi-Bhabanと云われた。これらすべてを合わせて、ジョラシャンコJorāsãkoのタゴール家といった。このようなタゴール家の豪華絢爛な才士、才媛の同居しているところに、カルカッタの作家、戯曲家、音楽家、画家、学者の錚々たる人々が集い、文学の集い、音楽の集い、演劇など様々な集いが、自由で、進取の気性に溢れた雰囲気の中で行われた。タゴールはそのような環境のもとに育ち、活動したので後に全人的発展を遂げるようになる。

岡倉天心は、このような才気煥発の運動の正に只中に登場した。一九〇二年一月六日にカルカッタに来る。サンスクリット語の学習と真の宗教の探究に来た若き学徒、堀至徳（一八七六～一九〇三）と共に。

六　近代ベンガル美術ルネッサンスと日本美術院の画家たち

インドの近代美術は、一八五四年にカルカッタに工芸協会が設立され、それが後にカルカッタ政府美術学校となるが、この首都の政府美術学校を発端として、各地に、政府美術学校が次々に設立されていく。その校長や教師がイギリス人で、イギリス美術が滔々と流れて来た。かれらは啓蒙主義的態度で、写実主義とイギリス絵画技術を教えた。イギリス美術への一方的傾倒から、インド伝統美術にも視線が向けられるようになってきたのは、世紀の転換期のことであった。すなわち、一八九七年に、カルカッタの政府美術学校長E・B・ハヴェルE.B.Havellとオボニンドロナトが遭遇したことから、ベンガル・ルネッサンスが本格的に始まる。ハヴェルは、美術学校長では初めて、インドの過去の伝統美術を尊重し、イギリスの美術を徒らに押し付け、また模倣することを止めさせた。インド絵画と云っても、最初はムガル朝の細密画やラージプートの絵に視線が向いていた。次第に他の方にも関心が注がれた。

ベンガル美術ルネッサンスのハヴェルの位置は、ちょうど、日本美術再評価者で、岡倉天心鼓吹者のフェノロサの立場と同一であった。天心は日本新美術運動の創始者であると同時にベンガル美術ルネッサンス運動に大きなインスピレーションを与えた。その上に立って、翌一九〇三年、横山大観と菱田春草を日印美術交流の目的で、オボニンドロナト、ゴゴネンドロナトのもとに派遣する。この日本人画家二人は、天心の最も秀れた弟子二人であった。天心は本格的に交流をしようと考えていた。現在の時点からみて、天心とこの二人の訪印の意義は、日印美術交流史上重要な意義を持っている。天心の滞在中のインド民族主義運動への加担の嫌疑で、大観、春草のトリプラ藩王国宮殿壁画の仕事が、英国政府により不許可になったことが幸して、二人は、カルカッタで、多数の傑作を描いた。

インドの画家たちが、土着的な美術、ヒンドゥー教美術など民衆をテーマに描くようになったのも、多く、天心、大観、春草に依っている。すなわち、彼等は初めて見る男女の人物、花などの自然、ヒンドゥー教の行事、カーリー女神のお祭りなどを凝っと観察し、心の中に入れて、それからスケッチに取り掛っていた。それを、オボニンドロナトやゴゴネンドロナトがよく見ていて、次のように書いている。「大観はものの核心に迫っている。また日本の霊性についてよく語っていた」[6]と。大観等二人は、オボニンドロナト等に、朦朧体と鮮明な線描の両方を教えた。天心の第二回訪印の時には、「オボニンドロナトの絵の技術が全く変ってしまった」[7]とステファン・ヘイStephan Hayは云っている。その他、ベンガル美術ルネッサンスの多くの画家たちに影響を与えた。日本美術院から、勝田蕉琴（一八七九〜一九六三）が一九〇五年から三年間、荒井寛方（一八七八〜一九四五）が一九一六〜一九一八年、ベンガル・ルネッサンスの真只中に行って、日本画の技術、運筆、墨絵、摸写などを教え、インドの絵の技法及び題材について学び、真の美術交流を行った。詩人のタゴールは常にインドの画家たちに日本に行くことを勧め、多くの秀れた画家を派遣し、自ら一九一六年、一九二四年の訪日の際、後に大画家となったムクル・デMukul De（一八九五〜一九八九）とノンドラル・ボシュNandalāl Basu（一八八二〜一九六六）をそれぞれ同行させ、日本で美術交流をさせた。タゴールは、日本に五回滞在したが、日本美術院が、どのように活動し、発展しているかを審さに見て、ベンガルの画家の訪日を一層熱心に勧めた。日本の美意識や絵画の中の空間について高く評価した(8)。原三渓(一八六八〜一九三九)、矢代幸雄(一八九〇〜一九七五)などとも親しく交わった。一九一六年タゴールの第一回訪日の時、大観邸から、原三渓の三渓園に移り、三ヶ月滞在した。三渓は美術の愛顧者であり、日本美術院の後見者でもあった。美術院の多くの画家が集い、絵を描いていた。タゴールは、大観の「游刃有余地」と観山の「弱法師」を絶賛し、模写してもらって、インドに持ち帰るべく頼んだところ、三渓、大観などの推薦で、荒井寛方が最高級の模写をしてインドに持って行き、現在タゴール創立のタゴール国際大学Viśva-Bhāratī美術学部に保存されている。

このように交流の具体的な例を挙げれば枚挙に遑(いとま)がない。両国の美術交流の潮流が、天心を源流として滔々と流れたことは、前述の通りであるが、更に二事例について述べる。①大観の訪印の大成功だったこと。すなわちそこで、一九〇三年に大観や春草が行った時には、それほど盛んではなかったことを大観が書いているが、大観が交流を行った後、オボニンドロナトやゴゴネンドロナトの弟子たちがとても殖えて、一九一二年には、百人ぐらいの優秀な弟子がいた。訪印二回目の天心はオボニンドロナトにそのことを云われ、自らもそれを見て、大観らがインドに行ったことによって、ベンガル・ルネッサンスに寄与したことに満足して帰国した。

②訪印後の寛方のことである。寛方は、ジョラシャンコのビチットラBicitrāの一部屋に住んで、

同じ邸内のオボニンドロナト、ゴゴネンドロナトたちと毎日運筆その他の教授・学習を繰り返し、またシャンティニケトンŚāntiniketanのタゴール創立の学校でも、ノンドラル・ボシュなどと交流した。また、ムクル・デにも摸写教授をした。ベンガル・ルネッサンスのほとんどすべての画家の知己になり、心的、芸術的交流をした。その厖大なスケッチ、絵画、印度日誌が「荒井寛方」として出版された。この交流の中心に詩人タゴールがいた。寛方が帰国するに当って、タゴールは寛方に詩書を贈った。

srījukta ārāi kampo priyabaresu
bandu
ekdin
atithir prāy
    esechile ghare
        āj tumi j'ābār belāy
            esecha antare
śrī rabīndranāth ṭhākur

荒井寛方氏へ
愛する
友よ
ある日　君は客人のように
私の部屋に来たった
今日　君は　別れのときに
私の心の内奥に来た

ロビンドロナト・タゴール

（我妻和男訳）

この詩碑が、寛方の生誕の地、氏家町の寛方・タゴール平和記念公園に、また、タゴール国際大学の日本学院の邸内に、ベンガル語原文と日本語訳を刻んで建てられている。日印文化交流の一象徴である。

七　天心とビベカノンド（宗教的交流）

岡倉天心は、一九〇一年、ジョセフィーン・マクラウドJosephine Macleodに、日本美術を教えていたが、このマクラウドが、天心とインドの結び付きに重要な役割を果す。彼女は、インドのヒンドゥー教改革家のビベカノンドVivekānanda（一八六三～一九〇二）の弟子であった。ビベカノンドは、一八九三年シカゴの世界宗教会議Parliament of Religionでの講演で、満場を感服させ、多大な声名を博し、多くの外国人の信徒を得た。マクラウドもその一人で、日本からインドに行くことになっていた。彼女は天心の美術観、美術の知識に感服し心酔するようになったが、宗教的師のビベカノンドとの繋がりも固く、天心が、ビベカノンドを日本に招こうという計画に協力する。しかし、旅費などをビベカノンドに送ったにもかかわらず、明確な返事を得なかった。一方天心はマクラウドの印度行きに乗じて突然訪印することになり、真先にビベカノンドを訪問する。天心は、東洋宗教家会議を京都で開催することを企画し、織田得能（一八六〇～一九一一）にインドに来てもらい、ビベカノンドに会議への出席を懇願する。しかし、その時（一九〇二年四月）から数ヶ月後、ビベカノンドは死去するような状態であったので、日本行きを断る。天心は、暫くビベカノンドのベルルBelur僧院に滞在して師の信徒たちと知己になる。

八　天心、タゴールと仏教

天心は、釈迦の成道の地ブッダガヤBuddhagayaを訪れる。インドの仏教は、十三世紀に辺境地帯を除いて、イスラム教による圧迫その他色々な理由で全く衰微してしまう。破壊された仏跡その他も地下に埋もれ何ら顧みられもしなかった。しかし、十九世紀になって、アレキサンダー・カニングハムAlexander Cunningham（一八一四～一八九三）による仏跡発掘に端を発し、仏教復興の萌しがみられ、少しずつ、荒廃した仏跡巡礼も始まる。スリランカでは、キリスト教の圧迫で逼塞していた仏教徒が漸く仏教復興の動きを始める。それには神智協会Theological Societyの力が大いに与っている。神智協会は一八七五年設立。ブラバッキー夫人Helen Petrovna Blavatsky（一八三一～一八九一）、オルコット大佐Colonel Olcott（一八三二～一九〇七）が創始者であるが、初期にはインド仏教の復興と民族主義的運動とを相重ねて展開させていった。[9] セイロン人アナガリカ・ダルマパーラ（一八六四～一九三三）は、彼らに共鳴し、仏教復興に一生を捧げることになる。

仏跡の寂寞たる荒廃した状況を慨嘆し、仏跡復興の運動が始まる。日本の釈興然（一八四九～

一九二四）も、スリランカで、上座部仏教に改宗して荒廃した仏跡の状況を日記に審さに書いている。オルコット大佐は、一八八八年訪日、日本の仏教会に復興を訴える。

次第に仏教への関心が目覚めてくる。それはまた西洋における仏典研究が十九世紀半ばから始まったことにも起因している。インドの首都カルカッタ〔当時〕のあるベンガル地方の知識人たちの関心が次第に高まって行く。タゴールの次兄ショッテンドロナトは、仏教のことを書いている。また、仏教はインドの地から生まれたものとして、民族主義運動の高まりの中に、イギリスに対して誇りという気持があった。従って、ビベカノンドの民族主義的色彩もあり、万教帰一的色彩のあるヒンドゥー教改革派の人々も、ビベカノンドを先頭に仏教への関心を持ち、仏教に関して書き、仏教聖地を訪れた。そのようなわけで、病身の身ながら、ビベカノンドは、天心とブッダガヤなどを訪れる。一八九二年ダルマパーラのマハーボーディ協会Mahābodhi Societyが、首都カルカッタに、同じくチッタゴン系のベンガル仏教協会Bengal Buddhist Associationが一八九三年にカルカッタに設立され、更に仏教への関心が高まり、インドにおいても仏教研究が、本格的に始まる。

しかし、ブッダガヤの荒寺復興について、仏教徒にとって聖地返還が重要な要件となりダルマパーラが中心になって、その土地返還運動を熱心に国際的レベルでするが、ヒンドゥー教徒の地主の強硬な反対で実現できなかった。天心は、そのブッダガヤの地に、日本人巡礼者たちの宿舎を建てる目的をもって、日本から建設費を持って来たことと、詩人タゴールが、ブッダガヤの件で、仏教徒側、天心側に共鳴したことを、タゴール伝記著者プロシャント・パルPraśānta Pālが、書いている[10]。このことは、日本側の資料にはない。この論文の著述の可成の部分は、インド側の資料に拠っている。タゴールは、ラム・モホン・ライの非偶像、非属性の絶対者信仰のユニテリアン的ブランモ協会の唱導者の一人であったが、常により普遍的なものを求め、普遍的ヒューマニズムを深く求め続けた。次第に晩年には、「人間の宗教」の実現者として釈迦牟尼仏陀を最も高く評価した。有名な仏教譚舞踊劇『不可触民の女』Caṇḍālikā、『踊り子の供養』Naṭīr Pūjāなど仏教に関する多くの作品を残している。

九　天心「アジアは一つ」

天心の「アジアは一つ」という言葉は、特に第二次大戦直後、福澤諭吉（一八三五～一九〇一）の脱亜論との対比[11]、大東亜共栄圏の問題、多様なアジアを一つとして総括できるという問題が強調され、批判的批評が有力であった。

明治以来、日本の近代化、自主独立化のために、停滞的アジア的思考、古い日本文化から脱却して西洋文明、西洋文化、西洋の学問、美術、音楽、制度を導入しようとする潮流が滔々と流れて来た。天心は、軽視されていく日本の伝統文化、相対的に重要性の少なくなっていく日本における儒教文化、道教文化、仏教文化の重要性を、西洋文化一辺倒に流れていく傾向に抗して訴えた。原点は日本における問題であったが広くアジアを鳥瞰すると、各文化圏に各々古くからの高度文化遺産があり、また現存もしていることを、西アジア文化も含めて、天心は高らかに唱えた。西洋文化に劣らず、高い文化があったということへの深い認識によるアジアの一体感、インド、中国、日本の仏教美術文化の文化的統一感、更に、アジアの諸国の植民地化、半植民地化に対する自立、独立への民族主義統一意識が、天心の唱えた「アジアは一つ」の概念であった。それは、訪印前から予感し、草稿の形で書き始めていたが、そのことについては後述する。

巨視的に見れば、また現在の視点から見れば、西洋的思考、西洋的文化一辺倒による人間と自然の疎外化、文明の歪曲化への反省から、西洋諸文化、思考、東洋諸文化、思考の両者を尊重する時期、諸文明の調和の時期に達して、諭吉と天心両者とも再検討、再評価が行われる必要がある。

アジアが一つというのは、現実から離れた空想的モットーであり、学問的には意味がないという説が有力であるが、それは、天心がその言葉を使ったのは、今から百年近く前のことであり、東洋文明、西洋文明という大雑把な区分の時代であった。特にインドにおいては、この標語によって、政治的文化的民族主義運動の高揚は著しいものがあった。

大東亜共栄圏の時代から遙か前の一九一三年に天心は死去しているので、また思想上から見ても、天心のは日本中心主義ではなかったので、大東亜共栄圏と天心とは無関係である。ただし、大戦中は、両者の連関が喧伝された。

十　タゴールと天心

タゴールと天心との出遭いは、天心が、インド第一回訪問の直後でなく数ケ月後である。しかし、両者は相尊敬し合い、生涯友であった。天心の理想主義的、精神主義的基本的態度はタゴールのそれと一致するものであった。天心は美の探究者であり、アジアの美的統一を感じ、それを唱導した。タゴールは、アルバート・アインシュタインAlbert Einstein（一八七九〜一九五五）との有名な対話の中で、宇宙の真理については同意見であった。しかし、アインシュタインとの違いは、タゴールは、宇宙は真のみでなく美的統一があると信じ、真のための真なる宇宙は、意味のないものであるとする。アインシュタインは真はそれのみで真であるとする。[12] タゴールは理論物理学者アインシュタインやヴェルナー・カルル・ハイゼンベルク[13] Werner Karl Heisenberg（一九〇一〜一九七六）と対話論について根本的対話を展開した。タゴールは科学を評価したが、それと人間や文化との調和を強く主張した。美を宇宙と人生の根本的問題とする点は、タゴールと天心は同意見である。

タゴールは、普遍的ヒューマニズムを、生物と無生物のユニティー、人間と自然の調和の理念を唱導した。また東西文明、東西思想の調和と愛の思想を説き続けた。西洋文化、西洋思想に深い尊敬の念をもち、西洋の思想家、文学者、芸術家と深交を結び、また一般庶民とも各国で交流をした。しかし、現実のヨーロッパ諸国の政治的植民主義の、軍事、商業優先主義の圧制に呻吟するアジア諸国、しかも高度の文化を持っていたアジア諸国の一員として、現代ヨーロッパの文明批判をした。自然との乖離、生の分裂、疎外などについてヨーロッパの現代国家主義との関連で文明史的批判をした。その点、天心の巨視的な西洋批判と共通するところがあった。天心の場合は、インドでは相当政治的運動をしたが、その点タゴールは、局面、局面で、政治的発言、活動を行ったが、本質的に詩人で、マハトマ・ガンディMahātmā Gāndhī〔一八六九〜一九四八〕のような立場に立ってはいなかった。天心の政治的活動については後述する。両者の最も共通する根本的態度はアジア諸文化に対する自負であり、西洋文化に堂々と対抗できるものであるという認識に基づいている。その中の一部が、具体的な日印美術ルネッサンス交流である。タゴールは、植民地主義的西洋批判をしたが、一九一六年日本訪問の時には、日本絶讃と同時に、西洋模倣の極端な軍事、商業優先主義を鋭く批判した。[14] 即ち二十世紀の文明的疾病に対する批判であり、後の一九四一年の「文明の危機」Sabhyatār Samkaṭは、歴史的に後に証明されることになった。天心のインド青年への檄、「アジアの覚醒」も後の歴史的軌跡の中に、明確に具体化されることになった。

十一 天心とインドの民族主義運動

天心の政治的意図は、心中では、日本にいる時からアジア諸国の惨状に対する義憤から、執筆中の「東洋の理想」The Ideal of the Eastの中にすでに散見していた。天心とインド独立革命運動とのかかわりは、そのような精神の延長である。天心はビベカノンドとは宗教的なかかわりであったが、ビベカノンドの弟、ビベカノンドの崇拝者のニヴェディタNivedita（マーガレット・エリザベス・ノーブルMargaret Elizabeth Noble〈一八六七～一九一一〉）やその他何人かと共に、インド独立運動の積極的運動を展開しようとしていた。天心は、一九〇二年一月六日にカルカッタに来たが、ニヴェディタに関して「オリ・ブールと共にニヴェディタはカルカッタに二月五日帰って来た。その時岡倉は、ブッダガヤなどを巡っていた。ニヴェディタは、岡倉に会おうと夢中であった。彼らが会ったのは三月二週の初め頃である」[15]と、プロシャント・パルは書いている。

さらに、「岡倉が最も影響を与えたのは、ニヴェディタとシュレンドロナト・タゴールを通して、革命精神に溢れた青年社会に対してであった。岡倉がシュレンドロナトに最初に会った時、『国のために君は何をしたいか』と質問した。それから、この国の若者たちの虚無感に失望の念を表した。天心は口論の末、自分の叔父の首のない坐ったままの胴から噴き上げる血の光景を描写してシュレンドロナトを励ました」[16]。

タゴールの甥のシュレンドロナトは、実際のところ急進派そのものではなかったが、かれらへの同情者として糧食調達などを担った。先の『東洋の理想』は、英文で書かれ、日本人向きのものではなく、滞印中、ニヴェディタの訂正、加筆があって完成、翌一九〇三年出版された。そして、印度滞在中に『東洋の覚醒』*The Awakening of the East*を英文で執筆した。「アジアは一つ」のモットーのあるインド青年に激越な檄を飛ばすような書である。これも、要は、アジア諸文化の優秀性の主張を根柢に持った書である。一八五八年インド直接統治を始めた英国は、植民地政策を着々と進めていった。一方、植民地宗都カルカッタを含むベンガルでは、十九世紀末から次第に抵抗への自覚が意識され始めた。天心はそれらの動きにインスピレーションを与えた。ちょうど同じ一九〇二年にP・ミットロP. Mitra（一八五三〜一九一〇）の急進派が初めてカルカッタに組織され、オヌシロン・ショミティanuśīlan samitiと称された。一方、天心を師と仰いだニヴェディタは、民衆の母と呼ばれ、インド自立へ情熱を燃やした。天心が物足らずと思った青年たちは実は激しい活動をし始めていた。天心の活動に対して英植民地政府は警戒を強めていた。翌一九〇三年に、春草と大観を、約束に従ってトリプラ藩王宮殿の壁画制作の目的で派遣するが、英国官憲に阻止される。また、天心と一緒に渡印し暫く行動を共にした後、詩聖タゴールのシャンティニケトンの学校でサンスクリット語を学んでいた堀至徳も所持の短刀のことで、天心との関連で嫌疑を受ける。[17] ベンガル地方の多くの書物、雑誌、論文に、天心の政治的活動のことが書かれている。

ベンガル地方は、このように民族主義運動の先駆者であった。次第に燃え熾ろうとしつつあった、その矢先、その危険を察知した英植民地政府は、機先を制して、インド総督カーゾン卿が突如、ベンガル分割令を発布した。それは一九〇五年のことであった。胎動していた民族主義運動が遂にベンガル全体に拡大し、詩人タゴールまでが先頭に立って、愛国民族歌を作り、行進の人々全体で歌いながら抗議を展開した。次第に急進派が主導権を握り、弾圧があったが、遂に一九一一年法令を撤回せざるを得なくなった。この抵抗運動の際、天心の言葉が人々の間にインスピレーションを与えたことが所々に書かれている。天心が一九〇二年十月インドを去ってから、堀至徳はシャンティニケトンに留まるが、一九〇三年からカルカッタに出て来る。日記によると、P・ミットロと遭い、手紙によると、インド独立の志士と中国革命家康有為[18]（一八五六〜一九二七）との秘密会談など、天心のインスピレーションの延長であった。天心が一九一二年第二回訪印の際、大観、春草のベンガル美術ルネッサンスへの影響を鮮明に確認する一方、民族主義運動の高揚を以前に増して感じとった。

また、詩人タゴールを初めタゴール家の人々と旧交を暖めた。翌年天心は死去した。従って、タゴールは第一回訪日の時、上陸して直ぐ、天心ゆかりの五浦(いづら)に行きたいと申し出、八月に五浦に数日滞在し、天心を偲び太平洋岸に突き出した有名な六角堂に坐し、瞑想に耽った。第一回訪日の長い船中において*The Book of Tea*に読み耽っていた。タゴールの著作の中に天心の名が多く見られる。タゴールは、天心の文化的位置付け、及び文明論的予見を評価していた。

十二　タゴールの教育活動とタゴール学園の日本人たち

タゴール家の第十四子ロビンドロナト・タゴールの教育は、兄たちと同じく、早暁から夜遅くまでの家庭教師教育と、その中間の昼間は、英国式詰め込み学校教育であった。詩人の心を持った少年は、ヘルマン・ヘッセHermann Hesse[19]（一八七七〜一九六二）の『車輪の下』*Unter dem Rad*のように、この教育の圧力に耐えかねて、結局、小学校四年生までで終った。ベンガル平野の中心、ボッダ河畔のシライドホSilaidahaに住んでいたとき、子供の教育のために、家庭学校Gṛhabidyālayをつくった。四十歳の時、そこから曠野シャンティニケトンの地、すなわち父デベンロトナトが祈りのガラス堂をつくった地に、五人の生徒と六人の先生で、ウパニシャド的な小さな学校[20]をつくった。一九二一年タゴール国際大学となり、全人的教育と国際性、学問と芸術の綜合、農村再建などを理念とし、目的とした。一握りの生徒しかいなかったタゴールの学校の草創期に、天心はサンスクリット語学習のために堀至徳をタゴールと相談の上、その学校に送った。学校創設のたった数ケ月後のことであり、最初の外国人学生であった。彼はサンスクリット語辞典、アマラ・コーシャamarakośaを翻訳し、タゴール夫妻にこの上もなく可愛がられた。聖徳太子以来の伝統的神社談山(たんざん)神社の中にあった真言宗の寺の中の一つに父親が住職をしていたが、神仏分離令によって廃寺になり、天理市に移る。室生寺の丸山貫長（一八四三〜一九二七）と共に仏教復興に奔走する。天心は丸山貫長に共鳴し、親交があった。至徳は従って、インドに仏教、真の宗教（彼の云う真教）探究を内面的目的としていた。一九〇三年カルカッタに出てから、シュレンドロナトの家に寄寓する。彼自身学習と真教探究を目的としていたので、政治的なことに関与しなかったが、天心との関連で、ニヴェディタを初め革命家たちとの邂逅と共に、大観、春草、更に建築学者伊東忠太（一八六七〜一九五四）、宗教学者姉崎正治（一八七三〜一九四九）など歴史に残る人物との交流があり、そこにタゴール家の人々が登場する。しかし、至徳は、インド仏跡巡礼の途次カシミールで破傷風で突然亡くなる。遺品はカルカッタのタゴール家に置かれる。チベット学者河口慧海（一八六六〜一九四五）が、日本の遺族に遺品を届ける。明治三十年代の日印交流の主舞台はカルカッタであった。タゴールは十九世紀から日本に深い関心を持ち、天心訪印の一年前一九〇一年にすでに訪日を希望していた。タゴールの名声は、一九一三年ノーベル文学賞受賞以後急速に拡がっていった。一九〇一年「私の学校」を創立した時は、ベンガル随一の詩人としての名声は必ずしも得ていなかった。そんな時だったので、タゴールの学校を詩人の戯れとみる人々が多かった。しかし、天心はシャンティニケトンを訪れはしなかったが、堀至徳を送った。タゴールは、後に積極的に全人的人格教育を大いに唱導したが、そもそもの開校当初から、タゴールの胸のうちには、そのような気持の萌芽があった。インド人の身体を強健にすること自体が、インドの民族主義運動にとって欠くべからざることと考えていた。それは、身体をもって戦うということでなく、身心両輪の充実のためであった。タゴールは一九〇二年という時期に、天心に対して、柔術の先生をシャンティニケトンに送ってくれるべく依頼した。慶應義塾の佐野甚之助（一八八二〜一九三八）が推薦された。佐野甚之助は、一九〇五年から八年まで三年間柔術と日本語を生徒たちに教える。後に一九二九年にはタゴールは、後の講道館柔道九段、国際部部長となった高垣信造（一八九八〜一九七七）をタゴール国際大学に招待、男女の生徒、事務官に柔道を教授してもらう。また一九〇五年には楠本という木工師を招き、種々の木工の技術を学校の建物、家具のためにどのように使うかを先生、職員、生徒に教えた。学校の前に、大きな池があり、楠本は幾つかの小舟を作って、生徒たちに競争させた。タゴールのそれらすべては、今でも語り草になっている。堀至徳はサンスクリット語の学生であるにもかかわらず、日本人という理由で日本式の機織り機を制作させ、出来具合に大変喜んだ。タゴールは、日本に来る遙か以前から、このように日本人の手仕事の器用さ、美的感覚に注目していた。後に大学になってから、笠原金太郎を農村再建部の木工科の科長にして、学生達に木工を教えるかたわら、庭園術、農耕の指導までも行った。笠原は一生をシャンティニケトンで送った。木工師河野もタゴールの要請で、カルカッタから、大学、タゴール邸の家具などを作るのに頻繁に訪れている。生花や茶の湯を教える先生も呼んでいる。また、一九〇二年にすでに、タゴールは、堀至徳に、日本にサンスクリット語のマニュスクリプト〔写本〕があるかどうか調査してくるように依頼する。また、ベンガル・ルネッサンスの巨匠、ノンドラル・ボシュを自分と共に訪日させただけでなく、その弟子たちをも次々に訪日させている。日本画だけでなく、木工、エッチングその他多様な分野に、教授、職員を送り、タゴール国際大学の充実を図った。日本の近代的発展の経済面、機械面、商業面、軍事面でなく、日本の文化面、精神面の秀れたところを高く評価し、積極的に受け入れようとした。

それは天心のインド滞在中から一貫していた。

タゴールは、文学の各分野に秀れた作品を残し、菊判の大きさの頁で一万七千頁にも及び、作詞・作曲も二千曲、絵画も四千点に及び、何れも世界的に最高レベルとして評価され、思想家、文明批評家、教育家としての活動は現在的意義を持つものとして、世界の各国で再確認され、ベンガル語原文からの翻訳が各国語になされている。タゴールは世界数十ヶ国の招聘により、遍歴を繰り返した。現代のルネッサンス人として、世界文学の概念を確立し、後に証明された警世批判を、各国訪問中に歯に衣を着せず発言した。そのような態度で訪日も五回に及び、日本賞讃と文化友好交流と思想交換と、日本批判、文明批判を行った。

天心の直截な意見吐露に共鳴したのも、このような精神的基盤に立っていた。従って今世紀の初めの天心とタゴールの邂逅は日印文化交流史上象徴的意味を持っていた。ここでは主として今世紀初頭に焦点を合せて論述した。

（一九九八年三月『比較文明研究』第3号　麗澤大学比較文明研究センター）

注

（1）インド仏教の最終期は、タントラ仏教が主流であった。仏教を保護したインド最後の王朝はPāla（七五〇～十三世紀初）であった。ベンガル地方（現インド西ベンガル州及びバングラデシュ）とビハール州を支配し、密教三大寺院 Nālanda, Vikramaśīla, Odantapurī など多数の大寺院を擁し、仏教美術も隆盛を極めたが、十二世紀には、勢力が衰え、仏教も、内部的にも問題を抱えていた上、イスラム教徒の攻撃を受け、遂に一二〇六年 Vikramaśīla 寺院の破壊を最後に、ほぼ、インド仏教が衰退し尽した。

（2）フグリに生まれ、後にカルカッタに移る。エリート・コースの学業を修め、法学士となり、高裁弁護人になる。実生活では身体も弱く、経済的にも必ずしも裕福ではなかったが、多数の詩、物語、戯曲を創作し、いわば精神的生活に重点が置かれた。彼の詩は芸術性もさることながら、自主独立への気概を情熱的に訴え、青年たちに大きな影響を与え続けて来た。この「インドの歌」Bhārat Saṅgīt も青年たちに、制作当時から朗々と歌われ、その後もインド独立歌として二十世紀まで歌われ続けた。この詩は一八七〇年ラマチョロン・ボンドパッダエ Rāmācaran Bandyopādhyāyによって編集、発刊された「詞華集」に収められた。英植民地政府の圧力によってこの詩集の第二版からこの「インドの歌」は除外を余儀なくされた。第三版には附録のようにつけ加えられた。この経過を見て分るように、二十世紀初頭から急速に燃え上がって行くインド民族主義運動に影響を与えたことは明白である。さて日本も次第に国力をつけてアジアの中で認められるようになったので、この「未開な日本」(asabhya jāpān) が「新しき日本」(nabīn jāpān) として歌われるようになった。

(3) 一七七三年ベンガル知事Governor of Bengalとして一七七二年に派遣され、ノースの規制法North's Regulation Actによって初代ベンガル総督Governor General of Bengalになったウォレン・ヘイスティングスWarren Hastings (在任一七七四〜一七八五) は、一七八四年、アジア協会Asiatic Societyを設立。これは、東インド会社East India Companyの吏員対象のインドの文物研究、紹介の拠点であったが、欧州のインド文化への関心、研究の原点となり、またインド人自身も次第にそこに加わるようになった。

(4) ボストンで生まれる。ハーバード大学医学部卒。一八八一年来日し、約七年間滞在。フェノロサ、モースEdward S. Morse等と共に膨大な日本、中国の古美術を蒐集、ボストン美術館に寄贈し、同館支那日本部の基礎をつくる。帰米後も熱心に仏教を研究。天心の事業を経済的に支援する。

(5) 最初の版は一九〇三年、ロンドンのJohn Murray社から'The Ideals of the East with Special Reference to the Art of Japan' by KAKASU OKAKURAという題で出版された。

(6) 「天心・大観・タゴール家」(学芸雑記帖二、一九九七・三、横山大観記念館、東京) 所収、八ページ。

(7) Stephen, N. Hay: Asian Ideas of East and West, Harvard University Press, Bombay, 1970.

(8) Rabīndranāth Ṭhākur : Jāpānjātrī, Biswabhāratī, 1919. (最初は雑誌'Sabuj Patra'にベンガル暦一三二三年ボイシ

ヤク月～一三二四年ボイシャク月まで連載）

（9）スリランカは最初ポルトガル、次にオランダ、イギリスに植民地化されていった。特にオランダ占領下に、徹底的にキリスト教化が進められ、仏教が危機に瀕していた。帰一教会は神秘主義的立場から仏教復興を目ざした。それがスリランカの民族主義運動となった。しかし二十世紀に入ってから次第に中心がインドの方に移り、アニー・ベズントAnnie Besantを中心として、ヒンドゥー教を中心とした民族主義運動へと移行していった。

（10）Prasāntakumār Pāl : Rabījībanī, Vol.5, Ānanda Publishers Ltd., Calcutta, 1990, P.205-207.

（11）竹内好「アジア主義の展望」（『アジア主義』現代日本思想大系九、竹内好編集・解説、筑摩書房、一九六三年、七～六三ページ）。

（12）'Note on the Nature of Reality'（AppendixII, Rabindranath Tagore; 'The Religion of Man', George Allen & Unwin Ltd., London, 1931, P.222-225）

（13）Panchanan Saha: 'Rabindranath and Germany', Indo-GDR Friendship Society, Calcutta, 1986.

（14）一九一六年に東京大学での講演The message of India to Japanと慶應義塾大学での講演The Spirit of Japanを基にしてまとめられたNationalism in Japanで、後、NationalismとしてMacmillan社より出版される。

（15）Praśāntakumār Pāl : Rabījībanī, Vol.5, Ānanda Publishers Ltd., Calcutta, 1990, P.60.

（16）ibid, P.61.

(17)「堀至徳日記」一九〇二年十二月十六日の項、堀至徳の甥堀廣良氏所蔵。

(18) 堀至徳の近衛公爵宛の手紙（一九〇三年四月八日付カルカッタ発信）の中に「今康氏此三國同盟を実行せんとは意中にあるものの如く、小子も其実行をすゝめ候……」（複注）三国とは日中印のこと。

(19) ヘルマン・ヘッセはタゴール文学の愛好者で、タゴール生誕七十歳記念号に一文寄せている。

(20) Brāhmacarj'āsrambidyālayブラフマン修養道場学校と言われ、ウパニシャド精神を中心につくられた。

天心とタゴール

私は「タゴールと天心」ということで、話すように言われたのですが、天心の方は専門ではないので、タゴールの方から見た、岡倉天心ということをお話ししたいと思います。今までに天心のことは、いろいろなところで書かれていますし、いろいろな研究もされていますし、本も出ていますので、一般的に天心について、知られていることは話さずに、インドとタゴールと美術評論家・思想家天心ということで特別に注目すべきことだけをお話ししたいと思います。

まず、第一にタゴールと天心ということで、天心の書簡とか、天心全集とか、いろいろありますが、天心は、自分で、インドでの活動を詳しく記していないのです。普通は、インドへ行った人は、日記を書いたりして、それをもとに研究することができるのですが、残念なことに、天心だけでなく天心の弟子の菱田春草にしても、横山大観にしても、あまり日記を書かなかったのです。日本美術院の荒井寛方さんは、毎日の生活などを日記に書いていますが、天心はそういうことがないので、いろいろなところに、一応、天心とタゴールということが書かれていることがありますが、日にちとか、どこでどういうふうにしたということは、日本側とベンガル地方の側とで違ったりしているので、私は、日本語は怪しいかもしれませんが、ベンガル語のほうは、四十回以上インドへ行っていて、向こうで生活したこともありますし、タゴール関係の、画家天心について書かれた本も読んでいますので、そこでいろいろ分かるのですが、それでもまだ、天心がいつどこでどうしたということについて、疑問点がいっぱいあります。ただ、今まで書かれたもので、ベンガル語で書かれたものと突き合わせてみると、ある程度はっきりしたところも表れてくるので、そういう点についてお話ししたいと思います。

それで、天心のことは研究会ですのでご存知だと思うので、タゴールについて簡単にまず最初に言いますと、タゴールは、二十世紀のルネッサンス人といわれる程で、作詞作曲の歌が、だいたい千五百から二千曲あって、それは現在でも、バングラデシュとインドの村々でも歌われていまして、それが、両方の国の国歌にもなっています。ひとりの詩人の作詞作曲の歌が両方の国の国歌になって、十二億の人が歌っているので、こういうのも珍しいと思うのですが、歌もそうですが、踊りについてもそういうふうになっています。それから、絵も一九八八年、西武美術館でタゴール絵画展をやりまして、日本でも評価が高く、表現主義的な絵というのが有名なのですね。もとは詩人ですが、短編小説、長編小説、それから戯曲も有名ですし、論文も一流といわれています。そのほかに、「私の学校」という、小さな学校を不毛の地につくって、それが今、緑の学園になっています。その理念は自然の中で教育をするということで、五人の学生と先生が三人から六人いるような学校で、学生たちは木の上から授業を聞いたりして、自然と教育との調和ということをやっています。現在では、世界からいろいろな人が来ています。タゴールの絵は、サウジアラビアでも、イラクでも、エジプトでも、中国でも、またタゴール生存中は、パリそれから、ベルリン、イギリスなどでも、何回も展覧会が行われて、現在では国宝級になったので、外へ出ていきませんが、十年前までは、ソ連やいろいろなところで行われ、中国で行われたときには、四十点くらいしか出せなかったのですけれども、一ヶ月で十万人も展覧会に来たくらい、有名なのですね。

今申しましたように、タゴールが書いた文学作品、日本でいうと、この菊判という大きなものに七千ページから一万ページぐらい書いて、どの本も有名で、韻律の名手でして、タゴールの手書きも大変有名ですし、ベンガル地方に非常な影響を与えているのです。四十歳のときに天心がタゴールのいるベンガル地方に理想をもって行って、両方の理想主義者が出会ったのです。大体のところは、みなさんもご存知のように、天心が向こうへ行って、行く前からある程度予感はしていて、日本の美術といっても、日本の古代の美術の優秀さや、中国にも行って、中国の美術の優秀さというものを実感して、その体験の延長で、そういうものは、もともとインドから来たものですから、インドの古代美術も優秀だということで、それを実感しようと思って向こうへ行ったことが一つですね。それからもうひとつは、アジアは、植民地化、半植民地化されていたものですから、アジアを植民地から解放しようと思う気持ちがあって、インドへ行って、実際の様子を見て、それに対して、刺激を与えることができれば、ということ、もう一つは、美術とも関係しているのですが、インドは仏教の発祥の地ですが、仏教は十三世紀に、インドではほとんど衰微してしまって、仏教の復興をしたいということなど、いろいろな理由から向こうへ行ったのだと思います。実際に行ったところ、まず第一に、その中で特に今日言いたいことは、タゴールはもともと、今の言葉で言えば、平和主義者ですから、武装蜂起をしてインドを独立させる、ということではない、というふうに、普通は思われているのですが、確かに原則的にはその通りですね。ガーンディーは非殺生、非暴力で有名です。タゴールについてはどうかというと、同じかと思われますけれども、ちょっと違うところがある。すなわち、タゴールはベンガル民族主義運動の超急進的な面を批判しながらも民族独立そのものには深い共鳴を表していた。更に広くアジアの自立にも共鳴していたのです。天心が行ったのは、一九〇一年から二年にかけてですね。カルカッタ〔現コルカタ〕に行ったのは、一九〇二年の一月六日なのです。そのころ、フランス、ポルトガル、イギリス、オランダ、その四カ国が、インドを植民地化しようと思って、どんどん入っていって、十八世紀の半ば頃にプラッシーの戦いといって、イギリスとフランスの戦いがあって、最後にイギリスが勝って、それからまた、百年後に、イギリスがインドを直接統治して完全に植民地化したのです。さらに約一世紀後に、インドが独立したのです。ですから、一世紀一世紀で、節目（ふしめ）にそのようなことが起こったのです。天心が行ったのは、二十世紀の初めでしたから、現在二十一世紀の初め、ちょうど今年でだいたい百年になります。すなわち一九〇二年に天心はカルカッタに行ってそれからちょうど、今年百年目で、天心とタゴールの出会いからちょうど百年になって、いろいろなところで、百年祭が行われています。シカゴの宗教者会議というのが、一八九三年に行われて、世界宗教者会議で、ビベカノンド（ヴィヴェーカーナンダ）が、インドだけではなくて世界的に有名になって、ビベカノンドを慕うアメリカ人の女性の崇拝者が多数出ています。この崇拝者たちが、天心のこともまた、日本美術の専門家として、そして、新しい日本美術の運動家として大変崇拝していて、また、カルカッタのビベカノンドを尊敬しているので、その女性たちが間に入って、ビベカノンドと天心を結びつけることになるのです。インドはそのころちょうど、イギリスの植民地ですから、インドでは自分たちの文化が古代からずっと続いている、何千年となく続いている文化について、ようやく目覚めるようになって、そういう文化の面でも民族主義運動が盛んになってくるのですから、インドで生まれた宗教だというので、ヒンドゥー教だけではなくて、仏教のことも誇りに思うようになる。ヒンドゥー教の一派としてのビベカノンドのことも、大変誇りに思っている。ですから、そういう文化的なものに対するインドの人たちの自負と、植民地によって、虐げられた共通の思いがあるので、そういうものに対する自分たちインド人の自負というものを、表そうという気持ちがちょうど二十世紀の初め頃、でてきたのです。ベンガル地方というのは、今はバングラデシュとインドの西ベンガルをあわせて人口二億いるのです。ベンガル語をしゃべる人が全部で二億人います。世界でも五番目か、六番目の人口がいるところです。二つの国で二億人がいる。インド全体で十億、南アジア全体で十三億、人口がいます。そのころもベンガル人は非常に多くて、植民地政府の首都がベンガルのカルカッタにあったのです。今はデーリーですが、当時はカルカッタにあって、文化と政治と経済の中心で、民族主義運動の中心でもあった。そこで今で言う、バングラデシュとインドの力を抑えようと思って、イギリスはいろいろ考えて、ベンガル地方の力をそごうと思って、一九〇五年に、イギリスの総督のカーゾン卿が突然何の前ぶれもなく、ベンガル分割ということをやり始めたわけです。ベンガル分割というは、今の、ベンガル地方のほかに、その辺を行政区ではベンガル・プレジデンシーといって、日本語に訳すと、ベンガル管区というのですが、ベンガル地方とオリッサ州とビハール州とそれから、アッサム州。それらを合わせてベンガル管区というのです。それを二つに分けてしまう。民族主義運動を弾圧するために、二つに分けようということだったのです。それが一九〇五年なのです。そういう政治的・経済的、それから文化的・宗教的民族主義運動がたけなわになろうとしていた時に、ちょうど天心が行って、イギリス政府も植民地政府も大変悩んでいたわけです。次第に過激になりつつある時代だったものですから、天心はそのあとで書いた、『東洋の理想』とか『東洋のめざめ』という有名な本がありますが、その中でも分かるように、天心はもともと東洋の文化財、東洋の国の民族的な誇りだけではなくて、やはり東洋の国の文化遺産は非常に高度なものがあって、誇るべきものがある、ということを知っていて、あとで、向こうへ行って、そういうことを実感して、アジアは一つという言葉を言ったわけです。実際にそれは前もって、ある程度わかっていたことですけれども、ちょうど行ったときが、インド全体もそうだったのですが、特にベンガル地方でそういう運動がたけなわな時だったのです。天心がカルカッタに着いたのは、先程言ったように、一九〇二年の一月六日ですが、タゴールが自分で自分の理念に従って、シャンティニケトンという地に、大学ではなくて、私の学校という小さな学校を、自分の理想のもとにつくったのが、一九〇一年の十二月二十二日なのです。ほとんど同じ時期だったのです。タゴールがそういう学校をつくったあと、十五日くらいたって、天心はカルカッタに到着したのです。で、なぜ学校をつくったかというと、タゴールは、あれだけの文学を書いたり、詩を作ったりして、そういう知識は非常にある、今から考えればあるのですが、その頃彼は、西洋的な、英語で行う教育に対して、非常に反発していて、小学校四年生までしか行かなかったのです。世界的に有名な〔ノーベル〕文学賞をもらったような、タゴールが、学校は四年間しか行っていない。つまり、おちこぼれだったのです。ただ、自分で勉強したり、家庭教師について勉強したりして、英語、ベンガル語、サンスクリット語も、主として独習したのです。ただ、小学校の時に四年しか行かれなかったのは、教室の中で管理された教育というものについて、自分は耐えられず、自然の中で、自由な雰囲気の中で、自然と教育とが調和した中で学園をつくろうと思って、自分の子どもと、あと数人の生徒たちを生徒にして、シャンティニケトン（平和のすみかという意味）というところに学校をつくったのです。ですからそれは、イギリス流の教育に反発して、自分として独自の自然の中での学園というものをつくって、ベンガルの大地に根ざした教育を行おうと思ったのです。一方まず一つは、古代のインド文化、それから、またもう一つは、カルカッタにタゴール家の文化、もともとタゴールはカルカッタの生まれで、カルカッタで育って、大家族主義で、二百人くらい、一緒にご飯を食べるようなところに育って、タゴール家は、昔から有名な天才的な人たちが多く輩出して、タゴールも世界的な天才ですが、そのほかの兄弟も親もおじいさんも、お姉さんたちもみんな、資質に恵まれていて、一流の文学者であり、音楽家であり、ドラマティストであり、教育家であるような家でタゴールは生まれたのです。そこには、美術についても、オボニンドロナト・タゴールなどの有名なタゴール家の人たちがたくさんいて、そこで新しい、美術運動が行われていた。ちょうど、そのころ日本では、日本美術について、軽視される傾向があったので、次第に法隆寺などの美術の文化的な価値、美術的な価値について、岡倉天心やフェノロサが再発見して、新しい運動を始めたように、インドにおいても、ちょうどそのときに、タゴール家を中心にカルカッタで、フェノロサにあたる人、フェノロサは明治政府のおかかえ外国人の教師だったわけですが、それと同じように、ベンガル地方でも、それにあたるE・ハヴェルという人がいて、その人が、インドの民族的な絵だとか、それからそういう文化遺産に対して、非常なすばらしさを発見して、ちょうど、フェノロサ対天心と同じように、E・ハヴェル対タゴールのいとこたちという関係でタゴールたちにインドの、芸術的文化的なすばらしさというものを教えたのですね。それで、天心の日本美術院の運動と、カルカッタのタゴール家のベンガル美術ルネッサンス運動とが、カルカッタでちょうど交差して、それが、現在まで続いているほど、大変影響力が強かったのです。そこに天心が、実際はそのあと横山大観とか、菱田春草とか、日本美術院の人たちが、即ち天心の弟子たちがそこで実際に絵を描いたり、運筆の方法とか、教えたのですが、理念とその運動の出発点はタゴール家、タゴール家といっても、オボニンドロナト・タゴールとゴゴネンドロナト・タゴールを中心とした人たちと、天心の弟子の人たち、その人たちが相互に影響を与え合っていたのですが、詩人のタゴールは、どういう位置にあるかというと、そのタゴール家の、美術ルネッサンスの人たちに、天心やその弟子たちに習うように、また日本に行くようにと言って、大いに鼓舞したのです。タゴール家というのは、非常に大きくて、一つはタゴールのおじいさんは、まず十九世紀の初めに、ベンガルの宗教改革を行ったのです。ベンガルの宗教改革を行った人は、ラム・モホン・ライという人ですけれども、ラム・モホン・ライという人が、そのころまでに、ヒンドゥー教が、少し迷信的になったり、因襲的になったりしていたことに対して、少し合理的にしなくてはいけない、というので、新しい宗教改革を行ったのですが、その影響は非常に大きくて、ブランモ協会というのですが、そのころ、十九世紀一世紀の間、ベンガルの中産階級の人たちに宗教的な影響を与えて、社会改革とか、教育改革とかにも影響を与えたのですが、タゴールのおじいさんが、それをつくった人であるラム・モホン・ライの親友であって、タゴールのお父さんは、そこの事務局長をしていたりして、タゴール家はタゴールのお父さんの兄弟、いとこたちは、どの人も有名、ベンガル地方で有力な人たちですが、まずひとつ、天心との関係で言えば、天心は、タゴールのお父さんとも関係がありますけれども、タゴールの兄弟、タゴールは、兄弟が十五人いるのです。詩人のタゴールは十五人の兄弟の中で、十四番目なのです。お兄さんたちも有名ですが、そのお兄さんたちとも天心は関係していて、文化的な面、音楽だとか、美術だとか、あらゆる面で関係している。天心が向こうへ行ってから、最初に会ったのは、ビベカノンドという宗教家です。十九世紀の初めのラム・モホン・ライではなく、世界宗教者会議で、有名になった、ビベカノンドです。そして、天心は日本の東洋宗教者会議に来てもらいたいと頼みに行ったのです。ビベカノンドやシュレンドロナト・タゴールたちと、一緒に仏教の聖地を巡礼することになるのです。そこで仏跡を見たり、ヒンドゥー教の遺跡を見たりして、古代文明の優秀さを感じたりして、感激するのですね。それだけではなくて、その次にさきほども言いましたが、ビベカノンドの西洋人の弟子たち、女性の弟子たちと、それから、タゴール家の人々、ビベカノンドの弟子たちが、お互いに知り合って、天心はそういうサークルの中へ入っていくのです。そういうサークルの中で、そのころのベンガル人、ベンガルの若い人たち、その人たちは、簡単に言ってしまえば、独立運動をする人たち、独立運動がひそかに行われていて、特にベンガル地方では盛んに行われていて、イギリスの統治に対して、反対運動が相当行われていたのです。どういうことが、行われていたかというと、そういうグループがいくつかあって、天心はそういう秘密運動に、相当加わっていて、たとえば、独立のためにトレーニングするというので、短刀の使い方だとか、それから、銃の使い方とか、そういう独立運動の姿も、天心が実際に見たのです。名前を挙げればきりがありませんが、普通思っているよりも、ベンガル地方の隅々まで、こういう運動が行われていた。天心は、一人はシュレンドロナト、シュレンドロナトは、ロビンドロナト・タゴールの次兄ショッテンドロナトの長男であり、またもう一人はイギリスに対して長い間独立運動を行っているアイルランドの女性ニヴェディタと知己になります。ニヴェディタはビベカノンドを深く尊敬していました。天心はこの二人に、深い影響を与えます。ビベカノンドは師のラーマクリシュナと自分の創始した宗教の教化に専念していたのに対し、天心はインド独立運動の方に関わり、ビベカノンドの弟でインド独立運動急進派のブペン・ボシュにことさら共鳴していました。一方、文学・芸術・教育に力を注ぎ、また、多文化、多宗教を認め、より普遍的ヒューマニズムを信じるタゴールとビベカノンドとは立場が異なっている。シュレンドロナトの有名な、岡倉天心との会見記という論文がありますが、そこでは、だいたいのことはわかりますが、秘密のことがあるので、その頃は、検閲があるので、本当のことは、書けなかったのですね。ですから、独立運動は秘密のことが、ずいぶんあって、天心が、いろいろな運動をしていることが、ある程度わかって天心のあとには、秘密警察が尾行をしたり、いろいろな検閲があったり、信書を秘密に開封したりして、天心がどこで何をやっているか、ということなども全部わかっていたのですね。歴史の中で次第に、情報開示が行われることから、だんだんわかってきたのですが、イギリスに残っている、そのころの秘密警察が天心のことをどういうふうに思っているかということがわかってきたのですが、それによると、やはり天心は危険な人だ、というふうになっているのですね。しかしその運動に係わり合いをもっているのは、たとえば今のシュレンドロナトというタゴールの甥ですね。甥は、一番過激派といわれている、オヌシロン・ショミティというショミティがありますけれど、そこには、そのころのいろいろな過激派の人たちがいて、一九〇二年にできたといわれています。そういうところにシュレンドロナトは、資金調達をしていたのですね。同様にニヴェディタは、ビベカノンドの宗教的な弟子ですけれども、独立運動に投じたりして、タゴール家のほとんど大部分の人たちと関わりを持っているのです。女性もそうですけれど、タゴールの場合はちょっと違うと思いますが、タゴールはそういう運動の中で、武器を持って戦うとかということではなくて、それを教育面で、理想的な学校をつくろうとか、社会を改革しよう、つまりベンガル地方の社会を改革しようと思って、いろいろ、農村再建とか、農村の手工業の育成などをやりますが、それでもそういういろいろなショミティ運動の象徴になったりするアドバイザー的な役目をしていたと思います。ですから、そういう運動が大変激しくなって、一九〇五年から八年にかけて最高峰に達しますが、その前夜で岡倉天心が、天心だけではないですが、天心がある程度火をつけたようなところがあって、政治的にもそういうふうにしたのです。そのことがどうしてわかるかといいますと、天心は向こうではあまり、そういうことを書けないのですが、天心がそういうことをやったものですから、その次に、弟子の有名な横山大観と菱田春草が、その次の年にインドへ行って、インドの東部に、トゥリプラという所があるのですが、そこで壁画を描くことをたのまれて行くことになっていたのですが、行ってみたら、イギリス政府にそれが禁止された。それほどマークされていたといえば、マークされていた。またそういうふうに、されるだけの、運動も天心は行っていたように思われるのです。ただそれは、一方ではそのような活動をしますけれども、一方ではインドの文化的遺産のすばらしさ、一つは、古代の文化について、日本までつながる、最高峰、ちょうど、現在シルクロードと言われていますが、今のシリアから、シルクロードの文化は、中央アジアのいろいろな、なになにスタン、というところを通って、敦煌とか、龍門とか、そういうところを通って、日本まで来るような、朝鮮半島を通ってくるような、そういうアジアの文化的一体感ということを一つのテーマにしているのですが、一方では、独立運動についてかなり加わっていた、というふうに思われます。独特のそういうものを、宗教的とか、美術的とか、政治的とか、あるいはまた、いろいろな面で独特な雰囲気で盛り上がっていたのですね。だから、東洋宗教者会議は、ビベカノンドが体が悪いために、日本へ来ることができなかった。天心とタゴールと今言ったビベカノンドの関係は、タゴールとビベカノンドは必ずしも、客観的に見れば、とてもいい関係ではなかったと思います。普通、いい関係とか言われていますけれども、タゴールは普遍的ヒューマニズムで、あらゆるものに対して、あらゆる文化とか、あらゆる宗教に対して、特に偏見がなかったのですが、ビベカノンドは自らつくった宗教の瞑想と奉仕の仕事に専念していました。みんな美しくビベカノンドと天心のことを書いていますが、実際はそれほどでもなかったのです。病気のこともありましたが、そういうこともあって、織田師が日本からわざわざ来て天心と一緒に懇願したにもかかわらず、ビベカノンドは日本に来るとは言いませんでした。実はその前すでに天心がまだ日本にいる際、ビベカノンドを招待しましたが断られていました。日本のほうもまだ、それだけの、準備もできていなくて、そこまでいかなかった。ただ天心は、どうしてそんなに仏教のことに関して熱心であったかというと、天心と一緒に、堀至徳という人がいたからです。堀至徳は、どうしていままで、年代がはっきりしないか、天心の部分がはっきりしていないか、というと、ベンガル地方の、ベンガル人たちの天心といつあったとか、いろいろな経緯がありますが、それが、紹介されなかったということ、それから、堀至徳という人がいて、堀至徳という人は、日記がでていますが、その人はご存知かもしれませんが、奈良県の南のほうに、談山(たんざん)神社という、一つの大きな神社がある。そこは聖徳太子がつくった有名な神社なのですが、ところが明治の最初のころに神仏分離令というのが出て、神道と仏教を分離しなくてはいけないというので、神道の側からそういうのがでて、特に奈良県は仏教の寺院などが壊されたり、野球場にされたりしたことがあったのです。それは、長いこと続かなかったのですが、神仏分離令というのがあった。で、その談山神社の、奈良県の南に今でもありますけれど、談山神社のところに、昔は有名なところには神社の境内の中にいくつかお寺があったのですね。そういうものは、だめだというので、神仏分離令のときに、そこから、追い出されることになって、堀至徳のお父さんもそこから追い出されて、今の天理市の方へ移ったのですね。その人はお父さんたちもそうですが、堀至徳はまだ若い十代のときに、仏教の奈良県の室生寺というところがありますが、室生寺のそのときの住職である、丸山貫長という人を中心に、仏教の復興ということをやりはじめるのです。まだ若いのですが、そういうことをやりはじめて、天心もそれに加わっていたのです。その仏教復興運動に関わっていたのです。その丸山貫長と仲がよかった。そういう関係から、二人でインドのほうに行くようになったのですが、堀至徳は、若い二十五歳の時に行ったのですが、非常に熱心で、第一に真教というのは、専門的に言うと、真言宗の教えのことを真教というのです。ですが堀至徳はそれを自分で、真の宗教の探求のために行くということが一つと、もう一つは、サンスクリット語を習いに行こうというので、そういう目的で天心と一緒に行ったのですね。それで毎日そういう勉強をしたりして、ビベカノンドのところに行くのですが、ビベカノンドのところでは、あまりうまくいかないので、詩人のタゴールが、できたばかりの学校に、学生が本当に数人しかいないところに、初めての外国人として堀至徳を招いて、サンスクリット語を習わすわけです。タゴールは、非常に堀至徳のことをかわいがってくれて、タゴールの奥さんも、タゴールの娘さんたちも、かわいがってくれたのですが、堀至徳が日本語で日記を書いている。その日記を見ると、何月何日にどうしたとか、こうしたとか書いてあって、ベンガル地方の、ベンガル人が書いたいろいろな手紙だとか、日記と堀至徳のを合わせると、今までわからなかったことも、ある程度少しずつわかってきているのです。まだ、天心自身はあまり書いていないので、わからないところもあるのですが、だんだんあきらかになってきていて、天心がそのころの青年急進派の人たちと、どういうふうにまじわったかとか、その種のことがわかって来ているのです。日本で思っていたよりも、かなりそういう人たちと交わっていたことがわかって、イギリスの官憲からマークされていることがわかっている。ですから、堀至徳が、シャンティニケトンで、タゴールの所で勉強している時でも、そのころのシャンティニケトンのところを管轄している、その地域の治安長官、イギリスの治安長官のほうから、岡倉天心が堀至徳に預かってもらっていた、短刀はどこからもらったとか、そういうくわしいことをききにこられたりする状況だったのです。その堀至徳の日記は、何十年間、堀至徳に会ったことのない、甥のところに、ずっと残されていた。堀至徳はそういう調子で、インドに溶け込んで、インドの仏教遺跡や、ヒンドゥー教遺跡をずっとまわって、天心は一九〇二年の十月に日本へ帰るのですが、それ以後も一年余りいましたが、それからあと、天心が種をまいた、若いベンガルの急進派の人たちと会ったり、横山大観や菱田春草が、カルカッタに来たときに世話したり、それから、ご存知かどうか知りませんが、東大で初めて宗教学科をつくった姉崎正治という人を案内したり、それから、東大の建築科をつくった、伊東忠太という人たちとまじわったりして、二十五歳から二十七歳という若さでしたが、いろいろそこで活躍していましたが、伊東忠太と一緒に、ヒンドゥー教と仏教の遺跡めぐりをして、今のカシミールのほうまで行って、馬車に乗って、カシミールから降りてくる時に、下のほうから、馬車に乗ってくる人がいて、衝突して、手に傷を負い、そこから毒が入って、それでパンジャーブのラホールというところ、今のパキスタンですね、の方の病院へ行ったのですが、そこで亡くなってしまったのです、二十七歳で。その日記や、いろいろ書いたもの、サンスクリット語の辞書を訳したりしたもの等を何もかも伊東忠太がカルカッタまで持って帰って来て、それを基に天心のインドでの活躍というのが、解明されつつあるのです。天心はブッダガヤ、ブッダガヤというのは、釈迦が解脱に達した地ですね。ブッダガヤに行って、なにしろ仏教は、十二世紀ですね。十二世紀から十三世紀に、だいたい滅びたのです。仏教はだいたい、大乗仏教になって、最後は密教になるのですが、最後に残ったところは、ベンガル地方なのです。三蔵法師玄奘（げんじょう）がインドに行ったときには、もう少し仏教は盛んだったと言われていますが、そうではなくて、少しずつ衰退のきざしが見えていたのです。十三世紀には全く滅びてしまって、しかしそこには、いくつかのお寺があって、そのお寺には、だいたい一つのお寺で一万人も学僧、学生たちがいた。学僧たちが、中国や全インドから来て、一万人ぐらいいたのです。そういうところが数箇所ありました。それが全部破壊されてしまって、最後にはごくわずかになってしまいました。その廃墟が、もうすっかり廃墟になってしまって、その存在すらもわからない程で、そこに猿が住みついていたりして、十九世紀の初め頃から、次第にイギリス人の探検家によって、廃墟が発見されてきたのです。ようやく、十九世紀の中頃から、西洋人によって、仏教の経典の研究が始まり、日本でも研究が始まってきましたが、一八八五年頃でも、仏跡は荒廃していました。日本では天竺といって、仏教が栄えているものと思っていたのですが、ほとんどなくなってしまって、それをスリランカや、その他の人たちが、復興運動を始めていたのですが、天心もそこに、日本人たちが来る、巡礼宿をつくろうと思ったのです。そこは仏教の地で今のビハール州ですが、そこにはほとんど、ヒンドゥー教の地主がいて、自由に仏教活動をやらせてくれないのです。で、巡礼宿をつくろうと思って、ある程度、一生懸命やって、そこに広大な土地を買おうと思ったのですが、そういう地主のことをマハンタといいます。一方タゴールは、先程言ったように、基本的にはヒンドゥー教の改革派です。改革派の中で、先祖代々のブランモ協会といいますが、タゴール家の人たちは、お兄さんも、仏教について、本を書いていますし、理解が少しありました。基本的には、インドが独立したいと思ったときに、やはり自分たちの美術もそうですが、宗教についても、インドでできたもの、民族主義的な観点から見て、仏教もインド、ネパールかもしれませんが、仏教もインドで生まれたので、そういう意味でヒンドゥー教徒たちも、独立前は、仏教について、非常に関心をもって、仏教徒になる訳ではないのですが、仏教文化に関心をもっていたのです。タゴール家には特にそういう気持ちがあって、タゴールも天心の運動について、非常に理解を示して、タゴールと仏教というのは、他のテーマですが、晩年には、仏教を宗教の中で一番優れたものとみなすようになるくらいでしたので、そのころから、そういう気持ちがあって、天心と一緒に仏跡もまわり、そういう運動をしたのです。ですから、タゴールは、そのころとしては珍しく、仏教の、もとの仏教サンスクリット語の勉強もしたし、それから、小乗仏教〔上座部仏教〕の言葉であるパーリ語を勉強したりして、そういう天心の考えに共鳴するところも多かったのです。全体として、大きな民族主義運動の中で、そういう熱気に包まれたと思われますが、ベンガル人にとっては有名な、ベンガル人の青年の、独立運動の中心派の人たちの名前を挙げると大変感激するのですが、ここでは、ただ名前だけ挙げても仕方がないと思いますので挙げませんが、ただ、二、三の名前を挙げたいと思います。天心とかかわった人、オヌシロン・ショミティの中心にP・ミットロという人がいます。それから、もう一人は、オーロビンド・ゴーシュという人です。ベンガル分割反対運動というのが、一九〇五年に始まったのですが、そのときはベンガル地方の何百万という人がそれに加わったのです。その中心人物がオーロビンド・ゴーシュです。オーロビンド・ゴーシュとも、天心は一九〇二年に行ったときに会っているのです。その後、先程の、天心と一緒に行った、堀至徳が、オーロビンド・ゴーシュと会っています。オーロビンド・ゴーシュの本の中にもそういうふうに書いてありますので、それは本当だと思いますが。オーロビンド・ゴーシュは、そのころは、本当に過激派だったのですね。オーロビンド・ゴーシュは、その後、一九〇五年のベンガル分割反対運動の主導者だったのです。ついにイギリスにつかまって、刑務所に入ったのですが、そのときにそういう、テロのようなものをやめて、新しいヨーガ運動を始めて、それがオーロビンド・アシュラムといって、現在までも、ポンディシェリというところに、一つの大きな、瞑想的な修行道場をつくっていて、世界でも有名になっていますが。その時はそうではなくて、いわゆる過激派だったのです。それから、チトロンジョン・ダシュと言って、その後独立運動で、有名になって、カルカッタで、今もチトロンジョン通りというのがあるくらいに、ガンディーほどではないとしても、ベンガルの特に独立の志士たちとつながりをもっていました。一般にベンガルのそのころのだいたい主だった人たちと、天心はつながりがずいぶんあったのです。ただその期間は、そんなに長くいないで、一月に行って、十月に帰ってしまったので残ったのは堀至徳ですが、堀至徳はそれから、一年ちょっといて、その間にも、いろいろな人と、天心のあと連続してつながりがありました。ただ堀至徳の場合は、自分ではっきり言っていたのですが、自分は政治的なことはやらないで、真の宗教は何かということを、学びに来たんだ、という、そういうふうな言い方していました。ただ、天心のさまざまな運動に、仏教にしても、美術ルネッサンスにしても、それから、そういう政治的なことにしても影響をうけ共感をもっていました。また詩人のタゴールの影がありました。それは、タゴールは政治的なものから離れて、教育と文学とそれから、社会改革というのを主として、やったと言われていますが、しかし、天心と係わり合いがあったことは確かなのです。要するに、そのころはすべてに検閲があったのです。堀至徳は立場上、仏教を復興するということと、それから、真の宗教を勉強しようという、二つのことで、政治的なことには関係しない、というふうになっていました。神仏分離令によって、仏教のほうが弾圧されるような時期で、仏教復興ということを中心にしようと思っていたのですが、もともと談山神社という聖徳太子のところと関わり合いをもっていたものですから、至徳の寺は神仏習合のため談山神社に附属していたが、神仏分離令によって、寺ともども堀一家は追い払われても、九条家だとか近衛家だとかそういう人たちにも可愛がられていたのです。そこで、天心がどういう仕事をしていたか、それから、堀至徳がどういう立場にあったかというのが、わかる手紙が堀至徳さんの甥の堀家で見つかったので、これは誰宛かというと、堀至徳がインドからそのころの近衛公爵に宛てた手紙なのです。それはカルカッタの滞在地から出した手紙です。それを見ると少しわかると思うので、ちょっと読んでみますと、康有為は、中国の革命家として有名です。

康有為は中国で独立運動をし、ドイツでも中国の独立運動みたいなことをやっていたのです。帰途当地に立ち寄られしため云々、というふうに言ってきて、それで、自分はインドのことを勉強しているということや、インド人が随分虐待されているということ、そういうことが書いてあります。康有為が言うには、康有為とそれから、堀至徳とか、そのころの革命家等がみな集まって、しゃべったことを手紙に書いたのですが、日本と中国とインドが同盟して、アジア的文明の光輝を表示し、欧州人、ヨーロッパの人たちのアジアに対するくちばしをそいでしまわなければいけない云々、と書いて、今、イギリス政府の圧制が、非常に甚だしいと。普通のときでも、国内の大王、互いにあい見ることを許さず、とは何かというと、そのころインドでは、藩王があちこちにいて、マハラジャという藩王がいて、そういう人たちが会うと、統一すると困るので、イギリス政府はその王様同士を会わせないことにし、互いにあいみることを許さず、たとえこれを許すとしても、お互いの談話には、必ずイギリス政府の人が同席していて、インドの中の、藩王同士を会わせない。同席して、テープレコーダーのようなもので聞き取るので、注意しなくてはいけない。例えば、イギリス政府は、自分たちの挙動に注目して、信書を開封し、風説をばらまいて、旅行中いたるところ、平服巡査が尾行したりなんかしている、と。だから、用心しなくてはいけないと。こういう、日本と中国とインドが一致しなくてはいけない、とかということなども、このことをただ普通に書いて、手紙を出すと、封筒を開けるかもしれないので、用心しなくてはいけないので、みんなに迷惑、ベンガルの青年たちに迷惑をかけるので、日本人の誰かに近衛公爵に宛てて認(したた)めたこの手紙を預けるので、ご高配下さい、ということを言っています。つまりそのころ、一九〇一年から五年までの間、こういう状態であって、天心はそういうところに行ったので、天心が書いたり言ったりしたことを、全部書けなかったのですが、一応そういうので、大げさではなくて、現実はそういうふうでした。天心は理想主義者だったのですが、非常に困難な中でやっていたのです。用心深くやっていた。タゴールについても、タゴールの学園に秘密警察がいつもいて、大変だったのですね。そういう中で、今から考えるとなかなかそういうことは分からないかもしれませんが、そういう中で、アジアは一つとか言って、日本にいるころから、そういうことをあたためていたのですが、向こうに行ってから、なおさらそういうことを実感したのです。もう一つ、天心は日本でも女性問題でいろいろありましたけれども、そういうものから逃れて急にインドへ一人でパッと行ってしまったという風にも考えられるのですが、インドでも、そういう浮名を流すことが多くて、天心は一九〇二年に行って、十ヶ月くらいで、大変影響を与えて、帰ってきたのです。プリヤンバダ・デビという人がいて、お互いに有名な恋文を書いた。プリヤンバダ・デビという人は、タゴールの遠い親戚に当たるのです。タゴール家はいろいろな天才がいて、タゴールのお姉さんも文学者として、閨秀作家として有名です。そのころはまだ、女性が外に出ることは、ほとんど許されていなかったのです。イスラム教徒だけでなく、ヒンドゥー教徒も出なかったのです。タゴールのお兄さんのショッテンドロナト・タゴールは、インドでも日本でも、昔は高等文官試験というのがあって、今で言うと、上級公務員試験が向こうでもあって、植民地制度で全部イギリス人がなってしまうのです。ところが、タゴールの二番目のお兄さんは、特別優秀で、インド人で初めてイギリス人に混じって高等文官試験、公務員上級試験に合格して、イギリス政府の役人というより、裁判官になったのです。植民地政府の裁判官になるくらい優秀で、その奥さんは、とてもハイカラで、馬車に乗って、カルカッタの町を闊歩していて、それが大変話題になるくらいで、女性でそういうことは昔はなかったのです。イスラム教徒はもちろんですけれど、ヒンドゥー教徒もそういうことはなかったのに、そういうような家だったのですが、そのほかに、タゴールのお姉さんたちも、当時女流作家はほとんどいなかったのに、閨秀作家として、ベンガル地方で有名な人だったのです。その遠い親戚のプリヤンバダ・デビは、天心の恋人になった人ですが、まだ天心がインドへ行く前から、タゴールは、プリヤンバダ・デビに雑誌の編集をさせたり、有名なタゴールの詩が、自分で書いた詩「黄金の小舟」「チットラ」「絵のような女」等の詩をコピーさせたり、いろいろなことをプリヤンバダ・デビにさせたりしていました。タゴールが一九〇一年に私の学校というのを、自分の財産や奥さんの宝石等、大部分売ってつくりました。先生方にも、ほとんど月給をあげないくらいで、大変だったのですが、そういうところに、プリヤンバダ・デビは、自分のお金を寄付したりして、そういうような関係だったのです。親戚関係もあるし、文学的な関係も深かったのです。それで、天心は、シュレンドロナトやニヴェディタ等に、非常に影響を与えたのですが、ニヴェディタはビベカノンドという宗教家に非常に帰依していました。一方では独立運動を一生懸命やった。また、ビベカノンドの弟は宗教よりも独立運動、過激派です。一九〇二年の七月にビベカノンドが亡くなり、弟子たちはニヴェディタとはけんか別れのようになってしまいました。ところが、ニヴェディタと天心とは呼吸が一致してきたのです。ところが、そのことは普通言われていないのですが、ベンガルのタゴールの伝記作家によれば、名前はいえないけれど、天心が一九〇二年のときにすでに、タゴール家の女性と仲良くなったので、ニヴェディタが独立運動をするのに、そんなことではだめだと言い、ニヴェディタと天心も仲が悪くなってしまった、というふうに書かれている。プリヤンバダ・デビのほうは、一九一二年に天心が行ったときに、その後仲良くなって、手紙のやりとりをして、長い間隠されていたものが全部、次第に明らかになって、また新たに、一通得られたのです。去年、五浦（いづら）にある天心美術館に、プリヤンバダ・デビの天心宛ての手紙を、タゴール国際大学の人が行った時に、寄付したのです。一方、今年、天心美術館の大久保館長が、タゴール国際大学の副学長がいらしたときに、やはり、天心宛てのプリヤンバダ・デビの手紙をタゴール国際大学に寄贈したというふうにして、プリヤンバダ・デビのことも、みんな最初は秘密だったのが、ベンガル地方でも明らかになってきているのです。天心のことも、それから一切のことがだんだん明らかになって、そういうことがわかった上で天心の作品を読んでみると、あの時代にそんな制約があって、天心は発言も、あれだけ自由自在にやったにしても、まだ言い足りないことが随分あるのではないかと思われるのです。植民地政府というのは、実に大変なのです。美術のことその他述べたいことは多々ありますが、あとはただ一つ、堀至徳が日記を書いたのですが、それを私がベンガル語に翻訳しました。一つだけ特に覚えておいていただきたいことは、一九〇五年にベンガル分割反対運動がベンガル地方全体に燎原の火のように広まって、それでイギリス政府がついに困って、一九一一年、ベンガル地方のその運動を鎮めるために、インドの植民地政府の首都をカルカッタからデーリーのほうへ、移したのです。それで今は、デーリーがインドの首都になっている。もう一つ、ベンガルは東のバングラデシュと西のインドの西ベンガルに分かれていますが、天心はカルカッタへ行ったのですから、インドの方です。タゴールの大学もインドにあるので、それもインドですが、では、バングラデシュはどうかというと、タゴールと天心とは、出会って今年で百年になります。バングラデシュでは、このタゴールと天心の出会った百年祭を祝おうとしているのです。従って、こういうことは、インドだけではなくて、バングラデシュでも同じ。同じベンガル人なものですから、ヒンドゥー教徒とかそういうこととは関係なく、両方の偉人というか、理想主義者というか、インドでもいろいろなところで祝われているし、バングラデシュでも祝われて、現在でも記念しようとしているのです。インドやバングラデシュでそういうことが行われているということは、日本にあまり情報が入ってきませんが、むこうはそういうことに熱心で、タゴールの歌を歌って、あらゆるところで、集会が行われて、祝われているので、特にベンガル人は一方ではそういう過激派みたいなのが生まれるところでもあり、他方ではみな詩人だといわれているように、感情を表します。パキスタンとインドは、一触即発の関係にあるのですが、タゴールについては、イスラム教徒の国々でも、今でも尊敬していて、普通で言えば、敵とみなされるべき、イランとか、イラクとか、エジプトだとか、オマーンだとか、そういう国々でもタゴールについては、タゴールを称える詩などを翻訳したりしているのです。ですから、ちょっと例外的な存在であると思いますね。天心もそのころから、今まで明治から亡くなるまで、特に晩年は、イスラム教徒のことを話していますけれど、思想家の中で、サラセン文化とか、イスラム文化のことについて言った人は有名な思想家でも少ないのです。天心はその頃から言っているので、ちょっと例外的ではないかと思います。近頃は東西文化の融合とかいいますが、東西文化というと、現在、東洋とは何か、東洋は一つかどうかとか、すぐ皮肉を言われます。

しかし、今世紀はアジアの時代だといいますが、アジアとは何かとかすぐ言われます。しかし、イスラム諸国のことはただ、テロの国だとだけしか考えませんが、『東洋の覚醒』でも『東洋の理想』でも、サラセン文化もあり、ササン朝ペルシャの文化があるというふうに、優秀な文化がある。そういう視野で考えている人は、日本人ではあまりいなかったので、その点、天心について、先見の明があるのではないかと思っています。ただ第二次大戦中に、天心の言葉が一人歩きしすぎた事態になってしまいました。それでさきほどのタゴールとの関係で、一方では、短刀の使い方だとか、鉄砲の使い方だとかということを、トレーニングするようなことなど、いろいろ秘密で行われたのですが、タゴールは天心に一九〇二年に会った時に、その頃としては珍しく、まだ学生が十人位しかいない時に、日本から柔道の先生を送ってくれと言われて、柔道の先生をシャンティニケトンに遣わしました。三年間いて、柔道を向こうで教えていました。短刀とか鉄砲とかではなくて、独立するためには、体のトレーニングができなくてはいけないというので、棒術という棒で戦うのがあるのですが、棒術だとか柔道だとかを、女生徒にもやらせたりして、いわゆるベンカル過激派ではないのですが、タゴールを理解する時も、広い目で理解すべきです。タゴールはいろいろなことを一生懸命やったので、いわゆるスペシャリストではなくて、全人的教育をやったので、いろいろな面を持っているのです。全人的な教育を自然の中でやるというのが、タゴールの普遍的ヒューマニズム、そういうのがタゴールの教育だったので、一部だけとると、なになに主義者、なになに主義者とすると、天心の場合もそうだと思いますが、その時の社会的情勢とか、国際的情勢等、全体を見て評価をしないと、ああいう全人的な人は、なかなかわからないと思います。

（二〇〇二年七月『ワタリウム美術館の岡倉天心・研究会』一部抜粋　右文書院）

岡倉天心とタゴールの素晴らしい出会い

二〇〇七年、日印交流年外務省実行委員会文化担当実行委員となった我妻和男は、在コルカタ日本国総領事館とカルカッタ大学（一八五七年一月、カルカッタ大学法により設置。カルカッタは二〇〇一年にベンガル語の呼称であるコルカタに正式名称が変更されたが、大学は同大学設置法により、英語ではカルカッタ大学のまま。なおベンガル語ではコルカタ大学という）の共催で、カルカッタ大学に於てベンガル語で一時間半講演を行った（七月二十日）。またニューデリーで日本大使館とIIC（India International Centre）の共催で、IICに於て英語で一時間半同じ題で講演を行った（八月十七日）。この英語の講演の邦訳である。

1　岡倉天心とタゴールの友情

日印友好の年である今日、皆様の前でお話しするようお招きいただいたことを嬉しく思っております。二十世紀初めに、素晴らしい思想家のお二人、ロビンドロナト・タゴールと岡倉天心によって始められた、インドと日本の輝かしい友好の物語を簡潔にお話ししようと思います。この友好は、今日まで私たちに影響を及ぼし続けているのです。

タゴールは、日本とインドの初期の交流を次の文に表しています。

「あなた方が、インドと直接的なコミュニケーションを持たなかったことはあり得ますが、韓国と中国を通し、インドの贈り物があなた方の元に届きました。しかし、この贈り物があなた方により受け入れられたという事実は、日本人の気質が、そこにもたらされたものと調和していたということ、また、あなた方への提案の方法が、あなた方自身の生活や考え方、そして自尊心にすっかり調和していたことを示しています。これは、真実のコミュニケーションで最も重要なことであります」（「日本という科学的な場所」、タゴールにより日本で行われた離日講義、一九二四年）

仏教が中国と韓国を経由して、紀元六世紀に日本にもたらされたとき、日本とインドの交流が始まりました。インドはそれ以来、日本に影響を及ぼし続けています。大乗仏教は、聖徳太子の保護の下、日本で急速に広まりました。日本はいつものようにその精神と魅力を保ち続け、日本固有の方法で仏教を形作ってきました。二十世紀の世界の思想史で、二人の偉大な人物、岡倉覚三（一般に日本では岡倉天心として知られている）とロビンドロナト・タゴールの歴史上の友情関係を通して、二カ国間の現代の交流が復興されました。

インドと日本の交流は、いつにおいても友好的でありますが、ここでヘムチョンドロ・ボンドパッダエのベンガル語の詩を引用するところから始めさせていただきます。ヘムチョンドロは、「バロト・ションギト（インドの歌）」の中でこのように書きました。

「アラビア、エジプト、ペルシャ、トルコ、
ダッタン、チベット——他にも挙げきれない
中国、ビルマ、未開な日本
かれらも独立、かれらも自立
奴隷状態などいさぎよしとしない
インドはただ眠りこけている」

これは、一八七〇年に書かれた詩です。日本が「文明化されていない」国とするヘムチョンドロの評価がどうしてでき上がってきたのかは、知られていません。しかし、自由であることの重要性を確立するための議論に賛成する場合を挙げる一方で、彼は少なくとも日本の存在がインドとは異なり、自由な国であることを認めていたことがはっきりしています。

2　日本の影響を受けたインドの革命家たち

ロビンドロナト・タゴールは、人間の多様な性質を完全に理解するようつとめました。彼は人間の存在の多様性を認め、それを楽しみました。タゴールは同時代のベンガルにおいてルネッサンス人であり、かつ、文学や音楽、美術、思想、農村再建などにおける道を開きました。彼は、東洋と西洋が出会う普遍的文化の中心として、ビッショ・バロティ大学を設立しました。

ヘムチョンドロとは異なり、タゴールは日本を訪れる以前から日本の美徳をよく知っていました。彼は一九一六年日本への最初の旅行において、これらの美徳を発見しました。タゴールは、シャンティニケトン学校のカリキュラムに日本文化の最も良い面を取り入れようとしていました。彼は芸術や文学、文化に造詣がある日本の人々をシャンティニケトンに招き、また彼の学園の学生と教授、スタッフを日本に送り、日本の影響を受け、楽しみ、啓発されるようにしました。

ヘムチョンドロは、ベンガル知識人の代表者です。しかし、ほとんどのインド人がヘムチョンドロのように、二十世紀初頭の日本について漠然としたイメージのみを持っていた、と言っても過言ではないでしょう。また、その時代には日本人もインドについて明確な概念を持っていませんでした。インドはイギリスの植民地であり、日本はインドに対するイギリスの権利を知っていたのです。日本は一九〇五年の日露戦争で、ロシアを破りました。これはインド人に日本のようなアジアの国として、イギリス統治の暴虐に立ち向かうよう鼓舞することになりました。第二次世界大戦の終り頃、日本はインドを長期にわたる束縛から救出しようとしました。ラシュビハリ・ボシュ、ネタジ・シュバシュ・チョンドロ・ボシュ、そして同種のインド革命家たちは日本へ行き、インドにおけるイギリス人との戦闘を援助するため日本人を動員しました。

優れた弁護士であるラダビノド・パル〔コルカタのプレジデンシー大学の卒業生、またカルカッタ大学の元副学長〕は占領軍のもと、日本における日本人の戦争犯罪人を裁く極東国際軍事裁判において、一九四六年から一九四八年までインドの代表者でした。ラダビノドは、委員会の正当性を単なる「勝者の裁判」として却下し、異議を唱えた唯一の弁護士でした。インドは一九四七年、自由を勝ち取りました。ノーベル経済学賞受賞者オモルト・シェン〔英語ではアマルティア・センと発音する〕は、自身のエッセイ「ロビンドロナト・タゴールと彼のインド」で、戦後すぐに日本に関するインドのジレンマを述べています。

「第二次世界大戦における日本の情勢をどのように見るか、インドで意見が対立することとなりました。戦後、日本の政治のリーダーたちが戦犯として裁かれたとき、国際派の弁護士であった唯一のインド代表の裁判官ラダビノド・パルが裁判官の中、唯一人、異議を唱えました。パルは、様々な根拠に基づいて異議を唱えました。その根拠の中には、勝者と敗者の間の力関係は対当ではないという観点から如何なる公正な裁判も不可能であるという根拠がありました。大英帝国主義を受け入れられない性格を与えられていて、日本軍隊の侵略に対するインドの様々な想いが、パルを他の裁判官と違う観点においた一因だと考えられます。」

タゴールは、こういった議論に加わるまで生きていませんでした。

3　岡倉天心の訪印と五つの使命

タゴールは、自らの時代よりずっと先を見ていました。特に一九〇二年にコルカタを訪れた岡倉天心と知り合った後で、益々日本文化の重要性をはっきりと理解しました。

江戸時代末期、横浜で生まれた岡倉は、絹商人の息子でした。彼は幼少時代から英語を学んでいました。彼はまた中国古典の専門家でもありました。その他、彼は美術と工芸技術における特別な専門的技術を推進しました。

岡倉は東京大学で名高いアメリカ人教授、アーネスト・フランシスコ・フェノロサ（一八五三〜

一九〇八）の教えのもと、政治科学や政治経済、哲学を勉強しました。フェノロサは、古代の日本美術を高く評価しており、神社仏閣などの古代の日本の建造物を調査していました。天心も通訳者、そして協力研究家としてフェノロサに同行しました。

天心は美術について卒業論文を書き、教育行政官として文部省に入りました。彼は東京美術学校の校長となり、その後、日本美術院を創立しました。

岡倉には川合玉堂、横山大観、菱田春草、高村光雲などの有名な弟子がいました。彼らは岡倉の哲学や、美術の理想に共感していました。

岡倉は文部省により権限を与えられ、法隆寺の財宝の記録の責任を負っていました。彼の職務の終わり頃に、ボストン美術館の専門職員の一員となり、美術館における東洋美術の収集や展示をまとめていました。

岡倉覚三は、英語で書かれた三冊の傑作でも、また広く知られています。『茶の本』、『東洋の理想』、『日本の覚醒』です。一生涯、行く先々で日本美術や文化、文明の優越性を主張しました。自身の『東洋の理想』で、岡倉は全アジアにおける同胞愛を促進するための中心人物として「アジアは一つ」を広めました。

一九〇二年と一九一二年の二回、岡倉はコルカタを訪れています。天心は、一九〇二年一月六日に、初めてコルカタに来ました。彼は以下の五つの使命を持ってインドに来ました。

①日本の京都で行われる東洋宗教会議に、シャミ・ビベカノンドを招待すること。岡倉は、ジョセフィン・マクラウドと呼ばれたビベカノンドのアメリカ人の弟子と若い日本人学者である堀至徳を同行させました。ビベカノンドは、病気のため訪日することはできませんでした。彼は、深い思いやりと尊敬を持って岡倉を迎え入れました。ビベカノンドのアイルランド人の弟子、シスター・ニヴェディタは多分一九〇二年二月二十三日か二十四日、アメリカ領事館で、ロビンドロナト・タゴールに岡倉を紹介したと思われます。実はこのことが、歴史的出会いとなったのです。ニヴェディタもまた、彼女のベンガル人の友人に岡倉を紹介するためにパーティを開きました。そのパーティには、他の重要な来賓の中に、オボニンドロナトとゴゴネンドロナト、シュレンドロナト・タゴールが参加しました。岡倉は、タゴールとビベカノンドと共にブッダガヤを訪れました。

②古代インド建築と美術を研究すること。岡倉はガヤ、ブッダガヤ、ベナレス、アグラ、グワリオール、アジャンタ、エローラ、ジャイプール、デリーを訪れました。そこで中国や韓国、日本で以前に見た物と比べながら、古代インドの建築と美術の素晴らしさを学びました。

③日本美術院の創立者として、日本美術を紹介すること。岡倉は日本美術ルネッサンスの偉大な

人物でした。

岡倉が訪印したとき、政府美術大学の校長、E・B・ハヴェルは潮流が西洋美術の優越性に傾いていた当時にあって、趣のある古代インドと民族美術の重要性を主張していました。タゴールと岡倉を通して、日本とインドの美術交流が始まりました。

一九〇三年に日本へ帰国したとき、岡倉は最も影響の強い弟子、横山大観と菱田春草の二人をコルカタへ送りました。彼らはベンガル・ルネッサンスの巨匠たちに、日本の墨絵と水彩画の技法や模写技術を教え、彼らからインドの細密画の技術を学びました。一九一二年、二度目のインド訪問の際、岡倉覚三はオボニンドロナト、ゴゴネンドロナトやその仲間の作品にこれらの交流の影響を認めることができました。一九〇五年には芸術家の勝田蕉琴、また一九一七年には荒井寛方がコルカタを訪れ、この交流が続きました。タゴールは一九一六年、日本へ初めて行ったとき、日本に新進芸術家であるムクル・デを連れて行きました。ノンドラル・ボシュは一九二四年、彼と共に日本を訪れました。平山郁夫や秋野不矩（ふく）のような多くの現代の日本人芸術家は、大観や菱田に次いで今日までインドを訪れています。多くのインドの画家や印刷技術者が、日本文部省の奨学金で日本で勉強しました。

さらに残りの二つの使命とは次のようなものでした。

④タゴールが普遍的同胞愛に立ち上がる一方で、岡倉がアジアは一つであると唱え、自由のために闘うインドを助けること。インドに初めて行ったとき、岡倉はシスター・ニヴェディタに愛着を感じ、インドの解放運動に加わるようになりました。シャミ・ビベカノンドは、インドでの岡倉の活動を認めませんでした。岡倉はP・ミットロや同調者のインドの革命的独立主義者に出会い、インドの若者にインドのイギリス統治者の政策反対に立ち上がる完全な独立を手に入れるよう、鼓舞し続けました。岡倉の政治的活動は、彼の文化的使命に支障をきたしました。彼は、常にイギリスの諜報員の調査の下にいました。彼の仲間はインドにいる間、様々な問題に直面しました。タゴールのシャンティニケトン学校の初めの日本人学生である堀至徳は、岡倉の弟子でした。彼は小さな伝統的日本刀を常に携えていたため、イギリスの警察に嫌疑をかけられたことがあります。横山大観と菱田春草は、トリプラのマハラジャから要請を受け、フレスコ描写を望んでいましたが、イギリスの諜報員にトリプラへ入ることを拒まれました。

⑤特別に中国、韓国、日本美術を参考にして、インド美術のより素晴らしい面を研究すること。

この使命は大成功しました。私が既に言及したように、岡倉は古代遺跡や碑を研究しながらインドを広く旅行しました。

4　タゴールと頭山満

タゴールは、反ファシストでした。彼は日本での滞在中、わかってきた国家主義の醜い面を批評しました。しかし、インドと日本と両方の国家主義者への共感も多少ありました。タゴールは、ラシュビハリ・ボシュと呼ばれる反イギリス・インドの革命家に対し、多大な関心を抱いていました。ラシュビハリは、タゴールの親戚P・N・タゴールの偽身分証で日本へ逃亡して来ました。ラシュビハリは、日本の国家主義者、特に右翼の第一人者である頭山満の援助を受けて、インドを自由にするための反イギリス活動を組織化しました。頭山満は、多くのアジアの革命家（例えば、中国の孫文）への支持をし、ラシュビハリを相馬愛蔵と相馬黒光の家に隠れ家として住まわせるため送りました。その後ラシュビハリは、彼らの娘俊子と結婚し、その一家が経営していたレストランでインドのカレーを日常メニューとして紹介しました。頭山満は、ラシュビハリ・ボシュの勇気と野心がたいそう気に入りました。

一九二四年、タゴールは三回目の日本訪問中、ラシュビハリ・ボシュを通して頭山満に会いました。九月十二日、タゴールに敬意を表して、東京上野の精養軒で盛大な歓迎パーティが開かれました。パーティが始まる直前、タゴールと頭山は共に別室でしばらくの間瞑想にふけっていました。頭山は日本のスタイルで深々とお辞儀をしてタゴールに挨拶し、タゴールはインドのスタイルで共に握手を交わしました。タゴールは通訳者ラシュビハリ・ボシュを通して頭山に話しました。「あなた方のインドに対する親睦と好意に心から感謝申し上げます」。多数の日本人国家主義者が参加したこのパーティに関する細かい記述は、『ヤング・インディア』に出され、C・F・アンドリュースが書いたレポートで見ることができます。一九二四年八月の『モダン・レビュー』に再び印刷されました。そのレポートから抜粋します。

「日本で以前、機会があって講演をしたとき、その詩人は反アジア入管の対処について話し、集まった人々が彼に日本や全極東中における当時の大変重要なトピックであったその問題について話し続けるよう求めました。しかし、彼はより高度なテーマを取り上げました。彼は日本人に、自分自身の精神を呼び起こさせました。司会者は感動して、冒頭の言葉で彼に言いました。

『あなたが今日ここにいらっしゃいますことは、私たちにとって喜びであります。なぜならば、あなたの教えは私たちを立ち止まらせ、考えさせてくれているからです。それは、私たちの魂にしみ込んできました。これまでに、あなたのインドは日本に対して、計りしれないほどの貴重な貢献をしてくださいました。あなたのインドは、私たちのためにまたこのようにしてくださることができます。あなた方の哲学をもっと紹介してください。そして私たちは永遠の借りを残したままになるでしょう』

これに対し、詩人は注目すべき言葉で答えました。

『私が前回約八年前に日本を訪れたとき、私はあなた方の将来を心配していました。私は大規模で表面的な模倣や、精神性の不足について懸念していたのです。今日では全く違っています。あなた方は精神のあり方を発展させ、私は非常に喜びを感じております。あなた方は私にインドから賢人を連れて来て、あなた方に教えを施すよう求めました。しかし、あなた方は、ご自分たちの間に賢人をお持ちであり、西洋賞賛をした過去においても無視したように、彼らを無視してはいけません』

その詩人が前回日本を訪れたとき、彼は拒否されました。最初の爆発的歓迎を受けた後に、彼が誠実に心からメッセージを送り精神について話したとき、全ての新聞記者が彼に背を向けました。そして日本人は彼の言うことを聞いてはならない、なぜならば、彼は敗北した国の詩人ですから、と警告しました。

『……私が世界のこの場所に来たとき、国家主義についてたくさんの講演を書きました。それをアメリカ合衆国で読みました。日本に来てこれらの考えが頭に浮かんだ理由は、むき出しにされた醜さにおける、国家を初めて見たのがここであったからです。その国家の精神は私たち東洋人が西洋から借りてきたものです。それは、私の目の前で生き生きとしていました。なぜならば、一方で素晴らしい美術作品を作り出し、そして代々伝えられた社会的行動や名誉、武士道の精神を表現する彼らの生活の細かいところにおいても、真実の日本国民がいました。また一方で、国民の生活面と対照的に、他のあらゆるアジアの国民とは違った執念の葛藤から起きた国の精神、尊大な誇りがあったからです』」

一九二九年の五回目の日本への訪問中、タゴールは自らのシャンティニケトン学校で教えられる、十分熟練した柔術の先生を希望しました。頭山満は中国におり、そのときタゴールに会うことができませんでした。その後、頭山とラシュビハリ・ボシュは、タゴールの要請に応えるために高垣信造をシャンティニケトンに送りました。タゴールはインドに戻る途中、頭山満に短い手紙を残しました。

「親愛なる友人へ

私は、日本を去る寸前です。

別れの言葉を残していきたいと思います。

あなたの使命は、素晴らしい理想のために努力をすることです。

私が計り知れない喜びを感じながら、インドから日本へ、ヒューマニズムにおける人類同胞の思想を広める私の使命とあなたの使命は、完全に一致しています。

私は、この気持ちを伝えたいと思います。」（一九二九年七月八日）

5　国家主義者としてのタゴール

タゴールが、西洋国家主義の模倣であった日本の国家主義を批判していたことは真実です。しかし、彼はインドの独立を切望している国家主義者でした。一九二九年タゴールは、ヴァンクーヴァーから戻ってくるとき、アジア人であるという口実でアメリカ入国を拒否されました。タゴールは大変侮辱されたのです。タゴールは、故郷へ戻る途中で日本を訪れようと決意しました。この悩ましい出来事の知らせは、すぐ日本へ届きました。日本の国家主義者たちは、これに対する憤慨をタゴールに伝え、同情と支持を述べました。タゴールは太陽丸で日本へ戻る途中、朝日新聞の要請により「疲れ切った巡礼者」という題の次の抗議の詩を書きました。

「《疲れ切った巡礼者》
疲れ切った巡礼者、私は生息地を越えて旅をする
　鉄の手足をもつ怪物の
　成果の豊かさ
悲鳴をあげながら、そして悪臭を放ちながら
天国と地球を汚しながら
貪り食う人生を
　生命にかかわる危険を伴う人生に変えてしまう。
入りくんだ道
　親しみのない夜
もつれた疑問に見張られた、閉め出された門
家を捜し求める、見知らぬ人の影にうなりをあげる

歓迎のシグナルを送る
　昇る太陽の
東洋の古代神社にある金の門を開ける
　人間の精神が住むところで
低い地面を祝福する草のように偉大で
そして星の下にある山のように従順である」

本間憲一郎と沼尻廣が率いる水戸（茨城）の国家主義者グループは、タゴールが日本に滞在しているとき彼を自分たちのところに迎えようと必死でした。彼らは、タゴールが病気のため水戸を訪れることを断ったとき、自殺を図るとさえ言って脅しました。しかしながら、タゴールは最終的に水戸の国家主義者グループに応えて、水戸女学校で講演を行いました。常総新聞は、政治以上のものとして人間性をおくことをアピールするタゴールの講演から抜粋して、この出来事を報道しました。それからかなり経ってタゴールは友人である詩人の野口米次郎と交換した何通もの難解な手紙の中で、ついに日本の国家主義についての彼の考えを説明したのでした。

6　日本への忠告

タゴールは、一九一六年と一九一七年、一九二四年、一九二九年（二回）の計五回にわたって日本を訪れました。彼は大変な尊敬と親愛を持って受け入れられました。タゴールは、このことを大変よく覚えています。一九一六年、朝日新聞のオーナー兼編集者である村山龍平に宛てた手紙の中で、タゴールは次のように書きました。

「私が日本に来て温かい歓迎を受け、あなた方の国に初めてではなく前世で訪れたように感じます。私は、愛の捧げ物をもってあなた方の国を訪れて、お返しにあなた方の愛を受けとった古代インドから来た巡礼者の一人です」

彼は興味を持って観察し、また日本人の美的センスに感嘆しました。日本人の自然への愛、瞑想的な性格、日本美術の豊かさ、その他多々ある中でも日本における女性教育の普及を評価しました。一九二四年、日本で行われたインドのコミュニティーに向けられた演説で、彼は述べました。

「私は日本人の種々の行いにおいて、日本人の行動の中で彼らの素晴らしい自制心、かつ寛容な態度、また少なくとも相互理解がどんなものであるかを様々な方法で見てきました……！　世界中を旅してきて、もし私が他のどこかの国、あるいはインドで主流であるものと比べるなら、ある独占的英雄的資質、即ち彼らの芸術的才能と一つになっている英雄的資質の全てを日本人が持っている、と白状せざるを得ません」

一九二四年の他の講演でも彼はこのように説明しています。

「私は友であるあなた方にお世辞を言ってはいません。私は、あなた方国民へ深い感嘆を抱いています……あなた方は大胆であり、あなた方は危険と災難に直面してもひるまない……あなた方の性質には、火の輝きと水のなめらかさ、大胆さ、決意、そして精神の輝きを持ち合わせています……」

タゴールは正式な日本の茶道あるいは普通の家庭への訪問の際の、日本人のもてなしに非常に満足していました。彼は日本人の温かくもてなす気質を非常に賞賛しており、彼の生涯においてシャンティニケトンを訪れた日本人に対して同様の特別な配慮を行いました。

「あなた方には力があり、客を幸せな気持ちにさせる気配りができます——単なる心地よさではない幸せ。それは、素晴らしい贈り物であり、そのために私はあなた方に感謝の意を送らなければなりません。また、私はあなた方に招待していただいたとき、心からの愛情や、共感、あなた方の本物の尊敬の心に触れたことは確かでした……」(一九二四年)

しかし彼は忠告しました。

「日本は西洋から食糧を輸入しており、自国の生き生きとした自然を食してはいません。日本は西洋から得た科学的道具に自身を失って溶け込み、単なる借り物である機械となることはできません。日本はあらゆる要求に対し断言するべく自らの精神を持っています」（「日本における国家主義」、一九一七年）

一九三五年、タゴールは友人である野口宛の手紙でこう書いています。

「友よ。あなたの美しい土地を初めて訪れたとき、私は六十歳になるところで公式の歓迎会の厳格な試練に慣れていませんでした。日本で私が受けた歓迎は、贅沢で惜しみないものでした。日本の愛と尊敬の生きたつながりである古代の精神的絆が、大いに私の国の認識に至るということを知り、私は驚き、圧倒されながらも謙虚にそれを受けとめました」

タゴールは日本で見たり発見したあらゆるものに対し、恋に陥りました。そして、彼が適切でないと一度判断したものは何でも、非難と同レベルの批判をし続けました。タゴールは一九三七年、印日協会（一九〇三年設立）の会長への手紙の中で書いています。

「日本の人々への私の尊敬と愛は、いつでも深いものです。なぜならば、日本が国民の意思に強制した新しい使命である帝国主義者の搾取を平静にみることは、私には不可能だったからです……日本の人々への友好的な感情が、その統治者の悲劇的政策を認めることには決してならないことを明らかにしたいと思います」

一方で、彼は決して日本への愛をなくしてはいません。一九三七年にもなって、タゴールは再び日が昇る国に行くことを願っています。実業家の伊藤次郎左衛門に向けた親密な手紙の中で、タゴールは書いています。

「私は、常にあなたの国の人々に多大な尊敬と愛を抱いていて、もう一度彼らの中に身を置くことを願っています」

この訪問は叶いませんでした。多くの日本人がタゴールの生涯を通じて、またタゴール亡き後もシャンティニケトンやコルカタを訪れました。柔術の先生である佐野甚之助や高垣信造、大工の長谷川伝次郎や笠原金太郎、楠本、河野、学者の木村竜寛や河口慧海、堀至徳、平等通昭、生け花の先生である星真機子と芸術家の横山大観や菱田春草、荒井寛方、野生司香雪（のうすこうせつ）は、日印友好に計り知れないほど貢献した人々です。一九九四年、タゴールの夢で日本とインドの橋渡し的役割を担う日本学院が、中国学院をモデルとしてビッショ・バロティに設立されました。

7　日印の友好から普遍的な兄弟愛へ

タゴールは、最も豊かな文化組織としてのビッショ・バロティを総合大学にするのに、自身の日本の経験を生かしたかったのです。タゴールは政治と外交のみならず、文化的交流を行わなければ二カ国間に長期的関係が築かれることはない、という大変明確な考えを持っていました。一九三一年、タゴールはカルカッタ市長であるB・C・ロイ博士への手紙の中で、このように書いています。「……ご存知のことと存じますが、私が、ベンガルの学生に特別に柔術の研修をしていただく目的で日本から連れて参りました高垣教授の件についてお伝え致します。高垣教授は高貴な家系の出身であり、日本では柔術において最も良く知られている専門家の一人であります。我が国民が、高垣教授の訪問の重要性を適切に理解していないと気づき、私自身がこの国での彼の旅行と滞在のあらゆる最終的責任を負わざるを得ませんでした。二年間、私はこれに携わり、我々の学校の男子と女子は、彼から素晴らしい結果を伴った指導を受けました」

この手紙は、単に日本人の友人に対する深い配慮を示しているものではありません。彼がとてもユニークで実践的な方法で、インドと日本のつながりに関心を持って接していることを表しています。

私は、日本にいる世界中の学生達を歓迎するとき、タゴールによる次の文をよく引用します。

「あなた方がどんな目的を持って日本へ来たとしても、私の同胞であるあなた方がこの土地でコミュニティーを形成したということは、極めて重要な事実であります。あなた方を通じて、インドは日本に話しかけなければなりません。そして可能であれば、あなた方がやって来たという事実は輝かしい事実でなければなりません。それゆえ、日本とコミュニケーションがとれるようになる人格を持つために、あなた方自身の内に一つであるという絆を持たなければなりません。もし、それがおろそかにされるならば、あなたは豊かな富を持って祖国へ戻るかもしれませんが、ぽっかりと空いた空虚さを後に残すでしょう……私は、あなたがその人たちの間で生きなければならないかもしれない、人々の暗い側面に住まうことに喜びを見出す人を、あなた方の何人かに見ました……これにより、あなたは、真実の価値のあるものを得ていないばかりではなく、むしろ賞賛からくる偉大な喜びを奪っているのです」

一九二四年四月に日本で行われたタゴールのインド人コミュニティーに向けられたスピーチから引用しました。これらの言葉は、インドを訪れる日本人学生にも役立つことでしょう。私は、岡倉覚三とロビンドロナトの足跡をたどり、明解な論理的思考、深い知識、そして素晴らしい人間性を基本に私たちを取り囲むより良い世界をつくるため、私たちのつながりを推進させることができるよう、心から願っております。

日本のインド人コミュニティーに対する講演でタゴールは述べています。

「私はアジアの精神の根本的な絆を支持していますが、西洋の精神と親密な関係を持たない、極端に東洋的ないかなる特性をも信じていないことを告白しなければなりません。全ての偉大な人間の理想は普遍的であります。インドと日本の友情は、最終的にこの普遍的兄弟愛に貢献するでしょう。さらに友情のためにともに働きましょう」

平和が地球上に広がりますように！

ご静聴ありがとうございました。

（二〇〇七年七月二十日／コルカタ、八月十七日／デリー）

（二〇〇八年八月『インドからの道　日本からの道』出帆新社）

天心・大観・タゴール家《講演筆記》

天心・大観・タゴール家《講演筆記》

（一九九六年十月十九日　於池之端文化センター）

講師　麗澤大学教授　我妻和男

筆記・文責　横山大観記念館学芸部

私は此の七、八年、主としてタゴールと荒井寛方のことをやってきましたけれども、去年から一応タゴール家と〔岡倉〕天心、それから〔横山〕大観のことを中心に研究し始めました。三十年前、インドに三年半いたときから、大観のことは向うでよく聞いていました。その後、何十回行く度に大観のことを新しく耳にしています。また本に大観のことが記述されています。従って、ふつう日本人が思っているよりもはるかに、インドでは大観は有名です。去年のこの会では、天心のことを特に長く話して、大観のことはあまり話せなかったので、今回は天心のことは短くして大観のことを、多分日本では御存知ないようなエピソードなども入れてお話ししたいと思います。

日本でもようやく国際化ということがいわれていますけれども、天心も大観も二人とも国際的という面では有名ですし、また、内容からみても国際的ということに値する方だと思います。天心や大観が今世紀のはじめにインドへ行きまして、特にタゴール家の人々と交わったわけですけれども、それからだいたい一世紀の年月が過ぎ去ろうとしています。しかし、その後、荒井寛方やその他にもいろいろな方が行かれて、日印の文化交流は連続的に続いていると思うのですけれども、百年間にわたる今世紀の日印文化交流の原点が最初に一九〇二年にカルカッタ〔現コルカタ〕に行かれた天心と、一九〇三年に行かれた大観・〔菱田〕春草だと思います。ここで、だいたい一世紀が終わる頃になって、その潮流が再び高まるような雰囲気、情勢になっています。すなわち、大観・天心について申しますと、茨城県と天心・大観の結び付きは、大観は茨城県の出身であり、天心、さらに大観も五浦(いづら)と深い関係があるということで、一九八八年〔昭和六十三年〕に茨城県近代美術館ができて、天心以下大観や他の画家たちの顕彰も行われてきたのですが、今度、一九九七年〔平成九年〕の秋に茨城県天心記念五浦美術館が発足されることになりまして、天心や大観の顕彰が行われることになってきています。そして、その次の年には、「天心とタゴールの出会いから」展も企画されているわけです。従って天心・大観とタゴールということがまた再び、天心のときと同じように、いままで滔々と流れてきた日印文化交流を最も豊かなものにするという意気込みで、いろいろな催し物や美術館が開設されるわけです。

一方、天心の後は荒井寛方が日印交流に尽されたわけですけれども、シャンティニケトンというところのタゴール国際大学の日本学院は、日印の学問文化の交流の場ですが、そこにタゴール・寛方記念モニュメントが一九九七年三月に建設・除幕式が行われることになっています。そのときには日本美術院の平山郁夫さんを団長として、横山隆さん他多くの美術関係者がそこに参加します。主として荒井なみ子さんの熱心な貢献によって、そういうものができるわけですが、そういったものも行われるので、いろんな点で百年経って再び日印交流の流れが大きな局面にさしかかったように思います。

そこで、去年天心のことをだいたい話しましたが、天心がインドへ行った目的と、或いは目的だけではなくて、行ってみてどういう活動をしたかということについてこの前六点挙げましたが、もう一度簡単に申し上げます。

天心はいろいろなところへ行くときには政府の用務を帯びていました。あまり天心は政府とは関係ないように思われますが、実際にはそうではなく、政府の仕事も関係があります。インドへ行く時は、内務省の古社寺保存会から出張命令を受けています。実体的にはそれがどの程度までかは分かりませんが、政府の仕事もやりに行きました。

天心はアメリカやヨーロッパ、中国にも行ったことのある人物ですから、やはり国際的な目を持ってインドへも行ったと思われます。これ以前に中国へも行っており、東洋の文化的・美術的統一が第一の目的と思われます。

①織田得能とともに京都における東洋宗教者会議を企画し、世界的なヒンドゥー教の改革家であるビベカノンドに来日の交渉をするため。それ以前に、天心の美術の弟子であり、ビベカノンドの弟子でもあるマックラウドを通じて宗教者会議のことを連絡しましたが、はっきりと返事されなかったので、その返事をもらうため。

②各地のヒンドゥー教遺跡や仏跡を訪ね歩いて、東洋の文化的な一体感を直に感じるために行きました。

③それをもとに、半分書きかけの『東洋の理想』を巡礼から実感を得たものによってまとめようとしました。ですから、具体的な内容を確認しに行ったのです。

④釈迦の成道（解脱）した地であるブッダガヤの遺跡を巡礼して、そこに仏教徒が巡礼できるような施設をつくろうとしました。

⑤結果としてタゴール家を交流点とすることで、日印文化交流を行いました。

⑥ベンガルの解放・改革運動の急進派と接触して政治的な運動をしました。それは、出版はされませんでしたが、インドで執筆された『アジアの覚醒』からもわかると思います。

つけ加えますと、天心と大観など、この時期のタゴールに関係する事柄について調べるときの本として、『タゴール伝』（四巻、プロバト・クマル・ムコパッダエ）、『タゴール伝』（五巻まで発刊中〔その後、九巻〕、プロシャント・パル――タゴール国際大学タゴール記念館研究者）、詳細で日付もはっきりしていて、いろいろなベンガル語や英語、そのほかの言語などを基礎としてタゴール伝を書いたもの。それらはタゴールが毎日毎日何をしていたかまでわかる詳細な内容のもの。

あとタゴール家に残された膨大な量の書簡がタゴール記念館に残され、また書簡集として出版もされています。その他当時の雑誌や新聞、またインドばかりではなくて、フランスのロマン・ロランの書籍にもタゴールのことがでていますし、ビベカノンド関係の書籍、アメリカにいたビベカノンド信奉者に関する書籍などにもでています。

タゴールといってもいろいろな人がおり、アジアで初めてノーベル文学賞をとったロビンドロナトは、日本に五回も来日して、話の中心となる人物です。歴史的にいうと、天心が初めてカルカッタに赴いたのが一九〇二年ですから、タゴールは四十一歳のときで、まだノーベル文学賞をもらう前で、ベンガル一の文学者として十分に評価されていない時で、ベンガル文学の評論家にも批判されていたような時期でした。しかし、天心も大観（ベンガル語を読み書きできたわけではないですが）もタゴールのことを評価しています。その場でタゴールを知ったので、最初からタゴールのことを知っていたわけではない。天心がインドへ行ったのはあくまでビベカノンドとの関係で、マックラウドとの関係から、ビベカノンドと知り合い、そこからタゴールやカルカッタの人々と知り合いになり、多様な人間関係を持つに至りました。

ひとつは、マックラウドとビベカノンドの僧院へ行ったことがあります。ニヴェディタ（アイルランド人、ビベカノンド信奉者の一人）やニヴェディタと一緒に帰ってきたオーリ・ブルなどの、ビベカノンドの取り巻きと知り合いになりました。（一八九三年にアメリカで世界宗教者会議に参加して信奉者となったアメリカ人が多くいて、イギリスにもそうした信奉者がいて、ニヴェディタもその一人。）

タゴールとどうして知り合ったか。まず、マックラウドはカルカッタのチョーロンギーのアメリカ領事館に泊まっていたので、天心もそこに泊まったりして、そこでニヴェディタやオーリ・ブルとも一緒になりました。そこで、タゴール家の人でシュレンドロナトとも知り合いとなりました。天心とシュレンドロナトとの間に立つのは堀至徳で、彼は天心と一緒にインドへ赴いた人です。最初は天心はビベカノンドしか知らなかったので、サンスクリット語を習わせるために堀をビベカノンドのところに連れて行きました。ただ、堀はインドの気候で体調を崩したので、カルカッタのロビンドロナト・タゴールのお兄さんの子供であるシュレンドロナトの非常に大きな邸宅に居たことがあります。その後でシュレンドロナトやニヴェディタなどと仲良くなって、アメリカ領事館で天心の歓迎パーティーが行われました。多分その時にロビンドロナトと天心が初めて知り合ったのではないかと、伝記のなかでも言われています。

そして、他の血筋のタゴール家の人々と知り合いになりました。大観と結び付きの深い画家オボニンドロナトやゴゴネンドロナトなどと仲良くなるわけです。天心の繫がりのなかから大観などの繫がりもできるわけです。

ブッダガヤは十九世紀のはじめまでは土に埋もれて存在もよくわからなかったのですが、それが西洋人の考古学者によって発掘されて、それをヒンドゥー教徒から仏教徒に返してくれという運動がダルマパーラという人によって行われていましたが、ながいこと頓挫していました。そのダルマパーラとロビンドロナトは仲がよかったのです。天心はそのことのために行ったのではなく、そこに日本人の仏教巡礼者のための施設をつくりに行ったので、伝記の著者によると「天心は日本政府のお金を持ってきた」と書いてありますが、それは確認はできません。しかし、その運動も結局は成功しませんでした。ニヴェディタはビベカノンドの仲間で政治的な運動もしていた人で、天心とも仲がよかったのですが、ブッダガヤに関してはニヴェディタはヒンドゥー至上主義者でそれに反対しました。ロビンドロナトはイスラム教でもシク教でもなんでも普遍的宗教でありうるというヒンドゥー改革派ですから特定に排他的に信奉する宗教はなかったのですが、仏教に関しては非常に関心を持っており、普遍的宗教、普遍的ヒューマニズムとして高く評価していたので、このときもロビンドロナトは天心に味方しました。

そこで、大観についていては、大観が帰国談のなかでも述べていますが、インドへ赴いた目的は、トリプラ（ティッペラ）というインドの一地方がありますが、そこの王宮の装飾に行くということがひとつと、東洋美術の源流を探求しに行くというのが、まず第一の目的でした。トリプラ（現在のバングラデシュの更に東の地域で、インドの州のひとつになっています。トリプラはトリプラ語を話すビルマ・チベット族の一民族。ベンガル人も多く、ベンガル語も通じる）という藩王国の藩王は文化に対して関心があり、ロビンドロナトとも親交が深く、それから独立運動にも援助するというような人物でした。そこに天心とトリプラの王との間にロビンドロナトが立って、王宮の美術装飾をするように依頼されて、それを大観・春草の公の目的として赴いたわけです。ところが、港に入ったとたんに、官憲にいろいろといじわるされて挫折することになるのです。それについては、天心が一九〇二年にインドに赴いたときに、ベンガル解放運動の急進派と接触して、政治的な運動をしていたのが最大の原因だと思われます。

天心が最初にインドへ赴いたときはシュレンドロナト家に滞在したわけですが、シュレンドロナトの父はショッテンドロナトといって、ロビンドロナトの十五人兄弟の上から二番目でした。天心がシュレンドロナトに「君は国のためになにができるか言ってみなさい」と言ったのですが、シュレンドロナトが答えに詰まっていたとき、天心は吉田松陰（寅次郎）のことを話しました。天心は、吉田松陰は国のために尽くして、首を切られたが、胴体は立ったままで首から血がほとばしっていた。それほどまでに国のために行動したのだが、君たちは元気もなくなって何もしていないじゃないか、ということを言って、シュレンドロナトはそれで天心の弟子となりました。シュレンドロナトの家は、タゴール家のなかでもお金持ちでした。

日本人で初めてシャンティニケトンの学校（現在のタゴール国際大学）に行ったのは、堀至徳という人物ですが、堀の残した日記のなかにも、堀が短刀を持っていたところ、イギリスの治安当局がやってきて、短刀についていろいろ言われたらしいのですが、堀自身もそれは天心のせいではないか、と書いているわけです。それから『東洋の覚醒』という本は、最初は『東洋の理想』という美術を中心とした内容で構想し、マックラウドにも講義して、英語の校正もしてもらっていて、インドでそれを完成させるつもりで持っていきましたが、インドに滞在する間に、次第に「我々はひとつである」という東洋は一つであるという気持ちが高まって、Asia is Oneという風になるわけですが、『東洋の理想』は美学的に、文化的な東洋の統一について書いた本ですが、むしろ『東洋の覚醒』は政治的な統一を書いた過激な内容となったわけです。

その頃、インドはイギリスの植民地であったので、日本でいう治安維持法だとかがあり、あるいは出版の自由などは制限されていました。ロビンドロナトの『ゴーラ』というベンガル語で書かれた長編小説がありますが、インドが直轄統治になる頃の状況を書いています。ベンガル語版は出版されましたが、英語に翻訳されるときに危ない内容はすべて除いて出版され、それだけ検閲が厳しかったのです。

シュレンドロナトは、天心がインドに赴いて三十年を経た一九三六年に「岡倉天心との思い出の記」を書いたのですが、それについてよく言われるのは、シュレンドロナトは本当に書くべき内容の三分の一も書いていない、書いたら逮捕されたりするので、書いていないということです。というのは、一九〇二年にインドで初めての急進派「オヌシロン・ショミティ」がベンガル地方で結成されました。一九〇三年の堀日記にも書いてありますが、中心人物は「P・ミットロ」です。一九〇五年にはベンガル分割といって、独立への初動があるわけです。そのP・ミットロのグループにシュレンドロナトは財政的な援助をしており、天心はそのグループに入っていました。そういった背景があって、大観はその後に三年間をかけて欧米（西洋美術研究のために）にも行く予定で出発したのですが、海外渡航初めての地インドで挫折、というか目的をはたせませんでした。大観・春草は天心の手紙を持ってきました。天心の帰国の際同行し、二人と同行してカルカッタに帰国した裕福な青年モッリクのところに滞在していました。

大観の帰国談には、そこでのいざこざのことも書いてありますけれども、モッリクが天心や大観の文化的な意味を知らなかったこと、イギリスの官憲のわずらわしい嫌疑のこともあって、結局はモッリクの家にいられなくなって、シュレンドロナトのところへ行くことになりました。

また、ロビンドロナトがトリプラまで行って仲介をしてくれましたが、それが中止となったということが書いてありますが、ロビンドロナトがトリプラまで行ったというのは間違いです。ロビンドロナトの細かい伝記がありますが、それには、一日一日のことも書いてありますが、その頃にトリプラまで行ったということは一切書いてないので、その記述は間違いだと思います。堀日記にも書いてありますが、その前にトリプラとの人たちとの繋がりが書いてありますので、必ずしもその仲介はロビンドロナトが直接に行ってしたわけではないと思います。

第二の目的として大観は東洋美術の源流を探りに行きました。もちろん、天心から言われて、そうなったわけですが、トリプラが駄目になったので、カルカッタ（主として）にとどまらざるを得なくなりました。そこでカルカッタのオボニンドロナトとゴゴネンドロナトの二人はロビンドロナトの従兄弟の子供にあたりますが、そういう人達との繋がりが多くなりました。大観・春草とオボニンドロナト、ゴゴネンドロナトが美術交流を行ったと書いてあります。そのとおりですが、大観によると、オボニンドロナト、ゴゴネンドロナトの美術はそれほど頂点のものではないと書いてあります。

ベンガルでのルネッサンスとよく言いますが、ベンガル地方では最初に十九世紀半ばにラム・モホン・ライという人物によって宗教改革が行われて、その次に十九世紀のおわりに、タゴール家を中心とした文学のルネッサンスがありました。美術のほうは少し遅れてまして、十九世紀中頃にまず西洋美術がカルカッタではなくマドラス〔現チェンナイ〕に入ってきて、西洋の影響がありました。カルカッタのほうは十九世紀のおわりに政府美術学校というのが設立されて、その校長はみなイギリス人で、そこではイギリスの美術を教えていました。ベンガル・ルネッサンスのインド人画家たちと、天心をはじめとする日本美術院の画家たちと、洋画に対して自国の美術がどのように心の葛藤をもってオリジナリティを持つかということが、よく比較されました。ベンガルでは十九世紀のおわりには西洋的な美術がよく行われていた。ところが、オボニンドロナト、ゴゴネンドロナトのときになって、そのときの政府美術学校の校長にはE・B・ハヴェルというイギリス人が来たのですが、E・B・ハヴェルは初めて、インドの西部、ラージプートやムガール帝国の美術などを見て非常に感激したのです。そこでハヴェルは、それまでテーマも技術も西洋的であったのを、初めてインド西部美術について研究するようになって、まるで陶酔するようになったのです。ところが、天心が行って、大観や春草が行ってから、大分変わってきたのは、ムガール帝国美術やラジプット美術ばかりではなくて、インドの今までの土着的な美術、ヒンドゥー教美術など民衆をテーマとして描くようになるのですが、それは主として天心や大観、春草の影響だといわれています。

大観は、あまり英語をうまく話せなかったし、日記も書いたわけではないのですが、向こうではひたすらに、初めて見るインドの人物、女性や自然や花、それだけではなくヒンドゥー教の行事、カーリー女神のお祭りをどのようにやっているとか、そういうものをまず第一によく観察して、心のなかに入れて、それからそれをスケッチして、というのが主な仕事でした。それをオボニンドロナトやゴゴネンドロナトがよく見ていて、大観がものの核心に迫るとか、日本の霊性ということを向こうでもよく言っていたようです。ただ、天心と違うのは、大観は文化的なことのみで、政治的なことは一切していないということと、宗教的なこともやっていなくて、宗教的な行事とか、仏像とか、ヒンドゥー教の像とかは描いたのですが、もっぱら文化的、美術的なものに終始したというところが天心と違います。

大観がインドでどのようなことをしたかについては、いろいろな本に書かれていますが、タゴール家の人々や他の人達も手紙などで言っています。そこで、結論からいえば、天心や大観は向こうにいるときどうであったかということは、帰国しても自身では客観的に十分にわからなかったのではないかと思います。

天心自身インド紀行についてほとんど書いていませんが、天心自身は、仏跡のことやビベカノンドの来日のことなどは全て失敗して、もんもんとしているということを言っていますが、それは天心自身がそう考えただけです。もうひとつは、イギリス植民地なので、あまりはっきりしたことを言うと、タゴール家やインドの人々に迷惑をかけるので、日英同盟のこともあるので、あまりはっきりしたことを書けませんでした。その二つの理由で書けなかったのです。

実際は、天心のいろんな報道がありますが、天心の多面的活動全て影響を与えていると思います。政治的影響、美術的影響、宗教的影響など、それは私がそう思うのではなくて、インドでそう言われています。大観のことについては、本人もわからないのですが、オボニンドロナトやゴゴネンドロナトなんかの回想などがあり、全体像がわかります。そのときに天心は一九〇二年の一回目訪印のときにはいろいろな目的をもって行きましたが、一九一二年の二回目のときには、当時の美術界の中心であるオボニンドロナトとゴゴネンドロナトに会いに行き、それから詩人ロビンドロナトのところに会いに行きました。

そこで、一九〇三年に大観や天心が行ったときには、それほど盛んではなかったということを大観が書いていますが、大観が交流をしたあと、オボニンドロナトやゴゴネンドロナトの弟子たちがとても増えて、一九一二年には百人ぐらいの優秀な弟子がいました。そのことをオボニンドロナトは天心に言って、天心もそれを見て、大観らがインドで行ったことによって、ベンガル・ルネッサンスに寄与したということに満足して帰国しました。

詩人のタゴールがいたのはジョラシャンコという場所ですが、一九〇三年に大観が行ったときは、五番地と六番地の建物しかなかったのです。大観がいたところは、カルカッタの南のほうのバリガンジです。大観らはオボニンドロナトやゴゴネンドロナトのいるジョラシャンコまで通っていたわけです。そのうちにビチットラが建てられて、天心が二回目に行ったときにはビチットラを舞台として、ベンガル・ルネッサンスが盛んになっているのを見て天心は非常に喜びました。

客観的にみて、大観がインドで行った仕事は高く評価されています。例えば、大観によって、オボニンドロナトの絵の技術が全く変わってしまったということが、インドでも外国でも言われています。

大観とロビンドロナトとの関係はインドにおいてだけではなくて、ロビンドロナトは五回も日本に来ています。第一回目は、招待されたと言われますが、日本に招待されたわけではないのです。

一九一六年に初めて日本に来ましたが、実は前年一九一五年に来るはずだったのです。一九一六年の訪日は実はアメリカが主で、実際五十回講演を行っている（同じ内容のもあったかも知れません）のですが、日本ではたった数回の講演しか行っていません。来日してから実際には原三渓や大隈重信などとも会っていますが（本来の予定にはなかったのですが）、来日するまでに二つの準備しかできていなくて、ひとつは日本での講演原稿（ひとつだけ）の用意であり、そして大観に電報で連絡しただけでした。

大観は、ロビンドロナトが神戸に着港したときもいましたし、東京駅から大観邸に来たときも当然いましたし、大観邸に入ってから『日本紀行』（ジャパン・ジャットリ）のなかに大観の家についての賞賛の文章が書かれたりしていますが、十日間くらい滞在しました。そのようなことは今までにも何かに紹介されているので、ここでは割愛致します。

ロビンドロナトが娘のミラ・デビに手紙を書き、「岡倉天心が日本において近代美術家たちのために創立した日本美術院のなかでどのような仕事が現実に行われているか計り知れないほどである。その意味はこれらの芸術家たちがそれに十分に答えるべく全身全霊で没頭をしている。それは単に贅沢で怠惰な態度で行っているのではない。」ということを書いています。

それから、大観の絵についてのことも息子のロティンドロナトにも書いているのです。そこで、人柄と芸術ということについても書いているのですが、大観がインドでオボニンドロナトなどに教えたのは、全部が朦朧体というわけではありませんが、朦朧体的なものと、しっかりとした伝統的な線描も教えたと思います。ロビンドロナトが日本で見てみたら、大観の絵は線描がはっきりとして鮮明で、インドでは色を混ぜて色をつくっていましたが、日本では色を混ぜていませんでした。その二つのことをロビンドロナトは書いています。ロビンドロナトは一九〇三年にはそれほど多く大観の絵を見たわけではありませんが、オボニンドロナトやゴゴネンドロナトが大観の影響によってベンガル・ルネッサンスをさらに進めてきたのを見てきました。しかし、一九一六年に訪日して大観の絵を多く見ることによってタゴールは、ベンガルの運動が、それでもまだ足りないということがわかり、オボニンドロナトやゴゴネンドロナトも日本に来て大観のもとでまた新しい技術を学ぶべきだと書いています。

この百年間にインドのベンガル地方で有名な画家に、ノンドラル・ボシュとムクル・デの二人がいます。ムクルは一九〇五年十歳のときにシャンティニケトンに来て、それからカルカッタに行って、オボニンドロナトのところで学んで、そこで大変感激しました。また、ロビンドロナトに特に目をかけてもらって、すなわちオボニンドロナトにもロビンドロナトにも可愛がられました。そんなわけで日本についてくることになったわけです。日本に来て、まず大観のところに来て最初の十日間いたわけですが、そこで大観がムクルに「月を描いてみてごらん」といったところ、ムクルは日本の月を描いたのです。それが非常に優れているので、日本の画家たちがムクルをたいへん褒めたたえました。それからずっと日本に居る間中ムクルを褒めたたえたのですが、一九一六年九月初旬に日本からアメリカに経つ直前まで、ムクルは日本で学ぶように、大観だけでなくて原三渓やほかの皆にも言われました。それはロビンドロナトが息子のロティンドロナトにあてた手紙のなかにあるのです。

二回目の来日のときにも、ロビンドロナトは賛成しなかったのですが、ムクルは日本を離れるまで日本にとどまるようにすすめられました。将来ものすごく偉くなるからと言われたわけです。ところがロビンドロナトは、ムクルがすごく野性味のある人物で、このままおいていくとどうなるかわからないと思ったのと、それにムクルの親との約束もあって、無理にインドに連れ帰ったのです。そこで私は、ムクルが九十四歳で亡くなるまで、三十年間よく会っていたのですが、ムクルは最後までロビンドロナトの悪口を言うのです。何故かといいますと、日本で絵の勉強をしたかったのにロビンドロナトがやらせてくれなかったとよく言って、日本に連れていってくれといつも言われました。その後政府美術学校で校長にもなって、荒井寛方とも仲良くなって、寛方にフレスコ壁画の描きかたを習ったり、野生司香雪(のうすこうせつ)など日本人の世話をしたり、非常に日本人びいきでいたわけです。

大観がムクルという芸術家を、初めて見いだしたわけです。

オボニンドロナトやゴゴネンドロナトは結局（日本に来るようにと言っても）来日しなかったのですが、ノンドラル・ボシュはオボニンドロナトやロビンドロナトに可愛がられて、その後にタゴール国際大学の美術学部の学部長になって、ロビンドロナトと両輪のようにしていた人物ですが、一九二四年に来日したのです。そのときオボニンドロナトは大観に大変世話になったので、是非有名なインドの古美術品を大観にわたすようにと、ボシュに託して日本に持たせたのですが、ボシュはそれを大観に渡しました。ボシュがインドに帰ってきてオボニンドロナトに伝えたところでは、大観は非常に喜んで、よろしく伝えてくれと言われた、ということを言っています。

ロビンドロナトは来日した時は細い線を辿って、つまり大観という点をたよってきたわけです。ロビンドロナトは、大観のところにとどまりたい、その次は天心のところに行きたい、その二つのことを言ったわけです。そこが日本で自分のとどまる場所だ、静かなところで、芸術的な雰囲気の場所にとどまりたいということを言ったわけですが、結局は日本では大観のところにいて、大観の勧めで原三渓のところへ行くわけです。

先程紹介したミラ・デビへの手紙のなかで、日本の大観スクール、日本美術院の大観スクール、新設の大観スクールということを書いています。大観はその代表となっているので、そこで原三渓のところまでロビンドロナトを連れていくわけですが、それによって次世代の荒井寛方が、ロビンドロナトも大変気に入ったし、大観にも三渓にも推薦されて、日印交流のために日本美術院を代表してインドに行って、そこにタゴール・寛方メモリアル・モニュメントができるくらいの業績を残したわけです。それは大観がきっかけをつくったわけです。

日本ではそもそも一九一六年には前述の小さな二つのことで来たわけです。しかし、もともと一九一五年にロビンドロナトの来日の動きがはじまって、実際に来るはずであったのです。ロビンドロナトは偶像崇拝者ではないので、キリスト教のユニテリアンの早稲田の人々が中心となって、一九一五年には『ギタンジョリ』や『郵便局』が翻訳されたりして実現の準備をしたのですが、いろいろな理由で来れなくなったのです。その間に、木村日紀という人、カルカッタ大学で大乗仏教を教えたり、ベンガル語が非常に上手で、チッタゴンの方言もできるほどの人で、ロビンドロナト自身にベンガル語を習った人ですが、彼も間に入っていました。大観のあとには、最終的には日本では大隈重信や、学問の方では高楠順次郎、宗教界の人とかいろいろな人々が盛大な歓迎会を開いてくれたのです。大観もいつでも歓迎会に居たようです。

ところが、日本での数回の講演は概ね好評でありましたが、アメリカでの講演内容が反日的だという評判が立ち、事実ある程度そうですが、日本が西洋の真似をして、ミリタリズムや商業主義、コマーシャリズムのほうに行くのではないかということを批判したわけです。第一回訪日の際あれだけ歓迎したのに日本を批判したということで、日本ではロビンドロナトに対する批判が多くなったのです。最初の来日の時には新聞記者も何百人といて、東京駅での出迎えの人々も溢れるばかりでしたが、アメリカから戻って横浜に着いたときには、人も非常に少なかった。日本を発つときも少なかったといいます。しかし、大観は二月のこの二回目の訪日の時も離日のときも、見送りにも迎えにも来たのです。

ステファン・ヘイというアメリカ人が『日本と中国とタゴール』という本を書いていますが、この人はあまり日本語もベンガル語もできないということで誤りも多いのですが、例えば少し誇張して書いていて、アメリカから日本に戻ったときには、大観とジャーナリストが二人だけしかいなかったということが書いてありますが、日本の新聞ではそうは書いてないのです。大観もいれば、三渓のところの人もいて、十数人か二十人くらいいたと書いてありますが、やはり最初の訪日から比べれば全く閑散としていたわけです。そんななかでも、大観は最初から最後までロビンドロナトを歓迎していたのです。

大観は三回目の来日の時も、四回目の来日の時も同様にロビンドロナトを歓迎したのです。インドにおいても日本においても、タゴールと大観の交流は深かったのです。ただ、大観は英語があまりよくできなかったので、いささか意思の疎通に不便を来したこともありました。

現在、横山大観記念館には一九一六年に来日したときの六月十一日にロビンドロナトが大観のために、絹の上に書いたベンガル語の詩があるのです。それは、「おお、偉大なる有識者よ、宇宙のただなかにあなたの座がある。あなたの画布の上に宇宙の魂のことが描かれている」という詩です。

タゴール国際大学のショットナラヨン・ボッタジャルジョ氏に、このタゴールが大観を讃えた詩の朗読をしてもらいます。

質疑応答

――岡倉天心の第一回訪印について

天心が日本を離れたのが、一九〇一年の暮れです。インドのカルカッタに着いたのは一九〇二年のはじめなのです。その前にスリランカに寄っていますが、その直後にインドに着いています。

ムクルは一九〇三年に天心や大観が行ったときには、まだ幼児で大観などには会わなかったのです。タゴール国際大学の前身は、ブロンモ・チョルジャ・アスロムといいまして、具体的にいうと、古代インドのウパニシャッドの思想に基づいて、形の無い神を崇拝する修養道場のようなところで、五人くらいの生徒でできたのです。最初は先生は六名でした。

――タゴールの美術作品について

タゴールの美術作品（七十歳過ぎから描いた数千点）は少しずつは展覧されていますが、欧米や日本（福岡・西武・東京都庭園美術館など）でも展覧されました。ところが、世界をまわっているうちに傷がついてしまったのです。ですから、タゴール国際大学所蔵の作品は学内だけで展覧されるのみで、今のところ外には出していません。ところがカルカッタのロビンドロ・バロティ大学からは持ち出すことが可能です。

――我妻先生の今後の御予定について

今後の予定としては、タゴールを中心とした日本とインドの交流の歴史ということをやっていますので、まず年内には、堀至徳の日記をタゴール国際大学からベンガル語で出版し、あとは日本に存在するタゴールの詩文などを集めて、それをベンガル語で出版するつもりです。日本でよりもインドで論文として紹介すると、非常に喜ばれるので、まずはベンガル語で出版するつもりです。

タゴール家と天心・大観・春草《講演要旨》

（一九九五年六月十二日　於池之端文化センター）

講師　麗澤大学教授　我妻和男
執筆・文責　横山大観記念館学芸部

インド美術史上において日本美術院との関係は深く、与えた影響も大きい。天心だけにかぎっても多様性があり、タゴールも多方面にわたって活躍した人物なので、その交流は非常な広がりをもっている。ここでは、明治三十五年に天心が渡印し、翌年大観と春草が渡印したときの概要について大まかな紹介をする。

1．タゴールの書簡

大正五年の初来日時に、タゴールは日本から息子のロティンドロナトへ次のような書簡を送っている。

「私たちの国の新しいベンガル美術には、もう少し力強さと勇気と大きさとが必要と考える。私たちはあまりにも小さいこと、こまごまとしたことに傾きすぎている。大観や下村（観山）氏の絵は一方でいうと大変巨大なサイズのものである。それからもう一方から見ると大変に鮮明なものである。どこにも隠れたような、潜んだような朦朧さというものに、とりどりの色に交ぜたようなものは見られない。もしノンドラル・ボシュが私と一緒に来ていたら、日本の大観たちのこういう点がわかってくれただろう。ノンドラル・ボシュたちの誰でもいいから日本に来る必要がある。そうでなければ、私たちの芸術は少し怠惰なものになってしまう危険性がある。……」

2. タゴール家の人々と大観・春草

タゴール家はいくつかの家系があり、ここで取りあげている詩人ロビンドロナトは、当時の首都カルカッタのジョラシャンコ（現在のロビンドロ・バロティ大学）にあった家系なのですが、十五人の兄弟のうち、そのほとんどがベンガル地方の有名な文学者や宗教者で、芸術方面で活躍した人物が多く、十九世紀インドのベンガル芸術運動に深くかかわった家系である。天心や大観・春草はロビンドロナトの二番目の兄の子であるシュレンドロナトのカルカッタ市内バリガンジにあった邸宅に滞在し、そこからジョラシャンコへ通って文化的な交流を持った。

五番目の兄ジョティリンドロナトは、文学や音楽に才能があって、肖像画家としても有名で、天心や大観・春草の線描の肖像を描き、それらが残されている。また大観と春草の絵は、『プロバシ』という有名なベンガル語の雑誌に挿絵として掲載されており、日本では伝わっていないが、当時のベンガル語の雑誌や英語の雑誌などには、勝田蕉琴など日本美術院の画家の絵も多く掲載されている。

インドでは大観らの絵を高く評価しただけでなく、日本の墨絵や運筆などを教わっていた。大観らも教えるばかりでなく、ムガール絵画を教えてもらっていて、互いに絵について教え合うなどの交流をもっていた。これはインドの文化交流史のなかでも特筆されるべきことで、日本美術院が行ったものが大きな潮流となった。

明治三十年代に日本美術院が行った日本画の革新的な美術運動と、インドにおけるベンガル地方の芸術運動とは、互いに交流を持っていたことが、歴史的に位置付けられる。

3．天心とインド

天心が渡航した動機については、私的（家庭的な原因）な逃避行動であるとか、美術院の経営困難に対する回避とか言われる。また一方で、内面的な動機として、アジアの文化的統一を実感しようとしたこと。アジアの政治的統一、当時植民地であったアジア諸国の独立を図るというものがあったように思われる。

実際の行動としては、①織田得能とともに日本で東洋宗教家会議を行おうと企画し、宗教家ビベカノンドに参加を交渉した。②タゴール家を交流点とした美術文化交流。③各地の仏跡やヒンドゥー教の遺跡を巡り、アジアの美術の一体性を感じた。④『東洋の理想』出版前にあたり、具体的にその内容を確認した。⑤釈迦が解脱したというブッダガヤの遺跡に巡礼し、そこに仏教徒が巡礼する場所をつくろうとした。⑥ベンガルの解放運動の急進派と接触し、政治的な活動をしていた。ことがあげられる。

特に⑥のことが原因で、天心はイギリスの官憲にマークされ、渡印した大観と春草もトリプラ（ティッペラ）王国の仕事をすることができなかった。しかし、結果的にこのことがタゴール家との交流を一層深いものとしたし、多くの絵を揮毫することにつながった。
天心が美術交流と政治的運動をインドで行ったことは、いまでもインドで何か改革運動が起こるとき、必ず天心の名がでるほど、インドでは評価されている。インドには日本には知られていないベンガル語の資料や写真などがたくさんあって、これらを突き合わせて改めて見直す必要があると思う。

（一九九七年三月『学芸雑記帖二』横山大観記念館）

日印文化交流の先駆者と荒井寛方・氏家町

まさに一世紀前、一九〇一年に、真の日印文化交流の象徴として岡倉天心が渡印した。それ以来一世紀にわたって日印文化交流の歴史は広範に、深くなった。

六世紀に朝鮮から仏教が入って来て以来、仏教文化が日本に移入され、日本文化の核心の部分に影響を与え続けて来たことは、枚挙に遑もないほどである。それに伴なって、単に仏教だけでなく、広くインド文化そのものの多様な面が入って来た。また十三世紀にはインドで仏教が全く衰微した後も、中国、朝鮮、東南アジアから多様に発展してきたものを受け入れた。

このような滔々と流れ出るインド文化の潮流を受けて、日本人はインドを天竺として憧憬し、天竺に赴きたいという夢を抱くに至った。しかし遂にただ一回、天正年間のキリスト教使節団がアジアに立ち寄ったのを除いて、明治に至るまで実現しなかった。当然ながらインドへの日本文化の直接紹介もついぞ行われなかった。明治になって仏教学者、仏教僧が、初めは渡欧の途次、または直接渡印し始め、漸く文化交流の萌しがあらわれてきた。

そこに登場したのが天心である。当時英国によるインド植民地政府の首都はカルカッタ〔現コルッタ」であった。そのカルカッタがまさに新しいインド文化の原点であった。学問、出版、思想、宗教、文学、美術、音楽、舞踊、教育の新しい潮流の中心地であり、政治の中心地でもあった。

天心はそのようなベンガル・ルネッサンスの真只中に新しいアジアの精神的一体感の理想と日本の美術ルネッサンス精神を携えて訪れた。このベンガル・ルネッサンスの中心はあらゆる点から見てタゴール家であった。天心は美術ルネッサンスの拠点タゴール家のオボニンドロナト・タゴール、ゴゴネンドロナト・タゴール等と交流、文学、教育、全人的思想の詩聖ロビンドロナト・タゴールとの交歓、相互の深い影響、宗教改革者ビベカノンドへの呼びかけ、ニヴェディタ、シュレンドロナト・タゴール等の青年革命家たちへのインド独立理念の鼓舞、アジアの古代仏教美術の美的感覚の実感、それと同時にアジア諸国の独立自治の理念と併せて「アジアは一つ」のモットーによるインド国民の決起、また仏教遺蹟の復興にも尽した。

一九〇三年には雄渾な画家〔横山〕大観、才気の画家〔菱田〕春草のカルカッタのタゴール家訪問は、日本美術の運筆の妙、水墨画の技法、水彩画、日本画の空間観などを教え、他方ではインドの画材、運筆を習得した。天心は一九一二年第二回訪印の際、ベンガル・ルネッサンスのインド人画家の絵に二人の日本人画家の影響を鮮明に認めている。

一九〇五年には青年画家勝田蕉琴がカルカッタのタゴール家及びシャンティニケトンのタゴール

学園で活躍した。

天心、大観、春草に勝るとも劣らない日印美術交流史上の貢献をしたのは荒井寛方である。寛方は一九一六年タゴールの第一回訪日の際、大観初め日本美術院の面々及び原三渓の推薦で、及びタゴールの所望で大観及び観山の絵の模写を行い、タゴールはその模写振りを毎日見に来て感嘆し、寛方自身がタゴールの招待に応じて、それらを持って訪印するにいたる。その二幅の絵は現在タゴール国際大学美術学部のギャラリーに八十五年間も保存されている。寛方もカルカッタの大都会の才気煥発な芸術家たちと一緒に住み生活し、大観や春草と同様に日印の運筆法の交換を行ったことが寛方日記に如実にあらわれている。シャンティニケトンでも果てしなく続く曠野、大平原を歩き、人々の営みを、農民の労働を、庶民の立居振舞を描き、少数民族サンタル族の歌と踊りの聞こえるような、ほんとうに彼らと融けこんだスケッチをしている。

寛方は高踏的なところの一切ない人柄で、インドの風景とリズムにぴったりと合ったスケッチを描き続けた。寛方はオボニンドロナトの弟子であり、シャンティニケトンのタゴール学園のタゴールの片腕とも言うべき画家ノンドラル・ボシュと親交を結び、シャンティニケトンの近郊の村々を学生たちを連れて、自然と人に触れた絵を描きに廻った。タゴールの第三回訪日の際、ノンドラルは同行したが、寛方はノンドラルを自宅に迎えて旧交を温め、美術談義に耽った。

ベンガルのもう一人の偉大な画家ムクル・デ。タゴール第一回訪日の際同行したムクル・デは寛方の模写技法に感嘆し、寛方に私淑した。即ちベンガル美術ルネッサンスの各潮流の主なる画家たちすべてと美術的交流を行った寛方の功績は大きい。仏画家として敬虔な気持で仏教遺蹟を巡り、寺、博物館の仏像など大変な関心と感動をもって鑑賞し、描いた。インドの村々の大部分の人々はヒンドゥー教徒で、次にイスラム教徒で、仏教徒は少ない。従って村々で、町々で実際に見るインド人はそれらの人々であり、その立居振舞は仏教徒のそれといささか異なるところがある。従って寛方がインドに行ってスケッチしたのはこのような庶民である。従って寛方が描いたのは、精進する姿だけでなく、生の哀歓を謳歌する姿であり、インドの女性の立体的でふくよかな姿である。

帰国後しばらく寛方の人物画にはそのようなしなやかでふくよかな姿が見られる。インドに融けこんで、ベンガル人のようになってしまったようにも見える。カルカッタやシャンティニケトンの人々が寛方のことを処々に書き記している。日本人画家で、インドでこれほど書かれている人はいない。何よりも詩聖タゴールが寛方を信頼し愛していたからこのような広汎に亘るインドの人々の愛情を得たと言える。このような寛方の日印文化交流上の歴史的に重要な貢献を顕彰すべく、これには栃木県氏家町〔現さくら市〕の官民即ち氏家町長、教育委員会、ミュージアム氏家の職員更に氏家寛方・タゴール会の町民の各位、平山郁夫、塩出英雄、横山隆氏を初めとする東京の寛方・タゴール会、それらの発信所であり、鼓吹者であり、熱烈な崇拝者である〔寛方の息子英郎の妻〕荒井なみ子さんの力が大きい。また荒井家の人々の陰の支援にも特に言及すべきである。

荒井寛方とタゴールの顕彰のために、氏家とタゴール国際大学の間で相互尊重、相互訪問が度重ね行われ続けている。日印タゴール協会もこの交流に与って力がある。朝井観波、堅山南風はインドに影響は与えなかったが、深いインド体験をした。

野生司香雪もムクル・デとタゴールの知己を得て、鹿野苑の大菩提寺の仏生譚のフレスコ壁画という歴史に残るものを残している。インド独立後も秋野不矩氏はタゴール国際大学の美術学部で一年間教鞭をとり、インドを愛し、九十歳を過ぎても、オリッサ州、ベンガル州の自然と人に招かれてインドを訪れ、インドの題材で名作を描き続け、文化勲章を得、文化功労者になられた。

平山郁夫氏もタゴール国際大学日本学院の敷地内の寛方・タゴール記念碑の除幕式に氏家町長や横山隆氏と共に出席され、大きな文化的な足跡を残された。現在では若い画家、美術愛好者、写真家にとっては、自然も人間も社会も多様性に満ちたインドは心を揺るがし、制作意欲をそそるものとなっている。タゴール国際大学の美術学部にも絶えず日本人学生が留学している。

タゴール生存中に限って述べると、学問的交流はカルカッタ大学及びタゴール国際大学を中心に行われた。特記すべきは木村日紀であるが、氏は東ベンガルのチッタゴンで数年間上座部仏教を研究し、後にカルカッタ大学で大乗仏教について十数年間にわたって教鞭をとった。彼はベンガル語を詩聖タゴールから親しく習い、タゴールの第一回訪日の際はベンガル語の通訳の役目を果たした。タゴールの学園が一九二一年にタゴール国際大学に発展した祝典に、木村日紀はタゴールの有名な「渡り飛ぶ白鳥」の詩をベンガル語で朗誦して、居並ぶ人々を感激させた。またカルカッタのベンガル仏教協会ではベンガル語のチッタゴン方言で講演をし、協会の構成員がチッタゴン出身なので心からの歓迎を受けた。

なお一九〇五年には、河口慧海（一八六六〜一九四五）とタゴールの間の話で、柔道及び日本語を教えに慶應義塾大学柔道部の佐野甚之助（一八八二〜一九三八）が招かれ、数年滞在した。また同じ一九〇五年に楠本が、大工・家具造りの援助に学園に滞在、河口慧海がサンスクリット語を学びに一ヶ月学園に滞在した。

一九一九年から二〇年にかけて青柳某がパーリ語を学習に来る。学園草創期には、電気もない学園に、他のアジア人に先がけて、タゴールを慕って、またタゴールに招かれて絶えることなく日本人が来る。

一九二一年タゴール国際大学へと発展したとき、日本で大工であった笠原金太郎が、木工・造園科の科長として迎えられ、日本式の野菜の増産法、造園など、実践をもって教え、実際的に深い影響を与えた。彼は一生その地で献身的に尽しタゴールにかわいがられた。河野も同時期に家具製作に協力し、それらの家具は今も大学内に残っている。また長谷川伝次郎（一八九四～一九七六）は一九二五年より二九年まで美術学部に学び、ヒマラヤからチベットにも入り、名写真集『ヒマラヤの旅』を上梓した。生涯、身も心もシャンティニケトンの香りに包まれていた。タゴールは一九二九年の最後の来日の際、二人の日本人をシャンティニケトンの大学に招くことに決める。ひとりは講道館の高垣信造（一八九八～一九七七）六段（後国際部部長、九段）で、タゴール国際大学に同年到着、大学の男女に柔道を指導したことは今でも語り草になっており、インド各地でもデモンストレーションを行った。その後カルカッタから、ネパール、アフガニスタンへと足をのばし、彼は全く桁はずれの国際人になって行った。戦後インドネシアに十年など、一生を世界への柔道普及に努めたが、その出発点がシャンティニケトンであった。他のひとりは橋本真機子（一九〇六～七九）であった。タゴールは新宿・中村屋の亡命インド革命家ラシュビハリ・ボシュ（Rashbehari Bose 一八八六～一九四五）に特に要請して、生け花、茶の湯をタゴール国際大学に紹介してくれる人を探していたが、結局ボシュの義理の姪橋本真機子がインド研究を兼ねて行くことに決まり、翌一九三〇年から学園に赴く。一九三一年には、サンスクリット語・仏教学者の平等通照〔通昭〕（一九〇三～一九九三）がサンスクリット語の修辞法を碩学ビドゥシェコル・シャストリのもとで研究する。タゴールは彼に日本に帰って日本学院をシャンティニケトンに設立するために努力するよう要請する。その夢が一九九四年実現され、日印文化交流の中心地となる。

野口米次郎と同年一九三五年に高良とみ女史と桝源次郎が訪れる。高良女史は学生時代にタゴール訪日第一回の一九一六年軽井沢で行った樹下講演を聞き、一九二四年、二九年の訪日の際通訳をしたタゴール崇拝者であった。アメリカ、欧州でもタゴールと会っているが、学園での再会の感激はひとしおであった。桝はその後二年滞在し、音楽学部に所属、インド音楽の研鑽に励み、以後東洋の民族音楽の紹介に努める。一九三九年にはバレリーナの牧幹夫が音楽学部に入学、舞踊科で忽ちのうちにインド舞踊に上達し、タゴール作の舞踊劇に出演するようになった。

このように日本からタゴールのもとに行ったばかりでなく、タゴール学園の学生、教授をタゴールは次々に日本に送った。その後も歴代美術学部長が訪日しており、また木工、織物、意匠などを習いに次々に大学から人を送っている。彼自身の訪日の際も大学の著名な学者、芸術家を同行させている。

現在の日本の状態から考えれば何ら特筆すべきことでもないが、第二次世界大戦前、一般に海外留学者、文化交流者の少なかった時代に、しかもその大部分がインドでも日本でもヨーロッパを志向していた時代に、タゴールの学園と日本との間に交流が行われたのはタゴール自身の意思と精神によるものだった。

このように振り返って見ると、氏家町の日印交流への熱意は歴史上特記されるものである。

（二〇〇一年二月「インド内なる旅――荒井孝と氏家町訪印団――」ミュージアム氏家）

近代インド美術と荒井寛方

日本の近代美術の新しい運動が、岡倉天心による日本美術院を通して発展して行ったのと同じように、近代インド文化の中心地、ベンガルに、美術、音楽、文学のルネッサンス運動が起った。この日印両国の美術の二つの新しい流れの交流を、まず岡倉天心が行った。天心は美術のみでなく、思想面からも多様な影響を黎明インドに与えた。美術の面では、天心はインドから帰国後、二、三年内に横山大観、菱田春草、勝田蕉琴をベンガルへつかわした。しかし、蕉琴を除いては、短期間の滞在であった。

荒井寛方は、正にこの大きな流れの中にあり、次の世代を代表する美術使節であった。前の人々が、象徴的であったのに対して、寛方は、実際的、具体的な美術交流を行い、その成果は実質的であった。それは、インド人自身の著作の中の数々の証言によって明らかである。

この二つの流れのうち、インド側の潮流を大観してみると、一八五八年の英国のインド直接統治の前からずっと続いて十九世紀にすでにインドの民族意識の向上、独立精神の昂揚がみられる。また英国の統治・支配を拒否しながらも、西洋文化に触れることによって、一方では西洋文化を摂取し、他方で反撥するという相反する過程の中に、インドは、自国の文化に対する自覚を萌え立たせて来た。

これは、インド全体の動きであったが、ベンガル地方が、その先進的役割を果した。十九世紀前半に、ラム・モホン・ロイが、多様な文化、思想を遍歴、体験しながら、インドの社会、宗教、文化の改革に努め、一方では、インドの聖典ヴェーダ、ウパニシャッドの根源精神に帰れという、自国文化の再認識を行った。彼は「近代インドの父」と呼ばれている。彼もベンガルの人である。このラム・モホン・ロイを出発点として、特にベンガル地方に様々な機運が湧き上って来た。

即ち、第一に社会、経済改革、第二に教育改革、第三に独立運動、第四に文芸ルネッサンス、第五に宗教改革等である。これらが十九世紀後半には一斉に着実に植民地下の苦闘の中にありながら燃え立って来た。

一方、東インド会社の官吏、宣教師が主流となり、インド文化の研究が始まり、一七八四年にはアジア協会がベンガルのカルカッタ〔現コルカタ〕で設立され、それ以来、組織的にインドの古典、宗教書、文学、サンスクリット語、哲学への研究がなされ、ヨーロッパでの言語学、思想に影響を与えた。これが、ラム・モホン・ロイなどのインドの精神文化遺産への自負と相俟って、民族主義運動の一つの内面的支柱にもなった。

このように、十九世紀から二十世紀初頭に入ってすべての面で意識が向上し、イギリスの統治と自治運動とが具体的に対立尖鋭化し、文化運動もイギリス人の手からインド人の手に移って行った。ちょうど、そんな時、岡倉天心の第一回訪印（一九〇一年～二年）が行われた。天心の最初の目的を含めて、天心が実際に行い、意図したことが、正にベンガルが、インドが欲していた三つの大筋にかかわりあいをもち、それを鼓舞し、それにインスピレーションを与えたといえる。第一に、西欧諸国のアジア植民地支配に対して、アジアのめざめをとき、当時のベンガルにおける独立の志士たちと会い、『東洋の覚醒』を書いた。それは、印パ分離独立の一因ともなったベンガル分割統治の前であり、第二回訪印のときは、独立への動きは更に前進していた。第二にベンガル宗教改革の主導者ビベカノンドに、日本で計画された世界宗教者会議への招待を行い、キリスト教に対してのアジアの宗教の位置を正当に認めさせようとした。第三が美術交流、即ち美によるアジアの統一意識の高揚を図ったことである。そしてベンガル美術の第一人者、オボニンドロナト・タゴールとの出会いがあり、そして、芸術的天才を輩出したタゴール一家との深い交りが行われた。それと共にインドの誇るべき遺産、仏教遺跡の再発見、再評価の旅をした。

この美術交流と仏教遺跡との触れ合いは、荒井寛方によってさらに深められ、実質化されていった。寛方は、二十世紀ベンガルの文芸復興及び革新運動のほとんどの人々と接し、特に、三大主要人物、詩人ロビンドロナト・タゴール、オボニンドロナト・タゴール、ノンドラル・ボースの強力な支持、及び友情のもとに仕事をしていった。

寛方とインドとのつながりは、必然性もなく偶然インドに行ったことから生まれたなどとは決して云うことはできない。即ち、タゴール第一回訪日の際、インドに招待の話がでる前から、内発的に、心の準備ができていたといえる。彼はまず、仏画を多く描き、実際のインドに関心を持ち、インド帰りの僧侶の話を聞いたりして実際にインドに行きたいという気持ちを抱いていた。それからもう一方では、岡倉天心の日本美術院の理念に影響を受けて新しい抱負に燃えていた芸術家の会、紅児会において活躍していた。そして天心の日印美術交流の理想に根本的に共感していた。

寛方は後になって、次のように回想している。

「私は十数年以前より院の出品制作には殆んど仏画を題材として居り、また仏画をやる以上一度は是非印度へ行かなければというのが宿願であった。」（『阿彌陀院雑記』）

さて詩人タゴールとの出会いになるが、それは横浜の富豪、美術愛好家、原富太郎の別荘・三溪園においてであった。ロビンドロナト・タゴールは、アジアではじめてノーベル文学賞を受賞した詩人であるが、近代インド最大の詩人といわれている。そのジャンルは詩・戯曲・随筆・小説・短篇物語、批評とあらゆる分野に及び、現在でもベンガルの村々で愛唱されている千を超える歌の作詞、作曲をし、晩年は何千もの独自の個性をもった絵をかいた。また彼は教育者でもあり、新しい理念の学園を作った。タゴールの目指したものは、生の実現と生の多様性の発展であった。タゴールは三回にわたる訪日（行き帰りの立ち寄りをいれると前後五回）及び訪印日本人芸術家、学者、学生を通して日本への理解は相当深いものがある。一九一六年のこの第一回訪日の際、彼は日本への賞讃と警告とを行った。賞讃は、日本人の美意識に対するものと日本人の女性に関するものであり、この美意識についての考えは一生タゴールの著作の多くのところで折にふれて述べられていたし、それによって、その後ベンガルの芸術家たちに影響を与えた。その主要舞台は三渓園であった。タゴールは下村観山の「弱法師」に感激、実物大の模写を原富太郎に願った。原富太郎は、以前から荒井寛方の絵のみでなく人格をも大変好んでいて、寛方も原氏のもとに屢々でかけていた。従って原氏は誰を措いても、寛方を推薦した。現在高名な美術学者で、当時三渓園で通訳をされた矢代幸雄氏は『日本美術の恩人たち』の中で、「幾ヵ月もかかって荒井君が、『弱法師』の実物大模写を作っている間に、タゴールさんは屢々その模写の進行を見物に来て、日本画の絵画技術のすぐれているることにすっかり感心し、且つまた荒井君の人柄に惚れ込んで、遂にその『弱法師』の模写画をインドに送らせたのみならず、それを描いた荒井寛方君自身まで……絵画教授として招聘することになった」。この一節をみれば、日本側からの記述は十分である。タゴール第一回訪日の際の同行者は、アンドリュース、ピアソンというインド文化の理解者、タゴール一生の理解者と、寛方の多大の影響を受ける若き画家ムクル・デーであったが、寛方は彼らと日々交わり、渡印後も交流が行われた。このように、日本側、インド側両者の推薦と日印美術交流の交点として、また何よりも寛方自身の内発的念願とが混然一体となって寛方の渡印が実現するのである。

このことについてインド側の記述、特にタゴール自身の手紙に次のような重要なものがある。即ち、タゴール滞日中自分の長男、ロティンドロナト・タゴールに宛てて次のような手紙を書いている。「……二カ月後に荒井という当地の秀れた芸術家がカルカッタに行くことになった。荒井氏が少なくとも六カ月間、ヴィチットラ院で住むために準備をしておきなさい。新しい院の端の一部屋に住む用意をしなさい。また食事は、お前たちと一緒でよかろう。オボニンドロナトに云いなさい。……ノンドラルたちがもし荒井さんから、非常に大きな画布の上に、日本の筆による画作を習得することができるとするならば、われわれの芸術は大変進歩するだろう。荒井さんの念願は、『私はインドの絵を描くことを生涯の誓いにしました』ということである。お前たちのそこに住めば、この点について、荒井さんの手助けになるだろう。大いに荒井さんのことをお前たちが気に入ったら、一年または二年いてもらうこともできる。そうすれば、若いものたちは皆筆をとることを薬籠中のものにしてしまうことができるだろう。私は、観山と大観の二幅の大きな絵を模写させている。しかしこの大きな屏風がどこに入るか判らない——勿論、ヴィチットラ院の部屋にはさしさわりなく入るだろう。しかし、この種のものは皆、日夜ひろげておけば駄目になる。細心の注意をしてしまっておかなければならない。特に曇りの日には絶対に出して置いてはならない。絵をどんな風におかなければならないか、荒井さんがお前たちに云うことができるだろう……」[1]。これだけをみても、インド側及び寛方側両者の実際的な絵画技術交換の意図がわかり、美術使節の使命も明白である。オボニンドロナトの兄、ゴゴネンドロナト宛の手紙にもタゴールは書いている。「外部から、新しい一つの衝撃を受ければ、私たちの意識が、特に目覚める。この芸術家と交わることによって、君たちは少なくともそんな利益を得るだろう。日本の筆の使い方を習うことによって、君たち若いものたちの手が熟達する必要がある」[2]。タゴールは、一九〇三年には大観、春草と会い、一九〇五年~八年には勝田蕉琴と接し、墨絵を教えているのを見ていた。また彼は、訪日中は、大観、観山と交わり、日本美術の新しい動きの大筋を摑んでいた。しかし、ここで新たにまた寛方に特に熱意をもって頼んだのは、タゴールとしては、後の国際大学に発展して行くタゴール大学の理念の原型として、真の文化交流、芸術交流の芽生えを現実化していくことであり、タゴール自身が感激し、信頼し、また大観、観山をも含めてすべての人が推薦している寛方に夢を託したのである。

タゴール一行は、一九一六年五月~九月初旬滞日し、米国をまわって翌年三月帰印した。ちょうどその間を縫って寛方は一六年十一月日本を出発、十二月十七日インドに着いた。日記にあるように、インド側の歓迎振り、及び模写絵到着の時のインドの人々の感激の受け取りの場面は、印象的である。

さて、このことを措いてもオボニンドロナトをはじめとしてインドの受け入れ方はどうであったろうか。果して、詩人タゴールの託した夢を受け入れ、実現の努力をしたのであろうか。寛方の接した人々は、ベンガル・ルネッサンスの芸術家たち及びタゴール一家の人々である。しかしタゴール一家は、ベンガル・ルネッサンスを推進した主要人脈として重なり合っている。

十九世紀の最末葉から二十世紀の寛方訪印までの美術界を指導し、新しい運動の先頭に立っていたのは、オボニンドロナト〔タゴールの甥〕である。

十九世紀以来カルカッタに政府美術学校があり、英国人の校長が、西洋的技術の絵画を主として教えていたが、ハヴェルが校長になって、インド芸術それ自体の価値を理解し、オボニンドロナトの支持者となった。オボニンドロナトは、西洋の絵画技術の訓練を積み、その上にインド伝統絵画の精神と技術を尊重し研鑽に励んだ。詩人タゴールはオボニンドロナトより十歳年上で絶えず彼を鼓舞し続けた。描く対象もインドの伝統的なもの、伝説に根拠をもち新しい自分自身の感覚で描いた。彼のまわりに多くの共鳴同感する人たち、及び弟子たちが集まった。そのそものはじまりの頃、天心、大観、春草が訪れたのであるが、オボニンドロナトの最大の協力者は兄のゴゴネンドロナト・タゴールである。そして彼のもとに集った直弟子は、ノンドラル・ボース、キティンドロナト・モジュムダル、シュレンドロナト・ガングリ、オシット・クマル・ハルダル、シュレン・コル、ベンカタッパ、ムクル・デー、ショイレン・デーなどである。この中の大部分が、寛方日記に登場、寛方の日本画の教授を受けたのであるが、それは後述する。即ち一九〇七年に、英印両方のインド美術愛好者たちが、インド東洋美術協会を作った。このグループこそが、新芸術の創造運動に主要な役割を果したのである。これからもう一段階、創造の場が集中するのが、先に出て来た寛方の滞在するヴィチットラ院である。これらのオボニンドロナトの弟子たちは後、インド各地の美術学校長として、多数の芸術家を育成した。

今度は、タゴール一家のことであるが、これほど各方面に天才的な一流の人たちがでた家系も珍しい。カルカッタで一、二を争う大富豪となったダルカナト・タゴールの息子のデベンドロナト・タゴールは、思想家であり、宗教家であった。十五人の子供があったが特に寛方とのつながりのある人々をのべると、長男ディジェンドロナトは、詩、哲学、歌、数学に卓越し、多くの仕事を残し、質素単純な一生を送った。次男のショッテンドロナトも大秀才でインド人で最初のイギリス高級官僚になったが、非常に民族主義的な思想をもっていた。その息子のシュレンドロナトは、民族資本による保険会社の設立、インドの経済的独立を指導した。娘のインドラ・デヴィは、詩人タゴールの最大の理解者の才媛であった。五男のジョティリンドロナトは、文学、歌、絵画と多彩な才能を有し、ピアノ演奏もうまく、一級の劇作家でもあり、また肖像画の中で人の人格までも描きつくせるまでの技倆をもっていた。またダルカナトのもう一人の息子ギリンドロナトの孫が、名声高い、ゴゴネンドロナト、オボニンドロナトという画家兄弟であった。その他の従兄など、本当に一流の芸術家が群っていた。

このような絢爛豪華たるタゴール家とベンガル・ルネッサンスの旗手となる画家たちの只中に寛方は飛び込んだのである。

さてこのような優勢なタゴール一族は、カルカッタに三つのグループに分れて住んでいた。一つは、ジョラシャンコとして有名な大きな館であるが、同じ屋敷内で二つに分れ、六番地にデベンドロナトの子、孫たち、その南西にあたる五番地にオボニンドロナト、ゴゴネンドロナト等の一家がいた。それは、百人以上の人々が寝食を共にした大家族であった。一流の芸術家群一族の一堂に会した様は壮観であった。しかし天心やその他の日本の画家たちがそこに滞在する場はなかった。彼らは、ショッテンドロナト〔タゴールの次兄〕、シュレンドロナト親子のカルカッタのバリガンジに滞在して、ジョラシャンコのタゴール家に通ったのであった。この親子は経済活動をしていて余裕のある大邸宅であった。

しかし寛方の場合は異なった。詩人タゴールは、オボニンドロナトとも図って、ビチットラ院を建てた。それは、彼らの住んでいるジョラシャンコ邸の延長に建てたものである。今までの政府美術学校や、インド東洋美術協会よりも、もっと自由で創造的な雰囲気のものを作ろうとしたのであった。目的は、絵画の制作や教授、会合クラブ、小さな舞台など、文芸の新機運のエネルギーを集めようとした。オボニンドロナトは弟子に自由に才能を伸ばす方式で指導した。正にこのビチットラができたのが一九一六年で、この年の末、寛方が来印したわけである。詩人タゴールが、寛方の人格にもほれこんで、寛方なら百人をこす大家族と食事を共にすることもできると信じ、インドの美術、精神を汲みとるのに何の障りもないと考えたのである。万客往来の寛方の生活が、日記を読めば髣髴（ほうふつ）として来る。このビチットラの一室に起居したのである。タゴールの長男、ロティンドロナト、長女ミラ・デヴィ、長男の夫人プロティマ・デヴィが何かと世話をしてくれた。彼らも芸術的才能があり、寛方から手をとって運筆を教えてもらった。

一人一人考えていくと、先ずオボニンドロナト及びゴゴネンドロナトは寛方より十歳から十五歳年長であるが、寛方から墨絵、日本画を習い、弟子にもすすめた。この両者はそれ以前の三人の日本画家からもそれらを習ったが、寛方の長期にわたる、同じ屋敷内での伝授は影響が深いと思われる。墨絵風の絵が屢々みられ、特にゴゴネンドロナトの抽象的な絵、及び飄逸（ひょういつ）な絵に墨絵が描かれ、二人とも筆致の上に影響がみられる。

タゴールの帰国と共に更にタゴール自身の奨励もあって日課のように寛方の教授が行われた。ビチットラ院の創立の目的が適えられていく。

ノンドラル・ボースはオボニンドロナトの秀れた弟子の中でも最も秀れた弟子で、政府美術学校から、インド東洋美術協会へ、更にビチットラへという風にオボニンドロナトと共に歩んで来たが、彼と寛方とはほぼ同年で、一生肝胆相照す仲になったのも、このビチットラでの出会いが始まりである。寛方のノンドラルへの影響やかかわりあいは多様であるが、まず墨絵である。ノンドラル・ボース記念論文集に「一九一六年ビチットラという名のスタジオを、美術、工芸のよりよき教授をほどこす目的で、多くの熱心な人々が詩人のジョラシャンコの家に建てた[3]」とあり、この時に、ノンドラルは「著名な日本の芸術家荒井さんから日本美術の技術を習った[4]」とあるが、更に現代インド最大の美術評論家、ビノド・ビハリ・ムケルジーは、「ノンドラルが没入して仕事をした第三の型は、墨絵の筆法を強調する型であった。この型が生まれたのは、極東美術を彼が知るようになったからであり、特に日本画家、荒井寛方との接触を通してである[5]」と明言している。つまり、ノンドラルの絵のいくつかのスタイルの一大要素として寛方の影響を認めているのである。太い線の雄（ゆう）

勁な筆致が特にノンドラルのある種の絵に特徴的にあらわれている。タゴールの長男ロティンドロナトも、日本美術に対して「ビチットラ・クラブの主催で絵画教室を開くためにもう一人の日本の芸術家、荒井寛方を招いたのは、このような日本美術に対する愛からである」[6]といっている。従ってインド側からの学びたい気持は横溢していた。ノンドラルの従兄、シュレン・コルや、後のラクノウ美術学校長になったオシット・ハルダルなどオボニンドロナト門下の俊英は寛方手づからの指導を受けた。

ビチットラだけでなく、ベンガル州、オリッサ州、ビハール州の各地をも寛方は訪れたが、すべてタゴール一家のゆかりの地であった、オリッサ州のプリーにはオボニンドロナトの別荘があり、静養に行ったビハール州のランチには、ショッテンドロナト、シュレンドロナト父子の別荘があり、シャンティニケトンの学園は詩人タゴールが創立した学校であり、ダージリンもタゴールのゆかりの地で、すでに勝田蕉琴も滞在したことがある。即ち、タゴール一門の三家が、挙って寛方を支援し、真の意味で歓迎したと云えよう。シャンティニケトン訪問の際には詩人の長男が、同道し、プリー訪問の時は、ノンドラル一家が、お互いに絵を描きながらつきそって行った。寛方の日本画を教える目的以外のインド画を習うという方は、カルカッタのビチットラの芸術家集団との接触を通してのみでなく、このように、タゴール一門の各所における好意によって発展していった。

ランチで詩人タゴールの五番目の兄ジョティリンドロナトとの肖像画を描く交歓は全くその極致といえよう。ジョティリンドロナトの肖像画について、親印家として著名な英国人の画家、ローテンシュタインが絶讃している。感受性と真摯さと美と高貴さが表れているという。内面の人格を表すのに卓越している。一方寛方の描いたインド人の肖像、及び芸術家群像をみると彼らの性格や内面が何とよく表されていることかと感心する。この二人が正に出会ったのであるから実りが豊かなものとなった。

シャンティニケトンは、宗教改革運動を行ったブロンモ・ショマジュ協会の一宗派の指導者としてタゴールの父が瞑想の堂をつくった所で、タゴール自身が、カルカッタの画一的、機械的教育に反対して、見渡す限り広大な、何の人工的障害のない地に、五人の学生と六人の先生をもって一九〇一年ほんの小さな塾をつくり、人間の可能性を、歪められることなく、自己自身の陶冶に基づいて発展させようとした。ある少年は、木の上に登って授業を聞いた。現在は国立大学となって、一方では発展したが、他方では、他の大学と異なった特質が薄れたきらいがある。しかし、一九二一年大学として発足したときの理想は、学問と芸術を生の実現と一体化し、民族主義と国際性の両者を同時に発展させ、農村の発展に寄与せんとした。しかも自然の中で。一九一六年〜一七年はそこにいたる途上にあり、生徒の数も二百人足らずの一家族の観があり、外から客人が来れば、松明をもって迎えた。ベンガルには、atithi sebā（客人に仕える）という考えがあり、それは客人を神として迎えるということに基づいている。一九一七年三月十六日付の寛方の日記を読めば、そのことが髣髴として来る。一九一六年十二月の時は、ちょうど、詩人の父がシャンティニケトンを開いた記念日をはさんだ市のたつ日で、近村からも人々がやって来ていた。まだほんの小村のような雰囲気の中で、寛方は、語り、愉しみ、自然を賞し、スケッチをした。

かつて私は一九六七年から七一年にかけて三年半の間、このビッショ・バロティ大学（タゴール国際大学）日本学科で教鞭をとっていたが、その間に寛方を、このシャンティニケトンの地で、五十年前見かけたという何人かの人にあった。それに当大学で、特に美術部やタゴール研究者の間では今でも有名であることが判った。従って、単に本にそのことが書かれているからでなく、実感を以て、私は寛方の役割の大きさと働きの長さを読みとることができた。例えば、ディレン・クリシュノ・デボボルマは一九一一年から二八年まで小学生から大学まで連続して、この学校で勉強し、専攻は絵画で、インド独立後、当大学美術部長として活躍し、一九五四年には訪日した知日派であるが、私に親しく語ってくれたことがある。「ちょうど五十年ほど前、シャンティニケトンの記念日の市のたつ時、聖堂の脇の広場で、ジャットラ・ガンというベンガル特有の歌の入った村の演劇が行われていましたが、荒井寛方はそれを熱心に聞きほれていたのを私ははっきりと覚えています。

しばらくして彼はスケッチ帳にそれを描いていました。また想いだすのは、筆と墨を取り出してシバ神のスケッチをしていたことです。また、ある時、今の附属幼稚園のあるところで、荒井さんは、モドゥマロティまたはションダマロティという美しい花を熱心に飽きることなく写生していたのも私の脳裏に焼付いています。ビチットラでも私は、何回もあいました。もっとも私は十六、七歳位でしたが。でもそれだけは五十年を経た今、妙に思い出されて来ます」。寛方の日記やスケッチと合わせて考えてみると興味深いものがある。その他、ノンドラル一族の話や、ムクル・デーの話は後述するとして、何よりも今でも印象的なのは、大学の美術学部にある観山作、寛方模写の「弱法師」の屏風絵である。第一回訪日の際タゴールによって所望され、寛方が模写し、ビチットラで、盛大な歓迎会が行われ、それから、芸術家たちが次から次へと鑑賞しに来て影響を与えて来たこの絵が、今も国宝のように大切に保存されている。絵の主題、観山の絵そのもの、寛方の模写の技術とその真摯さが見るものを感動させている。先にあげたタゴールの手紙の中に、くれぐれも保存に細心の注意を払うよう、またその方法を寛方に教えてもらうよう述べられてあったそのままに、あの酷暑と湿気の多いベンガルの地の五十年を耐えて、今描いたかのように新鮮な色彩のままである。大学当局は現在、日本を記念する特別の祭典の際や特に関心の深い日本人を迎える際にみせている。私はその度に立ち合っていたが、この一幅の絵の歴史と寛方の一心さに心を打たれて、これから何世紀もそれ以上も、日印両国の心ある人々によって支えられるだろうという感慨を持った。タゴールのベンガル語の『日本紀行』の中に、この絵の写真が、載せられている。従って、ベンガルの多くの人々が、この絵を知っているわけである。

寛方はこのように、今から考えると華麗な役割を演じ、当時のインドの一流芸術家たちと芸術交歓を行ったのではあるが、そのことの美術史的役割は大きいにしても、寛方の開放的な、また民衆的な性格の一面を物語っていない。寛方は単にインドの絵画を技術的に学びに来たのみではない。寛方に接したインドの人々の直接の話や噂や、また寛方自身の日記や、スケッチをみても、インドの民衆をどんなに愛していたかが判る。カルカッタの芸術サロンを離れて、外に出た寛方が、拠点の小都市から自ら進んで村々へ向った。民衆の様々な生活の身振りをスケッチし、路傍の民衆の神々の像を描いた。インドの民衆の多様なことは驚くべきものがあり、宗教、言語、民族、職業、カーストなどによる多様性で、それぞれに生活の言葉があり、それを描こうと寛方は努めた。村々で彼らの中にあって、寛方は共感の場をここでも得たのである。漁(すな)どる人、ターバンを巻いた行商人、老婆の姿などを少しの悲壮感もなく、インドの人々と同じ生活をし、食事をしながら、広漠としたインドの各地をスケッチをして歩いた。

村には祭があり、市がたち、歌と踊りが村人たちによって行われ、吟遊の歌人たちが歌い、川の石段で人々が水汲みし、祈る、そんな姿を描いた。

ベンガル・ルネサンス運動は、インドの伝統芸術再認識と再創造を行った。オボニンドロナトもそれを積極的に行った。しかし全体的にみると美術評論家、ビノド・ビハリ・ムケルジーがいうように、彼には西洋的感覚と都会的な感受性がみられるのは否めない。しかしノンドラル・ボースは寛方と同世代で、大地に根ざした民族主義的また民衆的な色彩が強かった。絵の素材や生活態度においても寛方との共通性が深かった。従って二人の友情は、この時のみでなく一生続いたのであった。資質からいってこの二人は非常に似かよっていた。タゴールは貴族的であるという人があるが、それは当っていない。シャンティニケトンのサンタル族との間の心の交流の話をみれば明らかである。寛方もランチ近辺で、少数民族のサンタル族に興味を感じ、画材とした。サンタル族はムンダ族の一族で非常に働きもので、その動き身振り弾力的な歩みは、特に日本人に親近感を持たせるものがあるが、専門の日本の画家が、彼らとの交わりをもったのは、これが初めてであろう。

単に彫刻、仏像のみに関心があったのではなく、人々、そして人々の諸事百般に耳目を開いて接し、心に触れたものに、筆が動いたのである。

タゴールは、日本画、墨絵に感動したばかりでなく、日本の模写技術の高さと伝統にすっかり感動した。タゴール訪日中、タゴールばかりでなく青年画家ムクル・デーも寛方のすぐそばで、「弱法師」の模写を見続けていた。寛方は十七歳年下のムクル・デーに自ら手をとり、様々な技術を教えた。ムクル・デーは、一九〇六年から一一年まで、タゴールのもとで、シャンティニケトンの学園草創期に少年時代を過し、そして一五年まで、オボニンドロナトのもとで絵を学んでいたところ、才能をみこまれタゴールに連れられて訪日、日本でも才能をみとめられた。その後米国をまわってムクル・デーは帰国し、寛方とビチットラで会い、そこでも引き続き、寛方から習った。カルカッタでも「弱法師」の模写のすばらしさを知って、模写技術そのものをも寛方から習うものが多くいた。ここでも、ノンドラル・ボースはその中に入っていた。

そもそも何故模写に対して彼らが熱心になったかというと、十九世紀以来の遺跡発見と大いに関係がある。西洋の探検家、学者によって、考古学的な科学的方法を通して、インドの過去が再発見された。今まで荒廃するに任せられていた遺跡が見直され、その芸術的価値が評価されるようになった。見捨てられていた遺跡は仏教遺跡が多かったが、それというのも仏教はインドでは現実にほとんど姿を消していたからである。それらは、民族的意識の向上しつつあったインド人にとっては、秀れた民族的遺産となった。それと同時に仏教への関心も芽生えて来た。日本ではインドのことを明治以前まで、天竺の国として現実の存在としてよりも象徴的に考えられて来たが、明治に入って、仏僧が少しずつ実際のインドを訪れはじめた。チベットを探検し、多量の仏典を持ち帰った河口慧海は、またタゴール一族のシュレンドロナト家に滞在、更にシャンティニケトンまでも訪れているが、寛方の時より十年も前のことであった。寛方は慧海を知り書簡のやりとりがあった。従って十分の準備をし抱負をもった寛方はインド仏跡巡礼という願いを一つ一つ実現して行った。もちろんスケッチと模写をしながら。さて仏蹟中の白眉アジャンタも長い間埋もれていたのが、一八一九年英人により再発見され、次第にそれについての専門的な本が現れ、壁画は世界的に有名になって来た。インドの画家の中にも模写を試みるものが現れて来た。一九〇九年にはハリンガム嬢がアジャンタ壁画を模写しにインドを訪れた。その時、オボニンドロナトは彼女を助けるために、ノンドラル・ボースをつかわしたのだった。日本では、日本美術界の要請で、アジャンタの壁画を模写するよう原氏が寛方をインドに遣ったのだった。ムクル・デーは云っている。「原富太郎は、アジャンタ、エローラを研究させるために、荒井寛方をインドに遣った。私は、アジャンタで、寛方とあい、その模写をつぶさにみたことが私自身のアジャンタ研究に大変役立った」。ムクル・デーは寛方とは、日本で、カルカッタのヴィチットラで、ランチで、そしてこのアジャンタで会った。彼は寛方に非常に影響を受けた。いわばムクル・デーは長い間、寛方の様々な模写の証人であった。ムクル・デーはこの時を初めとして、アジャンタに関するその熱心さと探究の結果、つまり長い長い間、厳しい苦労をして、実際にアジャンタ洞窟に坐ることによって、名著といわれる *My Pilgrimage to Ajanta and Bug*（『アジャンタとバグへの私の巡礼』）を出した。寛方の模写の素晴らしいアジャンタ壁画図は、日本にもち帰られたが、関東大震災で残念ながら焼失した。しかし、それはムクル・デーの名著に変身したといってもよかろう。ムクル・デーは、米英をはじめ世界各国で有名になり、数々の展覧会を催し、多くの名誉を得、長い間政府美術学校長であった。現在でも、日本のこと、寛方のことを懐しみ、多くを語ってくれる。

ノンドラルは、この時はアジャンタには行かなかったが、プリー、ブボネシュワル、コナラクの旅は一家族で同道した。即ち、ノンドラル、従弟のシュレン・コル、長女ゴウリ、長男ビッショルプ、次女ジョムナの一行である。ノンドラルをはじめとして、五人が五人ともみなタゴール国際大学の美術学部教授として活躍したし、またしている。子供のうちある人は木版を、ある人は蠟纈染（ろうけつぞめ）を、またアルボナ文様を専門としている。そのうち長男のビッショルプは美術学部長になり、日本滞在四年の親日家であるが（そのことは後述する）、寛方のインド滞在について云っている。「寛方さんは、長い間ビチットラにいらっしゃいました。父のノンドラル、叔父のシュレン・コル、ムクル・デー其他大勢の芸術家と一緒でした。主として、タゴール一族ですが、いってみるならばカルカッタの文化的社会そのものであり、男女交えての芸術運動の新しい院でありました。タゴールが指導的役割を演じていました。ジョラシャンコのタゴール一門の家の配置図は上の通りで、現在はロビンドロ大学と記念館になっているところです。寛方さんはこの中で正式の客員教授として赴任していらっしゃいました。寛方さんは、ほんとうに皆と心を開いて交わり、インドの人の食事を食べ、インド人の立居振舞に調和して、ほんとうに理想的な交流が行われたと父がいつも云っていました。ノンドラルは、日本の筆と墨による絵の伝統的技術を習い、寛方さんはインドの伝統的なスタイルの絵を習っていました。一九一七年の十月のドゥルガ祭の休みに、私たちは寛方さんとプリー、コナラク、ブボネシュワルに行きました。オボニンドロナトのプリーの別荘に行きました。別荘の名はパタルブリという名でした。私たちは、まだ子供でしたが、寛方さんに大変可愛がってもらいました。姉妹のゴウリ、ジョムナも大変寛方さんを慕っていました。みんなで絵を描き、肖像を描き合っていました。父にとってもプリー旅行は実りゆたかなもので、その後もプリーに行き大きな仕事をまとめるようになりました。観山の絵の模写作だけでなく寛方の絵もとってあります」。

寛方は先述の如く普通の人の普通の生活を描き、また特別な祭・市を描写し、またカルカッタの芸術家たちを描き、彫像、壁画を描いたが、その他、自然を日本人らしく描いた。それは崇高なヒマラヤやガンジスの大河や、プリーなどの怒濤のインド洋や茫漠とした荒野のみでない。路傍の花を、また鮮烈な色の熱帯の花を、仏伝にでて来るなじみの木を描いた。この草木花鳥に対する寛方の目はインドの人に感銘を与えたと、ディレン・バルマなど何人かの人が、強調している。従ってカルカッタの植物園にも一度ならず出かけている。

寛方は、技術的なことを教え、墨絵の精神も教え、また数多いスケッチを描き、見せたが、揮毫する大作は、遠慮していた。模写の大作はもって来たが、自らは奥床しくしていた。しかし帰国に際して揮毫した大作「仏誕」に、改めてまたカルカッタの芸術家たちは寛方は大芸術家なりと瞠目した。これは日記より明らかであるが、小品はかなり多く描いて贈ったらしい。

このように様々な足跡を残した寛方は一九一八年五月帰国の途につく。タゴールは寛方帰国に際して墨と筆で次のような別れの言葉を贈った。(書簡参照)

荒井寛方氏へ
　愛する
　　友よ
ある日、君は客人(まろうど)のように
　私の部屋に来たった
今日、君は、別れのときに
　私の心の内奥に来た

　ロビンドロナト・タゴール

ベンガル暦一三二五年、ボイシャック月二十五日（大正七年五月八日）

寛方の訪印については、タゴール自身が滞日中日印両国関係者を結びつけて実現した企画者であった。タゴール自身がインドから日本への寛方の帰国にあたって述べたこの言葉は単に日印美術交流とアジャンタ壁画模写使節として立派な仕事をしたということを意味しているのではない。インド人と哀歓を共にでき、インド人の心の中に入っていけたことを示している。正にこの数行の言葉だけで十分である。

寛方の果した役割と影響はその後長く続くことになる、特に寛方とノンドラルとの、それにタゴール自身とのつながりは一生のものであった。その弟子たちもまた日本とのつながりが深くなったのは、多くの日本人の役割はあったにしても、寛方の影響が、多大であったといって過言ではない。矢代幸雄氏の次の言葉は正鵠を射ていることは間違いない。「荒井君ほどの立派な画家が三年間もインドで……絵画を教えたことは、インドの画壇に大いなる影響を与えずには措かなかった。今より数年前、東京でインドの現代画展覧会が開かれたとき、私はインドの現代画に日本画風が深く入っているのを歴然と認めて驚いたのであった。すなわち、これはタゴールさんの荒井寛方君招聘を機縁として、日本画の種子がインド芸術家の間に蒔かれ、それから三十数年後の今日に到っても、なお影響力を残していることを示すものとして、私は興味深く眺めたのであった」（『日本美術の恩人たち』）

日印両国からのこれらの証言によって、寛方の投じた一石の波紋の拡がりは否むべくもない。それは、インドで寛方をめぐる人々が、即ち、タゴール、ノンドラル、オボニンドロナト、ムクル・デーが、インド美術、文学、教育の主流として影響力が多大であったからであり、まさにその人々に寛方が人格的・芸術的感銘を与えたからである。

ノンドラルのベンガル・ルネッサンスでの役割が大きくなるにつれ、また芸術家としての卓越した資質が発揮されるにつれ、オボニンドロナトとタゴールの両方から引っ張りだこになった。タゴールは、タゴールの学園を国際的にし、芸術と学問を一体化しようとして、美術、音楽学部を独立充実しようと、とうとうカルカッタのビチットラからシャンティニケトンにノンドラルを呼び、学部長として雄大な大学構想の重要な役割を果させることにする。ノンドラルはその年は、カルカッタのオボニンドロナトの構想にも参加し続けた。寛方の帰国した翌一九一九年のことであり、二〇年にはオボニンドロナトの要請を振り切って、シャティニケトンのみに専念することになる。翌二一年には遂に国際大学に発展する。外国の一流の教授が続々と来る。ガンジーの非協力運動に呼応したカルカッタ大学の学生も自らの所を去ってこの大学に参加した。いわゆる絵画、音楽の他に、舞踊、手芸、染物など多様に亘り、農村再建部には、農園、家具製作、農家の副業、農村福祉の指導の場がもうけられ、タゴールが、わざわざ日本人笠原氏をカルカッタより呼ぶ。氏は農園、家具科の科長として、一生大学で活躍することになる。その背後にあったのはいつもノンドラルである。ノンドラルの伝記研究者のボンチョノン・モンドル教授はこう述べている。「ある意味において、ビッショ・バロティ（タゴール国際大学）の発展はタゴールとノンドラル両者に負っている。タゴールの諸理念はノンドラルの芸術的熟達と辛抱強い経験によって補われていた」[7]。即ち車の両輪の如く、光と影のようにタゴールはノンドラルを必要としていた。

このタゴールとノンドラルが一九二四年には、共々日本を訪れるのである。タゴール第二回訪日である。寛方との再会が行われた。

サンスクリット学者、キティ・モホン・シェン、科学者カリダス・ナグ、農業学者エルムハースト、それにノンドラル・ボースを連れて、中国訪問後、六月いっぱい約一カ月間、日本に滞在した。寛方とノンドラルは終始一緒だった。まず、ノンドラルの談話記（ボンチョノン・モンドル記）から寛方に関するところを引用すれば、二人の同年輩の芸術家の間に芸術的交流が行われたことがわかる。

「東京で下りるとすぐ、驚くなかれ、荒井寛方が来ていたんです。『ビチットラ』の私の友達です。

寛方さんは、詩人タゴールを歓迎に来ていたんです。私が、詩人と一緒に行くなどと思ってもいなかったのです。私を見た途端、寛方さんは興奮した。寛方さんは歓迎しに来た。もう一人下村観山……興奮して私の背中をぽんぽんとたたきはじめた。それを見て、タゴール先生は云われました。『これが、愛情か！　叩き殺されるぞ』一方下村さんは駅で、最初の歓迎の時、タゴール先生に、口と口でキスをしはじめたんです。……一方私の背中をポンポンとたたくんです[7]」

寛方がノンドラルをどんなに心の友としていたことか。

「荒井寛方は私を自分の家に連れて行った。寛方の家に私は一人で行きました。勿論、タゴール先生の承諾を得て行ったんです。他の人々は、タゴール先生と東京の帝国ホテルに泊まりました[8]」

これを手始めに、寛方は誠意をもって、ノンドラルのお伴をし、案内をした。

「私が日本にいた間中、いつも、荒井さんと一緒に行きました。日本の見るべき所すべてを荒井さんとぐるぐる廻って見ることができました[9]」。感謝の気持に溢れた言葉である。京都の多くの寺を見、奈良でも感激した。しかし法隆寺について一番感銘の深い言葉を云っている。

「法隆寺、木の壁板の上に壁があるのです。アジャンタのように絵が描かれていました。みると、まるでアジャンタのようでした[10]」。雨期で、厳重な覆いがしてあったのを、インドの芸術家が、それにタゴールが訪れたとあって特別にみせることになった。寛方の働きが如何に大きいか解るであるろう。

寛方はその時の想い出を『阿彌陀院雑記』に次のように記している。

「私は初対面なので慇懃に挨拶した後ボース氏を紹介し、壁画を拝観したい旨を述べると、管主は即座に諒承せられ気軽に先に立たれ金堂内に私達を導き、そして壁画の遮蔽幕を御自身で引かれて、さあどうぞ御覧なさいと申されたのには恐縮した。初対面の私達に対して、佐伯大僧正の此の心易く率直な態度は後年迄も私の印象から消えない。其の時、私もボース氏も優れた壁画に魅せられて凝然立ちつくし、時の経過を忘れ、ボース氏は壁画に非常に感激し、私の手を、固く握った。その手には東洋人の血が脈々と流れていた」。ノンドラルは云う。「法隆寺のアジャンタ系のフレスコを細心の注意を払って保存していたんです彼らは。しかし、全く悲しいことですが、今になって、それが焼けてしまった。すべて焼けてしまったのです[11]」。

「インドの外のアジャンタの絵の模写は、すべて焼けてしまった。これは、まるで、ある呪いのようなのです。この呪いの迷信がミセス・ハリンガムの心の中も深く根ざしていました。アジャンタで模写する時、模写に火がつかないように、私たちのテントの中に、来る日も来る日も模写を置いていました。英国婦人であっても、ミセス・ハリンガムはこの迷信を身も心も信じ切っていました。本当に呪いが模写にはあったのです。グリフィス氏の模写したアジャンタの絵は英国で焼失してしまいました。グリフィス氏以前に模写されたものも焼けてしまいました。日本の芸術家たちがアジャンタから模写して持ち帰ったものも焼失してしまったのです。あの大震災の時すべてが。驚嘆すべき事ですが、アジャンタと法隆寺とは歴史的つながりがあったのです。それだからこそ、法隆寺の模写も壁画そのものもみんな一緒に焼け落ちてしまったんです[12]」

ここでいうミセス・ハリンガムとのアジャンタ壁画模写を前述のように、ノンドラルは助けたのである。一九〇七年に。また寛方の、日本美術界の要請による、一九一七年から一八年にかけての苦心のアジャンタ模写も前述のように焼けた。寛方が案内して見せた法隆寺壁画も焼けた。ノンドラルは、これらの事実の悲痛なる一致をみて茫然と長嘆息するのみであった。只僅かに寛方の模写を含めた一部分が助かっただけであった。

私もこれらすべての事実を知りながら、アジャンタの洞窟の壁画を見た時、様々な思いが馳せ来たって、自ら遙かなる時間、空間を凝然とみつめているような気がした。

寛方も晩年、法隆寺に籠るようにしてその壁画を数年にわたって模写したのだった。

インドで寛方にプリーを心をこめてみせたノンドラルは、今度は日本で寛方の本当の心尽しを受けたのであった。

一九二九年、タゴールの第三回目の訪日があった。カナダに行く途中、三月二十二日から二十八日までと、帰途、五月十日から六月八日までの滞日である。

寛方は歓迎及び講演の際いつも出席していた。当時の東京朝日新聞（昭和四年三月二十八日付）に、「一行のインド革命詩人ダット氏、文学者チャンダー氏、米人カタル氏を始め、ボース氏佐野氏及び通訳の日本女子大学教授和田富子女史等と共に本社を訪問した。本社よりは村山取締役、緒方石井両局長はじめ多数社員出迎へ翁は賓室に通り左の来賓の人人と歓談を交へ午餐を共にした。鳩山書記官長、メタクサ夫人、荒井寛方画伯、副島八十六氏、野口米次郎氏その他」

このうち佐野氏は、シャンティニケトンの学園に一九〇五年から八年にかけて日本語と柔道を教えていた人である。寛方は三回のタゴール訪日の歓迎に参加し、その間にタゴールによってインドに招かれたのである。タゴールはカナダと日本で「有閑哲学」と云う題で講演された。日本では五月十二日より朝日新聞講堂で五回にわたる連続講演をされた。寛方は常に出席していた。五月末の第五回目の講演の原稿の一部を贈られている。それは訳出した通りである（附文参照）。

タゴールと寛方との奇しき縁はそれだけにとどまらない。寛方が、一九二六年ヨーロッパを訪れた時偶然、タゴール翁と出会い、共に驚嘆し歓ぶということがあった。

タゴールはいわゆる日本派というわけではない。全世界のほとんどすべての国を訪れた。そしてすべての国に友を持ち、共鳴者を持った。それは、人間性の発展、生の実現、多様性の承認、東西文化の融合、全人類の共同体の思想などから出発している。しかしタゴールの日本文化についての理解の深さや近代日本文明の弊害への予言的批評の正しさなど驚くべきものがある。日本の生活の美を学ぶために、其後も、柔道や生け花の先生を日本から招く。日本人学生も学びに行く。そしてインドの学生にしきりに日本へ行くことを奨め、また、シャンティニケトンの学生教授を盛んに日本に留学、派遣させた。かれらのほとんどが寛方とつながりを持つのである。

一方、ノンドラル・ボースは、タゴールの理想の美術面での実現化のためにつくしたが、その特徴と新しいジャンルの取り入れとして、第一に、アジャンタ壁画、法隆寺壁画の流れを汲みとって、あるときはガンジーの要請に従って民族主義大会堂のフレスコの絵を描き、あるときは学園の壁画というようにインド各地にフレスコ画を描いた。第二に模様、図案を絵画にとり入れ鮮明な線取りと枠取りをとった。ノンドラル自身の大胆で堅実で逞しい性格も相俟っている。第三に画の主題は、インドの古代、中世の伝統的神話、民話譚、伝説が多く、それに現実の民衆の生活図が多い。第四に墨絵、日本画における空間観である。

ノンドラルは、オボニンドロナトよりも、土のにおいのする民族主義的色彩が強かった。そして日本、中国との一体性を感じとっていた。ノンドラルも様々な日本人とのつながりがあるにしても、日本人の影響のうち半ばは寛方によるものといえよう。二人の間は非常にうまがあい、牛車にのってスケッチにまわる仲であった。

タゴール国際大学の元関係者の古老たちや年長の教授たちの話では、タゴールもノンドラルも日本から帰ってから、樹間の授業の際、日本の話でもち切りで、色々の事柄について話され、特に美術部では日本への憧れが強くなったそうである。ノンドラルの場合は日本のことに触れると寛方の話がでたということである。

従ってノンドラルの弟子の多くは日本に美術留学、交流に来た。独立後国立大学になってからの歴代美術学部長、ディレン・バルマ、ヴィッショルプ・ボース、ビノド・ビハリ・ムケルジーもみなその範疇に入る。その他、モニ・シェン、ショーメン・ライなどをタゴールは次から次へと、あるものは、絹織物の技術を、あるものは木版を習得にと送った。その人々の発言によって寛方のインドとの持続的なつながりを知ることができる。

ノンドラル・ボース自身次のように云っている。「私はシャンティニケトンに帰って少し経ってから、ずっと若い人たちを日本に送って来ました。最初が、我がヴィッショルプ（一九三〇）。一緒に美術学部の学生ホリホロンが行った。ヴィッショルプは、色刷りの木版、筆の作り方などを習うために、ホリホロンは陶器の仕事を習うために。かれらの後に、我らが、ビノド・ビハリ、ショーメン・ライ、モニ・シェンが行き、最後にクリパル・シンが行った。クリパルは今（一九五五）ジェイプール美術学校長です」[13]。

これらは、新宿中村屋の亡命インド人革命家、ラシビハリ・ボースとタゴールとノンドラルの間で取り決められたものであった。

ヴィッショルプ・ボースは云う。「私は一九二九年七月から一九三三年十月まで滞日しましたが、住んでいたところは鈴木梅四郎さんというのうちでしたが、知印派の日本人がよく訪れて来て、その中でも寛方さんは非常に親切で子供のように可愛がってもらいました。月に必ず二、三回、四年の間続けて寛方さんの家に招かれました。寛方さんのグループの芸術家と親しくすることができました。荒井寛方さんのお宅には、インドの様々なスケッチ・ブックが山と積まれていて、それを見ながら、私が行った時必ずインド懐旧談に話を咲かせるのでした。特に植物のスケッチの話もし、菩提樹のスケッチの話をよく聞いたものでした。滞在費は父ノンドラルが送ってくれましたが、何かにつけて父がわりを寛方さんがして下さいました」。

また一九二五年暮から一九二九年までインドにいて、シャンティニケトンの美術学部学生だった写真家、長谷川伝次郎氏も向こうで学生と本当に一体となって生活し、インドの楽器を奏で、今でも彼地の七十歳以上の人には懐しがられている人で、『ヒマラヤの旅』という名写真集を出している。氏は云う。「ヴィッショルプとホリホロンが日本に来たとき、ヴィッショルプを荒井寛方さんがよく面倒みられ、私がホリホロンの色々の世話をしました。ヴィッショルプさんは寛方の家に、ホリホロンは私の家に来たものです、長い長いつきあいでした。その後も、シャンティニケトンから教授、学生の来る度に私たち二人が、実際の世話をしたものです」。

やはり、インドの生活態度に、本当にインドに融け込んだような二人だからこそ、日本帰国後も相変らずインド人を自分の家の一員のように迎え、非連続がないのである。

ビノド・ビハリも「荒井さんと日本で会ったが、大変親切にしてくれた。長谷川さんも」と云っている。

どのインド人から話を聞いても、異口同音にこのような返事が返って来た。

それは、根本的にはその人の人柄とインドへの愛の深さによるものである。

ノンドラルをはじめとしたインドの芸術家が日本から影響をうけたと同じように、寛方もインドの影響をうけ、彼の中にはインドの本質をうかがうことができる。

以上のような寛方の多様で多彩なインドとの関係をみれば、寛方は日印美術交流の懸橋であるということができよう。

〔註〕

（1）Ciṭhipatra, Volume2,（Rabindranath Ṭhākur Visva-Bharati, 1941, Calcutta）P. 48〜49――（タゴール書簡集第二巻）

（2）Ciṭhipatra, Volume4（Visva-Bharati, Calcutta）一九一六年十月三日付――（タゴール書簡集第四巻）

（3）The Visva-Bharati Quarterly, Volume34, Nandalal Number.（Visva-Bharati, 1971, Calcutta）P. 168

（4）同書、同頁

（5）Nandalal Bose（Lalit Kala Contemporary, New Dehli, 1962, by Binode Behari Mukherjee）P. 36

（6）On the edges of time（Orient Longmans, 1958, Calcutta, by Rabindranath Tagore）P. 93

（7）Savita誌（第六号、一九六七）のBhārat Silpi Nandalal（Pancanan Mandal）P. 63

（8）同 P. 65

（9）同 P. 71

（10）同 P. 71

（11）同 P. 72

（12）同 P. 72

（13）同 P. 69〜70

インド近代美術全般の動向については、「ベンガル・ルネッサンス考——オボニンドロナート・タゴールとノンドラル・ボース」(『三彩』一九七一年八月号、ノンドラル・ボース特集)と「祖父ノンドラル・ボースとその墨絵」(シュプロティック・ボース『芸術新潮』一九七一年十一月号)を参照して下されば幸甚である。

タゴールから寛方に贈られた「有閑哲学」の原稿の翻訳

個人的気質や能力に応じて、心の資本は、さまざまの程度の、また、さまざまの種類の利益のために用いられることを、我々すべての者は知っている。けちな人は、その資本を貯め込み、彼自身曇ってしまう。利己的な者は、自己満足の手段を増加させるために、その資本を殖やしていく。それ故、彼は自分の効用性という諸制約を超えずに、その諸制約を増加させるのみである。彼は動物用の檻から出ないで、その檻をより大きくし、飾り立てるのみである。しかし他の種類の人もいる。即ち自分の富はただ単に所有をあらわすのではなくて、人格をあらわすのだということをその本能によってわかる人である。彼の余剰は、彼が十分彼の心の品位の中に、彼の心情の寛容さの中に、彼の趣味の完全さの中に、あることを表すように作られている。そこでは、彼は動物以上のものである。けちな人とは隔絶という永遠の暗闇の中に住む野蛮人である。利己的な者は、彼の自我隔離の洞窟を栄光化するために、自分の精力を集中するような高尚化された動物である。

（昭和四年朝日講堂にて）

（一九七四年『荒井寛方　人と作品』中央公論美術出版）

荒井寛方日記に寄せて[1]

（原文＝ベンガル語／渡辺一弘訳）

荒井寛方（一八七八〜一九四五）の「印度日誌」の原文は、長い間荒井家に保管されていた。この日記は一九一六年の十一月十三日から一八年六月三日にかけて書かれたものである。一九七四年、中央公論美術出版から出版された『荒井寛方　人と作品』のなかに、この「印度日誌」は収録された。

ベンガル語版『荒井寛方の日記』は「印度日誌」の大部分（タゴールとベンガル・ルネッサンスを担った芸術家たちに関する部分）を私自身が翻訳したものである。ちなみに先述の『荒井寛方　人と作品』に私は「近代インド美術と荒井寛方」と題した一文を寄せた。

近代インドにおける文化改革の中心地のひとつがベンガルだった。ベンガル・ルネッサンスと時を同じくして、日本でも岡倉天心が創設した日本美術院を通じて近代絵画の新たな運動が展開された。すなわちふたつの国で同時期に絵画、音楽を含む文化の改革が進んだのである。そして日本とインドでそれぞれ展開された改革運動の潮流が出会ったのが他ならぬベンガルの地だった。この出会いのきっかけを作ったのは岡倉天心であった。天心はまず、開発の途上にあったインドに、さまざまな分野において自らの手で、日本の影響をいくらかではあるが及ぼすことに貢献した。しかし自分自身のみがインドのために役立ったことで満足したわけではなかった。日本に帰国ののち、横山大観、菱田春草、勝田蕉琴という三人の優秀な弟子をベンガルに派遣した。日本芸術をしっかり根付かせることが目的だった。それは当時文化の巨大な流れとなった。その流れに乗って荒井寛方はインドに渡ったのである。すなわち先陣を切った優れた画家たちの後継として、日本の文化を伝える課題が寛方には課せられていた。それまで行われたのは、日本芸術のものの考え方や精神性をインドに伝える努力であったが、それを補足するために登場したのが寛方というわけだったのだ。幸いなことに、寛方の努力は実を結ぶ結果となった。それは当時インドや日本で書かれた多くの資料によって証明されている。

寛方の渡印から遠く遡った時代より、日本では仏陀や仏教を題材とした絵画が多く描かれていた。インドへの旅を終えて帰国した人たちから、寛方はインドに向けて出発する前に熱心に話を聞いた。そしてその頃からすでに、インドを理想の国と見なした絵を描き始めている。一方で寛方は、天心の設立した日本美術院の理想から影響を受けた美術家集団の一員となって、さまざまなテーマで作品を描きもしていた。芸術の交流を通じて日本とインドをひとつに繋げようという岡倉天心の理想に、寛方は全く同感だった。

寛方はのちにこう語っている。

「十年か十五年ほどにわたって私が日本美術院展に出品した作品のほとんどは、仏教に題材をとったものだった。そして仏教に関する絵を描くならば、一度インドを訪れることがぜひとも必要だと考えていた」（寛方『阿彌陀院雑記』より）

そのような中、一九一六年詩聖タゴールが来日した。滞在したのは当時の豪商で芸術家たちのパトロンとして知られていた原三渓の住居だった。現在は三渓園として知られている。寛方とタゴールが初めて顔を合わせたのがここだった。タゴールが日本に来たのは三回と言われるが、他の国への訪問の途中で、または帰途に立ち寄ったのをふくめれば、来日回数はつごう五回になる。滞日中は大学教授、美術学部の学生、知識人たちの協力を得て、日本を真底から知ろうと努めた。そしてその試みにタゴールは成功したと断言できる。

最初の来日について記した文章の中[2]でタゴールは、日本人の美意識と女性たちを称賛する一方、日本の行きすぎた民族主義から生じる心の狭小さに警告を発してもいる。帰国して後、詩人は当時のベンガル文化人たちを前にして、日本人の芸術的精神と美意識について大いに語った。

滞日中、下村観山の「弱法師」を目にしたタゴールはすっかり魅せられ、大きな感化を受けた。そして原三渓にその絵の写しを所望した。原は長年寛方を知っており、その才能を高く評価していた。寛方は頻繁に原のもとを訪れていたのである。そんなことからおそらく、原はタゴールに、荒井寛方のことを話したのだろう。原に言われて寛方は、タゴールのために「弱法師」の模写を開始した。

そのときタゴールと寛方の通訳をしたのは矢代幸雄であった。矢代はのち学術で名をなし、東京帝国大学の教授になっている。当時のことを矢代はこう記述している。

「荒井さんは何ヵ月もかけて弱法師の模写をされました。その進み具合を見ようと、タゴール氏はよく顔を出していました」[3]

荒井寛方の描く絵の壮麗さにタゴールはうたれた。その結果、完成した「弱法師」の模写をタゴールはインドに持ち帰ることにしたばかりでなく、寛方にインドに来るよう、自ら勧めたのである。このことは日印の芸術交流における画期的な出来事だったと言える。一方日本の美術界でもまた、アジャンタ石窟の壁画の模写のため、寛方をインドに派遣しようということになった。

寛方は自ら製作した二幅の作品を携えてインドに向かった。二幅の絵とは前述の「弱法師」と横山大観の「游刃有余地」である。この模写は今もビッショバロティの美術学部に保存されている。インドに滞在中寛方は、二十世紀におけるベンガルの文化改革を担った芸術家たちのほとんどと交流することができた。そのなかでも特筆に値するのはタゴール、画家のオボニンドロナト・タクル

（タゴール）、ゴゴネンドロナト・タクル（タゴール）、ノンドラル・ボシュといった人たちである。寛方はこうした芸術家たちの単に知己を得たばかりではなく、心から交わることができた。そしてそのことによって、寛方のインド訪問は完璧なものとなったのだった。寛方がインド滞在中に記した「印度日誌」から、当時の日印文化交流の様子が読み取れる。

タゴールが一九二四年と二九年に来日したおりには、すでに帰国していた寛方は詩人を心から歓迎した。また一九二四年にはノンドラル・ボシュを自宅に招いている。さらに寛方はヨーロッパ訪問の際にも、ローマでタゴールと顔を合わせてもいる。

インドでの滞在は、その後の荒井寛方の画業と人格に大きな影響を与えることになった。寛方は日本からの文化使節として、深い愛情と尊崇をいだいてインドを訪れ、その国を第二の故郷と見做すようになった。

「印度日誌」はもともと発表するつもりなどなく、あくまで自分のために書き記したものであったことを念頭に置いておく必要がある。そのため日記は率直な言葉で書かれている。先述したようにこの日誌は長い間、家族によって保管されていた。しかしながらこのような貴重な記録を多くの人が読めるようにすることが大切だと考え、また日印文化交流に寄与した荒井寛方の功績に思いをはせて、どうしても日記をベンガル語に翻訳し、出版したいという気持ちになった。

ロビンドロ・バロティ大学のポビトロ・ショルカル副学長が、同大学の出版部から本書を出す機会を与えてくださった。ベンガル語訳に関しては、ベンガル仏教協会のドルモパル・モハテロ師やシュベンドゥシェコル・ムコパッダエ博士にお世話になることが多かった。またロマロンジョン・ムコパッダエ、ショメンドロナト・ボンドパッダエの両博士からは大いに励ましていただいた。この場をお借りしてすべての方々に御礼申し上げたい。

一九九〇年十二月二十五日

（1）荒井寛方の「印度日誌」をベンガル語に抄訳したBhārat-Bhraman Dinapañjī（インド旅行記、一九九三年、ロビンドロ・バロティ大学出版部）の前書き。

（2）Japan J'ātrī

（3）『阿彌陀院雑記』には「日本出発間際一ヶ月ばかりを要して出来上がったのを持参した」とある。（同書九ページ）

結びつける壁——アジャンタ・法隆寺・荒井寛方

アジャンタの壁画

広大なインド亜大陸に巨大な石窟が千二百余り散在する。その四分の三は、人里離れた仏教窟である。岩山を開鑿（かいさく）して造られた洞窟である。その中にある塔院や僧院は、石窟を造る際、掘り残されてできたものである。一つ一つの石窟は世代から世代に鑿掘（さっくつ）された。

その中でも日本人を惹きつけ、日本人に親しまれているのが、アジャンタ石窟である。しかもその目玉が壁画である。アジャンタ仏教窟は、紀元前一世紀頃から紀元後六、七世紀にかけて、三十窟がデカン高原の西部の谷間の馬蹄形に湾曲した大懸崖（けんがい）に開鑿されたものである。

インドでは、極僅かな例外を除いて、盛んであった仏教が、十三世紀初頭に姿を消してしまった。特に西部インドでは十世紀には衰退の一途を辿った。アジャンタ石窟もジャングルの中に何世紀も埋もれていた。しかし他の仏教遺跡が破壊され、荒廃を尽くしたのに比べて、巨大なアジャンタ仏教石窟は、静謐の中にひっそりと、何世紀もの間、そのままのたたずまいで存在していた。石窟は、上座部仏教から大乗仏教までの仏教発展の姿を反映したものである。しかし長い長い間沈黙を守り、壁画は誰にも見られなくなった。

突然一八一九年、虎狩りの英国人により発見される。このアジャンタ石窟発見を出発点として十九世紀は遺跡発見ラッシュとなる。明治維新後、次第に僧侶が、アジャンタ仏教石窟を訪れはじめたが、一九〇二年、日本の新美術運動の指導者、岡倉天心がアジャンタ美術に対する高い評価を、自分の眼を通して行って以来、日本美術院の画家をはじめ、多くの日本画家が、アジャンタの壁画を鑑賞し、更に模写をしに赴いた。

壁に絵を描くといっても、アジャンタのような大きな内壁、天井壁、柱壁に描くことと、民衆の家の土の外壁に描くこととは、意味も働きも異なる。アジャンタの壁画は、実に古いのは紀元前一世紀から二千年もの歳月と風化に耐えて来た。色彩はいささか剝落している。それでも、往時の壁画の素朴な色彩が浮び上がって来る。また後期、六、七世紀のアジャンタ壁画も流石にかなりの褪色がみられるが、それを凝視しているうちに、鉱物顔料の黄、赤、緑、青、白及び煤煙の黒及びそれらの混合色が当時の鮮やかさをもって髣髴として来る。これらのアジャンタ壁画に、懸崖な道に佇んで向き合った時、私はドイツの作家ヘルマン・ヘッセの「人生は短く無常である。芸術は長く、人生の無常をできるだけ長い間押し留めておこうとする人間の切なる努力である」という言葉を想い起こしてならなかった。

古来インドでは、貝葉、板などにも絵は描かれた。しかし古代の絵画は何も残っていない。インドの苛酷な自然条件のもと風化するばかりであった。

だが、反対に壁の芸術の無常さに感じ入る例もある。詩人タゴールの創立になるタゴール国際大学に寄り添うように隣接する数十戸の藁葺、土造りの家のサンタル族集落が存在する。同大学芸術学部の絵画学科の一教授は、毎年春になると、この集落の土造りの家数軒の土の外壁いっぱいに、かれらの生活と踊りを主題とした絵を描く。それぞれ二か月ずつの春、夏、雨期の後、激しい雨に打たれ、絵はすっかり拭いとられるように、かき消されてしまう。この芸術家は、自分の絵が、サンタル族の人々に、その厳しい労働を伴った生活の哀歓の中で親しまれ、かれらを深く惹きつけ、やがて無常の流れに消えていくことを熟知し、むしろそれを良しとし、誇りと思っている。これも、彼にとって最高の芸術であると語っている。

一方、アジャンタの壁画は、この土の壁画の反対極にある。岩石の壁に絵を描くには下地を工夫してその上に塗られる顔料が落ちることを防がなければならない。宮治昭氏によると「壁画は、下地として砂や植物性繊維のスサを混えた泥土を精、粗二層に塗り、さらに石灰を薄く上塗りした上に、テンペラ画の技法によって、樹脂または膠を接着剤として描いている」(『インド美術史』三七頁)

のである。永遠を願う意志が窺える。

十九世紀末から二十世紀にかけて、僅かながら仏教復興運動が始まり、スリランカ系の大菩提会が、仏教ゆかりのいくつかの地に仏教寺院を建立する。仏陀が解脱後、初めて説法された（初転法輪）地、サールナート（鹿野苑（ろくやおん））にも仏教寺が建てられ、日本の仏教画家に白羽の矢が立った。

インド仏教美術調査の経験のある当時一流の仏教画家桐谷洗鱗（きりやせんりん）。日本仏教美術界の期待と大きな抱負を擔（にな）って出発しようとした直前に急死。その後野生司香雪（のうすこうせつ）画伯がその遺志を継ぐ。香雪はサールナートの仏教寺院の壁に向かって、仏教譚の構図を暖め、意欲も次第に高揚して行く。しかし、やはり、彼の描く絵が永続的であれかしという願いから、下地、上塗りなどについて、あらゆる情報を収集しようと試みる。遂にタゴール国際大学の芸術学部の敷地内に、現在でもあるアトリエ仕事場の外壁のレリーフ絵の下地を調べる。それには、色々のものと共に牛糞が大きな働きをすることを知る。その知識をサールナートの壁画を描く際に十分利用したと自ら述懐している。

法隆寺金堂の菩薩像

アジャンタ石窟の第一、第二、第四、第六、第七、第九、第十、第十一、第十六、第十七、第

二十二、第二十六番目に壁画がある。第九及び第十が紀元前の壁画である。壁画のテーマは仏教本生譚、仏伝、史伝であった。具体的には、古期の「六牙白象本生図」、後期第一窟の「マハージャナカ本生図」などインド美術史上の画期的作品、芸術的優品、仏教信仰上の対象となる傑作が今日まで遺存され、十九世紀から再びわれわれに語りかけている。七百年以上にも亙る長期間に、小乗・大乗の発展に応じたテーマ、技法の変遷もあり、装飾図の素晴らしさ、時代時代の風俗、生活の描写、豪華な宮廷図、動植物の姿、幾何学的な線、グプタ朝期の美術の特徴を如実に表しているもの、また古期の真摯素朴のものから、仏陀の周りにある豊満な肉体の女性像、豊満な観音像など多様な展開がなされている。

壮麗な大壁画、天井画は、遙か遠くの日本の画家たちの心を揺り動かした。岡倉天心のインド美術調査の旅以降、次々に画家たちの、また美術評論家たちの口から口へ、模写による眼から意識へと、美術の専門家たちの一つの流れが生まれた。即ち、仏教僧、仏教学者だけでなく、アジャンタ壁画は、日本画家から、更に一般美術愛好家たちの間にまで広く関心と熱意が増して行った。

その理由は、壁画の史的、美術的価値からのみではない。我等が誇る法隆寺金堂の壁画とアジャンタ仏教石窟壁画との類似性への驚きとアジャンタ壁画への魂の故郷感情によるものである。岡倉天心は、日本の古美術調査に公私とも力を注ぎ、法隆寺の美術的価値の重要性を唱道した。日本、中国、印度という東洋三大美術調査のために、広く逍遙、アジャンタ壁画の前にも立った。現在両者の関係について未だ議論の余地が残っているが、西域など中間地域の作品を考慮すると、技法、構図などの影響のあった可能性が多い。とりわけ、アジャンタ第一石窟蓮華手菩薩像図と法隆寺金堂六号壁勢至菩薩像図との間の類縁性が多くの視点から指摘される。中でも頸と腰を曲げることによって頭が左、胴が右、腰下から下が左に傾く、いわゆる三曲法が両者の間で酷似している。

天心は、日本画の新運動の日本美術院創立と東洋美術尊重の指導者の立場から、ベンガル美術ルネッサンスの真只中へ飛び込み、両潮流の交流が行われた。ベンガル美術ルネッサンスの旗頭は、タゴール家であった。オボニンドロナト・タゴール及びゴゴネンドロナト・タゴールである。また詩人であり、文学の各ジャンルの創作者、作曲家、教育実践家、思想家として、後に世界に盛名を馳せたロビンドロナト・タゴールとの出会いがあり、その結びつきは長く続き、重要な意味を持った。天心は日本美術院の大観、春草、勝琴を次々にタゴール家に送った。その延長上に荒井寛方がいる。そこにアジャンタ壁画と法隆寺金堂の壁画の奇しき運命が展開される。

荒井寛方の模写

タゴールはかねてから望んでいた訪日を大正五年に果たす。日印文化交流史上、最も重要な役割を果たす。タゴールの訪日は前後五回に亙っているが、この第一回目は、三か月余りの長きに亙り滞在し、その大部分の時は、横浜三渓園の原三渓邸に寄寓した。滞在中、大観と観山の絵の模写を所望した。三渓及び美術院が一致して荒井寛方にその仕事を託した。三渓邸に泊って模写をしているその仕事振りを毎日見ていたタゴールは感嘆し、その模写作品を印度に持参してくれるよう頼むと共に、ベンガルの画家たちと美術交流をしてくれるよう招待をする。また日本美術院の委託により、寛方は、正にアジャンタの壁画を模写することになる。

なお、タゴール訪日第一回の時にはすでに天心この世になく、タゴールは天心を心から偲んで、天心ゆかりの地、太平洋岸の五浦（いづら）をわざわざ訪れている。

さて寛方は、タゴールの設立になる学校のあるシャンティニケトンの地とベンガル美術ルネッサンスの中心地カルカッタのタゴール家で、芸術家たちの日印の技法の交換を行った。寛方は、日本伝統の水彩、運筆、模写の技術を教え、精神を伝えようと努めた。その成果と彼の人格については、今なお語り草になっている。インド滞在の後半に、寛方は、アジャンタに吸い付けられるように、一心不乱に壁画の模写を続ける。そこで偶然ムクル・デに遭う。ムクル・デは、タゴール第一回訪日の際、随員として訪日して、寛方に可愛がられた青年画家であった。ムクル・デは、寛方にアジヤンタ壁画模写技法を教えてくれるよう懇願した。その現場で模写の教授、学習が行われた。一九三一年、ムクル・デは『アジャンタ石窟への巡礼』という名著を出している。ムクル・デは後に内外で著名な一流の画家となり、晩年シャンティニケトンに住み、一昨年〔一九八九年〕九十三歳の長寿を全うしたが、最後まで寛方のことを偲び語っていた。二人の縁は、タゴールとアジャンタをめぐるものであった。荒井寛方が特に熱意を籠めて模写したのは、紀元前の第十窟壁画、華麗で有名な第十六及び第十七窟壁画、また特に法隆寺金堂六号壁との類似が話題になっている例の第一窟壁画である。これらの模写は、入魂の、非常に芸術性が高い傑作である。帰国の後、寛方の仏画像は肢体を豊醇に描いている。それは日本人離れしていて、インドの影響がありありと窺える。世俗を一切捨離して解脱を目指して修行する僧たちが生活したり、礼拝するアジャンタの洞窟壁画がグプタ朝美術の美麗豊満な特徴を表しているのが、日本人には不思議な感がするが、寛方の帰国直後の絵にはその特徴が表れている。

法隆寺の保存が真剣に討議され、金堂、五重塔修理、壁画模写が、国家的仕事として始められた。壁画模写については、荒井寛方もその有名な模写技術と仏画家としての力量とアジャンタ壁画模写の経験などから依頼されることになる。昭和十五年から模写を開始する。それから戦争の本格化する困難な時期に模写に没頭し、心血を注いで黙々と働いた。この姿を如実に描いたのが、当時毎日新聞記者で法隆寺番であった、井上靖の「荒井寛方」（『忘れ得ぬ芸術家たち』所収）である。「彼等（荒井寛方と入江波光）が対かい合って坐っていたあの美しい壁画もいまは以前の姿から遠く、そしてそうした一切を包んでいた建物も亡くなっている。『形あるものはやがて滅びますよ』と、荒井寛方が言ったのを、私は記事にしたことがある。それが滅びないうちに描いておくのだという、壁画模写に関する彼の心構えを、短い談話として記事にしたことがある」と書いている。そして、昭和二十年三月に東京大空襲を初めとして各地に空襲が激しくなる中、郷里の氏家から法隆寺に向かう。空襲を避けて迂回して福島郡山を通って行く、その郡山の駅頭で無念にも脳卒中で急逝。四月十六日であった。井上靖は「いかにも荒井寛方らしい死に方だと思った。彼の魂は真直ぐに法隆寺の金堂に向かって翔んで行ったことだろうと思う」と書いている。前に書いたように、人間の生命の無常とそれをとどめようとする芸術も無常の波に洗われるが、それを通して魂の飛翔の姿は、われわれの心の中に深く澄んで映し出される。そして法隆寺金堂の焼失である。

模写したものの焼失

更に、ノンドラル・ボシュの登場である。彼は、ベンガル美術ルネッサンスの巨匠、指導者オボニンドロナト・タゴールの最大の弟子の一人で、同時に詩人タゴールの最も深い信頼を得た画家である。

シャンティニケトンの地に学園を造ったタゴールは、学問と芸術の二本柱を基礎とした。ノンドラルは正に芸術のうち、美術部門を任せられた。寛方訪印の際、共に暮らし、共に旅をして美術交流をしながら、肝胆相照らす仲になったのは、このノンドラルである。一九二四年、タゴールの第三回訪日の際、ノンドラルは随伴して来た。寛方はノンドラルを家に迎え、共に旅をし、旧交を暖めた。そして法隆寺の前に二人は立った。ノンドラルは言った。「法隆寺、木の壁板の上に壁があるのです。アジャンタのように、絵が描かれていました。みるとまるでアジャンタのようでした。」同時に寛方の方も『阿彌陀院雑記』の中で「其の時、私もボース氏も優れた壁画に魅せられて凝然立ちつくし、時の経過を忘れ、ボース氏は壁画に非常に感激し、私の手を固く握った。その手には東洋人の血が脈々と流れていた」と書いている。

ノンドラルは後年次のように語っている。

> 法隆寺のアジャンタ系のフレスコを細心の注意を払って保存していたんです、彼らは。しかし全く悲しいことですが、今になって、それが焼け落ちてしまった。すべて焼けてしまったので

す。……インドの外のアジャンタの絵の模写は、すべて焼けてしまった。これは、まるで、ある呪いのようなのです。この呪いの迷信がミセス・ハリンガムの心の中にも深く根ざしていました。アジャンタで模写する時、模写に火がつかないように、私たちのテントの中に、来る日も来る日も模写を置いていました。英国婦人であっても、ミセス・ハリンガムはこの迷信を身も心も信じ切っていました。本当に呪いが模写にはあったのです。グリフィス氏の摸写したアジャンタの絵は英国で焼失してしまいました。日本の芸術家たちがアジャンタから模写して持ち帰ったものも焼失してしまったのです。あの大震災の時すべてが。驚嘆すべき事ですが、アジャンタと法隆寺とは歴史的つながりがあったのです。それだからこそ、法隆寺の模写も壁画そのものもみんな一緒に焼け落ちてしまったんです（インド画家ノンドラル、『ショビタ』誌第六号七二頁）。

実際は寛方のアジャンタ壁画模写は時の流れに抗して、模写及びその習作スケッチが残っているものである。

しかし、全体を通して、アジャンタ壁画及び法隆寺金堂壁画をめぐって綾なす数奇な悲痛で胸に沁み入る話は、それらの芸術性が最高レベルであるだけに、一入（ひとしお）である。

これらの壁は、へだて、区別し、区分する壁ではない。相互を結びつける絆であった。

（一九九一年『is』53　ポーラ文化研究所）

インドにおける堀至徳

日本のサンスクリット語学習は、江戸時代になっても眞言宗の間で伝燈の火を灯し続けてきたが、近代のヨーロッパでのサンスクリット語学の研究に刺戟をうけて、日本の学者が近代ヨーロッパに行き、サンスクリット語の学習・研究に励むようになり、それが主流となった。そのような情勢の中で、堀至徳はインドでサンスクリット語を学習した。

堀至徳は眞教（真の宗教又は真の眞言宗）の探求とサンスクリット語の学習のために、岡倉天心に伴われてインドのカルカッタ〔現コルカタ〕に来て、はじめて世界でも有名になったヒンドゥー教改革派のビベカノンド（ヴィヴェーカーナンダ）のところでサンスクリット語を習い始めるが、健康の優れぬことと、ビベカノンドの道場でいささか違和感を感じたため、詩人タゴールが一九〇一年十二月二十二日に開設した非偶像非属性唯一存在（ブラフマン）修養道場学校（ブランモ・チョルジョ・アスロム「私の学校」と後に言われる）にタゴールの許可を得て、タゴールの甥シュレンドロナト・タゴールが七月十日その学校に至徳を連れて行った。それはまだ本当に数少ない学生の中の初めての外国人学生であった。至徳は、英語もインドの言語も何も知らなかった。（このことはインド側でもそう述べているが）タゴールは、自分が採用したサンスクリット語の教師ジョゴダノンド・ライに至徳の指導の責任を任した。

先生のもとで至徳は、

①サンスクリット語文法を学習した練習帳

②サンスクリット語の辞書アマラ・コーシャ（ベンガル語でオモル・コシュ）を日本語に翻訳した書

③バガヴァッド・ギーター（神のうた）を学んで、「神のはなし」として毛筆で日本語に翻訳した綴

右記①・②・③と、至徳が使用した「カルカッタの住所録・知名人名簿」とが遺品として残されている。

堀至徳は、明治時代に二十五歳の若さでインドの地に真摯な求道の旅を続け、開設したばかりの未だ厳しい環境だったタゴールの学園に、最初の外国人学生としてサンスクリット語を学び、インド及び日本の各界の一流の人々と接し、ヒンドゥー教文化に接し、学びながら仏教者として仏教探求をしながら、最後に仏蹟巡礼を行いその途中事故に遭い、遂にラホールで破傷風により二十七歳で命を落した。

甥の堀廣良氏のもとで、至徳の残した人生とその業績を見て、詳細に見れば見るほど私は無限の尊敬の念を捧げたいと思う。短かった人生ではあるが、その高い歴史的文化的評価を改めて顕彰す

べきものであると思う。

最後に、悲運な死を遂げたことは、至徳が自己の理想に根ざした行動を更に続けていこうとする矢先だったので、至徳の胸のうちを思うと哀切の情の溢れるのを禁じ得ない。甥の廣良氏が生前会ったことのない伯父至徳の残した資料を一九〇四年以来一世紀の間、大切に持ち続けていることは、至徳への愛情と敬愛の気持ちの深さを表し、人々の至徳顕彰に資すること大である。

展示品説明

①サンスクリット語文法を学習した練習帳

インドの言葉を一切知らない至徳が、一九〇二年七月十日から翌年の一九〇三年一月二十四日まで、タゴールが一九〇一年十二月二十二日に開設したばかりの草庵とでも言うべき非偶像非属性唯一存在（ブラフマン）修養道場学校で、未だ宿舎も十分でなく、食物も不自由で、トイレも不満足の中、サンスクリット語教師のジョゴダノンド・ライのもとで毎日サンスクリット語の文法の変化を習い、その残された練習帳には、印欧語族の中で最も精緻なサンスクリット語文法の複雑な格変化、活用変化をデーヴァナーガリー文字で練習し、それに日本語訳と英語訳を附している。インドの人々が書いているように実に驚嘆すべき勉強振りで、それに専念した跡が窺われる。アマラ・コーシャやバガヴァッド・ギーターまでも原文で読めるようになったのだから、このことが明らかである。ましてサンスクリット語の学習期間がたった三ヶ月であったことを考えると、全く驚異的である。

②サンスクリット語の辞書アマラ・コーシャを日本語に翻訳した綴

世界一精緻なサンスクリット語文法は紀元前五世紀にパーニニによって制定され、以後のサンスクリット語文法の規範となっているが、それの流れに沿ってアマラ・コーシャ（ベンガル語はオモル・コシュ）が、サンスクリット語辞典としてインドで重んじられているが、それを至徳はサンスクリット語原典から逐一日本語に翻訳して、完成原稿までもたらしている。英語の翻訳も添付している。アマラ・コーシャの成立年代は四世紀〜六世紀という説があり、その他学者の間では様々な学説があり、インドの中で歴史的に多くの注釈がつくられ、今でも珍重されている。

西洋での研究が中心となっているなか、インドに留まってインド人サンスクリット語教師から膝を交えて直伝して完成させたところに文化的歴史的意義がある。

③バガヴァッド・ギーター（神のうた）を学んで、「神のはなし」として毛筆で日本語に翻訳した綴

神のうた（Bhagavad-Gītāバガヴァッド・ギーター）を「神のはなし」として毛筆で綿密に翻訳している。

「バガヴァッド・ギーター」は、インド人がインド文学の中で最も秀でたものとして時代から時代にわたって尊崇の念を捧げてきたものである。

インドのカルカッタに十八世紀末葉にベンガル・アジア協会が設立されたが、その協会に属していたイギリス人チャールズ・ウィルキンズは一七八五年、初めて「バガヴァッド・ギーター」の翻訳をした。これがサンスクリット語文学の本格的紹介の始まりである。それから古今東西にわたって翻訳され有名になった。

内容は文学的、宗教的、哲学的に重要であり、サンスクリット語文学の碩学辻直四郎教授は「利己心なき義務遂行を強調するとともに哲学的知識を尊重し、それにも増して一切の神に捧げる熱烈な誠信を鼓吹する『バガヴァッド・ギーター』の神は、信者の敬愛と信仰に応えるに無限の神寵と恩恵をもってする、何人にも難きを強いず極端を避けて中道を尊び信仰の自由を認め……一切の人に解脱の希望を与え……」と書いた。熱烈な仏教徒でありながら至徳はこの書を選んで、毎日未だ荒涼としたシャンティニケトンの地で、毎日修業の如く、師ジョゴダノンド・ライのもとで、ヒン

ドゥー教随一の聖典「バガヴァッド・ギーター」のサンスクリット語原典の和訳を完成した。デーヴァナーガリーに英訳をも添えている。日本でも西洋のサンスクリット語の影響を受けた学者達が、明治・大正以来和訳を試みているが、至徳のインドにおけるインド人の師の下での翻訳の草稿の完成は貴重である。

勿論、現在、言語学的、文献的、宗教哲学的研究が百年も積重ねているので、至徳の翻訳は当時の情況を考慮して歴史的価値のあるものである。至徳の熱意の結晶と言える。

④カルカッタの住所録・知名人名簿

堀至徳は岡倉天心と共に一九〇二年一月六日にカルカッタに行き、すぐにカルカッタ郊外のハウラ村にあるヒンドゥー改革派の世界に声名を博しつつあるビベカノンド（ヴィヴェーカーナンダ）のベルル寺院にサンスクリット語の学習に行くが、健康を崩したのと、そこでの雰囲気に馴染まず、一九〇二年七月十日よりタゴールが開設したばかりの詩人の慰み、道楽と皮肉られていた非偶像非属性唯一存在（ブラフマン）修養道場学校に外国人として初めて行き、サンスクリット語を学び、翌一九〇三年二月二十四日からカルカッタに滞在し、ビベカノンドのベルル寺院の僧侶達とも交わり、ベンガル・ルネッサンスの美術家とも交わり、その他広くベンガル文化の担い手たちとも交わった。従ってその人達の名簿、住所が当時の至徳の交流の範囲及び社会的、文化的、民族派的雰囲気を暗示する貴重な資料である。一つ一つ詳細に調べることが必要である。

（二〇〇五年二月　ワタリウム美術館「岡倉天心展」）

堀至徳について

（原文＝ベンガル語／渡辺一弘訳）

堀至徳は、タゴールがシャンティニケトンに創設したブラフマン修養道場学校[1]の最初の外国人留学生であった。インドに滞在中に書かれた堀の日記は、長い年月にわたって、甥にあたる堀廣良氏のもとに保存されていた。一九六四年になって、ビッショバロティ大学元教授の春日井真也氏がこのことを知り、何通かの書簡とともに、とある学会誌に論文を発表した。

しかしこの論文では、インド側で得られた資料が使用されていないために、解釈も注釈もともに不完全なものとなっている。一方で私がこれまでに日本とインド両国で入手することができた堀至徳に関する資料や写真は、同氏の人生にさまざまな角度から光を当て、この人物の新たな評価を行うに足るものであると言える。

堀至徳とは何者だったのか、どのようにしてインドに渡航したのか、その目的は何であったのか――こうしたことを語ろうとすれば、多少の背景説明が必要となる。（中略）明治初年、政府は神仏分離令を発令した。この法律の狙いとするところは仏教の押さえ込みであった。この法律により、神社の境内にある仏教寺院は神社の一部と見なされた。

堀至徳は一八七六年（明治九年）に生まれた。祖先は代々仏教寺院として知られる戒光院[2]と関わりがあり、父の堀結城はその寺の住職だったが、寺が神社のもとに置かれることになって、結城はその地位を追われた。

このような状況のなか、至徳は仏教再興運動に身を投じ、「真教」[3]を探求する誓いを立てた。この「真教」というのは日本の大乗仏教の密教派に属する一派であり、至徳は自らその一派のひとりであった。一八九九年（明治三十二年）、至徳は丸山師[4]のもとで得度した。

その後真教を希求する思いはさらに募って行き、実家から東京まで各地を遍歴して、仏教の再興と真教の探求に努めたものの、自らの問いに対する答えはどうしても得られなかった。そこで至徳は仏教の生誕地であるインドに渡ることを決意した。

一九〇一年の七月、至徳は世に知られた碩学・岡倉天心と会い、インド行きについて相談している。直接の師である丸山貫長は、至徳のインド行きの計画に頭から反対していた。しかし師の反対を押し切って至徳は天心とともに門司港を出国し、一九〇二年一月一日、遂にインドのマドラス（現チェンナイ）港に到った。一行はマドラスから北進して、シャミ・ビベカノンド（スワミ・ヴィヴェーカーナンダ）の修養所のあるベルル寺院[5]にしばらく滞在したのち、コルカタに移った。

堀至徳がシャンティニケトンにやって来たのは、同じ年の六月十三日である。至徳はそこで真教の探求とサンスクリット語の学習に没頭した。こうして至徳はタゴールの学園の最初の外国人留学生となった。すなわちタゴールは、日本からのこの留学生受け入れをもって、自らの学園の国際化に着手したと言えよう。

至徳が残した日記から、タゴールがいかにこの青年に目をかけ、こまやかな気遣いをしていたかが分かる。タゴールは体調維持や学習の進め方について、至徳の相談に乗ったりした。タゴールの妻のムリナリニ・デビは自ら病気を抱えていたにもかかわらず、つねに至徳のことを気にかけていた。

至徳はまた、タゴールの娘のミラ・デビ(6)と徐々に親密になっていった。科学者のジョゴディシュチョンドロ・ボシュ(7)に宛てた書簡の中でタゴールは次のように書いている。

「私のシャンティニケトンの学校に、日本人の学生がサンスクリットを学びに来ている。とても良い子だ。私たちとはずいぶん親密になった。君の友人のミラは彼の部屋に毎日花を飾ったりして、すっかりその子を取り込んでしまった。彼から少しずつ日本語を習ったりもしている」

一方至徳に宛てたミラ・デビの手紙もまた、信愛の情にあふれたものだ。

先に述べたように、インドの文化、仏教そして「真教」について学ぶための手段としてサンスクリット習得の必要性を感じて、至徳はこの言語の学習を始めた。ベルル寺院、シャンティニケトン、そしてコルカタ……どこにいようと至徳はサンスクリットの学習に没頭していた。サンスクリット語の辞書として名高いオモルコシュ（アマラ・コーシャ）の和訳に熱心に取り組み、シャンティニケトンに滞在中の一九〇二年十二月二十九日、遂に翻訳作業は完成する。

至徳は日記に次のように記している。

「タゴール氏から私に、インドから中国や日本にもたらされたサンスクリット語による文献を探しだし、それらの写しをインドに持ってくる良い方法はないだろうかという問いがあった」

タゴールが東洋文明の共通性という点につねに思いをなしていたことが、この記述からあらためて証明される。

日本人の手になる工芸品の優秀さ、木工品の精緻さ、とりわけその美意識は、つねにタゴールを喜ばせた。至徳はタゴールからの依頼で、機織り機を製作していることが日記に記されている。

至徳は日本にいる時分から、写真を撮るのが得意だった。渡印にあたっては一台の高級カメラを携えて行っている。そのカメラを肩に、至徳はシャンティニケトンの各所を写真を撮って回った。ときには他人に頼んで自分自身の写真を撮影してもらったりもした。一九〇二年に撮影された貴重な写真のほとんどがこれまでに見つかっており、そのなかにはガラスの礼拝堂(8)の前に佇む至徳自身の写真や、チャティムトラ(9)を写したものなど、特に価値の高いものもある。

至徳は渡印前日本で、多少政治に関わっていたこともあったが、インド到着以降は「真教」の探求とサンスクリット学習に専心していた。だが、岡倉と関係があった何人かの政治関係者と知己になったこともまた事実である。日記によれば、警察署から二人の巡査がやってきて、日本から持参した短刀の所有許可証の件でいろいろ尋ねていったとある。当時インドを統治していたイギリスが、インドで岡倉やその知人たちに警戒の目を向けていたことがこの文から読み取れるようである。岡倉のように至徳もまた、イギリスからのインドの独立を内心では強く望んでいたのである。

至徳の甥の堀廣良氏宅で発見された、当時の貴顕の一人である近衛公爵に宛てた書簡の下書きには、「当地に来てからというもの、幸いなことにこちらの貴賓の方々と知り合う機会がありましたことを、またそういった方たちと話すなかでこの国の真の内情を知ることができたのを嬉しく思っております。しかしながら、私のインド来訪の目的は別でありますので、そうした話などをしたのは、時間があるときのみのことです」という旨のことが書かれている。

「この国の人々は誰もが、日本に好意を持ってくれています。どこに行っても温かなもてなしを受けます。こちらには極めて勇敢で、深遠な知識を備えた人物がいるように思われます。私が出会った人は皆、イギリス政府による統治に不満を抱いています。イギリス人たちがある種抑圧的だというのです。一般の人々も怒りを露にしています。しかし武器がないために立ち上がれないでいるのです。イギリス政府はインドの独立を鎖につなぎ止めてしまっています。……このような状況に私は深い同情を禁じ得ませんし、まことに残念に思う次第です[10]」

この書簡には、中国の著名な革命家・康有為が祖国への帰国の途次インドに立ち寄り、さまざまな人たちと話し合っていったことが記されている。至徳はこの書簡で、インドの独立実現のために、印中日三か国が条約を締結することをインドの人たちが希求していることを書いている。

インドの気候や桁外れの暑さ、慣れない食事に至徳は慣れることができなかった。「真教」探求の絶え間ない精進や、それを望むあまり心を張り詰めすぎたこともあって、すっかり体調を崩すことになった。シャンティニケトン滞在中に衰弱した至徳を心配し、タゴールは、さらには岡倉たちも帰国を勧めた。そうしたなか、一九〇二年六月十三日から翌年一月二十三日までを至徳はすこぶる平穏に過ごしている。一九〇三年一月二十二日付けの日記にはこうある。「朝Tagore氏むこ帰りて云、同氏二ヶ月位旅行に付其間当地にては定めし注意行届かずと存為、カルカッタ・シュレン氏[11][12]宅へ引きうつり被下、同処にて万事取賄ふとのこと」

至徳はその勧めに従い、一九〇三年一月二十四日、シャンティニケトンを離れてコルカタに向かった。そしてこれ以降シャンティニケトンを再び訪れることはなかった。

至徳の日記は一九〇三年の四月十二日で終わっている。だが、建築家の伊東忠太によるさまざまな文章から、至徳のその後の動向を知ることができる。伊東忠太はその後東京大学教授を務めるなど、建築家としての名声を確立した人である。至徳と伊東はこの年七月に知り合っている。

至徳はシャンティニケトン以外のインド各地を巡りたいという思いを長く抱いていた。だがその機会はなかなか訪れなかった。そんなときに伊東忠太がインド旅行にやって来た。至徳は伊東に同行することにし、八月十一日出立した。ふたりはブッダガヤ、ラジギール、サルナート、アラハバード、サンチー、ボンベイ、アジャンタ、エローラ、チトル、ウダイプル、ジャイプル、アーグラー、ゴアリヤル、ブリンダーバン、アムリッツァル、ラホールなどをまわって十一月十二日、ラワルピンディーに到着した。それからカシミール地方の旅行に出かけたのだが、スリナガルから戻る途中の十一月十二日、至徳は事故で左手の親指に深い傷を負った。適切な治療を行うことができなかったため、その傷が化膿し、それがもとで破傷風に罹患し、十一月二十三日午前七時、ラホールの病院で亡くなった。

インド到着以来、堀至徳は精神的に満たされた気持ちになったことはなかった。「真の宗教」の探求への意欲と自問の苛烈さが至徳をつねに落ち着かない気分にした。ついにはそうした満たされない心のまま、この世に別れを告げなければならなかった。おそらくその瞬間、至徳は己を、そして真の宗教を見出だしたのではないだろうか。

シャンティニケトンほかインドの各所で記された青年・堀至徳の日記は、この真摯な求道者の修行と成就を克明に伝えている。

＊文中の至徳の日記からの引用は皇學館大学『堀至徳日記』（二〇一六年刊）によった。

（1）Brahmacharyāshrama　タゴールが一九〇一年十二月シャンティニケトンに創設した学校。現在のビッショバロティ大学（タゴール国際大学）の基となった。
（2）奈良県桜井市にあった寺。
（3）「真の宗教とは何か、自分の属する真言宗の精神はインドでどのように生きているか、そのことを（至徳は）真教ということばで表している」（我妻和男『タゴール』一六一ページ）
（4）室生寺の丸山貫長。
（5）コルカタ郊外のハウラにある。
（6）タゴールの三女。一八九三〜一九六六。至徳がシャンティニケトンに滞在していたころはまだ幼い少女だった。

（7）物理学者。無線通信技術の研究で知られる。一八五八～一九三七。

（8）シャンティニケトンにある礼拝所。色ガラスでできていることからこのように呼ばれる。

（9）「チャティム樹（七葉樹）の根元」が原義。タゴールの父デベンドラナトがかつてここで休息したとされ、シャンティニケトン発祥の場所とされている。

（10）原文を知ることができなかったため、我妻訳の堀至徳日記から再訳した。なお皇學館大学版『堀至徳日記』の年譜によれば、至徳は一九〇二年四月、近衛公爵宛にインド事情を記した書状を出している。

（11）タゴールの次女レヌカの夫、ショッテンドロナト・ボッタチャルジョ（我妻和男 "Shitoku Horir Dinapañji" 七五ページ）。

（12）タゴールの甥。次兄ショッテンドロナトの長男。

タゴールと平等通昭(1)

（原文＝ベンガル語／渡辺一弘訳）

インド学者として知られる平等通昭（びょうどうつうしょう）は、一九〇三年横浜に生まれた。東京帝国大学を卒業後、さらなる学究のため平等はタゴールの設立したビッショバロティに向かった。帰国後は日本大学で長く教鞭をとった。仏教文学とパーリ語の権威であった。その学識を認められ、後年コルカタのロビンドロバロティ大学から名誉博士号を授与されている。『印度仏教文学の研究』『ジャータカ物語本生話』『国語に入った梵語辞典』など多くの著作を遺したが、インド留学中の思い出を綴った『タゴールの学園』で平等はタゴールとの関わりを以下のように書いている(2)。

「大正十二年春五月のある午後のことだった。五月晴れの若葉の緑濃い東京帝国大学の構内の文学部の講堂で東洋の詩聖サー・ラビンドラナート・タゴール博士の講演があった。（中略）私はその四月大学へ入学したばかりの年だった。私はここで印度古典文学と梵語を勉強する為に（中略）文学部の梵語学梵文学科に入って来たのだった。（中略）

翁はアメリカへの二度目の講演旅行の往路か帰路だった。そしてこのことはアインシュタイン教授の講演と並んで異例のことで、その後もこういうことは少なく、翁に名誉を与えたことにもなる。ノーベル賞の東洋唯一の受賞者の翁も、この講演を受諾したことは、日本の大学に重点を置いたことにもなる。（中略）

講演は英語だったが（中略）通訳はつかなかった。タゴール博士は長身で、亜麻色の長髪をのばし、鼻の高い、彫りの深い顔立ちで、目はくぼみ、眼光鋭く、顔色は浅黒かった。ガウン様の長衣をまとい、布地は麻らしく、緑色をしていた。その声は静かでよく通り、銀の鈴の変かと思うばかりすんで、綺麗だった。

タゴール翁は東西文明の比較を述べて、東洋文明の特長、特にインド・日本の文化の卓越を説いたようだった。ようだ、というのは、私のヒアリングは弱く、（中略）タゴール翁の講演はよく判らなかったが、私は再び高校時代に（中略）買い求めた詩聖の英文詩集『ギタンヂャリ』（『捧げ歌』）・『ガードナー』（『園丁』）や論文『サーダーナ』（『生の実現』）をとき折しばらくは翻き初(ママ)めた。私はその時外国へ留学する機会あらば、インドのサンチニケタンのタゴール翁の学園で梵語を勉強しようと、心に確(ママ)く定めたことだった。

大学で梵語を学んで、大学院五年を終え、馬鳴作ブッダチャリタ（『仏陀の生涯』）を和訳公刊し、その研究『梵文仏伝文学の研究』を公刊し終ると、私は梵詩—印度古典文学の研究に印度修辞学アランカーラの知識が肝要なことを痛感した。そして日本にはその専門家がいないので、〔恩師である〕高楠〔順次郎〕博士に推薦をお願いし、――先生はサンチニケタンに行かれたこともあり、タゴール翁とも親交あり（中略）――サンチニケタンで研究するのに御賛成だった。（中略）

こうして昭和八年四月横浜港を日本郵船の榛名丸で出発した。（中略）〔同年〕十月、上海を発って、日本郵船欧州航路の香取丸でシンガポールに着き、日本郵船の貨物船鳥取丸に乗り換え、ピナン・ラングーンを経て、カルカッタ港のキダープール[3]に着くとカレッヂストリートにある大菩提協会々館に厄介になった。（中略）

恩師高楠教授からタゴール翁に推薦依頼状が出ている筈だが、念の為教授申込書を書き、東京帝国大学の英文卒業証明書（外国留学用の）の写しを同封して投函しておいた。博物館などカルカッタ見物をやっている内に、案外早く英文の手紙が来た。

『貴方の来学は歓迎される。ヴィドヤバボン（研究院）にてヴィヅュセーカラバッターチャルヤ[4]教授の個人指導を受ける便宜を与える。希望の印度修辞学（アランカーラ）を研究する為、あらゆる便宜を計る。月謝は無料とする』。と認めてあった。（中略）

印度は秋十月十一月は祭月で、色々の神々の色々の祭があり、学園の授業は休業中だった。私はその間に予定通り仏跡行脚を果したいと思って、（中略）仏陀伽耶へ夜行列車で発った。

鹿野苑（ろくやおん）、王舎城、ルンビニー園、迦毘羅（カピラ）城、（中略）を終って（中略）ベナレスのヒンヅー大学にマラヴィヤ学長を訪ねた。（中略）私はベナレス郊外のサールナートの大菩提協会内の、根本香寺に壁画を描いている野生司香雪（のうすこうせつ）画伯の宿舎に辿りつき、（中略）ここから唯一人、私にとっては最初の目的地サンチニケタンに出発した。

列車中に一泊して、バルドワンで朝早くローカルの軽便鉄道に乗り換えて、教えられた通り、ボルプール駅に降りた。ここはプール（城市）と名乗ってはいるが、めぼしい人家らしいものは寥々（りょうりょう）とした、一本通りの淋しい町だった。ここでエッカ（一頭立て馬車）を雇って、サンチニケタンへと命じた。（中略）この町はタゴールの学園さえなかったら、インドの平凡な知られない小町に過ぎないのだろう。（中略）馬車はすぐ町並みを離れて、平らな野原の中の幅広い道を走って行った。所々に大きな沼のような池があって、水をたたえて、女の人がサリーを着たまま水浴していた。ところどころにパパイヤやバナナの木が生えていたが、畠らしいものも見当らぬ、（中略）どことも変ったことのない印度の普通の風景だった。十五分か二十分走ったと思ったら、左手に珍しく緑濃いこんもりした森が見えた。森の中には（中略）印度瓦葺きの建物が見受けられる。（中略）入って、すぐ右側の漆喰造りの小さな洋館に着いた。（中略）やや暫くしてこの事務所に小肥りの中背丸顔で色黒の年輩者と色は浅黒いが背の高い眉目秀麗な青年が現れた。（中略）カラバボン

（芸術院）の院長の〔ナンダラール・〕ボース氏と子息のヴィシュ氏であった。（中略）

翌日早朝、ナンダラル・ボース氏が訪ねられ、連れられて、タゴール翁に挨拶に伺うことになった。ウッタラーヤナ（北の館）というタゴール翁の邸宅の玄関わきのヴェランダでタゴール翁にお目にかかって、挨拶した。（中略）タゴール翁に面と向かって会うのは、初めてだった。まず高楠教授がよろしく言った、との伝言を伝え、（中略）東京大学と大学院でジュン高楠教授の下で、八年間梵語を勉強したこと、サンチニケタンで印度修辞学を勉強する為留学して来た、一九二四年五月にタゴール翁の講演を聞いて感銘を受け、サンチニケタンで勉強することに定めた。今度ヴィドヤバボンでヴィヅセーカラ・バッターチャルヤ教授の下で勉強出来るようにアレンヂして下さって有難い、とお礼の言葉を述べた。翁は私に和やかな眼差しを投げて、言葉少なに、サンチニケタンによく来てくれた、困ることがあったら、このボース氏に言ってくれ、出来る限りの便宜を計らせるから、研究が成就するように祈る、と述べられた。（中略）私は『又参ります（アイ・シャル・カム・アゲーン）』と言って、二人は立って印度風に合掌して『ナマシカ』（「南無」「帰命頂礼」の意。「敬意を表する」意味）と言って、ここを辞した。肩が軽くなった思いがし、ほっとした。（中略）

それから三日目、私の新しい師によれば、その日は吉日というので、私の最初の受講の初る（ママ）日だった。私は十時前にノートと万年筆と（中略）敷物を持って、宿舎を出た。ここでは洋服は嫌われて、着ている者は一人もいない。その日は私は帷子の和服に袴をつけ、その上に今日だけの黒の布袍（僧衣）を羽織り（中略）出かけた。（中略）森の中の道をしばらく行き、校舎の間の道を右に折れると、図書館だった。その二階の露台に私の講義場があった。

〔この学園では普通〕今のような乾季には室外で、林間の木蔭で教授される。粘土で、一尺位に高く築いた、馬蹄型プラットフォームの空所の所に黒板を立て、その前に教師が立ち、授業しているのだ。そして木陰が移れば、暑くなるので、別の日蔭のプラットフォームに移動するのである。（中略）この林間学校的教育がサンチニケタンの特長だった。私のように図書館の屋上の露台で講義を受けるのは、極上なのだ。（中略）階段を上って、露台に出ると、待ち兼ねたように、バッターチャルヤが室内から出て来た。（中略）お互に『ナマシカ』と言って、合掌したが、私は更に日本風に丁重に低く頭を下げた。（中略）教授も（中略）敷物の上に按坐をかいた。私も向き合って、コンクリート床の上に正座も出来ないので、印度風に敷物の上にあぐらをかいた。机はない。教授はダンディンの『アランカーラ』について英語で解説を初めた。私は遙々印度に、日本には専門家のいない印度修辞学を学びに来たのだが、テキストが私も知って、持っているダンディンの『アランカーラ』（テキストは梵文に英訳が付いている）であったのは、安易であった。教授はそれを英語で説明するのだ。私は梵語詩の韻律の名、その名の韻律の特長、各種の譬喩などについて、欧米の美学・

修辞学と違う、それでは解釈出来ない印度詩学を学びたくて、瘴熱の地に来た訳である。私は日本の大学の講義並みにアーチャルヤ(5)の講義（英語）をディクテートし初めた。然し、教授は私の筆記をとどめて、『手をおいて聞いておれ』と言う。私は折角印度まで来て、それをただ聞いて、理解して、心にとどめておくことは出来ない。それでは帰国するまでに忘れ去って、帰ったら、何の為に印度に留学したのか、判らなくなってしまうだろう。（中略）私は『年令で暗記は出来ない。メモを取らねば忘れる。日本の大学のやり方だから。』と、このディクテーションは我儘を通した。遂に教授も匙を投げて、黙許することになった。（中略）こうして三月末までアーチャルヤの懇切で懸命な講義は毎日続き、それを聞く私の日課も続いた。（中略）

ダージリンから帰って、私はカルカッタのタゴール地区のタゴール邸にグルデーヴァ(6)を訪ねた。グルデーヴァはその時サンチニケタンを去って、カルカッタに来て居り、翁はほほえんで、私を迎えてくれた。そこで、私は『帰国する』と別れの挨拶をして、連れてきたカルカッタ在住の日本人の写真師に翁と並んだ記念撮影をして貰った。（中略）私は有り合せの画用紙に翁の揮毫を頼んだ。翁は無造作に万年筆で『光は東方より』とベンガル語と英文の達筆で認められた」

別れに際してタゴールは平等に、帰国したら日本の人たちに呼びかけて、シャンティニケトンに日本学院を建設するよう努めてほしい、と伝えた。

筆者（我妻）は一九六七年から七一年までビッショバロティに教授として勤務し、帰国した後に平等と話し合って翌七二年、「日印タゴール協会」を立ち上げた。そして協会として、当時のインディラ・ガンディー・インド首相にあて、ビッショバロティ大学にニッポン・ボボン（日本学院）建築の許可を求め、要望書を提出した。首相はこの計画に極めて前向きだったが、その突然の死により[7]、計画はしばらく頓挫することとなった。

一九八八年の「インド祭[8]」で来日したビッショバロティ大学の副学長ニマイシャドン・ボシュ博士が、かつてシャンティニケトンで教えたり、学んだりしたことのある日本人たちに、日本学院建設費用を募ってはもらえないだろうかと頼んだ。これを受け、翌一九八九年、日本在住のビッショバロティゆかりの人々やタゴールを慕う人たちが集まり、「日本学院建立委員会」を設立した。平等がこの委員会の会長に、私は事務局長に就任した。一九九一年五月、八十八歳になった平等は、私たちとともにシャンティニケトンを訪れ、長年の念願だった日本学院建設のための定礎式を行った。

そして一九九四年二月三日、K・R・ナラヤナン副大統領（当時）や駐インド日本大使の列席のもと、日本学院の開所式が実施された。だが残念なことに平等の出席はかなわなかった。その前年、一九九三年九月に逝去されていたからである。開所式では平等に代わって私が挨拶し、子息の平等勝尊氏が父上の写真を抱いて列席したのだった。（文中敬称略）

（1）初出Maha Pandita Rahula Sankrityayana Birth Centenary Volume中の「タゴールやラーフラと接したインド学者平等」より抜粋。
（2）引用部分は平等通昭著『タゴールの学園』（一九七二年、印度学研究所）による。
（3）キディルプル（Khidirpur）
（4）Bidhushekhar Bhattachārya Shāstri（一八七九～一九五八）
（5）（ヒンドゥー教の）学識のある人、教授。
（6）ロビンドロナト・タゴールの呼び名。主にタゴールの信奉者、愛好家が使う。
（7）一九八四年十月三十一日、自身の警護に当たっていた警官に殺害された。
（8）インドの文化を紹介する目的で実施された大規模な催し。日本各地で美術展や写真展のほか、映画、演劇、音楽など各種のイベントが行われた。

タゴールと二人の柔道家[1]

（原文＝ベンガル語／渡辺一弘訳）

タゴールは文学や哲学、絵画などにとどまらず、人間の生活において運動やスポーツの必要性をも重視していた。自らの人生を振り返った作品「思い出」では、幼少のころカナという名の格闘技家からレスリングを習ったことを記している。また、体操競技、水泳、トレッキングなどにも興味を抱いていたことが知られている。

タゴールがスポーツを通じた身体づくりを重視したのにはいくつかの理由があった。ひとつには、スポーツが人格向上に役立つという思いであり、ふたつめは、女性にとって護身のための簡単な技が身につくという考えもあった。さらにイギリスの支配下にあったインドで、スポーツや運動は、外国による搾取に対抗するために若者たちの体や心を強くするのではという期待も、タゴールは抱いていた。

そのためタゴールは杖術やハドゥドゥ[2]をやるように皆に勧めていたことが散見される。例えばある書簡には「『ハドゥドゥ』の本を頂き、ありがとうございました。この競技を我が国で再び広めようとのご努力が実を結びますよう、祈っております。ハドゥドゥは私どもの学園でも、子どもたちの間で人気です」(ベンガル暦一三三四年マーグ月二十六日付)[3]とある。

日本および日本人にタゴールは大いに興味を抱いていた。一九〇一年には日本を訪問したいとの意向も明らかにしている。一九〇二年に日本の著名な美術評論家・岡倉天心と知己になった際には、シャンティニケトンの人々に柔術[4]を指導してくれるような人を派遣してはもらえないかと依頼した。当時は柔術は現在ほど知られてはいなかった。

天心はインドから帰国後、シャンティニケトンに柔術の師範を派遣するために動いた。だがそのころシャンティニケトンのタゴールの学園について知る人は極めてまれで、そこに行こうという柔道家を探し出すのには長い時間が必要だった。

しかし、ついに岡倉の説得に耳を傾けた慶應義塾大学の福澤塾長が、大学の卒業生のひとりである佐野甚之助を一九〇五年、柔術の師範としてシャンティニケトンに送り出した[5]。

佐野はシャンティニケトンに三年間にわたって滞在し、柔術と日本語を教えた。シャンティニケトンでの仕事を終えた後も佐野はさらに数年をインドで過ごし、日本に帰国してからもインドとの関わりを絶やすことはなかった。タゴールの数回に及ぶ日本訪問に際しては、佐野はその都度詩人の歓迎に重要な役割を果たした。一九二四年にはタゴールの長編小説『ゴーラ』をベンガル語から翻訳している。

一九二九年、タゴールはカナダからの帰途、日本に数日間立ち寄った。このときある大企業の社主でタゴール歓迎委員会の委員長を務めていた大倉邦彦[6]に、シャンティニケトンに再び柔術の師範を送ってくれるよう頼んでいる。大倉は日本においてオリエンタル文化の価値を認める者たちのひとりだった。そしてタゴールを深く尊敬していた。そのタゴールから依頼を受けたことを晴れがましく感じた大倉は、講道館の創設者・嘉納治五郎に相談した。嘉納が柔道の指導者としてタゴールに推薦したのは高垣信造だった。高垣は講道館で五段の段位の持ち主だった。タゴールは一切の旅費や存分な給与などを手配し、一九二九年の終わりごろ高垣をシャンティニケトンに招請した。

高垣が渡印する少し前、東京日日新聞に掲載された記事のなかで大倉はこう語っている。

「インドのベンガル州に、ある詩人が建てた学校がある。そこでは六、七歳の子どもから二十三、四歳の若者にいたるまで、約二百人の男女学生が学んでいる。生徒たちは時おり川のほとりにピクニックに出掛けたり、『修業者たちの森』の理想にしたがって樹の根元に座って授業を受けたりしている。この学校が目指すのが子どもたちの心を一体化させる教育であることは特筆に値する。タゴールは各国それぞれの文化に敬意を抱いている。それゆえ、当然柔術を大切なものと見なしている。そんな詩人が柔術について考えているのは、これは単なるスポーツや力を誇示する手段または発揮するための技術ではなく、日本的な精神性と道徳観が顕れたものだ、ということである。そんな信念のもと、タゴール氏は私に、シャンティニケトンに柔術の師範の派遣を依頼された。私もタゴール氏と全く同感である。私は氏の申し出に心打たれ、その希望に相応しい指導者を推挙できたことを嬉しく思っている。その人物の名は高垣信造という。氏は酒を嗜まず、穏健で素晴らしい人格の持ち主である。柔術を通じて日本の精神と理想をインドの学生たちに伝えるのに、これほど適切な人物はいない(7)」

高垣信造は一八九九年、東京に生まれた。日本大学商学部を卒業した後カナダのコロンビア大学に留学し、経済を学んだ。柔術を習い始めたのは幼少の頃で、その後も鍛練を欠かさなかった。一九二四年にはカナダで柔道の練習場を開き、三年にわたって指導した経験を持っていた。カナダでのこの経験が、柔道の国際的な認知度と人気を高めようとする高垣の最初の試みだったと言えよう。カナダからの帰国後は母校日本大学で柔道の指導に当たっていた。さらに講道館では役員に任ぜられていた。そうしたことから嘉納治五郎を通じてタゴールから招聘されたときには、全く躊躇することなくその申し出を受けた。

一方、タゴールはシャンティニケトンに戻って柔術指導のための態勢を整え、それ用にトタン葺きの建物も作った。柔術の練習場には畳を敷かなければならないが、手に入らないために床の上に筵のようなものを敷いて間に合わせようということになった。

一九二九年十月、高垣はシャンティニケトンにやって来た。その日タゴールも出席してゴウルプランゴン(8)で盛大な歓迎式典が催された。シャンティニケトンの住民たちは、花輪と歌で高垣を迎えた。シャンティニケトン在住の日本人大工・コウノ(9)が高垣の挨拶をベンガル語に訳して伝えた。到着後二日間は「シャンティニケトンの家(10)」に宿泊したが、その後は現在のビッショバロティ生活共同組合の裏手にあった茅葺きの一軒の家に住む手筈が整えられた。高垣がシャンティニケトンに到着して二か月がたったころ、タゴールは「躊躇(ためら)えば自らを貶める」という歌を作って贈った。

高垣がやって来たのち行われた話し合いで、シンホショドン(11)で柔術を指導する手配がなされた。二段に並べた煉瓦で四方を囲い、そのなかに藁や端切れが敷き詰められ、さらにその上に畳の代わりに厚手の帆布を縫い合わせたものがかぶせられた。柔術の稽古に相応しい、柔らかすぎず、また固すぎることもない場所を作るための工夫だった。高垣は柔道着用の厚手の布地を日本から持参していた。この布を縫って柔道着が作られた。こうして柔術の指導がようやく始まった。小学部の高学年の男子生徒には、柔術の授業は必修とされた。女子生徒のなかでも、親の承諾を得たうえで自ら進んで履修した者が数人いた。

こうした授業の一環としての指導の他、特別稽古も行われることになった。この稽古に応募してきた者たちの選抜に当たったのは、数学の教師でスポーツに優れていたビッショナト・ムコパッダエだった。しかし誰を選ぶかの最終判断は高垣に委ねられた。学園の職員や教師の応募者のなかから選ばれたのはモノモホン・デー、数学教師のプロフッロクマル・ダシュグプト、木工のヌリペンドロナト・ドットだった。そろっていかつい容貌で、いかにも柔術を学ぶのに向いているようだった。女性でも熱意に溢れた参加者たちがいた。オミタ・シェン[12]、ニベディタ・ゴーシュ、ジョムナ・シェン、ギタ・ラエなどである。さらにゴウルゴパル・ゴーシュ、ブペン・コル、ゴラチャンド・ボシュといった人たちも稽古にやって来た。さらにシャンティニケトンで柔術が教えられているという話を聞きつけて、インド各地から大勢の志願者が集まってきた。こうした人たちのなかでは、ケララから来たメナン・ブラトリドゥワエ、コルカタのニルモルクマル・ボシュらの名を挙げることができる。ゴウルゴパル・ゴーシュは一九〇五年から〇八年にかけて佐野甚之助の指導を受けたことがあった。

シャンティニケトンの柔術は次第に評判となり、弟子の数は五十人から多いときには四百人ぐらいまでになった。そうなるとシンホショドンでは収まりきれなくなり、ゴウルプランゴンの広場でも稽古が行われるようになった。高垣は通常週に三日、一時間ずつ指導に当たった。いつも五十人ほどの男女が指導を受けにやって来た。稽古では背負い投げや足払いなど柔術のいろいろな技が教えられた。タゴールはよくこうした技を見に来ていたという。

プロバトクマル・ムコパッダエは『タゴールの生涯』で次のように書いている。

「詩人はベンガルの子どもたちが、とりわけベンガルの娘たちが護身のためにこの技を習得することを望んでいた。ベンガルの地では女性が乱暴されたり尊厳を傷つけられたりということがしじゅう起きている。悪漢どもの手から自分を守るためのこの容易な武器をベンガル人たちが喜んで受け入れるようにというのが詩人の思いだった」

高垣が赴任して一年後の一九三〇年十一月六日、妻がシャンティニケトンに到着した。星真機が同行していた。星は茶道と華道の指導のためにやって来たのだった。さらに一年後の一九三一年十月六日、高垣夫妻に男の子が生まれた。タゴールは日の出ずる国から来た高垣の子に「ウッジョル・シュルジョ（輝く太陽）」の名を贈った。高垣はこの意を汲んで日本名を「アキラ」とした。

私（我妻）が一九六七年から七一年まで、ビッショバロティ大学の教授としてシャンティニケトンに滞在していた機会に、かつて高垣と接したことのある複数の人たちから、その人柄や仕事ぶりについて話を聞くことができた。

画家ノンドラル・ボシュの子息のビッショルプ・ボシュはこう回想した。

「高垣さんには、私が日本を訪れるにあたってビザの取得、日本語の勉強、それに私が乗った船のキャプテンと顔つなぎをしていただくなど大変お世話になりました。私と一緒にホリホロンも日本に行ったのですが、やはり高垣さんが必要なことすべてをやってくださいました。その後もう一度、タゴールに言われて日本に行ったことがありますが、高垣さんから東京にいる間に、奥さんをシャンティニケトンに行く気にさせてほしいと頼まれました。それで私は奥さんやお姑さんと会って、シャンティニケトンでの生活の様子などを話して聞かせ、その気になってもらおうとしたものです」

ウペンドロナト・ダーシュも当時のことを美しい思い出として記憶している。

「タゴール師はよく、柔術は単に自己防衛のためだけでなく、自信を培い、心と体の注意力を高めるためなのだとおっしゃっていました。師の招請によって日本から高垣さんのような第一級の指導者が派遣されたのです。高垣さんが手配して、日本大使館から日本人が何人か、柔術のデモンストレーションのためにシャンティニケトンを訪れたこともありました[13]。最初は日本人同士で対戦して柔術のいろいろな技を示してくれました。その後でシャンティニケトンのインド人学生たちとの稽古が行われました。歓迎会ではコウノさんが通訳を務めました。高垣さんは家ではいつも日本の着物を身につけていました。何度か招かれてお茶をごちそうになりに行ったこともあります」

ギタ・ラエも当時の高垣のことを鮮明に覚えている。

「高垣さんはシャンティニケトン滞在中いろいろな苦労がありましたが、それらを苦労と認めようとはしませんでした。高垣さんから一年遅れて奥さまとお嬢さまが合流なさいました。お宅には何度も呼んでいただき、和食をごちそうになりました。奥さまはいつも笑顔で私たちを迎えてくださいました。ときにはお宅で私たちがベンガル料理を作って食べていただいたこともありました。高垣さんは少々気難しいかたでした。柔術の稽古で教えていただいたことを、私たちが完全にできるようになるまで解放していただけませんでした。誰をも公平に可愛がってくださいましたが、柔術を一生懸命稽古する弟子にとりわけ目をかけてくださったように思います。女学生のたちのなかでは、私たち四人が定期的に教えていただいていました」

ショメン・ラエはスリニケトンでの仕事に関連して、タゴールにより日本に派遣されたことがあった。

「私は控えめな性格です。ビッショナト・ムコパッダエが特別派遣団のメンバーの人選を行いました。私は控えめだからという理由で選ばれたわけではありませんが、最終的に高垣さんが私を指名してくださいました。柔術の稽古は週四日、夕方に行われました。朝にしたこともあります。型の練習と組み稽古をしました。私たちの仲間ではモンモホンたちが体が大きく、私はその逆でした。ある日の稽古の最中、私が技をかけてモンモホンを投げ飛ばしたことがあります。これこそ柔術の目指すところです。その日はタゴール師と高垣さんに大いにほめられました。

こんな出来事もありました。芸術学部では年に一回、みなでそろって旅行に行く習わしがあったのですが、あるとき、乗り込んだ電車がたいそう混んでいました。そのためみなが同じ車両に乗ることができませんでした。高垣さんとギタ・ラエ、ジョムナ・シェンはひとつの車両に座り、他の女学生用に別の車両に席を捜しに行ったのですが、大きな図体の男がひとり、列車の通路で寝ていたのです。女学生たちはまたいで通るわけにはいきません。私は最初通してくれるよう頼んでみたのですが、その男はどこうとしません。繰り返し頼んでいるうちに相手は怒り出して、いきなりつかみかかって来たのです。そこで柔術の技を使って男の喉を抑え込んだところ、相手は手も足も出ず降参しました。

私は一九三四年、タゴール師の指示で日本に手工芸の修業に行きました。翌年、高垣さんのお宅を訪ねました。高垣さんはとても喜んでくださり、シャンティニケトンのことをあれこれ尋ねられました」

また、ビノドビハリ・ムコパッダエは「高垣さんはとても誠実でまじめな方でした。ショメン・ラエをとても可愛がっていました」と回想している。

シュジト・ムコパッダエには別の思い出がある。

「高垣さんは生の魚を食べていらっしゃいました。よくベンガル人を自宅に招いていらっしゃいました。またあるとき、ベンガル人の家に招かれて、カテッジチーズのスイーツなどたくさん召し上がったのですが、それから二日後にお腹をこわされてしまったのです。回復されてから『料理はとても美味しかったが、また大変なものでもあったよ』などと冗談を言っていらっしゃいました」

ニベディタ・ボシュはこう回想する。

「高垣さんは少し気難しい性格でしたが、奥様はとても明るい方でした。おふたりとも誰とでも分け隔てなく交際していらっしゃいました。高垣さんが一日に十二個も玉子を飲むのを目撃したことがあります。毎週水曜日になると、みなで井戸のところで柔道着を洗ったものです。それから、高垣さんは私たちを招いて寿司やすき焼きをふるまってくださいました。ご自分で白帯や黒帯をこしらえていらっしゃいました。私たちは最後に黒帯をいただきました。

タゴールの招請に応じて高垣さんがシャンティニケトンで柔術の指導を始められてからというもの、習っていた私たちにも声がかかるようになり、高垣さんに引率されて方々に演武に出かけました。バナラシで開かれた全アジア教育会議に呼ばれ、参加したことがあります。ゴウルゴパル・ゴーシュ、メナン・ブラトリドゥワエ、ブペン・コル、ゴラチャンド・ボシュ、オミタ・シェン、ニベディタ・ゴーシュ、ジョムナ・シェン、ギタ・ラエ他数人が一緒でした。高垣さんご夫妻と星真機さんもいらっしゃいました」

星真機の『印度雑記』ではそのときのことが次のように記されている[14]。

「（一九三〇年）十二月二十七日。朝もやの中に印度の北平原が明ける。（中略）七時半ベナーレス[15]駅着。八時半ヒンズー大学[16]の女子部に私達[17]は落ち着く。（中略）高垣氏夫妻は大学より六マイルという、郊外の政府の建物に泊まられる。生徒等に柔道の稽古をされる。（中略）十二月二十八日。八時半より教育大会会場で、柔道の型の実地が展示される。高垣六段の英語にての挨拶があり、日本語の号令で生徒等の型が行われる。広い校庭の中央に敷かれたマットの上に、遠く円く外に立並んだ幾千の人の、そして近くイスに着席した印度内外人の視線は、等しく投げられていた、日本の武士道の技術と云うのだから。そして印度タゴール翁の特殊校の、しかも女生徒等がすると云うのだから。高垣氏も緊張して居られた。生徒等も緊張していた。観ていた私も緊張した。二時間にして無事成功裡に終了。心配から解放された女生徒等は楽しげだった」

この演武会についてゴラチャンド・ボシュは以下のように回想している。

「参加したのは二十一人でした。交通費や旅行に伴うすべての費用は、タゴール師が負担してくださいました。演武会では最初の十五分は型を披露し、その後ふたりずつ組んで演武を行いました。最後は乱取りでした。あっという間に数千の観客が集まりました」

ニベディタ・ボシュは言う。

「大変に好評でした。私たち女学生が護身術を披露するのを見て、観客たちは感激したようでした。最初、私たちが柔術を習いたいと言い出したときには、女子寮の舎監はずいぶん反対しました。バナラシでの演武会が成功してからというもの、そういったことはなくなりました。あの日のことは今でも楽しく思い出します」

高垣の指導のもと行われたバナラシでの特別演武会には、のちにインド首相となるインディラ・ガンディーも観客として参加していた。年齢はまだ七歳か八歳ぐらいであったろう。後年になってインディラ・ガンディーはシャンティニケトンを来訪したおり、そのときの思い出を語っている。

シャンティニケトンの柔術チームにはバナラシばかりでなく、コルカタからも声がかかった。一九三一年の三月十六日、コルカタのニューエンパイア劇場でシャンティニケトンの学生らが柔術を披露した。このときはタゴールが舞台に立ち、自ら観客に高垣を紹介した。この日の催しの開始音楽として、「躊躇えば自らを貶める」が歌われた。

高垣たちはインドの独立運動の指導者、シュバシュチョンドロ（チャンドラ・ボース）の前で柔術を披露したこともある。また高垣はシャンティニケトン滞在中にネパールの国王から招かれて、一九三一年に同国を訪れて模範演武を行ったこともあった。その技の見事さに、王室の人々は大いに魅了されたという。

その後任期を終えてシャンティニケトンを離れた高垣は、コルカタのジャドブプルにあった国立教育会館で数か月を過ごした。

タゴールは逼迫した財政状況のなかで、大いなる理想に駆られて高垣を招聘したのだった。後年官僚主義の犠牲となってシャンティニケトンでは柔術が教えられることはなくなってしまったものの、高垣から柔術の指導を受けたことは、シャンティニケトンの住民たちの心に幸せな記憶と経験として刻まれている。

高垣は一九三二年の初頭、家族とともにアフガニスタンに移った。アフガニスタンの国王から強い招請を受けたからであった。そこで高垣は国軍の兵士や王族たちに柔術を教えた。高垣を大いに尊敬していた王の没後はいったん日本に帰国したものの、新国王に招かれて再びアフガニスタンの土を踏み、柔術の普及に全力を傾けた。このアフガニスタン在住中は、国王の同意を得て、インドのさまざまな地を巡った。各地の藩王から柔術を指導してほしいとの依頼を受けてのことだった。高垣が訪れた町には、ラホール、ハイデラバード、デリーなどがある。

高垣は後に「インドにおける柔術普及の試みの成功は、思いもかけないほどのものであった。インドの柔術修行者の数は十万を超える。インドの若者たちの言によれば、かつて仏教がインドから日本に伝わったことは大いに誇りに思うところであるが、日本からインドに柔術が伝わったのも同様に喜ばしいことである。その偉大な文化の担い手のひとりとなることができて、彼らは自分自身を幸せ者だと考えている。インドの若者たちは今や柔術の力を知った。その力をもって彼らはいつか母国に独立をもたらすであろう。指導を始めたころには、柔術の技を使って頭を押さえつければ、若者たちはすっかり意気消沈して立ち上がる気力もなかったものだが、今や辛抱して立ち上がろうとするようになっている。若者たちのこうした力のもととなっているのは、タゴール氏の真摯な取り組みと柔術に対する氏の厚い信頼なのである」

高垣は最終的にはアフガニスタンからコルカタ経由で日出ずる国日本に帰国した。その途上ビルマ〔現ミャンマー〕、マレー、インドネシアなどでも柔術普及を試みた。アフガニスタンに滞在中、高垣はイスラム教に入信している。

帰国した高垣のために、盛大な歓迎会が催された。その後は中国で何回か、第二次世界大戦終結後はアメリカで柔術普及のための活動を行った。さらに高垣は講道館の国際部長も務めた。

日印タゴール協会の集まりで、高垣は柔術普及の貴重な経験について話をしたことがある。同協会の事務局長としてその集いに出席していた私は、懐かしさに声を震わせながらの話を聞くことができた。それはとても感動的な瞬間だった。

高垣はタゴールに招かれたシャンティニケトンで、そしてその後も各地で、日本のこの武芸普及の機会を得た。柔道あるいは柔術の世界化を目指した高垣の活動のきっかけとして、タゴールの果たした役割はいつまでも記憶にとどめられるべきであろう。それゆえ、高垣について語ろうとすれば、タゴールがある日シャンティニケトンの心地よい緑陰のなか、若き日の高垣に贈り呼びかけたあの歌の一節が自然と心に浮かぶのである。

怖れを解き放て
自身の内に力を抱け
危機を克服せよ
躊躇えば自らを貶める

（1）原題は「タゴールと高垣信造」
（2）カバディの名でも知られる、南アジア地域で広く行われているチーム制のスポーツ。
（3）西暦一九二八年二月八日
（4）当時は柔道より柔術という言葉の方が一般的だった。「柔術」の名は今でも知られており、この言葉を見出し語としている辞書も多い。

（5）福澤諭吉か。ただし福澤は天心がインドに渡航する前の一九〇一年二月に逝去しており、本文内容にそぐわない。また、福澤の長男一太郎は慶應義塾の塾長を務めたが、就任は一九二二年であった。

（6）実業家。元大倉洋紙店社長。文化事業にも関心が高く、横浜に「大倉精神文化研究所」を設立した。東洋大学学長を務めたこともある。

（7）この引用部分は、我妻によるベンガル語訳をさらに邦訳した。

（8）シャンティニケトンにある広場。

（9）この人物についての詳細は不明。平等通昭の『タゴールの学園』には「一九〇五年には大工の河野氏が〔シャンティニケトンに〕招かれている」とある（五五ページ）。また一九二一年には「河合」という名の大工がやはりタゴールに招かれてシャンティニケトンに来たことが記されている（同書五八ページ）。

（10）ビッショバロティ大学構内にある二階建ての建物。

（11）ゴウルプランゴン近くにある建物。

（12）ノーベル経済学賞を受賞したアマルティア・センの母。

（13）「柔道は（中略）中々人気が出て、女子学生まで乱取りしたそうで、カルカッタの日本人は女子と柔道が出来ると、日曜日などはるばる押しかけた、とも伝える」（平等通昭『タゴールの学園』五九ページ）

(14)『印度襍記』二六〜二七ページ。原文は旧仮名遣い。
(15) バナラシ
(16) バナラシ・ヒンドゥー大学
(17) 星と女学生四人

さびしい日本の姿勢　日印文化交流の実態を考える

生きつづけるタゴールの詩

私は三年半にわたって、インドのタゴール国際大学で日本文化の紹介にあたり、昨年帰国した。インド滞在中、休みともなればすぐに私は、ベンガルの村から村へくまなく漂泊し、民衆と語り、村人と哀歓を共にする機会を得た。また、今春とこの八月の二回にわたり、私たち日印タゴール協会のメンバーは、当大学で文化交歓会を行い、また、インドの民衆生活に親しく接した。大学の創立者タゴール（一八六一〜一九四一）は、アジアではじめてノーベル文学賞を受賞した詩人であるが、タゴールの作詩、作曲になる歌は今なおベンガルの村々で愛唱されている。

このような生（なま）の体験から、私は次のような実感を得た。

第一に、どこの村へ行っても迎えてくれるインドの民衆のみずみずしい親しさである。第二に、インドでの学生、教授の日印学問・文化交流をしたいという切実な気持ちにいつも打たれ、現地にいてそれにこたえるすべが日本側として皆無といってよいことを実感し、苦しい思いをし続けたことである。インド人の呼びかけに対して、日本政府からの何の具体的便宜もなければ、民間の共鳴もなく歯がゆい限りであった。

しかし、日印間で個人的には、文化的働きかけが行われた。岡倉天心は七十年前インドでもっとも先進的であったベンガルの地を訪れ、タゴール一家とのつながりにおいて、インド独立運動と芸術ルネッサンスに密接にかかわりあいをもち、その後数年の間に、横山大観、菱田春草らを次々とタゴール一家のもとにおくった。

タゴール国際大学設立の理念の一つとして国際性と東西文化の融合がある。その理想に共鳴した東西の世界の一流の学者が踵(きびす)を接して集い、学問的交流が行われた。

それらの中に中国人も加わっていたが、長期的展望のきく中国人は、蒋介石を中心として民衆も華僑(かきょう)も基金を出し、当時として最大の中国学院を創立、万巻の書籍を寄贈、運営費を出し、インドにおける中国研究のセンターになった。独立後も、学院の意義を高く評価して、周恩来も親しく学院を訪れ、万にのぼる書籍を寄贈した。ここを起点として、現在ではインドで十以上の大学に中国講座が開かれている。

大学の日本学科は細々と

ひるがえって日本の場合、インド独立後早々に誕生した日本学科は、継続的に独立した日本学科としてはインド中で唯一のものであったが、今なお中国学院の一室に間借りの状態である。中村元(はじめ)、山室静諸氏の尽力で、四千冊の本が寄贈されたが、中国学院に比して全くさびしい限りである。

一方日印文化交流史の中で、タゴール国際大学の役割は非常に大きなものがある。日本語、日本文化、日本画、生け花、柔道、庭園、建築等を教えに、教授たちが、またインド文化、芸術を習いに学生たちが、あるものはタゴール自身の招聘(しょうへい)により、あるものはタゴールの理想に共鳴して、訪れた七十年の実績がある。またタゴール自身、五回にわたる訪日によって、日本の美感覚、芸術意識、日本文化の伝統を称賛し(もっとも日本の自然破壊と軍事優先については予言的警告を発したが)、タゴール大学からインド人教授、学生を多数日本におくっている。

このようなタゴール大学と日本との歴史及び現日本学科の実情に基づいて、タゴール国際大学に日本学院を創立する提案とその実現を期しての交渉が、日印タゴール協会を通して強力に進められているのである。

欧米各国に比べ余りに貧弱

総体的にみて、日本のインドにおける文化的活動は組織的には絶無に等しく、他の外国とインドとの文化的関係を比べてみるとき全く恥ずかしい思いをする。たとえばドイツは、有名なインド学者にちなんだマックス・ミューラー協会がインド七か所に創立され、永年にわたって学問的文化的交流を図り、タゴール大学にも表現主義舞踊などを見せに来たりするのである。今インド内に日本の文化交流のセンターなどどこにもない。

日本はそればかりではない。数万にも及ぶ日本文化に関して熱心なインドの学生に対して日本留学の奨学金がないに等しい。一年以上の期間のものは日本政府留学生の年間五人のみである。それも専門が指定されているので、日本語の習得者たちのほとんど全部に完全に門が閉ざされている。しかし独英米ソからは国家、州、大学、会社、個人などの数百から千という長期奨学金の授与及び招聘がある。日本政府もインドの学生、学者に対して百という単位で日本留学奨学金を与えるべきであると強く提案したい。

数年前、日本人に日印交流のための資金援助のことを提言したとき、必ずＧＮＰとか外貨とかがまだ外国には及ばないのだと弁解したが、しかし外貨過剰の現在も一向に改善されていない。またコロンボ計画とかその他で派遣された日本の学者や技術者がインドに熱心のあまり、長期滞在すればする程帰国後適職を失う可能性が多い。しかもインド側としては一年で交代していくような人々を望んでいないのである。

民衆のリズムの中に入ろう

要するに真に交流しようとする態度が基本的に欠けているのである。アジアにおける日本の経済援助、経済提携のみならず、日本語学校に至るまで、現地で反発を買っている場合が多い。それはアジア諸国は文化的経済的に遅れ、貧困な低開発国であるという認識を出発点としているので、日本が単に経済支配をもくろみ、自己の優越者意識を満足させようとしているという理由からである。これでは永続性を保ち得ない。

インドについても貧困と飢餓的悲惨さということを分析し強調するのが習わしのようになってしまっている。しかし四千年の文化的伝統と広大な大地と五億五千万の民衆の生活の歌を無視出来る人は一人もいまい。私たちは人類という単位の中でインドを私たちの存在の基盤の部分として必要としているのである。

その上にたって、相互の文化交流、受容が行われなければならない。最近、日本の若い人々がインドに興味をもちはじめているのも、日本の画一的機械的生活の息苦しさとか、経済的繁栄の陰の孤立感、意味の喪失感への自己反省によって、インドの生き生きとした多様性に惹き入れられるのである。それは単に、同時間的な多様性のみでなく、時間の併在にハッとするのである。つまり人間性回帰の原動力的文化に触れ、民衆の〝大地の歌〟を聞きたいという気持ちである。

従って文化交流もインドの民衆の中に入って行われなければならない。

（一九七二年九月二十日付『読売新聞』）

国際化する日本と南アジア

この十年、漸く日本も南アジアへも顔を向け、地道な南アジア文化探究に興味を抱く日本人がふえて来た。

しかし歴史を振り返ってみると、日本の国際化の呼び声は、アジアのことも視野に入れて、戦後、いたるところで聞かれて来たにもかかわらず、率直に、客観的にみてみると、欧米中心の政治・経済・文化の流れが主流であった。明治時代の福沢諭吉の脱亜論は、西洋の合理的精神による日本の文明開化と近代化にとって封建的、停滞的アジア的状況からの脱皮の必要性を説いたものであったが、第二次大戦後もまたアメリカによる第二の日本啓蒙時代ともいうべき時代が出現した。確かに、明治以来、西洋文明、西洋文化、西洋精神に、日本はあらゆる面で多大の恩恵を受けていることは、何人も否定できない明白な事実であるが、アジア諸国の文化に関する知識と理解が非常に少ないのも遺憾な事実であった。戦後知識人たちは、アジア・アフリカ・中南米の解放なる大きなスローガンを掲げていながら、例えば、アジアの文学の紹介など微々たるものであった。各企画百冊を越える世界文学全集が何回か出されたが、中国文学を除いたアジア文学は、ほんの数冊にすぎず、ここで問題の南アジア文学は、数百冊のうちたった一冊であった。何千年の歴史を持つ、秀れた、豊かな文学の宝庫を持ち、アジアで最初のノーベル文学賞を受賞した世界詩人タゴール等が輩出したインドのことを考えると異様なことである。大江健三郎が、ノーベル文学賞受賞の際、率直に「西洋精神に感謝する」とだけ述べて、東洋精神に少しも言及しなかったということに対して、アジア各国で批判の言葉が聞かれたのも、戦後日本の文学者の大部分の人たちの、アジア文学の教養の稀薄さを表している。

第二次大戦を含む十五年、アジア主義が蔓延し、支配に役立つアジア文化研究が行われた。戦後は、アジアに関してヒューマニズムと平等に基づく高邁な理念の宣揚と地道な社会と文化研究が行われたが、前述の如く、わが国の精神の最前線にアジアが登場することが少なかった。まして南アジアの場合はそうであった。楽器シタールの名手ロビ・ションコル〔ラビシャンカル〕や世界的映画監督ショトジット・ライ〔サタジット・レイ〕の評価は、欧米での賞讃と高評価の後はじめて、日本にも還流して来た。

ところが、この数年南アジアに対する経済界の関心の増大が、「アジア経済の時代」及び「インドの自由化」に伴って、著しくなった。インドの文化、生活への関心も、単に仏教と遺跡ばかりでなく、広く深くなり始めて来ている。ガンジス河畔の生活と思想を読み込んだ映画『深い河』が上演され続けられている。若い画家たちが、インドの自然と人と文化を描いて、さまざまな大きな展覧会で大賞を得始めた。今まで受動的であったインド音楽への、インド舞踊への関心が、内的変化を遂げて、今や日本人が、インドで、日本で、インドの音楽を演奏し、歌い、インド舞踊を踊る段階になった。ベンガルの村々を一絃琴を奏でながら、踊りながら歌う吟遊詩人たちと共に生活し、遂にその一員になった日本人女性が出現、インドで、自分で歌うバウルの歌をカセットで出しているほどである。

難関であったインド現代文学の翻訳紹介も、多様なインドの文学をすべて原語を苦労してわが物にして、その精神と味を日本の読者の心に訴え得るほどの段階に達して来た。バングラデシュやネパールへのN・G・Oも原語による心の交流が始まった。

漸く日本の国際化は、普遍的ヒューマニズム、世界精神の理念のもと南アジアまで含まれることになりつつある。

岡倉天心の『東洋の理想』の「アジアは一なり」は、日本古美術の調査と中国とインドの探究によるアジアの文化的、精神的一体感を表した言葉であった。彼は欧米に行き、西洋の近代化への重みも評価した後の言葉であった。

(初出不詳/平成期)

シャンティニケトンのタゴールと日本の女性たち

我妻絅子（編纂委員）

「常夏の印度――
三千年の昔を語る菩提樹の森
詩と夢の国――タゴール郷

それは私の少女時代からあこがれと夢の通ひつづけた国であった。広漠たる野の海、嶋の如く浮かぶ欝蒼（うっそう）たる大樹の森。

その茂みの中に灰色に聳ゆる広壮な幾つかの建物がタゴール大学である。真昼の日盛りに太陽の暑熱を避けて、大樹の蔭に涼風に吹かれながら講義を聴くのも、このタゴール大学である……」

これは『婦人公論』昭和二年四月特輯号に帰国直後に寄せられた若き乙女、入江静代の文である。

彼女はタゴールの詩にあこがれ、詩を通して、タゴール郷（シャンティニケトン）を夢み、音楽と舞踊の研究半ばに病を得て帰国し、病床で留学日記を綴った。彼女は、来日されたタゴールの招きで、一家でインドに渡られ、シャンティニケトンの近くのスリニケトンで木工の仕事をしておられた笠原金太郎の未亡人宅に寄宿し、和服で、森と稲田の間の道を自転車で通学した。笠原氏の令嬢に私もシャンティニケトン滞在中お目にかかったが、インドの人と結婚され、サリーを着て、わずかに日本語は幼名だけを憶えておられ、あとは全然日本語を解されなかった。

入江静代の頃は、「大学は金曜日がお休みで、朝七時に講堂前の大広場に全学生が集合し、詩聖の出場を待ち、翁が出場されると一同合掌して、大声で讃歌を謡った。……」のだった。

女性が殆ど旅行もしなかった時代に、遙々インドに渡り、その思いの強さ、タゴールの詩を愛する純粋さ、一途なことに唯々頭が下がる。

「……灼熱の太陽が、ゆる〳〵と涯知らぬ国へ沈んでゆく……と待ちこがれてゐた常夏の夜の涼しい世界が訪れて来て、ちらりほらりと低い大空に星が現れる。それがやがて一面銀砂を撒き散らしたやうになると……」

無数の星々を鏤（ちりば）めた天の川は天空を悠然と流れ、まばたく星々の息づかいを今も間近に感じとることのできるシャンティニケトン。

星々は灯をかかげて
夜もすがら目ざめていた
道に迷い　降りてきた
ベルの花、ジュンイの花となって。

空の星々が、純白のベルの花、ジュンイの花にメタモルフォーズ。えも言われぬタゴールの詩の一節である。

タゴールは、新宿・中村屋の相馬夫妻の令嬢と結婚した亡命インド革命家ラシュビハリ・ボシュ（一八八六～一九四五）に、ビッショ・バロティ大学で生け花、茶の湯を教えてくれる人を探すよう頼み、ボシュの義理の姪橋本（星）真機子（一九〇六～七九）が一九三〇年インド研究を兼ねて渡印した。タゴールは前述の木工の笠原氏を招いたことといい、日本の文化を深く愛していた。当大学の美術学部には、今日なお当時の水盤や茶の湯道具、炭や灰までも保存されている。橋本真機子滞印中のことは著書『印度襍記』（三教書院）に記されているが、七十歳近くに若い人達のグループに加わって訪印され、サリーを着て旧交を暖められた。

一九三九年には高良とみ（一八九六～一九九三）がシャンティニケトンを訪れる。タゴールは一九一六年初めて来日され、日本女子大の学生であった高良とみが通訳をつとめ、特に軽井沢では数日共に滞在し、大きな樅の木の下で講話をきき、タゴールの詩や言葉を通訳して他の女子大生たちにきかせた。タゴールの詩と人柄に魂をゆさぶられ、以後生涯の師と仰ぐようになる。一九二四年、二九年のタゴール来日の際にも通訳をし、アメリカ、欧州でもタゴールに会い、シャンティニケトンではタゴールが大変厚くもてなして下さり、

「もし私の体力が許すならば、もう一度日本へ行き、軽井沢で静かな詩作の生活ができたなら、どんなに幸福だろう……」とよく言われたときく。

高良とみはタゴールの廻りの多くの人々の前で、タゴールの足元に額をつけてインドの人々と同じように御挨拶をした。

高良とみは戦後神奈川県真鶴(まなづる)の海辺の宏大な土地に家を建て「シャンティ・ニケタン」と名づけた。そこは茨城県の五浦(いづら)の岡倉天心ゆかりの地と実によく似ている。このことはシャンティニケトンで語り継がれている。

高良とみはまた、軽井沢の地にタゴールの胸像をつくるために奔走し、高田博厚作のタゴール像が完成した。

このように高良とみは生涯に亘ってタゴールを師と仰ぎ、詩を愛し、『新月』『ギタンジャリ』などの詩集や論文などを英語から翻訳した。

入江静代がシャンティニケトンの土を踏んでから七十年近い年月が流れた。その間に百五十人以上の方々が当地で学び、滞在した。その中には数多くの女性たちも含まれている。みなタゴールの詩を愛し、その深い思想に共鳴する人々、またシャンティニケトンをこよなく愛する人々である。

一方、シャンティニケトンを訪れなくても、タゴールを深く尊敬し、シャンティニケトンを遥かに夢みる人々もいる。

タゴールが来日された時、副島日印協会会長の御令嬢昭子嬢は当時三歳で、タゴールに花束を贈り、今は百武昭子と言われ、八十歳を越えられた。

タゴールが一九一六年第一回訪日の際三カ月間横浜の三溪園に滞在されたが、その時タゴールのお世話をされた江間喜代さんは九十五歳になられ、今でもタゴールに気に入られた詩を口ずさみ、タゴールにお花を捧げて欲しいと私共に託された。喜代さんがタゴールに「どうしたらよい詩が作れますか」と尋ね、タゴールがインド更紗(さらさ)の縁取りの中に書いてくださった。

"How may I sing to thee
and worship, O Sun?"
asked the little flower,

"By the simple silence
of the purity,"
answered the Sun.
Rabindranath
Tagore
July 31, 1916

これらの方々の中では、タゴールが実に生々と生き続けている。

（一九九五年三月『遡河』第7号）

III

インドの心

ベンガル・ルネッサンス考

オボニンドロナト・タゴールと
ノンドラル・ボシュ

インドは一八五八年にイギリスの直接統治下に入った。以前にもまして、インドは苦難の道に踏み込んでいった。しかし、それは同時に新生と独立への道でもあった。従って、十九世紀の末葉から二十世紀のはじめにかけて色々な機運がめざめ、新しい運動が展開されていった。その中でも、ベンガル地方の役割は非常に大きい。「今日ベンガルが考えたことは明日インドが考える」という有名な文句がある。これは近代インドに於けるベンガル地方の先進性を物語っているものと言えよう。イギリスがボンベイ〔現ムンバイ〕、マドラス〔現チェンナイ〕とともにカルカッタ〔現コルカタ〕に港を置き、特にカルカッタをインドの首都とし（一九一一年にデリーに移る）、インドに於ける政治、経済、文化の中心地となり、西洋文化の接触影響が真っ先になされ、またカルカッタは外国への渡航門であった。そのことがまた逆に、伝統的インド文化への目覚めと自負、それに基づいて革新に導いていく発生地となったのである。

それでは具体的にベンガル地方に於いての革新運動とは、⑴インド独立運動 ⑵宗教改革運動 ⑶ベンガル・ルネッサンス運動である。これが全インドに波及していったのである。この三つの運動は共に重なり合い、社会の中にもまた個人の中にも、この三つの要素が存在するのである。

さてベンガル・ルネッサンスは文学と美術両面にあらわれたと言えるのであるが、文学においては、すでに十九世紀半ばより様々な試みがなされているのに対して、美術面は十九世紀の極く押しつまった頃からはじまっている。

イギリスの直接統治になって、インドの各地方に政府美術学校がつくられた。政府といっても英国政府の総督が首長であるので、初期には、政府機関はすべてイギリス人であった。従って、各地の政府美術学校長はイギリス人が占め、西洋の絵画技術、油絵、彫刻などと写実主義が直接輸入導入された。カルカッタの資産家は、西洋美術品を蒐集したりしはじめた。このような傾向に一つの転機が見られはじめた。それは、カルカッタ美術学校長のイギリス人E・B・ハヴェルE. B. Havellが、インドの過去の伝統美術の遺産を高く評価したことである。十八世紀の末葉以来、西欧の学者が古代インドの文学、そして比較言語学の上から、サンスクリット学、考古学などのインド学の発展につとめてきた。それは、イギリスがカルカッタの王室アジア協会Royal Asiatic Societyに、十八世紀の末以来William Jonesをはじめとする一流インド学者を派遣したことが与（あずか）って力がある。そして一八一九年にはアジャンタ洞窟の壁画彫刻が発見され、一八九〇年代には、アジャンタ、オリッサなどに関する専門書が、カルカッタより出版された。

しかし、専門の美術評論家としてのHavell の指導が、ベンガル派に対して最初の啓蒙的役割と、ベンガル州の熱情の発源力となったのである。彼は単にインド古代美術を鑑賞的に高く評価するのみでなく、絵画に於ける西洋的方法とインド精神を理解し、インド伝来の技術の総合を、弟子の上に教育しようとした。Havell の指導と努力が、オボニンドロナト・タゴール〔ロビンドロナト・タゴールの甥〕Abanindranath Tagore（一八七一〜一九五一）の上にみのり、彼こそがベンガル派創始者というのみでなく、インド近代美術の祖といわれるのである。

オボニンドロナト・タゴールの時期は、正に色々な運動の交点である。元来タゴール一族は、学者、文学者、音楽家、画家、哲学者と各方面の第一流の人々を輩出している。タゴール家は当時の他の裕福な家庭とは異なる、極めて自由な芸術的な、そして思索的な雰囲気をもっていた。タゴール一家のベンガル地方での文化的役割は非常に大きい。オボニンドロナト・タゴールもこの中に育った。そのような訳で彼は本来画家であるのみでなく、美術評論家、更に文筆家、思索家でもあった。

オボニンドロナトを形成し、影響を与えた周りの環境として、ベンガル地方の（これはインドのと言えるのだが）宗教改革の大きな二つの流れがあり、

(1)ブラフマ・サマージュ派であり、その中の一派として、詩人のロビンドロナト・タゴール

Rabindranath Tagore の父、デベンドロナト・タゴールDebendranath Tagoreが偶像への祈りでない祈りをしていた。オボニンドロナト家とこの家とは、同じ広大な庭内にある隣同士であり、内外の芸術家が出入りしていた。

(2)すべての宗教は一つであるという霊的啓示により、新しい宗教を創始したラーマクリシュナの最大の弟子ビベカノンドが、米国シカゴの第一回世界宗教会議の際に歴史的演説をし、世界的名声を博し、国際的スケールでの交流がはじまって、その中でも非常に有名なのは、アイルランドのニヴェディタ嬢Margaret Niveditaであり、彼女は彼の第一の影のようになっていて、彼に大きな影響を与えた。オボニンドロナトと一九〇一～一九〇二年訪印の岡倉天心と、重なり合ってくるのである。オボニンドロナト自身は伝統的ヒンドゥー教徒のうちに育ち、それとしての敬虔な生活をしたにもかかわらず、彼の人格的資質と芸術的自由とが、これらのすべての要素との交わりを、積極的に許したのである。その中で岡倉天心よりつかわされた横山大観、菱田春草が一九〇三年に、五年には勝田蕉琴が訪れ、彼らは第三のタゴール家シュレンドロナト・タゴールSurendranath Tagoreの家にとどまり、そこからこのオボニンドロナト・タゴールの家に通った。その結果、日印の絵画の交流がおりなされたのである。そこにはオボニンドロナトの兄のゴゴネンドロナト・タゴールGaganendranath Tagoreもいて、独自性をもって創造的芸術活動を行っていた。日本、中国の影響でこのゴゴネンドロナトは墨絵を描き、判をつくったりしていた。政府美術学校から独立して、オボニンドロナトは一九〇七年には the Indian Society of Oriental Art という協会をたて、オボニンドロナトとゴゴネンドロナトが中心になった。技法においても精神においても共に自由に創作するオボニンドロナトは、神の像を単に崇拝の対象、偶像として描かず、自己の内面的な映像に基づく像にした。また、風景画も類型的なものではなく個性的に描かれた。内的文学性に基づいて、何か特別な本による一定の主題を、連続的な絵に描いた。この文学性と思想性は次の世代にもつづいていくのである。

この新しい協会が新芸術の重要な醸成所であったのだ。丁度ベンガル地方は独立運動への最先端をいっていた。その故にイギリスから目の仇敵にされ、一九〇五年にはベンガル州分割令が出された。それに対抗して独立運動が一層激しくなっていった。前述のニヴェディタは、師のビベカノンドの死後インド独立のため、インドの若者たちに勇気と霊感を与える不思議な存在となった。その前にニヴェディタはインドの古代文化の賞讃、仏跡巡礼、さらにベンガル・ルネッサンスへの評価などの点で岡倉天心と共感していたが、それらすべての点でまた、彼女はオボニンドロナト・タゴールともつながっていた。この独立を鼓吹しているニヴェディタを模して描かれた「民衆の長」という名で知られる絵をオボニンドロナトは、非常に透き通った精神的な肖像として描いた。この象徴的な像が、若者たちの胸に激しい独立への情熱と勇気をかきたたせた。裕福な家庭のタゴール一族としては珍しく、オボニンドロナトは家からあまり出ない人であった。外国には行かなかったが、家にいてこのように静かに情熱をもやした。一方、ゴゴネンドロナトも家にいて、独立達成のため社会風刺的な絵を描いた。オボニンドロナトの文学的才能は本格的であり、「ジョラシャンコの傍らにいて」「我がこと」など文学史上に残る随筆を書いた。詩人ロビンドロナト・タゴールの戯曲が、タゴール家の舞台で上演されるときは、彼は自ら演じ、また数々の楽器を奏し、歌を歌った。このようにして、詩人タゴールとの関連もまた深く、詩人も、オボニンドロナトの芸術的才能を愛し勇気づけた。

ベンガル・ルネッサンスを実際に行ったベンガル派とよばれる人々は実にこの人の周囲から生まれたのである。カルカッタのジョラシャンコの彼の家の雰囲気、the Indian Society of Oriental Artに於ける教育の試みの中から生まれてきたのである。彼自身西欧ルネッサンスの巨匠の如く、全人的な自己発展をとげようとしたように、弟子たちに対しても、寛容に芸術的に自由にさせた。弟子たちの生活と創作に関しては、弟子たち自身の内面的発展と技術的陶冶に全く委せたのである。優秀な弟子たちが集まり来たり、それぞれ独自な作品を残していった。数十人という当時一流の画家、彫刻家が輩出し、インド全国にちらばり、全国の美術学校学術院の長となっていった。インドの民族主義傾向が強まるにつれて、美術会にその波が押しよせてきた。十九世紀にはすべての美術学校、協会では英国人が長であったのに、次々にインド人の手に移っていった。それらの大部分がオボニンドロナトの弟子、ベンガル派の人々であった。即ちラクノウLucknowに、オシット・ハルダルAshit Haldar、カルカッタにムクル・デMukul De、それにマドラスMadrasがデビプロシャッド・チョウドリDebiprasad Chowdhury、以上政府美術学校であり、更にマイソールMysoreがベンカタッパVenkatappa、デリーがシャロダ・ウキルSarada Ukil、ラホールLahorがA・R・チュグタイA. R. Chughtai、ラジャスタンRajasthanがショイレン・デSailen Dey、アラハバードAllahabadのキティン・モジュムダルKhitin Majumdarという具合である（ただボンベイのみは例外で、ベンガル派の人ではない）。これらの人々の次の世代の弟子が、現代インド美術界に指導的役割を果しているのである。更にカルカッタにはO・C・ガングリO. C. Ganguliという美術批評家が一九〇二年カルカッタに天心訪印を迎え、ベンガル派の同人雑誌ルパンLupamが一九一九年に発刊された時以来、その編集にたずさわった。

さて、ここにノンドラル・ボシュ（一八八三～一九六六）が登場する。彼は(a)オボニンドロナト・タゴール、(b)詩人ロビンドロナト・タゴール、(c)ラーマクリシュナ、ビベカノンド、ニヴェディタ、(d)ガンジー〔ガンディ〕、この四つの大きな存在とのかかわり合いの中に芸術的発展と人間的成長とをなしとげるのである。このような大きな存在の間で、埋没せずに彼自身偉大な存在となった。それでは一つ一つ述べていこう。彼の歴史は近代インド美術界の足跡でもある。

彼はベンガル人であるが、ビハールで生まれ、笈（おい）を負ってカルカッタにでて、カルカッタの政府の美術学校に入り、オボニンドロナトの直接指導をうけた。その時は、彼がたった一人の弟子であったが、続いて前述の如く続々と多数の優秀な画家の卵が集まって来た。当時はまたハヴェルがいて、ボシュを高く評価した。後にその学校で教えることを求められるがそこには行かず、オボニンドロナトのジョラシャンコに行く。オボニンドロナトの自由教育の成果は彼の上にも力を及ぼしたのである。

彼がオボニンドロナト・タゴールのところに来た時は第一回訪印の岡倉も去り、ビベカノンドも世を去っていたが、ニヴェディタと知り合う。ニヴェディタのビベカノンドに対する宗教的思慕、それはノンドラル・ボシュにもめざめて来た。ニヴェディタは彼の芸術的資質をみとめた。一九一〇年には、ニヴェディタがオボニンドロナトを説得して、アジャンタ壁画模写にボシュを派遣した。そしてニヴェディタからも独立の精神を鼓吹されるそんな時、天心の第二回訪印があり、その時に、ボシュは天心に会うのである。このような芸術を通してのアジア大交流の雰囲気があったのである。

ここにロビンドロナト・タゴールとボシュの出会いが始まる。もともとロビンドロナト・タゴールはオボニンドロナトより十歳、ボシュより二十歳年上である。ロビンドロナトはカルカッタのジョラシャンコでオボニンドロナトの家と隣り合わせであり、オボニンドロナトを激励し、ボシュを可愛がった。またタゴールはジョラシャンコの自分のうちにビチットラVichitraという活動の舞台を作った。そして詩人タゴールは、カルカッタ北方百五十キロメートルのシャンティニケトンの地に、一九〇一年、五人の学生と六人の先生をもって〝私の学校〟をつくったが、一九〇二年には外国人ではじめて日本人学生が、一九〇五年には外国人ではじめて日本人教授が、そこを訪れ、勉学に、仕事についた。詩人は自分自身に課し、またのぞんだ、理想的修業なるものを教育の場で試みようとした。即ち、自然の中での教育、全人的教育、学問と芸術の融合、そして芸術的、人格的自由の尊重、師弟の人格的ふれあい、それに文化の国際的交流、シャンティニケトンをこれら実現の場にしようとした。

ノンドラル・ボシュを自分の側にえるため、タゴールはオボニンドロナトを強硬に説得に説得を重ねて、遂に彼を一九一九年シャンティニケトンの地につれて来た。一九二一年にはこの学校が大学になるのであるが、タゴールがこの学校の大きな柱としたものに芸術学部と農村再建部がある。後に芸術学部は絵画彫刻部と音楽舞踊部に分かれたが、ボシュは芸術学部の長として一九五一年にいたるまで活躍した。

一九二九年タゴールの第二回訪日の際、ボシュも共に訪日、中国、マレーシア、ビルマ〔現ミャンマー〕に行き、更にタゴールと共に一九三四年セイロン〔現スリランカ〕に行き、ボシュは日本の画家との精神的、技術的交流を続けたのみでなく、タゴール大学に来た日本人学生、教授を、親身になり、生活上、芸術上の具体的な世話をした。オボニンドロナト・タゴール、詩人ロビンドロナト・タゴールとノンドラル・ボシュの三人は、芸術的自由と芸術的教育という考え方で基本的に一致しているのであり、人間的な愛に基づく人格教育の理想をかかげる点でも一致している。これによって学生たちを導き、従って、日本人に接するにしても同様のことが行われた。しかし日本人に対してはそれ以上の何か親日感があったのである。

詩人のタゴール自身ノンドラル・ボシュについて次のように言っている。「ノンドラル・ボシュにとっては芸術とは生きているものであり、生き生きとして充溢したものである。彼はそのことを知るようになった。何故なら接触と、実際にみることと苦悩とを通して、彼の人とのつきあいは実に真に教育的であったからである。私は彼の生徒になるという好運をえたものたちを羨む。というのはノンドラル・ボシュにとっては芸術は生命のあるものである、というこの印象に対する雄弁な証拠をもたないようなものは、彼ら生徒の中に誰もいないからである。それは彼自身の師オボニンドロナトからわけもなく吸収した美徳である。ノンドラルは学生の内在する創造的才能を、決して表面的なオーソドックスな型にはめこもうとはせず、常に学生の才能をそれ自身のもつ進歩の道にそって解放しているように努めている。この点に彼はあきらかに成功している。何年も前に彼自身を自由化することが出来たのだ」。

即ち芸術家であるよりもまず人間であること、それが芸術家としての彼の基本的生活態度であった。それは倫理的な意味ではなく、タゴールの「生の実現」という命題にそった生命の真実の発見を芸術的に表現しているのである。

学園全体を有機的に活動させるため、シャンティニケトンから一・五哩離れたスリニケトンに一九二一年に農村再建部がつくられたが、それは単に学生と師との人間関係のみでなく、学園周囲の住民たちをふくめた生命共同体をつくろうとした試みだった。ノンドラル・ボシュのこの点に於ける貢献は、第一に周辺の農民の訓練所としてスリニケトンに手芸品の生産を重ねて導入した。芸術学部に於ても手芸が教えられて、その図案にアルポナ（ベンガル地方で祭、行事の際、庭といい部屋の中といい、いわゆる神の通り道に小さな農家でも模様図案としてかかれる）も用いられ、神々や一般風俗や動物などが描かれた。西ベンガル州からビハール州にかけてアーリア民族でもドラヴィダ民族でもないサンタル人種が住んでいるが、彼らは非常に労働を愛し自然にのっとった生活をしている。

シャンティニケトンの近くにもサンタル部族が点在しているが、ノンドラルは彼らと混わり、絵の素材として大胆に彼等の生命感あふれる生活を描いた。彼らの土塀に絵を描いた。広大なガンジス大平原と清澄な空気の自然の中で芸術活動が行われていったのである。

芸術学部の雰囲気は彼が作っていたものであるが、学生と一日も二日もかけて牛車にのって近隣の村々に絵を描きに行く。即ち、いわば近代による神々の疎外がまだそれほど進んでいない村々に、自然と民衆の絵を描きに行ったのである。

オボニンドロナトによって試みられた色々のものが、ノンドラルによって堅実な土壌の上に現実化していったと言えよう。

詩人タゴールは詩のみでなく小説、物語、戯曲、随筆、文明批評と、文学の各ジャンルにおいて秀れた作品を残しているのみでなく、歌曲、絵画それに自分も俳優を演ずる総合芸術としての舞踏劇を脚色、そして背景音楽を作った。そして学生たちをつれてインド全体を上演旅行してまわったが、その時の舞台背後の絵をノンドラル・ボシュが描いた。また大学では夕方ほとんど毎日のように芸術的行事が行われていたが、その背景の絵を描き、舞台装飾をした。

このようにして彼は単に芸術的新奇さをねらう試みからではなく、自己の生活の欠かせぬ一部として、様々な新しい絵画の素材とジャンルを導入した。第一に壁画をシャンティニケトンの建物、中国学院、様々なところのほか、インド各地に描いた。それはアジャンタの壁画描写以来のアイディアである。第二に模様・図案を単に手工業製品と家具の上にのみでなく、絵画の中にも鮮明な線取りと枠取りという影響を与えた。また装飾が共同体全体の中に映えるように努めていた。第三の絵の主題であるが、インドの古代、中世の伝統的な神話、民話、伝説が多く、ただ従来の型にはまった道徳的教訓的、装飾的、偶然崇拝的なものではなく、みていると民話そのものが語りかけるような個性的に内面昇華されたものになっている。仏教譚からも題材をとり、中国学院の壁画を描いている。それに先に述べた民衆のたくましい生活図、サンタル族の日常の祭なども取り上げている。第四に東アジアとの接触によって、特に荒井寛方及びノンドラル自身の訪日の際の大観をはじめとした日本画家との交りによって影響されるが、筆を使う水彩画の中に太いタッチによって細かいところを描かない空間観に基づく絵を描き、また墨による淡い風景画などもある。

更にいうべきことは、ニヴェディタとの接触の頃からの独立運動への芸術家としての共感が、更にガンジーの独立運動への参加へとノンドラル・ボシュの場合も連続していった。即ち国民会議派の全国大会がガンジーの指導のもとに催された時、自ら二十日、二ケ月と滞在し壁画を描いたり絵による様々な秘かな運動をした。

次に先に述べた独自な芸術教育観とタゴール大学の自由な雰囲気によって、丁度オボニンドロナトのもとに様々な人材が育ったように彼の後輩、弟子が育っていった。シュレン・コルSuren Kar、ディレン・バルマDhiren Barma、ビノド・ビハリ・ムケルジーBinod Bihari Mukherji、シュディル・カストゥギルSudhir Khastgir、ルドラッパRudrappa、ラムキンコルRamkinkarなどであり、その中には美術評論家、彫刻家もいる。彼らのうち、ビノド・ビハリ・ムケルジーとディレン・バルマは芸術学部の部長となり、訪日し、ノンドラル・ボシュの長男ビッショルプ・ボシュBisvarup Boseは日本留学三年半、後に芸術学部の教授となった。このように芸術学部とスリニケトンの農村再建部から日本へ多くの人が来ているが、これはタゴールとノンドラル・ボシュのすすめによるものである。

（一九七一年八月『三彩』275号　三彩社）

ベンガル語言語民族主義

バングラデシュの人々がどんなにベンガル語を愛し、そのために、どれほど犠牲をいとわなかったかを、私は書物で、また、身近な体験を通して、しみじみ感じて来た。

バングラデシュの独立は、政治、経済、社会、文化の綜合的なベンガル民族主義運動の帰着するところであったが、他の新しい独立国と比べて際立っていることは、ベンガル語というものが、その象徴的存在として、大きな役割を果したことである。

第二次世界大戦終結後、南アジアの諸国が独立した。パキスタンも、インドを挟んで、東西の諸州が、一つのイスラム国家として、結合し独立した。

東ベンガルが、東パキスタンになったが、独立後、間もなく、一九五二年二月二十一日、ダッカ大学の多数の学生が、ベンガル語擁護に立ち上り、当時のパキスタン政府によって殺されるにいたった。

国語として政府が、ウルドゥー語を押しつけてきたことが発端である。西パキスタンではパターン族のパシュトゥ語、バローチ族のバローチ語、パンジャブ人のパンジャブ語、シンディー人のシンディー語、東パキスタンでは、ベンガル人のベンガル語が、それぞれ母国語、生活言語として使われて来た。

その他、南アジア西部を中心として、イスラム教徒の間で、ウルドゥー語が使用されていた。従って西パキスタンのイスラム教徒にとっては、ウルドゥー語が言語的に比較的親しみ易いだけでなく、歴史的に実際に使用されて来たため、それぞれの母国語の他にウルドゥー語を国語、公用語、共通語として採用するのに抵抗が少なかった。

しかし、ベンガル人にとっては、全くウルドゥー語への受けとりかたが異なっていた。ウルドゥー、ベンガル両語の言語構造の差異が大きいこと、また、文字の点でもそれぞれ、西パキスタンの人々にはなれ親しんでいるアラビア文字とベンガル語のベンガル文字とは全く異なっていることなどでベンガル人にとっては、ウルドゥー語学習の負担がかかり過ぎることが明白であった。

しかし、何よりも、南アジア東部では、ウルドゥー語が、民衆の生活からかけ離れたもので、実質的に使用されることが少なかった。

ベンガル人は、ベンガル語で考え、表現して来た。ここで大切なことは、歴史的にベンガル語で表現された多くの秀れた文化があり、また近代南アジアの諸改革でベンガル文化の貢献は多大であった。そのような輝かしい文化的歴史と民族の生活を担って来たベンガル語を関係の薄いウルドゥー語という、いわば外国語の隷属下に置くことは、ベンガル人にとって耐えられないことであった。しかも、西パキスタン諸州の総人口よりも、ベンガル一州の人口が遙かに多かったのであるから、なおさらのことであった。

また学校での教育語、官吏登用試験の用語、政府機関での用語、などでのウルドゥー語の国語化によるベンガル語の地位低下はベンガル人にとって全く不利な結果をもたらすものであった。

このようにして、ダッカ大学生のベンガル語擁護運動とそれに対するパキスタン政府の弾圧が行われ、政府もウルドゥー語の国語化強制を遂にひっ込めざるを得なかった。従って、ダッカ大学生の死を悼んで、殉死の塔（ショヒド・ミナル）が、大学内に建てられ、ベンガル民族主義の一象徴となった。

それからも、パキスタン政府はベンガル語問題、ベンガル文学、ベンガル学科に警戒の目を向けていた。

私は、二十年近く前に当時の東ベンガルからの日本留学ベンガル人学生から、ベンガル語の学習を始めたが、ベンガル人のベンガル語、ベンガル文化を愛する情熱に打たれ、青柳精三氏と共に、ダッカ大学の先生方と通信をはじめ、色々教えを乞うにいたって、なおさら、ベンガル文化の偉大さと、血で購（あがな）ったベンガル人のベンガル語愛好の気持ちに打たれた。

一九六三年九月二十二日から九月二十八日まで、一週間にわたり、ダッカ大学、ベンガル学科主催の「ベンガル語とベンガル文学の週間」という行事が行われ、研究成果の発表、資料の公開、講演、討論などがなされ、ベンガル語とベンガル文学に対する一般の認識を深め、同時に、その研究、教授の向上についての一般の協力を求めた。当時の主任教授のアブドゥル・ハイ氏が『言語と文学の週間』と題する記念書を編集、出版した。

それからの歴史的経過を辿り考えてみると、それも、ベンガル語民族主義の一表現であった。私たち二人は、アブドゥル・ハイ教授に何度も教授を乞いながら、その本を日本語に翻訳した。そこでは古期ベンガル語をはじめとするベンガル言語学の世界的な碩学ムホッモッド・ショヒドゥッラー氏、ベンガル音声学の第一人者アブドゥル・ハイ氏など錚々たる教授が講演されている。その中に近世ベンガル文学について、当時まだ若き教授ムニル・チョウドリ氏も講演されているが、私たちは、氏が東京に立ち寄られた時、東京教育大で、歓迎し、ベンガル文化、日本文化について、氏と親しく語り合った。このようにして、私たち二人は、ベンガルの文化人と色々接触をもつ機会がふえるにつれて、ベンガル民族主義の息吹きと苦悩を感じた。それは次第に、一律ベンガル一帯に広がり、止めることができない勢いになって来た。ベンガル民族主義の一象徴であるベンガル語とベンガル文学へのパキスタン政府の警戒及び弾圧が強くなり、特にその総元締である大学のベンガル学科への風当りが激しくなった。研究のテーマも制限され始めた。

しかし、いくら弾圧されようと、ベンガル語を愛するベンガル人の気持ちを、村々で生活語として使われているベンガル語を、また愛唱され続けているベンガル語の歌を止めることはパキスタン政府も難しかった。

遂にベンガルの民族詩人、ノズルル・イスラムの民族歌を歌いながら、人々は独立戦争を戦い抜き、遂に一九七一年パキスタンから独立をかちとった。


多数の人々の戦死、家を失い、血縁の人々を失った多くの流民など測り知れない犠牲を払っての独立であった。ダッカ大学の学生、教授も多数、殺された。

しかし、何よりも悲しいことは、ベンガル民族主義の象徴としてのベンガル語及びベンガル文学の教育、研究のメッカ、ダッカ大学のベンガル学科——私たちが特に精神的、学問的交流を持っていた——が特にねらいうちされ、三人の教授が殺されたことであった。

最大の悲報は、私たちが、日本でお迎えし親しくしていただいた、新進教授ムニル・チョウドリ氏の死であった。私は、独立直後のダッカを訪れ、ムニル・チョウドリ夫人と会い、夫人の重い口から氏の突然の拉致、行方不明の詳細を聞いた時、夫人の悲嘆の気持が伝わり、私自身全く呆然自失に陥り、言語を擁護することの凄絶さを感じた。

現在バングラデシュでは、ベンガル語が国語として、行政、教育、文化、芸術、生活すべての分野で使われている。

ベンガル語、ベンガル文化・研究も、ダッカ大学をはじめとする諸大学、バングラ・アカデミー、その他各県でも、ますます盛んに行われ、ベンガル語での教育普及も次第に広がっている。ベンガル語諸方言の研究、方言辞典刊行なども次々になされ、漁民、農民の仕事の歌、イスラム遊行僧の言葉、民話、民謡などの採録も広範囲に行われている。

またイスラム・ベンガル文学だけでなく、寛容の精神をもって、ヒンドゥ・ベンガル文学の研究・紹介も行われている。そのような精神からバングラデシュの国歌も、非イスラムのロビンドロナト・タゴールの作詞、作曲になるものである。

バングラデシュにおいても長期的にみれば政治、経済的変遷は世の常としてあろうが、ベンガル語への情熱は失われることが絶対になかろう。

（一九八一年三月『バングラデシュ・ポートレート』バングラデシュ・ソサエティ・ジャパン）

原作研究 ベンガル文学に就いて
詩聖ロビンドロナト・タゴールを中心に

世界的に輝かしい抒情詩人、ロビンドロナト・タゴール（一八六一～一九四一）を生んだベンガルは、現在のバングラデシュとインドの西ベンガル州を併せた地域を指し、そこには、ベンガル語を母国語として話す〔当時〕一億二千万のベンガル人がいる。緑なすベンガルといわれるのは、ブラフマプトラ河やガンジス河の三角州の大平原であるからである。

ベンガル人は、アーリア人種を中心に、ドラビダ族、ムンダ族、それに、チベット・ビルマ族が混血した民族である。このように様々の特性が混じったためや、インド亜大陸の最東端という位置のためか、自由精神が旺盛であり、すべてに革新を図ることにつとめる。

日本人との共通点といわれるセンチメンタルな性質と感受性の豊かさが、ベンガル人気質で、芸術において特に卓越している。

「今日ベンガルが考えることを、明日インドが考える」という有名な言葉がある。十九世紀以来のインドの社会改革、独立運動、宗教改革、文芸ルネッサンスの中で、ベンガルは先進的役割を果して来たことを、この言葉が表している。

中世インド諸語が、十世紀頃になって近世インド諸語へと変って行った。ベンガル語もその時に誕生し、それ以前よりも、一層、民衆語として変化をしながら、文学的遺産を数多く残している。インドの他の地方と同じく、ベンガル地方においても、哲学・宗教思想と文学とは一体であるという関係にあった。

まず、古期ベンガル語で残っているのは、仏教詩である。インドの中で最後まで仏教が残ったのはベンガルである。仏教の最後期という意味と語学史的見地から重要である。ベンガルでは潜在的に仏教思想がヒンドゥー思想の中に入って影響を与えた。

次に中期ベンガル語では、十四世紀末頃には、ヴァイシュナヴァ讃歌が作られ、それ以後作られ続けている。ヴァイシュナヴァ派は、哲学的には、制限一元論で、神と個の相互必要の愛の関係を強調し、信仰面では、信愛による信仰の内面化を説いている。しかし、今日まで詠唱され続けている文学性の高いヴァイシュナヴァ宗教詩は、ヴィシュヌ神を人格化したクリシュナと羊飼いの娘ラーダの恋物語を主テーマとしている。ヴァイシュナヴァ派詩人は数多く輩出しているが、十五世紀のチャンディダースが特にその名が高い。さらに十六世紀には、ベンガルの第一期宗教改革を行ったチャイタニヤ〔チョイトンノ〕が生まれた。クリシュナに対する熱烈な信仰は、クリシュナ讃歌を歌いながらねり歩く高唱巡行を行うにいたらせた。ヴァイシュナヴァ派の文学に対する影響は、非常に長く広いものがある。

次にやはり中期には、宇宙の根源的エネルギーを讃えるタントラ思想が強くなり、ベンガル・タントラとして特に女神信仰が現在にまで及んでいる。宇宙力は創造し、破壊するので崇拝され恐れられた。それがカーリー女神、ドゥルガ女神としてあらわれ、裁き、守護するという両面をそなえている。この母なるものを感得するというベンガル・タントラ派の特質は、また文学の主題になっていった。中期ベンガル後期には、これら女神讃歌の秀れたものが数多く作られた。

またベンガルでは、ちょうどベンガル語の発生と相前後して、イスラム教徒の侵入が行われ、現在では、ベンガル人口の半数以上が、回教徒である。中期ベンガル語でも、回教神秘主義思想があらわされている。

十九世紀になって、いわゆるベンガル・ルネッサンスが、インド全国に先がけて、大潮流として流れて行った。これは、ヴァイシュナヴァ派、タントラ派などの思想に加えて、古来のウパニシャッド思想の復興でもあった。即ち個人の本質と宇宙の根本原理を同一視することによる人間の尊厳と自信の回復ということであった。それに、英国を通しての西洋精神による啓蒙と、それに対する同感と反撥、これらすべてを通して、インドの目覚め、民族性の自覚が生まれ、次第にそれが文学のテーマとなって来た。

サンスクリット語、ペルシャ語、英語という官吏の言葉、王宮の言葉でなくて、ベンガル語を自覚的に使って文学を創造することが自己存在の証しとなって、次第に珠玉のような作品が続出することになった。従来の詩のみという状態から、散文が新しい文学ジャンルに加えられた。

近代インドの父といわれる、ベンガルのラム・モホン・ライなどの思想家は、十九世紀前半から時代を動かす大きな力であったが、いわゆる本格的な近代的文学作品が生まれるようになったのは、十九世紀の半ば以降で、それは、ちょうど、独立への闘いと重なっている。これらのベンガル作家たちの作品は、インド内の他民族作家たちに大きな影響を与えて来た。

それ以来百有余年であるが、特にベンガル文学と風土についての特質に注目すると、まずガンジス大平原という水に潤った農村ということが挙げられる。水路、小川、大河、湿地、それに無数の池は、民衆の生活の場であり、哀歓の歌の場である。洪水でさえも欠くことのできない生活の一部になっていた感がある。

もう一つは対極的に、インド最大の都市、カルカッタ〔現コルカタ〕の重要な位置とその問題性である。

母なるベンガルの大地とカルカッタのイメージとが、作家たちの中で重なって来る。ベンガル人の抒情性と秀れた知性によって、それらがたくみに独立、民族問題や社会改革の意識と実際の中に組みいれられて、リアリティーを出して来る。

もう一つ、ベンガル人の意識の、また現実の問題として、回教徒とヒンドゥー教徒の同種・同文の間の協調と相剋と分離ということが、文学の潜在的なテーマになっている。

次に、主要作家を追って大観すると、マイケル・モドゥシュドン・ドット（一八二四～一八七三）が、西洋的教養と民族的伝統の両方を表す戯曲と詩を作った。彼は英語の作品もあらわしたが、ベンガル詩の新しい韻律を創造したりした。颯爽（さっそう）とした風格が、イギリス人に対して堂々と自己を主張しているものとして、多くの若者たちが彼の周辺に集まり、作家として育って行った。

このモドゥシュドン・ドットと、十九世紀の作家の双璧として、ボンキム・チョンドロ・チャテルジ〔チョットパッダエ〕（一八三八～一八九四）が輝かしくあらわれて来るが、両者の間に二人の作家の作品が重要である。即ち、ヘムチョンドロ・バナルジー〔ボンドパッダエ〕（一八三八～一九〇三）の『インドの歌』（一八七〇）は、当時から国歌のような扱いを若者たちの間に受けていた民族詩である。また、ディノボンドゥ・ミットロの『藍栽培』は、英人経営の藍栽培場でのベンガル農民圧迫と搾取の状態をベンガルの一方言を用いて、写実的に描写した戯曲で、一大センセーションを巻き起こす。

ボンキム・チョンドロはベンガル語散文の文体を最初に確立した小説家、物語作家、随筆家で、タゴールへと直接連続していく作家である。その間にはノビン・チョンドロ・シェン(一八六四~一九〇九)、オッコエチョンドロ・チョウドゥリ(一八五〇~一八九八)など枚挙にいとまがない。

ロビンドロナト・タゴールは、詩人であるばかりでなく、人間の可能性をあらゆる点で伸ばし、全人的発展と実現を期した、現代における真のルネッサンス人である。また予言的文明批判をした哲人でもあり、民族主義と国際主義、学問と芸術、自然と人間を調和させようとした。タゴールの作詞・作曲の歌は、今でも、ベンガル地方では愛唱され続けている。

タゴールと同時代ではショロトチョンドロ・チャテルジー〔チョットパッダエ〕(一八七六~一九三八)が特に有名である。家の内外で苦しんでいる女性に同情し、それを含めて、当時の家庭的・社会的環境の中での問題を観念的でなく批判的に扱いながら、小説を書いた。その環境描写が、農村の、都市の現実を髣髴させるものがあって、非常に広く読まれた。

ビブティブション・バナルジー〔ボンドパッダエ〕(一八九九~一九五〇)は、ショトジット・ライ〔サタジット・レイ〕監督の映画『大地のうた』や『遠い雷鳴』の原作者で、花、丘、原野などの自然を愛し、ベンガルの農村風景を抒情的に描写している。其の他、割愛できない非常に多くの作家のうち、一人挙げると、タラションコル・バナルジー〔ボンドパッダエ〕（一八九八～一九七一）は、ビルブム県地方を舞台にした物語、小説で傑作を残し、自然と人間を鋭く観察し、知的な構成もして、知識層に広く読者をもった。

現在においても、政治的、社会的、経済的不安の中での社会的、人間的諸問題に正面から取り組もうとする作家・詩人が多数いる。

また依然として、村々にバウル吟遊歌人がまわり、民衆の芝居をなりたたせる基盤がある。ベンガル・イスラム文学にも多くの巨星が輝いているが、ここでは、カジ・ノズルル・イスラム（一八九九～一九七六）の名を挙げる。独立運動の際、イスラム教民族詩人として、しかもイスラム・ヒンドゥー両教徒を鼓舞し、若き人々に勇気と希望を与えていたが、独立前に精神錯乱を来たし、悲劇の詩人としてダッカに在住していた。

（初出不詳／一九七五年前後）

書評『バングラデシュの現代仏教』

『バングラデシュの現代仏教』（シュコマル・チョードリ著）＝Contemporary Buddhism in Bangladesh ――Sukomal Chaudhuri, Calcutta, 1982＝は近年注目を浴びて来ている、いわゆるベンガル仏教に関する最初の本格的研究に基づいた著作である。

八世紀以降、ベンガルと仏教の関係は、仏教史上だけでなく、文化、社会史上にも重要な意味を持っている。

第一に、インド亜大陸内での最後の仏教王朝パーラ（Pāla）朝（八世紀〜十二世紀）の故郷及び拠点はベンガル地方であった。盛時はビハール州をも制圧し、更にウッタル・プラデーシュ州をも窺う勢いであった。

パーラ朝は、仏教を支持したばかりでなく、仏教文化、更に文化一般を保護し、優れた美術、高い文化を残している。後にベンガルが、インド内で文化的先進性を誇り、真っ先に近代ルネッサンスを産み出したのも、パーラ王朝の文化的、精神的遺産を土壌として持っていたからである。

他の仏教王朝が姿を次々に消した後も、ベンガルで頑張っていたパーラ朝だが遂に滅び、仏教も急速に衰退した。最後の拠点ベンガル地方でも、ヒンドゥー教とイスラム教の挟み打ちに合い、形の上で仏教は姿を消しはじめ、十四世紀には主としてバングラデシュの東南地方に勢力が縮小され、遂にはチッタゴン県、ノアカリ県及びクミッラ県の一部に残り、ビルマのアラカン王の庇護下に入った。

ベンガルの他の地方で、回印両教の支配下に入った地域では、仏教はヒンドゥー教に強い影響を与えながら吸収されたが、現在でもベンガルの村々を歩いてみると、意外な所にヒンドゥー教の中に仏教の影が見出される。

第二に、バングラデシュの現代仏教は、主としてチッタゴン県、次にノアカリ県におけるいわゆるボルワ仏教とチャクマ族を初めとする山岳仏教とに分かれるが、いわゆるベンガル仏教とは、ボルワ仏教を指している。ボルワ仏教は、ベンガル語のチッタゴン方言を母国語としているベンガル民族（インド・アーリア語族の一）に属する、主としてボルワという家族名を持つ仏教徒の信奉するものである。数百年の間、回印両教徒の圧迫を凌ぎながら、仏教の法燈を守り通して来たのが、このベンガル仏教徒である。現在のインド亜大陸の仏教徒は、アンベードカルの新仏教徒の他に、今までよく知られていたネパール、ブータン、シッキム、ダージリン、ラダックの仏教徒、更に最近注目を浴びているアルナチャル州、メーガラーヤ州、アッサム州の極めて多様な民族の仏教徒である。

すべてを含めて、八億を超すインド亜大陸の総人口の中では、微々たるものと言える。伝統的仏教徒のほとんどは非アーリア系のチベット・ビルマ系であるが、ベンガル・ボルワ仏教徒は、ほとんど唯一のアーリア人種の集団である。理念的にも法的にも、インド亜大陸にもはや人種的偏見はないと言っても、実際には、心の奥底でなかなか拭い去れない現状では、このベンガル民族の仏教徒の存在は、特にヒンドゥー教徒に全仏教徒の存在感を与えている。

第三に、ベンガル仏教のパーラ朝から現代に到る歴史的連続性について諸説があり、不明な部分が多いが、十九世紀前半までは、ヒンドゥー教の影響の入った大乗仏教（密教系）であり、十九世紀後半に上座仏教に改宗したが、スリランカのダルマパーラに先がけるかのように、仏教復興運動の先駆的役割をし、インド民族独立運動にも尽力した。

以上のような非常に重要なベンガル仏教に関する本格的研究書が思ったより少ない。即ち、ベンガル仏教の歴史とベンガル仏教の現状について、充分な調査と資料に基づいた著作が殆どなかった。ベンガル語学・文学・歴史学会では、専ら「仏教神秘詩」（Carj'ācarj'ābiniścay）の研究に集中した。一つにはこれが、近代インド・アーリア語の最古形を表す古期ベンガル語で書かれていること、二つには、十世紀前後から十三世紀頃までのベンガル各地の多くの詩人の詩を集めたものであるため、仏教主流の衰退の最後の段階が表されていること——そのため、カルカッタ、ダッカ大学の言語学科、ベンガル学科の教授、更に梵蔵の註もついているため、その方面の学者たちが競って研究に励んだ。

それに反して、今まで比較的なおざりにされていた現代ベンガル仏教に関しても漸く、カルカッタ・サンスクリット大学助教授のシュコマル・チョードリ博士が、ベンガル語で、『バングラデシュの仏教文化』＝Baṁlā-deśe Bauddhadharma o Saṁskriti 1973＝を著わし、一躍注目を浴びるに到った。

本著『バングラデシュの仏教』も同じシュコマル・チョードリ博士によるものである。基本的には、前述のベンガル書の英訳であるが、実質的には、日本の仏教学の碩学、前田恵学博士の助言、共同研究による協力によって全面的に書き直され、非常に綿密で、しかも総合的な著作である。

第一章＝序論・バングラデシュの仏教史、第二章＝上座仏教の復興、第三章＝バングラデシュの現代仏教徒、第四章＝宗教的祭事、第五章＝僧院の生活、第六章＝教義仏教と民衆仏教。更に付論では、チッタゴン仏教徒、仏教徒の結婚と葬儀。

ベンガル仏教の学問的に裏付けられたノーハウが、この一冊の本によって、初めて国際的に明らかになった。僧俗両者の生活、宗教的行事、通過儀礼、慣習、及び教義が詳細に記述されているばかりでなく、ベンガル仏教の通時的、共時的位置付けも厳密になされている。

前田恵学博士は、一九七八年から七九年にかけてカルカッタ・ベンガル仏教協会（Bengal Buddhist Association）の事務局長であり、カルカッタ大学パーリ語講師であるダルマパーラ・マハーテーロ（ドルモパル・モハテロとも言う）師と本著者のチョードリ博士と三人でバングラデシュの各地でベンガル仏教の現状について審さに調査を行った。

一九八〇年には、日本学術振興会の招聘を受け、チョードリ氏は来日し、前田恵学博士邸の近くに居を構えて、以前から蒐集した文献、資料と三人で行った調査旅行の資料と前田邸の書籍文献を前田博士と相談し、助言を受けながら、約十カ月にわたって、ベンガル語版を徹底的に改訂、新たに大幅に増筆して英訳したのが本著である。

本著の出版によって、ベンガル仏教が仏教国の人々や仏教研究者などに広く知られるようになるばかりか、ベンガルの言語や文化や歴史に興味があり、研究している「ベンガル学」研究者にも多大な関心を呼び起こし、役に立つと思われる。

（一九八四年六月十三日付『中外日報』）

ラーマクリシュナを偲ぶ——生誕百五十年を記念して

二大巨星の誕生

ラーマクリシュナは、近代インド宗教改革運動の旗手たちの中でも、最も本質的な役割を果し、また、現在の宗教思想にまで、深い影響を与えている。近代インドにおいて、ベンガル地方は多様な面で先進性を誇り、全インドに影響を与えて来た。即ち、ベンガル地方において、先ず十八世紀末から十九世紀にかけて思想・教育・宗教・文化革新運動が活発に行われ、いわゆるベンガル・ルネッサンスが進行し、民族意識が次第に昂揚した。このような潮流の真只中に、ラーマクリシュナが誕生した。

西ベンガル州フグリ県カマルプクル村に、一八三六年二月十八日のことであった。ちょうど本年〔一九八六年〕が生誕百五十年祭にあたり、インド各地はもとより、世界の各地で記念祭が催されている。本名はゴダドル・チョットバッダェと言い、法名はベンガル原語読みでは、ラムクリシュノ・ポロムホンショである。

大都会カルカッタ〔現コルカタ〕の近くにあるにもかかわらず、カマルプクル村は、他の大部分の農村と同様に、形式的には少なくとも四種姓制度とカースト制度が、依然として支配している共同体農村であった。そこには高カーストが少なく、ラーマクリシュナの一族が、宗教的必要上なくてはならない唯一のバラモンであった。しかし社会的状況から、村が貧しかったのみでなく、このバラモン一家も貧しかった。当時一般には、バラモンはトルと言われるヒンドゥー教徒伝統塾で学問を身につけるか、エリート用に開校されて来た近代式学校に入学するかであったが、彼は村のあばら屋学校に僅かの間、通ったり通わなかったりで学校嫌いであったが、宗教的精進の道を歩み、宗教・伝説に関しては記憶力抜群であった。彼は神秘的体験を通して、伝統的知識を得、時代的新思潮を予感し、自己の意識を排他的でない宇宙的意識に拡大したと言える。

ベンガル地方が、英国のインド支配の橋頭堡（きょうとうほ）になり、一七五七年のプラッシーの戦いの勝利によって、英国は遂に、西欧諸国間のインド内覇権を廻る角逐（かくちく）に決着をつけた。その後、東インド会社が権限を増大し、濫用したため、英国はカルカッタに中央政府直属のベンガル総督を一七七四年に置き、支配力を全インドに広め、一八五八年英国のインド直接統治が決定され、一九一一年までカルカッタが首都として、政治・経済・文化の中心地となる。

英国とインド文化との関係は必ずしも強制的支配ではなかった。カルカッタに一八八四年ベンガル・アジア協会を設立したが、それはヨーロッパのインド学の原点となり、インド古典文化研究及びそれまでなおざりにされていたインド現代語研究を科学的精神をもって行った。それは、ヨーロッパ人にインド文化遺産に驚異の眼を向けさせ、併せてインド人に自己の民族文化への自信をもたせた。

一方、西洋文化摂取とヨーロッパ合理精神の浸透、英語教育の導入が、十九世紀に入って本格的に行われて来た。

この十九世紀における宗教改革の二大巨星は、前半のラム・モホン・ライと後半のラーマクリシュナである。両者の生存年代は僅かながらすれ違っているが、ラーマクリシュナは、ラム・モホン・ライの設立した梵（ブランモ）協会の後継指導者たちと同時代であり、実際に彼らとの交流があった。それは、ベンガル宗教思想史上注目すべき出遇いである。またラム・モホン・ライとラーマクリシュナは、十九世紀という新時代の新しい思想家であり、普遍的愛を目指したといういくつかの共通点はあるが、両者は多くの点で対照的である。

十八世紀までの停滞社会、宗教的迷信、陋習（ろうしゅう）を打破しようとする運動は、キリスト教伝道団及びヒンドゥー教改革派及び西洋合理主義革命派などに、それぞれ展開して行った。

ライとデロジオ

ラム・モホン・ライ（一七七二または七四～一八三三）は生家の状況、学業、職業などがラーマクリシュナと全く対照的であった。ライの生家は同じバラモンでも由緒あり、裕福であり、塾での勉学、その後の学問摂取も不自由なく、当時の職業上のエリートコースというべき英国東インド会社現地吏員となった。その間にベンガル語、サンスクリット語、ペルシャ語、アラビア語、ヘブライ語、ギリシャ語、英語を習得、ヒンドゥー教、イスラム教、ジャイナ教、キリスト教の聖典を原語で読み、思想・教義を研究し、各宗教の聖職者と直接接触を持ち、感銘も受け、論争も交わした。東インド会社の吏員、ベンガル・アジア協会員、キリスト教伝道団を通して、西洋文化・思想・社会への関心も深め、フランス革命について身近な知識を持った。

結論的には、非偶像唯一最高存在信仰に基づく普遍的宗教を理想として、晩年に梵（ブランモ）協会を設立した。保守的ヒンドゥー教の社会的慣習、迷信、奇蹟信仰を否定し、多神、偶像崇拝を排し、宗教改革と並んで、社会改革、新しい教育、出版ジャーナリズムなど多様な改革を目指し、特にこれらの改革の法的措置を英政府に要求し、キリスト教との共同歩調もあって、僅かながらも実現していった。それまで禁止されていたウパニシャッドなどの聖典のベンガル語訳を、敢えて行った。ライは、普遍宗教を理想的宗教とし、ウパニシャッドを非偶像唯一最高存在を唱導するものとして重視した。イスラム合理主義ユニテリアンの影響も受け、また西洋のユニテリアン協会に共感を持った。

彼の人と思想に共鳴して集まったのは、カルカッタの上流及び中流の上の方の都会インテリであり、比較的自由主義的傾向を持ったエリートたちであった。社会・文化・宗教について論議する会を催し、キリスト教の三位一体論を否定し、中間者を排した共同の祈りという新しい形式で普遍神への祈りを行い、普遍愛を説いた。その点で、他のユニテリアン思想よりも、より純粋であると自負していた。またこの思想が、百年後、百五十年後の現代まで意義を持っている。しかし、彼の非偶像最高存在思想が、多数の宗教の原典遍歴とそれへの共鳴にもかかわらず、実際にはウパニシャッドを中心としていたので、ヒンドゥー改革派として位置付けられている。

次にデロジオ(一八〇九〜一八三一)は、ライの晩年と同時代であるが、ポルトガル人とインド人の間に生まれたカルカッタの申し子で、十代でヒンドゥー・カレッジの教員になるほどの天才であった。このカレッジは、ベンガル最初期のカレッジの一つで、最優秀のエリート学生の集まって来るところで、彼らは、デロジオという星に惹きつけられ、彼が大学追放になっても、後を追って集団で学校を去るというほどで、ベンガルの若きエリートたちに強烈な影響を与えた。

デロジオは、ヒンドゥー保守正統派への反対、社会改革、自由思想の主張などの近代化路線を、ライと共通としながら、ライの主張と施策を中途半端、不徹底と激しく非難した。即ちデロジオは、徹底して理性に基づく改革を主張した。ヒンドゥー教そのものを非合理的と看做し、ヒンドゥー教の慣習を徹底的に否定し、社会改革も、革命的急進性をもって、全く西洋の当時の革新思想に徹頭徹尾彩られていた。フランス革命、アメリカ独立も、ライ以上に、デロジオの思想の中核に存在していた。

強力に若きベンガルの学生に影響を及ぼした彼は、流星の如く余りにも早く消えた。彼の影響は、この上もなく強烈で、彼の死後も、それらの学生の中に生き続けたが、二十年後には、彼らは、次の時代的変化の中に突入または変身して行った。デロジオの思想そのものは、何十年後まで続く大潮流にはならなかったが、諸潮流の一源流であった。

ライの思潮はラーマクリシュナと同年代及びそれにすぐ続く年代において、三系統に分かれ、ベンガルの宗教・文化・社会に影響を与えた。即ちライが一八三〇年に創立した梵（ブランモ）協会は、一八六六年に二分裂し、一八七八年には更に分裂して、結局一八八〇年には三ブランモ協会が並立することになった。その区切り区切りの代表者が、ラーマクリシュナとの歴史的交点を結ぶことになる。

少年時代の見神体験

ラム・モホン・ライは、十数の言語に通じ、原語で原典を読み、東西の諸学を修め、時代の先駆者であった。またデロジオが西洋の学問に本場の人以上に通暁して才気煥発であったのと対照的に、ラーマクリシュナは、ライから六十数年後に生まれたにもかかわらず、生涯、英語とは無縁で、組織的学問という観点からみれば、半ば無学であった。

しかし、彼の宗教的資質は、全く異なった道を歩ませることになる。

彼の性格は、天真爛漫、素直で、女性的で、ちょうどクリシュナ神と同じように悪戯(いたずら)で、女性に好まれ、機智にも富んでいた。その自然な姿が、内面と霊性と運命に応じて、実質をふくらませて行った。

少年時代から彼は、突然の三昧(さんまい)状態に陥り、見神、接神の体験を繰り返した。そのエピソードは数限りなくあり、時には学校や世間に無関心になり、外からは狂気と見られる瞬間もあった。ライが理性と祈りの両面の調和を、デロジオが、あくまでも理性だけを主張したのに対して、ラーマクリシュナは神秘的体験の連続であり、結果として、理に適い、普遍性を有するものとなっていた。

七歳の時父が亡くなり、貧乏は更に家族にのしかかったが、三昧状態に歓喜を感じ、ラーマーヤナ、マハーバーラタ、プラーナ、その他のヒンドゥー教文学を、主として口誦によって身につけた。経済的理由で、兄がカルカッタ〔現コルカタ〕にサンスクリット語、インド古典の学校を開き、生計をたてることになり、後にラーマクリシュナが十七歳のとき、そこに加わるが、そこでも宗教的情熱が上廻ってサンスクリット語を物にすることができなかった。塾そのものは、ラーマクリシュナの宗教的・文学的才能と兄の才能によって、どうやらやっていけた。

サンスクリット語も熟達していなかったため、母語のベンガル語が彼の思考・宗教生活の基盤であった。従って、ベンガル・ヴァイシュナヴァ派の宗教讃歌は広くベンガルの民衆に歌われ、誦詠されていたことがあって彼もそれに親しんでいた。前述の叙事詩なども、主としてベンガル語のものに頼っていた。この母語ベンガル語重視が、彼の神秘体験の微妙な表現、全人的表現、軽妙な表現、深遠な表現を可能にし、また普遍性の主張が抽象にのみ走り易い欠点を防いでいた。

カルカッタ郊外のドッキネッショルに、富裕であるが低いシュードラ種姓のラニ・ラシュモニという婦人の建立した寺院のカーリー女神堂があるが、その主僧に兄が任命された。ヒンドゥー慣習上の様々な問題点を乗り越えて、盛大な入信式が行われ、ラーマクリシュナも、ガンジス河（フグリー河）畔のこの寺院に移り住み、その後生涯、そこに留まった。この大きな神域には、カーリー女神像の他に、クリシュナ神とシヴァ神像が祀られていた。正にヒンドゥー教三派、即ちシャクティ派、ヴァイシュナヴァ派、シヴァ派の調和を表し、それが彼の後の宗教思想の調和性に影響を与えていると言われる。

そこのカーリー女神像を暁から夜半までひたすら礼拝し、供物と香華（こうげ）を捧げ、語り掛け、心を集中・統一して、三昧に耽ると、遂に像は、聖なる母、宇宙の母、生ける母として現れた。この見神について、神への冒瀆云々と批判があったが、ラーマクリシュナ自身は連続的に、即ち常時、この生ける女神に接することができるようになった。前述のごとくこの点が非有形、非偶像の立場をとったライとさしあたり異なっていた。

彼の三昧状態を理解している人たちでさえ、彼が現実世界から離れてしまっていることを心配して、助手のフリドイに、彼の寺管理の役目を代行させたが、三年間凄まじい宗教修行をし続けた。礼拝はカーリー女神像を中心にしたが、自分でも土泥から造った神像を礼拝し、瞑想を四六時中繰り返した。はたからは身心とも危険とも思われ、医者にみせたり、破戒させようとしたが、成功しなかった。

一八五九年に一年半余り故郷に帰ったが、その最中もタントラ派の苛酷な苦行を行い、一向にこの状態は改まらず、遂に家族が、当時たった五歳の娘のシャロダ・デビと彼を結婚させた。しかし、宗教道を一生涯、一心不乱に歩んだラーマクリシュナは、一生純潔を通し、シャロダ・デビは、共に宗教の道を歩む、最大の協力者であり理解者となった。こうしてドッキネッショルに再び帰って来た。

それからも、彼の求道と神への献身の態度は変らなかった。神を見、神との一体感を味わったが、それでは終らなかった。神の多様なあらゆる面を実感し、神の全体像を把握しようという飽くなき願いが、より高い真理への希求が、更に彼の宗教的精進を進めるのであった。

十二年間の修行時代

その道筋に、様々な宗教的出遇いと神秘的体験を得る。いわゆる十二年間の修行時代である。しかし前述のように、ここに至って、宗教修行が始まったのではない。少年時代から連続しているので、彼は、一生を通じて神秘的体験の連続体であると言えよう。

十二年間の出会いの最初は、ヨゲショリというシャクティ派（タントラ派）の、またボイラビとも言われる女バラモン苦行者とであった。中年のこの女性苦行者と彼とは、宗教的邂逅に運命的なものを感じ、互いに認め合った。ラーマクリシュナの異常なほどの三昧状態、出世間的な行動を、彼女は自分の通暁(つうぎょう)しているタントラ派文献と自己の経験に基づいて、更にヴァイシュナヴァ派の文献まで援用して、まがいのない正しいものであると証した。シャクティ派でありながら、彼女がこのような混交的要素を示したのも、ベンガル地方の特色であると言えよう。

ベンガル地方では、チャイタニヤ以来のベンガル・ヴァイシュナヴァ派とベンガル・タントラ派の両者とも勢力があったが、女苦行者は、シャクティの数十の修法を彼に教えたと言われている。ベンガル地方は、仏教が仏教タントラ左派の形で最後まで残ったところで、ヒンドゥー・タントラ左右両派とも行われていたが、歴史的に左道派がかなり盛んであった。彼女はこれらの修法を広範に教え、性を含めて多くの誘惑を示しながら、それを超克する左道修法をはじめ、カーリー女神を廻る儀法など徹底的なものであった。

その間にも、神と人間を、夫と妻の関係に比して献身的愛を説く、ヴァイシュナヴァ派の修法も行った。タントラ派も含めて、ベンガル近世数世紀の宗教潮流を内実化したのであった。単に十九世紀の挿話ではない。

次に出遇ったのは、トーターー・プリーである。前述の如く、それまでは、いわばベンガルの土着性に根ざした宗教的体験を持ったが、ここに至って、異質の様相をなした。即ちトーターー・プリーは、ベンガル地方の対極、インド西北部パンジャーブ地方のプリー教団所属で、各地を遍歴する遊行苦行者であった。僅かの定住を自らに許さず、無所有で、腰布一枚の裸行者であったが、偉大なヴェーダーンタ派苦行者として、ヴェーダーンタ哲学の知識と真理を学び、最高の苦行と長い間の瞑想の後、無分別三昧の境地に達した。無形なる一者を悟り、主客の感覚のない状態にあった。

そのトーター・プリーが、ラーマクリシュナのカーリー女神信仰という偶像有形崇拝に抗して、非人格、非属性の絶対最高存在ブラフマンの実感即ち梵我一如の実感を持つべきとして、ラーマクリシュナに徹底的に指示を与えた。先ず、トーター・プリーは自身の如く出家せよといい、ラーマクリシュナを一切の外的繋縛（けいばく）から解放した。バラモンの象徴である物から、即ち身につけていた聖紐さえも捨てさせ、外的執著の対象は一切なくなった。ラーマクリシュナ自身、もともと三昧心境にあり、それはたやすいことであった。更に瞑想中、心をあらゆる内外の対象から離れさせ、あの崇拝の対象のカーリー女神にも、精神を執著させないよう指示した。ラーマクリシュナは、様々な対象から精神を離すことに成功したが、長い間の礼拝の対象、聖なる母、カーリー女神は、益々はっきりと現前した。

師は、カーリー女神への執著を断ち切ることを飽くまでも至上命令として指示した。そして遂に有名なエピソード——トーター・プリーは、ラーマクリシュナの眉間にガラスの破片をさして、カーリー女神からの精神解放を命じたのであった。ラーマクリシュナは精神を集中し、遂にカーリー女神、即ち彼の崇拝して止まない聖なる女神は真二つに切り裂かれ、精神はあらゆる対象と表現を超えた梵（ブラフマン）に達した。即ち、トーター・プリーの主張するヴェーダーンタ不二一元流の無分別三昧の解脱に達した。

今やベンガル地方土着のタントラとヴァイシュナヴァの問題から、インド思想の伝統的問題に直接的体験を以て切り込んで行った。知的識見に重点を置いた知者、トーター・プリーに師事し、直接指導を仰いで、三日間で師の満足行く境地に達したのである。一所不住の遍歴苦行者トーター・プリーも、一八六四年末から、半年以上もドッキネッショルに留まることになる。その間も、ラーマクリシュナは、トーター・プリーと同じ、無分別三昧に常時達することができるようになる。

万教帰一の思想

ここで問題なのは、単純に、ラーマクリシュナが、いわゆる有形・無形問題に最終的決着をつけ、専ら知的トーター・プリーの無形派になったわけではない。また、ラーム・モホン・ライの思想と同一になったわけではない。それは、ライの後継者との論議を見ても、また、後になっても依然カーリー女神崇拝を行っていることでも明らかである。神との神秘的体験の係わり方の多様性、神認識の多様性、綜合性など彼の宗教思想、全体の中で、最高度に重要で欠くべからざるもので、他を排するものではなかった。ヒンドゥー教の中での様々な道を成就して行ったと言える。

更に、ヒンドゥー教以外の宗教に、即ちイスラム教とキリスト教に、関心と体験を持つようになる。しかし、それらも、遠くに求道者として遍歴の旅をしたわけではない。自然な係わり方、即ちあたかも神の導きによるかのような係わり方であった。

一八六六年に、ドッキネッショルで、スーフィー神秘主義のイスラム教徒に偶然あい、惹かれるところあって、このゴビンド・ロイによって、いわば異教に入信し、イスラム教の形式に従って、日常行動、儀礼、礼拝を行い、絶対者アッラーに精神を集中した。有形のマホメッドの姿を見ると同時に、形なき絶対者アッラーを実感した。

またキリスト教の方は、一八七四年に係わりを持つようになった。彼はたまたま内発的にキリスト教への関心が湧き上がり、聖書の朗読を聞き、惹き入れられ、キリスト教者の家で、マリヤ及びキリストに、キリストを抱いているマリヤの絵を通して強く惹かれ、神秘的合一体験を味わう。その後、ドッキネッショルでも、同じ体験をする。

両宗教の最高目的の理解と実感に達した。

このような様々の流派、宗派、宗教に対して連続的探究と神秘的体験の結果、あらゆる道は、異なってはいても、同一の神に通ずるという結論に達する。そして、あらゆる宗教は真なりという結論にも達した。各宗教は結局、永遠なる、実在―智―歓喜の一面を互いに強調しているものである。従って、各人はそれぞれの民族的基盤や個人的契機に基づいて、各人は自己の宗教を通して真理を体験し、他の宗教をも認めよという万教帰一、万教同根の思想に達し、意識を最大限に拡大するよう人々にすすめた。

彼の活動及び宗教的修行の場は、ほとんどがドッキネッショルであり、せいぜいカルカッタ周辺であった。例外的にキリスト教との出合いより少し遡るが一八六九年、他の家族と一緒に北インドの聖地を廻り、それぞれの場所で聖者に出遇った。ヒンドゥー伝統の地で、今までと同じ、神秘的体験に基づく神との合一を実感し、各聖者、苦行者との霊的交流を深め、益々自身の宗教感情と思想に確信を持つに至った。宗教的雰囲気に溢れたワーナーラシー〔ベナレス〕やアラハーバードやブリンダーバンを巡礼し、ブリンダーバンは離れ難いほどであった。また、それらの地の宗教者たちから、ラーマクリシュナは、絶対者を覚知し、解脱に達した、偉大なる人という評価を得た。

ライとラーマクリシュナ

かくして次第にラーマクリシュナは有名になっていくのだが、次にラム・モホン・ライとラーマクリシュナの思想と行動の相似点・相違点を考えながら、近代宗教思想家の中での位置づけとしてみたい。

ベンガル地方は、少なくとも十八世紀以降、最初に述べたように、全インドの政治、経済、文化、思想の一大中心地であり、特に大都会カルカッタの重要性は、益々大きくなった。「ベンガルが今日考えることは、インドは明日考える」という言葉が表しているように、ベンガル地方は、あらゆる分野で先進性を誇った。大局的にみれば、その出発点が、ラム・モホン・ライであり、それ以後様々の分野の改革家、思想家、芸術家、学者が輩出し、二十世紀初頭になっても、その状況は変らなかった。旧弊を内包したヒンドゥー保守派及び正統派も、結果として、改革されていった。十九世紀には、イスラム改革の波も大きくうねるようにもなった。その背景には、政治的権力者英国の意向と啓蒙主義、西洋文化、キリスト教の影響が拭いようもなく存在している。正にライは、その時代の子であり、百年先の時代を先取りしていると言える。

そのような時代潮流の中で、ライより六十余年後に生まれたラーマクリシュナは、古いスタイルの修行者で、新しい潮流に無関係で、そこに何らの影響を与えない伝統主義者であろうか。否、ラーマクリシュナは、宗教改革運動の担い手の一人である。彼の後継者ヴィヴェーカーナンダ（原語読みビベカノンド）の活動や、同世代の青年、宗教家、思想家のひっきりなしのラーマクリシュナ訪問を考えれば、そのことは明らかである。

このように、ラーマクリシュナの修行者像の外見的古さにもかかわらず、神秘主義者としての究極的自由が、人々を惹きつけた。近世中期のイスラム神秘詩人カビールのように儀礼を排して、無形の一者との合一を図ったが、ラーマクリシュナは、あらゆる宗派・宗教の修行法にのっとり、それぞれを実践して、神との神秘的統一を達成した。ヒンドゥー保守主義者は慣習、形式のみを踏襲し、専ら自派を守ることに汲々としていた。ラーマクリシュナは、そのような宗派的制限を越えて、神秘的体験の連続として、宗教・宗派遍歴を行う。どれか最も良いものを求めて遍歴しているわけではない。それぞれに真理があることを実践的に確認し、万教同根を感じながら宗教巡礼をしたのである。正にこれは、ヒンドゥーの固定的保守主義者とは、相容れないものであった。

一方、ライは、正統ヒンドゥーの形式的なあらゆる面を批判し、普遍神を唱導しながらも、インド民族文化及びウパニシャッドの尊重という民族主義的伝統を持ち、またナーナク、ダードゥ、カビールなどの近世中期の神秘主義宗教改革家の影響をうけている。それは多くヒンドゥー教徒でないにしても、忽然としてライが現れたことではないことを示している。

ライはキリスト教への強い同感を示しながらも、一層普遍宗教理想に近いものとして、ウパニシャッドを選び、シャンカラのヴェーダンタ哲学の一部、及び不二一元論的タントラ聖典に重きを置いたり、引用したりしていて、実際には民族的色彩を持っている。理論的には矛盾するヴァイシュナヴァ派的要素も見られる。

ラーマクリシュナも前述の如くキリスト教に引き入れられるが如き、神秘体験を持つが、やはり母なるカーリー女神、タントラ派が根本から去らず、ヴァイシュナヴァ派、その他の根本理論との間に理論的矛盾を、他の宗教者から批判や質問を受けた時、実践的統一感から答えている。従って、近代宗教改革家は、いずれも伝統と革新の両要素を内包して進んで行った。

ライは、語学の天才であった。前述の如くベンガル語訳聖典を自ら編纂し、ベンガル語による説教をし、説明を行い、民族的意識を表した。それに対してラーマクリシュナの方は、ベンガル語のみの生活であり、知識収集の過程も、ベンガル地方で流布していたベンガル語版叙事詩、宗教詩の口誦によるものであった。

ライはベンガル語教育の推進者でもあり、英語教育の推進者でもあった。宗教面で、ベンガル語で表現しようと努力した。宗教感情は、生活言語による全人的係わりの中からでて来ることを、理性派の彼も予感していた。ところがラーマクリシュナの方は、更に年代が進み、教育が浸透して、公私に亙って英語の必要性が増しているにもかかわらず、英語を知らないことに対する一切の劣等感もなく、多様な宗教的対応と体験と会話に何ら痛痒（つうよう）を感じなかった。

近代における古典のベンガル語訳やベンガル語口誦は、現在の厳密に科学的な視点から見ると誤りも多い。ライやデベンドロナト・タゴール、更にロビンドロナト・タゴールのウパニシャッド訳も、同様な状況である。しかし、ライは科学的ベンガル文法を書こうとするほどで、ウパニシャッド訳もそのような精神で努力したが、十分ではなかった。それらは時代的状況の中で創造的に翻訳されたと見られる。しかしそれらは、その時代に、またそれに続く時代に、むしろ学問的翻訳以上に民衆に影響を与えることがある。

ラーマクリシュナの場合は、自分が真理を述べ、語り掛ける時も、自ら記述することなく、弟子が如是我聞形式で書き留めたベンガル語が、現在まで人の心を打つのである。

すべて自然に

ライとラーマクリシュナの両者とも、多様な宗教・宗派に係わりを持つ。その名称と内容は、両者とも前述の通りである。大観的にみれば、両者とも、諸宗教の統一に努めたと言える。その結果、最終的にはライは普遍的宗教を、ラーマクリシュナは、万教同根、万教帰一的綜合を目指した。

ニマイ・シャドン・ボシュは、「ラーマクリシュナの綜合は、自然自発的なものであり、智と生き生きとした悟りの光の直接の結果であった。統一を打ち建てようとする他の側のさまざまな努力は、合理主義的な、非偶像的な、人道主義的なアプローチと様相によって支配されていた」(『インドの覚醒とベンガル』)と述べている。ライも神秘主義的要素を持っているが、基本は普遍的宗教も理念的色彩が濃く、どちらかというと理性が勝っていた。その傾向は、デロジオは勿論、多くのインド近代改革派の中にも見られた。ラーマクリシュナの場合は、すべて自然体であった。ライは意志的に諸宗派研究に赴き、意志と理性と神秘的体験とを併せた形で遍歴して行った。

ラーマクリシュナの行った具体的実践も、各宗教に多様な差異があるにもかかわらず、自然に導入され、自然に神秘的合一状態になり、遍歴そのものも、巧まず、自然体で行われた。従って、異宗教のイスラム教の宗教的実践に全身全霊没入できた。選択も方法も実現も、彼の場合、専ら理性によって決定されたのではなかった。後に人が集まり、宗教形態らしくなっていっても、彼自身新しい宗教であるとは思わなかった。神秘体験を繰り返していて、諸宗教を根元的に実践を通して認めている人の自然な言動が人を惹きつける。この場合の自然とは、合理的に巧まないことである。それに反して、知的エリートの最先端のライは、やはり理念的に納得し、他の人の理性にも適って、梵(ブランモ)協会を設立した。

現在、梵（ブランモ）協会は、ほとんど活動していない。ライ死後も、二十世紀初頭まで、活発に活動した。彼の理念はインドの現在の人々にも訴え、彼の理想が今でも再確認される。一方ラーマクリシュナの方は、彼の意思にもかかわらず、ラーマクリシュナ・ミッションという組織として、インド国内のみならず、海外にも支部を作り、発展し、活発な活動をしている。ラーマクリシュナの言葉と宗教教団としての組織も、両方ともが飛躍を遂げている。

ラーマクリシュナは貧しく、学業も満足に修めず、修行中も修行後も、全く質素で、素朴で、粗末な衣服、または裸と素足で、古風な修行者スタイルで、行動半径は短かった。それに反して、ライは裕福で、学業も修め、修行のためには各地に飛び、東インド会社エリート吏員となり、辞めてからも、都会インテリ・エリートとして羽振りがよく、英国に行き、国王に会っている。船で英国に行く際、船中でもインド風生活を維持するために、牛を数頭乗せたと言われている。

またライは、ヒンドゥー社会の弊害是正と近代化のための社会改革を各方面に亙ってなすべく努力したが、それは宗教改革と同一の比重を持っていた。社会改革への意識啓蒙と法による改革の実体化を試みた。それに対してラーマクリシュナは、内的宗教感情の重視と、宗教実践体験を核として生き続けたので、社会改革家的運動はしなかった。周囲の社会では、英国の直接統治による苦難と社会改革運動の嵐が吹き荒れていたが、ラーマクリシュナは三昧状態の多い中で、いわばそれらの圏外に立っているようであった。

　このようにして、両者は、この点で対照的にみえる。しかし、ラーマクリシュナのもとには、社会改革家、民族主義者が訪れて来たり、弟子になるために来るようになる。万教帰一の思想の実践者に会って自信を得、エネルギーを得たものたちは、宗教的霊感を一方で持ちながら、社会改革につとめようとした。弟子となったヴィヴェーカーナンダは、後に師の後を継ぐ立場になるが、教団の長として、組織的に社会福祉と社会正義の実現を図り、民族主義運動を展開しようとした。ライは、それらの運動を普遍的人類愛から行おうとしたが、ラーマクリシュナ自身は、それらの先頭に立ったわけでもなく、それらのことを特に積極的に鼓吹したわけではないが、彼は時代から孤立した存在ではなく、宗教者の存在そのものが、ヴィヴェーカーナンダの例でも解るように、時代にある種の影響を与え続けて来た。

　このようにして、ラーマクリシュナは、後年になればなるほど、各宗派、宗教間の非難合戦を嫌い、万教帰一の思想を比喩を混えながら説いた。個人の生活は、仕事に励みながらも、常に神の称名と讃歌を唱え、信仰者や宗教者と親交を結び、家族を愛しながらも最終的には執著せず、金銭と女性には特に執著せず、あらゆる宗教を排他的に考えずにいることをすすめた。

　ライの設立した梵（ブランモ）協会は、発展しながらも、分裂したことは前述の通りである。梵（ブランモ）協会とラーマクリシュナの直接の接触も起り、梵協会の方から指摘されたラーマクリシュナの問題点は、ラーマクリシュナが泥で神像を造り礼拝し、カーリー女神を聖なる女神として崇拝することは、唯一なる非属性無形なる絶対最高存在ブラフマンのみを礼拝する梵（ブランモ）協会員にとっては神への冒瀆であるという点であった。この非難に対して、ラーマクリシュナは、カーリー女神に対する三昧の境地は、カーリー女神そのものがブラフマンそのものとなり、有形ながら無形ということになる。また、彫像は、ちょうどラーダ妃がクリシュナ王子に対して深い愛を捧げるように、人間の献身的愛の対象である、と説いた。これは、正にヴァイシュナヴァ思想である。理論的に二律背反のように考えられるこの問題を、またインド思想史上も論議を重ねて来た問題を、ラーマクリシュナは、両者の道とも、神秘的統一が実践的にでき、その価値の上下はないと主張している。

また梵（ブランモ）協会は、自らの協会内で、インド伝統の宗教的師（グル）制度を廃止した。理由は、絶対者ブラフマンと個の間に中間者を置いては、絶対者が絶対者でなくなるという考えからである。それに対して、ラーマクリシュナの意見は、ブラフマンの本体そのものである永遠なる実在―智―歓喜こそが師（グル）であり、師（グル）として、人の霊の意識の覚醒に成功したら、その実在―智―歓喜が人間の姿で現れたのだとしている。その他、様々な質疑を交している。

弟子——ケショブとヴィヴェーカーナンダ

このようにして、彼は有名になり、知識人などが彼のもとを訪れた。また彼がカルカッタにおもむいた時、会ったりした。例えば、後に西インドにアーリア協会を設立して、宗教改革運動を展開したダヤーナンダ・サラスヴァティー（一八二四〜一八八三）に会い、また詩人タゴールの父で、大聖（モホリシ）と呼ばれ、梵（ブランモ）協会の事務局長、更に分裂後の原梵（アディブランモ）協会の会長としてブラフマンの静かなる瞑想を生涯続けたデベンドロナト・タゴール（一八一七〜一九〇五）にも会って、両者の間に、相違点・相似点をめぐって、ある緊張が起った。

何よりも、深い関係を結んだのは、ケショブ・チョンドロ・シェン（一八四三〜一八八四）である。ケショブは一八五八年梵（ブランモ）協会の会員になって、デベンドロナト・タゴールのもとで活躍する。創立者のライが宗教改革と社会改革の両面を押し進めていたのに対して、大聖デベンドロナトは、宗教面を強調したため、若き会員たちはケショブらを中心に一八六六年、梵（ブランモ）協会は遂に二分裂し、新しいのがインド梵（ブランモ）協会、もとのがデベンドロナトの原梵（アディブランモ）協会となった。新しい方は社会改革にも大いに努める方針をとった。ケショブはその中心人物で、革命的社会改革を唱導する旗頭であった。ケショブは、デベンドロナトのもとにいたころは、非偶像唯一絶対神論であったが、次第に先祖からのベンガル・ヴァイシュナヴァ派チャイタニヤ信仰とキリスト教に関心を持ち始めていた。そこに、宗教的に、後に変容する萌しがあった。彼の活発な活動のもと、社会改革の方は、僅かながら成果も上がり、法的面でも実現しつつあった。

こんな時、ラーマクリシュナは、一八七五年、比較的近くに住んでいたケショブに会いに行き、それ以後、両者の交流が始まる。最初の出会いから、ラーマクリシュナは、ケショブに見神について質問し、自らは、見神の経験を述べ、三昧に入ってしまう。これにすっかり圧倒され、感動したケショブは、正式の入信式を伴わずにラーマクリシュナに私的に師事する形になる。彼は一方で、インド梵(ブランモ)協会で中心となって、社会的、宗教的活動を行いながら、他方で、ラーマクリシュナのもとで宗教的意識を拡げていった。彼は、ラーマクリシュナの言葉や動作に感激し、師の三昧状態に真正な歓喜と厳粛さと感動を覚えるのであった。

宗教上、万教帰一の思想がどれほど大切かということ、また形式及び理論の点で、今まで固定的に考えていたいくつかのことも、執着せずにいられることをケショブは悟った。

一八七八年、ケショブが、コーチビハール藩王に自分の十四歳の娘を嫁にやることに決めたことが大問題になった。ケショブらの努力で一八七二年成立した婚姻法では、子供や若年保護のため、子供・若年婚禁止になったにもかかわらず、自分の娘をそれに違反させてまで嫁にやる。これが原因で、その年のうちに、インド梵（ブランモ）協会から、社会、政治改革派の主流が分裂して、普通梵（シャダロンブランモ）協会を設立した。三年後の一八八一年、ケショブは新摂理（ノボビダン）協会を設立するに及ぶ。

この新摂理（ノボビダン）協会の内容は、明らかにラーマクリシュナの影響がある。諸宗教の調和、即ちすべての宗教の綜合への試みであった。すべての予言者と聖者の間に調和が、すべての聖典の間に統一が、すべての摂理の間に連続性が認められる。イエスとモーゼ、チャイタニヤと仏陀、モハメッドとナーナクは神の前に一つだ。各宗教のシンボル、十字架、三叉戟（さんさげき）、新月などが用意された。この新摂理のもと、各人、各民族などの間に愛の絆による新しい世界が生まれるだろう。

ラーマクリシュナの万教帰一の思想の影響だけでなく、各聖者などの図は、本来の梵（ブランモ）協会の禁じているところであるが、遂にここでは、多神的偶像崇拝的面が積極的にでていて、ラーマクリシュナの影響がみられる。またマックス・ミューラーによれば、キリスト教の影響も著しいという。

このようにラーマクリシュナは、晩年になればなるほど、人々の往来が激しく、近代化による多様な思想の持主が訪れた。ラム・モホン・ライの時代とは異なり、宗教を否定するもの、疑いをもつインテリなどが訪れたが、すべてのものに対応し、受け入れ、寝食を忘れるほど、絶え間なく訪れる人々に奉仕し続けた。

その中に、後継者となったノゲンドロ・ドットがいた。後のヴィヴェーカーナンダ（一八六三〜一九〇二）である。あらゆる面で優秀な大学生であった彼は、一八八一年十一月にラーマクリシュナに惹かれながら、合理精神で疑念・否定の気持ちながらも、ラーマクリシュナの神の存在と見神の断乎とした証言及び三昧の境の現前に魂を打たれ、遂に入信するに到る。そして師の亡くなるまでの数年間に、宗教的体験の深みを知り、師の思想を体得していった。ヴィヴェーカーナンダは、師の死後組織の必要性を感じて準備をしはじめ、一八九三年のシカゴの世界宗教会議で、すべての宗教は絶対の真理を持ち、調和と協力と理解ができると説いた。そして帰国後、ラーマクリシュナ・ミッションを設立し、万教帰一の宗教活動と社会奉仕、教育文化活動、及び民族意識と世界意識昂揚運動などを推進した。こうして、ヴィヴェーカーナンダは二十世紀への懸橋となった。

ラム・モホン・ライからヴィヴェーカーナンダまでが、ベンガル近代宗教史の百年である。

日本においては、三十年ほど前から日本ヴェーダーンタ協会が、ラーマクリシュナ、ヴィヴェーカーナンダに関する活動を行っている。

ラーマクリシュナに関する日本で最初の本格的研究論文は、第二次大戦下、昭和十九年に書かれた、渡辺照宏著『ラーマクリシュナの生涯とその宗教運動』である。最近では奈良康明著『ラーマクリシュナ』である。

また、ラーマクリシュナの言説集のベンガル語原典からの日本語訳は、奈良毅・田中燗玉訳『不滅の言葉』である。

（一九八六年九月・十月『大法輪』第53巻第9号・第10号　大法輪閣）

インドの心

一

インドの心は何かと問う前に、日本のインドへの精神上の長い歴史的なかかわり合いの中で、われわれにとってインドの心は何であったかを考えなければならない。

われわれ日本人は、古代から現代に至るまで特殊なインド観を持っていたし、現在でも持っていると言える。即ち先ず、近代までのインド観は仏教を通した天竺観であった。唐、天竺のうち唐は、渡航には困難を、滞在には苦難を伴うとしても、日本人の意識の中で現実性があり、仏教のみでない多様な姿で知られ受け入れられた。しかし、天竺の場合は異なっていた。極く僅かな仏教求道者、仏教学者のみが、現実のインドへの旅を希求したが、誰一人実現できなかった。天竺とは、一般仏教徒日本人にとっては、非現実と現実の間の精神的理想の地であり、特に大乗仏教経典などの中での理想が実現された場所であった。また、更に彼岸の西方浄土や現実からはなれた夢幻の地とも思われていた。インドの心は西域や中国を通して、仏教という窓口から日本人の心の中に入り影響を与えて来た。現在でも、インドが現実に仏教徒の多く残っているところと美しき誤解をする日本人がいるほどである。

日本が現実のインドに触れたのは、インドが植民地になり、長い苦難と闘争を経て独立し、現在に至るインドの変貌の過程においてであった。ここにおいて日本のインド観に今までと対極的な認識が生まれ、それが主調となる。即ちインドの独立前までは、抑圧に抵抗し独立に邁進する姿を、そして現在では自然災害と貧困と飢餓に悩む映像のみを見る日本人が多い。このように日本人のインド観は古来からのインドの理想化、偶像的美化か、現在の悲惨さの極度の誇大化という両極端になる場合が多い。

そのような観点からのみでは、古来から生きているインドの心をつかみ難いのではなかろうか。現在、インド亜大陸全体で七億に近い人口を擁している。そこでは伝統と革新が渦巻き、複雑な人種が多様、多彩な生き方をしている。その現実の哀歓の内面に入って生きた民衆の心を知っていくことが先ず大切である。従って、前述のような固定的、観念的把握の仕方のみでは、現実に祈り、戦い、傷つき、進む人々の心を述べることは困難である。

二

そのような固定的観念からではなく、ここでは先ず、音楽や舞踊の周辺からインドの心を考察してみる。インドは、音楽や舞踊の宝庫である。インドの古典音楽や古典舞踊は世界芸術史の中でも冠たる位置を占めている。音楽では、声楽で、ヒンディー・クラシカル、楽器演奏では、シタールやヴィーナなど、古典舞踊では、カタック、マニプリ、カタカリ、バーラトナトヤムという華麗な四大舞踊がある。これらは、古典的な精緻を極める音楽理論書や舞踊理論書に厳密に伝統的にのっとっているものや、地方民族色のやや強いもの、洗練された宮廷芸術などが綜合された形で古典芸術といわれ、連綿として現存している。古典的様式の完璧さは、インド人の想像力と思惟力の徹底性を表し、また声や身体の表現が、思想の抽象的象徴性の特質を表している。それらが、歴史的一時点にとどまることなく、現在でも広く拡がっている。例えばインドでは、古典舞踊が教えられている大学がかなりの数にのぼる。日本の大学では、正規のコースとして古典舞踊が教えられていないのを考えると対照的である。長い歴史の変遷と、近代社会の様々な変動と変革を通して、広く現在も生きているというこの連続性が、インドの思惟的特徴である。インド亜大陸に現存し広く使われている楽器の多種多様な豊富さは驚嘆すべきものがある。日本などで歴史上あらわれ、愛用され、やがて一般には消えていった諸楽器が、インドでは同時代的に併存しているのである。西洋音楽に対しても堂々と胸をはって生きているこれらの諸楽器は、インド文化全般の持続性やそれらを支えるインド人一般の心を背景としている。

次にそれら古典舞踊、古典音楽の他にインド亜大陸全体に、ありとあらゆる民族舞踊、民族音楽が多様なそれぞれの衣裳、言葉を使って各地域に展開している。それは、現在だけではなく、何千年となくその時点時点で多様性がみとめられる。祭や宗教儀式のために、民衆の喜びのために歌われ、踊られる。それはどこの国でも同じであるが、超近代化を果したと称する国々では、これらの民族芸能が細々と残っているか、保護、保存、または、意識的に人工的拡大を行っているとみられるのに対して、インドでは、自然に生活の一部である。これは単にインド人は保守的であるからだとか、近代化が遅れているからだということは全く当らない。むしろそれは三千年の文化の真の伝統の力がにじみ出ていると言った方が正しい。インドではなぜそのように続いて来たか、今も生きているか、がインド人の心をとくかぎである。

インドでは、古典芸術や民族芸能の担い手たちは、専門家あるいはそれに近い人々だけでなく、広い拡がりを持っている。しかしやはりインド大衆全体からみると限られた人々ということができる。このより大きなインドの民衆一般のことを述べていくことが、正に本論のインドの心を述べることになる。日本の場合、高度の音楽技術、舞踊技術熟達者とその裾野としての愛好者のことを述べれば、大体事足りるが、インドの場合はそうではない。遠い故郷を離れて出稼ぎに来ている労働者たちが、日の沈む前、地方の都市では道路の真中に、大都市では空地に、輪になって、クリシュナ神を讃える歌を歌っている。その中央では打楽器を夢中にたたいている。彼らは飲酒をして歌っているのではない。それは、廻りに人が集まることを期待しているのでもないし、奇異な風景でもない。それは大都会なら大都会なりに、農村なら農村で、まわりに調和している点景である。それは宗教だけでもなく、自然だけでもなく、離郷の悲しみだけでもなく、私たちには、何か云うに云われぬ信頼感と安堵感を与える。

東インドには、サンタル族という勤勉で勇敢な民族が散在している。女たちも感心するほどの働き者であるが、一日の野良仕事を終え、自然に列を組んで、道を彼らの歌を歌いながら集落に帰って行く。労働によって鍛えられた彼女たちの肢体の律動的な歩みと、労働の歌は確かに自然と調和して美しい。一方では依然として彼らを不可触賤民とみる社会的問題の厳しさ、また、十九世紀の勇敢なるサンタル族の反乱、数年前の激しい政治的運動への参加などの現実がある。このように一見相反する様相を呈しているが、かえってこの相反する姿の中にこの人々の生の内面の躍動と緊張と革新の息吹きとを窺うことができる。

十六世紀にヴァイシュナヴァ派のチャイタニヤは、自己の内面的信仰と愛の精神を強調する宗教改革運動を起したが、クリシュナ神、ラーダ妃信仰を中心として、その二神の称名と讃歌を唱え歩く高唱巡行を行った。それは無数の人々が続々と後に従い歩くという止め難い内発的な行になっていった。一時、法でその勢の緩和を求められるほどであった。それは単につくられて行われるものでもなければ、その人為的宗教宣伝によって拡がっていくものでもない。改革運動そのものは、宗教改革を必然とする社会的状況からであるが、そのような形式の自然さはインド人一般の心の奥底に、その共鳴板があることを物語っている。この運動は、単なる一事件ではなく、近代変革に深く広く影響を与えてきた精神の本質にかかわりを持つものであった。現在でも、クリシュナを讃えて、夜を徹して讃歌を歌い、踊っている場に出会うことが多い。

西ベンガルからバングラデシュにかけて、バウル吟遊歌人たちがいる。彼らは、たった一絃しかはってない簡素な一絃琴を手にしながら、村々を巡行する。彼らはいわゆる思想家でもないが、その歌詞は、哲学的に非常に深いものであり、無限に関する対話など、学生たちも聞きほれ、学者達も熱心に書き取る。その思想と踊りと一絃琴が一体となって、まわりを引き込んでいく。

このようないくつかの例は、浪漫的な特殊な話であるというのではない。インド人の心の風土そのものである。文化によってかえって、生からの分離を来たす国々もあるが、インドでは、むしろ、古典芸術を含めて、生との一体感がみられる。インドでは、物売りの声や市々で客に呼び掛ける声、家々をまわる物乞いの声が、古典声楽の声の基調と民族的一致を見ていると感ずることが出来る。物売りの声の間、こぶしのきいた声は、生活の歌である。デモの一致したシュプレヒコール、過激派たちが弾劾する鋭く張りのある声、ごったがえす雑踏の声、力車夫が人をかきわける声は、基本的に一致した雰囲気をもっている。

それらの声々の調子は、ヒンドゥー教寺院の読経の声の流れと余り異なっていない。それは昔から続いて来たインドの心の流れである。小さな仏教寺院の片隅で、説教をしている。それが説教歌独特の節まわしで説明をする。非常に説得力がある。他の多くの国では、特殊にしか残っていないこの方法が生き生きと語りかける力をもっている。喧嘩と野次馬、演説と聴衆との間には白々しさが少ない。

楽器シタールの演奏会でも、徹夜で演奏が続くことがある。いやむしろ普通でさえある。演奏者の創造的、即興的、無時間的演奏を聴衆は身体をゆり動かしながら聴き続ける。シタールの名手の、あるものは人里離れてまでも宗教的とも云える修練を重ねて演奏台に立つ。しかしそれはインドの現代から離れているのではない。いわば聴衆が演奏しているとも云える基盤がある。楽器演奏に、舞踊に欠くことのできない打楽器タブラ一筋に生きて来たタブラ奏者の超絶の手さばきとリズムに驚嘆しないものはいないが、これはいわば、シバ神の踊りの拍手として響き続いているものであると云えよう。これらの専門家的多様性は、好事家や奇特家や保存会メンバーの保護などを必要としていない生きたものである。

盲目のイスラム教徒が、汽車の中を廻りながら、アラー、アラーの称名から始めて歌うと、まわりの乗客の耳はすっかりうばわれる。また、ミハルス〔カスタネット〕の代りに何の変哲もない石二つを打ちながら、少年が都会の路傍で歌う歌に、みなしばし足をとどめている。

精巧を極めるヴィーナや名器のシタールとこの石とに、同一の価値を附するような精神は、広大な大陸風土の中から生まれたものである。

それは何故であるかと云えば、これらすべては生の中から生まれ、生との分離を持たないという実感があるからである。社会的不公正、宗教的旧習の弊害、経済的窮状などの様々なマイナスの要素によって個人が圧迫され、大部分の大衆の生活が苦しいのが事実で、その根本的改革が求められ、努められて来た。しかしそんな苦境にもかかわらず、かれらには生の律動があり、生の歌があり、何よりも、それらに共感する心の場があることである。それは全く相矛盾する種々の要素を含ませること、時間観、自然観、統一観などの独自なインド人の心から生まれているものと思われる。

三

紀元前よりあらゆる民族がインド亜大陸に入って来て、何時の間にか、先住民たちと同じような気持ちになって留まってしまった。このような包容的な大きなインドは存在した。しかし、インド亜大陸全体が、中央集権的に統一されたことは稀にしかない。それは、隣国中国と異なるところである。インド人はインド人であるよりもパンジャブ人であり、ベンガル人であるとよく云われる。従って現在でも、近代インド諸語では、インド以外の外国人をあらわす言葉がそのまま、他の州の人々ということをも意味するという地方分権的な意識が自然である。更に地方分権というよりは、無政府主義的な考えも潜在している。そのような訳で、現代になってもインドでは、マハトマ・ガンジーなどが、いわば無政府的統一という独自な理念を掲げる土壌がある。即ち、日本などが日本という場合のようには、インドでインドという場合、意識の中でインドの現実的実感が少なかった。むしろもっと精神的な理想としての言葉を意味していた。

インドを現在の断面で見た場合、何を規準にしてインドという国がまとまっているか、われわれは考え込むことがある。人種的に、比較的多数なアーリア人種に対しても、決して少数とは云えない億単位のドラビダ人種が存在し、それにムンダ人種、チベット・ビルマ人種が加わっている。そしてそれらが混血によって、歴史の経過のうちに、多様な新しい種族が誕生し、民族の展示会の観がある。言語に至っては、相互に全く理解不可能な異なる語族の様々な言語、それらそれぞれの多様な方言は数百と考えられる。実際アッサム州などの言語的複雑さは驚くばかりである。従って国語としての標準ヒンディー語を自由に使うことの出来る人は全人口の半数を越えていない。その他、宗教の多様性、地理的条件の多様性などを考えていくと、人間的、自然的条件では、そのまま多様的分裂になるのがむしろ自然であると思われる。というのは、広さがインドとはそれ程異ならないヨーロッパ、しかもほとんどがアーリア人種で、人種的多様性がインド程でないヨーロッパでの独立国の数の多さを考え合わせればわかる。従ってインドにおける様々な条件の一つ一つをとって、その条件についての絶対多数を軸としてのみインドを考えきることは困難である。しかし一応、比較的公約数的なものは、広義のヒンドゥー文化及びその接触、影響下とでも云えよう。しかしインド国内に散在するイスラム教徒の意識は、漠然として今でもわがインドという気持をもっていると言えよう。細かい意識の分析はさておき、自然な多様的状態を統一する強制的統制的な統一理念が他方で存在するわけではない。むしろかれらの意識の奥底では、普遍原理の実現の場の拡がりをもつ大世界がインドであった。

インド独立運動の際、人々は統一インドという言葉を絶叫しながら独立を実現していった。しかし、例えばガンジーたちにとっては、単に英国追放とか、性急な分離独立では十分でなく、本当に完全な独立を望んでいた。過激派及びいわゆる現実主義者の両方から、方法としては穏健であり、生ぬるく理想的すぎると思われていたガンジーの思想の理想主義は、外国人にはわかりにくいけれども、タゴールの理想主義とある面で共通している。かれらは人々に対して、出来事と体験の現実を通して、先ず、意識の中で、統一インドの強い実感と内的実現を内側から働きかけていくことによって、各地域にそのような意識に達した民衆の輪を拡げていくことにつとめた。そして多くの共同体そのものの意識の向上と改造をはかり、全土同時的完全独立を実現する方向により一層努力した。この方がいかにもインド的ということが出来る。自己改革と社会改革と完全独立とを同時平行的に達成させせようとする。即ちインドという理念は、すでに理想主義であった。

たとえば、インドの大部分を占める農民大衆にとって、現実の日常的生活の場の共同体の拡がりは、一つの円環の歓びの世界であると同時に、狭い閉鎖性という苦しみの世界でもある。即ち、個々人にとって自己革命とは意識の拡大を意味していて、それは究極的には、インド古来の思想に従えば、無限なる普遍者との一致にほかならない。即ち意識を理想的に拡大していくと宇宙意識に達すると云う。しかし現実の中ではそれは、大いなるインド世界にまで意識を拡大することとも考えられてきた。古代においては、大いなるインドとは、現在でいう世界全体を指すほど大きな意味をもっていたと考えられる。多様なる特質と多様なる条件をもった多民族を抱えたインドの民族主義運動は、他の国とは少し異なった多様な意味を持つのは当然である。

普遍的真理と同一であるという普遍的人間の理念に基づいて、平等達成、人倫実現を図るインド・ヒューマニズムは、多様性をになったインドという、いわば世界の縮図ともいうべき場で、さしあたりインドの独立と真の内的統一のためにつかわれるべきであるという主張があった。種族、信条、出身などによって一切の差別を受けないで、すべての人に普遍的人間をみとめる場の単位として、分裂しないインド亜大陸全体が考えられ、その理念に従わず差別を行えば分裂するという状態であったし、また現在でもその危険性をはらんでいる。従って、インド・ヒューマニズムの理想がなければ、インドということは、他の国のように当然のこととして成立することが困難であることを、ガンジーが説いていたのである。

外国人支配以外で、インドを統一した稀な例としてアショカ王があるが、王は外的統一後は次第に国家以上に仏教の普遍的法の理念を優先させていった。

インドの二大叙事詩の一つ、マハーバーラタ（Mahābhārata）は、インド人に愛読されている。現代語でインドのことはバーラトBhāratであり、現代語でのマハーバーラタの文字通りの訳は、「大いなるインド」の意味である。タゴールは次のように言っている。

「全インドを内面と外面で実感する努力は、宗教行事の中に属していた。マハーバーラタの朗読は、われわれの国では宗教の仕事とみなされていたのは、ただ、個々の出来事という点からではない。国を実感するためにこの朗読の必然性がある。また、聖地巡礼者たちも、次々に廻りながら、国というものに触れていき、真に全身全霊をもって、次第に国の統一形を心の内部に捉える努力をした。これは、古代のことであった。」

このようにゆるい寛大な統一意識を育てていく努力が続けられた。それがヒンドゥー教のみでない複合体のインドにも次第に育っていかねばならないとタゴールは説いた。この寛大な統一意識が逆に、更に多様なるものを受け入れ、統一を鞏固(きょうこ)なものとしていくと考えられた。

四

このインド観一つとってみても、このような特色ある見解がみられるが、一応その核的思想であるヒンドゥー教について考察して、インド人の心を知る糸口としようと思う。

古来のバラモン教をも含めたヒンドゥー教は、開祖がなく、自然にインドの土壌の中に生まれ育って来たもので、宗教であり、哲学であるばかりでなく、生活の仕方そのものでもある。歴史上あらわれた様々な学派による哲学思想の多様性は、相互矛盾、衝突するものをも内包したものである。その中から生まれ離れていったジャイナ教、仏教を含めて、ヒンドゥー教とヒンドゥー教徒たちは考えているが、それらをも考え合わせると、非常に裾野のひろがった文化であり思想であると考えられる。

西洋の思想家のうちには、インド思想は、現世否定的でヒューマニズムがなりたたないということを強調する人がいるが、総括的にそのようにいうことは出来ない。前項で述べたように、インド・ヒューマニズムの可能性とその実現への努力は古来行われて来たものである。ヒンドゥー教とは生活の方法とまで云われる程に、基本的には生活に密着したものであり、生の歌とも云うべき様々な芸術が、現に生き生きと残ることが出来たのである。多くの外来者が、度重ね、富と支配を求めてインドにやって来たが、ヒンドゥー教を一掃、あるいは衰退をもたらすことが出来なかった。ヒンドゥー文化の農村村落共同体を崩壊し尽すことは出来なかった。そのような全インド的な村落は中央集権的な行政組織によって出来たものではない。そしてヒンドゥー教そのものも、中央管理的な宗教ではない。各ヒンドゥー村で人々はヒンドゥー教徒として生まれ、生き、考え、死んで行く、その生き方、死に方がヒンドゥー的であったし、現にそうである。村の寺は宗派別の総本山をピラミッドとした組織の末寺とか、大宣教組織の支部であるとかいう意味の寺ではない。われわれが存在しているように、広大なインドの到るところ、村に、海辺に、町に、路傍に、祠があり、寺が建てられ、像がまつられる。まるで自然の一部のようにそれらが存在する。即ち場の象徴である。ヒンドゥー教では神が遍在するのであるから、人が村で生活を送っていくための神は、村に存在する。確かに、カーストによっては寺にも近付けなかった。不可触賤民たちは、村の道も自由には歩けなかった。水浴みの池も、下のカーストのは異なっていた。即ち、村の共同体の中には、そんな非人間的ヒエラルキーがあった。しかし、それらの村々は、ヒンドゥー教的に全国組織としての上下関係になっているわけではなく、生活のためには自律宗教的になっていた。一面ではこんな自足的な親しさが、ヒンドゥー教そのものであった。それは、年々歳々めぐる歳時記のように確実に生活の輪がまわっている。様々の王朝が交替し、興亡し、外来者が侵入し、また去って行った。しかし、村の共同体は、そのまま残り、新たに年月を迎える。即ちこれらは無政府的色彩をもっている。ヒンドゥー教には、村としての生活、家族としての生活、個としての生活がある。村の神がいる、家の神がいる。ヒンドゥー教徒は、カースト毎の差はあるが、ヒンドゥー教典や村々の習慣にのっとって、個人として、一生の折目折目に儀礼を行い、毎年の年中行事の多くの祭に参加し、日々の宗教生活コースを忠実に果していく。それらは日々の厳しい労働を背景にもっている。かれらのために市が立ち、大市が開かれる。人々は輪廻を信じ、そのための行為の努力を信じ、大宇宙の創造と破壊をかすかに予感し、様々な神を、畏れ敬った。このような個人のリズム、村のリズムは、変化しながらも、古来続いて来ている。

職人たちをも含めて、移動性の少ないこの自足的な村落の枠組の中で、人々の大部分はその大半の人生を送る。その枠組の外に出る者、またそのような各村落点を結ぶ線となるものがいる。それは職業的には商人や芸人たちである。しかし、そのほかにも村落の内側から出ていく者を大きく二大別することが出来る。即ち、第一の出村は次の場合である。ヒンドゥー教徒は一生を四期のライフ・サイクルに分けて、生の円環の完成を願った。カーストによって様々な差異や例外があるとしても、第二期の家長期を除いてあとの三期は、外に出る可能性が多いのである。即ち、最初の学業期、それに第三の林棲瞑想期、第四の遊行遍歴期である。第三期は自分の子孫の家長に一切委せて、唯一人林棲瞑想し、修行する求道の時期である。第四期は、一箇所に留まらない自由な行脚を死に到るまで続け通す時期である。

即ち、固定的な村落共同体の構成員である各個人は、この二重性を持って村落とかかわりあいを持っている。

もう一つのグループは前期のライフ・サイクルとしての村落離脱グループとは異なって、ライフ・サイクルとは関係なく、内発的に真理探究のため、或は普遍的原理実現のため、或は一言で云えば、解脱修行のために専心しようと村を出て行くのである。かれらは、学問を究極まで究めようとする学僧となり、また、学問の真髄に達した大学者となる。また、宗教的悟りを得ようとして様々の修行をし、ある時は森林に一人瞑想、ある時は様々な苦行を行い、ある時は先達師のもとで教えを乞い、解脱への道を歩んで行く。かれらはまた、村落へのかかわりあいとして、托鉢僧、遊行僧、遍歴僧として全国を廻る。

このような解脱を求める修行僧の形は、単にヒンドゥー教の、又は、バラモン教の特殊な現象ではなくて、紀元前はるか前からインドの思想的、宗教的求道者のすべての種類に適応するものであった。そこには、伝統思想の徹底的継受による修行、解脱と共に様々な自由思想の出現、創造の可能性を含んでいた。それらの中に仏陀も含まれていた訳である。そしてかれらの間では、お互いに論議、論駁、競合によって自然に派や一部教団も作られた。しかし、個別的な求道者も独立して、次から次へと修行への道に入って行った。

これらすべての人達が、即ち、一時的な村落離脱者であろうと、生涯離脱者であろうと、村落への情報伝達者であり、普遍的なものの啓蒙者であり、半固定的な村落共同体の絶え間ない蘇生促進者であり、新思想の導入者であり、また外来思想をも含めた異教徒文化の批判的紹介者でもあった。

しかしまた村落体に帰って考えてみると、修行バラモンが中心であるとは限らず、世襲的な司祭的要素のみが支配的であるバラモンが村落共同体の核となっていたことが多かった。そして前述のごとく、ヒンドゥー宗教的村落内ヒエラルキーがあった。ヒンドゥー教の特色として、宗教と生活の一体化（特に村落内で）があるので、生活のヒエラルキーが存在していたとも云える。従って、単に身分的な差別ばかりではなくて、経済的差別など様々な差別などがあったことは厳然とした事実である。しかし、そうと云って、窒息的な、完全に閉鎖的な生の否定のみに陥っていたということは出来ない。大観的に見ればむしろ、苦悩や悲惨などがあるとしても、生の謳歌がヒンドゥー教の根本姿勢であったということが出来る。勿論、哲学的には、全く正反対の思想も含み、矛盾していることが多いけれども。もっともそれ自体がヒンドゥー思想の特徴でもある。

それは、自然観とか、時間観などと密接に関係をもっている。そのことについては後述する。

ヒンドゥー教の村落には、寺々があるが、それらヒンドゥー教寺院には、原則として厳密な制度的ヒエラルキー格差はないことは前述した通りである。しかし、歴史的に、伝説的に、古譚的に、奇跡的になど多くの理由で聖地と称せられる特別な場所や寺院がある。それは総本山という意味よりも民衆の信仰を一身に集めた信仰寺、参拝寺ということが出来る。それらの聖地をめぐる聖地巡礼ということもその村落社会の実情を考えてみると、非常に意味を持っていた。ベナレスとかプーリーなどで、ヒンドゥー教徒は死にたいという程にもなっていた。そして例えば、パルバティー女神は死んで身体が五十一箇所に分かれ落ちたと云われるが、その場所は五十一箇所の聖地として遍路巡礼の場所となったりしている。これらが汎インド的な意識を生んでいることは、前述の通りである。

何十万という村落は、全く多様である。生活のとりどりの襞、村落の伝統習慣、住民の言語、民族などによって非常に多彩な彩りを帯びている。従ってインド全体を鳥瞰的に見れば、この文化と生活の多種性に驚かざるを得ない。

現代に入って、村落内の差別を排する平等思想が澎湃として起って来て、あるいは宗教改革運動の観点から、あるいは社会改革運動の観点から変革する機運が湧いて、現実化の方向に向かって努力がなされている。即ち、理念的また法律的には平等がかなり前進している。しかし現在インドの農村に入って現実を見れば、まだ理想にほど遠いことが分かる。

このようなインド人の特質とインド人の心を知っていたマハトマ・ガンジーは、インドに於ける理想実現には、本質と適合した方法でなされなければならないと考えて、共同体の改造、あるいは新しい共同体の創造を、個の平等を主目的とした新しい内容を伴って行おうと努めた。更に、国家の上からの力によってではなく、また共同体からまったく離れた個人的で孤立した修行からでもなく、共同体内部から自己改造的に個の平等の実現を図った。即ち、共同体と個とが相互に意識の進歩を図る下からの運動を提唱した。

これについて共同体とか中世的後退的であると批判する趣もあるが、七〇パーセントを超える厖大な農村人口の現実とインドの歴史的・思想的伝統を考慮し、分裂を避け、国家悪を少しでも少なくすることを意図していたことを考えれば、あながち、時代錯誤とみることはあたらず、むしろ現実的意味を持ち、正にインド的であったと云える。

五

インド人の時間の観念は、無時間的、あるいは超時間的であると云われるが、それはもちろんあたっていると云える。

「インド人は時間を守らない」あるいは、「インドの汽車は時間通り動かない」と外国人がよくこぼすのも無理ない。時間通りにいくことがむしろ驚嘆に価するニュースであり、外国人には予想もつかないほど長時間の遅れを来たす。インド人自身も迷惑しているに違いない。しかし、インド人は耐えている。われわれが後生大事に小刻みに守っている時間とは何であろうとかえって反省する。

日本人などの場合は、時間が生活を作っている。しかしインド人においては、生活が時間を作っているとでもいえる。インド人も社会の中で、時間通りということをよそうと言っているのではない。時間通りということのために、生きるということを犠牲にしてしまうような場合には、人間らしい方を選ぶのである。

前から言っているように、インドは生活のリズムを大切にするところである。農村の生活のリズム、都会の生活のリズム、個人の生活のリズムがあって、個々人は、それぞれの存在としての生きていくテンポをもっている。それらの調和をはずれては、もう生きているということはできなくなる。インド人は、普遍性、統一性等の概念の好きな民族であるが、主に時間によってしばられて画一的に生きることができないのである。

詩人タゴールが、西洋のみでなく、近代日本文化に対しても鋭い批判を向けているが、現在の時点から見て、それぞれ正当であったことが証明された。

タゴールによれば、近代日本は、能率性、効用性のために人間性を押し殺して、機構と機械の奴隷になっている。そして速度が人間から人間性を奪って機械化している。そして、結果をうるために、性急な盲目性に陥っている日本が、調和を破って、破滅への道を歩むのではないかと警告した。

インドに関して停滞性とか時間の停止という言葉をあてはめることがある。この発言の根底には、進歩という言葉を無批判的に至上なるものとする近代進歩主義思想がある。確かにインドが批判される根拠は十分あるけれども、時間の軸に対してあらゆる面での数的量的増大のみを幸福の標識とし、近代化の誇りとすることに対して、今まで批判が少なかった。現在、公害とか資源の有限性などの問題が深刻にでて来て反省の時期に入っているが、これは、インドの近代思想家たちの多くが危惧予感していたところである。時間はそのものだけでは、意味のあるものではない。時間に数量を押しつけるだけでは真の進歩というべき社会の調和的発展や個人の全人的発展を損うことになる。インド人の主張は機械文明などを退けたのではない。手で糸を紡ぎ、温い手仕事の味を残し、生活の欠くことの出来ぬ部分として、民芸などの位置を決め続けるという、今、かえりみられつつある思想を、西洋文明に対して堂々と主張した。インド人はそのような生活と思想を守るために意識的、無意識的に遅速現象を起した。日本などはあらゆる批判を覚悟して、または無視してまでも発展の一語のために全力投球をし、害が出てから修正し、再創造をしようとした気負いたったこの百年間である。それは即ち、時間の均一化による効率の点から人間を使うことである。

われわれが、インドでなんとなくほっとするのは、かれらが頑固なまでに自分の固有の生活、つまり固有の時間を持っていることを感じ、緊張感から解放されるからであろう。このような説が、今まではインドに対するわれわれの浪漫的投射であるという意見も多かったが、今までの直線的な楽観的拡大主義の将来の見通しの暗さに対する反省が、世界が生き残るために、世界的規模でなされている現実の中で、インドの心が見直されて来ている。智慧をもち、時間の有限が無限の中で意味をもつのは、生と関係をもつ時であることをインドでは知っていた。

巨大なエローラ洞窟——小山のような石山の内部をほり抜かれた彫刻群。一生を惜し気もなくつぎ込んで、気の遠くなるような時間をかけて制作したのだという実感に圧倒されるインドの古代人の心。しかしそれは古代のみの問題ではない。現在でもインドでは、例えば建設に百年かかる予定の建築物の現在何十年目という、われわれの想像外とも思われる時間感である。彼らにしてもそんなに時間をかけないでも出来るのに、何世代もかけて一つの建築を建てることを敢えて行っている。正に時間に対する効率や能率の正反対である。われわれは待つことを知らない、百年も待つことを知らない。われわれの廻りでは、百年の間に何回か建物を建て毀し、また戦いによって毀されて来た。百年かかる建築は、いわば、人間の一生にとっては無限であり、人間の連続的文化として有限である。これは愚かなことであろうか。他を破壊し、後には自己破壊に至る現実があるのに、自己中心的、しかも盲目的建設を行っている側の方が愚かなのではなかろうか。このように、インド人は時間に対して多様な対し方をしている。インド人が時間を無視し、時間を超えようとするからといって、時間への思考が欠如しているのではない。むしろ時間の究極なるもの即ち、永遠と瞬間というテーマは、辿っていくと常に問題になっているものである。そのようなことからも、インド思想の特徴である普遍的なものに対する志向、更にそれと個との関係に及び、ひいては多様性の承認へと進んで行く。

インド思想においては、論理的分析が非常に明晰であらゆる哲学思考型が哲学派となっていったけれども、現実社会の中で中心的に力をもっているものから考えていけば、時間に対する寛容は多様性の承認をもたらしていると云えよう。

われわれは、多民族国家、多様で多彩な国家を世界でいくつか見ることが出来る。インドももちろんその中の最たるものであるが、その特色は時間が併在していることである。即ち、単に平面的に多様であるのではなく、立体的に多様である。インド・ヒューマニズムによる近代平等思想は、単なる外面的平均化を望んでいない。このヒューマニズムは普遍的なるものの多様なる表現として人間を認めることに出発している。

われわれの生活の形態は、衣食住において、町のたたずまいにおいて、自然との関係において、情報の摂取の仕方において、基本的には、同一である。即ち同時間的に生産されている形である。われわれが生きていく上で時間をずらしていく自由が次第に失われて来ている。それは、思考性が奪われていくことになる。即ち現在では、大量生産生活とでもいうべきものから少しでも時間がずれることは許されなくなって来ていて、時間について考え直すことも、永遠について考えることも、瞬間について考えることも困難になって来ている。

インドにおいては永遠なるもの、またその反対概念の瞬間なるものに対する思惟的反省が徹底的になされているので、永遠と瞬間の中間である時間に対して寛容である。究極なるものから反省的に現実にもどって来るのが、インド思想の特徴である。従って時間の併在性――われわれは確かに現在同時的に生きているが、千年前と百年前と現在とが併在している――を何らおかしくないとインド人は考えている。即ち、現時同時的進歩の平等性への努力をすることと、人類史の再体験の自由を認めることによって、人間が機械にならない。例えば手織りや手編みと機械織りや機械編みとは両方とも存して生活を豊かにしていくものである。手織りや手編みは機械織りや機械編みによってすでに克服された過去であり、価値のないものであるということは出来ない。機械織りや機械編みの多様性だけでなく、手織りや手編みの個性的多様性すべてを含んで立体的多様性をみとめていくことが、時間の併在である。西欧、日本では、生活の生命力のなさの危機を、漸く一般的にもみとめるようになってきたので、時間の併在が後進性と同意義とみなすことはできなくなり、それが漸く見なおされてきている。

インドでは、科学のノーベル賞を何人かの科学者が受賞して、世界的にいつも時代の先端を進んでいる。しかし、一方では何千年前の森林の中での哲学が、新しい粧いで併存している。そして、その思想と生とが密着した形での生活も許されている。こんな例もインドでは少なくない。世界的に有名で、以前は万巻の本をもっていた学者も、七十を越して、古来の無所有の思想に従って万巻の書をすべて図書館に寄贈して、自らはその図書館に通い、今なお精力的に著作をしている。

時間の併在性は、寛容の精神を養い、生を豊かにし、生に意味を与え、過去も生の交響曲の一パートとして蘇らせる。インドではそれを発掘するための努力をする必要もなく、自然にそんな意識をもっているので、その意味での排他性が少ない。現在のインドを楽土であるといっているのではないが、インドの心が世界の思想に寄与できるということである。即ち、社会改革が徹底的になされたとしても、時間の併存性の観念の価値は失われないし、それがなくなれば、文明は、弾力性と調和を失うことになることをインドの思想家は言っている。

六

次に調和の思想が、インド思想の特徴とされている。調和とは中途半端ということではない。インドの心の奥底には、極端なことを好む性格がある。たとえば極端な苦行主義と極端な快楽主義がある。それらは、しかもインドの多様な思想の究極目的である解脱への手段として行われているのである。学問・宗教論議及び体系の壮大さ、分析の精緻さは、無用なくらいである。インド人の思惟方法の特徴として内面性と共に徹底性ということがある。そのため、極端なことがなお徹底して来る。しかしそれが有限者の限度を越えれば、生存できなくなるか、無限の迷路に陥って、その行為、思考が無意味の虚無に入ってしまう。即ち苦行も死に到る断食になり、生を否定し矛盾に陥り、また一方、快楽も極端になると淫猥な性快楽の永遠休止の愉楽で、かえって生の否定にいる、という自己矛盾になる。しかし、この徹底性がまた、すぐれた宗教、哲学、芸術、学問を生む原動力になったことは否めないが。

しかし、現実のヒンドゥー教徒の大部分のものは、それほど極端な苦行主義でも快楽主義でもない。かれらはそれぞれ一人の人間の中に生の謳歌もとなえ、また、苦行をもとり入れるという現実感覚をもっている。もっとも前述の極端主義の影響もうけて外国人の目には振幅が大きくみえるのも事実であるが。極端主義は、特に極端な快楽主義は、自然の特質であるという考えは当らず、むしろ余りにも観念的すぎて自然との調和が破れて、生が死に赴く形と考えられる。即ち最大の調和は、自然との調和である。インド人の自然観も各哲学各派によって千差万別であるが、インド人一般にとって、自然とは人間が克服、支配すべき対象ではない。自然とは人間が調和すべきものである。インド思想は、普遍者への志向が大きすぎるとか、観念的すぎるとか、また世界否定的とも云われるが、自然への調和によってそれが緩和されて、生の深みを増させている。従って、西洋近代主義の中にかえって生の抽象化、機械化をみたインド人は、お仕着せの文明を無条件に受容することは認めず、生の発展に必要なものをとろうとした。

タゴールなどが頑強なまでに主張した自然の中での教育ということは、教育が生と関連した中でされるべきであるということであり、生は自然と分離した形では生きられないことを熟知していたからである。生の全人的発展を期する教育は自然の中で行われるべきでそれなしには教育による人間疎外が行われると強調した。

雨期には海のようになったガンジス大平原に点在する村落、酷暑などという厳しい面と豊かさを与える母なる大地という二面で、インド亜大陸では自然とじかに接し、現実にも分離して生きていくことは出来ない。

自然とは調和しなければならないのである。

タゴールの自然観を要約すると、無限なる自我は、自然と人間との両者を創造する。即ち、自然と人間とは血縁関係であるという。というのは、無限なる自我は、自然と人間の中に、また両者を通して、自己自身を顕現するからであるという。自然と人間は絶対者の自己実現にとって本質的に欠くことが出来ない。即ち宇宙の中の両構成要素、即ち自然と人間は、宇宙原理、生命神の創造作用によってそれぞれが実現されていくと同時に、宇宙原理それ自体を実現していくという。
即ち自然から疎外されるなどということは人間破滅で、宇宙の自己表現が不可能になるからである。

インド・ヒューマニズムも、このように人間相互間に人間性又は普遍的人間性という本質的に本来同一部分があることをみとめることに基づいている。従って衝突しないために調和するのではなく、調和せずには、各個が生きていけないとする。多様性をみとめる個人調和も民族調和もすべてこのような理念にもとづいている。このような調和観に立つと、個人のなすべきことは、本質の調和を真に意識することと、それを理想として実現することである。

また他方では、互いに反対・相矛盾する思想や信条を認めあったり、調和するのに、それぞれが普遍的なるものの一面であるという理論を用いた。現実に全く相反する二つの動きがしばしば同一個人や同一共同体の中に見られるが、そのために自己分裂にまでは到ることはない。二つの、反対概念が相補的に成立して絶対的な分裂を起さないからである。

このようにインドに於ける調和の思想の根拠は様々であるが、インド人の心に、調和への心情があることは確かである。インド人は個人主義者であり、修行も個人の解脱のみを考えているというのも一面であるが、他方、真理の普遍的実現を図る気持ちがあることも事実である。インドの社会大衆の間にこのような調和の精神が現存していなければ、広大で多様なインド亜大陸は、何十何百という国に分裂してしまっていたであろう。

参考文献

「東洋人の思惟方法1――インド人の思惟方法」『中村元選集』第一巻、春秋社
『インド教』ルイ・ルヌー著、渡辺照宏・美田稔共訳、白水社

（一九七六年一月『思想』619号　岩波書店）

インド文明と価値

インド文明と価値という場合のインド文明という言葉は、最も広い意味で使われている。しかし、西洋からcivilizationという用語が入って来た時、半植民地から植民地になっていったインドでは、その言葉を廻って複雑な反応の歴史を展開する。詩人であり、文明批評家であるロビンドロナト・タゴールRabīndranāth Ṭhākur（一八六一～一九四一）は、その論文[1]「文明の危機」Sabhyatār Saṁkaṭの中で[2]「civilizationという語をわれわれは、sabhyatā（ショッボタ）という言葉で一応翻訳しているが、この語の対応語をベンガル語で見出すのは簡単ではない。われわれの国でなじんで来たsabhyatāの形を、マヌは、『正しい礼儀、行為』と呼んだ。即ち、それは、いくつかの伝統社会的規則によって規定されたものであった。それら、いくつかの規則に関する古代の観念も、ある狭い地理上の地域に限定されていた。サラスヴァティー河とドゥリサドヴァティー河との中間のブラフマーヴァルタという名で有名な国の中で、長い間続いて来た礼儀、行為を『正しい礼儀、行為』と呼んでいた。即ち、この礼儀、行為の基礎は慣習から作られていた――たとえその中にどんなに多く残酷さや不正が含まれていてもである。この理由で、当時の世間は、慣習的礼儀、行為を優先させ、心の自立性を無判断で奪い去った。昔、マヌが、ブラフマーヴァルタ国で確立されたのを見た、正しい礼儀、行為の理想が次第に因襲にたよるようになった」と述べている。

civilizationに当たるインドの言葉は、古来なく、英梵辞典などには、対応語が載っているが、実際の使用例が見当らない。辞典編集者の西洋人学者が、インド人学者に依頼して造語したものである。従って最終的に近代語のsabhyatāを当てたが、もとのサンスクリット語では「礼儀正しさ」「洗練さ」という意味である。タゴールは、それを、地域的、時代的に限定された社会的、人倫的価値に過ぎないとした。それをヒンドゥー社会は、時間、空間を超えた普遍的規範的価値として、「マヌの法典」mānavadharmaśāstraを遵守することを人々に義務付けた。それは基本的には、ヴァルナ=カースト制の社会的、人倫的価値を守ることであった。その基本的構造は紀元前後には確定していた。この因襲を現代においては、sabhyatāとみなさず、インド近代社会改革運動の標的と考えられるようになり、タゴール自身も、そのことに関連して、十九世紀半ばのラジナラヨン[3]の改革を共感をもって指摘した。ここに西洋のcivilizationの概念が入り、sabhyatāの意味が、その場合には、変化する。

「この因襲的『正しい礼儀、行為』の代わりに、われわれはイギリス人の行為と同一視して、文明sabhyatāの理想を受け入れたのだった。われわれの家庭では、このような変化が、宗教信條や慣習にこだわらず、正義感の指示に基づいて完全に受け入れられた。私はそんな雰囲気の中に生まれた。そしてそれと同時にわれわれの自然な文学愛好心が、イギリス人を高い座に坐らせた」。これはアジア諸国が、近代になって辿った道でもある。しかし、日本のように独立を維持した国と、植民地となった国とでは、いわゆる文明の福音をもたらす人々の言行不一致の性格に対する意識が異なっている。イギリスの植民地下のインドの知的代表のタゴールは「文明を、礼儀、行為の要素から分離した形で認めた人々が熱情にかられて、文明をいとも簡単に犯すことができるのを、私は毎日見ることができたのである」[4]と述べている。

sabhyatāの意味の変遷と文明の意味との関係は、以上の如くであるが、タゴールの「文明の危機」sabhyatār samkaṭという論文の場合のように、地球全体及び人類全体のsabhyatāの意味が、インドにおいて、強く意識されるようになって来た。

本論文では、インド文明bhārat sabhyatāという広い地域にまたがる何千年の歴史を通しての歴史的発展を含めてのsabhyatāを考察する。

次に価値であるが、西洋哲学でいう価値valueの厳密な概念は、インド思想において探究すると、バラモン教学哲学のいわゆる六派哲学の認識論を詳細に分析考察することが必要である。しかし、ここでは、valueに当る原語mūlyaの意味を、ちょうど、sabhyatāの意味を広くとったように、広い分野の中で使うことにする。

現代インドでは、宗教的mūlya、倫理的mūlya、教育的mūlyaなどのmūlyaの論議が盛んであるが、本論文では、それらを考慮に入れながら、インド文明における諸価値の中から、危機をはらむ現代人類文明に寄与できる可能性のあるものを論ずる。

インド文明という場合、第二次大戦終了前までは、南アジア全体であり、終了後、数カ国に分離独立した現状においても、南アジア全体を指すことが多いが、建国理念の異なる国々における価値についての考えも異なる。共通性と異質性を考慮に入れなければならない。

歴史的に見て、南アジアは、印欧語族、シナ・チベット語族、オーストロ・アジア語族、ドラヴィダ語派という四大民族とその言語、文化が併立し、融合してきた。それに南アジア内部から、バラモン=ヒンドゥー教の他、仏教、ジャイナ教、シク教が生まれ、外部から、イスラム教、キリスト教、パーシー教〔ゾロアスター教〕などが入ってきた。また、ヒンドゥー教社会は、マヌの法典などに基づくヴァルナ・カースト制度による複雑な構成が続いてきた。これらの歴史的総体が、いわゆるインド文明といえる。それは、近代文明の概念による近代化を含めてのことである。

多様性の承認と普遍者の探究が、インド思想の特質であるといわれ、理想主義者のタゴールは詩集『ギタンジョリ』[5]の中で

「来たれアーリア人よ　来たれ　非アーリア人よ
ヒンドゥー教徒よ　イスラム教徒よ！
来たれ　来たれ　今は英国人よ！
来たれ　来たれ　キリスト教徒よ！
来たれ　バラモンよ！　心を清くして
　すべての人の手を取れ
来たれ　虐げられた人よ！
　すべての侮辱のかせは　とりはずされよ！

母の祭りに　急ぎ来たれ
すべての人に触れられ　浄められた岸辺の水で
吉祥の水瓶が　まだ満たされていないのだ
今インドの人類の海の岸辺に！（6）」
と述べ、普遍的ヒューマニズムを唱導している。前述の民族、言語、宗教、ヴァルナ＝カースト
などのどこかに排他的拠点を持ち言論と活動を展開したことは、南アジアの中で現実に歴史上、ま

た現在でも、危機的状況に至るまでに到ったことは確かに存在したし、また存在している。しかし、大観的にみるとどの民族、言語、文化、宗教も他を廃絶するにまで到らないどころか、現実の日常生活面では、政治的原理とは別に融合、影響が行われてきた。強大な普遍宗教であるイスラム教とキリスト教が、それぞれ、ムガル王朝、イギリス植民地支配にもかかわらず、アフガニスタン以西のイスラム教国やヨーロッパ、南北アメリカ、キリスト教国のような状況にはならずに、インド文明では諸思想が併存し、相互影響の色彩が濃い。

バングラデシュは、イスラム教徒主体の国として独立したが、日常生活では、アラブ主要国と異なり、南アジア、特にベンガル人的特徴を強く保持している。

紀元前のバラモン教が、紀元前後にヒンドゥー教に発展する過程を考察すると、現在、ますます、非アーリア人、すなわち、ドラヴィダ及びオーストロ・アジア民族の重要な宗教的社会的概念、神々、慣習が取り入れられたことが判明してきている。すなわち、それらは広くインド文明の財産といいうるものになっている。輪廻やカルマの思想についても、その論議の対象となりうるものである。

インド・アーリア語の中世段階から、近世アーリア語古期段階は、イスラム教の進出と抗争の時期であったが、中期段階は、イスラム、ヒンドゥー融合文学やイスラム教徒のヒンドゥー思想研究、翻訳のみならず、イスラム神秘主義のスーフィー派やヒンドゥー教神秘主義とが、遍歴をしながら交錯し、そのような中から、カビールやシク教の創始者ナーナクが生まれた。カビールは、イスラム・ヒンドゥー両教の最高存在を偶像でない同一のものとし、宗教上の外的なもの一切を認めず、しかし、現実の生活及び生命を嫌悪しなかった。カビールの神秘主義的な詩は、現代知識人に共感を得ている。

インド・ヒューマニズムは、梵我一如の思想で、すべての人間が、宇宙の最高存在と同一の可能性とその意識を持つ可能性があるということを強調して、近代インド人が主張している。しかし、ヴァルナ=カースト制による人間差別と矛盾することを自覚して、ヒンドゥー教改革派は、差別撤廃の方向に進んだ。西洋のユニテリアン思想や神智主義思想などの影響も受けていた。ブラフマンとその多様差異相の承認関係に基づく宥和思想が、確かに古来、存在したという背景があったことが認められる。勿論、インド思想は多様で、相反する思想が存在して、排他的なものもあるが。

しかし、現代の地球文明にとっては、他者を認め、多様性を認めることが、人倫的価値であるという考えが、最も必要なものである。インド文明の中の仏教思想も、梵我一如の観念に基づかない、一方では論理的理性的普遍的仏性自覚と他方では全人的な慈悲の観念の中に、他者を本質的なところで認めようとする。

総体的にみてインド文明においては一元的普遍的価値のみを認めずに、多元的価値を認める傾向があり、一元的普遍的価値を認める思想の存在をも認め、それらの思想が、多元的価値を認める考え方にも理解を示すよう働きかけてきた。だが、そのような多様性を認める理想主義的インド思想も、特にこの四半世紀、ヒンドゥー・イスラム、ヒンドゥー・シク間の緊張関係やテロの危機にも、しばしば曝されている現実も直視せざるを得ない。

次に、インド亜大陸で生まれた諸宗教、更に唯物論に至るまでのほとんどの思想が、何らかの意味の解脱mokṣaを古来目指しているか言及していたのが注目される。それに基づいて、宗教的徳目、人倫的徳目が、出家的形態にも、在家的形態にも、要請される。インド人の思惟方法の一つとして、極端な徹底性があり、出家者の肉体的、心的極端な苦行は、想像を絶するものもあり、古代においては、かなり広く行われていたと思われる。例えばジャイナ教の死に至るまでの断食である。断食は多くの宗教的意義があるとされるが、現在でも、インド女性の多くが、月毎、週毎に断食日を決めての断食を行う。現代文明の中で、このような程度の断食の意義が、改めて見直されつつある。

このように、宗教的、人倫的価値は、古来様々な形で、多様な人々に対して呈示された。釈迦牟尼を含めて、道を求め、解脱を求める出家者たちは、個人個人として修行し、また森の中の師について修行し、解脱に達したもののうち、永久に森に留まるものと、世に出て、解脱の内容を語り、道を説くものとに分かれる。釈迦牟尼の場合は、遍歴をしながら説く一方、出家集団と僧伽で指導もした。その場合戒律ということが問題になった。釈迦牟尼の場合だけでなく、宗教指導者は宗教的理念と哲学的思想を唱導しながら、それに基づいた戒律などを通して道徳的実践を指導した。例えば釈迦牟尼の場合は、生活を清浄にするために少なくとも五戒（殺生、盗み、淫らなことをしない、虚言をつかない、酒類を飲まない）の実践を求めたが、ジャイナ教においても、似たような戒律が奨められた。それらのうち、一般民衆に遵守可能なものは、ヒンドゥー教その他の宗教の徳目を含めて、今日までも影響を及ぼしている。それらの徳目は、ある宗教では、神と神々との関係から、ある場合には、神に価するとされる絶対的君主や王との関係から、また仏教のように、自分自身の自立した立場から遵守されるべきものとされる。しかし、多様なるインドの宗教、思想を現代文明における現代的意義の立場から公正にみていくと、これらの宗教的、倫理的価値を広くとりあげることができる。

更に、特にヒンドゥー教の場合、マハーバーラタやラーマーヤナという叙事詩の中に表された、解脱への道や、倫理価値が一般民衆にとって重要な役目を果す。すなわち、知による、行為による、瞑想によるなどの解脱への多様なる道の承認と多元的価値の承認が示されている。

すなわち、マハトマ・ガンジーの不殺生ahiṁsā思想が実践的意義をもってインド独立の際注目を浴びたが、元来、仏教やジャイナ教の重要な基本的徳目と一般的にみなされるが、ヒンドゥー教側でも、聖典の中で言及しているので、マハトマ・ガンジーについても、いくつかの説が出されている。ジャイナ教と仏教との不殺生思想の相互関係及び相違及びヒンドゥー教内の不殺生思想の起源など、学問的にはいろいろな論議がなされている。しかし、ここでは、インド文明におけるインド思想独特の不殺生倫理の価値として考察する必要がある。戒律という性格もあって、殺生否定の否定辞aを使用しているが、インド思想の重要観念に否定辞の使用が一般的に行われていて、この場合も、平和とか、平穏とか肯定的積極的言辞を使わず、受動的表現で何かを表現しようとする。古代では解脱に達する一助であり、ガンジーの場合は、非協力運動と相俟って、独立達成の手立てであった。いわゆる平和的手段による独立である。それについては、いろいろの異論もあるが、インド大衆は、この否定的受動的表現に惹きつけられた。仏教の不殺生の一基底には、仏教の他者を想い、他者を傷つけないという思想がある。これが真の平和思想である。しかし、現代インドでは仏教は、十三世紀以来、ほんの僅か残っているだけであるので、やはり、宗教の別を超えて、非殺生思想の価値が広く、全インドに当時存在していたといえるのは前述の通りである。インド独立後は政治的に非同盟中立国に属し、非殺生思想が大いに唱導されたが、中印、印パ紛争や核問題で矛盾も指摘されている。しかし、インドの一般の人々の生活や想いの中には、不殺生思想の伝統が、残っている。また地球的規模の危機的緊張関係の時は、この不殺生・非暴力の価値が常に現実的に評価される。ここでインドの否定的受動的表現の魅力にインド民衆は惹きつけられるが、ガンジーの場合も、彼の不殺生・非協力と同時に「真理把握」satyagrahaという肯定的積極的表現も高く掲げて運動を展開し成功したことを附言しなければならない。だが、ガンジーの場合、内外ともで否定表現の方が、有名である。仏教の場合も、実践的道徳価値として、否定表現の五戒に対して、積極的肯定的表現としての八正道が遵守すべきものとされたが、五戒の方が、インドでは一般的にはより心を惹かれるものになる。ちょうど、空とか無が問題になるのと同じである。

不殺生は、他者を想い、大切にする想いからと前述したが、この場合、他者とは人間のみではない、広く、動物、虫までもである。仏教、ジャイナ教だけでなく、ヒンドゥー教の中にも、そのような思想が広がっている。

このことに基づいて菜食主義が、現在でもインドの多くの地域で守られている。ジャイナ教徒、南部・西部の大部分のヒンドゥー教徒、他の地域のヒンドゥー・ヴァイシュナヴァ派の人たちである。厳格なジャイナ教徒は、獣、鳥、爬虫類、魚、虫、更に地中の植物（玉葱、じゃがいも、さといも、さつまいも、大根、にんじん他）、香辛料の多く、雨期の緑黄野菜を食べない。穀物、乳製品、前述以外の野菜でつくる菜食である。人間の意識の中で人間と共有する生命だと強く感じられるものに対する同類感で、到底食べるべき対象にはならない。それを食べることは殺生になる。従ってジャイナ教徒は、武士階級にはならなかった。このようにahimsā思想、ahimsā道徳目は、インド文明の中の重要な価値となっている。

古来インドには、時間の観念がないといわれる。それは、歴史的時間と物理的時間のことである。確かに、中国文明における時間認識の価値とは対照的である。インドには、叙事詩、古譚、哲学書、宗教書など古来厖大なものがあり、高度の文化を誇っていたが、紀元後千年まで、歴史書らしい歴史書がなく、その後も本格的歴史書は久しくなかった。紀元前に高度の文化をもったインド文明に生まれた、様々の分野の偉人たちの生没年は、ほとんど確定していない。すなわち、インド人にとって、年代の決定は重要な意味を持たず、伝記でも、しばしば輪廻転生の前生、前々生のことが記述され、それとひと続きに現世のことが書かれ、現世の年号、年代が何ら記述されていない。まして、一般人に関することは、なおさらのことである。日時ということは、それほど重要ではなかったのである。現在でも、ベンガル語でkālという言葉があるが、奇妙なことに、昨日という意味と、明日という意味と二つの意味を持ち、動詞によって意味を確定するか、形容詞を付して確定するかである。kālだけ発音されても、明日か、昨日か判らない。kālというのは本来「時間」という意味で、現在でも、その意味でも使われている。昨日、明日と同じように、parśuという単語は、一昨日と明後日、tarśuは、一昨々日、明々後日の両方を表し、その単語だけを出されても、両者の区別が判らない。現代でも、生活面でも、意識の面でも、インド人に接して時間に関することでハッとすることがままある。

しかし、哲学好き、形而上学好きのインド人は、インド諸哲学の中で、「時」を実体の一つとして挙げている。そのような意味で「時」の重要性の認識はある。しかし、その場合も、言葉vācに関して、古来、精緻な「言語論」哲学が展開され続けたのに比して、「時間論」哲学は、それほど体系的、精緻に展開されていない。一方一般の人々にとっては、永遠との関連で、時間は過ぎ行く無常と感じる対象となることが多い。インドでは、時間が哲学的には、物理的というより論理的視点からのみの考察にほとんど終始している。インドでは、古来から現在にいたるまで、nitya-anityaという言葉が、哲学、宗教、文学、他の芸術、日常生活において使われている。nityaは「永遠」の意味であり、anityaは元来「非永遠」の意味である。つまり、インド人の意識の中では、永遠かどうかが、重大な関心事である。vāc「ことば」はnityaであるかどうかは重大な問題となる。従って、いずれの宗教にしろ、思想にしろ、解脱とは、永遠のさとり、永遠の自由を意味し、またそもそもnityaなるものが存在するかどうかも、哲学の重要な課題であった。人生も、人生のある期間も、生物の存在も、anitya無常であり、宗教によっては、世界も、天国も無常である。従って、僅かな物理的時間は、この無常の範疇に属するので、むしろ、文学などでは無常感として表現されている。

このような常・無常の考え方と並んで、瞬間に関するインド人の意識と考察はかなり深いものがある。nitya-anityaと瞬間との関係、瞬間の連続性と非連続性の問題などである。瞬間は、サンスクリット語では、kṣaṇaで、パーリ語ではkhaṇaであるが、仏教において、刹那という言葉を使うが、「刹那滅の論証」は、仏教哲学の中でも、最も高度で精緻な刹那に関する考察である。

インド人の日常生活の中で、売り買いの時、力車に乗る時、固定的値段がなく、多くの場合、競（せり）によって決める。人々は競を愉しみながら、瞬間によって決める。そのようなことを見ていると、かれらは、永遠ということと瞬間ということしか、時間については考えていないのではないかという実感を覚える。このようなインド独自の考え方は、西洋や中国の各種の時間論と異なって、それなりのインド的価値を持っている。現在、時間が機械化、商品化され、その観点に立って、人生そのものが、極度の多忙に陥り、その結果心の疎外化により、精神的肉体的圧迫が問題になっているが、インドの詩人タゴールは一九二九年訪日の際、すでに、「有閑哲学」Philosophy of Leisureを講演することによって、明治以来の急速に時間の効率化に基づいた多忙化について、日本人に警告を発した。多忙化による内面喪失についてへの警告である。それは現代文明病でもある。これは、インド人の生活と時間との一般的考え方にも基づいている。その種の多忙さの中では、創造的な仕事はできないというのが、タゴールの考え方である。タゴールは、第一回訪日の際、三ヵ月間、横浜の原三渓邸に滞在中、朝三時半から四時半の間に起床し、一時間瞑想し、その後、一時間広大な邸内を散歩し、その後詩を書き、論文を書いた。彼は、世界の各地を招聘を得て、遍歴した際も、そのような原則を貫こうとした。日本女子大の軽井沢三泉寮の女子学生たちに連続講演した際に「瞑想について」の題でも講演している。宗教人でなくても、精神集中の時間をとり、しかも、日課として、行う。現在非宗教化の波がインドにも、少しずつ広がりつつあるが、現在でも、多くのインドの人々は、宗教的な祈りや宗教的非宗教的瞑想を短い時間でも、日々、一週毎など行っている。多忙の中で、自己を省みず、自動機械のような日々に、これらの祈りや瞑想に時間を与えることは、日本人の間では、自分の専門の仕事に集中できるエネルギーを得るという面を強調するか、一部には、神との合一という面のみを強調する趣きがあるが、生活の全人的調和を目指す原点に立ち帰る意識を養成する面もある。従って、各宗教が、夫々の祈りのみが唯一絶対という考えに対して、非宗教者の瞑想をも含めた寛容な精神のあらわれである。このような考えが世界の祈りと瞑想の多様性とその相克性に対応できることを示唆していると思われる。インドでは前述のように宗教対立も目立つようにもなったが、他方、平和の祈り、世界平和の祈りをヒンドゥー教、イスラム教、仏教、シク教、ジャイナ教など一堂に会し、共同して行うことがまま見られる。またカルカッタ

〔現コルカタ〕などでは、このような宗教者たちと唯物論者たちとが、共同で、平和への黙禱、瞑想を行っている。現実には理想的には行われてはいないが、これが、インド式現実的理想主義の試みといえよう。その根底には、寛容の精神がある。

インド人は、西洋人と同じく、日本人に比してより自我を主張し、個人主義的でもある。そこで自我の統御と寛容の精神で自他の調和を図ろうと努める傾向がある。仏教における慈悲である。インド文明の中で、通時的にも、共時的にも多種多様な生活と文化と思想には、称揚すべき宗教的、人倫的、社会的価値がある。誠実、正義、平等、捨離、奉仕など枚挙にいとまがない。それらは、他の文明にも共通なものが多いので、ここでは、前記のように、現代文明にも意義を持ち、インド文明を代表する価値についてのみ考察した。しかし、どれについても、それぞれ、印度哲学史的、印度宗教史的、印度社会史的発展を詳細に系統的に検討する必要があるが、ここでは枚数に限りがあり、本テーマに必要なものに特定して考察した。古代、中世だけでなく、現在のインドの視点を特に取り入れた。

だが他の文明と共通の価値のうちでも、インドらしい提唱の仕方がある。正義は、「バガヴァッド・ギーター」の中の重要な観念であるばかりでなく、長い間培われてきたものであるが、愛と調和の詩人タゴールは、詩集『捧げ物』(7)の中で激しく

「おお主よ！
不正を行う者　不正に耐える者
すべてを　あなたの憎悪が
草燃やすごとく　焼き尽くさんことを」[8]

と詠っている。この章句のうち、特に、「不正に耐える者」をも糾弾すべきだという言葉は、非常に強い言葉である。ベンガル地方で正義を貫く運動が起るとき、この章句がスローガンのように語られ、叫ばれる。

インド人にとっては、正義という言葉よりも、不正anyāyという言葉の方が胸に響く。この否定辞のついた言葉を使った重みは、非常に意味深い。

なおインド文明の最も重要な観念である「法」dharmaと「真理」satyaについては、本論文では割愛する。

（一九九六年十一月『比較文明』第12号　刀水書房）

注

(1) R・タゴールは、八十歳で一九四一年八月七日永眠するが、その年の四月に、迫り来る死期と迫り来るアジアでの第二次世界大戦を前に、文明批判的な本論文を出す。

(2) タゴール全集のベンガル語原本は、Viśva-Bhāratī版のRabīndra-Racanābalīであるが、略号は、R.R.である。当該個所は、R.R. vol.26, p.636.

(3) Rāj Nārāyan（一八二六〜一八九九）学生時代から迷信・因襲打破の運動を行い、次にR・タゴールの父、デベンドロナトの梵協会に入り、ウパニシャッドに熱中。しかし、社会改革派として、人々の福祉のため一生を尽くす。

(4) ‘sabhyatār saṁkaṭ’ の中の文、R.R. vol.26, pp.636〜637.

(5) R・タゴールのベンガル語詩集Gītāñjali一九一〇年刊、百五十七篇の詩から成る。ノーベル文学賞受賞作品の英文ギーターンジャリは、この前後のいくつかのタゴールのベンガル語詩集から選んで、タゴール自身が英訳して編集したもの。

(6) Gītāñjaliの中でも、最も有名な第百六の詩で、タゴール自身の朗読の録音が残っていて、この箇所はその中でもまた有名なところである。R.R. vol.11, p.84.

(7) Naibedya.一九〇一年刊。四十歳の時の詩作で、一転換期のものとされる。テーマは第一に外的な一切のものを排した神への熱愛。第二のテーマは、真理に基づく民族主義である。

(8) Naibedyaの第七十番目の詩で、(7)に述べた第二のテーマの代表作である。R.R. vol.8, p.55.

近代インドと子ども

1　序――近代の息吹――

現代インド社会は、何千年の歴史の多様な発展の集積である。一九八二年の国勢調査で、インドの総人口は、六億八千三百九十九万七千五百十二人である〔二〇一一年の国勢調査では十二億人以上〕。インド亜大陸全体では、現在、八億五千万を越えるほどの人口を擁している〔同じく十五億人以上〕。そこでの民族、言語、宗教、文化の多様性、自然環境の多様性は世界でも類のないものである。

ここで述べる近代インドとは、十八世紀後半以降のイギリスのインド植民地化、民族主義運動、独立運動を経て、独立後の建設から現在に至る激動期のインドである。この時期は、ひとくちに言えば、伝統と変革の二百年である。

この時期のインドの子どもたちの姿は、さまざまな形に見えてくる。いろいろな問題が浮かび上がってくる。

この近代インド二百年は、子どもたちの権利拡大の道筋を示しているだろうか。

現在、インドの子どもたちは、健康で、自由で、幸福に育ち、教育を受ける権利をもっているであろうか。

彼らが、それらの権利をもち、法的にも保障されているとしても、はたして、現実の姿はどうなのであろうか。

近代インドの歴史のなかに、貧困と差別からの解放のための苦闘という一面があるとすれば、そのなかで、子どもたちは、どのように苦しみ、生きたのであろうか。

インド民族主義、独立運動は子どもにどんな影響を与えたのであろうか。

宗教と伝統的文化は、子どもたちに内的平安を与えながら育んだのであろうか。

激動のうちに、星移り、世が代わっても、子どもたちは、このインドの広大な母なる大地の上で、自然と調和しつつ、悠々と無心に戯れていたであろうか。

それらの諸相が、現実には併存しているので、いろいろな角度から見ていかなければならない。

2　十八世紀後半からの社会的変化——ルネッサンスの目覚め——

近代以前の伝統的社会と子どもということに関しては、「社会と家庭のなかの子ども」の章で述べられている。

しかし、十八世紀後半以降、インドの社会・経済・政治的情勢が、新しい局面に入ってくる。ヴァスコ＝ダ＝ガマが、一四九八年、インド南西海岸のカリカットに到着して以来、ヨーロッパ列強が、続々とインド亜大陸に進出してきた。ポルトガル、オランダ、イギリス、フランスが、東インド会社を設立して、貿易を行う。東インド会社は、本国政府より貿易独占権を得て、莫大な利益を勝ち得た。商館を設けて、商業上、貿易上の拠点をつくり、ムガール帝国皇帝、および、独立した地方の太守たちから、自由通関権や自由通行権を勝ち取り、さらに徴税権までも手中に収めていく。商館は、軍事的、政治的拠点にまで、役割を拡大していった。

しかし、このようなインド亜大陸における利権をめぐって、ヨーロッパ諸国間で熾烈な抗争があり、その結果、仲介貿易を主としたポルトガルとオランダが脱落し、英仏抗争は一七五七年、プラッシーの戦いで終止符が打たれ、ついに、イギリスの覇権が確立する。

その後、一八五八年のイギリスのインド直接統治までの一世紀間は、権限が、東インド会社から、本国政府へ移行する過程であり、インド植民地への過程であった。

西洋文化の流入と影響、インド固有伝統文化への自覚、文化、宗教、社会改革への胎動の時期でもあった。

古譚（プラーナ）に制約された生活

十八世紀前半のヒンドゥー教徒たちは、正統的な、リグ・ヴェーダ聖典や家庭経（グリヒャ・スートラ）やマヌ法典に厳格にのっとった生活を必ずしもしていずに、むしろ、後世に編纂された古譚（プラーナ）に生活が規制されていた。古譚は、インドの二大叙事詩、マハーバーラタとラーマーヤナに活躍する神々や英雄たちの話から敷衍（ふえん）していったさまざまな物語が中心となっているが、それにもとづいて吉凶、幸不幸を占った。拠典となる古譚の数が多く、相互に矛盾するその内容に、生活の起居動作がいちいち支配され、また数々の土着迷信にも搦（から）めとられていた。停滞社会とひとくちに言われるものであった。

このような社会は、十八世紀後半も続いていた。女性と子どもが、とくに、その制約によって極端に不自由な状況に陥ることが多かった。

古来、インドでは、河と河の合流点、河と海の合流点は聖なる地点であった。そこでは盛大な年紀祭や何十年紀祭が催される。しかし古譚にもとづいていると称して、こんな風習が実際に行われていた。ガンジス河が秀嶺ヒマラヤに発して、大平原を流れ、ついにベンガル湾に注ぐところに、いたいけな子どもを投げ込む風習があった。それによって、一家が幸福を得、災いを避け、子ども自身の霊も救われると信じてのことであった。子どもが生きながら、大海に投げ入れられるなどということは、現代の眼から見れば、残酷で許すべからざる行為として映るであろうが、当時は、宗教的社会慣習のひとつで、眉を顰(ひそ)めることではなかった。

幼児結婚

次に問題なのは、当時インド亜大陸全体で広く行われていた幼児結婚のことである。これは、インド古来のヒンドゥー教の、人生の通過儀礼の四住期の理念と相反するものである。ヒンドゥー教では学生期（梵行期）の学習、修行の後、家住期に入る。学生期に入る前の入門式が八歳頃である。ところが、ここでいう幼児結婚は、八歳以下の場合が普通であった。単に早婚のことではない。また、初潮以前の女性の結婚というのでもない。四歳や五歳の花嫁であり、男性も入門式前に結婚するということであった。

このような早婚、否、幼児婚は、この混迷と停滞の時代に、四種姓制度やカースト制度や家系、家族を維持する目的をもっていた。

未亡人焚死の悲劇

しかし悲劇的なことは、未亡人焚死、未亡人殉死の慣習と幼児結婚との組み合わせである。その当時、ヒンドゥー女性の間では、夫の死後、夫が荼毘（だび）にふされる火葬の燃えさかる焰のなかに、夫の後を追って自ら身を投ずる風習があった。夫を慕う熱い心情のあまり、焚死を選んだという。それが慣習的美徳とされた。だが未亡人の積極的な内的意志によって、すべてが行われたわけではない。多くの場合、カースト内での家族親族の見栄によっていたと思われる。夫の死後、夫の親族、縁者に囲まれるように連れられて、火葬の薪が堆（うずたか）く積まれ、燃えさかるところに、死せる夫とともに、不本意ながら焼かれる運命を未亡人たちはもったのである。太鼓やさまざまな楽器が、次第に熱気を帯びて、いっせいに奏でられ、周囲の親類、知人、同カーストの群集たちが熱狂的になる。

ここで、正視できない事態が起こる。すなわち、八歳の花婿と四歳の花嫁が結婚し、二年後、花婿が病を得て死んだとする。と六歳の花嫁は、未亡人殉死する破目に陥る。夫を追って殉死する気持ちをもつのには、あまりに幼すぎる。幼い、いたいけな未亡人が、泣き叫び、喚きながら、意味もよくわからずに、親族に囲まれ、搦めとられるままに、投げ入れられるようにして、火のなかに落ちる。

もちろん、このような例は特別な場合であるが、女性と子どもに対して、これに類似した非人間的仕打ちが、数々あったことは否めない。

このような状況を見て、十八世紀末の四半世紀から、十九世紀初頭の四半世紀にかけて、批判的精神をもって、改革しようという運動が始まった。

大きく分けて、イギリスを中心としたキリスト教伝道団とヒンドゥー改革派の二大運動である。イギリス東インド会社は方針として、インド内の社会的・宗教的慣習、風俗に干渉せず、経済的利益追求が中心課題であった。したがってキリスト教伝道団と東インド会社の間に、この点に関して衝突があったが、キリスト教伝道団の発言のほうが次第に大きくなっていった。とくに未亡人焚死に対しての非難が大きかった。

近代インドの父ラム・モホン・ライ

一方、ラム・モホン・ライ（一七七二〜一八三三）は、近代インドの父といわれる宗教改革家、社会改革家、教育改革家である。多神教、偶像崇拝を排し、非偶像唯一絶対存在ブラフマン信仰を中心に据えて、さまざまな差別を排除しようとした。非偶像唯一神協会（ブラーンモ）を設立して、古譚（プラーナ）的世界よりも、古代ウパニシャッドの精神を重んずる新理念を打ち出した。

彼は未亡人殉死、幼児婚、一夫多妻などに対する反対運動を起こした。キリスト教伝導団の運動とこの点では同一軌道を歩いた。ラム・モホン・ライとキリスト教団、とくにセランポール伝導団とは、晩年、教義上の公開大論争があったにもかかわらず、前述の子どもおよび女性の解放には共同戦線を張った。ラム・モホン・ライは、単に論文を書き、講演をし、論争をして、心情と理性に訴えただけでなく、ベンガル総督（後のインド総督）を通して、法的措置による実体的実現を図ろうとした。若い学生たち、知的な中産階級、都市市民たちの運動の盛り上がりもてつだって、正統的伝統的ヒンドゥー教徒の猛烈な反発と反対を押し切って、ついに、一八二九年、未亡人殉死の慣習が法的に禁止された。これが、その後の幼児婚禁止などの一連の法的措置への一里塚となった。広大な農村地帯にまで、その法律が実効的に実施されるのは、何十年も後のことであった。だが、歴史の歩みは確実に進み始めた。幼児婚の未亡人殉死だけは、ぷっつり廃止された。

インド亜大陸は、ヒンドゥー教徒だけでなく、多宗教の信仰者からなる複合国家であった。未亡人殉死はヒンドゥー教の特別な慣習であったが、早婚は、イスラム教、ジャイナ教、仏教信者たちの共通の慣習であった。極端な幼児婚ではなかったが、早婚といっても女性の場合は、十歳以下が普通であった。

ムガル帝国は、イスラム政権であり、十九世紀中葉までは、イギリスの半植民地下支配が続くなかで、西洋文化、西洋思想を積極的に吸収するより、自分たちの伝統的イスラム文化を守ろうとしていた。したがって、伝統的早婚などの社会慣習は、むしろ強固に守られていた。

都市の知識階級の間での改革も、大部分が農村地帯であるインド亜大陸全体には、浸透せず、どの宗派の農民大衆も前述のような暮らしをしていた。したがって、早婚する子どもたちは、結婚する前から、間近に迫った実体的な生活への心の準備をし、家庭内労働および農業労働へ予備的に参加して、大人の世界をのぞき、また、半ば踏み込んでいた。また、彼らは、子どもの遊びの世界にも属していた。だが、このような大人と子どもの二つの世界の混合した中世的古譚(プラーナ)的世界のなかにも、中世的イスラム社会のなかにも、変革の胎動の一歩が刻印されたのが、この十八世紀後半から十九世紀前半であった。

3　十八世紀後半から現在までの、子どもをめぐる社会的変化

法と実情 ―― 子どもと女性をめぐって ――

十八世紀前半までに一擲（いってき）は投げられたものの、因襲的社会は、きわめてゆっくりと改革され、現在にまで、その影を残している。

子どもに関連しては、結婚年齢、教育、識字力、年少労働、乳幼児死亡、言語などの変化が問題となり、さらに根本的には、経済、食糧事情、飢饉などの社会条件を抜きには考えられない。

結婚に関しては、ヒンドゥー教徒未亡人再婚法（一八五六）、インド人離婚法（一八七二）などが、次々に制定され、いわゆる女性解放の路線を進んでいった。

女性問題と車の両輪である子どもの結婚に関しても、法的措置が次第にとられるようになった。一九二九年、年少婚姻制限法により、女性は十五歳以上でなければ結婚は許可されなくなった。一九七八年には同法が改正され、男性は二十一歳以上、女性は十八歳以上に結婚年齢が引き上げられた。

インド亜大陸には、多数の宗教があり、従来は、中世からのそれぞれの慣習に従って、結婚が行われてきた。しかし、たとえば、インドの場合前記の諸法制定および修正が、現在まで断絶的になされ、これらは、諸宗教徒の共通に守るべき人道的な近代法である。そして現実的には、それら共通法を遵守しつつ、ヒンドゥー婚姻法、ムスリム婚姻法などの修正された慣習法が、新たに制定、実施されている。インド国民の大部分が、この慣習法による結婚を行っている。

異教徒間、異カースト間の結婚、親族の反対などで慣習法の条件にそぐわない結婚、および、宗教慣習法を認めたくない人たちの結婚、そのためには、一九五四年に、特別婚姻法が制定され、自由結婚が法的にも行われるようになった。

さて、このように、法的には、ほぼ完備されてきたが、実情は、どうであろうか。インドにおいて、法制定とその完全実施との間には、相当の距離がある。特別婚姻法によって自由結婚が認められたというものの、とくに女性の場合、農村においては、一生ほとんど地域を離れずにいるため、とくに教育のある、経済的にも独立できる女性でないと、実質的に自由結婚にはさまざまの困難があったし、現在もある。すなわち、特別婚姻法によるものは、証人同道のうえ、法廷で、婚姻の認定登録をしなければならない。

インドは、大部分が農村地帯であり、農民は、それぞれの地域社会の慣習のなかに生活している。一九二九年の年少婚姻制限法による女性の婚姻年齢十五歳以上という制限は農村には通用しなかった。二十年ほど前でも、少し奥に入れば、九歳、十歳、十一歳くらいで、女性は結婚していた。十五歳まで女性が独身でいれば、なにか品行が悪いのではないかと、村落で取り沙汰されるような状況だったので、つまり、依然として、古いほうの慣習の枠組みの力が、村落の道義に強く働いていたので、法律通りには、事が運ばれなかった。現在でも、十八歳という制限年齢が守られていない。インドを隈なく歩いてみれば、十五歳以下の花嫁が、いくらでも見られる。初々しく、微笑ましくも見えるほどである。

サンタル族の娘たちも早婚で、度重なる祭りの際に若い未婚、既婚の女性たちが、それぞれの立場で、踊り、歌い、走り、歩く。

インドの多数の少数民族も、このサンタル族と同じく、それぞれの早婚の慣習に従っている。バングラデシュの多数派であるイスラム教徒の現況も同様である。十五歳以下の子どもたちが結婚している。

インド亜大陸の大部分を占める農村地帯では、今なお、出産の多くは助産婦によるもので、出生児が村役場や町役場の戸籍課で登録されるのではなく、各宗教やカーストや家系などの書類、系図などに記される。結婚に関しても、いわば、宗教関係の登録であって、その共同体のなかで認知される。したがって、特別婚姻による結婚は、むしろ、例外的な登録結婚である。

このような状況で、子どもの結婚、すなわち十代前半の結婚は、容易であり、多くの場合、依然として歓迎すべきことになっている。ただ、高学歴者と都会生活者は、少なくとも法律にそうくらいの年齢に結婚をし、時には晩婚にさえなっている。

しかし、前述のごとく農村の多くのインド人は、子どもの頃から、間近の結婚生活を先取りして、いつ結婚生活に入ってもよいように、慣習になじみ、家庭労働の職分を分担し、家庭外労働の手助けをし、交流範囲の狭いところでの実生活の全体を予感し、実体的に予備参加してきた。

教育の普及と女性教育の歴史

年少結婚と教育とは密接な関係がある。結婚の場合と同じく、建て前と実情との間には、かなりの懸隔がある。

古代、中世を通してヒンドゥー教徒のバラモンの子弟の学生期の勉学と修業のために、ヒンドゥー教塾ともいうべき、チャティシパティが各地に作られ、他方では、学問上の各派の小拠点の性格をもっていた。それも、近代に近づくにつれ、対象は厳格にバラモンの子弟に限らず、わずかずつ開かれてきたし、学習内容も、サンスクリット語によるヒンドゥー教教学とその周辺の教養だけでなく、近代語、すなわち、当時の話し言葉としてのヒンディー語、ベンガル語などの学習も含まれるようになった。すなわち手習い的要素が入るようになった。それは十八世紀末になって、社会の改革状況に押されて明確化してきた。

他方、イスラム教のほうは、マドラサという、イスラム教子弟に対して、イスラム教聖典、教学、アラビア語、ペルシア語を教える塾があった。ムガル帝国は、異国語のペルシア語を帝国の公用語として使用していたため、官吏になって、出世しようとする人たちはヒンドゥー教徒でも、マドラサでも学んだ。つまり、ここでも広がりをもってきた。

また、十八世紀後半から、イギリス東インド会社の力が強くなって、インド人がそこに入るためには英語が必要となった。また、西洋思想の影響を受けたさまざまな改革の流れに応ずるにも、英語が必要となってきた。

十八世紀末から、そのような児童、生徒を対象として、英語学校や教育使用語を英語とする学校が創設され、とくに東インド会社の拠点のある都会で、その傾向が強まった。

十九世紀には、各所にカレッジ〔学士大学〕が設立、十九世紀半ばには、ついにユニヴァーシティ〔修士大学〕が、カルカッタ〔現コルカタ〕、マドラス〔現チェンナイ〕、ボンベイ〔現ムンバイ〕に創立され、形式的には、西洋的教育制度が萌芽的状態で、できあがった。

このようにして、次第に、教育熱は高まったが、ヒンドゥー教塾、イスラム教塾、西洋式学校いずれも、全インドの人口に比べれば、九牛の一毛ほどの選ばれた人たちの学校であった。

一般農民大衆の大部分は、識字力がほとんどなく、学校とは無関係であった。

十九世紀後半から、二十世紀と次第に、教育制度、教育関係法の整備が前進していき、現在では、高等、中等、初等教育とも、制度的には、先進国に次ぐところまでに達している。そこに至る過程は紆余曲折の闘争の歴史であった。イギリスによる啓蒙政策もあったが、大部分は民族運動の結実である。イギリスのインド直接統治が始まった十九世紀半ばから、西洋式教育も民族主義的教育も、ようやく、いくつかの地点で、盛んになり始めた。その頃、女性解放の重要な方策のひとつとして女性教育にも関心がもたれるようになった。しかし、大衆教育が真剣に考えられるようになったのは、二十世紀に入って、本格的な民族主義運動が燃えさかるようになってからである。

宗教改革家、社会改革家、民族資本家、独立の志士たちが、それぞれの理念にもとづいて、まず初等学校を、次に、中等学校を創立しようと努めた。また、イギリスによって、弾圧された民族手工業を学校教育および社会教育の面からも復活しようとする努力がなされた。

また、一九二〇年、一九三〇年代と時が進むにつれて、一世紀前には思いもよらなかった、不可触民の教育にも意識を向けるようになった。だが、国民全体の初等教育を法的に確立することができたのは、インド独立後である。そのうえに立って、中等教育、高等教育が、段階的に全国規模で構築され、あらゆるものに門戸開放され、以前のように、最初から選ばれた子どもたちにのみ開かれた学校ではなくなった。

一九六八年、第六回五か年計画書中の教育方針が、国家の根本的教育施策として、中央政府によって採用された。それらは、州政府と中央政府によって、施行されることになっていたが、州政府が、主として、その管理・運用の責任をもった。その教育方針のなかの二大重点優先施策は、(1)初等教育の全国普及、(2)成人文盲の追放であった。

一九七六年に憲法修正によって、教育に関する中央政府の権限がやや強くなったが、重点政策には変わりがなかった。最優先政策は、初等教育の普及計画であった。すなわち、全国津々浦々まで、無料の義務教育を十五歳以下の児童、生徒に施すべしという憲法上の指令を完全施行することであった。

とくに、女子児童、生徒、指定カースト、部族(従来の不可触民を、独立後の憲法では、指定という名称で呼んで、保護優先措置がとられている)などの、従来虐げられてきた弱小部分に対する初等教育を含めた教育重視政策が行われた。

さらにインド国民全体の識字力の向上が図られた。成人文盲追放のためにも成人教育が重視された。しかし、識字力の量的、質的向上は、なんといっても、長期間にわたる初等教育の普及に拠るところが大であった。一九五一年において、インド国民の読み書きのできる人は、全体の一六・六パーセントにすぎなかったが、一九七一年には、二九・四五パーセント、一九八一年には、三六・一七パーセントになった(インド政府、情報・放送省出版の一九八二年版『India』四五ページ)。

確かに、着実に、ゆっくりと、識字力が向上し、子どもの教育環境が整備されてきた。

児童福祉

社会福祉政策のうち児童の社会福祉政策も社会福祉省をはじめとする、さまざまな政府機関の手を通して、実施されてきた。たとえば、子どもたちの間で、広汎に広まっている栄養欠陥、とくに、低所得層の子どもたちの栄養失調に対応するために、インド政府によって、一九七〇年から七一年に、特別栄養計画が導入され、零歳児から六歳児までに、栄養補給がなされ、後進農村地域、後進未開部族地域および、十万人以上の人口をもつ諸都市のスラム地域の妊婦と養母にも栄養補給がなされた。この計画実施の現況は、相当の範囲に及び、全インドに六万のセンターをもち、受益者が八百万人にも及んでいる。

また、社会福祉省は、崩壊家族の子ども、極貧の子ども、放棄された子どもたちを保護し、援助する計画を一九七四年から七五年に出発させ、ボランティア組織を後援する形で次第に実績ができてている。

国際機関からの各種の児童援助を積極的に受け入れてもいる。

非常に高率だった乳幼児の死亡率低下のためにも、さまざまな努力がなされている。

このようにして、インド憲法の精神にのっとった法的措置と社会主義的計画経済にもとづく施策が、子どもたちに対して、多様に展開されてきている。

4 困難な現状

子どもと女性をめぐる厳しさ

前章で述べたように、インドの子どもたちの諸条件と諸権利、および、彼らを囲む環境は、確かに相対的には改善された。

しかし、それはあくまでも、以前に比べての問題であって、いわゆる西欧先進国の子どもたちなみの豊かな物質的享受、高い水準の生活享受、恵まれた教育、文化的諸条件の受容などの域にまで、インドの子どもたちの現況が到達しているわけではない。

確かに、独立直後に比べてではないが、二十世紀初頭に比べて、インドの現況をみていけば、飛躍的発展があらゆる面でみられる。先に述べた識字力の問題をその点から取り上げると、次ページの表1の通りである。

なにしろ、一九〇一年の女性は、九九パーセント以上が文盲であったことを考えれば、女性文盲率が七五パーセントに減少した、八〇年後の現在は隔世の感がある〔二〇一一年には三五パーセントに減少〕。中央および地方の行政措置、民族主義的覚醒、近代主義的啓蒙運動、民衆の政治意識の昂揚が、初等教育の育成、文盲退治の面で進歩の道を歩んできた原動力である。

だが、現状でも、全体の三分の二は識字力がないのである〔二〇一一年には四分の一に減少〕。選挙では、選挙人が字を読めないため、小選挙区制では、政党のシンボルマークに印をつける方法がとられている。

これらの政府の統計に、全幅の信頼が寄せられないという点を考慮すれば、まだまだ困難な道が、子どもたちの前に立ちはだかっているとみなさざるを得ない。バングラデシュやネパールなどのインド周辺国の子どもたちの就学率はさらに低い。

インド亜大陸を実際に旅をし、隅々まで足を踏み入れてみれば、テレビでしばしば見られるインド亜大陸のさまざまな苦難の状態は、あながち誇大な表現でないことがわかる。

子どもに関していえば、子どもの権利享受と子どもの保護が目的で、労働、婚姻、教育などでそれぞれ法的制限と保護がある。

しかし、たとえば、パキスタンの絨毯づくりの手仕事の現場を見れば、十歳以下の子どもが、伝統的な手法の一部を担当して、その労働全体の欠くことのできない働きをしている。

インドの農村において労働の手助けをしている年少労働者、つまり義務教育年齢の少年、少女たちが、なんと多いことかは、自分の眼で見れば明らかである。牛を追い、羊を追う子どもたち、牛糞を拾い集める少女たち、家のなかのこまごまとした仕事に追われて、学校に行かない子どもたちの姿が、そこ、ここに見かけられる。

十歳以下の少女たちが、食器洗い、掃除、洗濯、子守などの仕事で、お手伝いさんとして雇われている。

表1 インドにおける識字力の変化

年	全体（％）	男性（％）	女性（％）
1901	5.35	9.83	0.60
1911	5.92	10.56	1.05
1921	7.16	12.21	1.81
1931	9.50	15.59	2.93
1941	16.10	24.90	7.30
1951	16.67	24.95	9.45
1961	24.02	34.44	12.95
1971	29.45	39.45	18.69
1981	36.23	46.89	24.82
1991	42.84	52.74	32.17
2001	64.83	75.26	53.67
2011	74.04	82.14	65.46

たとえば、ムンダ族、サンタル族などでも、季節農業労働者たちの大人たちのなかに混じって、少年、少女たちが、大人たちとたいして変わりのないほどに、農業労働の手助けをしているものが多い。

インドの人口の約三分の二が農村地帯に住んでい

るのであるから、前述のような状況が農村一帯にみられる以上、大きな問題である。

都市の事情は、だいぶ異なり、より立体的であり、組合組織もしっかりしていて、極端な年少労働者の率は低い。しかし、農村からの流民や非組織労働者、個人商店、零細手工業などはその限りでない。

膨大なスラム街は依然として残存し、極端に貧しく悲惨な人々の姿が、あちこちに多く見られ、子どもたちも、そのなかで生活している。

前述の社会福祉的措置、児童福祉法、社会奉仕など一連の努力も、所期の目標や政府の発表通りには達していない。

したがって年少労働の禁止、制限の法律は、厳密な意味では、かなりの部分で守られていない。以上のような生活状況では、八年の義務教育制度は到底守られない。無料教育よりも、その時間に労働して、一家の生活の足しにしなければならないからである。いずれにしても、大観すれば、理想形への途上にあって、教育に関しても、法通りには実施されていない。

また婚姻に関しても、幼児結婚禁止、年少結婚制限と二十世紀に入って、法的措置が次第に整備され、ついに一九七八年からは、男子二十一歳、女子十八歳以上でなくては、婚姻が許されないという現行法が制定されたにもかかわらず、インドの大部分を占める農村では、今でも女子は十五歳以下で結婚することが多い。現行法を守っているのは、高等教育および後期中等教育を受けたものや、都市生活者、裕福な家庭などである。さすがに十歳以下の花嫁は、ほとんどなくなったが、十三歳から十六歳の初々しい花嫁、若々しい妻をみかけることが多い。これらすべて違法であるが、ヒンドゥー社会、イスラム社会の共同体のなかで許容されて、生活実践者として労働に参加している。

したがって、子どもをめぐる諸法は、理想としては守らなければならない努力目標のようなものになっている。しかし、歴史の歯車は着実に回っていて、いつの日か、あらゆる子どもたちが法を犯さなくてもよい日が到来するであろう。

インドのなかには、文字のない民族がいる。何千年となく無文字文化を担ってきた民族が、一挙にその子どもたちすべてを、義務教育八年の学校教育のなかに送り込むことはできがたい。

広大で多様なインドは、少しずつ動いていて、子どもたちの姿は、その経緯のなかの象徴的存在である。

5　大地のなかの子どもたち

大地にたくましく生きる子どもたち

インドは、ノーベル物理学賞の受賞者や原子力技術などの近代の高い科学的水準をもち、世界にも冠たる卓越した伝統文化を有し、その他さまざまな面で超一流である。

しかし、一般的には、インドは統計的平均指数では中進国である。

また、前述のような統計に表れない悲惨さや一般大衆の潜在的貧しさでは、後進国のようにみえる。

日本の新聞報道などでは、とくに第三点が強調され、そこに生きている子どもたちが、いかにも惨めで、不幸そうに描かれていることが多い。

しかし、多重的で、多様で、広大なインドの子どもたちについて、彼らは不幸であるなどと、先進国的、啓蒙主義的意識で、賢しら(さか)に決めつけることはできない。

私たちが、インドの村々をめぐってみれば、物質的に途上国であることが不幸であるとは限らないことがわかる。

インドでは時間がゆっくり流れているように思われる。時間が併存しているように、人々が生活をしている。学校に行く前、また帰ってから、子どもたちが、農村で牛を追い、羊を引き連れている。夕陽に染まった空を背に、棒を手にした少年が歌を歌い、掛け声を上げ、砂埃を舞わせながら帰る牛を追う。

サンタル部落では、少女たちが、高い大樹に登り枝を落としている。薪にするためである。子守を終えたり、農業のこまごました仕事の手伝いを終えた十二、三歳の少年、少女たち十数人が、破ら（あばら）小屋の夜学校の、裸電球の下で、石板に字を書いている。始まる前の束の間には、その日の労働の挿話をめぐって、活気に湧いている。

村から村へめぐる旅芝居、舞踏劇は野外で催され、子どもたちも、大人たちに混じって、演ずる者たちと一体になって、夢中で楽しんでいる。

パキスタンで、八、九歳の少年も一目、一目を数に還元して暗記して、絨毯模様を編んでいる姿は無心で、しかも、熟達しているようにみえる。子どもたちが、インド亜大陸に広く拡がっている種々の手工業の伝統に加わっている。ただ昔と異なっているのは、できる限り、初等学校教育に参加しようとする姿勢がみられることである。厳格にいえば、少年労働として禁止されている部分もあるが、手工業が大切にされているインドでは、そのような状態がまだ長く続くものと思われ、機械文明の発達、普及と平行していくものと考えられる。インドの手工業が、年少から生活のなかで、身体で覚える部分を多く残しているからである。

生活のなかで、共同体的な感情と感覚をもてることの多い農村では、今でも、共同の沐浴の池に人々が、同じ時間に集い、洗濯をし、水浴し、四方山話に花を咲かせる。そこでは大人と子どもの時間が連続している。大人の生活の哀歓が、子どもたちの生活実感と連動している。茶を飲み、ヨーグルトを食べる小さなわんから、女たちが水汲みにいくときの水壺など、多くの容器の素材となっている素焼文化や皿代わりの木の葉文化などに、自然のなかで子どもたちはなれ親しんでいる。大地に化していくものに親しんでいる。

ガンディーが、民族主義運動、反英闘争に糸紡ぎ車をまわせといい、ガンディー流の共同体の庵（アーシュラム）を作り、中等教育程度の生徒には糸紡ぎ精神を説いた。これを時代錯誤的と一笑にふすることはできない。現在でもインドの村々をめぐってみるとその意味がわかる気がする。詩人タゴールが創立した学校、のちに大学に発展した学校でも、農村再建をめざして、手工業、木工などと地域社会との関係を子どもの頃から目覚めさせようとし、全人的教育の一環として、生徒、児童たちにも、それらを習得させようとした。機械文明を批判したが、否定はしなかったタゴールも、自然との調和を保った生活を子どもたちに求めた。

ガンディーとタゴールのそのような子ども観の背景には、何千年となく続いてきた、大地のなかでの、大地に即した、子どもたちを囲む生活の実態に対する、彼ら二人の信頼感があった。進歩と速度を信奉して、環境汚染まで起こす近代化路線の危険をも意識したかのように、自然との調和に焦点が合っている悠久なる大地の生活を送るのは、大人たちよりも、戯れることを知っている子どもたちである。

一見悲惨にみえる家の子どもが、極端に不幸に思われないのも、その点からである。したがって大局的にみると、ヒンドゥー教徒も、イスラム教徒もシーク教徒も、すべて、同様に、インドでは、子どもたちは基本的には大地の子どもである。

6　家庭のなかの子どもたち

愛情に育まれた子どもたち

インドは、長い間、大家族制であったため、親族名称は非常にこまかい。母方の叔父とか、父方の伯母の娘とかを、単独名称で呼ぶ。インドには数百の言語があるが、前記の親族名称の分け方も共通のものが多い。そこで、ここでは、ベンガル語（〔一九八〇年代当時〕インド亜大陸で一億三千万人が母語としている）で、乳幼児に向けられた愛称について述べる。インドの都会では産院で出産し、市に産児の登録を行うことになっていて、だいぶ実行されているが、インドの大部分を占める田舎のほうでは、産婆による出産後、赤ちゃんは名前もつけられず、公的な機関に登録もされずにいることが多い。しばらくたって、遅ければ、一、二年して名前がつけられてからも、普通名詞の愛称である、「赤ちゃん」「坊や」と呼ばれることもある。すなわち「khokā（コカ） 男の赤ちゃん」「khuki（クキ） 女の赤ちゃん」と呼ばれることもあるが、実際には、非常に愛情をこめて、「buḍā（ブラ）, buḍo（ブロ） お爺さん」「buḍī（ブリ） お婆さん」とか、「dādu（ダドゥ） お祖父さん」「dadī（ダディ） お祖母さん」などと乳幼児に呼びかける。赤ちゃんを老婆と呼ぶのは、はじめ聞くと、奇異に思えるが、子どもが、おじいちゃん、おばあちゃんに甘えや親しみを覚えるその同じ感情がはたらいているのではなかろうか。やはり、彼らをとりまく社会と個々の家族のなかに、疎外感が少ないからである。またほんとうに小さくてかわいいという、「pucki（プチュキ）, pucke（プチュケ）」という言葉も使われる。「bā̃dar 雄猿」「bā̃dari 雌猿」とも呼んでいるが、悪戯という意味ではなく、かわいいという意味が一番強い。種々の動物の名前を悪玉、善玉の代表として呼びかけ、投げかけて、普通の賞賛、罵詈雑言以上の効果を上げている。

正式に命名されたあと、子どもたちはもう一つの呼び名をつけられる。これは、大人まで続く愛称の一種で、家のなかではむしろこれで呼び合っている。正式名をもとにして、短く、聞きやすいように作られる。

ひと昔前の日本と同じように、インドでは今でも赤子が生まれてから成長に応じて家のなかで行事が行われる。すなわち、誕生の日に、お七夜頃に、またお食初めといった具合いに、律儀に、次から次に行事が行われる。赤ちゃんは、聖なるガンジス河の水を初めてわずかに飲み、水分をたっぷり含んだ甘い乳製品のお菓子を初めて口にする。それから柔らかい御飯粒を口にする。できればその際にバラモン僧を呼ぶ。貧しい人たちも、できる範囲で親身にこの通過儀礼を行う。それはあまり形骸化されておらず、子どもに対しての本当にこまやかな愛情を示している。

7　インドの子どものスポーツと遊び

インド亜大陸での、いわゆる近代的スポーツの普及度および実力は、欧米諸国や日本に比してかなり遅れている。もちろん、スポーツの種類の大部分は広い大陸のどこかで行われている。しかし、初等教育も満足に受けていない一般大衆、とくに農民大衆は、それら近代スポーツには無縁である。後期中等教育、高等教育を受けた人たちの間で、都会の一部で、テニスコートに球が飛び交い、デヴィス・カップ予選で日本代表を打ち負かす。また、ホッケーは世界屈指の強さで、パキスタン・インド戦は熱狂的な人気の的である。サッカーはそれほど強くはないが、バングラデシュとの試合で、カルカッタの競技場は満員にふくれ上がる。イギリス植民地時代の遺産としてのクリケットも、一部で人気のある球技である。最近卓球も若い人たちの間で広まっている。しかし、農村で、漁村で、器具を使っての競技がどこでも行われるなどということもないし、全国民これ、スポーツ評論家という現象もない。

したがって、大部分の子どもたちは、日本のように、小さいときから、多様な近代スポーツに打ち興じることはなく、せいぜい、サッカーのボールを蹴ったり、ホッケーの真似事をしている程度である。スポーツは、まだ数の限られた中産階級以上の子どもたちのものである。今後の発展は、学校教育の実質的普及とスポーツ器具の購入能力の向上にまたなければならない。

インドの国技「カバディ」

しかし、ここに、真にインドらしい特質をもち、インド内だけで、一万ものチームが争う競技がある。バングラデシュ、パキスタン、ネパール、スリランカ諸国でも盛んに行われている競技である。その名を「カバディ」（KABADDI）という。女子のスポーツ人口の少ないインドで、女子のカバディ人口は多い。子どもたちのスポーツとして最も適していて、子どもの頃、よくカバディで遊んだものだという。

男子用カバディ・コート

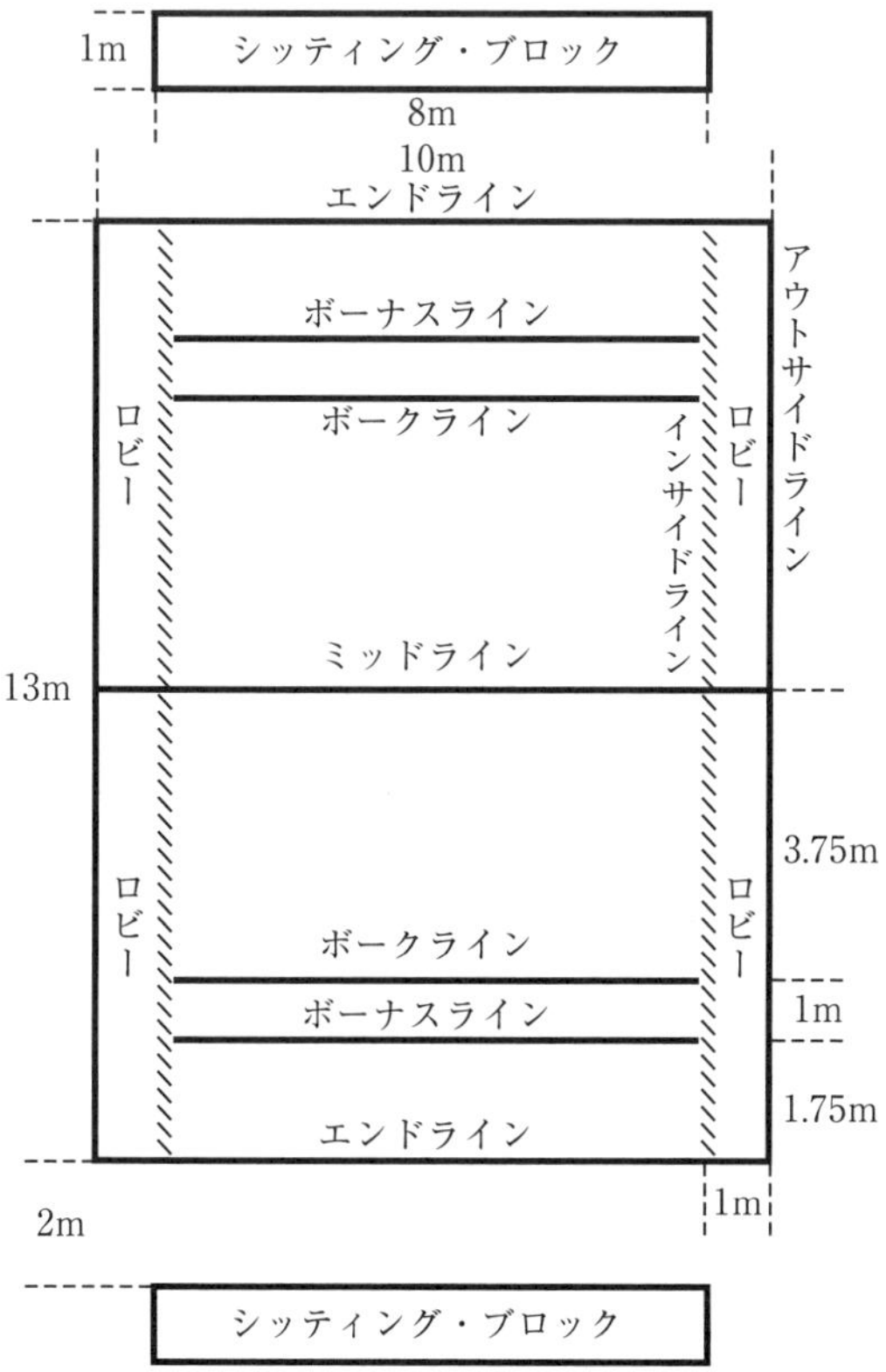

シッティング・ブロック
1m
8m
10m
エンドライン
アウトサイドライン
ボーナスライン
ボークライン
ロビー
インサイドライン
ロビー
ミッドライン
13m
3.75m
ロビー
ロビー
ボークライン
ボーナスライン
1m
1.75m
エンドライン
1m
2m
シッティング・ブロック

競技方法の第一の特色は、このカバディの競技には、一切のスポーツ器具を使わないということである。男子用なら長さ十二・五メートル〔現在は十三メートル〕、幅十メートルのコートがあれば十分である。あとは対抗両チームそれぞれ七名のプレーヤーと五名の補欠がいれば競技ができる。球もネットも一切必要がない。

第二の特色は、キャント（cant）と定義される呼称である。すなわち、一呼吸の間に、カバディという単語を繰り返し、絶えることなく、一気に、明瞭に、声を大きく唱えることである。攻撃番チームの一人のレイダー（攻撃手）は、カバディ、カバディ、カバディと連呼し続けながら攻撃するが、あくまでも一呼吸以内ということである。この一呼吸内にというのは、世界に類をみないものである。

図のようにミッドラインで二等分されたコートのそれぞれに、七人ずつのプレーヤーが、まずエンドラインの近くに並び、攻撃チームは、レイダー一名を相手チームのコート内に送る。レイダーはミッドラインを踏み越えた瞬間から、カバディ、カバディと大声で連呼し続け、守備チームの単数あるいは複数のプレーヤーの身体、衣服、靴のどこかの部分に接触した後、自分の身体のどこかの部分で自陣コートに触れたとき、しかも、カバディ連呼が息切れしなかったとき、そのレイダーの攻撃は成功となり、レイダーにタッチされた守備チームのプレーヤーは、コートの外に出なければならない。

守備チームのほうの数人あるいは一人のプレーヤーが、自陣のコート内で、レイダーをとらえ、そのままつかまえていて、レイダーのカバディ連呼を止めさせたり、唱えている間に息をさせてしまうことに成功した場合にレイダーの攻撃不成功で、レイダーのコートアウトになる。いずれにしても、攻撃・守備が交互に行われ、コートアウトに一方がなると、その人数だけのプレーヤーが再びコートに戻る。前半二十分、休憩五分、後半二十分で、総得点で勝敗を決める。単純容易のようにみえて、守備側は非常に激しいスポーツで、レイダーをとらえるタックル、ホールディング、またレイダーのほうは、すばやいかわしの動作、数人相手の通せんぼうの上をジャンプして、自陣までダイビングする技術などを熟達すべく訓練しなければならない。さまざまなフォーメイションをもったスポーツである。

古来インドのヨーガは呼吸法にも修練のポイントを置いているが、カバディが呼吸に注目したのも、まさにインド的伝統といえる。

また、現在次第に華美になり商業的になってきているスポーツ用具、器具、設備に比して、無所有精神の生きているインドで、まったく用具の要らないカバディは、インドの民衆にも近しいものである。

かくして、一九七九年第一回アジア・カバディ選手権大会がカルカッタで開かれた。一九八一年にはインド選手団男女四十一名が、千葉県東金市でカバディ・エキジビジョンおよび指導を行うに至った。

さて、このインドに生まれたスポーツは、大地の子であるインドの子どもたちに最もふさわしい。グラウンドは、土と堆肥とおがくずでつくって平坦で柔らかにするとあるのもインドらしい。しかし、子どもたちは広大な大地のどこででも競技ができる。バングラデシュの老人の言によると、自分たちの子どもの頃は、コートは広大な野原一帯で、カバディを連呼しながら一日中遊びほうけたものだったという。地方地方でカバディの呼称が違っていた。大人になっても、カバディの思い出が、妙に懐しいという。

タゴールと「柔道」「カバディ」など

詩人タゴールは、一九〇一年、人里離れたシャンティニケトンの地に、たった五人の生徒と六人の教師とで、学校を開いた。それが一九二一年には、小学校から大学までの一貫教育を行うまでに発展した。そこで、学問と芸術の一体化による全人的人格教育を試みた。タゴールの学園のあるシャンティニケトンとは平和の棲家の意味で、政治的干渉から、自由になることをもモットーとしていた。しかし、イギリス植民地下の民族主義運動の将来の担い手となる児童、生徒、学生の身体的鍛錬の必要性をタゴールは痛感していた。タゴール学園草創の時期、一九〇五年に、すでに、日本から、わざわざ柔道師範を招き、生徒に柔道を習わせた。一九二九年には、現役第一線級の高垣信造六段（のちに九段）を招き、一年近く、生徒たちの柔道指南を請うた。また、インド伝統の棒術、相撲などの訓練も生徒たちに行わせた。

それにカバディの登場である。タゴールはこのいかにもインド的なカバディを、生徒の身心鍛練のために重用した。ベンガル地方では、このカバディをハドゥドゥ（Hadudu）とも呼び、ハドゥドゥ、ハドゥドゥドゥと連呼して競技が行われた。タゴールは、手紙のなかで、

「……『ハドゥドゥドゥドゥ』という本を受け取り、嬉しく思いました。わが国に、このスポーツを広く再興するために、あなたたちが努力されている由、それが、完全に成功するよう念じています。私たちの当地（シャンティニケトン）の生徒たちの間では、このスポーツが、この上もなく好まれています。

ベンガル暦一三三四年（西暦一九二八）マグ月二十六日　ロビンドロナト・タゴール」

と書いている。

ガンディーと「カバディ」

その他インド独立の志士たちも、カバディの全国的組織が一九二〇年から三〇年に生まれたのに共感を示し、激励の言葉を贈っている。マハートマ・ガンディーもそのなかの一人である。イギリ

スは拡がりゆくカバディ組織に弾圧を加えようとしたが、失敗した。カバディは燎原の火のように、ますます組織的に拡がっていった。

子どもたちのスポーツとして、インドでこれほど自然に受容できるものはない。女生徒も男生徒も、それぞれの地声を発しながら、並んだ多くのコートで同時に試合をしている風景も壮観なら、広大なインドにおいて、樹間の空地で、広野で、池端で、のびのびと戯れながら、子どもたちが、カバディを行っているのも、胸のすく思いがする。

ベンガルの女の子たちは、カバディをチュビクキトともいって、動作を荒々しくせず、優美に振る舞いながら遊ぶ。「カバディ」や「ハドゥドゥ」の連呼ではなく「チュー」と一息を長く伸ばす。いずれにせよ、子どもの攻撃手が声を上げて続く一呼吸の長さは、われわれ日本人の大人も及ばないほどである。

このカバディの源流は遠く叙事詩、マハーバーラタにまで遡りうるといわれている。

さまざまな遊び――日本の遊びに酷似――

その他の子どもたちの遊びは、日本の遊びと似ているものが多い。大体全インド共通で行われる遊びであるので、ここではベンガル語名で紹介する。

ルコチュリケラ（Lukocurikhelā）――泥棒と称する一人が手で目を押さえ、他のものは隠れ、少したってから他のものを探し出す。探されたものが、また泥棒になる。つまり日本のかくれんぼうである。場所によっては、鬼ごっこを交えたような遊び方をする。

タゴールの作詞・作曲で、ベンガルの子どもたちに愛唱されている歌がある。それは、ノーベル文学賞受賞対象作品の『ギーターンジャリ（ギタンジョリ）』の第八番目の詩にあたり、子どもたちの自由の象徴の詩となっているが、そこにかくれんぼ（ルコチュリ・ケラ）という言葉があって、印象的で、音の響きも、束縛から離れた感じがでている。タゴール学園は水曜日が休日、その日は、束縛から解放された憧れの自由な日。

今日は　稲田に　陽と蔭のかくれんぼ（ルコチュリ・ケラ）
青い空に　誰が浮かばせたのか、白い雲の筏（いかだ）
今日　まるはな蜂は　蜜を吸うのも忘れ
　光に酔い　飛び廻る

今日　何のために　川の中洲に
　いわしゃこ鳥の　おす鳥、めす鳥の集い

さあ　みんな！　今日は家に帰るまい
　今日は家に帰るまい
ああ　虚空を　うち破って
今日は　外の世界を奪い取ろう
満ち来る潮の　幾重もの泡のように
今日　風に笑みが浮かび、疾く走る
今日は仕事もなく、笛を吹いいて
　ひねもす　時を過ごそう
まさに陽と蔭のかくれんぼ（ルコチュリ・ケラ）である。

カナマチ（Kānāmāchi）――これは目かくしをした鬼が、走りながら逃げるものを捕える遊びで、「鬼さん、ボン、ボン、できるなら、つかまえて」とはやしながら、皆逃げる。

エッカドッカ（Ekkādokkā）――女の子の遊びで、地面に上図のような線を引いて、鍵や瓦のかけらを、まず、1の領域に投げ入れ、1の領域に入らなければ、または線上の場合は、アウトで、うまく投げ入れられれば、片足で1を飛び越して2・3と跳び、4・5と6・7は両足を広げて同時につき、帰りには向きを変えて、進み、2のところで片足で立ちながら背を曲げて1に投げてあった鍵や瓦のかけらを拾い、1を片足で踏んで、外に戻る。それから、2に鍵や瓦かけを投げ入れ、順に進んでいく。跳んでいく際に足が、線に触れたり踏み越せばアウトである。つまり日本の石けりと同じである。投げ入れるところが円でなく、長方形という違いがあるだけである。

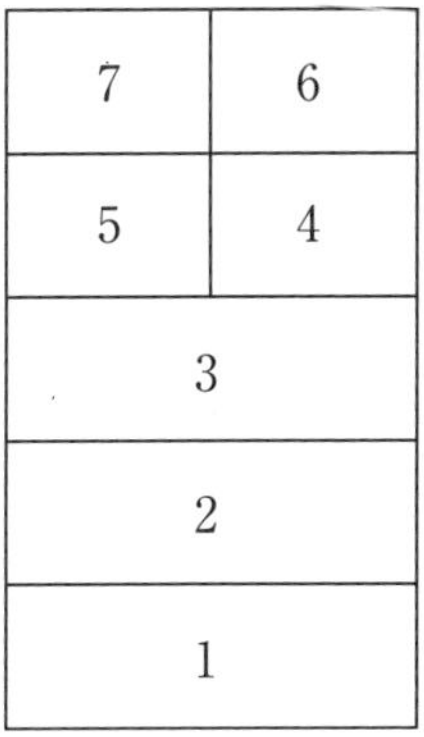

7	6
5	4
3	
2	
1	

コリケラ（Kari khelā）――小さな貝殻を指ではじいて、ぶつけて遊ぶ、日本のおはじきにあたる。

ラットゥ（Lāṭṭu）、グリ（Ghuḍi）――ラットゥは独楽（こま）で、グリは凧である。日本と同じように盛んである。凧どうしからみ合わせて相手凧を落下させようと競う遊びがある。糸に糊でガラス粉を付着させ、互いに相手側の糸を切ってしまおうという寸法である。

ラティケラ（Lāṭhikhelā）棒術、クスティ（Kusti）インド相撲――西部・北部インドで盛んである。

プトゥルケラ（Putul khelā）人形遊び、ランナバティ（Rānnā bāṭi）ままごと――日本と同じように、皆家庭の一員に扮して、長い時間、心をこめて遊ぶ。

ダンダグリ（Dāṇḍāguli）――十センチほどの削った木片を地面に置き、七、八十センチほどの棒で、その木片をたたき飛ばす。そして、その棒で距離を測る。詳細は省くが、男の子たちが、最も夢中になる遊びである。

この木片にしろ、石けりの鍵にしろ、おはじきの貝殻にしろ、不規則に飛び、不規則に転がる。これが、インドの自然流である。

イクリミクリ（Ikrimikri）――ずいずいずっころばしのように、言葉を唱えながら、指で人を次々に指し示していく。言葉が終わったところが鬼になる。深い意味もない言葉である。「イクリミクリ　チャム　チクリ　チャメ　カタ　モジュムダル……」といった具合いである。

また、象とか虎とか猿とか、動物名のついた遊びが多いのもインドならではである。

インドの子どもたち、とくに人口の大部分の住まう農村の子どもたちは、自然のなかでの遊び、生活のなかでの遊び、器具を使わない遊びに徹している。現在の日本では、子どもたちが釣りをし、大人たちに連れられて、甘藷（いも）掘り、ぶどう摘み、松茸狩りなどをしているのは、生活とは遊離し、疎外された娯楽という一面がある。しかし、たとえば、東部インドの子どもたちが、家の近くの池、川で小さな魚を獲り、田螺(たにし)を拾い、屋根に生えた茸(きのこ)をとる。それは冗談事でなく、大人たちの役割の一部を負担して、家の食生活に欠かせないものをとってくるという真剣で日常的なことである。だがそれは、子どもたちにとって、自然のなかでの比較的自由な遊び＝仕事という面をもっている。家庭内の生活諸般、自他の人生の通過儀礼、頻繁に行われる祭、――それらへの参加は、今日なお、子どもたちにとって、前述の二重の意味をもっている。インドの農村の子どもたちの生活と遊びとは連続している。

山羊(やぎ)、驢馬(ろば)、牛などが身近にいて、子どもたちはいつも戯れている。町中でも、烏や鳶(とび)が舞い降りてきて、手にもったパンを奪い取っていく。子どもたちが、観察し、交わり、戯れるものに、まだまだ事欠かない。

（一九八五年五月『世界子どもの歴史10――アジア』〈共著〉一部抜粋　第一法規）

IV

インドの言語

インドの言語

多彩・多様なインド

何百という言語が話されているインドで、人々の間のコミュニケーションはどうなっているのかという素朴な疑問が湧いてくるのは自然である。

インドは、単に言語だけでなく、民族、思想、宗教、文学、芸術などの多彩で多様な宝庫であり、それと同時に、自然環境もヒマラヤから、アッサム密林、ガンジス大平原、インダス川、タール砂漠、インド洋と大規模な多様性を持っている。

そこには、何千年の歴史の展開のうちに文化の重層性と共に、併存性があり、中世の市の雰囲気が漂い、遍歴する、吟遊詩人、歌人、踊り手たちが古代さながら存在し、他方、世界の先端的科学研究に成果を上げている機関や研究者が存在する。これはいわば、時間の併存である。

このような多様性を許容するインドの中で言語も歴史的展開を経ながら、現在の分布になっている。現在に至るまで使用されている言語の属する語族、語系の中で、インド亜大陸に最初に登場したのは、オーストロ・アジア語族のムンダー諸語である。オーストロ・アジア語族は、大陸東南アジアにも広がっているが、これらの祖語の故郷、その移動など、未だ定説はない。インドでは、ムンダー諸語が西北インドを含めてかなり広い地域にわたって散在していたことは、言語学的、考古学的考察からわかっている。その後次々に、インド亜大陸に出現したドラヴィダ語派、インド・アーリア語群によって圧迫され、現在では、中部、東部に集中して、インド・アーリア語群の人々の間に住んでいる。

インドの言語体系

ムンダー諸語の共通の言語的特徴は、形態的に膠着語に属し、接頭、接中、接尾の接辞が複雑に多用され、特に動詞の語根に、時制、相、態、法、人称、数などを表す接辞が付される。時制、相も数多く複雑であり、法には反射、受動、能動の三態があり、数は、単数、両数、複数であるが、特徴的なのは、一人称両数、複数で、対話相手を含むか否かで包含形と除外形が区別される。格は、人称接辞、後置詞さらに語順で表される。語順は、主語、目的語、動詞の順であるが、変化形も多数見られる。例えばサンタル語の人称代名詞（完全独立形と短縮接辞形がある）は、主語として文末に置かれたりする。

現在北ムンダー諸語として、ムンダーリー語、アスリー語、ブミジュ語、サンタル語、コーダー語、クールクー語、ホー語、トゥーリー語などがあり、南ムンダー諸語として、カリアー語、ソーラー語、ジュアング語などがある。全体でムンダー語人口は六百万人である。

次に、シナ・チベット語族のチベット・ビルマ語派の人々が、インドの北部、東部の辺境地帯に進出した。歴史の流れと共に、かれらは、インド国内に消長を繰り返した。チベット人の勢力が、ベンガルの北部地域一帯まで侵攻したこともあった。ヒマラヤ語群、北アッサム語群、チベット語群、アッサム・ビルマ語群が現在存在している。アルナーチャル州、アッサム州、メーガーラヤ州では、十キロ毎に言語が変るというほどである。最東端のマニプル、ナーガーランド、ミゾラーム、トリプラ各地帯に、また、北西部のラダック地方、ベンガル地方の北にあるシッキム、ダージリン、ネパール国境などに、この語派の人々が多く居住している。

第三にインドに登場したのは、ドラヴィダ語派の人々である。イラン高原から、紀元前三五〇〇年頃、インド北西部に進出したとされている。それから、インド各地に広く拡がっていったが、インド・アーリア人たちの侵入によって、主として南インドに定着するに至った。

言語学的には、顕著な音韻的特徴（閉鎖音に、有声、無声の対立がないが、語中子音の有声音化と語頭子

インド・アリアン語派とドラヴィタ語族の言語分布地図

（渡辺重朗、我妻和男共訳　ルイ・ルヌー『インドの文学』〈白水社〉を元に作成）

音の無声音化の傾向)、形態論的特徴(豊富な接尾辞付加と膠着法の発達、後置詞による格表示、否定活用)、優位名詞と無位名詞(理性を持つ存在を表す名詞と理性を持たない存在すなわち、動物と無生物を表す名詞)が区別されている。

ドラヴィダ語派は南アジアへ定着する過程で分岐していくが、最初、南部ドラヴィダ語、北部ドラヴィダ語、中部ドラヴィダ語に分かれた後、それぞれまた分岐していった。北部、中部は、オリッサ、マドゥヤ・プラデーシュ、ビハール、西ベンガル州に点在している。南部ドラヴィダ語は、最終的には、ケララ州のマラヤーラム語、タミルナードゥ州のタミル語、カルナータカ州のカンナダ語、アーンドラ・プラデーシュ州のテルグ語(南ドラヴィダ語に入れるのには異説がある)として、ドラヴィダ四大言語が、高度の文化性を持った言語に発展した。タミル語が最も純粋にドラヴィダ語の特徴を保持し、他は、サンスクリット語などの影響を多分に受けている。タミル語を本流とすると、紀元前より順次に、テルグ語、カンナダ語、マラヤーラム語の順で分岐していった。タミル語移民は、スリランカ北部、フィジー諸島、マレーシア、アフリカの一部でタミル語を母国語として使っている。

更にいわゆるインダス文明の言語が、ドラヴィダ語派系ではないかという説が、次第に有力になってきている。ドラヴィダ語派の人口は、インド全人口の二五パーセントである。

さて、最後に印欧語族のインド・イラン語派のインド・アーリア語群の人々がインド亜大陸に登場する。ヨーロッパの大部分とインド、イランなどにおいて喋られている印欧語の故郷は未だ決定していないが、その中からインド・イラン語派が分かれて南下して、暫くそこに滞在した後、インド・アーリア語群の多くは逆に西方に転じ、小アジア、北メソポタミアにいる同じ印欧語族のミタンニ族（その活動は紀元前十七世紀～十四世紀半）に合流したあとまた東漸し、イラン語群の中を通り、西北からインダス川流域に入った。また紀元前一五〇〇年頃インド・アーリア語群の他のグループは、直接西北インドに入った。それから、このインド・アーリア語群は、大観すれば、現在までに、三言語段階に分けられる。すなわち、古期インド・アーリア語期（西暦前一五〇〇年～七〇〇年）は、インド文明の曙の時期で、この時期には神々への讃歌、リグ・ヴェーダ聖典（西暦前一二〇〇年頃成立）や祭儀書ブラーフマナ文献の基礎となる話し言葉が想定されている。アーリア人が、インドの西北部から中西部に移動していく時期である。次に中世インド・アーリア語期（西暦前六〇〇年～西暦一〇〇〇年）は、インド・アーリア人たちが、インドの北部全体から中部、西部、東部に進出していった時期で、次第に地域による言語的差異が顕著になる。共通の特徴を基礎として、プラークリット語という汎中世インド・アーリア語の名称が生まれた。従って、大きな地域毎に、何々プラークリットと呼ばれる言葉が使用されていた。例えば、現在のビハール州を中心とした地域は、マーガディー・

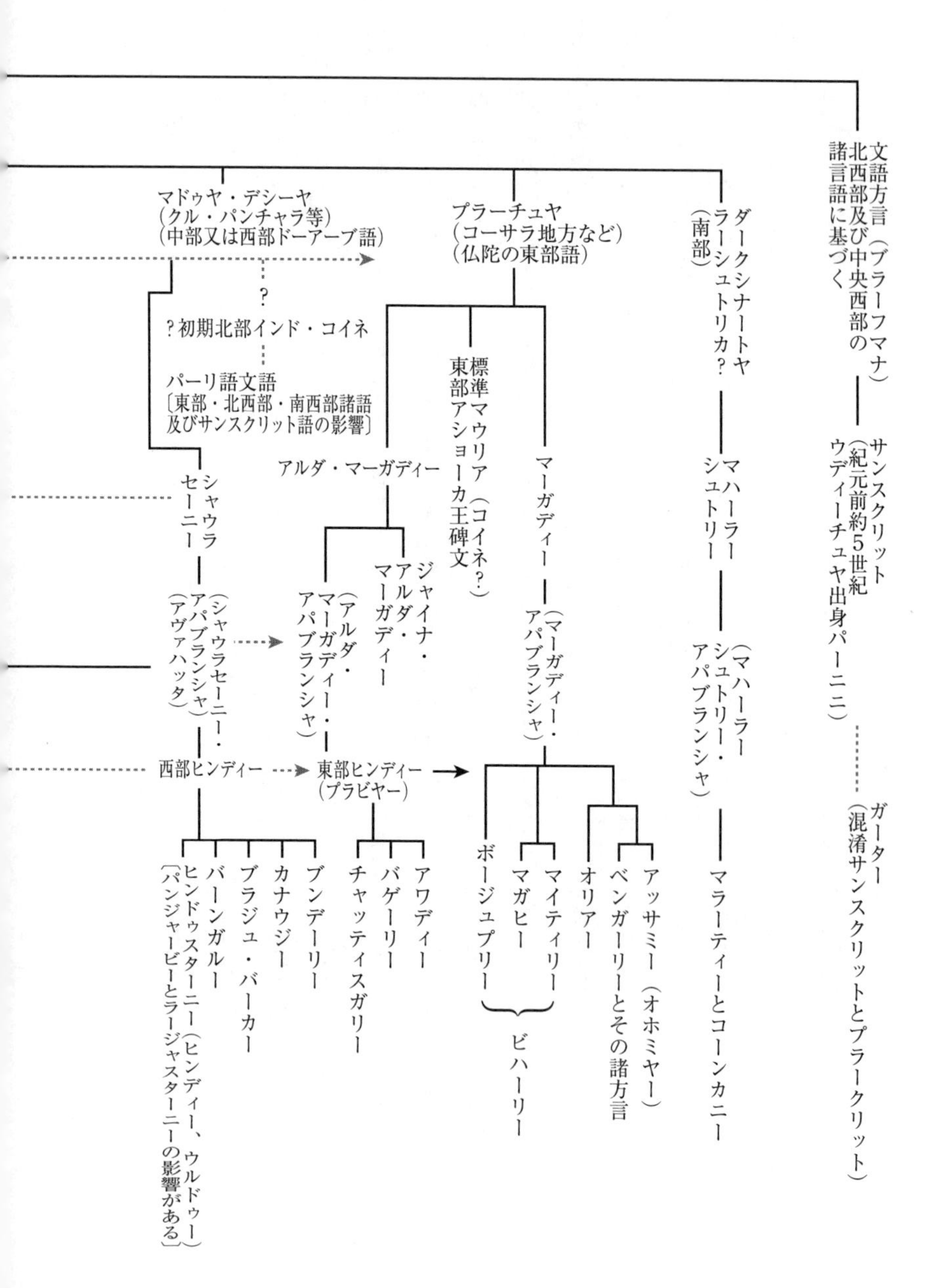

文語方言（ブラーフマナ）
北西部及び中央西部の
諸言語に基づく
サンスクリット
（紀元前約5世紀
ウディーチュヤ出身パーニニ）
ガーター
（混淆サンスクリットとプラークリット）
ダークシナートヤ
ラーシュトリカ？
（南部）
マハーラー
シュトリー
（マハーラー
シュトリー・
アパブランシャ）
マラーティーとコーンカニー
プラーチュヤ
（コーサラ地方など）
（仏陀の東部語）
標準マウリア（コイネ？）
東部アショーカ王碑文
マーガディー
（マーガディー・
アパブランシャ）
アッサミー（オホミヤー）
ベンガーリーとその諸方言
オリアー
マイティリー
マガヒー
ボージュプリー
ビハーリー
アルダ・マーガディー
ジャイナ・
アルダ・
マーガディー
（アルダ・
マーガディー・
アパブランシャ）
東部ヒンディー
（プラビヤー）
アワディー
バゲーリー
チャッティスガリー
マドゥヤ・デシーヤ
（クル・パンチャラ等）
（中部又は西部ドーアーブ語）
？
？初期北部インド・コイネ
パーリ語文語
〔東部・北西部・南西部諸語
及びサンスクリット語の影響〕
シャウラ
セーニー
（シャウラセーニー・
アパブランシャ）
（アヴァハッタ）
西部ヒンディー
ブンデーリー
カナウジー
ブラジュ・バーカー
バーンガルー
ヒンドゥスターニー（ヒンディー、ウルドゥー）
〔パンジャービーとラージャスターニーの影響がある〕

インド・アリアン語群（シュニティ・クマル・チョットパッダエ博士による）

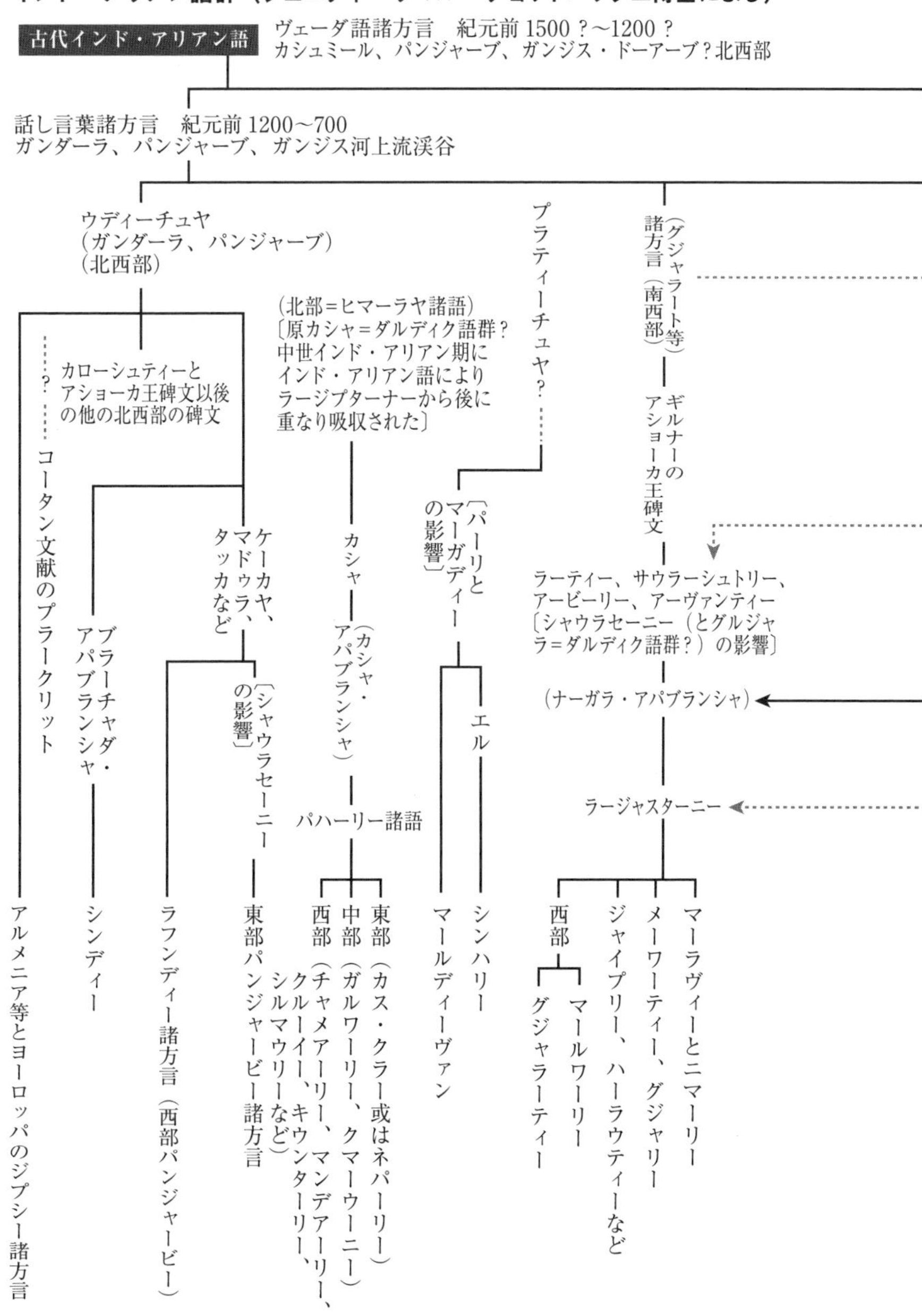

プラークリット語の地域であった。この中世インド・アーリア語期の最後の段階をアパブランシャ語という。これも、プラークリット語の地域が踏襲されて使用された。例えば、ビハール州ではマーガディー・アパブランシャ語が使われていた。

ここで、もっとも重要なのは、永遠不変性と神聖さと汎インド性を目指して、文典家パーニニ（西暦前五世紀？）によって確定された高度の文化語サンスクリット語のことである。パーニニの規定によるサンスクリット語は、後の文法学派、正統的バラモン哲学、抒情詩の分野で使われ、二大叙事詩「マハーバーラタ」「ラーマーヤナ」には叙事詩サンスクリット語、また大乗仏教では混淆サンスクリット語が使われた。部派仏教では、プラークリット語から派生したパーリ語も使われた。サンスクリット語とパーリ語は十世紀以降も長く、広く使われ続けた。次は近代インド・アーリア語の時期で、西暦一〇〇〇年から現在に至る言語の段階である。前段階より、インド・アーリア語の使用地域において、文法的構造の差異の鮮明な地域が細分化され、何十という言語が、すなわち、ベンガル語、ヒンディー語など現在使われている言語が形成された。

古代インド・アーリア語群は、印欧語の屈折語としての特徴を最も顕著に表し、名詞類の曲用変化、動詞類の活用変化は、ギリシャ語、ラテン語、ヒッタイト語と同じく、またそれ以上に複雑なものであったが、現代語は、英語、フランス語並みの簡単なものになった。現在使用人口七〇パーセントに達するインド・アーリア語の歴史的言語図を〔五七二～五七三頁に〕示す。

現在の言語情況

さて、このように複雑、多様な言語分布をなすインドの中でのコミュニケーションは、単に言語の問題というより、文化と社会の問題である。インドの識字率は〔一九九五年の時点で〕五〇パーセントほどである〔二〇一一年で七四パーセント〕。インドの東西南北のそれぞれの最果ての識字力のない普通の人が集まった場合、各人の母国語同士では全く通ぜず、英語もわからず、憲法で決められている国の公用語としてのヒンディー語も半数は覚束ず、さりとて文字は一切使えず、コミュニケーションは困難を極めると想像される。しかし何千年となく、このようなコミュニケーションは必要なかったし、生活上、現在でも支障を来さず、自らの道を歩んでいる。

インドの言語については、行政言語、教育言語、生活言語がそれぞれ異なっている場合が多い。行政言語として、国家公務員の場合、国の公用語としての英語とヒンディー語が使用され、採用試験も両者のうち一つが重視される。地方公務員の行政語は、各州の州語か英語であり、試験も両者のいずれかである。ここで問題なのは、英語は旧植民地宗主国の言語であり、元来ヒンディー語のみが全インド統一の言語として、名実ともに使われるはずであったが、ヒンディー語の国語化の歩みが遅い。ヒンディー語と全く異なる言語構造と音韻を持つ、ドラヴィダ語派の主要言語タミル語を使用する人々にとって、ヒンディー語習得が困難であるばかりでなく、ヒンディー語を母語とする人々にヒンディー語試験で勝てないことは自明のことである。従って英語を残さず、ヒンディー語国語化政策を強行することはできない。タミルナードゥ州の駅の英語、タミル語、ヒンディー語駅名表示で、ヒンディー語を黒く消すのが、しばしばみられるほどである。この情勢の中で、ヒンディー語を母語としている人々さえも、エリートになることを望む人々は、英語で教育する学校に殺到する始末である。

他方、州の行政言語についての問題は、州の行政語決定に関してである。例えば、ビハール州には、母語としてマイティリー語、マガヒー語、ボージュプリー語を使う人々が住んでいる。インドの州を決める根拠は、主として言語を基礎とした言語州である。ところが州行政語がヒンディー語と英語となった。多少異論もあるが、この三つの母語は、ベンガル語と同じ、マーガディー・プラークリットの系統に属し、ヒンディー語の系統と異なる。マイティリー語は、ネパールの南部平野部まで伸び、ボージュプリー語は隣のウッタル・プラデーシュ州の西部にまで及んでいる。従って、隣接州を分割して言語州を別々に作ることが複雑さを回避し、母語を重んずる解決策であったが、隣のベンガル地方よりは、ヒンディー語が通じることと、ヒンディー語を州行政語とする州を拡大したいという中央政府の意図もあって、このような結果になった。実際には一般の人々も、ヒンディー語で、教育をうけることを強要されてきた。しかもビハールの人々のヒンディー語は、破格の多いビハーリー・ヒンディーとして皮肉られる。独立して五十年近くなり、光栄ある歴史と高い文化性のあるマイティリー語を母語とする人々は、マイティリー語言語民族主義運動を展開、初等教育をマイティリー語で行うことを実現した。

学校教育では、小中高で、州の行政言語で教育をうけ、科目として、州行政言語を主とし、それに英語及びヒンディー語を学ぶ三言語政策である。それにサンスクリット語が必修または必修選択科目になっている学校があり、また、高校で、必修選択として、独・仏・日・中が教えられているところもある。大学の学部では、主として英語で、州行政語でも教えられるが、大学院は専ら英語で、最近では実際は地方語でも教育される。

会社も、全国規模か、州規模か、語群範囲か、市町村単位かによって、使用言語が異なっている。

言語現象の変化

以上のようなインドの言語情況を知ると、言語に弱い日本人は圧倒され、困惑し、恐怖さえ覚える。しかし、インド人は、個々人の生活と行動範囲に従って、自らの都合、不都合、便利、困難に応じて、母語とその場、その場のコミュニケーションの言葉を探し当てながら生きていく。言語民族主義の嵐が一方では吹き荒れると同時に、かえって、コミュニケーションの必要性も増している。カルカッタ〔現コルカタ〕は、西ベンガル州の州都で、標準ベンガル語を使う一千万都市である。ベンガル文化が花咲き、近代インド・ルネッサンスの中心であった。ベンガル人のベンガル文化、ベンガル語への自尊心が高い。しかし、西部のマールワーリー商人、グジャラート商人やビハール州、オリッサ州の労働者たちが多数仕事のために移住してヒンディー語が自然に通用するようになってきている。中央政府の強要した言語政策とは異なり、生活に伴うものは次々に広まっていっている。しかし、農村で一生暮らしている大部分の農民にとっては、英語は全く関係がない。しみじみと語れる母語が何よりも大切である。吟遊歌人たちは母語の範囲より少し広い地域を廻り、人々の喝采を浴びる。経済の論理だけでなく、文化の論理でもコミュニケーションの輪が広がる。北インドの人が、南インドの人が、それぞれの聖地に巡礼する。〔一九九五年の時点で〕未だ普及率の少ないテレビによっても、ヒンディー語の「マハーバーラタ」劇やヒンディー映画に子供たちが齧りついて見ているのを見ると、時間の経過のうちに、様々な言語現象の変化が生まれると思われる。しかし、国語や州語による統一化と多言語の言語民族主義的方向は、矛盾しながら存在するであろう。

最後に、オーストロ・アジア語族のサンタル族の例を挙げると、かれらは、極く最近まで無文字文化であった。北部オリッサ州、中部ベンガル州、南部ビハール州に住んでいるかれらは、長い間差別され教育をうけなかったが、漸く、ベンガル州では、ベンガル語で、オリッサ州では、オリアー語で、ビハール州ではヒンディー語で教育をうけ、英語、ヒンディー語も教科として学習している。かれらはそれぞれの州語で教育をうけているので州の他民族とは州語で通じあうが、かれら同士はサンタル語でしか通じない。今、サンタル言語民族主義運動が台頭してきているが、文字はそれぞれオリアー文字、ベンガル文字、デーヴァナーガリー文字が通用して、相互に読めずローマ字表記も普及しない。しかし、サンタル語で小学校低学年が教育をうけたり、サンタル語が教科として教えられたり確実に歩みは進んでいる。しかし、教育の機会を漸く得はじめたサンタル族が、他民族より習得しなければならない言語数の多いのは負担が多いので、三州にまたがるサンタル族の統一自治区をつくりたいという政治的運動もある。〔二〇〇〇年、サンタル族が比較的多く住むビハール州南半分がジャールカンド州として実現した。二〇〇三年、サンタル語はインド憲法第八附則指定言語の一つとなった。将来ジャールカンド州の公用語となる可能性もある〕

このような何百という言語にはそれぞれ、神話、民話、叙事詩、戯曲、詩など文学の宝庫がある。相互に独立を保ちながら、影響も与え合っている。時々の大きな思想的、文学的潮流に加わったりして文化的遺産を残してもいる。多様な宗教によって、多様な思想によって、多様な生活によって、これらの言語を通して表現されたのが、多彩なインド文学である。そこには多彩な衣装、多種な食物などが生き生きとした、それぞれの言葉で表現され、原語でしか味わえない深味を持っている。

（一九九六年二月『NEXTAGE（ネクステイジ）』No.43　住友商事株式会社広報室）

インドの民族と言語

一節　インドの多様性と多彩性

十億を超える人口をもつインドは、多様な民族と言語が歴史的にも展開してきた大国である。北欧人に近い背の高さや皮膚と眼の色をした種族の人々から、肌が黒褐色で背の低い種族の人々まで、千差万別の人々が共存している。日本人が、インドを訪れれば、インドのどこかの地域の種族に似ていると言われる。大雪山、大砂漠、大草原、大森林、大河川、大洋沿岸、また、中小規模の無数の自然のたたずまいに適応した多様な人々に、私達は大変親しみを覚える。めくるめく文化の多様性もこのような大地と人間から生まれる。

インドの言語を大別すると、（1）印欧語族のインド・イラン語派、（2）ドラヴィダ語派、（3）オーストロ・アジア語族のムンダ語派、（4）チベット・ビルマ語派の四系列である。この四系列の諸言語は、何千年となく、併列し存続し、また影響し合い、一部融合して発展していった。その他、太古には、アフリカの民族が侵入してきた。また、歴史上、ギリシャ、サカ、フン族が訪れ、それらの言語が跡を残した。

インド人自身そのことを深く自覚している。すなわち、アジアで最初にノーベル文学賞を受賞した詩人のロビンドロナト・タゴールの名詩集『ギタンジョリ』〔ギーターンジャリ〕の詩の中に

ここには、アーリヤ人、ここには非アーリヤ人
ここでは、ドラヴィダ人、中国人——
サカ族、フン族の群、パターン人に蒙古人が
一つの体に融け合った
今、西方の門が開いた
そこからすべてのものは贈物をもたらす
与え、また受け
出あい、交りあい、帰っていかない——
このインドの人類の
海の岸辺に

さらにまた

来たれ　アーリヤ人よ、来たれ　非アーリヤ人よ
ヒンドゥー教徒よ、イスラム教徒よ！
来たれ、来たれ、今は英国人よ！
来たれ、来たれ、キリスト教徒よ！
来たれバラモンよ！　心を清くして
すべての人の手を取れ
……
すべての人に触れられ、浄められた
岸辺の水で
吉祥の水瓶が　まだ満たされていないのだ

このように、インドが多言語、多民族、多文化を理想としていることは、歴史的にも大いに認め

られるところである。

しかし、現実には、いろいろな問題も起きているのが事実であるが、それは、後述する。


先ず、印欧語族から始めると、そもそも印欧祖語の故郷論争は長年続けられているが、カスピ海周辺というのが有力である。十九世紀までは、インド・アーリヤ語は、カスピ海周辺から南下したインド・アーリヤ語派のみが、インド西北部より進出したというのが定説であった。しかし、高津(こうづ)春繁著『印欧語比較文法』(岩波全書、一九五四年)にあるように、カスピ海周辺から、小アジアに移住したミタンニ族のミタンニ語は、サンスクリット語に酷似していることが分かり、このミタンニ語が東漸して、イラン地域を通って、同様にインド西北部よりインドに進出する。

インド・イラン語派は、イラン語グループとダルディク語グループとインド・アーリヤ語グループの三グループに分かれる。

古代から現代までのその三グループの発展を明確に示したのは、インド一の言語学者、シュニティ・クマル・チャテルジの世界的名著『ベンガル語の起源と発展』(オックスフォード大学出版局、一九二六年)である。ここに、その本の中に示されている表を掲載することによって、インド・イラン語派の歴史的総覧図が一目で分かる。

図1と図2〔次頁以降参照〕とを総合的に見れば、インド・イラン語派と称せられるものが、現在に到るまでに、歴史的にどれほど相互影響があるかが分かる。

次に、図2は、インド・イラン語派のうちイラン語グループの歴史的展開であるが、これから、インド・イラン語派全体に言語的文化的影響を深く与えたことが分かる。

インド・アーリヤ人が、北西インドに侵入したのは、辻直四郎によれば、紀元前二〇〇〇年から一五〇〇年であり、最古のインド・アーリヤ語のリグ・ヴェーダは、紀元前一二〇〇年を中心として考えられると述べている。

リグ・ヴェーダから、古代インド・アーリヤ語が始まり、古代インド・アーリヤ語が発展していくが、すでにリグ・ヴェーダの頃から、実際の話し言葉は残っているリグ・ヴェーダ文章語とは異なる。この二重性は、現代にまで及ぶ。文章言葉に比して、話し言葉は地域により多様性が大きく、それが次の時代にはっきりした固有の言葉として発展する。リグ・ヴェーダの文章言葉はブラーフマナ語として祭祀を語り、インダス河から、ガンジス河の方へ東漸していった。すなわち、インド西北部から次第に北部中央に移っていった。このブラーフマナ語の流れが、サンスクリット語を生むことになる。西暦前五世紀ウディーチヤ期にパーニニがサンスクリット文法を規定した。これは、世界で最初の本格的な、精緻を極める文法書である。これが、後のインドの言語・文化に計り知れ

インド・イラン（アーリヤ）語派

インド・アーリヤ語（インディク）グループ

古代インド・アーリヤ語　ヴェーダ方言 1500B.C.? 1200B.C.?
東アフガニスタン、？カシミール、パンジャーブ、？西北ガンジス河ドワーブ地方

マドヤ・デーシーヤ
(クル・パンチャーラ語など)
(ミドランあるいは西ドーアーブ語)

プラーチュヤ（東部）
(コーサラ語など)
(東部＝仏陀の言語)

ダクシィナートヤ
?ラーシュトリカ
（南部）

文献的方言
（北西部・中西部諸言語を基礎としたブラーフマナ語）

?初期北インド
共通語（コイネー）

文献的パーリ語
[東部、北西部、南西部諸語
及びサンスクリット語の影響]

シャウラセーニー

アルダ・マーガディー語

マーガディー語

マハーラーシュトリー語

サンスクリット語
（B.C.5世紀のウディーチャ期のパーニニ規定）

（シャウラセーニー・アパブランシャ語）（アヴァハッタ）

（アルダ・マーガディー・アパブランシャ語）

ジャイナ教アルダ・マーガディー語

（マーガディー・アパブランシャ語）

（マハーラーシュトリー・アパブランシャ語）

ガーター
（サンスクリット語とプラークリット語の混合したもの）

西ヒンディー語

東ヒンディー語
（プラビヤー語）

ヒンドゥスターニー語（ヒンディー語、ウルドゥー語）[パンジャービー語とラージャスターニー語の影響]

バーンガルー語

ブラジューバーカー語

カナウジー語

ブンデーリー語

チャティスーガル語

バゲール語

アワド語

ボージプリ語

マガヒー語

マイティリー語

オリヤ語

ベンガル語とその諸方言

アッサム語

マラーティー語とコーンカニ語

図1　印欧語族　インド・イラン（アーリヤ）語派発展史表

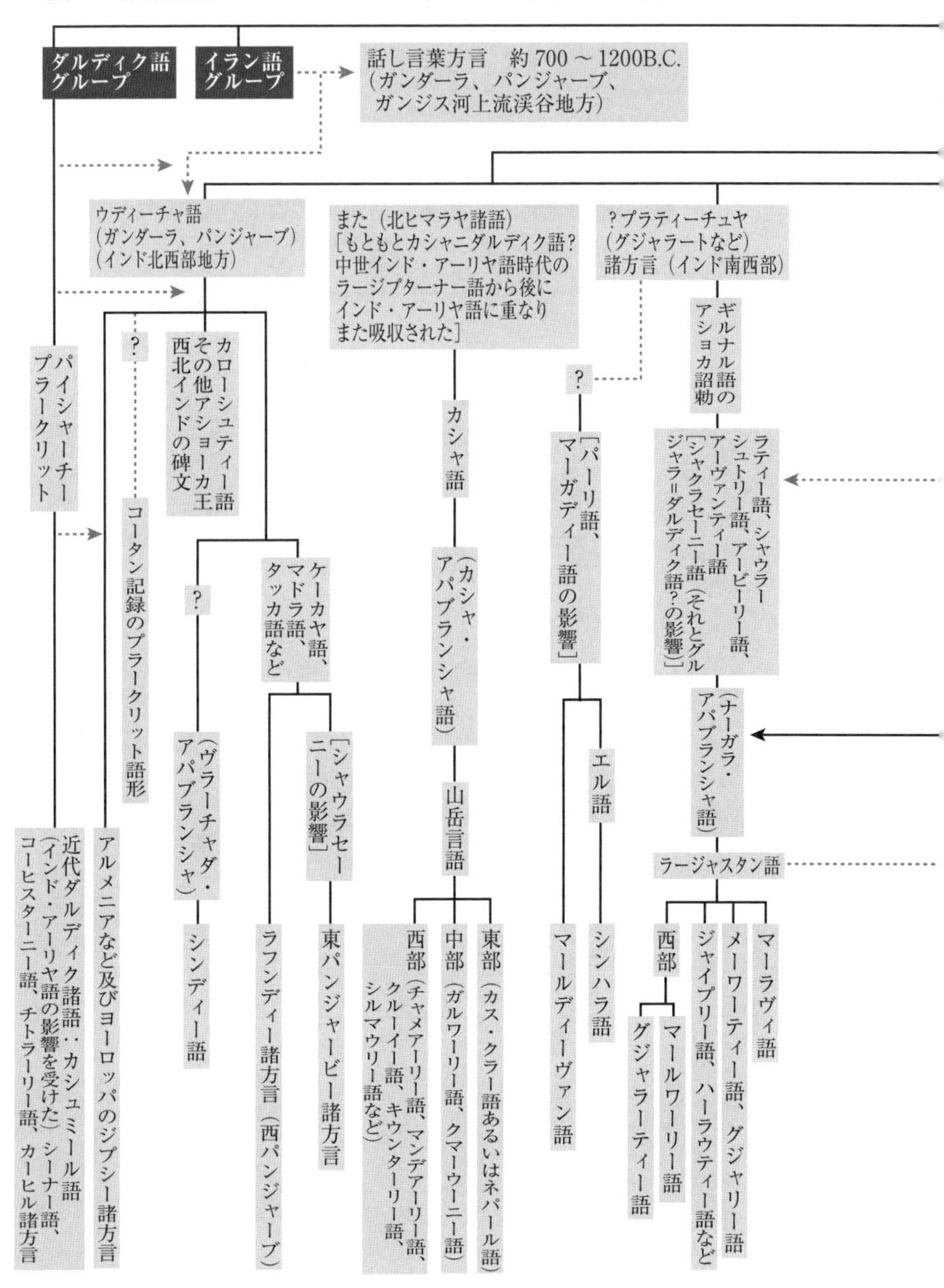

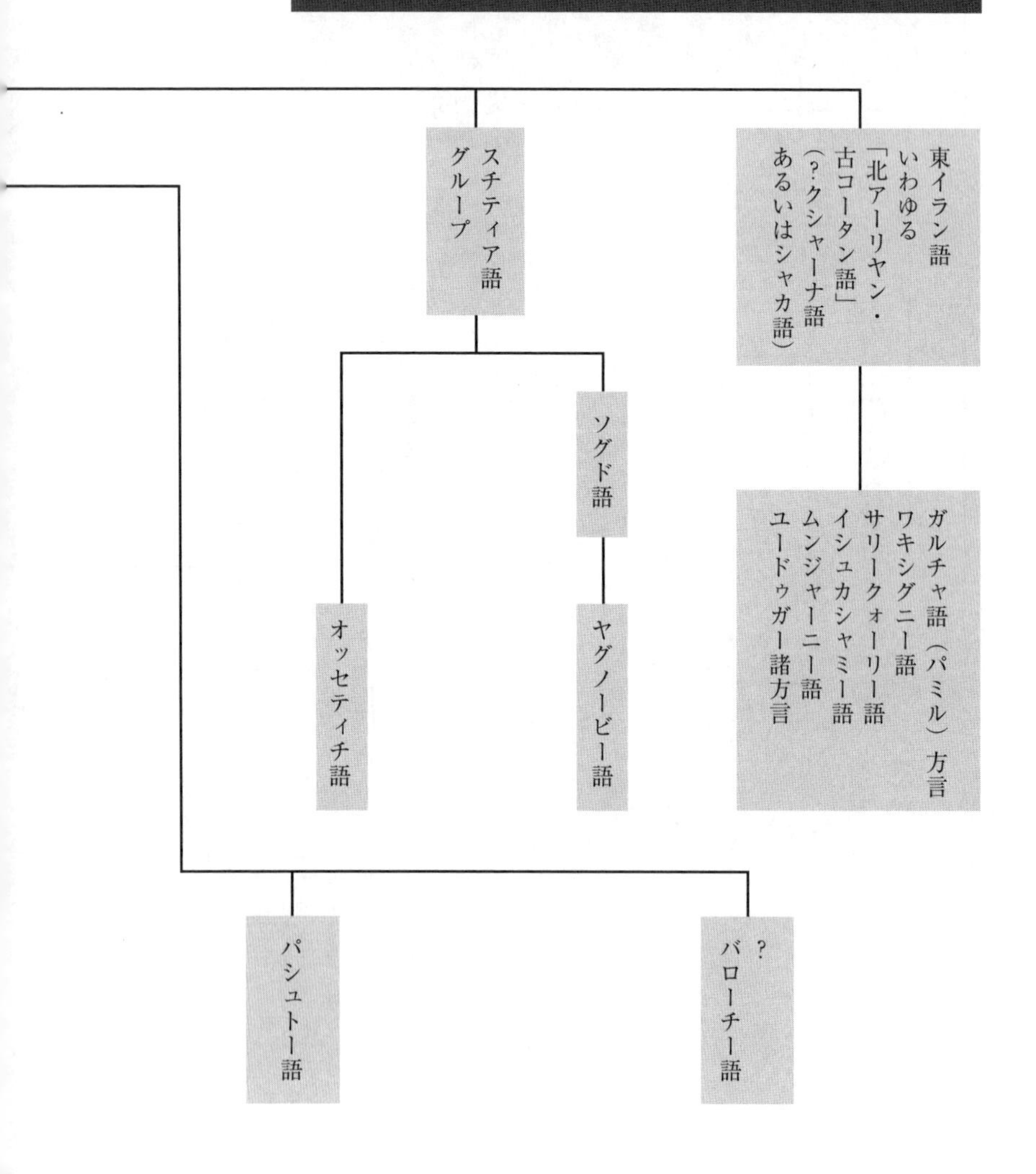
インド・アーリヤ語（インディク）グループ
東イラン語
いわゆる
「北アーリヤン・
古コータン語」
（?.クシャーナ語
あるいはシャカ語）
スチティア語
グループ
ソグド語
ヤグノービー語
オッセティチ語
ガルチャ語（パミル）方言
ワキシグニー語
サリークォーリー語
イシュカシャミー語
ムンジャーニー語
ユードゥガー諸方言
パシュトー語
?
バローチー語

図２　インド・イラン語派イラン語群

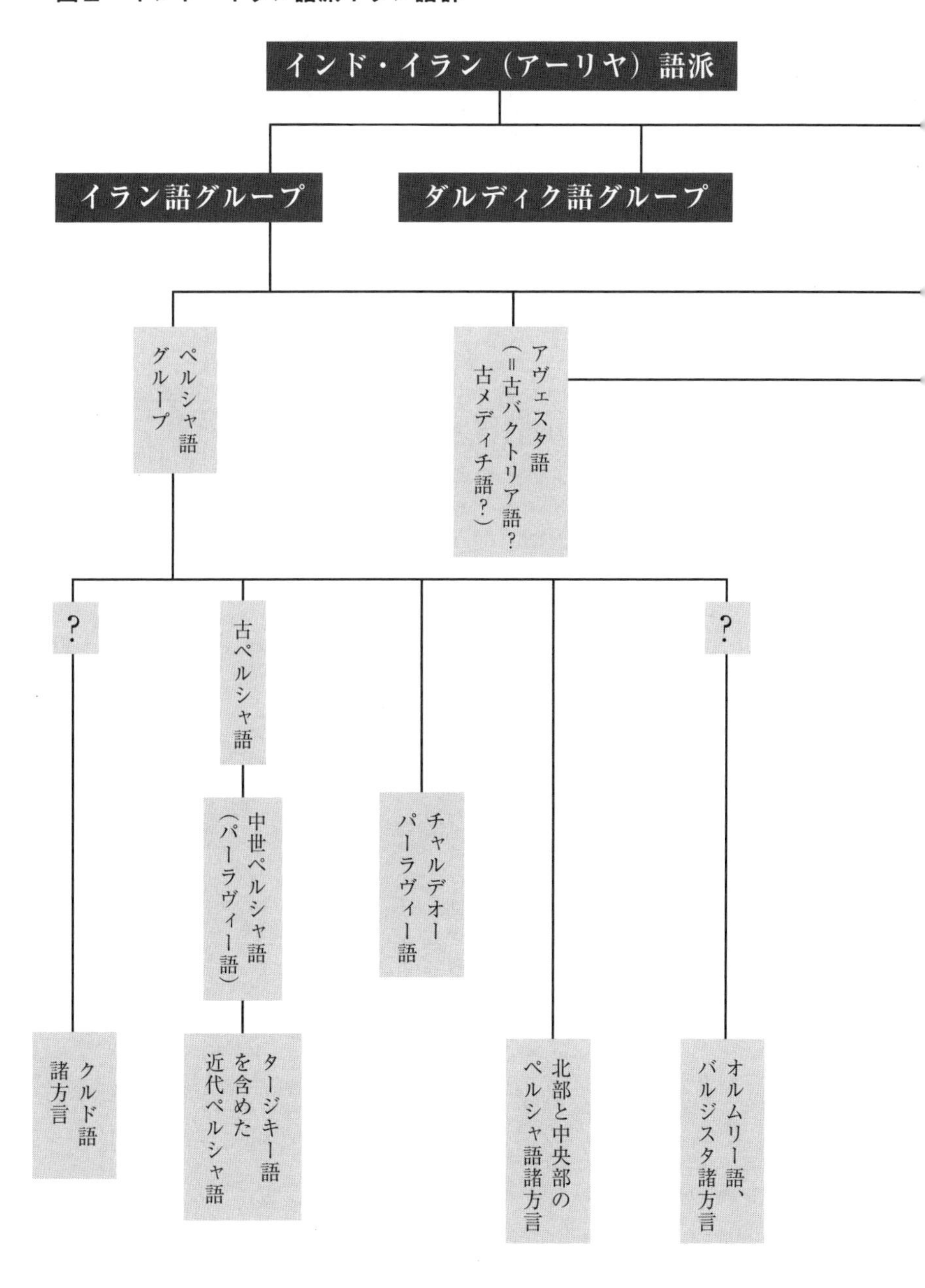

ない影響を及ぼしてきた。

次についにインド・アーリヤ人が、ガンジス河下流まで進出し、非アーリヤ人と接触、混合し始め、さらに多様性を生むに到った。その次期が中世インド・アーリヤと称され、プラークリット諸語の時代である。例えば、仏教が発祥し盛んになった地域では、マーガディー・プラークリット語が使われ、後にジャイナ教が栄えた地域では、アルダマーガディー・プラークリット語が使われたという具合である。

サンスクリット語は、パーニニ学派の言語学者、六派哲学の学者の厳密なパーニニ・サンスクリット語の他に、美文調の抒情詩サンスクリット語、さらに広義の破格のサンスクリット語として、叙事詩サンスクリット語、仏教サンスクリット語、ジャイナ・サンスクリット語などがあり、それぞれ優れた作品を輩出している。

中世のプラークリット語は、地方色を出しているのも、語り言葉への忠実度が高く、戯曲での人々の語りの生々しさを表している。

またアショーカ王の詔勅碑文の多様性を表しているのも、プラークリット語である。プラークリット語は、中世の末期の段階で、それぞれ、アパブランシャと称され、例えば、マーガディー・アパブランシャ語、アルダマーガディー・アパブランシャ語となる。

さらに中世の最末期は、アヴァハッタの段階である。マーガディー・アヴァハッタなどと言われる。この過渡的段階を経て、近世インド・アーリヤ諸語が華やかに登場する。その中でも、ベンガル語が最も早く生まれた。九五〇年から一二五〇年の間に編集された仏教密教詩に使われたのは、古期ベンガル語である。近世インド・アーリヤ語は、バーシャー（ベンガル語ではバシャ）と言われ、古期、中期、現代に分けられる。何十の言語に分けられ、生活語が喋られ、文学作品が創作されている。

このように多様になっているのも、インド・アーリヤ民族が、さまざまの非インド・アーリヤ人と混血する割合によってである。民族の多様性が言語の多様性を生み、文化の多様性も生んでいる。インド国内で、このインド・アーリヤ語グループとイラン語グループとダルディク語グループを併せた、インド・イラン語派全体の人口の全人口に対する割合は七四パーセントである。印欧語族グループである屈折語の特徴をもっている。もっとも現在では、屈折語の中に膠着語の要素もあるなど、さまざまな討議が行われている。

次にドラヴィダ諸語については、日本でも辛島氏をはじめ、専門の研究者が、次々と輩出しており、著しい研究成果が上がり、日本人の間でも、ドラヴィダの人々と親しく交わる機会も増えてきている。

西暦前四〇〇〇年紀半ば頃、インド西アジアから進出し、インド西部及び北部さらに東部まで及ぶに到り、インド・アーリヤ語派グループ及び、かれらの前任者、オーストロ・アジア語族の人々と併存していった。しかし、西暦前一五〇〇年から西暦前一〇〇〇年頃に分裂し始め、インド・アーリヤ語派グループの圧力によって、多くは、南インドへと移動し始め、現在に到っている。

ドラヴィダ語派に属する人口は、インド総人口の二四パーセントに当たり、社会的にも文化的にも、インドの歴史に深く、強い影響を与えている。この言語は膠着語的特徴をもっている。元来、偶像崇拝を認め、独自の信仰をもっていたが、インド・アーリヤ語派グループのバラモン教＝ヒンドゥー教の影響を受けてヒンドゥー教に改宗し、その社会生活習慣も、大幅にヒンドゥー化するに到る。しかし、仏教学、インド諸学の碩学が続出し、神に対する絶対帰依信仰のバクティ思想の創出などばかりでなく、現在もインド文化に多大の貢献をしている。このドラヴィダ文化が、インド文化総体に幅と深みを与えてきた。

一七八四年にアジア協会が、イギリスによって設立され、インドの社会・文化の古代から現代までの研究が、ヨーロッパにおいて、本格的に始まったが、一方では、印欧語の発見、他方ではドラヴィダ語派の発見である。印欧語の通時的研究の成果として印欧語比較文法が誕生したように、ドラヴィダ諸語の通時的研究によって、ドラヴィダ語の系統的比較文法研究が始まる。

次に、G・A・グリアソンによる『インド言語調査』（第四巻）によって、さらに発展することになる。

結局現在では、南インドで、テルグ語（アーンドラ・プラデーシュ州およびテランガーナ州）、カンナダ語（カルナータカ州）、タミル語（タミルナードゥ州）、マラヤーラム語（ケーララ州）のドラヴィダ四主要言語が、独自の文化と歴史をもって、州の公用語として使用されている。かれらは、デカン高原から南下する過程で、しだいに分かれていった。タミル語を中心に視点をおくと、まず、テルグ語が分かれ、次にカンナダ語、最後にマラヤーラム語が分かれる。精緻な通時的・歴史的言語学の二百年にわたる成果の結果、他のドラヴィダ諸語についても、いろいろまだ論議は続いているものの、大体の様相が見えてきている。すなわち、家本太郎の説によれば、トゥル語、コダグ語、トダ語、コータ語、ゴーンディー語、コンゴ語（クイ語、クヴィ語）、マーレル語（マールト語）、オラーオン語（クルク語）が、ドラヴィダ諸語と数えられる。

これらの一々について、ここでは述べないが、全体としては、ドラヴィダ語派が全インドに拡がっていたことの結果、いまだにインド中部、東部に存在し、残存している。結局詳細に調査研究するとドラヴィダ語派とインド・アーリヤ語派との併存と融合とが明白になってくる。

インド亜大陸西部に、古代都市形態をしたインダス文明が、西暦前二五〇〇年から一八〇〇年の間発達した。その民族と言語は、さまざまな角度から研究されているが、未だ、最終的に結論はでていない。ただ、ドラヴィダ族との関連が有力になってきている。残されたインダス文明文字は未だ解読されていない。インダス文明の解明は、インド亜大陸文明にとって、さらに西方の文化の解明に非常に重要な意味をもってくる。

次に第三に、先住民族のうち、ドラヴィダ語派より早く、西暦紀元前四〇〇〇年から三〇〇〇年にインドに進攻し、インドに広く拡がっていったのが、オーストロ・アジア語族である。同語族は、大陸東南アジアに広く存在している。

まず、インドのニコバル諸島には、ニコバル語諸語がある。インド大陸内部には、ムンダ諸語が展開していった。古来サンスクリット語文献でコールと呼ばれていたので、今でもそう呼ばれることがある。ドラヴィダ語学派に比べて、本格的科学的研究が遅く、二十世紀初頭シュミットの研究によって、ムンダ諸語の言語学的研究が緒に就き、現在までに精緻な研究が世界的に続いている。長い間、ムンダ諸語とドラヴィダ諸語を扱う人々が、混同されてきたが、現在では、言語的にも人種的にも、また、文化的にも独自性のあることが分かってきた。インド総人口に対して、オーストロ・アジア語族の割合は、現在わずか一・四パーセントである。ムンダ語は、孤立語の特徴ももっているが、膠着語的特徴ももっていると言えよう。

ドラヴィダ語と同じく、反り舌音を本来もっていて、早くからインド・アーリヤ語に、音韻・音聲的影響を与えたと言われている。

ドラヴィダ族は偶像崇拝であるが、ムンダ諸語族は、精霊を信じる非偶像崇拝である。真先に先住民として、全インドに拡がっていた、かれらも後続のドラヴィダ語派諸族とインド・アーリヤ語派に圧迫されて、しだいに、その居住地域を狭めていき、現在では、主として、インド中央部の山岳、丘陵地帯に住み、また、東部にも散在している。狩猟を主として生計をたてていたが、近代になって季節労働者として、英植民地政府に傭われ、現在でも、農村の季節労働者、大都会の単純労働者として働く姿が見られる。また、一方では解放されて定着して多方面に活躍し始めている。何よりも長い間の差別の歴史をくぐり抜けて、今なお自然を重んじる、身も心も、リズミカルな生活と文化を続けている。

ムンダ諸語の代表的ないくつかの語を挙げると、北ムンダー諸語としてケルクーリー諸語、サンタル語、ムンダーリー語、アスリー語、ホー語、南ムンダー諸語としてジュアング語、グプト語などがある。

ドラヴィダ語派は、ヒンドゥー教に改宗したのに反して、ムンダ族は、ヒンドゥー教に改宗せず、固有の精霊自然宗教を何千年保持している。

第四に、チベット・ビルマ語派の諸言語、諸民族である。数では少なく、インド総人口に対するこの語派の人口の割合は、〇・七八パーセントである。インドの北のネパール・ヒマラヤさらに北のチベットに住むチベット民族は、歴史時代の始まる以前よりインド北部に進出していたという学問的多角的推定がなされている。歴史時代に入っても、たびたび侵入し、特にベンガルの北部一帯を深く支配したこともある。したがって、それらの進出の結果、現在かれらはインド人として、チベット大乗仏教とその文化を保持した、固有な生活をしている。

他方、ビルマ系の人たちは、バングラデシュか、インド北東部トリプラを含めた山岳、丘陵地帯に上座部仏教徒として散在している。歴史的に、ビルマのビルマ族、アラカン族、モグ族など王国として進出したことがある。

いずれにせよ、チベット語系民族とビルマ語系民族とは、同じ仏教徒であるが、独自の大乗、上座部文化をもち、インドの国境地帯に住み、言語学的には、同一の孤立語系のチベット・ビルマ語派である。

ネパールに居住するチベット系諸民族が、そのまま、インドにも居住している。詳細は割愛するが、ネワール族、シェルパ族、シッキム族、レプチャ族がいる。

その他ナガランド州にはナガ族、トリプラにはトリプラ族など、言語と文化の異なる数多くのチベット・ビルマ語族がいる。

また、十五、十六世紀にタイからアッサム州に移住したタイ族の集団が、今なお、当時のタイ語の面影を残した言語を使っている。

前に述べたように、歴史の流れの中に、サカ族、フン族など数限りのない民族が、その使用言語を失うものもあれば、かなり変形したものもあり、インド全体で少なく見積もって三百の言語がある。もちろん数え方には、さまざまな説があるが、これは細かい方言を入れた数ではない。小さい少数民族の固有言語を入れた数である。例えばベンガル語の場合は、インドのベンガル語とバングラデシュのベンガル語を併せて、二億二千万人の人々の母語であり、世界の五番目に位置する。ベンガル語内部をみると相当かけはなれた音韻や文法構造をもっているが、三百語の中の一つと数えている。

二節　インドの言語と民族の諸問題

素晴らしい多言語・多文化の大国、何千年の文化の蓄積した大国、多様性を認める大国インドにも理念と現実、遠い将来進むべき道と目標と現在との間に、言語的、民族的問題がある。

インドは、今までゆっくりではあったが、現在急速な発展の潜在的可能性をもった十億人の国である。中国は十二、三億と言われる大国であるが、大きな違いは、中国では、九〇パーセント近い漢民族がいて、少数民族は、多数の種族がいても一〇パーセント強である。しかも漢字が漢民族の間では、理解でき、現在では少数民族の間でも多少理解されるようになったのに対して、インドでは、印欧語族のインド・イラン語派が全体で七八パーセントであるが、大部分の文字が異なり、他の州にいけば、ほとんど字が読めないことである。しかも、少し前まで、識字率が五〇パーセントほどであった〔二〇一一年で七四パーセント〕。

その典型的な例は、インドの紙幣は、十七の異なった言葉の文字で多様に書かれている。私たちの目には多様な美しさを感じるが、困難な問題も示している。

それでは、話し言葉はどうであろうか、基本的には、隣りの州の言葉は、どうにか半分分かれば上々と言うべきである。

インド憲法による、インドの言語政策は、どうであろうか。

インドの言語政策は三言語政策である。そもそも近代インドになっても、ムガル帝国のときは、外国語のペルシャ語が国語であったし、イギリスがインドを植民地化する過程で、外国語の英語が国語となった。新しいインドが独立後、インドの中で話す人口の一番多いヒンディー語を国語としようとするが、現実にインド全体でのその理解度は、今から六十年以前には大いに問題があったので、何十年という経過のうちにしだいに定着するであろうと判断し、少数の知識人、及び非インド・アーリヤ人の間で選択される英語、今までの行政語としての英語、この英語を第二の国語とし、さらに各州の州の公用語を入れて、三言語政策が行われている。

インドの鉄道は、国有鉄道であるが、すべての駅で駅名表示に、ヒンディー語、英語、州の公用語が列記してある。非ヒンディー語圏の地域の駅の表示が、ヒンディー語の部分が黒く抹消されているのが見られた。すなわちヒンディー語国語反対の意思を表したものだった。一時広く運動にまでなった。国家公務員になるためには、英語かヒンディー語に熟達し、両者の運用能力をもつことが必要となっている。地方公務員には、州の公用語も重視する。しかし文書は英語とヒンディー語で書かれていずれかが分かればよいが、しだいに両者に通じることが望ましくなってきている。総体としてヒンディー語を母国語とする方が有利なため、幅広い反対があった。大企業に入るのもそれに準ずる動きがあった。

しかし、何十年経るうちに少しずつ事態が動き、男性社会の中には、非ヒンディー地域でも、単純労働者の間でも、ヒンディー語を理解する人が多くなってきた。ヒンディー語でのテレビを全インドで見て、分かるようになったのも、それにあずかっている。あと数十年か経てば定着するであろう。

つまり多様の中の統一のために、ヒンディー語が一つの核になっている。今まで、強制的な方策を取らずに象の歩みの如く、遅々と歩いたので、このような方向に向かっている。

しかし、事柄は、そう容易ではない。各州は、日本の県の規模とは異なる。州の中に、多くの県がある。州の自治度が強い。何しろ一千万単位の人口、多いところは億の人口の州が、異なった文字の異なった言語とヒンディー文化に負けじと文化と歴史に内心プライドをもっているからである。

教育も三言語政策の方針に貫かれている。公立の学校は、初等、中等教育で、州の公用語が教育語（その言語を使って教育を行う。instruction medium）となっているが、英語・ヒンディー語を必修として学習している。

ここで、問題なのは少数民族とその言語である。基本的には、すべての言語尊重ということになっているが、現実にはいろいろな問題が起こっている。オーストロ・アジア語のサンタル語の例を挙げてみる。サンタル語は、西ベンガル州のビルブム地域とシンブム地域、ビハール州のマンブム地域およびオリッサ州のいくつかの地域においてサンタル民族によって喋られている。サンタル族は百年前には文字をもたない無文字文化の持主であったが、ここ何十年文字を発案するための努力が続けられてきた。その結果二種類の文字が使用されている。一種類は、英語のアルファベットに依っているもの。他の種類は、オリッサではオリヤ語のアルファベットに依り、ベンガル州ではベンガル語のアルファベットに依り、ビハール州ではデーヴァ・ナーガリー・アルファベットに依っている。いずれの場合も、サンタル語の音韻に合わせて多くの補助記号を使用している。さて、そのような状態で教育はどのようであろうか。しかも、歴史的社会的状況から、文字が普及され始めているにもかかわらず、識字率がかなり低いため問題が深刻であるが、インド全体にわたる言語民族主義がサンタル族にも及んできている。まず、ベンガルのサンタルの場合、三言語主義の適用のため、以前は、州の公用語ベンガル語、さらにヒンディー語、英語を学習し、教育語としてベンガル語が使用されていた。そこには、母語であるサンタル語がない。現在、サンタル人はサンタル語で教育を受けさせようという運動が強まり、しだいに、初等、中等教育で、サンタル語が教育語として使用されるようになりつつあり、家に帰ってサンタル語で喋り生活するように、学校生活でもサンタル語が公けに喋られるようになった。もちろんベンガル人の学校に入ったサンタル人は以前のままであるが、サンタル人のためのサンタル人の学校が別に独立してすでにできている。子供たちが生き生きと学習している。今までと変わらないのは三言語であり、それに母語であるサンタル語を使うので四言語が必修となっている。それを三言語にしたいと、ビハールのサンタルとオリッサのサンタルと一緒になって、一つのサンタル州を作ろうという運動へと発展してきた。そしてついにムンダ族が多く住む地域を総括してジャルカンド州として政治的に認められるに到る。少数民族と言語民族主義と州の公用語の問題として大きな政治的課題となっている。大きな言語であるビハールのマイティリー語でさえ、時としては、小学校で教育語としてマイティリー語で習いたいという運動が起こる。

さらに、サンスクリット語は、元来バラモンたちの共通語としてヨーロッパのラテン語のような役割を果したが、現在完全に死語であり、学校教育にほとんど意味がないように言われることがあるが、必ずしもそうではない。確かに、初中等教育で必修であったサンスクリット語が必ずしも必修ではなくなったが、インド全体の言語調査で、サンスクリット語を母語としている人々がいることである。さらにあるサンスクリット・カレッジでは、教育語もすべてサンスクリット語、学長などの訓示もサンスクリット語というふうに、まるでインド古代にもどったような雰囲気である。格調の高い現代語を書く場合、確かにサンスクリット語を知っていることは望ましいと思われる。サンスクリット語普及の運動は絶えず行われている。

一方、国のあらゆる機関で、ヒンディー語普及の努力が、多大の予算を使って行われている。ヒンディー語は広域で話されているので標準ヒンディー語、標準教育ヒンディー語、標準ヒンディー語つづり等の研究・制定、および普及の努力が行われている。

しかし、人文系の全インド的な学会を開くとき、未だヒンディー語のみでは開けない。国会もヒンディー語のみで運営されていない。通訳が必要である。国会において多言語の通訳が用意されていることは壮観である。

以前は、あるカーストだけの間のカースト方言があったが、カースト差別がしだいに少なくなっている。したがって、社会の変革に従って、言語は、そのかがみである。すべて変化する。

インドでは数マイル毎に、歩けば言葉が変わると言われる。また文字も小範囲毎に変わっていたが、小さい範囲から、中範囲、郡単位、県単位、というふうにそれぞれの中心を置きながらしだいに歴史的に纒まってきた。それが今の現状である。昨今激しく動き、影響し合い、テレビなどさまざまなメディアのインパクトを受け、過去数世紀、否、過去数十年に比べても、驚くほど変化している。人間の移動の流動化もそれに輪をかけている。

私は数十年前に多くの村々を歩いて、村々の人々の言葉、村々の人々の歌の言葉、村々の人々の村芝居の言葉の多様さとその豊かさに感嘆し、全インドを想像してめくるめくような羨ましさを覚えたが、今日急速に変化し、少しは統一されつつあるが、なお、それぞれの生活文化を表す言葉は生き生きと息づいている。

ここで、二〇〇一年のインド政府の人口国勢調査の州別人口を紹介する〔表1に二〇一一年の人口を掲出〕。この表は、州および〔中央政府〕直接統治地域が人口の多い順に並べられている。これを見てわかることは、これらの州などの人口は、ヨーロッパの独立諸国に優に匹敵するものである。ヨーロッパのそれら独立諸国の人々が、独自の言語と独自の優れた文化をもっていると同様に、これらインドの州は、独自の言語と民族と優れた文化をもっている。

私は一九六七年には、インドにいたが、その前の一九六三年に石田保昭著『インドで暮らす』〔岩波新書〕が発刊され、広く読まれた。インドについて、冷静に、客観的に見ようとする態度が明瞭に表れている。しかし当時からその本の趣旨に私は必ずしも賛成できなかった。余りに批判的で自分の立場を高くとっている。私もインドにいて、インドのエネルギーと多様な文化と歴史に基づいた発展の可能性を実感することができた。それから約四十年インドのエネルギーと文化的発展の多様性は、疑いないものになった。これから数十年さらに、各州が競いながらさらに高い文化を生

表1　西暦2011年度インド国勢調査人口表

1	199,581,477	ウッタル・プラデーシュ州
2	112,372,972	マハーラーシュトラ州
3	103,804,637	ビハール州
4	91,347,736	西ベンガル州
5	84,665,533	アーンドラ・プラデーシュ州
6	72,597,565	マディヤ・プラデーシュ州
7	72,138,958	タミル・ナードゥ州
8	68,621,012	ラージャスターン州
9	61,130,704	カルナータカ州
10	60,383,628	グジャラート州
11	41,947,358	オリッサ州
12	33,387,677	ケーララ州
13	32,966,238	ジャールカンド州
14	31,169,272	アッサム州
15	27,704,236	パンジャーブ州
16	25,540,196	チャティスガル州
17	25,353,081	ハリヤナ州
18	16,753,235*	デリー
19	12,548,926	ジャンム・カシミール州
20	10,116,752	ウッタラーカンド州
21	6,856,509	ヒマーチャル・プラデーシュ州
22	3,671,032	トリプラ州
23	2,964,007	メーガラヤ州
24	2,721,756	マニプル州
25	1,980,602	ナーガランド州
26	1,457,723	ゴア州
27	1,382,611	アルナーチャル・プラデーシュ州
28	1,244,464*	ポンディシェリ
29	1,091,014	ミゾラム州
30	1,054,686*	チャンディガール
31	607,688	シッキム州
32	379,944*	アンダマン諸島とニコバル諸島
33	342,853*	ダドゥラとナガル・ハヴェリ
34	242,911*	ダマンとディーウ
35	64,429*	ラクシャディープ
計	1,210,193,422	全国

*はインド政府直接統治地域（連邦直轄領）

み出していくものと期待できる。客観性を装った視点とインドでの厳しい個人的体験のみに基づいた視点のみでなく、インドの村々の哀歓に共鳴できる温かい眼をもってインドを見ると、インドの未来の可能性を信ずることができる。

この二〇〇一年の人口調査によれば、インドの総人口は、十億二千七百一万五千二百四十七人である〔二〇一一年の国勢調査では十二億人以上〕。集計の基礎が以前はかなりあやふやなところがあり、現在でも、そのようなことがあるかも知れない。そのことを併せて考えると、二十年後には中国を抜いて世界一の人口になる可能性もある。

あの広大で、厖大な人口をもち、あらゆる面で多様なインドの一部のみを見て、インド全体を語ることはできない。インド中央政府の舞踊・歌謡局主催の全国大会で、インドの五大古典舞踊、バーラタ・ナトヤム、カタカリ、マニプリ、カタック、オリッシーのみならずナガランド、サンタルなどの民族舞踊が、豪華絢爛に展開されるので日本の人々は圧倒される。これが一事が万事で、民族と言語と文化は、まるで世界の縮図のような観を呈している。

中央政府は多様な文化を尊重し、州などの自治度を認め、寛容の精神をもって接すれば、また強制でなく、時間の歩みに任せれば、多様の中の統一の実現化がみられ、インドの時代の訪れることが期待される。

インドの識字率は、前掲の国勢調査で、二〇〇一年に、インド全体では六五・三七パーセント、男性は七五・八五パーセント、女性は五四・一六パーセントである。一九九一年には、全体で五二・二一パーセント、男性は六四・一三パーセント、女性は、三九・二九パーセントであった。

このことから分かることは、この十年間で識字率の上昇は目を瞠るものがあり、男女の差は歴然であるが、すでに女性も五〇パーセントを超えている。二十世紀の初頭、ベンガルはインドの中で最も文化が進んでいたが、その頃のベンガル女性の識字率がわずか二パーセントであったことを考えると隔世の感がある。

全インドで識字率が最も高い県は、ミゾラム州のアイザウル県で九六・六四パーセント、一番低い県は、チャティスガル州のダンテワラ県の三〇・〇一パーセントである。このように未だ地域別に相当差があるが、南インドの漁師が小舟で、海の真中で揺れながら、字を習っている。昼間の仕事が終わって、夜、裸電球の下で、字を習っているお手伝いさんたち。このように格差も急速に狭まってきている。例えば、西ベンガル州では識字率普及協会があり、年々ビッダシャゴル・メラ（市）が行われている。イッショルチョンドロ・ビッダシャゴル（一八二〇〜一八九一）はベンガルの民衆の、特に女性の識字率向上に一生を捧げた教育学者。十九世紀の周囲の迷信に囲まれた社会で理性と整然とした論理に根差した活動は驚くべきであり、現在彼に関する厖大な本が出版され研究が進んでいるばかりでなく、西ベンガルの識字率普及協会のメラ（市）にはコルカタだけで二千人を越す人が集まり、全ベンガルでは数万人にも及ぶ。ビッダシャゴルの書いた文字をはじめに習う『ボルノポリチョイ』（識字）という本は百五十年以上たった今でも使われている。識字率向上運動は益々高まりつつある。

このように、識字率が上昇することによるだけで、各民族の文化が向上するのではない。まだ識字率の低迷しているとき、字の媒介なしに、各方言で演ぜられ、夜半まで村人が夢中になる村芝居、各方言で歌われ、語られる歌と詩、イスラム教神秘主義のファキル遍歴乞食僧の語りと歌、バクティ（神への絶対的帰依）思想の遍歴詩人の歌、バクティ思想を信じ村々の道々で輪になって歌う歌、特に全インドにひろまっているヴァイシュナヴァ吟遊詩人たちの歌、一絃琴を奏でながら、歌を歌い、村から村へと廻るバウル吟遊詩人。かれらの言葉は多様で、村人の心をつかむ。字が読めなくても、幸福になれるという基盤を確かなものにしている。

識字率の上昇とこの生の心情的共感とが、マッチしながら進んでいくインドを見るのが大変愉しみである。

さて、このインドの総人口は、前述の国勢調査によれば十億二千七百一万五千二百四十七人、男女別では、男子五億三千百二十七万七千七十八人、女子は四億九千五百七十三万八千百六十九人。

〔二〇一一年は、男性＝六億二千三百七十二万四千二百四十八人、女性＝五億八千六百四十六万九千百七十四人〕

何十年前は、インドの国勢調査は、不確かであるという噂がよく聞かれた。世界的統計学者マハラノビスは、インド・カルカッタ〔現コルカタ〕に統計研究所を設立、日本の統計学者が、毎年のように訪れている。また、インドは数学と論理学が優れている。すなわち、統計操作上の誤謬からでなく、主な原因は、その頃のインドの出生および死亡には、村では、役場などの公の機関でなく宗教的な指導者が多く関わっていた。すなわち統計の基礎データに不確かさがあった。現在は大分届け出る場所が整備された。それでもインドの人口は、ほんとうは十一億ではないかと噂される。

いずれにしろ、あと二十年すると、インドの人口は、中国の人口を抜いて、一位になる可能性もある。十何億のエネルギーが多様に発展していく希望をインドの人々はもっている。そして大衆は力である。社会的束縛に虐げられてきた大衆、しかし、文字も知らず貧困でありながら、哀歓に生きる大衆。大衆は力であることは、インドをくまなく廻ってみれば、感じられることである。英語のできるエリート層の世界的優秀さのみでは、象は動かない。

とは言っても、言語と民族を考察するとき、現在でも確かに言語間葛藤、民族間闘争、さらに宗教間闘争が存在する。

また、コミュニケーションのために使用される言語が複雑で多層的である。すなわち前述の国と州の公用行政語、教育語（instruction medium）、新聞・雑誌・テレビジョン用語、家庭内用語、ビジネス用語、文学用語、狭い範囲の友人間のざっくばらんの用語などである。

いわゆる多言語併用主義の他にこのような、多様なレヴェルのコミュニケーション用語があるため、少数民族などは、まるで言語学者のようである。したがって、村の人々も、多様な音声を聞きわける耳をもっている。サンタル人は韓国語の内破音に対応できるし、もちろん一般のインド人もユーラシヤ大陸の南半分にある多くの国にある有声音・無声音の区別も容易にでき、その上独自の反り舌音の発音も広く導入されている。

インドの周辺の国々は、それぞれ、インド国内の言語、民族の一部と共通のものをもっている。したがって、発展していくインドが大国主義の思考をもたずに調和的関係を維持していくことが必要である。

すなわち、繰り返し述べるが、二十一世紀には、インドは世界の中心的存在になるであろうが、そのためには、インド本来の理想である、多言語、多文化、多民族、多宗教を是認して調和を保つことである。

このようなインドと日本の交流がますます必要となってきている。しかし、インドは発展途上国であり、日本は先進国である。また近代的文明の進歩の上で、インドは遅れている、日本は進んでいるという立場から、インドから得るものは多としないという視点に立って、交流を進めようとすれば、大きな間違いを犯すことになるであろう。

日本が無国籍化に向かっているのに対して、インドが、多様な文化を発展させていることを考えると、日本もむしろ、インドから学ぶところも多いであろう。

すなわち、日印交流には、相互の文化を尊重し、互恵的な基本的姿勢が必要である。

（二〇〇五年六月『光の国・インド再発見』麗澤大学出版会）

V

私自身のこと

ベンガル語の講義

仏教学の世界的な碩学として夙に声名のあった渡辺照宏先生の謦咳に初めて接したのは昭和三十五年のことであった。私はその二、三年前から、タゴールの詩と思想に興味を持ち、英訳で読んでいた。しかし次第に詩を原文で読みたいという気持が募ってきた。翌年の昭和三十六年は、ロビンドロナト・タゴールの生誕百年にあたり、全世界でそれを記念する祭典が行われることになっていた。タゴールの精神と詩の理解者であった片山敏彦氏は、「私はベンガル語は分らないけれども、原語の美しい詩の響きは分る気がする。これからの君たちは原語で読むべきだよ。渡辺照宏先生に習えたらいいね。」と言われ、また東大印度哲学科の恩師、中村元先生も、「照宏先生にお願いしてみなさい。」と勧められ、辻直四郎先生も「照宏さんなら、よく厳しく教えてもらえるよ。」と言われた。

折りしも、日本のタゴール生誕百年祭に因んだタゴール記念会の事業の一環としてベンガル語の講習が行われることになった。それは八月二日より週三回、渡辺照宏先生宅においてであった。私は照宏先生にベンガル語を教えて頂きたいとかねがね思っていたので、勇躍これに参加した。

タゴールの作品を原語で読みたい一心で、猛暑の中を十三名が麻布の照宏先生の御自宅である延命院に集まった。

初めて照宏先生にお会いした時、奥の部屋から出ていらして座に着かれた先生の御様子は、脳裡に焼きついて離れない。単衣をお召しになり、袖から拝見した先生の腕の細さ、単衣を通して感じられた、余りにもお痩せになったお身体。この何か痛々しいような感じ。それにひきかえ、お顔には落着いた温和さが漂っていた。あとから仄聞(そくぶん)するところによると、先生の何十年に亘る長い闘病生活の中でも、その講習会の直前に大きな病気の危機を乗り越えられたということであった。そのため、今から振り返ってみると、なお一層、いわば先生の凄絶さと穏やかさが眼の前に髣髴として来る。

先生が時々肩で息をされながら、眼光は炯々(けいけい)として、私たちに教えて下さったのは、九月半ばまでであったが、この一ヶ月半が私の一生の道筋を決める端緒になった。

先生は日本における本格的ベンガル学を開拓され、いつも先頭に立たれ、私たちを指導して下さった。

この講習会での先生の御講義振りは独特のものがあった。私たちは初級者ではあったが、初級、中級、上級の程度を同時に教えられるのであった。一つの言語習得について、文字面、音声面などいずれの分野にも全く子供のように反復練習するように言われ、ベンガル語に関してもリンガフォンを繰り返し聴かせて下さった。現在のように視聴覚器具が整っていないあの時期に、先生御自身、何百回となくリンガフォンを聴いているのだよ、と言われた。そして眼に鮮やかに思い浮かべるのは、毎回ベンガル語の変化表を墨滴凛（ぼくてき）として大きな模造紙に書かれ、一目で私たちが覚えられるように印象づけて下さった。あのお身体のことを考えると、ただただ頭が下がる思いである。

私たちがタゴールの作品を読みたい気持ちを察して下さって、先ず初級・中級用にタゴール自身の創立になるタゴール国際大学（ビッショ・バロティ）発行でタゴール自身の編著の小学生用の教科書『やさしい読み物』（ショホジュ・パット）を使われ、上級用にはタゴールのいろいろの詩を朗読し、解説して下さった。

先生は日本でも有数な多言語を習得・研究なさっていらっしゃった方であるが、非常に内面的なお方で、多くの場合具体的な詩人、作家を原語でお読みになりたいという動機があったと常々申されていた。従って、このベンガル語初級講座は、単なる初級ではなくて、先生の知識やお気持ちの生の最先端を私たちにぶつけて下さった。

たとえば、『ギーターンジャリ』（『ギタンジョリ』）を教えられる時も、第五番目の詩、「わが胸の奥　顕はしませ　奥のその奥……」（照宏先生訳）をまず最初に紹介された。それは先生の最もお好きな詩で、「オントロトロ・オントロトロ　へー……」を何十回となく私たちの前でも朗せられ、内面と読みとが一致したように私たちにも感じられた。

（初出不詳）

異文化交流通して平和の探究を

日印タゴール協会事務局長
麗澤大学教授
我妻和男氏に聞く

インド・コルカタに今年秋、日印文化交流の新たな拠点となる「印日文化センター」が完成する。センターの建設に向け募金活動を行うなど多大な貢献をした我妻和男・麗澤大学教授は、詩聖タゴールの全作品集（十二巻）の翻訳や、インドの国技カバディを日本に紹介したことをはじめ、両国文化の橋わたしに尽力してきた。我妻教授の長年にわたる功績をたたえ、二〇〇〇年には国立タゴール国際大学から「デシコットム」（国民至高者）の称号が授与されている、日印文化交流の場の設立を願ったタゴールの夢がコルカタで実現しようとしている今、我妻教授にセンターの目的やタゴールへの想いを聞いた。（聞き手＝高橋由香里）

中心は仏教とタゴール
今秋完成　印日文化センターの理念

——「印日文化センター」はどのような施設になる予定ですか。

我妻　インドの人々に日本語・日本文化を紹介し、日本人の旅行者や留学生にはベンガルの文化や言葉を学んでもらいます。短期長期、様々な人に対応できる語学のコースなどを作る計画もあります。それから日本文化を紹介するために博物館や美術館、図書館などが作られます。陳列には日印仏教交流の歴史や日本仏教に関するもの、茶の湯や古武道などの資料も展示することになっています。

——州立のこのような施設はインドでも初めてだそうですね。

我妻　西ベンガル州政府の人たちが非常に積極的に取り組んでいるんです。日印タゴール協会も設立費用の約一千万ルピー（当時）約二千七百万円）のうち四百万ルピー（約一千万円）を負担することになっています。昨年十一月の定礎式で二百万ルピーを寄贈して、三月二十四日の起工式ではさらに二百万ルピーを寄付します。

――センターの理念は。

我妻 中心となるのは仏教とタゴール、もう一つ入れるとしたら岡倉天心ですね。約千五百年前に仏教が伝来して、日本には仏教を通してインド文化が相当な影響を与えてきたわけですが、インド人の間ではそのことがあまり知られていないので、それを知らせなくてはならない。多くの日本人がかつて天竺に行こうと試みましたが、誰もたどり着くことができず、皆途中で死んでしまった。明治時代になって岡倉天心がインドに渡り、カルカッタ〈現コルカタ〉でタゴールと出会って互いに共鳴した。それが近代における日印交流の大きな原点になっているんですね。タゴールも日本が大変好きで、五回ほど来日もしています。

――先生とタゴールとの最初の出会いは?

我妻 私は東京の真ん中の空襲が最もひどかった本所区〈現墨田区南部〉の旧制都立三中に通っていて、東京大空襲では学校の中だけでも百二十人が亡くなりました。中学二年の時終戦を迎えて、死体がゴロゴロしている所を転々としながら焼け跡整理をした。当時は無理をして体を悪くする人が多かったのですが、私も肋膜炎にかかって、絶対安静になったり、死にそうになったりしたことも何度かありました。その時は毎日籠の鳥のように寝ていたのですが、やることがないのでいろいろな本を読んでいた。その中のひとつとしてタゴールの『郵便局』に出会ったんです。

——どのような作品なのですか。

我妻　ちょっと象徴主義的な児童劇で、ある腺病質の少年が外出を止められて部屋に閉じ込められているんです。彼はいつか王様の使者が手紙を持ってきてくれるという夢を抱いて待ちこがれている。病気になると、死ぬと思う一方で希望を持ちたい気持もあるんですね。私も病気で動けなかったので、主人公の少年と自分を重ねていました。一番初めに読んだタゴールの作品なので特に心に残っています。

コルカタの印日文化センター。2007年8月23日、コルカタのソルトレイクシティで、当時の安倍首相とバッタチャルジー西ベンガル州首相らが出席して落成式を行う

〝インドは故郷〟年五ヵ月の滞在も

——大学ではインド思想を学ばれた。

我妻　私は東大の印哲〔印度哲学〕ですが、文学も好きなので、最初はドイツ文学をやりました。結核で体が悪かったので、やりたいことをやろうと考

えて、ドイツ文学と印哲、二つの大学院を出たんです。タゴールは文学者ですが哲学的で、自分もそういうのが一番合っていると現在も思っています。

――タゴール全集は原語から訳されていますが、ベンガル語を学ぼうと思われたのは？

我妻　初めのうちは和訳と英訳でタゴールの作品を読んでいたのですが、ある時ドイツ・フランス文学の片山敏彦先生と仏教学の渡辺照宏先生、印哲の指導教官だった中村元先生の三人に「詩は原語で読まなくてはならない、日本語や英語だけで感激していてはいけない」と言われたんです。それから当時タゴール自身が作品を朗読したレコードが一枚だけあったのですが、聴いてみたら韻律が素晴らしいので、ベンガル語をやろうと思った。それで渡辺照宏先生に手ほどきをしてもらったのが発端ですね。今はベンガル語の他にも十くらいインドの言葉を話します。そうじゃないとインドを旅行できないので。

――インドにはよく行かれるのですか。

我妻　体を悪くする以前は一年のうち約五ヵ月はタゴール国際大学のあるシャンティニケトンに帰っていました。正月もほとんど向こうで迎えて、誕生日には毎年インドの子供たちが三百五十人くらい集まってお祝いをしてくれるんです。第二の故郷、いや第一の故郷かもしれない。

――以前、タゴール国際大学でも教鞭をとられたそうですが、そこではどのような教育が行われているのですか。

我妻　まずタゴールの学校では大学院まで自然の中で教育します。タゴールは第一義的には詩人ですが、教育者でもあり、戯曲や小説、自然科学や宇宙論についてもたくさん書いていて、絵は約五千枚、音楽も千五百曲くらい作詞作曲をしています。現代のルネサンス人ですね。ですから教育も芸術と学問を両立させるような全人教育で学生は高校まで全員踊りや音楽も学ぶんです。

――タゴールは宗教的にはどのような立場にあったのですか。

我妻　タゴール自身はヒンドゥー教の改革派でしたが、彼はどこかの信仰に属することはいいけれども、排他的であることを嫌いました。タゴール国際大学の中にはガラスの祈り堂があって、そこではヒンドゥー教徒もキリスト教徒もイスラム教徒も仏教徒もみんなでお祈りをします。

タゴールの思想を評価する人は国家や宗教、思想、人種を問わず世界中にたくさんいて、様々な国にタゴール協会があります。韓国のタゴール協会の会長は印日文化センターに寄付をしてくれました。そういうふうにタゴールを通してつながることができるんですね。

六十年前、物質文明に警鐘
時代がタゴールに追いつく?

——タゴールのどのようなところに最も惹かれますか。

我妻　タゴールは自然のあらゆる存在に価値を認めていました。仏教ではよく生物を哀れむといいますが、タゴールの場合は鉱物などの無生物も共生するという考え方なんです。彼の中には何か普遍的なヒューマニズムのようなものがあるのですが、それは排他的な人間中心主義ではなく、生きとし生けるもの、さらには死にとし死ねるものまで含まれたようなヒューマニズムだと思われるんです。世界は生物、無生物すべてで成り立っているので、自分の中にそういうものが何もかもあると考えていた。ある意味で生の神秘主義といえるのかもしれませんが。

——今の時代にタゴールの思想はどのような意味を持つでしょうか。

我妻　彼は文明批判のようなものも書いていて、物質文明はこのままいけば世界を滅亡の方向へ導く、科学技術によって自然と生命は危機に陥るのではないか、ということに警鐘を鳴らし続けていました。今から六十年も前に非常に予言的なメッセージを持っていたんですね。環境問題をはじめ現代が行き詰まっている様々な問題を考えるとき、彼の思想は古いとか、進歩の概念から外れたものだというのは当たっていない。そういう思想が必要な時代に差し掛かっているのではないでしょうか。

――先生の今後の目標は。

我妻　第一にはタゴールの作品を読むこと、第二にはタゴールを紹介することですが、やはり今は印日文化センターが実質化して、両国の文化交流が行われるようになることが何よりの願いなんです。私は本当に心から平和を望んでいるので、それぞれの国に伝統的な文化がある中で、自国の文化に誇りを持ち、相手の文化も尊重するという方向で平和を探っていくことが大切だと思っています。

ただ、私は一生懸命にやるけれども、体の都合でインドでの活動はあまりできないかもしれない。けれども、最初の二つのことはできると思うんです。今まではインドに目も心も体も向いていて、あちらでの仕事をより多くやっていたので、タゴールを日本に紹介するのにまだ全力を尽くしたとは言えない。ですから、今は日本でできること、何か役に立つことをやっていきたいと思っています。

（二〇〇四年二月二十八日付『中外日報』）

私自身のこと

（原文＝ベンガル語／渡辺一弘訳）

ずいぶん幼かった頃、英語から訳された『ギーターンジャリ』（ギタンジョリ）『郵便局』『幼な子』『紅い夾竹桃（きょうちくとう）』などを読んでタゴールの文学に惹かれ、だんだんと英語でその作品にふれるようになっていった。タゴールの生誕百年に際し、アポロン社から全七巻のタゴール著作集が出版された。私はその著作集のためにタゴールの「人格論」を翻訳したのだが、ベンガル語で書かれたタゴール文学の精髄を味わうためにベンガル語をぜひ勉強したいという強い思いに駆られるようになった。だが残念なことに当時の日本では、ベンガル語を教えている大学はひとつもなかった。そのため、東パキスタン〔現バングラデシュ〕から来て東京に住んでいた留学生たちから教わり始めた。留学生たちを通じてダカ大学のショヒドゥッラ教授、アブドゥル・ハイ教授、ムニル・チョウドゥリ教授といった人たちを知る機会を得て、手紙のやり取りを通じてベンガル語の分かりにくい点について尋ねたりすることができた。ダカ大学から発行されていたベンガル語と文学についての雑誌『ショプタホ』を日本語に訳したりした。ムニル・チョウドゥリ教授がアメリカへの途次と帰途日本に立ち寄ったときには、皆で歓迎会や文学の集いを開いたこともある。

一方、インドで出ていたベンガル語の辞書『チョロンティカ』に付録として載っていたベンガル語の文法をまとめたものを翻訳した。ビッショバロティ大学から出版された「タゴール全集」がほしくてたまらなかったが、当時の日本の経済状態では入手困難だった。さんざん苦労して二年半かかってやっと手に入れたときの喜びは、言葉に言い表せないほどだった。

その頃、日本には渡辺照宏さんという有名な仏教学者がいた。渡辺さんはサンスクリット語、パーリ語、プラークリット語、チベット語、古代中国語、ギリシャ語、ラテン語、ロシア語、英語、フランス語、ドイツ語、イタリア語など数々の言語に通じていた。大乗仏教や上座部仏教、とりわけインド哲学の比較研究のためには、こうした言語の知識が不可欠なのだ。そして日本でベンガル語をよく知っていた唯一の人物が、この渡辺さんだった。タゴール生誕百年の記念の年に渡辺さんは日本で初めて、ギタンジョリをベンガル語から直接翻訳し、出版された。この業績はこの国におけるタゴール研究の大きな一歩であったと言える。その渡辺さんからもベンガル語を指導していただくことができた。その後私はタゴールの『自分自身のこと』『チョンダリカ』『ノティル・プジャ』[1]『瀑布』などを取り上げて論文を書いたりした。

そんなある日突然、インド学者として世界的に有名な中村元教授を通じて、ビッショバロティ大学で日本語を教えないかという話が来た。私はもともと東京大学出身で、東大でふたつの専攻で修士号を取得した。ひとつはドイツ語・文学である。日本では修士号を取るには論文を書くことになっている。ドイツ語・文学で修論のテーマとしたのがヘルマン・ヘッセの『シッダルタ』だった。もうひとつの修士号はインド哲学で取った。インド哲学を学ぶにはサンスクリット語、パーリ語それに古代中国語ができなければならない。

こうした勉強のかたわら、私は自分でタゴール文学研究にも熱心に取り組んだ。大学院を終えて横浜国立大学でドイツ語教師の職を得、五年ほどたった頃にビッショバロティ大学の話があったのである。当時大学でドイツ語を教えていたことから、インドよりもドイツ行きのほうが私にとって容易な選択と言えた。インドでの滞在が長引けば、職を失うおそれが大いにあった。特にその頃には家族を養うという新たな責任も生じていた。さんざん悩んだ末、一年だけビッショバロティ大学に行って日本語を教えることにした。

日本にいる間はタゴール研究に必要な本や文献を手に入れることは不可能に近かった。タゴール全集を読むうちにぶつかった難しい箇所などについて相談する相手もいなかった。だから何もかも打ち捨てて一九六七年、シャンティニケトンに馳せ参じたのは、ただひたすらタゴールに惹かれてのことだった。シャンティニケトンでは、タゴールについて何か疑問が生じたらすぐに専門家に助言を求めるようにした。そうした人たちも熱心に付き合ってくれ、私の抱えていた問題をすぐさま解いてみせてくれた。プロボドチョンドロ・シェン、ブドデブ・チョウドゥリ、ショメンドロナト・ボンドパッダエといった方たちの名を、今でも心からの感謝とともに思い出す。

またロビンドロ・ボボン（ビッショバロティ大学付属タゴール研究所）に収められているさまざまな版のタゴールの厖大な著作、タゴール研究に関する無数の本や印刷物、それに各国語によるタゴール著作集などを目にして圧倒された。ロビンドロ・ボボンではプリンビハリ・シェン博士、ショボンラル・ゴンゴパッダエ、カナイ・シャモント、チットロンジョン・デブ、シュベンドゥシェコル・ムコパッダエといった人たちがタゴール研究にいそしんでいた。日本にいたのでは、これほどの研究が行われていることなど思いもよらなかったろう。そのため、一年だけと考えていた私のインド滞在は結局三年半に及んだ。シャンティニケトンの静謐で開放的な雰囲気を私は心から楽しんだ。

私がシャンティニケトンに来てから一年の後、妻がふたりの娘をつれてやって来た。長女は四歳で、次女はまだ生後六か月だった。長女はビッショバロティ大学付属の幼稚園であるアノンド・パトシャラに入園した。妻は毎日自転車に娘を乗せ、幼稚園へ送っていった。その姿はシャンティニケトンで暮らす人たちの目に今でも焼き付いているという。幼稚園の先生たちは娘をとても可愛がってくださった。プトゥル先生、クンティ先生、プリティ先生、それにモンジュ先生たちは何とか娘の口を開かせようと、「ほら、ちょっと笑ってごらん！」と娘を笑顔にさせようと努めてくださった。しかし娘はずっと難しい顔をしたまま笑おうとしなかった。幼稚園の他の子どもたちも娘にやさしく接してくれたが、それでも娘は硬い表情のままだった。幼稚園ではタゴールの書いたベンガル語教本であるショホジュ・パト（やさしいベンガル語）を声に出して読んだり、タゴール自身が創作したロビンドロ・ションギット（タゴール・ソング）やローマ字を習ったりの授業が行われていた。しかしそういったことに果たして娘が興味を感じているのか、分からなかった。妻は東京大学からインド哲学で修士号を得ている。修論のテーマはタゴールの詩集『ボラカ』だった。そのために妻はシャンティニケトンに来るしばらく前からベンガル語の読み書きができた。それで幼稚園では妻も教室に入って娘の横に座り、先生たちのお話を日本語に訳して聞かせた。しかし娘の態度は変わらなかった。それを見て私と妻は深刻な気持ちになった。娘はシャンティニケトンの、インドの環境に適応できないのかと考えたりした。

　しかし二～三か月たった頃から時々娘の顔がほころぶようになった。娘が笑うと他の子どもたちは手を叩いて喜んだ。そして三か月が過ぎた頃、娘の表情がやわらぎ、同時に流暢にベンガル語で話し始めた。それを見て周りにいた人たちは、みな驚かないではいられなかった。まるでそれまで隠れていた能力がいっぺんに目覚めたようだった。娘は母親と毎日、昼になるとクンティ先生の部屋に昼寝をしに行った。そしていつもニコニコしていた。また週に五日は、現在は音楽学部の教授を務めておられるモンジュ先生の家に行ってロビンドロ・ションギットを習った。そしてクラスの友だちとままごとや人形遊びなどをして一緒に遊ぶようになった。シャンティニケトンにやってきてわずか六か月の間に、娘のベンガル語は驚くほど上達した。

あるとき娘が友だちと諍いをする声が聞こえてきた。「エイ、エロコム　コタ　ボルベナ　キントゥ（そんなこと言っちゃいけないんだからね！）」。私自身は長い間ベンガル語を勉強していたが、この「キントゥ」の使い方についてはもうひとつ分からないところがあった。しかしその日、娘のおかげで突然に理解できた。そのことが嬉しかった。[2] それからまた何日かたって、幼稚園から遠足に出かけたことがあった。バスの中で子どもたちが娘に歌を歌うように言った。すると娘は「シュル・ドルテ・デ（ちょっと待って、メロディー確かめてからね）」と答えた。ほんの少し前までベンガル語を全くしゃべることができなかった娘が、その言葉を滑らかに使うのを聴いて皆が驚いた。

日本からお客さんが来ると、その五歳の娘が人力車夫との交渉の通訳役を務めた。娘はもともと引っ込み思案な性格だったが、シャンティニケトンの人々に可愛がられ、皆の前でのびのびと歌や踊りを披露するようになった。

一年後のある日、娘はコルカタにあるベンガル仏教協会で開かれた歌唱コンクールに出場し、千人ほどの聴衆の前で有名なロビンドロ・ションギットのひとつ、「ひとりで歩め」を披露して同世代の子どもたちの中で一等に選ばれた。そのとき褒美としてもらった本は、今も我が家に大切にしまってある。

シャンティニケトンに滞在中、我が家では普通のベンガル人家庭と同じく、ベンガル料理を手を使って食べていた。家族みながベンガル料理が大好きだった。誰かの家に招かれて、それまで知らなかった料理を口にすると、えも言われぬ喜びを感じた。夏の時期には私たちは毎日、みじん切りにしたタマネギと胡瓜を油でムリ（ポン菓子状にしたお米）と和えたものを食べた。そのおいしさは今でも忘れられない。妻はシャンティニケトンにいる間に多くの人からたくさんのベンガル料理のレシピを教わった。だから日本の我が家にベンガル人のお客があると、妻はタマリンドの実を煮込んだもの、汁気多めの肉や魚のカレー、ダル豆の煮込み、トマトのチャツネなど、ベンガル料理を作ってもてなす。家の子どもたちはベンガル人のお客があるととても喜ぶが、その大きな理由はベンガル料理が食べられるからだ。

ビッショバロティ大学では時折日本語科が中心となって、文化的な催しが開かれていた。そんな行事のひとつの思い出をここに記しておきたい。あるときシャンティニケトンの劇場で、「日本歌曲の夕べ」と題した催しが開かれた。タゴールは一九二九年の訪日の際、日本の人たちからいくつかの伝統的な物品を贈られている。このときタゴールは革命家のラシュビハリ・ボシュ[3]と相談し、ラシュビハリの妻の母方の従妹にあたる星眞機子[4]を、インド哲学の研究生と生け花教授として招請することを決めた。星は渡印に際して、タゴールへの贈り物として、日本文化の伝統的な品々を多数持参した。生け花や茶道で使う道具もその中にあった。それらの品は星の渡印から四十年の後、私たちがシャンティニケトンに滞在していたときも大学の美術学部に保存されていた。残された品の中には、茶道で使われる木炭まであった。私たちはそれらの品々の中から琴を見つけた。長い年月を経て絃はすっかり傷んでしまっていた。妻は琴が弾ける。そこで日本から新しい絃を取り寄せ、自分で張り直した。「日本歌曲の夕べ」ではその琴の演奏が披露された。タゴールゆかりの貴重な琴を弾きながら、妻は恍惚となってしまった。この催しではさらに、長谷川さん[5]という七十歳近い方が踊りに合わせて千年も前の日本の詩を朗誦された。私たちはその頃アンドリュース・ポッリに住んでいて、妻は近所に住む大学教授たちの女の子三人に日本の詩を教えていた。この日の催しではその三人の女の子が習い覚えた日本語の歌を歌って喝采を浴びた。

その翌年、私は大好きなベンガル語の国、タゴールのシャンティニケトンを去って帰国することを余儀なくされた。シャンティニケトンから離れるとき、心がどんなに痛んだか、言葉では言い尽くせない。当初の一年の滞在の予定が延びて三年半に及んでしまったために、横浜国立大学での職は失われてしまっていた。そのため帰国後は、家庭を支えるために並々ならぬ苦労をしなければならなかった。しかし、後悔したことは一度もなかった。

それから長い年月がたった。だが今でも、私や妻の目には、ベンガルの村の道や川の風景がはっきりと焼き付いている。ベンガルの地が私たちを呼んでいるように思える。今も仕事という名目でシャンティニケトンを訪れることはあるのだが、本当の目的はベンガルの大地に触れ、ベンガルの人々と会うことだ。このベンガルと私を結び付けてくれる唯一のもの、それはタゴールだ。タゴールに心からの感謝と敬意を捧げたい。

帰国して以来、私にとって一番大事な仕事は日本でタゴールを紹介し、タゴールについての研究をし、タゴールを軸として始まった日印の文化交流をさらに深め、そしてその交流の歴史を研究することであった。シャンティニケトンで過ごした日々のことは決して忘れられない。だから今でも時間があればシャンティニケトンに「帰って」行く。

（二〇〇四年『日本とタゴール——百年の交流』所収）

（1）『チョンダリカ』『ノティル・プジャ』ともにタゴールが創作した歌舞劇。『ノティル・プジャ』は後にタゴール自身が映画化した。

（2）「キントゥ」は通常日本語の「しかし」という逆接の意味で用いられるが、「言っておくけど」というようなニュアンスで使われることもある。

（3）インドで独立運動を行っていたが、イギリスの官憲に追われ、一九一四年日本に亡命。新宿中村屋の相馬夫妻の長女・俊子と結婚し、「中村屋のボース」の名で知られる。

（4）橋本眞機子とも。新宿中村屋の相馬夫妻の姪。一九三〇年、シャンティニケトンに到着。著書に『印度襍記』がある。

（5）写真家・長谷川傅次郎か。長谷川傅次郎は一九二五年、ビッショバロティ大学に留学し、インド美術を学んだ。ヒマラヤを写した写真集で知られる。

求む、ベンガル語の本の盗人

（原文＝ベンガル語／渡辺一弘訳）

一九六七年から七一年まで、ビッショバロティ大学の日本語教授として、シャンティニケトンで過ごした。小学部の子どもたちと並んで樹の下に座ってベンガル語の授業を受けたりしていたのだが、大学の研究・出版部の倉庫に保管されていた、大学関係の貴重な出版物を蒐集したのもこの時期だった。また滞在中は二百以上の村を訪ねて、住民たちと言葉を交わした。そんなことをするうちに、西ベンガルの地が私と一体になったような気持ちになっていった。

当時のシャンティニケトンには良い本屋がなかった。ロビンドロ・ボボンに行けば、ビッショバロティ大学が発行した本が、少し手に入るぐらいだった。だから、コルカタに出るたび、コルカタ大学近辺の本屋街を歩くのが習慣になった。年代物で入手困難なベンガル語の本を探して回った。その、カレッジストリートの本屋街を歩くたび、東京の古書街や、自分の学生時代のことが心に浮かんだものだった。

日本の二階建ての自宅は、一万冊を超すベンガル語の本で溢れかえっていて、妻とふたり、暮らす場所を苦労する有様だ。だが、それでもまだ本がほしい。今では日本にいても、極めて必要性の高いベンガル語の本を手に入れることができたりする。かつてのように、三年間もただ手をこまねいて待つ必要はない。

コルカタで毎年行われているブックフェアには、これまで行く機会がなかった。ブックフェアが開催される時期が、勤め先の大学の一番忙しいときと重なるからだ。先日コルカタ・ブックフェアの主催者から手紙をもらい、二〇〇七年のフェアの招請国が日本と決まったとのことだった。

ベンガル語の本への思い入れから、日本ではつねに著名な出版社や作家たちを訪ねては、コルカタの出版文化に関わる人たちとの交流を勧めて回っている。

西ベンガルには大小無数の出版社が存在していて、極小の出版社から著名な作品が出されていたりするのをこれまで見てきた。多くの人が自費を投じて同人誌や詩集を出版しているのは驚くべきことだ。だが一方で、印刷や編集技術では、ベンガルの出版社はまだ、プロの名にふさわしいレベルに達していないと感じることがよくある。日本の出版社との交流から得ることは多いのではないかと思う。逆にベンガル語の本のカラフルなカバーや、規定にとらわれない自由なサイズの出版物は、日本の出版社の目には面白いものと映るのではないだろうか。

二十世紀初頭、タゴール、天心、オボニンドロナト、ゴゴネンドロナトら[1]の尽力により、日本とインドの芸術分野での交流が実現した。とりわけ両国の絵画の歴史で、その交流が生みだしたものは特筆に値する。そのようなことが出版の分野でも行われれば、多くの成果があるだろうと思っている。

そうしたことから、二〇〇七年のコルカタ・ブックフェアには大いに期待している。大小さまざまな出版社のブースが立ち並び、何十万という人が訪れ、作家と出版社と読者が分け隔てなく交流する――そんな光景は、ひとりの日本人である私を強く惹きつける。

私の家族では、私自身と妻以外、ベンガル語や文学を学ぼうとする者は今後現れそうにない。だが私は今も、ベンガル語の新しい本が気になって仕方がない。そんなふうだから、ベンガル語の本の山は膨れ上がって、今や家中に溢れんばかりになっている。

我が家では、たとえ長期の外国旅行に出るときでも、玄関に鍵をかけるようにはなっていない。私の留守中に泥棒にやってきてほしい。本を読んでほしい。そしてベンガル語の本を気に入って、盗んでいってほしい。それが私の願いだ。

（コルカタ・テレビの広報誌『コルカタ・ライブ』二〇〇六年ブックフェア特別号掲載）

（1） Abanindranath Tagore（一八七一～一九五一）とGaganendranath Tagore（一八六七～一九三八）は兄弟で、ともに画家として活躍した。タゴールの甥にあたる。

来世ではベンガル人に生まれたい

（原文＝ベンガル語／渡辺一弘訳）

悲惨な第二次世界大戦がようやく終結した。しかし日本は壊滅状態にあった。その頃ひとりの少年が寝たきりの生活を送っていた。長い間の栄養不足が原因で、結核にかかってしまったのだった。ある日少年のもとに、日本語に訳されたタゴールの作品が届いた。それが始まりだった。すっかり魅せられ、もとのベンガル語でタゴールを読みたいと思うようになった。それがきっかけで我妻和男は生まれ変わった。昔少年だったその人は、今や日本のベンガル語の大専門家として誰からも尊敬されている。ベンガルそしてベンガル人にとってはかけがえのない身内だ。今回の対話では、ベンガル文化との長くて深い関わりについて、多様で詳細な話を聞くことができた。ニランジョン・ボンドパッダエが聞いた。〔現在、ニランジョン氏はタゴール国際大学スペシャル・オフィサー、研究出版部長〕

ニランジョン　タゴールの専門家、またはインド学者――どちらの肩書きが気に入っていますか？

我妻　私はタゴールの専門家などではありません。インド学者とも胸を張っていうことはできないと思っています。タゴールを自分なりに解釈し、詩人の時代の鏡に映し出して見、そして作品を通じてその人を知ることができた、それが私にとっての最大の喜びなのです。私にとっては、タゴールとインドは一体のものです。タゴールの作品を読むことでインドを知りたいと思うようになりました。日本とタゴールの関わりについて研究を始めて、もう五十年にもなります。もしその分野の専門家といっていただけるなら、喜んで受け入れたいと思います。ベンガルには多くのタゴール研究者がいらっしゃいます。私はその方たちに到底及ぶものではありません。

ニランジョン お生まれは一九三一年、東京ですね。その二年前にタゴールは最後の日本訪問をしています。そして先生が十歳になられた年、タゴールはこの世を去りました。先生の幼少、あるいは少年時代には日本でのタゴール研究熱も冷めていました。そのような時代にタゴールが大好きになったのですか?

我妻 そのとおりです。第二次世界大戦の頃でした。当時私は十四歳、東京の中学生でした。米軍の絨毯爆撃で東京は焼け野原になりました。三時間半の東京大空襲で十万人の人が命を落としたこともありました。その(一九四五年三月十日の)空襲では私の同級生や先生など百二十人も亡くなりました。どこに行っても死体が転がっていました。翌日になって私たち中学生は死体を片付ける仕事を始めました。食べるものは何もありませんでした。米も、塩も、野菜も、何もなかったのです。それで雑草まで口にしました。長い間の栄養失調で私は結核にかかってしまいました。病気は重く、一年ほど家で寝ているしかありませんでした。そんなとき、英語から邦訳されたタゴールの『郵便局』を手にしたのです。それがタゴールとの最初の出会いで、タゴールの作品に魅了されたのもそのときが初めてでした。『郵便局』がどうしてそんなに気に入ったのか、今考えると主人公オモルと自分が驚くほど似ていると思えたからでしょう。オモルも私も重い病を患っています。外の世界がオモルを呼び、私にも呼び掛けました。その呼び掛けは実際にはタゴールからの呼び掛けだったのだと思っています。

タゴールは一九一六年の初来日の前年、一九一五年に一度訪日の意思を明らかにしています。それをきっかけにタゴールの作品の日本語訳が始まったのです。『郵便局』が翻訳・出版されたのもそのときでした。築地小劇場で小山内薫演出による『郵便局』が上演されたのも一九一五年でした。

ニランジョン　子どもの頃好きになったものは年をとるにつれ忘れてしまうものですが、タゴール愛がその後もずっと続いたのはなぜでしょう?

我妻　続いたんですね。東京大学では学部でドイツ語とドイツ文学を勉強しましたが、大学院ではインド哲学を専攻しました。ドイツ語でも修士号を取っています。その当時仏教哲学を学んで大いに惹かれるところがありました。少年の頃からタゴールが大好きだったわけですが、私のインドへの思いをかきたてたのはゴウトム・ブッダ——お釈迦様だったと言えます。お釈迦様すなわち仏陀のインドが、私の前に限りない可能性を備えた存在として現れたのです。仏陀への興味を抱くきっかけとなったのは、ドイツ語でヘルマン・ヘッセの『シッダルタ』を読んだことでした。

ニランジョン 古来インドと日本の架け橋と言えば仏陀が始めた仏教でした。先生もその橋を渡ってインドに来られたわけですね。

我妻 そのとおりです。しかし一九六七年に初めてインドを訪れて意外な思いをしました。行く前には、インドには今も仏教の影響が色濃く残っているのだろうと考えていました。しかし行ってみてそれが全く誤りだと気づきました。大ショックでした。

ニランジョン どうして仏教にそんなに惹かれたのですか？

我妻 仏教の理論と人道主義です。仏像という形で表される仏陀の静謐で穏やかなお姿も魅力ですが、この際仏像はどうでも良いことです。それよりも仏陀の人間性です。その哲学に大いに考えさせられるところがあったのです。

ニランジョン 仏陀を好きになられたのとタゴールに惹かれたのは同じ理由かも知れませんね。広い人間性や理論の追求はタゴールにも十分に見出だせるからです。それについてどうお考えですか？

我妻 そのとおりだと思います。仏陀もタゴールも私が敬愛する人物です。

ニランジョン　仏陀とタゴールのうちどちらか一人を選ばなければならないとしたら？

我妻　タゴールですね。なぜなら、タゴールのなかには仏陀を見出だすことができるからです。しかしタゴールの歌や短・長編小説やエッセイを仏陀は持ち合わせていません。仏陀の教えには大いに触発されるところがあるものの、タゴールの文学に相当するものを仏陀に求めることはできません。

ニランジョン　二十世紀の初頭、あるいはタゴールの存命中には、日本から著名な芸術家たちが何人もコルカタ・ジョラシャンコのタゴール邸(1)やシャンティニケトンを訪れてタゴールの肖像画を描いています。そうした絵画に表れる芸術家たちの意識は、仏陀とタゴールを芸術的に複合されたものが多いようです。先生が理想とされる人間像もひょっとしてこのような人物なのでしょうか？

我妻　そのとおりです。仏陀とタゴールを合わせたような人格です。荒井寛方がまさにそのような絵を残しています。

ニランジョン　ベンガル語はどうして学ぼうと思われたのですか？

我妻　一九六一年のタゴール生誕百年祭は、日本でもかなり盛大に祝われました。それにちなんでタゴールの多くの作品が、フランス語や英語から日本語に翻訳されました。翻訳担当の中心となったのが片山敏彦さんという詩人で、英語とフランス語ができる方でした。その片山さんが、タゴールが自作の詩を朗読したものを聞けば、その文学がいかに優れたものか、その言葉のリズムがどれほど美しいものかという話を私にしてくださいました。そしてベンガル語の原文から訳してみないかと言ってくださったのです。それで、言語学者で仏教学者としても有名だった渡辺照宏先生のもとでベンガル語の勉強を始めました。著名なインド学者で、私の直接の師であった中村元先生が引き合わせてくださったのです。渡辺先生からは週に一度の割合で教えていただきました。先生にリンガフォンのレコードでタゴールの自作の詩朗読を聞かせていただいたことは、私にとって大きな励みになりました。

渡辺先生以外にも、当時の東パキスタン〔現バングラデシュ〕から日本に勉強に来ていた留学生たちからベンガル語を教わりました。その頃の日本では、ベンガル語の学習書などほとんど手に入りませんでした。ダカ大学から出ていたベンガル語読本を取り寄せて読み始めました。文法はチョロンティカの巻末に付いていた説明を読んで勉強しました。何か分からないことに出くわすと、ダカのアブドゥル・ハイ先生[2]やコルカタのシュニティ・クマル・チョットパッダエ先生[3]に手紙を書いて教えを乞いました。お二人から手紙でお返事をいただいて疑問を解くことができました。

渡辺先生と私は、ほぼ同時期にタゴール全集を注文しました。ビッショバロティ大学から出版された全集が到着するまでに、三年かかりました。それからの三十五年間で合わせて三度、タゴール全集を読了しました。

タゴールの熱い思い、多様性、リズム、社会についての考え方、歴史観……すべてが私を魅了してやみません。タゴールはインドそのものだという気がします。

ニランジョン　日本人は感情を表に出すことはあまりありません。ベンガル人の感情の豊かさをどう思われますか？

我妻　それが私の一番好きなものです。西ベンガルとバングラデシュのふたつのベンガルとの付き合いのなかで私にとって一番の収穫となったのが、この熱い心です。熱い感情を持っているからこそ、これほど豊かな文学が生まれたのだと思います。感情がなければ文学は成立しません。コルカタでは車のドライバーから事務職の人まで、あるいは役人から教師まで——誰もが詩を書きます。誰もが詩会で自分の詩を発表したいとうずうずしています。また物を書く人たちは、常に新しい本を出そうとしています。日本人からすると、これは驚くべきことです。日本人は内向的です。しかし一般の人々が俳句や短歌といった形式を使って感情を表現することもないわけではありません。ですからタゴールは俳句や短歌が好きでしたし、実際そのような詩を作ったりもしました。

ニランジョン　今のところ日本では、ベンガル語を学ぶ人はほとんどいませんね。

我妻　そうですね。大学でベンガル語科を設置しているところはありません〔二〇一二年、東京外国語大学にベンガル語学科が設置された」。いくつかの大学で細々と教えられているにすぎません。私は麗澤大学でベンガル語の授業を始めました。ですが学生があまり集まりません。インドについて勉強したいと思う人の多くは、インドの言語といえばヒンディー語だと思いこんでいるのです。日本ではベンガル語はバングラデシュの言葉だと思われています。インドの西ベンガル州でベンガル語が広く使われていることは、多くの人は知りません。

ニランジョン　バングラデシュとインドでは同じベンガル語でも多少の違いがありますが、どちらの言葉がお好きですか?

我妻　私が好きなのは、タゴールのベンガル語です。

ニランジョン　先生は横浜国立大学の教員でいらしたのに、その職を投げうって一九六七年にビッショバロティ大学にいらっしゃいました。今から考えると、道を間違えたなと思われることはありませんか?

我妻　それはありません。シャンティニケトンには三年いました。途中で妻と二人の娘も日本からやって来ました。上の娘は大学付属の幼稚園に入りました。妻が毎日、娘を幼稚園に連れていっていました。シャンティニケトンに滞在中に私はおよそ三百の村を訪ねて、人々と会いました。それは私のベンガル語上達に非常に役立ちました。私にビッショバロティ大学の日本語科に行くようにと勧めてくださったのは、東大時代の恩師だった中村元先生でした。シャンティニケトンで過ごした日々のことは今も忘れられません。あれから、シャンティ・ダ(4)、オミタ・ディ(5)、ムクル・デーといった方々がシャンティニケトンからいなくなってしまいました。

ニランジョン　奥様の絅子さんはいつも影のように先生に付き添っていらっしゃいますね。先生の研究や文化活動の一番大きな支えとなっていらっしゃるのが奥様です。お二人の固い絆もやはりタゴールによるものですか？

我妻　そのとおりです。学部の学生だった頃から互いを見知っていました。文学のいろいろな集りに一緒に出かけたりしていました。二人の共通のお気に入りがタゴールであり、ベンガル語であり、そしてインドでした。妻の並外れた献身と協力がなかったら、私は何ひとつやり遂げることができなかったと思います。この恩には一生かけても報いることはできないと思っています。妻と同じく、妹の我妻美奈子も私と苦楽をともにし、文化的な催しなどを行うにあたって私を大いに支えてくれました。

ニランジョン　先生も奥様もベンガル語が大変にお上手です。お二人はベンガル語がおできになる日本人というか、日本系ベンガル人というべきなのか……。

我妻　そう言っていただいてかまいません。近頃はうっかり日本人にもベンガル語で話しかけてしまったりすることがあります。相手のびっくりした顔を見て、ベンガル語でしゃべっていたことに気がついたりします。

ニランジョン　先生のタゴールと日本の関係についてのご研究は実証的で、貴重な情報や日記の内容などを私たちにもたらしていただきました。今後はどのようなご計画ですか？

我妻　日本の新聞に、タゴールについてこれまで散発的にいろいろ書いてきましたが、何かまとまった形でできるのではないかと思っています。タゴールの生存中、多くの一般の日本人がシャンティニケトンやコルカタのジョラシャンコにあるタゴール邸を訪れ、文化交流を行っています。そうした人たちすべてについて分かっているわけではありません。横山大観や菱田春草とタゴールの関わりについては分かっていますし、柔道の指導者だった高垣信造や佐野甚之助についても私たちはすでに知っています。しかし日本からはさらに多くの芸術家や研究者がタゴールのもとを訪れているのですが、そのような人すべてについては、まだ解明されていないことがあります。この点について日本で調査を進めていけば、きっとたくさんの貴重な情報が得られると思っています。私はこれまでそうしたかなりの情報や絵画を掘り起こして紹介することに努めてきましたが、やるべきことはまだまだたくさんあります。

ニランジョン　タゴールをどのように読むか、解釈するかは人によりさまざまですし、受け入れる理由も受け入れられない理由もそれぞれに異なるわけですが、先生の場合、タゴールに心酔することになった原因は何でしょうか？

我妻　タゴールの思想の奥深さ、人間を愛する広い心、理論を追究する姿勢、そういったものです。一生にわたってさまざまな苦しみの中にありながら、一人の人間として人生をそのまま受け入れ、世界の形や、内に溢れるものや、においや色を楽しんだのがタゴールという人でした。「最初の日にいただいたこの世界に、最後の日にもまた、赤子のように笑って両の手で触れることができますように」、また「空は太陽と星で満ち、世界には生命が溢れる。その中に我が場所を得ることができた驚きで、私の歌が生まれる」(6)——こうした詩句を一体何人の人が思いつくことができるでしょう？　複雑で分からないことだらけで方角を示す印もない人生を、これほど易しく自然に感じ取り、そしてその知覚によって私たちを触発してくれる——それがタゴールです。生を享受し、創造する気持ちを鼓舞してくれる存在です。

ニランジョン　現代の日本人にとって「インド」の象徴といえばマハトマ・ガンディーであったり、カレー料理であったり、あるいはアーユル・ヴェーダやロイヤル・ベンガル・タイガーやタージ・マハルだったりするのですが、タゴールは出てきません。それが現実です。それはお認めになりますか？

我妻　認めます。時代が変わったのです。他の国と同様、日本の若い世代にとっても歴史や自分たちの文化はそれほど魅力的なものとは感じられません。例えば岡倉天心〔覚三〕は日本の優れた美術批評家として、西ベンガルの知識人たちの間では広く知られているのですが、現代の日本の若者たちにはそれほど知られた存在ではありません。

ニランジョン　それは例えば、ラダビノド・パル[7]判事について、日本の人たちが知っているほどには、インド人である私たちが今も知らないということと同様でしょうか？

我妻　そのとおりです。第二次世界大戦後に行われた東京裁判〔極東国際軍事裁判〕で、裁判官の中で唯一のインド人だったラダビノド・パルはカルカッタ大学の副学長を務めた人でした。その歴史的な判決のためにパル判事は今でも日本でよく知られているのですが、コルカタまたは西ベンガルでその功績を知っている人は決して多くはありません。

ニランジョン　しかしタゴールの作品はかなりの数が日本語に翻訳されていて、その気になれば読んでみることはできるはずです。にもかかわらず、タゴールがそれほどポピュラーでないのはなぜなのでしょう？　何が問題なのですか？

我妻　確かに、一九一〇年代から現在まで、かなり多くのタゴールの文学作品が日本語に訳出されました。単行本の他に、全十二巻のタゴール著作集も〔第三文明社から〕出版されています。しかしながら、タゴール研究はもっと行われるべきです。ベンガル語ができる日本人は、以前とくらべてずっと増えています。私たちの頃には、ベンガル語を十分に知っているのは三、四人にすぎませんでした。それが今では三、四百人になっていると思います。そういった人たちに、タゴール文学を世に知らしめるために働いてもらわなければなりません。そしてその「世の中に知ってもらう」仕事は、時代と合った方法で行われる必要があります。例えば、自然とタゴールの強い結びつきは、日本人なら誰もが注目するところでしょう。ドキュメンタリー映像でタゴールの学園を見せることで、その文学作品に興味をいだいてもらえるようになることもあるでしょう。そうしたいろいろな方法が考えられると思います。

ニランジョン　ビッショバロティ大学の日本学院[8]とコルカタにある西ベンガル州バングラ・アカデミー[9]の印日文化センター[10]設立にあたっては、先生ご自身、それに先生の「日印タゴール協会」による積極的な働きかけと支援があったことは存じ上げています。このふたつの施設は両国の親善推進に役立つとお考えですか?

我妻　政治、外交、経済——こうしたものは両国の親善を促進することもありますが、損なうこともあります。ですが継続的な文化交流は、親善の関係を安定したものにすることができます。タゴールは日本のかつての過激な民族主義や好戦的な姿勢を嫌悪していました。しかし日本文化の優れた点は心から受容していました。ですから私たちも、日印の文化および教育面での交流が何よりも大事なのだと、繰り返し言い続けているのです。

タゴールが存命だった頃に、シャンティニケトンの学園を訪れた日本人たちはみな、それぞれの分野で第一級の専門家たちでした。しかし残念なことに、その後はその交流の質を維持することはかないませんでした。インドの人たちにとっては、日本文化の優れた点について知ることが肝要です。逆にインドの文化の素晴らしい事柄を日本人が知るようになることもまた大事です。文化というものはすべての基幹を成すものです。建物さえ作ればよいというものではありません。建物には魂を入れなければなりません。日本と西ベンガルの関係は、今後極めて重要な地点に到達することになるでしょう。それを目指しつつ、さまざまな夢を描いています。コルカタにできた西ベンガル州の印日文化センターを通じて、私たちの友情はさらに堅固なものになるでしょう。

ニランジョン ここ数年、体調が悪いにもかかわらず、何度もコルカタにいらっしゃっていますね。こちら〔コルカタ〕で何か疎外感のようなものを感じたことは今までにありましたか?

我妻 ありました。ある時期、こちらのかなり多くの人が、こいつ日本から何をしに来ているのかと思っていたようです。そのことで揶揄されたりもしました。でも私は、自分のすべきことを自分なりに進めてきました。今は多くの人に認められたと思っています。私の思いを形にするために、心を込めて助けてくださった方も少なくありません。コルカタにはロシア、ドイツ、アメリカ、イギリスなどの文化センターができているのに、コルカタと深い結びつきがあるにもかかわらず、日本の文化センターがないのはどうしてなのだろうかと苛立ちを覚えた時期もありました。しかし、西ベンガル州バングラ・アカデミーが、その欠けていたものを補ってくれました。バングラ・アカデミーは本来、ベンガル語学習の充実と普及を目指す機関なのに、私たちの要請で、リスクを冒しながらも印日文化センターを建設してくださったことに敬意を表します。私たちは西ベンガル州バングラ・アカデミーの事務局長に、センターができなかったら、私たちはハラキリしなければならない、などと冗談を言っていました。完成した今、事務局長は「このセンターの活動が今後継続的に行われなかったら、自分がハラキリをしなければならない」とおっしゃっています。こうしたやる気が私たちの一番望んでいるものです。私たちはもうそれほど長く生きられるわけではありません。若い人たちに出てきてもらわなければなりません。

ニランジョン　来世というものを信じていらっしゃいますか？

我妻　来世があると良いですね。またこの世に戻ってきたいと思っていますから。

ニランジョン　もし生まれ変われるとしたら、再び我妻和男となって生まれたいですか？　それともタゴールに？

我妻　いいえ。来世はベンガル人に生まれ変わりたいと思っています。今の人生では、ベンガルの土と一体になるのが望みです。タゴールになって生まれ変わるなんて、とてもとても。あの高みにまで到達できるのはただひとり、タゴールをおいては他にありません。

ニランジョン　今、何か心残りはありますか？

我妻　まず、日本でネタジ・スバースチャンドラ・ボース[11]を見ることはできたのに、タゴールを自分の目で見られなかったことです。

次に、日本で自分自身の後継者を育てられなかったことが心残りとなっています。

私自身には二人の息子と二人の娘がおり、孫も七人になりました。子どもと孫は、私たち夫婦にとっての宝物です。しかしタゴールやインドとは、子どもたちは何の関わりも持っていません。

それから、これまで多くの学生を教える機会があったのにもかかわらず、第二の我妻和男を見出すことはできませんでした。でも今でも希望は失ってはいません。日本のいろいろな土地に行き、そこで子どもたちと会うたびに、タゴールを読んでごらん、ベンガル語を学んでごらん、西ベンガルに行ってごらん、コルカタとシャンティニケトンを見てごらん、と呼びかけています。

私の肉体は日本にあってもかまいませんが、こころは常にインドにあるのです。

（『本の国（デーシュ誌特別号）』二〇〇七年十月〜十二月号）

（一九九八年『タゴールと日本について』所収。『日本とタゴール――百年の交流』〈二〇〇四〉にも収められている）

（1）コルカタにあるタゴールの生家。現在はロビンドロ・バロティ大学となっている。

（2）言語学者。元ダカ大学教授。一九一九〜一九六九

（3）言語学者。元コルカタ大学教授。著書に『ベンガル語の起源と発達』など。一八九〇〜一九七七

（4）シャンティデブ・ゴーシュ。タゴールソングの歌手。またビッショバロティ大学音楽学部の教授として多くの弟子を育てた。一九一〇〜一九九九

（5）オミタ・シェン。ノーベル経済学賞受賞者オモルト・シェン（アマルティア・セン）の母親。

シャンティニケトンにある我妻和男墓石

（6）ともにタゴールソングとしてよく知られた歌曲の一節。

（7）インドの法学者。戦後、日本での極東国際軍事裁判でインド代表の判事を務め、一人「日本無罪論」を主張したことにより有名となった。

（8）Nippon Bhavana

（9）ベンガル語の研究と普及を目指し活動する公的機関。バングラデシュにも同名の機関があり、協力して研究を行っている。

（10）コルカタのソルトレークにある。ベンガル語名はRabindra Okakura Bhavan

（11）一八九七年生まれのインド独立運動指導者。ベンガル語名の発音はシュバシュチョンドロ・ボシュ。ヒンディー語（ベンガル語）で「指導者」を意味する「ネーताージー」（ネタジ）の名で知られる。亡命先のドイツから日本に移り、インド国民軍を率いた。

〈付〉

デーミアン ―戦争と自然神秘主義―

嵐の吹きすさぶ第一次世界大戦（一九一四〜一九一八）という、既成の社会を震撼させ、その中に住む個人の存在を危うくさせた大事件が、Demian（一九一七年に数ヵ月で書かれ一九一九年に発表）を生む最大の原因となった。それと同時に家庭内の種々の危機、またそれらすべてと相連っている内面的諸問題がこのDemian創作の前に重なりあっていた。更に作品の中で、一個人の少年から青年への成長過程におけるKonfliktに託して、人間とは何か、またLebenとは何かを追求し、苦悩と危機から自己の新生を図ろうとした。そのような問題を踏まえて、中心のテーマは二つあり、一つは悪と戦争であり、他は自然と神と人間のかかわり合いにおける自然神秘主義である。

したがって、匿名まで使って新しく生れ出でようとしたこの作品はヘッセの精神発展史上の一岐点を示している。すなわち今までと同様に、個人を中心としながらも、より自覚的に自我の根源的発展を一典型と看做し、一方ではヨーロッパの既成社会の崩壊の予感をより意識的に表している。そこで、作品の底流に作者自身の成長期の精神的な雰囲気から第一次大戦までの時代の潮が流れている。

ヘッセは十九世紀末から二十世紀にかけての様々な文学の流れに特に積極的には加わらなかったが、時代の流れと時代の精神状況に対しては非常に敏感であった。

RenaissanceとReformation以来の人間の合理主義に基づくProtestant的正義が生命力を弱め、また、新たに擡頭して来た社会主義と資本主義の闘争による混乱があり、時代を決定的に支配する勢力はなかった。この世紀末には、頽廃と目的のなさ、魂の貧しさと精神的な荒廃が著しく、これが丁度、ヘッセ自身の成長期、青年期に当り、Demianの前半において、シンクレールが、敬虔主義的な環境にありながらも教育上の葛藤を巻き起すに至るのである。二十世紀に入っても、市民の安易さ、精神の平均化の時期が続くため、なおのこと、人生の深淵に対する魅力に引き入れられていくのである。

以上のことは、この時代についてよくいわれる、いわば標語的な言葉ではあるが、時代の様相を痛烈な批判をもって把握したニーチェをヘッセが青年時代に愛読し、一生の間強い影響を受け(『ガラス玉演戯』においてまで)、またDemianの中でもそう述べているのであるから、この標語的状況を自己の問題として捉えたといえよう。

このような時に、主題の一つである大戦争すなわち、第一次世界大戦が起るとすぐ発表した(一九一四年九月)呼掛と非難の文 O Freunde, nicht diese Töne!〔「お、友よ」〕を初めとして、戦争と平和のことが、ヘッセの生涯にわたる大問題となった。すなわち、戦争という悪が、世界観に大影響を及ぼし、平和への願いが、第一次、第二次世界大戦、更にその後の戦争の脅威の時代にまで、絶えることなく強まって来た。したがってDemianの中におけるこの問題を今日の情勢から逆にみて過大視しているのではない。というのは第二次大戦においては、特にドイツでは、戦前から、思想調査による圧迫や、イデオロギーの相違に対する弾圧が、組織的、徹底的に行われて、そのため戦争に対する反対にいろいろの思想の持主が加わったが、それに反して第一次大戦の時は、一般市民のみならず、文化人も戦争に対する罪悪感が少なく、第二次大戦中、政治的にまた強力に反戦運動をした人々も、第一次大戦全期間中、黙認し、愛国を一義とするため内面的反対もしなかった人が多かったからである。第一次大戦勃発前は、ヘッセ自身、それほど戦争の事を自己の問題として現実に考えなかった。芸術と生を考え生き、また、文化と精神の国になじんでいた。しかし大戦勃発後、他の人々と異なった道を歩み始めた。前述の「お、友よ」の二ヵ月後の発表は、次のような現実に対して非難し苦しんでいる。①罪なき無数の人々が生命を失う。また苦しむ。②戦前まで普遍的価値と呼称されて来たお互いの国の文化財、精神財に対する非難、ボイコット、禁止。③一般の人々ならいざしらず、今まで平和と人類の仕事に携って来たと自称し、専ら精神を強調して来た人々が、転身し裏切って戦争讃美に向かう。

それに対して、超国家的な精神、文化と人間性と平和という立場を強調するのである。政治家、軍人に対する反対のみでなく、文化人の人間性の冒瀆に対して非難を浴びせたがそれらの文化人からは非難され、ジャーナリズムからは絶縁状をつきつけられる。

結局、第一次大戦中、ヘッセがこれらに対して取った態度は、①上記のような警告と反省を促す文を発表、②ヨーロッパ各国の精神的な人々の超国家的団結、③非戦闘的、人道的奉仕活動、④自己の反省と自己の確立である。

第二の点については、Romain Rolland の l'union sacrée de l'esprit européen[1] という呼掛にこたえて一九一五年二月二十八日に ein neutraler Boden für Gedankenaustausch und Verständigungsmöglichkeiten zwischen den Geistigen der kriegenden Völker. と書き、また先の「お丶友よ」の中では、Dennoch ist die Überwindung des Kriegesnach wie vor unser edelstes Ziel und die letzte Konsequenz abendländisch-christlicher Gesittung[2] といっているように、キリスト教とヨーロッパに対して、批判が多くあるにもかかわらず、初期には、まだかなり望みをかけていた。

しかし戦争の推移と共に、同国人の中での孤立化が強くなり、一方少しも改まらないヨーロッパ全体での苛酷な外的な戦い、精神の分野での戦いのため、現実のヨーロッパに対する信頼を失い始めた。先に一九一一年、ヘッセは、それ以前からのアジアに対する憧れに駈られてインド紀行を行ったが、現実のアジアの状態に接して失望して、アジアを自己の中で内面化することのみに努めていた。しかしまた、一九一五年すでに Rolland 宛の手紙[3]で Ich hänge einer asiatischen Passivität an.と書いているように、まのあたりのヨーロッパの精神的没落と共に、ヘッセの内部では、アジアの復権が強くなって行った。これは、アジアを特に強調したというより、国の区別を排し、また、西洋、東洋の極端な区別をする狭い精神よりも、世界とか人類とかの意が一層強まって来た。アジアに対しては、当時、ヨーロッパ諸国は、領土的、経済的な関心しか持たないで、精神的な蔑視感が普通であっただけに、アジアに人間的な同等の権利を与えることは大きな意味を持つのである。更に普遍性への可能性と思想をアジアに負っているとまでいっている。丁度 Demian が書かれたころの Rolland 宛の手紙（一九一七年八月）に Ich glaube nicht an Europa, nur an die Menschheit, nur an das Reich der Seele auf Erden, an dem alle Völker Teil haben und dessen edelste Verkörperungen wir Asien verdanken.[4] と述べているのである。同じ一九一七年八月の「一大臣に[5]」という文では、何よりも生命尊重の倫理命題「汝殺すなかれ」の引用にはじまって、ゲーテ、イエス、老子、ベートーベンを読み、聞くことをすすめ、一方では国民の苦悩と死と悲惨の現状を訴えることによって、国家的利己主義よりも人間性に訴え、戦争終結を請うたのである。

このように次第に高まって来る普遍化の要請（ヘッセの内面での）は、単に国家の枠をはずすのみでなく、その普遍化のもとである人間一人一人に思いを致すようになる。その背景には一身上の困難な問題も山積していた。すなわち、デーミアンの前半に出て来るような新教敬虔派の厳しくまたそのためヘッセと長年の間確執を来していた失明した父の死がDemianの前年一九一六年に起り、同年には、子供のMartinの重病、更に妻の精神病が悪化の一途を辿り、結婚の破綻に脅かされ、一方、捕虜収容所の慰問と奉仕の過労による自分自身のノイローゼと重なった苦難を、実生活の上からも、是非とも根本からの立て直しに迫られていた。

また作品の面でも、大戦中Knulpにおいて根源性追求の芽生えがあり、孤独で放浪する生の一可能性の試みであるが、この内外の困難な時期の課題に全面的に答えたものではなかった。

× × ×

Demianの扉の頁にあるIch wollte ja nichts als das zu leben versuchen, was von selber aus mir heraus wollte. の言葉は前述のことを踏まえて、自分自身という個人を主として素材としているが、その意図するところは、当時の文化、宗教、思想各方面の運動に対する反省および否定によって、また大戦中の、分割し、区別し、闘争する国家、社会、共同体に対する批判に基づいて、逆に個人に還って、個人を媒体として、人間の原型を求めようとし、そのためかえって最小の人間という単位から人類そのものという広さへと拡げようとする試みであった。出発点を個人に凝縮したのも、一つには戦前に高い理想を掲げて来た人々の戦争讃美への変節は、結局のところ観念だけの広い人類といっていたに過ぎないと判ったことと、また一つには戦中の指導者たちも人類のため平和のための戦争と唱っていることとから、人類という言葉に、意識的、無意識的に附随している利己的観念性を除こうとしたからである。しかし飽くまで人間性の追求が中心である。したがってDemianの前のGertrud, Roßhaldeが芸術家という特殊性を通しての内面描写であったのに反して、ここでは特に芸術家ではなく根源的な問題に悩み成長していく個人に還元したヒューマニズムなのである。これは、後にSpäte Prosaで述べているAnthropologie(6)の言葉に連なって来る。すなわち意図としては、自然と神との関係において、個人であって、しかも共通のあるものに意味を与えようとするのであるが、それが甚だ困難なのである。

したがって先に述べたように、作品Demianの中でも戦争のことが繰り返し直接述べられているが、その前文において man schließt denn auch die Menschen, deren jeder ein kostbarer, einmaliger Versuch der Natur ist, zu Mengen tot.(7) とあるように生の一回性の強調による緊張感によって戦争忌避を主張しているだけでなく、それを契機として、この非合理的なものによって挫折する生命の意味を問う、更に人間存在の意義を問うという発想に至るのである。

何といっても西洋を二千年もの間支えて来たキリスト教に対して再検討し始めたのが、自我探究のもう一つの機縁であった。すなわち元来、愛と福音をとくキリスト教社会のヨーロッパ諸国家が、海外進出と相互侵犯を繰り返し、したがって祈りつつ戦うという矛盾に陥ってしまった。特にヘッセの身辺と関係の深い新教（中でも敬虔派）が旧教よりも自主といいつつ、道徳的に縛り易くしたり、小さな人間をつくり、したがって偽善者のようになり、しかも他を許せず、自己の内部のマイナスに目をつぶり勝ちになる。専ら知性的に生きるために、生命の自由とPathosを失って行く傾向が強くなって来た。Hugo Ballがいっているように(8)自己絶対化の厳格な放棄を行う精神分析医、カトリック教徒のDr. Langとの私的な結びつきの事はいうまでもなく、作中Pistorius(9)がいっているように、カトリック教徒にはどうにかなれるかもしれないが、新教の僧はだめだというような態度である。それが前半に描かれている状態である。もちろん言葉ではそうであっても新教的な考えが強く流れている。したがってキリスト教、あるいは、イエスの本質を批判したというよりも（もちろん、ヘッセはそれらを実体としてすべて認めているのではなく、魂の一可能性として認めたのだが）、当時のキリスト教の状態を批判したといえよう。

このようにして、第七章、第八章で強調されるヨーロッパの没落の前兆のような中で、絶対的な指導原理が見当らず、また作者にとって相対立するものが、相対的な弱さしか認められなくなり、結局、自己を通して普遍的なものを探究しようとした。それまでも、既成の普遍的といわれるものがあったが、それではなく、はだかで、根源的なものを求めようとした。したがって世界を一つに見ようとしたのは、単なるコスモポリタニズムではなく、また一定の政治思想をもったインターナショナリズムでもない。

無記名な自然から与えられた赤裸々な生全体の真実から始まっている。そこで人間とは何かの問題に帰着する。すでにDemianのはしがきの中で、人間とは、人間になるための自然の一投であるといい、第六章ではIch war ein Wurf der Natur, ein Wurf ins Ungewisse, vielleicht zu Neuem, vielleicht zu Nichts.[10] このことは、人間の誕生だけではなく、生の各段階を通してのことをいっている。既成の人間観があまりに無理に意味付けし、人間がその観念のために逆に奉仕し縛られ、ゆがめられてしまった状態を解放すべく、「人間は観念的、理想的、虚構的ではない[11]」として一応意味付けを無色とする。

もう一つの特徴は、人間性は一回性であることを強調する。Jenseitsを実体的には認めない[12]（彼岸は一つの心的状態である）。すべて此岸に生き、此岸において考える。すなわち主体がそのまま生まれ変わるということは勿論、神の国という意味での死後の世界を認めない。人間は自然から生命として生まれ自然に還る。その一投された生命、すなわち人間自体も自然なのである。自然の一回性のこの人間から、附与された既成の宗教的倫理性や、史的進歩の概念を一応とり去ってしまって、はっきりと目標のない不確実なものに向かっての一投にすぎぬとすれば、ここにニヒリズムへの危機がある。ヘッセ自身これを自覚していて、一回性の人間でありながら、それ以上の何かの意味(永遠の実体としての意味ではない)を見出そうとし、er ist auch der einmalige, ganz besondere, in jedem Fall wichtige und merkwürdige Punkt, wo die Erscheinungen der Welt sich kreuzen[13]と述べている如く、人間は自然という共通の素材をもととしていながら、同じく自然より生まれた諸現象の因果関係の特異点としてそれに忠実に生きることに生存の意義を与えようとしているのである。

しかし、それには、その自然とは、世界とはの問題に帰着するが、第一に世界全体が回帰するという考え(後述するが)があるため、また第二に、自然に内在する悪の問題があるため、ヘッセ自ら虚無の思想に陥る危険を予感しているし、その点において作品の最後まで理論的には解決していないように思われる。

Demianの前半において、現実世界は、善と悪、明るい世界と暗い世界の二つ世界から成り立っているといい、すなわち自然の内部にプラスとマイナスの二元があるものとし、外的世界は、この二面の交錯のあらわれである。また、人間もその自然の、一投であるのだから、内部に神性と悪魔性の二元を宿しているとする(実際には、禁じられたマイナスの方へ生の充足感を感じやすい少年期ということで、悪の面が強いという印象を与えるが)。

Demian以外の作品の場合、宇宙と人間を神と自然との対立関係または調和関係として捉えている。すなわち、神・内部の神性・精神・父・善に対して、自然・感覚・官能・母が対立する観念として働いているとみるが（シッダルタ・ナルチスとゴルトムント・ガラス玉演戯）、デーミアンにおいても、上に述べたように、善悪の両極、すなわち一つの世界は神性・善・秩序に対して、他の世界は、悪・性・本能・罪・堕落が相対しているが、ただこの場合は、自然を二元をうむもととみている。すなわち自然とは二元をうみ、含み、また結ぶものである。生の根源であり、アプラクサス神でもあり、母（エヴァ夫人）でもある。したがって人間＝自然観からして、人間は根源的なものであると同時に、第一の世界でありまた第二の世界である。ここでの自然・世界・人間は、神と関係してくるが、その神は、何れの意味のときも超越的でなく地上性のものである。

一つの神は前述の第一の世界の神性である。これは実体として天にあって人間を支配するものでもなく、内にあって二者択一の絶対性を迫るものでもなく、自然の中を流れる倫理性、精神性の面の象徴である。結局は人間の心の半面の象徴である。

他の神は、すなわちアプラクサス神の方は、より広い人間の生命の推進力たりうるものである。すなわち、前述の二元、göttlichなものとdämonischなものを結合する象徴的な使命をもっている。この神も宇宙外に永遠不滅なものとして働く神ではない。dämonisch性をそれ自体においては排している一般の純粋キリスト教の神からみて、アプラクサス神はgöttlichな半面があるにもかかわらずdämonischな面が強く、より此岸性の強い自然を表しているように思われる。Demian前半の様々の事件もその傾向を表している。また、墓場の二歩前で改心した話や、不染懐胎の話を一笑に附したのも、地上なる自己のうちの自然に忠実でなく、観念的であると評したのである。

このように人間は内なるアプラクサスに忠実であればよい。したがって自己に偽って第一の明るい世界に入り切りのものは偽善的になり、同じように自己に不忠実に第二の暗い世界に入り切りのものは偽悪的であるとする。一般の人々は、明るい世界と暗い世界との両者の中を適当に安易に動いているとする。これらの生き方はすべて安易であって内発的でないと批判している。根本は生命の自由な発展をその時、その時に求めればよい。

すなわち一方では、殺害や少女を犯すことは一応いけないが、禁制として縛ることはできない。禁制とは時間、空間の差によって一定でなく、非本質的で他から与えられたものであるから。他方では逆に料理屋での陶酔・乱酔が、自己の生命の自然からでたものでなければ俗人的といって貶している。背徳と清浄、放蕩と聖者の間を振幅していた神秘主義者バルトリハリに対して後に讃詩[14]を作っているのも、彼が、両極を観念的、機械的にではなく、新たな生活衝動として生きているからである。

Demianにおいて、この生の反覆運動が明確な方向を持っていつも力強く述べられているかは疑問である。もともと生命の流動性を求めていたのであるが、目的を立てることを否定すると、それは単なる運動となり、アプラクサス神の推進力も盲目的な生の衝動に過ぎなくなり、生のsinnlos観念が生まれる危険がいつも存する。作者の意図全体としては、内在的な悪を認め、既成の価値を壊し、創造的な生を築こうとするのであるが、一体それが具体的にはどんなものであるかは、最後までimageとして明確には出て来ない。自然の内発的なものを生きていけばそれでよいとする。これは、シンクレールの父の家が堅苦しいこと、彼の学校の教育が観念の強制であり、次第に成長して行く時の社会の基盤のないことに対するAntithese（アンチテーゼ）であって、つまり生活される思索だけが価値があるということである。このことは現実世界の中での単なる体験を意味するというのではなく、生命の内部の認識になって来る。

自然から与えられたこの自然の一部である生命が、アプラクサス神の支配する自然から遊離できないという思想に立って、逃避としてでなく、生命の自由を得たいということが中心なのである。自己の道標を固定的に考えないのであるから、現在を重視する。その時、その時の自己の中の自然の根源の流れを感知する。分析や理性による予断ではなく、自己の生全体から自然に来る予感が確信を得るにつれて、それが内的現実として認識され、ついで外的現実となる。単なる観念ではなく、生全体としての認識過程なのである。それを自己の運命とし、その運命を甘受する。ノバーリスの「運命と心とは一つの観念を表す名称である」[15]を引用しているごとく、運命は外的なものでなく、自然から与えられた人間を尊重しようとした。人間の中に、ともすれば前述のごとく統一的な意味を失いがちな二元を統一する力のあることを信じ、それがアプラクサス神の働きであり、それは内在するが超越的ではない。自らの先入観を捨てて、また、団体による附着した諸観念を離れて、自らの潜在意識を探り、更に根源にある全一的な生の声を聞こうとした。この倫理性を超えんとした生命との合一感が自然神秘主義である。この点においても社会批判を秘めていて、一般の人々が、日常生活において、また更に人生のそれぞれの重大な段階で、理性の持続的な判断によるか、感情をもととして判断するか、また様々の可能性の中の選択を、専ら、それらによるか、または社会的習慣によるかしていることに反撥して、シンクレールの成長過程の可能性の選択は自然神秘主義観に基づいている。したがってそれは任意性のあるものではなく、必然性だという。すなわち個人の発展の歴史は必然性の認識の歴史である。それは単なる人生論に基づくよりももっと根源的で、生に根ざした形而上学的色彩が濃い。Wenn der, der etwas notwendig braucht, dies ihm Notwendige findet, so ist es nicht der Zufall, der es ihm gibt, er selbst, sein eigenes Verlangen und Müssen führt ihn hin.[16] のごとくに内的現実を必然とみなし、偶然という逃げ場を認めない。

ここでいう自然神秘主義とは、自然と自己との一致感・合一感が第一で、第二に自己を動かす必然性の神秘的認識である。普通の神秘主義あるいは宗教神秘主義は、実体的な神の認識あるいは合一であり、不可知の限界を破って漸くにして可能であるとするのであるが、ここではそのような実体的なものを認めぬ。しかし自然との合一感について wir sehen die Grenzen zwischen uns und der Natur zittern und zerfließen.[17] また vielmehr ist es dieselbe unteilbare Gottheit, die in uns und die in der Natur tätig ist.[18] と述べている。この場合、自然といい、神といい今まで述べて来たようなものである。また自然の必然性についても機械的・自動的なプログラムにそったものではない。

結局、その根底では、宇宙と個人との内的同一性の原理をいっているのであって、世界の人々のうち一人から、世界破滅後も世界を再建できるとして alles Gebildete in der Natur liegt in uns vorgebildet, stammt aus der Seele, deren Wesen Ewigkeit ist.[19] という。

すべての人が、その一人一人、可能性として宇宙展開の創造性を持っているとする。その点において、ヘッセは、すべての人間に通ずるヒューマニズムを主張しているのである。これは人間の卑小化、個人に対する束縛を撥ねのけて、自我の拡大と自我の主張をしている。

この個と全との一致の関係において、すべての人がその展開を実現出来るわけではない。すなわちその普遍的可能性を認識し、意識的なものにすることができるとき可能である。そこで一回性の自然の一投である個人の価値を、この展開可能性の意識と先に述べた必然性の認識に俟っている。したがって可能性がありながらそれをし得ないのは、sogenannte Wirklichkeitのみにとらわれているからである。この生の内部の必然性の声を聞くためには自己に没入し沈潜しなければならない。それを外からみると、孤独で、異様な空間やエーテルが包んでいるようにみえる。これは動物的時間の超越である。すなわち自然神秘主義の中で、真に作為なく自然そのものとなることができる。この自分自身への道は、作為と既成のものに固着している他者からみると冷たく疎外されている。すなわち万人に可能でありながらそこには選ばれし者という考えがある。禁制と安易の世間に対する批判・区別に発してそれからの飛翔によって宇宙の意識と創造の実現を図る。その力は激しいが、非個人的な数千年来の調節器を持っている。人間という素材も自然であり、それを引きさらってゆく普遍的な大きな力も自然そのものであり、その調節器も自然である。この飛翔は勇気と認識にかかっている。ヘッセのいう孤独とは、人間は自然からでて来ているのに自然と一体になろうとしない世間と、自然と一体になって発展せんとする自己との乖離である。シンクレールのピストリウスからの離脱、クナウェルの依頼心からの逃避、デーミアンからの独立という過程は、自己認識の過程である。これらの背景となるのは、戦争による個の無意味化に対して個の存在価値を認めようとしたことである。神秘主義も東洋的無我の考えに発しているのではなく、強烈な自我の主張に裏付けられているのである。調節器は、内在するニヒリズムを超え、自然の生命というヒューマニズムに対して信頼を置こうとしたのであるが、この引きさらって行く力は前述のごとく必ずしも明確な倫理性を持っていない。創造の内容はプラスのみでないのである。母なるエヴァ夫人の統合性は自己認識の一応の目標の象徴であり、また分裂の融合の象徴であるのだが、畢竟それも自然であるのだから、全篇を通して見直すときは、自然の大変動が過激でマイナスの方向に動いていると見られる時、それを変えることはできない。

このようなニヒリズム的な面があるのはニーチェの影響ばかりでなく、現実のヨーロッパの状況によっている。

Demianの終り頃になっては専らヨーロッパ崩壊・没落の予感が現実となって来ることが書かれているが、ヘッセ自身前に述べたように自己の痛切な問題であって、大戦争中、スイスという国外にあって、痛烈に批判し、捕虜に対する奉仕という人道的仕事をするのに対して、シンクレールは、国内にあって内面的に悩み戦争に駆り出され、現実の場で死に到る。つまりより苦しむ場面に身を置いて戦争を内的現実の切実さの中で考えているのである。[20] 批判も全面的になっている。Pfeierが Sinclair-Demianが主観的に立派なそして市民的可能性の枠内で相対的に大胆な道を進むといっているように、社会科学的な分析を経て帝国主義とか資本主義とかを批判しているのではない。既成の神の国という思想にも、また社会主義的な進歩の思想にも賛意を表していない。

何よりも、ナショナリズム、帝国主義、団体・階級のエゴイズム、様々のイデオロギーなどよりも前述のヒューマニズムを第一に置いて批判したのである。

すなわち既成のすべては生命がなく、魂を失った。その充実のない不安から逃げ寄りあってごまかしの共同体・団体・組合を作って何とか既成社会を保とうとする。そしてヨーロッパの戦争・戦争手段・侵略意図について痛烈に非難して、Hundert und mehr Jahre lang hat Europa bloß noch studiert und Fabriken gebaut! Sie wissen genau, wieviel Gramm Pulver man braucht, um einen Menschen zu töten, aber sie wissen nicht, wie man zu Gott betet.[21] といっている。結局、ヨーロッパが、自らの内に存する不安・虚脱を清算するために代償的に他に向かって攻撃を行うような、表面的で、自らのないことを指している。上のことは第一次世界大戦を暗示していると思われる(しかしそれは写実的な意味ではない)。Demianの巻末の大戦争の前の状態のみをいっているのではなく、ここ百年以上の長い間のヨーロッパへの直観的な批判である。戦争にしろ、戦争に対する準備また計算にしろ、非人間的に行われ、精神が不在で、現実の悲惨さは益々規模が大きくなり、しかも持続的に行われ繰り返されるが、一方、表立っては正当化や理窟づけは益々うまくなり、美名の宣伝は激しくなっていることの批判であった。人間一人一人が無視され、思想と観念の機械化と共に、外的世界も自動的に破局へと進んで行く。したがって既成の国家間、思想間、宗教間の争いはすべて残らず相対的な争いと見、それらは改まらねばならぬという。更に相対的な戦争や革命の結果にも信を置いていない。改まるのには全面的でなければならない。Ob die Arbeiter ihre Fabrikanten totschlagen, oder ob Rußland und Deutschland aufeinander schießen, es werden nur Besitzer getauscht.[22] というふうにそれらも人間相互の愛と信頼の欠如に根ざしているとする。ヘッセにとっては、ロシアもドイツも、東も西も窮極のところではないのである。お互いに自己の世界観を押しつけるか、自己の利己主義を拡張し、憎しみの他への転嫁では戦争が終熄しても本当の平和は来ないことをいっているのである。また他のところでは戦争によらずとも、技術と科学による安逸さによる人間の価値の喪失を批判している。

このようにヨーロッパは、内的にも、外的にも腐敗し切っているとみると、全面的な崩壊と没落が必然性となり、内的現実となる。したがってシンクレールの心中にこの没落の予感が強まり、認識できるようになり、内的準備をととのえるようになって来る。

そして遂に戦争が起り、結局運命としてシンクレールはデーミアンと共にそれに参加し戦争でたおれる。

× × ×

ここで問題となるのは、Demianの最後で何らかの意味で戦争を肯定していることである。先に述べたように、現実の場面では、論文に随筆に書簡にまた詩に、戦争に対する反対を他の文化人に先立って、あるいは他の人々の反対、攻撃を押し切って持続的に、可能な限り行って来たし、また、それらのことによって平和への悲願の想いを強めていったのだが、一方現実の戦争は仮借なく進行し、行きつくところまで行ってしまう。観念とは関係のない市民が死んで行く。平和への多大の努力にもかかわらず、目の前に起っている大きなものの進行を止めることが出来ない。自分の願いとは反対にすすみ行くことを身にしみて感じ、現に起っている、あるいは起ってしまっている大戦争の必然性の是認を作品の最後に暗示している。

もちろん、侵略をすすめ、他人の生命を積極的に奪うような戦争肯定はしないが、このように何らかの意味で戦争の是認に到ったのは何故か。

先ず、生命のない観念のみの諸思想を批判していたヘッセは、現実の戦争による罪なき多くの若者たちの死に直面して、平和のために尽しているとはいいながらも国外の批評家的立場であることを反省、自覚して、国内にあって大きな車輪の動く下にいなければならない若者の立場に移り立って、戦争の内面体験によって無意味と思われる死に意味を与えようとした。

また、ヨーロッパの百年も前からの海外侵出の激化と、そこに内在する分裂と腐敗の積み重なりが、内的崩壊の危機をもたらしているが、それが、いつの日か、大きく外にあらわれねばならぬ必然性がある。デーミアンが開戦直前のみなの心的状態について Schon jetzt freut sich jeder aufs Losschlagen. So fad ist ihnen das Leben geworden.(23) とまでいっているのである。戦争がなくても、不安という崩壊の芽を宿しているのであるから、何らかの形でそれはあらわれねばならぬとすれば、已に起ってしまった戦争に社会の新生への足がかりの意味をいくらかでも持たせた。もっとも新生の具体的なイメージについては述べられていない。

これらは結局、自然神秘主義に根ざしている。神秘主義という語は多様の意味を持ちまた、多くの学説があるが、キリスト教神秘主義は、それまでの正統的なものよりも、より人間の側に立っている。人を中心とすると、人間の方から神の認識をするということは容易ではないために、不可知論、懐疑主義と背中合わせの状態となる。そのようなところから神を認識する時に無上の歓びを得るのであるが、ヘッセのDemianの中での自然神秘主義は、生の一回性の現実から発して、超自然的・実体的な神を認めず、神も自然により作られたものであり、自然と同一視される人間によって作られたものとする。したがって自然の必然性を認識できたときの生命の拡充感が歓びなのである。しかし宗教神秘主義が、神秘的結合の歓びのとき、超道徳的であるというように、この自然神秘主義の生命の拡充も、倫理を超えんとするのである、つまり外的状態の如何なる変化に際しても、それを超えんとするのである。したがって、戦争という状態の中で、それが自然の必然性であれば、没落ののちの何らかの新生を予感しつつ、生の拡充感を感じなければならぬということになる。ここに現実批判を基としながら、戦争に何らか意義を持たせようとするのである。しかしそのさいに、他の人々のいう戦争の理論を支持しているのでは決してなく、自然の必然ということも、歴史の方向としての自覚を伴っているわけでもない。

個人の中では罪、人類世界全体の中では戦争という悪の姿をとったdämonischな面が、社会の中を滔々と流れている。それは自然の二元性の一つであるにもかかわらず、まるでそれのみであるかのようにおし流れる。その自然の中の二元性を統合するアプラクサス神を認めても、現に苛酷なマイナスの面の激しさに中々生全体の方向は明確でない。戦争は、何千年となく行われ、また現在も行われるとして「おゝ友よ」の中ではKrieg wird noch lange sein, er wird vielleicht immer sein.(24)と述べているのである。

また宇宙の循環論も混沌たる自然観から生まれる。Wenn die Menschheit austürbe bis auf ein einziges halbwegs begabtes Kind, das kinerlei Unterricht genossen hat, so würde dieses Kind den ganzen Gang der Dinge wiedefinden,es würde Götter, Dämonen, Paradiese, Gebote und Verbote,

Alte und Neue Testamente, alles würde es wieder produzieren können[25]は魂と宇宙との同一性を述べているだけでなく、ガラス玉演戯の宇宙の創造と破壊を繰り返すシヴァ神の踊りに連なっている。大戦争をこの宇宙の回帰の一つの表れとみる。

このように戦争の必然の是認の面があるが、また反対の面も強い。すなわち、他のこの時期の大戦争も含めて、矛盾する二つの流れが、流れているのである。Demian以外のこの時期のものは、戦争反対の面が強く、それをするために、精神の高揚を訴え、精神の国の住人になることをすべての人々に痛切に訴えている。すなわち二元のうち精神の色彩が濃いのである。それでも已に引用したような現実の状態の終止に自信は持てない。Demianにおいては、前述のごとくよりdämonischな面が強いのである。

しかし、その後さらに、大きな戦争があり、またその後、今日まで、ヨーロッパだけでなく、世界全体を脅かす危機のあることを思えば、戦争反対が、深刻がり屋の叫びでもなかったし、戦争の頻発の可能性の暗示も、その予感の正しかったことを表している。Demianの意図は、自然の中の現実認識による生命拡充であったが、この現実に対する直観力の正しさを示している。

またDemianの中の根源性の追求と枠をはずした人類全体への想いは、やはり、今日の問題を持っていたといえよう。シンクレールは、社会の渋滞と束縛に反撥し、生命の自由を求め、流動と生成を求め、変転に対する予感と覚悟を持つのである。

（一九六四年十一月『横浜国立大学人文紀要』横浜国立大学）

注

（1）Briefe. Hermann Hesse/Romain Rolland. s. 9.
（2）Krieg und Frieden. O Freunde, nicht diese Töne! s. 19.
（3）Briefe. Hesse-Rolland. s. 17.
（4）〃〃 s. 28.
（5）Krieg und Frieden. An einen Staatsminister. s. 21～27.
（6）Späte Prosa. s. 43.
（7）Demian. s. 11.
（8）Hugo Ball: Hermann Hesse. s. 161～162.

(9) Demian. s. 155.
(10) 〃 〃 s. 178.
(11) 〃 〃 s. 11.
(12) Ayao Ide: Die innere Welt von H. Hesse. Doitsu Bungaku 30 März 1963. s. 101.
(13) Demian. s. 12.
(14) Gedichte. s. 361. An den indischen Dichter Bhartrihari.
(15) Demian. s. 119.
(16) 〃 〃 s. 137.
(17) 〃 〃 s. 147.
(18) 〃 〃 s. 147.
(19) 〃 〃 s. 147.
(20) Martin Pfeifer: Hermann Hesse, s. 51.
(21) Demian. s. 188.
(22) 〃 〃 s. 189.
(23) 〃 〃 s. 219.

（24）Krieg und Frieden. O Freunde, nicht diese Töne! s. 19.
（25）Demian. s. 148.

引用文献

Hermann Hesse: Demian（Suhrkamp Verlag. Berlin 1955）.
SpäteProsa（〃〃 1951）.
Gedichte（〃〃 1953）.
Krieg und Frieden（〃〃 1949）.
Hermann Hesse/Romain Rolland: Briefe（Fretz&Wasmuth Verlag. Zürich. 1954）.
Hugo Ball: Hermann Hesse（Fretz&Wasmuth Verlag. Zürich. 1947）.
Martin Pfeifer: Hermann Hesse（Volk und Wisssn Volkseigener Verlag. Berlin. 1956）.
Doitsu Bungaku 30 März 1963（Ikubundo Verlag. Tokyo）.

Über Demian — Krieg und Naturmystik—

Der Ausbruch des ersten Weltkrieges traf H. Hesse mit erschütternder Gewalt. Bald darauf schrieb er eine Mahnung an die geistigen Führer in allen Ländern: die Idee der Humanität nicht zu verraten. Während dieses Krieges setzte er fort, der Menschenlosigkeit wegen zu leiden und gegen diesen Krieg mit aller Gewalt zu protestieren. Er beschäftigte sich mit Diensten an der Menschheit.

Auf diese Erlebnisse begründet und auch vor die grimmige Tatsache des Massenmordes gestellt, beginnt er in Demian die ursprünklichen Probleme zu erforschen, die Wirklichkeit Europas innerlich zu verstehen und den Weg nach Innen zu gehen.

Aufgrund seiner strengen Selbst=und Weltbetrachtung ahnt er den Untergang des alten Europa und beginnt sich in das Geheimnis des Bösen zu vertiefen. Er glaubt nicht mehr an ein kleine Europa, sondern an die Menschheit.

In Demian handelt es sich um die Entwicklungsgeschichte eines Individuums als eines Typus der Menschheit. Die damalige pietistische Umgebung hatte einen seichten heuchlerischen Charakter, und engte die menschliche Natur ein. Er leidet selber innerlich an dem Bösen in dem einzelnen Menschen und auch am Bösen in der Welt, das er vor seinen Augen sieht.

Hier kehrt er auf das Problem zurück—Was ist der Mensch?—.

Jeder Mensch ist ein Wurf der Natur ins Ungewisse, einmalig, diesseitig und wirklich. Daher kritisiert Sinclair, die Hauptperson dieses Werkes, die erfundene, allzu ideale Lebensanschauung und die die Menschen allzu klein machenden Sitten. Jeder muß dem Willen der lebenden Natur treu und dem sich von Natur gegebenen Schicksal bereit leben. Aber der Wille der Natur ist nicht leicht zu ergreifen. In der Natur ist Abraxas tätig, der Gott und der Dämon, das Gute und das Böse, Geistigkeit und Instinkt zugleich ist. Beide Elemente sind nicht transzendent.

In allgemeinen hat Mystik das Einigungsgefühl des Individuums mit dem Weltall. Aber solche Fälle sind selten in der hier erwähnten Naturmystik. Es ist oft schwer, die wirkliche Stimme der Natur oder die Stimme des Lebensstromes zu hören. Wie oben erwähnt, zeigt Naturmystik außerdem, daß die Menschen von Natur geboren sind und selbst Teile der Natur sind.

Ein Schatten des Nihilismus wohnt in dem Dualismus der von Abraxas gelenkten Natur. Er strebt doch danach, dem Leben den Sinn zu geben, ahnt das Erscheinen der neuen Welt, sucht die Freiheit des Lebens, und berühmt sich, die Spaltung des Selbst zu lösen. Es gelingt ihm aber nicht immer.

我妻夫妻のこと

ニマイシャドン・ボシュ
オミトロシュドン・ボッタチャルジョ
シュニル・ゴンゴパッダエ
ニレンドロナト・チョクロボルティ
ポビトロ・ショルカル
河合力
渡辺一弘

シャンティニケトンに棲みついた鳥

ニマイシャドン・ボシュ（元ビッショバロティ大学副学長）[1]

我妻さんについて語ること、あるいは何か書くことは、ややもすれば簡単そうに思えるが、実はそうではない。ビッショバロティ大学（タゴール国際大学）と日本の絆、長年にわたる日本とシャンティニケトンの間の学生や教師の往来、また日本でのタゴール研究について知る人たちにとって、我妻和男の名は馴染みのものであろう。加えて最近は日本における人気やシャンティニケトンでの日本学院の建設のことが報じられたこともあって、我妻教授の知名度はさらに高まってきている。コルカタのロビンドロバロティ大学[2]は過日、我妻さんに名誉博士号を授与した。この称号は、タゴールの文学研究やその詩などの文学作品の日本語への翻訳にとどまらず、シャンティニケトンと日本の、そしてインドと日本の間の文化的結びつきを強固なものとした功績への顕彰として与えられたものだが、我妻さんはまさにその栄誉に相応しい人と言えよう。外国の人でありながら、これほどまでにベンガル語とベンガル文化に精通し、タゴールをまさに人生の明星として仰ぎ見、その生涯をかけることができる人間がいるなどとは、我妻さんを見知らないかぎり、誰も信じられないであろう。我妻さんは幼少のころからすでにタゴールの熱心な読者だった。心酔していた、と言ったほうが適切であろう。タゴールとの出会いから半世紀が経過した今もなお、その心酔、敬愛、タゴール研究への意欲はますます高まりを見せている。さらにタゴールを出発点として、我妻さんの意欲と関心はベンガルおよびインド全体の文学、文化、生活にも広がってきている。我妻さんのことをベンガル人だと思っている人は、この国にも日本にも多い。我妻さんはこれまで、日本の複数の著名な大学で教鞭をとってきた。しかし一番よく知られているのは「シャンティニケトンの我妻」としてであろう。我妻さんにもし、ずっと教え続けるとしたらどこの大学が良いですか、どの土地で長く暮らしたいと思いますか、と尋ねれば、即座に「シャンティニケトンです。インドです」という答えが返ってくると確信している。

冒頭で記したように、一見簡単そうではあっても、我妻さんの真の姿を紹介することは実は容易なことではない。タゴール文学の翻訳、タゴール研究、日本におけるタゴールの普及活動、シャンティニケトンでの教授ぶりなどについて語り、書くことは決して困難ではない。なぜなら、そうしたことは既に文字に記され、認識されているからだ。だが我妻さんにはそれ以外に、ふたつの面でその功績がある。我妻さんのごく近くにいて、その人となりを知り、シャンティニケトンや日本でその仕事ぶりを実際に見る機会のある者以外には、この人物を正しく知ることはなかなか難しいことなのだ。ビッショバロティ大学の副学長という地位[3]にあったおかげで、私にはシャンティニケトンでも日本でもそうした機会があった。ただひたすらタゴールとシャンティニケトン、日印間の魂の結び付きを創成し、それをさらに強固なものにすることに邁進する我妻さんの姿は、めったに目にすることが出来ないようなものだった。我妻さんは長い間、シャンティニケトンに「日本学院」を建設する夢を追っていた。だがさまざまな事情で実現は困難だった。他の者ならとっくに投げ出してしまっていただろう。ところが、小柄な外見、話しぶりは穏やかでつねにへりくだった人柄とは裏腹に、我妻さんという人はとてつもなく頑固だったのである。流行り言葉でいえば「こだわり屋」というのが相応しいだろう。摑んだが最後離さないのだ。だから「日本学院」建設の夢を、いつまでもあきらめずにいた。

タゴール生誕百二十五年にあたる一九八八年、東京で開かれたタゴール生誕祭と絵画展[4]に参加するため、私は日本を訪れた。こうした行事の企画と準備の背景にも、我妻さんの関わりがあった。私の東京滞在中、我妻さんは日本学院建設の話をまた持ち出した。それからわずか一週間のあいだに、我妻さんが私に、かつてシャンティニケトンで学んだ九十歳の元日本人留学生から十九歳の現役留学生とまで連絡を取らせ、日本学院の夢を現実化して行ったかは、ひとつの歴史の創造だったと言っても過言ではあるまい。こうして今、シャンティニケトンには日本学院が建っている。いつかはこの施設が、中国学院(5)とならぶ権威と評価を得ることを私は期待している。その歴史には我妻和男の名が刻まれるだろう。

我妻さんのもうひとつの性格的特徴にも触れなければ、この人物を完全に知ることは出来ないであろう。それは温かいもてなしの心だ。だがそのことについて言おうとすれば、我妻さん本人よりまず、奥様について語らなければならない。日本人は礼儀正しさと客人を大切にすることで知られている。称賛の的になっている。だが普通、日本人は客を自宅に泊めたりすることはしない。家が狭いことと、日本の家庭における社会的、文化的な習慣がその主な理由となっている。外の国からやって来た人間にとって、日本的な生活上の礼節に容易になじむことはほぼ不可能だ。日本人はそのことがよく分かっているから、自宅に人を招くことには躊躇しがちだ。しかし、我妻さんと奥様の絅子(けいこ)さんは違う。東京に誰か知り合いのベンガル人が行けば、捕まえて自宅に連れていく。「捕まえて」と言ったのは、おふたりの親愛の情から発せられる、ぜひ来てくださいなという要望の度合いがあまりにも強烈で、それを無視することなど到底できないという意味だ。私もその機会に恵まれた。おふたりから受けたもてなし、溢れるばかりの心遣いは決して忘れることはない。私と同様の体験をした人たちも、きっと同じことを言うに違いない。

タゴールは、世界の各国の人々がシャンティニケトンに集うことを望んでいた。シャンティニケトンに巣を作り、棲みついてくれることを夢見ていた。外国からここに飛んできて巣を作った鳥のひとりが我妻さんだ。ただこの鳥はその後も、作った巣を捨ててどこかに飛び去ってしまうことはできなかった。何度も何度も帰って来ずにはいられないような巣の虜になってしまったからである。

（一九九六年『我妻和男について』所収／渡辺一弘訳）

（1）Nimaisadhan Bose（一九三一〜二〇〇四）専攻は歴史学。

（2）コルカタにある西ベンガル州立の大学。タゴール邸の跡地に建てられた。

（3）他の多くの英連邦国家と同じく、インドの国立大学では、大統領や首相が務める学長（Chancellor）は主に名目的な地位であり、実質的なトップは副学長（Vice-Chancellor）である。

（4）タゴールが描いた絵画を集めた「タゴール展」は、一九八八年に行われた「インド祭」の一環として、東京・池袋の西武美術館と兵庫県尼崎市のつかしんホールで開催された。

（5）Cheena Bhavana インドと中国の文化的絆を研究する目的で、タゴールが一九三七年に創設した。

我妻さんとベンガル語の三十年

オミトロシュドン・ボッタチャルジョ（元ビッショバロティ大学教授[1]）

三十五歳の見目の良い日本人、我妻和男が横浜国立大学からインドにやってきて、シャンティニケトンのビッショバロティ大学で教授として勤め始めたのは一九六七年十月のことだった。その一年前の一九六六年七月、私は同じ大学のベンガル語科に職を得ていた。私が二十四歳のときだった。我妻さんと初めて顔を合わせたのは一九六七年十一月で、私たちが親しい友人となるまでには、ごく短い時間しかかからなかった。私にとってみれば、シャンティニケトンに入ってからわずかの間に、時間はけっしておろそかにせず、他人の悪口を言わず、午睡をむさぼることなく、その辞書には休息と怠惰という言葉は存在せず、そして真の意味で学問の理想に燃え、優秀で尊敬に値する学識豊かな人物と友人になることができたというわけだ。

一九六八年には、日本の著名な小説家、川端康成がノーベル文学賞を受賞した。この賞を得たのは、東洋ではタゴールに次いで二人目だった。このために我妻さんと私の友情がさらに深まることになった。

私と我妻さんは話をし、川端の文学の特長について、合同で記事を書こうと決めた。日本学院[2]の図書館で見つけた数多くの本をもとに、「東洋の文学者川端」と題した論文を書き上げた。我妻さんと私の共著としてデーシュ誌[3]の編集長のもとに送ったところ、記事は一週間後、一九六八年の十一月二日号に掲載された。これが我妻さんのベンガル語で書いた、そしてベンガルの国で初めて活字化された文章となった。ベンガルの人々は、この著作を通じて初めて我妻和男の名を知った。

この文章が掲載された数日後、デーシュ誌の名編集長だったシャゴルモエ・ゴーシュ氏がシャンティニケトンに現れ、話があるという。同誌に連載したいので、川端康成の作品を何か翻訳できないかということだった。アンドリュース・ポッリ[4]にある我妻さんの家でお茶をすすりながら、編集長は私たちにこう言った。「世界のどの言葉にもまだ訳されていない小説をお願いしたい」。

そこでふたりは川端あてに手紙を書くことにした——詩聖ラビンドラナート・タゴールの国からお便り差し上げます。私どもはこちらで、今までに外国語に訳されていない御作品をベンガル語に訳したいと思っております。ご許可いただければ幸いに存じます。

川端は許可をくれた。その指示に従い、私たちは「虹」をふたりで協力して翻訳することにした。「インドロドヌ（インドラ神の弓、虹）」と題して私たちが訳した小説は、一九六九年六月からデーシュ誌で連載が始まった。[5] この小説翻訳には大変な苦労がつきまとった。毎日午前中は大学で授業があるので、昼すぎになって一緒に仕事をすることが出来た。夏の強烈な日差しを頭から浴びながら、少しずつ作業を進めていった。翻訳を行っていた三〜四カ月の間、ふたりの頭はインドロドヌのことでいっぱいになっていた。あの暑い昼のひととき、我妻夫人が作って出してくれた冷たいライムジュースの何と美味しかったことか。

一九七〇年にはデーシュ誌のベンガル暦一三七七年の文学特集号に、私たちふたりの共同執筆による論文「一九一六年、日本人ジャーナリストたちの目に映じたタゴール」〔訳者注＝一九一六年はタゴール初来日の年〕が掲載された。

我妻さんはシャンティニケトン滞在中からタゴールの作品の日本語訳に取りかかっていた。我妻さんのアンドリュース・ポッリの家はもう、ベンガル語の本であふれんばかりになっていた。当時シャンティニケトンで、これほどのベンガル語の蔵書がある家は他になかった。ベンガル語、ベンガル文学、そしてタゴールの作品に我妻さんは没頭していた。

我妻さんが教授としてシャンティニケトンに勤めていたのは一九六七年から七一年にかけてである。任期を終えて帰国したのちは、私たちふたりの間で頻繁な手紙のやり取りが始まった。もっとも最近は私の自宅に電話が引かれたことで、手紙の往来はなくなった。それはともかく、帰国した七一年の六月に我妻さんからもらった手紙をここで紹介しておきたい。

「ベンガルの土地からこちらに戻って四カ月がたちました。シャンティニケトンに滞在中はいろいろとお世話いただき、本当にありがとうございました。ビッショバロティ大学当局に私の意向を伝えてくださるなどして、何度助けていただいたことか。奥様ともども、お元気のことと存じます。一緒にお仕事できたことが忘れられません。帰国して以来、大変多忙な日々が続いています。私どものことをどうぞお忘れになりませんように。私どもの敬意をお受け取りください。我妻」

我妻さんのその忙しい日々は今も変わらず続いている。我妻さんの主導と編集で出版された、全十二巻にも及ぶ「タゴール著作集」は驚愕に値する。ここに収録されたタゴールの作品の多くは我妻さんの翻訳によるものだ。我妻さんが日本語で執筆した『タゴール』も極めて優れた仕事である。日本のお宅で、タゴールやタゴール関係の本の収集ぶりを見れば、ベンガルからそこを訪れたすべての知識人が羨ましさを感じることだろう。

シャンティニケトンに日本学院建設のため、我妻さんの飽くことのない不屈の努力は今、実を結んだ。この仕事実現への我妻さんの意志の強さ、熱意、行動力が、私をいかに驚かせたことか。

今も世界で、何人もの外国人の賢者たちがタゴールのメッセージを伝えているが、そうした人たちの中にあって、最も優れた人物が我妻和男教授であることは疑いようのない事実である。ビッショバロティ大学、シャンティニケトン、そしてベンガルの知識人たちは、こうした日本の友人がいてくれることを、心からありがたく思っている。

（一九九六年『我妻和男について』所収／渡辺一弘訳）

（1）Amitrasudhan Bhattacharya タゴール学者。

（2）ここでは一九五四年、ビッショバロティ大学内にできた日本学研究所を指す。当初は東洋における仏教研究の一環として設立され、のち日本語学習の場ともされた。春日井真也、森本達雄に次いで我妻和男が日本学院の教授として赴任した。長年中国学院の建物の一部に間借りする格好だったが、一九九四年、現在の「ニッポン・ボボン」が完成し、そこに日本語学部が設置された。

（3）コルカタに本拠を置くアノンドバジャル社が一九三三年から発行している雑誌。文芸誌としてスタートしたが、現在は政治、経済、文化を広く扱う総合雑誌となっている。

（4）シャンティニケトンの地名。イギリス人宣教師C・F・アンドリュースの名にちなむ。アンドリュースはインドに長く滞在し、タゴールやマハトマ・ガンディーらと親交があった。

（5）この作品は一九九九年に単行本としてコルカタのモデル・パブリッシング・ハウスから出版された。

我妻夫妻のこと——驚くべきふたり

シュニル・ゴンゴパッダエ[1]（作家）

我妻和男さんは驚くべき人である。真夏の日差しに照らし出されたシャンティニケトンの途に、この知の苦行者の姿が見受けられる。あるときにはコルカタで、あるいはまた東京で。タゴールの文学とその人生哲学への我妻さんの情熱についてはすでに多くの人が知るとおりである。さらにベンガル文学全般、そしてベンガルの人とその生活習慣についても、我妻さんは深い関心を抱いている。我妻さんは自転車で、あるいは徒歩でベンガルの村々を訪ねて回った。そうするために心をこめてベンガル語を学んだ。日本ではタゴール文学とベンガル文学の紹介のために不断の努力を続けている。

我妻さんとはこれまでに何度も顔を合わせる機会があった——シャンティニケトンで、コルカタで、はたまた東京で。学識の最も大きな特質は謙虚さであることは、我妻さんを観ればわかる。これほどの碩学でありながら、その振る舞いには尖ったところはなく、やわらかさがあるばかりだ。

さらにユーモアのセンスの持ち主でもある。一緒に話をしていると時が過ぎるのを忘れる。年齢さえも超越している。目の病気を患っていた時期もあったが、そんなことは意に介さず、周りを笑いの渦に巻き込む。

我妻さんといえば、奥さんのことも忘れるわけにはいかない。この人ほど情に溢れ、優れた女性は他に知らない。ご主人とともに何度もインドを訪れ、この国の人たちと同様に接している。東京では私たち一行を、疲れを知らない健脚でさまざまな名所に案内していただいた。その心遣い、もてなしぶりは比類のないものだ。まさに我妻さんに相応しい連れ合いである。

ご夫妻を単なるベンガルが好きな人とか、インド好きとか言いたくない。おふたりは心から世界を愛するひとであり、人類を真に愛しているひとなのだ。

（一九九六年『我妻和男について』所収／渡辺一弘訳）

（1） Sunil Gangopadhyay（一九三四～二〇一二）。現代ベンガル文学を代表する作家、詩人。歴史に題材をとった長編小説から子ども向けまで、多くの作品を残した。代表作に「あの時代」「最初の光」など。

日本での「タゴールの夕べ」

ニレンドロナト・チョクロボルティ[1]（詩人）

夜の十一時半ごろだった。ホテル「アジア会館」の四階に上がり、部屋に入って、荷物を置き、床についたばかりのときに部屋の電話が鳴った。

こんな時間にいったい誰だろう。ここ東京では、ビカシ・ビッシャシ以外私を知る者はいない。だがそのビカシ・ビッシャシは、空港からホテルに私を送り届け、つい今しがた「では明日の朝までお邪魔しませんので、ごゆっくり」と言い残して帰って行ったのだ。では誰が私と話をしようというのか。

「アミ・カズオ・アズマ…我妻和男といいますが…」受話器の向こう側から明瞭なベンガル語が聞こえた。

三年半シャンティニケトンに滞在していた、ベンガル語を操る少壮のこの日本人学者の名は、私の国ではよく知られている。少し前、デーシュ誌に掲載されていた、日本の小説家、川端の作品の訳者として、オミトロシュドン・ボッタチャルジョの名とともに、我妻和男の名を見てはいた。シャンティニケトンに行ったとき、ずっと遠くからだが見かけたこともあった。しかしその人が私を知っているなど、思いもよらなかった。

「どうしてホテルなんかにお泊りに？　お金の無駄遣いですよ。うちに来ていただくとしたら、何か苦痛に感じられるようなことでも？」その声音には不満の色があった。

白状すると、ホテルに泊まることが大変な苦痛と思えるようになっていた。寂しさからくる苦痛である。費用のことはいい。ここでは信じられないくらい安い料金で宿泊することができた。窓のカーテンを開ければ、電灯で美しく照らし出された小さな庭が見えるし、ビカシによれば、朝になったらその窓から陽の光が差し込んで部屋中を明るく浮かび上がらせてくれるという。さらに重要な情報も私の耳に入っていた——このホテルの食事は悪くないし、値段も低めで、食堂に出向いて二百五十円出せばチキンカレーとご飯が食べられるというのだ。心が浮き立つような話だ。しかしながら実をいうと、寝食のためのすばらしい状況が整っていたとしても、あまり浮き浮きとした気分にはなれなかった。一連の観光旅行も終盤に入って、徐々に寂寥感が私を襲うようになってきていた。

寂寥感と言っても良いし、倦怠感と言っても良い。国を出てから二か月近くになろうとしている。

ある国から別の国へ、ある町のホテルを出て機械仕掛けのようにまた別の町のホテルに入る――そんなことを繰り返してきた。初めのころは気づかなかったというか、むしろ楽しんでもいたのだったが、こうも同じことが続くと、あるときから心が負担を感じるようになる。そしてそれを知覚するのは一日の終わりで、旅人は日がなスケジュールをこなしてホテルに帰り着いたとき、彼の存在すべてが言いようのない疲労の影に覆いつくされていることを知るのである。

そんなふうに倦怠を感じるようになる原因のひとつは、ホテル暮らしの単調さだろう。誰でも知っていることだろうが、近頃はどこのホテルに行ったところで大きな違いはない。ある著名なベンガル人作家が言ったことだが、国際空港には、どこであろうと、個性というものがない。特にラウンジだとか税関あたりはどこも同じようなしつらえで、そこに立っている限り自分がどの国にいるのか、分からなくなってくるというのだ。巨大な高級ホテルについてもおそらく同じことが言える。どこに行っても同じような、生気のない熟達と醒めた洗練がある。それぞれの違いが分からなくなる。それはつまらない文言の繰り返しのようで、旅人を徐々に蝕んでいく。旅人はもうたくさんだ、もう家に帰りたいという思いにとらわれだす。

「アジア会館」はもちろん、そうした五つ星の巨大ホテルではない。しかし遠い外国の土地をさんざん歩き回ったせいで、私ももういい、早く心落ち着く自分の里に戻りたいと思うようになっていた。あるいは——自分自身の里が無理なら、せめて誰かの里に、という心持ちになっていた。どうしたところでホテルは里にはなれない。

だがこのホテルから逃れるすべもなかった。

チェックインのときに、十月三十一日の朝まではここに滞在するとの文書にサインしてしまったからだ。二十六日から三十日まで、このホテルに五泊することになっているので、それより早くチェックアウトすれば、違約ということになってしまうのではないか。チェックアウトできないことはないだろうが、違約金の支払いを求められるかどうかが定かでなかった。

我妻サンに——サンとはベンガル語のバブみたいな敬称である——その話をすると我妻さんは言った。

「それじゃこうしましょう。せめて最後の日はご一緒させてください。三十日の朝九時にホテルにお迎えに行きます。それで三十一日の朝には羽田空港までお送りします。いいですか？」

「でも三十日に、違約金なしでチェックアウトできますかね？」

「そうなるように私が交渉しますよ」

二十九日の夜ホテルに戻ったときは雲が空いっぱいに広がっていた。翌朝眠りから覚めてみると、大粒の雨が降っていて、嵐のような風もあった。早朝から東京の空は真っ暗で、強い雨と風で窓のサッシはカタカタと音をたてていた。こんなにひどい吹き降りは、ベンガルの地以外ではこれまで見たことがなかった。我妻さんはきっと来られないと思った。

ではどうすれば良い？「アジア会館」に居続けることはできない。昨夜我妻さんがホテルの支配人と話をし、今朝チェックアウトすると告げてしまったからだ。こうなったからには？

こうなったからには、ビカシに電話して意見を求めようと思った。コルカタから日本に来ているベンガル人たちにとって、ビッシャシ夫妻、すなわちビカシとその妻のマラは親しい友人であり、困ったときに助けてくれる存在だ。そのふたりなら私が直面している危機を何とかしてくれるのではないか。

電話を取ったのはマラだった。私の話を聞くと大丈夫よ、と言ってこう続けた。

「何も心配することはありませんよ、ニレンさん。我妻さんというかたをまだよくご存じないようね。雨が降っても、洪水になっても、地震が起きたって、一度おっしゃったことを変えたりなさらないかたなんですよ。九時に来ると言ったら絶対九時を一分だって過ぎることはありません。ぴったり時間通りにホテルにいらっしゃるはずよ」

それが八時半のことだった。急いでスーツケースを荷造りし、ひと風呂浴び、着替えて階下に降りた。ロビーに座って新聞を読んでいる我妻さんの姿が目に飛び込んできた。私に気づいて立ち上がってやってきた。

「ドウモアリガトウ。じゃあカウンターに行って清算を済ませてください。私はタクシーを呼んできますから」

雨はまだ降り続いていた。我妻さんは傘を開いて外までタクシーを捜しに行った。

タクシーに乗ってから尋ねた。

「これからお宅のある市川に向かうんですね」

「いいえ、家に行く前に少し東京の街を見ていただきます」と我妻さんは答えた。

「まず東京駅に行きましょう。そこでスーツケースを預け、レストランに行こうと思います。少しお話ししたいことがあるんです」

それがどんなことか、レストランで話をして分かった。

コーヒーをすすりながら我妻和男さんは言った。

「私がシャンティニケトンに行ったのは、いわゆる仕事のためではありません。あなたの国が――インドが好きだからです。でも私ばかりではありません。釈迦牟尼の国であるインドを深く尊敬し、愛している日本人はたくさんいます。お釈迦さまは私たちの心の飢えを満たしてくださいました。そして近代になってもうひとりの偉人が同じように心に潤いを与えてくれました。それがタゴールです。私はタゴールの作品を読みました。翻訳ではなくて、原文をです。タゴールが好きになったことで、タゴールが使っていた言葉も好きになったのです」

そう言って少し息をついでから、我妻さんは再び口を開いた。

「東京に住んでいる日本人でタゴールに直接接する機会のあった人は、決して少なくありません。そうした人の多くはシャンティニケトンを訪れています。留学しに行った人も、何かを教えに行った人もいます。それに若い人でタゴールに憧れる人もでてきています。私はそうした世代を超えたタゴール愛好家たちの会を立ち上げ、『日印タゴール協会』と名付けました。会の目的はタゴール研究です。毎月例会を開いて、タゴールの文学や歌をテーマに話し合いをしています。なかなかのものですよ」

「国にいるとき、シャンティニケトンに日本関係の施設設立のために頑張っていらっしゃると聞いたことがありますが」と私は尋ねた。

「大いに頑張っています。タゴールが結んでくれた日印友好の絆を、さらに強いものにするのが私たちの目的です。日本学院はその友好の象徴となるでしょう」

日本学院の創設を目指して、我妻さんたちはビッショバロティ大学の学長であるインディラ・ガンディー首相[2]あてに書簡を送ったとも聞いた。書簡の中では、建設に必要な資金はすべて、日本のタゴール愛好家たちが賄うことを提言したという。

カップに残っていたコーヒーの最後のひと滴を飲み干して我妻さんは言った。

「いまお話しした協会の月例会が、実は今日行われることになっているんです。光明寺で、午後三時からです。そこにご案内したいと思います」

それからはタクシーに乗ったり、エスカレーターで大丸百貨店の五階まで上ったり、息を切らしながら階段を使って東京の地下に広がる、光溢れる街を訪れたりした。我妻さんはこう説明してくれた。

「人口からいうと、東京はニューヨークだって追い越しています。昼間の東京の人口をご存じですか？　約二千万ですよ。どこに行ったって人で溢れています。シャンティニケトンからペルモルさん(3)が来たときにはびっくりして『まるでアリの行列みたいだ』と言っていました。人、人、人だらけです。こんなに人がいる割に土地はありません。地上では町を広げるのは無理なので、仕方なく地下にもぐっているわけです」

そんな話をするうちに、私の視線はあるレストランのショーケースに釘付けになっていた。ガラスでできたショーケースの中には、プラスティックの皿の上に盛り付けられたプラスティックのご飯とプラスティックのチキンカレーが並んでいた。ちょっと見ただけでは作り物だとは思えない。

全く本物のように見える。私がそれをじっと見つめているのに気づいた我妻さんが「今日のお昼はここにしましょうか。看板に何て書いてあるか分かりますか？『当店の味は本場インドのチキンカレーにも負けません』だそうですよ」

一九七〇年の大阪万博では、インドのチキンカレーがたいそう評判になったと聞く。多くの日本人がそれをきっかけに『チキンカレーとライス』の大ファンになったそうだ。それに加え、インド料理のそのたまらない味がまだ舌に染みついているため、適当に作って出したカレーでは、客を満足させることなどできない。要するに、カレーはインドのレシピ通りでなくてはならない、というわけだ。

地下にできた街で昼食を済ませ、私たちは再び地上に、嵐と雲が支配する王国に舞い戻った。雨が降り続いている。その雨の中を私たちは歩き続けた。しかしまっすぐ会合の場所に向かったわけではなかった。我妻さんがまず案内してくれた銀座で、店々に広告が溢れている様子を、短い時間ではあったが見た。それから明治神宮へ行った。降りしきる雨にうたれ続けて、私たちの服も靴もぐっしょりと濡れてしまっていた。だから今さら傘などさす必要もない。神宮の入り口付近には巨木が立ち並んでいた。樹々の葉からは大粒の水の滴が私たちの頭の上に落ちてきていた。しかしそんなことはちっとも気にならなかった。むしろずいぶん愉快な気持ちだった。流感や肺炎に罹るの

を気にせずに済む年齢を、私たちふたりともとっくに超えていることをすっかり忘れてしまってい
た。私たちは顔を見合わせてアハハアハハと笑っては、広大な明治神宮の境内を、濡れそぼって、
幸せそのもので、我を忘れた若者のように回遊したのだった。

明治神宮見学を終え、電車を乗り継いで光明寺に到着したのはちょうど三時だった。「コウミョ
ウジ寺院」などという必要はない。「コウミョウジ」の「ジ」はすでに寺院を表すからだ。そして
「コウミョウ」は「光輝く」の意味を持つ。(4)

その光輝く寺院で催された会合のことは一生忘れないだろう。まずそこで見たのは五十人余りの
タゴールの信奉者たちが――その日の劣悪な気象にもかかわらず――決められた時間通りに集まっ
ている情景だった。祭壇の前には分厚い敷物〔訳者注=畳のこと〕が敷きつめられ、その上に人々は
静かに座っていた。二十五歳以下と見える人もいるし、八十歳近くと思える人もいる。みなが東京
在住というわけでもなく、京都や他の遠くの町からやって来た人たちもいた。嵐も雨も、日印タゴ
ール協会の会員たちを足止めすることはかなわなかったのだ。

我妻さんは私に、会員ひとりひとりを紹介してくれた。

「こちらは平等通照（通昭）さんです。サンスクリット学者です。一九三〇年代の初めごろシャン
ティニケトンに行かれ、ほぼ二年を過ごしていらっしゃいました。留学中はビドゥシェコル・シャ

ストリのもとで学ばれました」「こちらは長谷川敏正さんとおっしゃって、三年前にシャンティニケトンに行ってきたばかりです。今日の会合では司会を務められます」「大谷紀美子さん、日本最大の仏教宗派を統べる管主一族のお嬢さんで、南インドで二年間、インド舞踊を習われた後、シャンティニケトンにもしばらくいらっしゃいました」「こちらは榊原帰逸さんとおっしゃいまして、一九五三年にシャンティニケトンに行き、舞踊を勉強されてきました。日本にインド舞踊を紹介するうえで最も大きな貢献のあった方です。『アジアの舞踊』という、情報に富んだ素晴らしい本を書いていらっしゃいます」

このようにしてすべての人に紹介してもらった。そのなかのひとりの老婦人は、生け花を指導するために、タゴール自らが招請してシャンティニケトンに連れて行った人だった。集まった人のなかには大学教授や学生がいた。主婦や若い女性もいたし、専門家も普通の人もいた。共通点はタゴールを敬愛していることだけだった。タゴールへの憧れでこの場所に集っているのだった。

この日の集まりで、長谷川さんはタゴールの修養について語った。榊原さんはインド舞踊について話をした。ふたりがともに指摘したのは、個人ばかりでなく人間社会も、あれば社会生活がバランスを保つことができるが、なければその社会以外のものが存在意義を失ってしまうような、そんな精神的な資産を探求しなければならない、ということだった。長谷川さんと榊原さんは、そうした精神的資産を探すための方策として、今日の日本ではタゴールが再び注目されていると指摘した。タゴールの理想とその実現のための修養について、日本人はもっとよく理解したいと思っているとのことだった。

こうした発表に先立って、大谷さんがインド舞踊を披露した。榊原さんがその踊りについての解説を行い、それぞれのしぐさがどんな意味を持つのかを説明した。

発表の後は歌の時間となった。歌ったのは大学の学生たちである。みなで声を揃え、タゴール・ソングを続けて三曲披露した。「浄火で私の魂に触れてください」「どの光で魂の灯明を燃やすのでしょうか」「過ぎ去った日々をどうして忘れられるでしょう」の三曲である。しっかりした声、正確な発音だった。聴いているうちに自分がどこにいるのか、判然としなくなってきた。ここは一体東京なのか、それともコルカタの催しに来ているのか。

歌が終わり、私たちは静かに寺から退出した。もう夜になっていた。東京の道路は光に照らし出されている。だが雨はまだ降り続いていた。ビカシとマラ夫妻に別れを告げ、駅の改札を通り抜けた。市川行きの電車がもうすぐやってくる。

こちら側が東京で、向こうが市川。その間には流れが速く、幅の広い川が横たわっている。江戸川という。

我妻さんの住まいは市川にある。しかし日中はほとんど外で過ごしている。我妻さんの領地は三つの町に広がっている。横浜の学校で教鞭をとり、東京で会合を行い、一日が終わって夜の帳（とばり）が下りれば、市川の木でできた家に戻ってくる。

この木造の家というのがまた美しい。手前にある小さな庭が、家の美しさをさらに引き立てている。

その庭を通って家の中に入った。戸口のところで我妻夫人が出迎えてくれた。頭を下げて「ドウモアリガトウゴザイマシタ」と言ってから顔をあげ、私たちを見て目を丸くした。急いで家の中から大きな乾いた着物を二枚持ってきた。着物というのは、日本独特のゆったりした袖と長い裾を持った服のことである。それを私たちに差し出し、心配げな声で、

「早く着替えてくださいな。でないとひどい風邪をひきますよ」と言った。

もうそれまでに、ホテルに滞在中なぜあれほど息の詰まる思いがしたのか、その謎が解けた気持ちになっていた。うわべだけのサービスや醒めた洗練などと理屈をこねず、ただ単純に考えればよかったのだ――ホテルのサービスは他のすべてを備えていたとしても、心のこもった優しさだけはない。

「さあ中にお入りください。今お茶を用意しますから」と夫人は言った。

外見から想像していたことが、家に中に入ってはっきり分かった。この家は未だに西欧の趣味に呑み込まれてはいないという事実だ。台所には最新式の調理用レンジが備わってはいるが、居間や寝室などはすべて日本風だ。厚手の羽織を身にまとい、足には薄手の日本式サンダルをはいた格好で家に入った。日本人は家具を飾り立てるのを好まないと聞いていたが、それが全くその通りであることを自分の目で確かめることができた。居間にはソファや椅子などは一切置いていないし、寝室はベッドなどで溢れていたりしない。質素で簡素な佇まいである。木の床に日本風の畳を敷き、その上に床がふたつ並べて延べてあった。

我妻さんが言った。

「こちらの布団をお使いください。私はこっちで寝ますから。お休みいただく布団は、家の守り神の神殿側〔訳者注＝床の間をさす〕に敷いてあります。これが日本の昔からの風習なんです」

「昔ながらの風習を守っていらっしゃるんですか」と私が尋ねると、我妻さんは片方の頬だけゆるませて答えた。

「そうしています。確かに西洋の上着やズボンを身にまとってはいますが、それはあくまで外見上の話で、家の中では一二〇パーセント日本人です。ほら、ご覧ください。こちらの箱とかカバンとか箪笥とか引き出しとか、一応鍵がかかるようにはなっていますが、実際かけることはありません。

他人はもちろん、家の者のいる前でカバンなどに鍵をかけることは絶対にしません。これは古来の風習です。誰かの見ているところで鍵をかければ、その人は自分が疑われていると感じるかもしれない。それでは無礼になるからそんなことはしてはいけない、というのが昔からの教えなんです。私たちはそれをその通り守っています。鍵はあることはあるんですが、何しろ使わないので、すぐになくしてしまいます。困るのはみなで出かけるときです。鍵をかけようにもそれが見当たらなくて、それを探すのが大変なんですよ」

ふた組の布団の間の部分は床より少し高くなっていて、その上には分厚い布がかけられている。この高くなっている部分の足元にはヒーターがしつらえてあり、また上の部分はテーブルとして使えるようになっている。テーブルよりも卓子といった方が相応しいかもしれない。私たちはその両側のそれぞれの布団に胡坐（あぐら）をかいて座り、お茶をすすりながら話に花を咲かせた。薄めの緑茶である。こちらではオチャという。オというのは丁寧語で、例えば水は丁寧にオミズと言うことが多い。お茶の後にはサラダが出てきた。それに続いてご飯、野菜、魚、肉、そしてデザート。

「ご存じだと思いますが私たち日本人は、生の魚を食べます。少し試してみますか」と我妻さんが言った。

ソース〔醤油〕をつけて食べるのだそうだ。魚の身を薄切りにしたものの味はというと、全くダメとも言いきれないものであった。

大変だったのは箸を使うことだ。我妻さん夫妻は西洋文化の味方ではないので、フォークなどは使わず、代わりに木や竹で作った箸で食事する。さらに今日はインドから遠来の客を迎えるというので、棚の奥から美しい彫刻を施した象牙の箸が登場した。私がとまどっているのを見た我妻さんのお母さんが傍に来て、「手で食べていただいても構いませんよ。でもせっかく日本にいらしたんですから、一度お試しになってみてはいかが？　ほら、こう持つんですよ」と見本を見せてくれた。箸を持って悪戦苦闘している私を見て、我妻夫妻のふたりの娘は大笑いだった。

この家ではベンガル語が飛び交っている。まるでベンガル人みたいにベンガル語を話す我妻夫妻はもちろんだが、六歳と三歳になる子どもたちも負けてはいない。その上ふたりの恥ずかしそうな笑顔がなんとも可愛いし、上の子はベンガル語の歌も上手だ。この子はシャンティニケトンで暮らしていたとき、両親と一緒に歌を習ったのだという。

我妻夫人は家事をこなしながらきれいな声でタゴール・ソングを口ずさんでいたが、食事の後片付けを終えて私たちがいた部屋にやって来た。私たちは長い時間、いろいろな話をした。シャンティニケトンのこと、コルカタのこと……話は尽きなかった。このとき聞いた話だが、かつて日本に来たとき、タゴールに日本の琴が贈られたことがあったのだそうだ。しかしシャンティニケトンには琴を演奏できる人が誰もいなくて、音楽学部に長い間放置されたままになっていた。我妻夫人は滞在中にそのことを知り、壊れかかっていた琴を直して、みなの前で演奏したということだった。

床につく前、私たちは声を合わせてタゴール・ソングのうちから「幸せと祝福に満ちた世界にあなたはいる」を歌った。歌い終えると夫人はふたりの子を連れ、おやすみなさいを言って部屋から退出していったのだが、その前に
「さあもうお休みください。明日は早い時間に起こして差し上げます。でないと飛行機の時間に間に合わないことになりますからね」と言い残していった。

灯りを消し、掛け布団をかぶって眠りに落ちた。夜中にいちど、家が何度か揺れたような、また誰かの声が聞こえたような気がして目が覚めたが、寒さのなか布団から起きだす気になれず、横を向いて目をつむっているうちに、いつの間にかまた眠ってしまった。

我妻夫人の呼ぶ声で目が覚めた。時計の針は五時を指していた。手早く着替えて外に出てみると、空は晴れやかに澄みわたっていた。きのうの悪天候が信じられないような青空だ。一片の雲すら浮かんでいない。

「顔を洗ってください。お茶が入っていますから」と我妻さんが言った。

お茶どころか、夕べ遅かったというのに、夫人はまるで王様が食べるような豪華な朝食を用意し

てくれていた。

お茶をいただきながら聞いた。「空港には予定通り着けますよね？」

「ご心配なく」と我妻さんは答えた。「ここでは電車は時刻表通りに動きますから」

電車の窓から富士山が見えた。尖った頂上に雪を抱いた火の山は、遠くの空と一体になっているようだった。

我妻さんが言った。

「運が良かったですね。きのうの朝から二十四時間のうちにいろいろ体験できました。台風も見られたし、富士山も見られました。夜中には小さかったけれど地震もありました。気がつかれましたか？」

「なんだか家が揺れているような気はしましたが、地球が振動したとは気がつきませんでした」

電車を乗り換えて東京駅に着き、預けてあったスーツケースを受け取ってタクシーで羽田についたのはちょうど八時だった。

空港にはビカシが見送りに来ていた。みなに別れを告げて出国カウンターの方に向かっていたとき、我妻さんが言いだした。

「大事な話を忘れるところでした。今度の十二月、二十人ほどのタゴール愛好者を連れてインドに行くことになっています。あなた方のシャンティニケトンはその人たちにとって夢の国なんです。その夢の国を見てもらおうと思っています」

「シャンティニケトンは私たちだけのものでしょうか?」そう聞くと我妻さんは大声で笑って言った。

「いえいえ、あなた方だけのものではありません。私たち、みなのものです」

そう言って我妻さんは空港の人混みのなかで

「私たちのシャンティニケトン……」と、シャンティニケトンの歌をハミングしだしたのだった。

(二〇〇四年『日本とタゴール――百年の交流』所収/渡辺一弘訳)

(1) Nirendranath Chakrabarty (一九二四~)。現代ベンガル詩界の重鎮。代表作に「コルカタのイエス」など。

(2) Indira Gandhi (一九一七~一九八四)。インド独立後の初代首相であったジャワハルラール・ネルーの娘。インドの第五代、第八代の首相(任期は一九六六年一月十九日~七七年三月二十四日、一九八〇年一月十四日~八四年十月三十一日)。

（3）A. Perumal（一九一五〜二〇〇四）。タミルナドゥ出身の画家。長年にわたりシャンティニケトンで創作活動と学生の指導を行った。

（4）東京都港区にある光明寺。

我妻さん

ポビトロ・ショルカル（言語学者、ロビンドロ・バロティ大学元副学長）

1

私は我妻さんのことを、いつも敬意を込め日本語で「アズマサン」と呼んでいた。我妻さんは私より六歳年長だったたし、学識でも人間性においても、そしてこれは必ず言っておかなければならないことだが、タゴールおよびベンガルへの揺るぎない愛情という点で、まさに尊敬に値する人物だったからである。

我妻和男教授はほぼ六十年間にわたって、日本におけるベンガル語とベンガル文化研究を引っ張ってこられた。教授と奥様の絅子（けいこ）ディディ――ベンガル語で「お姉さん」――は日本でのベンガルの顔だった。お二人はそのころ――絅子ディディは今でもそうなのだが――私たちベンガル人のほとんどより、よほどベンガル人だった。

我妻さんが冗談交じりにご自分の名前の意味を解説してくれたことがある。我妻というのは「私の妻」という意味で、これが名字なのだという。われわれベンガル人は日本人の名前について、姓と名を混同しがちだ。だから我妻さんは一九九〇年代の初めごろ、私たちが初めて知り合ったときにそう教えてくれたのである。その名はまさに我妻さんに相応しいものと思えた。なぜならこれほど温和で、学識と強い道徳観に裏打ちされた人間性に溢れた人物を他に知らないからだ。私は当時コルカタにあるロビンドロ・バロティ大学の副学長を務めていた。この大学はタゴールの生誕百年を記念して、詩人の代々の屋敷跡に設立されたものだ。我妻さんはそこにわざわざ、私に会いに来てくれたのだった。それはたぶん一九九〇年の終わりごろだったと記憶している。

もちろん私はそれよりずっと以前から我妻さんの名前を聞いていたし、その業績について知ってもいたのだが、インドに滞在中はおそらく、だから知り合いになる機会もなかなかないのだろうなと思い込んでいた。そうことは滅多になく、ある意味母校でもあるシャンティニケトンの外に出る考えるのはきわめて自然なことなのだ。なぜかと言えば我妻さんは、イギリスによる植民地支配下での教育制度からインドの子どもたちを連れ出すことを目指す実験の場としてタゴールが作ったシャンティニケトンの産物だったからである。シャンティニケトンで暮らしていたころ、我妻さんはそのあたりを自転車で駆け巡り、そこの大気に満ち満ちたタゴール・ソングの調べを声を合わせて歌い、ベンガルのありとあらゆるものを思いきり吸い込んだ。ベンガル語については、教室よりもシャンティニケトンの子どもたちからより多くのことが学べたのだと、我妻さん自身の口から聞いた。我妻さんにとってインドは第二の祖国になり、シャンティニケトンは第二の実家になったのだった。あるいは年に一度か二度は必ず訪れる、聖地のようなものだったと言えるかもしれない。「シャンティニケトンや（コルカタの、タゴールの実家があった）ジョラシャンコに足を踏み入れると、急に生き返ったような気持ちになれるんですよ」と我妻さんは語っていた。

2

最初の出会いのとき、私は我妻さんに、どうしてベンガルのことやベンガル語をやろうと思ったのかを尋ねた。返ってきた答えはこうだった。「原文でタゴールを読むためですよ」そして嬉しそうにこうつけ加えた。「その判断は間違っていませんでした。それまで読んでいた翻訳は、原文とは全く違っていることを知ったからです。翻訳でもタゴールの偉大さはじゅうぶん味わえますが、原文の素晴らしさと言ったら！　ベンガル人以外の人たちが、いかに大きなものに触れられずにいたかがわかりました」

最初に会いに来てくれたとき、我妻さんはひとつの提案を携えていた。日本人画家の荒井寛方がインド滞在中に記した日記があり、我妻さんはそのベンガル語翻訳を終えていた。それを私のロビンドロ・バロティ大学から出版できないか、ということであった。私は降ってわいたそのチャンスを逃すことなく、きちんと出版することができた。思った以上の出来映えで、と言っても良い。出版担当のプロバトクマル・ダシュ氏が精魂込めて素晴らしい本に仕上げたからである。我妻さんはとても喜んで私に「もっと前に出会えたら良かったのに」と言った。

それ以来私たちは頻繁に会うようになった。我妻さんが単独で、あるいは奥様の絅子さんを伴ってコルカタにやって来ると、私は妻のモイトレイを連れて、宿泊先のベンガル仏教協会やヒンドゥスタン・ホテルに会いに行った。我妻さんはそのころ週に二、三度人工透析を受けるようになっていたが、私は会うたびにその意気軒昂ぶりに驚かされた。おふたりがコルカタのゴリアにある我が家を訪ねてくださったこともあった。来るときには必ず何かお土産を携えていた。カメラや美しいペンや、金属製の魔法瓶や日本の手工芸品などだった。私たちがいかに遠慮しても、お土産がとどまることはなかった。おふたりが日本に帰国されたあとは電話で連絡を取り合った。

その後、新たなプロジェクトが徐々に姿を現してきた。我妻さんと日本の仲間たちが日印タゴール協会を立ち上げ、そして協会として、ゆくゆくはインドと日本の文化交流の場になるようなものを創設しようという話になったのである。我妻さんの希望は、西ベンガルのバングラ・アカデミーが主体となってこのプロジェクトを進めることだった。その意を受けて私は学術団体である「バングラ・アカデミー」とその母体となっている西ベンガル州政府にその提案を持ち込んだ。反応は上々だった。さらに当時西ベンガル州の首相を務めていたブッドデブ・ボッタチャルジョ氏も乗り気だった。ソルトレーク[1]のシティ・センター[2]近くの一等地に土地が確保され、そこに「タゴール・岡倉館（Rabindra Okakura Bhavan）」が完成して、二〇〇七年、日本の安倍晋三首相臨席のもと、開館式が執り行われた。このプロジェクトを受け入れるようバングラ・アカデミーに働きかけられたことを、私は自分自身で誇りうる業績のひとつだと考えている。

3

我妻さんについては、ここには書ききれないほどの思い出がある。私の記憶が正しければ、我妻さんは一九九五年、コルカタでタゴール協会の大会を催し、そこには私も参加した。議題は「文学を通じた国際友好」だった。我妻さんは人類の未来について深く憂慮しており、また国同士の争いに心を痛めていた。

同じ年日本で行われた同様の大会にも招いてくれたのだが、ビザが間に合わず、日本行きはかなわなかった。だがその翌年、一九九六年には日本を訪れることができた。その年韓国でタゴール生誕百三十周年の催しがあり、私のロビンドロ・バロティ大学に招待状が届いた。それを聞きつけた我妻さんはすぐに、日印タゴール協会からの招待として、私と妻あてに韓国から日本への旅費を送ってくれたのだった。

旅を楽しみ成田空港に着いた私たちを出迎えるなり、我妻さんは私の手から重いスーツケースをひったくって車に積み込んだ。体を張って押しとどめようとしたのだがかなわなかった。それからの数日間は楽しい思い出として私の記憶に刻み込まれている。私たちは茨城の岡倉天心の旧居宅や、タゴール協会の千葉県にある「新シャンティニケトン」を訪れた。千葉には私のかつての教え子である西岡直樹氏(3)も家を建てて暮らしていた。私たちはまた、これも千葉にある我妻さんのお宅にうかがい、暖かいもてなしをたっぷりと受けた。

我妻さんの日本語、英語、ベンガル語によるタゴール研究はここに記す必要のないほどよく知られている。だが詩人への我妻さんの思い入れは、タゴールの作品の翻訳やその人について書くことだけにはとどまらない。人類すべての精神的融合を目指すタゴールの国際的人道主義の哲学を広めることに、我妻さんは没頭していた。その傾注ぶりは、単に優れたタゴール研究者という言葉にとどまるものではなかった。

我妻さんが亡くなったとの知らせを受け、私たちが家で悲しみにひたっていたとき、我が家で働いている手伝いの女の子が――南ベンガル出身で、ほとんど学校教育も受けていない娘なのだが――ダイニングテーブルに置いてあった魔法瓶を指さし、「誰かが亡くなっても、思い出の品はずっと残るんですよね」と言った。私と妻はそれを聞いてびっくりした。その娘もやはり、我妻さんを偲んでいたのだった。

（渡辺一弘訳）

（1）コルカタ近郊の都市。コルカタの人口増に対処する目的で衛星都市として開発された。
（2）大型ショッピングモールの名。インド各地に展開している。
（3）ベンガル文化研究家。エッセイスト。「アナンダ工房」主宰。

我妻先生を偲んで

河合　力（編纂委員）

我妻先生を私に紹介したのは私の伯母荒井なみ子、荒井寛方の息子荒井英郎の妻でした。彼女は寛方が生まれた栃木県さくら市氏家の生家跡の利用をめぐって氏家のサッチャーと呼ばれ、最終的に生家跡を「寛方・タゴール平和公園」と命名して町に無償譲渡しました。日本で唯一タゴールの名がついた公園です。

寛方顕彰については従兄の荒井聖也が孤軍奮闘していましたが、膵臓癌で早逝。その母なみ子は息子の遺志を継がんと寛方顕彰に走り出したのでした。平和公園、タゴール国際大学日本学院内にタゴールが寛方に贈った詩の彫刻を建て、寄贈しました。

私と我妻先生のご縁は、一九九七年に初めて訪印した時でした。シャンティニケトンにあるタゴール国際大学の日本学院敷地内にタゴールと荒井寛方の友情の記念碑が建設、贈呈され、タゴール国際大学が主催する除幕式に参加するためでした。タゴールは一九一六年に初めて日本を訪問した際に三渓園で荒井寛方に出会い、インドで日本画を教えてほしいと依頼され、タゴール家を中心に二年間インドに滞在。日本画の教師としてカルカッタ、シャンティニケトンを往復し、ベンガルの多くの画家たちと交流しました。荒井寛方が日本に帰る時タゴールから毛筆で揮毫してくれた詩を記念碑に彫っています。この詩書は現在、栃木県さくら市ミュージアム荒井寛方記念館に所蔵されています。

我妻和男先生と荒井家との関係は、一九七四年に中央公論美術出版から出版された『荒井寛方人と作品』に「インドと荒井寛方」というタイトルで寄稿くださったのがきっかけでした。我妻先生はタゴール国際大学客員教授として滞在されましたが、日本ではあまり聞かれていない荒井寛方の名前をあちこちで聞かれ、資料を集められておられました。

当時のベンガル・ルネッサンスの画家たち（ロビンドロナト・タゴールを中心にゴゴネンドロナト、ノンドラル・ボシュ、ムクル・デ等）との交流を、生存していた画家、家族たちの声で生き生きと語られたとのことです。

先生はタゴール研究の他に日印文化交流についても研究され、先生の著作を時系列で拝見すると先生の日印文化交流史研究のきっかけが荒井寛方だったと思われます。

先生は寛方再発掘の大恩人です。二〇一一年に亡くなり、その後先生の著作集が出版されるかなと待っていましたが、奥様からまだ予定がないとのお話で、偶々元名古屋ボストン美術館館長で美術史家の山口静一先生（元フェノロサ学会会長、河鍋暁斎（かわなべきょうさい）研究者）と一緒に奥様を訪問した際に論文、雑誌、資料一括を私がお預かりすることになり、文字起こしから始めるので数年かかるかもしれませんがとの条件付きでお引き受けしてしまいました。この度第三文明社様でご出版いただけることになり、深く感謝しております。

生前先生にお会いする度に、今度いつインドに行かれるのですかとお聞きすると、いつもベンガルに帰ると言い直されていました。今先生の魂はやはりベンガルにあるのでしょうか。

我妻先生の本

渡辺一弘（編纂委員）

今は改築されて新しい建物になっているが、私がよくお邪魔したころの我妻先生のお住まいは、かなり年代物の木造二階建てだった。市川市のお宅の一階部分はすべて書庫となっていて、膨大な量のベンガル語やサンスクリット語や日本語や英語やドイツ語の本が並んでいた。先生のお書きになった「求む、ベンガル語の本の盗人」によれば、蔵書数は一万冊に達していたという。この中でも述べられているとおり、入手までに三年間も待ち焦がれたビッショバロティ版のタゴール全集をはじめ、すべて先生が欲しくて、読みたくてたまらなかった本たちだ。

先生が逝去されたのち、タゴール関係のベンガル語の書籍の多くはコルカタに送られ、先生ご自身が設立に尽力された印日文化センター（タゴール岡倉館）に収められたと聞く。残った本の一部は、奥様のご希望により、東京外国語大学のベンガル語科に寄贈された。今では入手困難となっている本も含め、タゴール研究やベンガル語関係、あるいは少数民族についての書籍など、蔵書の内容は多岐にわたっていて、ベンガル地域全体への先生の幅広い関心をうかがい知ることができる。「求む、ベンガル語の本の盗人」には、ご自身の集めた本を盗むまでして読みたがるような新たな人材が出てきてほしいという、先生の熱い思いがつづられている。東京外国語大学のベンガル語科は、先生が亡くなった翌年の二〇一二年に発足した。ベンガル語を主専攻とする、日本初の学科である。ここを基盤としてベンガル語、ベンガル地域研究のすそ野が徐々に広がっていくうちにきっと、先生の本の「盗人」たちが次々と現れ、泉下の先生を喜ばすことになるに違いない。

先生の本たちは今コルカタと東京に安住の地を見出し、その陰で先生が目を細め、微笑んでいらっしゃるような気がする。

資料

我妻和男著作一覧

■日本語　単行本

タイトル	出版元	発行年	備考
人格論	アポロン社	1961	タゴール著 アポロン社版「タゴール著作集」第4巻 中村元と共訳
ベンガル語文法概説	日印文化協会	1964	ラジシェコル・ボシュ（編） 青柳精三と共訳
タゴール（人類の知的遺産61）	講談社	1981	
タゴールの絵について	第三文明社	1988	S・ボンドパッダエ著 臼田雅之、西岡直樹と共訳
インドの文学	白水社	1996	文庫クセジュ774 渡辺重朗と共訳
ベンガル文字の手引き	Nirmal Book Agency	1998	
シンポジウム　タゴールとガンディー再発見	法藏館	2001	山折哲雄、長崎暢子、森本達雄と共著
光の国・インド再発見	麗澤大学出版会	2005	編著
タゴール　詩・思想・生涯	麗澤大学出版会	2006	

■日本語　主要論文

タイトル	発表年	備考
タゴールのCaṇḍalikāについて	1965	『印度学仏教学研究』所収
近代日印文化交流	1973	『早稲田商学』第237号所収
独印文化交流	1973	『中村元博士還暦記念論集』（春秋社）
タゴールのdharma観をめぐって	1975	『平川彰博士還暦記念論集』（春秋社）
アムベドカルの「仏教こそ人間の宗教」について	1977	『玉城康四郎博士還暦記念論集』（春秋社）
近代日印文化交流　岡倉天心とタゴール家を中心として	1998	『比較文明研究』第3号
Gītāñjaliの韻律について　1～18	1988～2004	『成田山仏教研究所』紀要
岡倉天心とタゴールの素晴らしい出会い	2007	2007年にコルカタとニューデリーで行った講演の翻訳

■第三文明社版「タゴール著作集」翻訳・執筆

タイトル	出版元	発行年	備考
教育の理想、タゴール国際大学の教育的使命	第三文明社	1981	タゴール著「タゴール著作集」第9巻
ゴーラ	第三文明社	1982	タゴール著「タゴール著作集」第3巻
チョンダリカ	第三文明社	1982	タゴール著「タゴール著作集」第6巻

ふたたび筆を、最後の調べ、境	第三文明社	1984	タゴール著「タゴール著作集」第2巻
四つの章	第三文明社	1985	タゴール著「タゴール著作集」第5巻
自伝的エッセイ	第三文明社	1987	タゴール著「タゴール著作集」第10巻
書簡集　1~17	第三文明社	1988	タゴール著「タゴール著作集」第11巻
世界思想家としてのタゴール	第三文明社	1993	「タゴール著作集」別巻
ドイツとタゴール	第三文明社	1993	「タゴール著作集」別巻
タゴールの詩	第三文明社	1993	ボボトシュ・ドット著「タゴール著作集」別巻
タゴール詩の全体像	第三文明社	1993	「タゴール著作集」別巻
「ゴーラ」について	第三文明社	1993	オジト・K・ゴーシュ著「タゴール著作集」別巻
タゴールの原稿	第三文明社	1993	オミトロシュドン・ボッタチャルジョ著「タゴール著作集」別巻
タゴール詩の韻律法	第三文明社	1993	ラームヴァハール・テーワリー著「タゴール著作集」別巻
劇作家タゴール	第三文明社	1993	プロカシュ・K・ノンディ著「タゴール著作集」別巻
解題	第三文明社	1981	「タゴール著作集」第4巻
解題	第三文明社	1982	「タゴール著作集」第3巻
解題	第三文明社	1988	「タゴール著作集」第11巻

■ベンガル語　単行本

表題	原題	内容など	出版年
荒井寛方のインド旅行記	Bharat-Bhraman Dinapanji: Kampo Arai	画家荒井寛方のインド滞在記	1993
輝く太陽	Ujjwal Surj'a	かつてシャンティニケトンで暮らした日本人たちに関するエッセイ集	1996
日本に残るタゴールの書	Rabindranather Tukuro Lekha	タゴールが来日中に揮毫した書にまつわるエッセイ	1996
堀至徳日記	Shitoku Horir Dinapanji	シャンティニケトン初の留学生・堀至徳の日記の翻訳	1996
タゴールと寛方：記念詩碑建立	Rabindra-Kampo Smriti stambha sthāpan	記念碑建立に寄せて書かれた、中村元のエッセイなどを我妻が訳したもの	1997
タゴールと日本	Prasanga: Rabindranāth o Japan	「茶会でのタゴール」など4本の論文。タゴールと日本について	1998
インドラドヌ	Indradhanu	川端康成作「虹」の翻訳	1999
タゴール、チャンドラ・ボース他の人々と日本	Jāpān, Rabindranāth, Subhāshchandra o Anyānya	日本とタゴール、チャンドラ・ボース他著名ベンガル人と日本との関わり	2000
日本とタゴール——百年の交流	Jāpān o Rabindranāth	堀至徳、木村龍寛などシャンティニケトンに滞在した日本人に関するエッセイ・論文をまとめたもの	2004

■ベンガル語　主要論文・エッセイ

題名（日本語訳）	原題	内容、備考	発表年
日本におけるベンガル文学研究	Jāpāne Baṅgla Sāhitya Carcā	１９１０年代から始まって現代まで、タゴールを中心として、日本におけるベンガル文学の研究・翻訳状況をまとめたもの。 『タゴールの思想』１９９４年７～９月号所収	１９９４
あの古き日々	Purano Sei Diner Kathā	タゴール研究を志した頃からシャンティニケトン滞在中までの日々を振り返ったエッセイ。タイトルは有名なタゴールソングにちなむ。シャンティニケトンで発行された雑誌『スレヨシ』に寄稿したもの	１９９６
タゴールの日本での日々	Jāpāne Rabīndranāth (1991/08/07, 1991/09/07)	１９９１年８月バングラ・アカデミーで行った講演。西ベンガル州バングラ・アカデミーの機関誌に２号にわたって掲載された	１９９１
日本とビッショバロティ大学	Jāpān o Viśva Bhāratī Viśva-Bhāratī Platinum Jubilee: 1921-1996	国立ビッショバロティ大学創立75周年記念論文集所収	１９９７
タゴールと日本	Rabīndranāth o Jāpān	季刊誌『タゴール文学雑誌』掲載のエッセイ	１９９８
勝田蕉琴とタゴール家	Katsuta Shokin o Tagore Paribār	「印日タゴール会議」の機関誌『モイトリ』への寄稿。溝上富夫、内山真理子などの文も掲載	１９９９
タゴールの目に映じた柔術	Rabīndranāther Chokhe Jujutsu	タゴールに招かれ、シャンティニケトンで柔道の指導にあたった２人の日本人について。西ベンガルで広く読まれている雑誌Ｄｅｓｈに掲載	２００６
来世はベンガル人に生まれたい	Parjanme Bāṅgāli Haye Janmāte Cāi	雑誌『本の国(Boiyer Desh)』に掲載されたインタビュー記事	２００７

■ベンガル語　著者関連本および記事

表題	原題	内容など	発表年
我妻和男の本	Prasaṅga: Kazuo Azuma	65歳記念文集 知己のベンガル人とならび、本人も一篇寄稿	1996
我妻和男古稀記念文集	Jagajjyoti	古稀記念文集 コルカタで発行	2001
日本のシャンティニケトン	Jāpāner Shāntiniketan	我妻夫妻のインタビュー記事。インド出身の在日ベンガル人たちの雑誌『Anjali』に掲載	2003
来世はベンガル人に生まれたい	Parjanme Bāṅgāli Haye Janmāte Cāi	雑誌『本の国（Boiyer Desh）』に掲載されたインタビュー記事	2007
追悼・我妻和男	Smaraṇe Kazuo Azuma	バングラ・アカデミーから発行された追悼文集　巻末に著作一覧あり 『来世は…』再掲	2012
夏休み日記	Chuṭir Dinalipi	小学4年生の夏休みの絵日記の翻訳（絵つき）	2014

著者略歴（文中敬称略）

1931年（昭和6年）　8月14日、東京に生まれる。

1945年（昭和20年）　3月10日、東京大空襲を体験。
戦後、栄養失調のため肋膜炎を発症。闘病生活の中でタゴールの『郵便局』を読み感動、タゴール研究を志すようになる。
東京大学からドイツ語とインド哲学で修士号を取得、横浜国立大学に教員として入職。

1967年（昭和42年）10月～1971年　西ベンガル州シャンティニケトンのビッショバロティ（Viśva Bhāratī）大学に日本語教授として赴任。3年半に及んだ滞在中、タゴール研究のかたわら、シャンティニケトンやコルカタの研究者、知識人をはじめとする多くの人と交流。

1969年（昭和44年）　川端康成の「虹」のベンガル語訳出版（Amitrasudan Bhaṭṭācārj'a と共訳）。

1971年（昭和46年）　帰国。東京教育大学、千葉大学などで非常勤講師。
帰国後、タゴール研究を進めるとともに、「日印タゴール協会」を設立、日本でのタゴール紹介に努める。

1972年（昭和47年）　早稲田大学助教授。

1974年（昭和49年）　筑波大学助教授。

1978年（昭和53年）　同大学教授。1981年より84年まで現代語・現代文化学系学系長。1991年、筑波大学を退官。
麗澤大学教授に就任。2001年からは同大学院言語教育研究科長を務める。

1992年（平成4年）　インド、バングラデシュ、日本の文学者・研究者に呼びかけ、東京で第1回国際文学交流大会を開催。
1995年には第2回の大会を行った。

1994年（平成6年）　ビッショバロティ大学に「日本学院（Nippon Bhavana）」建設。
同年、第2回全国学生カバディ選手権大会で主任審判員を務める。その前に試験を受けて国際審判員の資格を取得していた。

1995年（平成7年）
インドのリサーチ基金などとの共催でデリーにて「芸術・文化・文学および人権に関する国際会議」開催。「国際文学交流大会」の延長として位置付けられるもの。日本からは古井由吉、坂田貞二らが参加した。

2000年（平成12年）
我妻の来歴や業績を取り上げたドキュメンタリー映画『Quest of Peace』がコルカタで製作される。監督ヒロンモエ・ムケルジ。この映画では本人以外にもノーベル経済学賞受賞者アマルティア・セン、作家シュニル・ゴンゴパッダエ、サンスクリット学者ロマロンジョン・ムケルジ、言語学者ポビトロ・ショルカル、ビッショバロティ元副学長ディリプ・クマル・シンホなどのベンガルの著名人、日本からは画家平山郁夫、北原保雄筑波大学学長、廣池幹堂麗澤大学学長、野田英二郎元駐印大使、平林博元駐印大使ら我妻ゆかりの人々のインタビューのほか、我妻の生誕地や、千葉県市川市の自宅、筑波大学などかつて勤務した大学の情景などが紹介された。

2002年（平成14年） ビッショバロティ大学よりシュジト・ボシュ副学長をはじめ音楽舞踊学部の教授、学生を招いて、タゴール作の歌舞劇『チョンダリカ（不可触賤民の娘）』を九段会館、柏市民会館、栃木県氏家町（現さくら市）公民館で上演。

この頃より持病の糖尿病が悪化。2004年初頭にはインド大統領から「平和と非暴力に関する世界大会」にジミー・カーター元米大統領、コフィ・アナン国連事務総長、ダライ・ラマらとともに招待されるが、体調不良のため出席を断念。しかし人工透析を受けながらも、可能な限りインドやバングラデシュを訪れた。


2007年（平成19年） コルカタに印日文化センター「タゴール・岡倉館（Rabindra-Okakura Bhavan）」建設。

同年、日印交流年にちなみ、コルカタとデリーで連続講演。タイトルは「岡倉天心とタゴールの素晴らしい出会い」。コルカタ大学ではベンガル語で、デリーのインド国際センターでは英語で講演した。


2011年（平成23年） 腎不全のため7月28日、千葉県市川市で死去。享年79。

《筑波大学名誉教授　麗澤大学名誉教授》

〈主な受賞、受勲、名誉学位〉

1986年（昭和61年） ロビンドロバロティ大学より名誉博士号
1989年（昭和64年） タゴール研究所（コルカタ）より Rabindra-Tattwāchar'ja の称号
1993年（平成5年） シュリー・ラール・バハドゥール・シャーストリー・ラシュトリーヤ・サンスクリット・ビディヤピータム大学（デリー）より名誉博士号
2000年（平成12年） ビッショバロティ大学より Desikottama（国民至高者賞）受賞

2006年（平成18年）ネタジ・シュバシュ・オープン大学（本部コルカタ）より名誉文学博士号

2007年（平成19年）西ベンガル州政府より Rabindra Purashkār（タゴール賞）受賞

2008年（平成20年）日本政府より瑞宝中綬章受章

ビッショバロティ大学において、インドのグジュラル元首相・学長からデシコットム（国民至高者賞）を受賞

コルカタ印日文化センター（タゴール・岡倉館）の落成式にて、バッタチャルジー西ベンガル州首相から「タゴール賞」を受賞

編者あとがき

野呂元良（編纂委員）

我妻和男先生の七回忌にあたる本年は「日印友好交流年」ですが、この時にあたり、第三文明社から我妻和男著『タゴールの世界』が発刊されましたことは、日本・インド並びに日本・バングラデシュ友好関係にとり、大変意義あることと思います。編纂委員を代表し、厚く感謝申し上げます。

私は、一九七〇年に外務省語学研修員試験（現在の専門職試験）に合格し、翌七一年に外務省に入省しました。外務省からベンガル語の研修を命じられましたが、外務本省での研修時代のベンガル語の先生が我妻和男・絅子ご夫妻でした。

二〇〇七年四月、私は在コルカタ総領事として赴任しましたが、奇しくもその年の八月に、コルカタにおいて、我妻先生が心血を注がれた「印日文化センター（タゴール・岡倉館）」の落成式が挙行されることになり、日本から安倍総理とインドから西ベンガル州主席大臣（首相）が列席されました。同式典で、印日文化センター設立の最大の功労者である我妻先生に「タゴール賞」が、インド西ベンガル州首相から授与されました。先生は、私が総領事として落成式の全ての行事を取り仕切ったことに対し、満足された様子でした。また、コルカタ総領事の後、在マラウイ特命全権大使に任命された時も大変喜んでいただきました。不肖の弟子でありますが、タゴール哲学研究の師匠である我妻先生に、少しは恩返しが出来たと思っています。

以前、寛方・タゴール会の事務局長である河合力氏等が我妻絅子夫人宅を訪問し、種々懇談の折、絅子夫人から、これまで我妻和男先生が多くの新聞・雑誌・文集へ寄稿された随筆・論文、講演記録やインタビュー記事などがありますが、それらが散逸する前に、何とか一冊の書籍として取りまとめたいという話がありました。その後、河合氏から、我妻先生に縁の深い、渡辺一弘氏と私に声がかかり、絅子夫人のご指導を仰ぎつつ、「我妻先生の著作集」の出版準備会議を数回開催しました。そして、真っ先に河合氏が、多くの困難の中、我妻先生著述の各種印刷物の全てをＰＤＦに収録し文字起こしを始めていただいたことに対し、深く感謝いたしたいと思います。

河合氏は、荒井寛方の令孫です。寛方は、今から百一年前に訪印し、タゴールと深い親交を結んだ著名な日本人画家ですが、日本では、岡倉天心、横山大観、菱田春草ほど有名ではないかもしれません。しかし、インドにおける我妻先生の緻密かつ総合的な研究により、寛方は、約一年半のインド滞在中、画家として、また人間として、タゴールの高い評価を得ただけではなく、前途有望なインド（ベンガル）人の画家に水墨画等の手法・技術等を教え、幾多の若手のインド人画家を育て、日印文化・美術交流の先駆者の一人として、多大な足跡を遺されたことが明らかになりました。それは、寛方の帰国に際し、タゴールが墨と筆で、次のような感動的な別れの言葉（ベンガル語）を贈ったことからも明らかです。

荒井寛方氏へ
愛する
友よ
ある日、君は客人のように
私の部屋に来たった
今日、君は、別れの時に
私の心の内奥に来た

ロビンドロナト・タゴール（我妻和男訳）

寛方がいかにタゴールに感謝され、評価されていたかが良く分かります。

タゴールから、このような深い人間性の香り高い感動的な言葉を贈られた日本人は寛方以外にはいないのではないでしょうか。その寛方の令孫である河合氏が、一世紀の時を経て、この度、『タゴールの世界』の編纂委員として深く関わってくださっていることを思うにつけ、私は、日印両国の宿命的な奇しき縁（えにし）を感じざるを得ません。

もう一人の重要かつ優秀な編纂委員である渡辺一弘氏は、長年NHKの国際放送局に勤務されたベンガル語・ベンガル文化・社会全般の著名な専門家であり、また、日本を代表する日本・ベンガル語の翻訳家の一人です。渡辺氏は、「我妻先生の日本語による著述では、先生は主としてタゴールについて述べられ、その関連としてタゴールを軸とした日本との国際交流に言及されたケースが多い。一方、ベンガル語では、タゴールやシャンティニケトン、あるいはベンガルと縁のあった日本人たちの話が中心となっている……」と述べられています。

今回、渡辺氏は、我妻先生がベンガル人のためにベンガル語で書かれた随筆のいくつかを日本語に翻訳されるとともに、インド・ベンガルの著名な学者・教育者・文化人による、我妻先生に関するベンガル語の随筆も日本語に翻訳していただき、巻末に掲載させていただきました。これにより、日本人読者が知る機会のなかった我妻先生の一面を伝えることが可能となり、更に、我妻先生が、いかにベンガルの人たちに尊敬され、慕われていたかが一層明確に、分かっていただけると思います。渡辺氏に厚く感謝いたします。

言うまでもなく、我妻先生は、日本におけるタゴール研究・ベンガル語・ベンガル文化・文学の第一人者ですが、研究ばかりではありません。一九九四年には、タゴール国際大学に日印間の学術交流センターとして「日本学院」が設立され、また、二〇〇七年には、コルカタにインドで初めての「印日文化センター（タゴール・岡倉館）」が設立されましたが、ひたむきな情熱と忍耐強い意志で、日本での募金活動、インド政府との交渉等の重要な役割を喜々として果たされた我妻先生は、日印文化・友好関係発展の最大の功労者の一人でもあります。

生前、我妻先生は「妻（絅子夫人）の並外れた献身と協力がなかったならば、何一つやり遂げることができなかった。この恩には一生かけても報いることは出来ないと思っている。妹の我妻美奈子も私と苦楽を共にし、文化的な催しを行うにあたって私を大いに支えてくれました」と述べられています。いかに絅子夫人と美奈子さんの献身が重要であったか分かります。

元和洋女子大学教授である我妻美奈子氏は、日印タゴール協会常任理事として重要な役割を果たしておられます。特に、タゴール国際大学の「日本学院」並びにコルカタの「タゴール・岡倉館」の設立等のため、多額の寄付をされるなど、絅子夫人と共に、兄である我妻先生を終始裏方として支え続けた、最大の功労者であることを称えるとともに、その御名前を永久に記録として留めさせていただきたいと思います。

タゴールは日本をこよなく愛し、五回訪問しています。最初の訪日は一九一六年ですが、その折、私の母校でもある慶應義塾大学で「日本の精神」と題して講演しました。その中で、日本の文明・文化について言及し、「日本文明は人間関係の文明である。日本文化の根底には、マイトリー（梵語で、結合・連携、友情、慈愛という意味）への理想がある。それは、人と人との結合、そして人と自然との結合への理想……」と述べています。

敷衍すれば、人と人の結合（友情・慈愛）とは、人間生命の尊厳と人間性の尊重をベースとした非暴力と対話の実践であり、また、国（民族）と国（民族）の結合（友情・慈愛）とは、平和共存・世界不戦の実現であり、更に、人と自然の結合（友情・慈愛）とは、環境保全、人と自然の共存の持続・発展です。

今、われらの星（地球）は、絶対悪である核兵器の拡散、経済格差拡大、気候変動・環境破壊、戦争・内乱、国際テロの拡大、難民の増大、麻薬・人身売買等の地球規模問題群の暗雲に覆われています。これらを超克するためには、いかに超大国といえども一国で対応することは不可能です。国家・民族・人種・宗教・文化等すべての差異を乗り越えて、全人類が団結することが不可欠です。全人類の団結とは、換言すれば、「人類の精神的融和」であり、「精神のグローバリゼーション」です。人類の精神的融和のためには、タゴールの指摘する日本文明・日本文化の有する独自性は必要不可欠な要素ですし、日本の使命は、非常に大きいことが分かります。

我妻和男先生は、日本語、英語、ベンガル語によるタゴール研究だけではなく、人類全ての精神的融和を目指すタゴールの国際的人道主義の哲学を広めることに没頭されました。それに生命を懸けられたのです。

今この時に、笑顔の我妻先生が現れ、「日本の青年よ　タゴールに学べ！　世界の青年と共にタゴールのように　人類の精神的融和の実現に立ち上がれ！」との声が聞こえてくるようです。

この我妻先生の『タゴールの世界』が、日本を含む世界の青年の情熱と英知の源泉となり、世界の青年が団結しつつ、人類の精神的融合を成し遂げ、世界の恒久平和を確立することを切に希望します。

二〇一七年十月二日

〈ひ〉

〈ふ〉

〈へ〉

〈ほ〉

〈み〉

〈む〉

〈ゆ〉

〈よ〉

〈ら〉

〈ろ〉

〈わ〉

〈し〉

〈た〉

〈て〉

〈と〉

〈な〉

〈に〉

〈の〉

〈は〉

索引

〈あ〉

〈い〉

〈う〉

〈お〉

〈か〉

〈き〉

〈け〉

〈こ〉

〈さ〉

タゴールの世界 我妻和男著作集

2017年11月12日　初版第1刷発行

著　者　我妻和男
発行者　大島光明
発行所　株式会社　第三文明社
東京都新宿区新宿1-23-5　〒160-0022
電話番号　03-5269-7144（営業代表）
03-5269-7145（注文専用）
03-5269-7154（編集代表）
振替口座　00150-3-117823
URL http://www.daisanbunmei.co.jp

印刷所　図書印刷株式会社
製本所　牧製本印刷株式会社

ISBN978-4-476-03370-0